张林凤 著

彩练集

Zuinai du de ta men

最
耐读的
他们

文汇出版社

投身祖国伟大的事业
抒写精彩壮阔的篇章

邓伟志
2024.10.25.

邓伟志，中国著名社会学家、全国政协原常委、上海大学终身教授

本书作者张林凤与邓伟志先生合影

人生大课堂

（自序）

中国现当代文艺理论家钱谷融先生于20世纪50年代所著的《论"文学是人学"》，着重指出文学核心在于关注、研究人的生活、思想情感与人性。此篇堪称中国现代文学史上一座重要的学术丰碑。我有着多年采写人物通讯及专稿的经历，对钱先生这一论点感悟尤深。

我所采访的对象涵盖工人、教师、医生、军人、企业家、公务员等诸多群体，还包括残障人士。每当深入被采访者内心，了解他们的故事时，仿若踏入一个个丰富多彩的人生大课堂。他们的心路历程、思想境界以及其忠于职守、无私奉献之举无不让我动容。我由衷热爱人物采访，借此拓宽了视野、开阔了心胸，使我对人生的意义也有了更为深刻、全面的理解和感悟。

我从20世纪90年代初开启人物通讯报道之路。记得初次进行人物采访，是因为当时我在国企工厂任宣传科长。为提升本厂产品的知名度与销量，我随销售人员前往产品配套单位及市场了解营销情况，有感于销售人员的不辞辛劳与勤奋敬业，写出《转化热量的人们》，刊发在上海自动化仪表股份有限公司的企业报——《上仪报》上，这既勉励了销售人员，也让工人更明了生产高质量产品对工厂营销的重要意义。之后，还有通讯报道刊发于《支部生活》《上海改革》等杂志。90年代中期起，我考入社区从事党建工作，后又进入区新闻传媒中心工作，由此拥有了广泛的人脉资源，我乐此不疲且真心谦和地采访、学习，不少被采访者成了我的良师益友，有些情境至今忆起仍能激起思绪的涟漪。

2023年春天，我有幸采访王汝刚先生。这位家喻户晓的人物，虽每日工作安排紧凑，仍挤出一小时接受了我的采访。首次面对面聆听他用标准沪语清晰流畅讲述"洋泾浜"及报童小学的故事，宛如一堂精彩的著名艺术家人生大课堂。我依其讲述，前往相关地方勘察、踏访，后写出稿件。令我感动的是，王汝刚先生认真审读文稿，指出谬误之处，还提供诸多新线索，使文稿更趋立体丰满。有时我致电未通，但不多时他便会回电答复问题，并依我提议，找出他少年时照片翻拍给我。此篇文章"功夫在书外"的分量着实很重。王汝刚先生夸赞我："侬做事体很好。""以后我有事体请侬帮忙可以伐？"我欣然回应："能为王老师做点事我很荣幸！"人民滑稽剧团的戴建君经理也告知我，王汝刚先生对他说了同样的话。

书中有篇发表于《上海滩》杂志的《上海滩的电影世家——张翼与他的儿孙们》，是我采访张云立先生及其夫人马宗瑛，获取一手资料撰写而成。20世纪90年代我当选虹口区人大代表时，便知晓张云立代表是上影厂饰演叶剑英元帅的特型演员，彼时我是提篮桥社区（今北外滩社区）代表，他是四川北路社区代表，虽未谋面，但我记住了他的名字。或许与他们夫妇缘分匪浅，2018年夏的一天，我应石晓华导演邀请参与上影厂老导演、老演员观影活动，不期而遇，见到张云立夫妇，友谊自此开启。此后我多次采访他们，写了他们夫妇及家族的故事……他们总说："林凤，阿拉是自家人，侬有空多来坐坐。"还由张云立口述，我执笔写成了自传——《张云立影艺人生》。鲐背之年的张云立，为自己和夫人购置墓地，放心地将墓志铭交予我写。在他们的人生大课堂里，我领略到其经营家庭、事业的智慧和为人处世的美德，为有这样的忘年交而自豪。

当然，如同王汝刚先生、张云立和马宗瑛夫妇一般，我采写的每一位对象都令人难忘且敬重，他们亦堪称人群中的闪亮坐标。如今编辑出版《最耐读的他们》，每整理一篇稿件，我都感觉自己仿佛又随被采访者经历了一段心路历程，感悟到每个人都能在阅读理解生命精彩意义的体验中，为自己营造精彩壮阔的人生。

2024年10月

目　录

人生大课堂（自序） ……………………………………… 001

第一辑　文脉悠长

正义与邪恶的交锋
　　——高文彬全程亲历东京审判 ……………………… 003

琐忆高文彬先生 ……………………………………………… 009

裘永强：微雕艺术一丝不苟 ……………………………… 022

潜心古籍　皓首学问
　　——范祥雍事略 …………………………………………… 027

廖世承：中国现代教育园地的垦荒者 …………………… 037

谭寄陶和他的"朋友圈" …………………………………… 046

田永昌：情醉赏壶中 ……………………………………… 053

罗新安：热衷青少年教育的将门之后 …………………… 057

古瓷相伴韵入画
　　——海上名家王文明收藏艺术略述 ………………… 061

关紫兰：从民国走来的女油画家 ………………………… 065

王通：独立自由勋章的设计者 …………………………… 069

一身童真任遨游
　　——儿童文学作家、翻译家任溶溶的故事 ………… 075

宋桂煌：中国翻译高尔基小说第一人 …………………… 081

曹聚仁在"八一三"淞沪抗战中 ………………………… 089

一生坎坷志不渝
　　——孔另境从事进步文化活动传真 ·················· 095

王凤青：在山阴路与名人交汇 ··················· 100

方寸之间有天地　艺苑华彩长留存
　　——西泠印社创始人丁辅之虹口寻踪 ·················· 103

一生诗意付"心笛"
　　——泰戈尔的中国传韵人孙家晋二三事 ·················· 107

第二辑　德艺双馨

从报童小学走出的王汝刚 ··················· 115

听银铃合唱队银铃般的歌声 ··················· 121

石晓华：女导演的初心情怀 ··················· 125

上海滩的电影世家
　　——张翼和他的儿孙们 ·················· 129

徐才根：电影艺术界的"不老松" ··················· 137

王金林：乐在小提琴收藏 ··················· 141

董敏和"傅艺之友" ··················· 145

郑仲英：从抗日小女兵到歌唱艺术家 ··················· 149

阿拉的"老师妈妈"陈翠珍 ··················· 153

郑德仁：音符串起的精彩人生 ··················· 157

为了袁雪芬院长的嘱托
　　——"贺老六"饰演者史济华的故事 ·················· 164

曹雷：精彩不只在舞台 ··················· 167

第三辑　军魂烁金

英勇女八路 ··················· 173

顾治本：亲历开国大典，我自豪 ··················· 176

陆里乔："党史爷爷"的初心 ··················· 180

把胜利的腰鼓在上海打响
　　——曾任上海市军管会接管干部的郑家兄弟姐妹忆往事 ········· 184
向能春：从"娃娃兵"到大导演 ················· 190
刘光军：幸福的百岁老战士 ················· 194
鏖战长空扬国威
　　——南京军区空军原副司令员韩德彩中将的传奇故事 ········· 198
傅泉：从抗日烽火中走来的"小八路" ················· 208
陶勇司令是我的证婚人 ················· 218
我两次"牺牲"在涟水保卫战 ················· 222
邹越人：战场上五次与死神擦肩而过 ················· 226
从小红军到"飞将军"
　　——东海舰队原副司令员李文模的戎马生涯 ········· 234
陈冠宁：好男儿当自强 ················· 240
烽火硝烟路漫漫　少年八路勇抗日 ················· 245
让日伪军闻风丧胆的新四军游击队员 ················· 255
抗日烽火中的上海一家人 ················· 264

第四辑　丹心碧血

"红色小开"谢旦如的革命情怀 ················· 277
黄圭彬：隐蔽战线"平凡"的战士 ················· 283
丹心碧血换新天
　　——缅怀牺牲在上海解放前夕的张困斋烈士 ········· 287
上海塘沽路62号
　　——也曾有"永不消失的电波" ········· 296
解放上海有他的功绩
　　——田云樵在中共隐蔽战线的英雄壮举 ········· 302
战争，没有让女人走开 ················· 311
抗敌救友尽忠诚　爱国殉身重千古
　　——记爱国实业家项松茂 ········· 322

陈尔晋伉俪牺牲在上海解放前夕

　　——亲手打下日寇军机的国民党高官　潜伏在敌人心脏的中共神枪手 ·········· 328

中共隐蔽战线的"小钢炮"

　　——"策反英杰"王亚文的印迹 ······································· 338

将军献身黎明前

　　——国民党中将张权为上海解放壮烈牺牲 ··························· 344

第五辑　凡人微光

沪上人家的两大本工资单 ··· 353

住在老渔阳里 2 号的赵文来 ··· 358

飞得最高的"中华牌"铅笔 ··· 363

"好阿姨"的异国友情 ··· 369

"爱心剪"凝聚快乐

　　——全国劳模殷仁俊和义务理发团队的故事 ····················· 372

劳模全照妹奖状背后的故事 ··· 377

屠刀下的幸存者 ··· 385

后记 ··· 389

第一辑

文脉悠长

正义与邪恶的交锋

——高文彬全程亲历东京审判

　　导语：1946年5月3日至1948年11月12日，远东国际军事法庭在东京对二战中的日本甲级战犯东条英机、土肥原贤二等进行国际大审判，史称"东京审判"。高文彬先生曾担任远东国际军事法庭中国检察官办事处秘书、法庭翻译官，于1946年赴东京参与审判日本战犯的工作，是我国唯一健在的东京审判全程亲历者。本文作者曾多次采访高文彬先生，根据其回忆的东京审判的诸多历史细节形成此文。

　　1998年，我到虹口区北外滩街道（原提篮桥街道）从事社区工作，听闻辖区内的宝华居民区有位高文彬先生，曾参加过东京审判，经联系，我怀着兴奋与敬仰之情前去拜访。自此，我与高文彬先生多有交往。数年后，他成为中国唯一健在的东京审判全程亲历者，讲述的往事弥足珍贵。

被录用为翻译官

　　高文彬1922年12月26日出生于上海。"八一三"淞沪战争中，他家所在的唐山路元吉里被日军炮火炸毁，全家逃难到租界。少年高文彬深切感受到国家被侵略的屈辱苦难。

　　1941年，高文彬考入东吴大学法学院。1945年7月毕业后，入职上海市地方法院任刑庭书记官，但乌烟瘴气、腐败堕落的官场，令高文彬深感失望和窒息，仅两个月后，他就决意辞职；后又到上海市老闸区公所任职户政股长，不久也愤而辞职。

1946年初，东京审判的中国检察官向哲浚先生到东京，带去了大量揭露日军罪行的证据资料。因国际军事法庭官方用语为英语，并且采用英美法系审判，所以要将所有的资料翻译成英文，急需既会英文又懂法律且熟知英美法系的专业翻译官。这些要求，高文彬全都符合。经东吴大学法学教授、上海著名律师刘世芳推荐，他们在华懋饭店（今和平饭店）见面。向哲浚亲自面试，录用了东吴法学院的高文彬、郑鲁达，交大毕业生、获美国宾夕法尼亚大学硕士学位的周锡卿，圣约翰大学毕业的张培基和毕业于重庆东吴法学院的刘继盛。

几天后，高文彬和其他被录取人员接到向哲浚通知，再次来到华懋饭店，却是观看乘坐飞机遇到紧急情况时如何应对的影片。向哲浚关照他们："我即刻赶赴东京，向盟军总部汇报，你们在上海等我的电报。"10天后，向哲浚发来电报，盟军总部同意他们任职中国参与东京审判的翻译官。

高文彬一行5人从上海江湾机场乘坐一架美国军用运输机抵达东京。他们不但带去了控方资料，还有南京大屠杀中幸存的一男一女两人同行。

远东国际军事法庭设在东京涩谷原来的日本陆军士官学校，选择在这一日军侵略战争发号施令的中心，作为审判日本战犯的法庭，具有正义必胜的象征意义。法庭在一块小高地上，车辆要花五六分钟从下面开上去，上面飘扬着战胜国的国旗，进门口有一个小花园，前面是演讲厅，后面是练兵场，中央的一个小土堆上竖着一木制标牌：远东国际军事法庭（International Military Tribunal Far East）。

中国任东京审判的检察官向哲浚的秘书是燕京大学毕业的刘子健，另两位是东吴法学院30年代毕业生裘劭恒和朱庆儒。中国任东京审判的法官梅汝璈的秘书：一位是罗集谊，会日语但不会英语，是中国外交部指定的；另一位方福枢是梅汝璈自己选定的，也是东吴法学院30年代毕业生。方福枢后因病不能继续工作，向梅汝璈推荐了同样毕业于东吴法学院的杨寿林。

法官座次排位之争

远东国际军事法庭有来自中、美、英、苏、澳大利亚、新西兰等11个同盟国的11名法官组成。庭长由澳大利亚法官韦伯担任。11名法官的座次如何安排？韦伯有意使亲近的美、英排在一、二位。梅汝璈得知后，严肃地指出："若论个人之座位，我本不在意，但既然我们代表各自国家，我还需请示本国政府。"并说："法庭座次应按照日本投降时各受降国的签字顺序排列才最合理。中国受日本侵害最惨烈、抗日时间最久、付出牺牲最大，理应排在第二位。再者，没有日本的无条件投降，便没有今日的审判。按各受降国的签字顺序排座，实属顺理成章。"梅汝璈又笑称："如果各位同仁不赞成这一办法，我们不妨找一个体重测量器来，然后以体重之大小来排座，体重者居中，体轻者居旁。"一席话，说得法官们都笑了起来。

但开庭演习时，宣布的入场顺序，英国法官仍排在第二位。梅汝璈果断地脱下法官袍，据理力争：我的建议大家少有异议，为何不被采纳？要求付诸表决，否则不参加预演，回国提请辞职！庭长只好同意表决。表决结果，梅汝璈的建议获得通过，中国法官的位置被安排在第二位。梅汝璈的这一举动让中国人倍感扬眉吐气。

1946年4月29日，东京审判检察长、美国人季楠正式向法庭递交起诉书。过了一天，起诉书被送到28名被告手中。1946年5月3日，远东国际军事法庭开始对第二次世界大战中的日本甲级战犯进行审判，乙级和丙级战犯则由战胜国在各自国内审判。

见证战犯被绳之以法

每天早晨，荷枪实弹的美国宪兵将被告从关押他们的巢鸭监狱提出，由用黑布蒙着车窗的军用巴士送到法庭，前后各有一辆军用吉普押送，下午庭审结束后，再按原样押回。

中国检察官向哲浚在法庭大义凛然又淡定从容。他的英语表述准确流畅且铿锵有力，为中国做的检控开场白非常精彩，连美国人都由衷地称赞他。由于法庭采用的是英美法系的无罪推断，要将这批日本战犯绳之以法，不但要有充分具体的证据，还要具备应对英美法系抗辩制紧张较量的能力。经过向哲浚、梅汝璈及其他十几位中国同仁殚精竭虑、艰苦卓绝的斗争，以及与其他国家审判人员的积极合作，东条英机、坂垣征四郎、土肥原贤二、松井石根等7名战犯被判处绞刑，另外21名战犯分别被判无期或有期徒刑。

鲜为人知的是，还有一些漏网的日本战犯，以卑劣手段逃脱了法律制裁。日本天皇宣布投降的当晚，有以死效忠天皇者在皇宫前跪拜，写上本人的名字后剖腹自杀。然而这些自杀者的名字竟然在半夜被换上理应受审战犯的名字，造成其自杀的假象，并在第二天报纸上大肆宣扬其效忠天皇的武士道精神，从而使战犯逃脱法律的制裁。过一段时日，这些人换个假名又冒出，在一些伪装成会社、商行之类特务机构供职，充分暴露日本军国主义野心不死的本质。

溥仪出庭做证

1946年8月16日，清朝末代皇帝溥仪出庭做证，成为东京审判中最轰动的一幕，就连日本的《朝日新闻》也把溥仪的出庭说成是东京审判中"一个划时代的日子"。

溥仪穿一套深青色西装，白衬衫，黑领带，戴副玳瑁眼镜，一缕头发垂在前额上，一口地道的"京片子"。作为日本侵略中国东北的直接见证人，溥仪详细陈述了日本怎么样策划建立"满洲国"，如何把他从天津弄到旅顺，又从旅顺弄到长春，做了伪满洲国的傀儡皇帝。溥仪连续出庭8天，创下了远东国际军事法庭两年庭审单人做证时间最长的纪录，揭露了日本分裂中国的阴谋和侵华的事实。

溥仪的出庭过程，从一个侧面反映了东京审判是历史上规模最大、历时最长的一次国际审判。当被问及为何审判历时两年半之久？开庭818次之多？高文彬先生分析道：一是案情太复杂，牵涉面太广。从1928年日本关东军制造"皇姑屯事件"炸死张作霖起始，到日军侵略香港、菲律宾，发动太平洋战争，直至1945年日本无条件投降，由松花江一直到南太平洋群岛，涉及的国家多，搜集的证据繁多。二是语言障碍。通常需要用英语和日语进行翻译，特别是不同国家之间，辗转翻译很是费时。比如溥仪出庭做证8天，实际说的话是2天，其余时间都在翻译上。三是因为东京审判法庭审案采用的是英美法无罪推断的抗辩制，被告律师利用这种审讯制度死赖纠缠，妄图为被告开脱罪责，以致审判进行了两年多方告结束。日本虽然战败了，但很多被告的家庭非常富裕，不惜重金聘请美国律师。当时一些美国律师在日本享有特权，居住豪华旅馆，月薪五六百美金，一天的伙食费却不到一美金，还可以经常购买比国内市场价格低得多的高档物品。这可能也是他们并不厌倦在日本待得久的原因之一。

高文彬当时住在东京七重洲旅馆，与一名美国军官同室，月薪是250美金，那时50美金抵得一两黄金。半年后，他任职向哲浚检察官秘书，月薪为300美金。先生笑说了一件憾事："每次旅馆有价廉的高档用品供应，会事先公布在旅馆的简报上。一次有罗莱克斯金表售卖，售价80美金。我那时大学毕业不久，不知什么是名表，受托为朋友买了一块。后来听说此表如何尊贵，欲想下个批次自己也购买一块，却再也没遇见机会。"

高文彬先生还指出：现在有些影视剧和文章中，有法官梅汝璈与检察官向哲浚在小酒馆相聚、讨论案情的情节，这是不懂法律的编撰。为体现司法的公正性，法官、检察官在案件上是不能有往来的。梅先生和向先生都是规规矩矩的学者，不可能有这种情况出现。

发现"百人斩"战犯罪证

在南京大屠杀死难同胞纪念馆，悬挂有高文彬先生的巨幅照片，以表彰他在揭露日军南京大屠杀中提供了重要证据。

南京大屠杀无疑是第二次世界大战中日军暴行最为突出的一个事件，是东京审判的重要部分。法庭审判是对外开放的，在法庭门口有一间小屋，每天民众可以领取旁听券，领完为止。高文彬回忆："起初很多日本人是抱着怀疑的态度来旁听对南京大屠杀的审理的。当时日本对国内言论控制严格，日本官兵在其他国家做的很多灭绝人性的坏事，都被说成是'勇敢作战'。闻听南京大屠杀的真相，日本民众都非常震惊，退庭时，他们因良心受到强烈谴责而无地自容，很多人都低着头，不敢正视中国人。"

高文彬也是在东京审判中第一次全面了解了日军的滔天罪行。为了让逍遥法外的刽子手得到应有的严惩，他在国际检察处卷帙浩繁的资料、档案中废寝忘食地搜寻证据。1947年年底的一天，他在一张1937年《东京日日新闻》报纸上看到一篇题为《百人斩超记录》的报道，文章对日本少尉军官向井敏明和野田毅从淞沪战场向南京进侵途中，开展的"百人斩杀人竞赛"的时间、地点、杀人过程，都记录得特别清楚，并丧心病狂地配发了照片。向井敏明杀了106人，野田毅杀了105人，但分不清谁先杀满了100人，于是，向井和野田便相约重新开始以杀满150人为目标的竞赛。照片上两个杀人狂并肩跨立，军刀挂地，如恶魔般狞笑着。

悲愤至极的高文彬立即将这张报纸复印3份，一份留在检察处办公室，另两份寄给了南京军事法庭庭长石美瑜。中方立即向盟军总部提出抓捕罪犯。彼时，两个杀人狂魔已经混迹于被遣返的日军中回到日本。经过半年多艰苦搜寻，终于在日本埼玉县发现了二人。杀人狂魔已然成为头裹白布，在街边设摊的小商贩。被押解到南京接受审判时，二人与南京大屠杀主犯之一谷寿夫一样，在法庭上百般抵赖，拒不认罪，但确凿的证据不容他们狡辩。1948年1月，向井明敏、野田毅被判处死刑，与谷寿夫一起被押到南京雨花台刑场执行枪决。

签收审判战犯的庭审记录是高文彬的工作之一。每天，一位美国少尉会把上一天的庭审记录送来。一般每个国家送一本，考虑到当时在东京的中国法官、检察官和工作人员大多曾在东吴法学院读书或任教，高文彬要求每天多给一本，结束后可以作为珍贵资料送给母校。两年多的庭审记录有近800本，他将每若干本装订成一册，打印上日期，贴在书脊上，共有两大木箱。当时的飞机太小无法运载，1948年8月17日，高文彬随向哲浚乘坐"美琪将军号"轮船从横滨到上海，一套庭审记录由向哲浚送到南京国民政府司法行政部，另一套则由高文彬送到东吴法学院。

在中国人民抗日战争暨世界反法西斯战争胜利75周年之际，谨以此文向曾参与东京审判者致以崇高的敬意！

（原载《炎黄春秋》2020年第9期）

琐忆高文彬先生

时间定格在2020年9月7日凌晨3点10分。世界最后一位全程亲历东京审判的高文彬先生，走完传奇的一生驾鹤西去，享年98岁。

早晨醒来，我习惯地拿起手机刷屏，高文彬先生的女儿高岚从美国发来的信息赫然入目："我爸凌晨3∶10去世了。"我潸然泪下，噩耗既在意料之中，又在意料之外。之前，我几次到上海市第一人民医院老年病房探望先生，9月1日下午，我再次去探望，陪护他的梅姨告诉我："大伯今天对呼唤已经没有回应了。"我伫立在先生病床前，明知不可能却还期待奇迹出现：不能语言的他，冥冥之中肯定在期盼女儿和她们的孩子回到身边，让他再见上一面。可叹世事难料，新冠病毒横行让世界按下暂停键，他的两个女儿分别被阻隔在美国和澳大利亚。悲痛中，我与先生相识二十多年的往事一幕幕浮现在眼前。

2020年第9期《炎黄春秋》杂志上，刊发了我采写的《全程亲历东京审判的高文彬》。本文，将我所见到的素心长青、淡泊明志的高文彬先生的风采展现给读者。

一

1998年，我初识高文彬先生。这年，我到虹口区北外滩街道（原提篮桥街道）宝华居民区担任党支部书记。听说辖区内有位高文彬先生参加过东京审判，我抑制不住兴奋和敬仰去拜访他，因为不久前我读到《文学报》上"京沪学人的世纪悲情"，被强烈震撼，文章详细介绍了北京、上海两地的中国法学精英参与编纂《英美法大词典》（注：正式出版时书名为《元照英美法词典》）的感人事迹，高文彬先生也是其中一员。

记得与先生第一次见面的情景。先生住东长治路573弄（宝华里）65号，宝华里是一片修建于1929年的石库门。居委干部张月英陪同我从唐山路62弄纵向弄堂向南直行，在一条横弄堂处左拐来到65号，这是有两扇黑漆大门的石库门，阿姨应声开门。张月英介绍，这是高家的保姆方姨，高文彬父母在世时，她就在高家，一直到如今。

先生热情地将我们迎进客厅，让方姨端上茶摆上小点心。我满怀敬佩之情对先生说起，看到"京沪学人的世纪悲情"上有介绍他的，激发了先生的谈兴，叙述当年的东京审判，令我受益匪浅，不知天高地厚地提出采访先生，先生爽快地应允。我完稿后请先生审阅，他认真地阅读后修改了几处。但看先生的字迹，工整隽秀挺拔。这是我第一次采写先生，题为《散淡襟怀志不渝——法学教授高文彬二三事》，刊发于1998年7月的《上海法制报》（现《上海法治报》）。这篇文章还引发了一个小插曲，与先生住同弄堂的一位退休厂长，看到文章特地找我，带着质疑的口吻说："张书记，高文彬可是历史'反革命'啊，你这样写他合适吗？"对于老人的想法，我做了一些引导，毕竟，当时对于东京审判和高文彬的报道还不多见。

从此，我与先生多有交往。有时，他让方姨到居委会请我去，有时我打他家电话，表达登门拜访的意愿，他总是爽朗地说："小张啊，欢迎，欢迎。"聊天中听他讲述坎坷精彩的人生，我多次将他的经历写文章发表在报刊上。2002年5月，主标题为"风雨人生路 拳拳报国心"的文章，整版发表在《上海老年报》头版。我到先生家送报纸，他笑对我说，你这篇文章可有影响啦，很多人打电话给我，我的校友徐开垒的弟弟徐开垒打电话问我，作者是从事什么工作的，文章写得很好。听说是居民区党支部书记，他很是惊讶。于我，无疑是莫大的鼓励。

当年的东京审判，中国代表团先后仅派出17人，全程参与的更少。有人建议高文彬写自传，先生也有此意，只是当时他正参与《英美法律大词典》的编纂审定，还要带教研究生，颇感心有余力不足；有人就毛遂自荐为他写传，先生不中意，而是意欲让我为他写，我怕自己力有不逮，就说试试吧。

于是，我每周到先生家一次，却只采访了三周就坚持不下去了。对于我这样一位基层的居民区党支部书记，又是工作在老城区，那年代是"上面千条线，下面一根针"，每天忙于处理大量烦琐具体的事务，加上还要照料就读小学的女儿，每天忙得精疲力竭，采访被一拖再拖，终成遗憾，心胸豁达的先生从未因此对我有所责怪。

二

高文彬出生在虹口唐山路的元吉里。小时候的他是调皮好动的，喜欢捉蟋蟀。晚上，拿根竹竿，在弄堂里阴暗面的墙角处盯住小洞，将竹竿伸进洞里拨弄赶出蟋蟀，再用小网兜罩住，放进自制的竹竿筒，第二天就可以与小伙伴在弄堂里展开蟋蟀鏖战了。有一次竹竿伸进洞里却动弹不得，拽出一看竟然是条蛇，吓得扔下竹竿就逃。

少年高文彬就读于澄衷中学。高文彬的父亲高长龄、女儿高岚三代人都在澄衷中学读过书。1999年，澄衷中学举行建校一百周年纪念会，他收到邀请函，请我随他一起参加。座席中，我见到了时任虹口区区长的薛全荣，已经离休的虹口区委原书记卢丽娟。我们还拍照留存纪念。

"八一三"淞沪战争爆发，元吉里的高家被日本军机炸毁。父母带着他们四个子女逃难到租界，他们在康定路733弄的绿杨村住过，绿杨村对面是庆余坊。高文彬是家中老大，老二是妹妹高静芳、大弟高文隆、小弟高文魁。以后，他们将家安置在东长治路的宝华里（现已拆除）。

宝华里这片石库门，是毗邻的雷士德工学院专门为员工提供的。高长龄是雷士德聘请的总会计师，与雷士德关系很好乃至称兄道弟，雷士德承诺介绍高长龄到英国留学，只是还未来得及付诸实施，雷士德就因病与世长辞了。高长龄是有行医资质和处方权的中医，秉承悬壶济世的理念，经常义务给弄堂里的人诊病开药，还到东长治路宝华里对面的"人民中药店"坐堂义诊。新中国成立后，高长龄在上海中医文献研究馆专门从事中医修史。中药店坐堂的医生，都有名字和家庭住址留存店里，20世纪60年代中期，造反派根据名单，找到宝华里的高家要抄家。对高长龄心存感激的左邻右舍纷纷出面阻止。人们说，高医生不但医术精湛，而且为人看病从不收费，这样行善积德的好医生不应被抄家的。此事得以平息。

高文彬在澄衷中学毕业后，考入东吴大学附中，1941年又以优异的成绩直升东吴大学法学院。关于大学毕业后，被向哲浚慧眼识得参加东京审判，我还听他说过一件有趣的事。那次，我陪同《解放日报》记者沈轶伦到他家采访，他说起1945年春天，与几个好同学到武昌路一家广东人饭店聚餐。邻桌一位自称会看相的食客，颇有兴致地为他们几位预言未来。轮到高文彬，食客说，你的一生不会发财，人生会有波折，不过眼下，你即将远行。食客信口之说，竟然有惊人的巧合，1946年5月，高文彬参加东京审判。此时，坐在家中的先生笑说："后来的一切，还真被那个食客说中了。"

1948年8月，高文彬参加东京审判回国后在父母催促下谈婚论嫁，女方姓余，是上海一家医院急诊室护士长。他用积攒的钱，兑换成金条顶下婚房，将家安置在南京西路吴江路处，新家对面是"大华大剧院"（注：1951年4月1日更名为新华电影院）。婚房的设施很好，有煤气，有带浴缸的大卫生间，他从四明家具店购置了红木家具，据说家具店只进了两套，一套老板自己留用，另一套出售给了高文彬；从日本带回的一部唱机，是美国的最新制造，国内几乎没有见到过，唱机上可以放置12张唱片，开机后唱片会一张张自动播放；他为她到苏州定制了所有要穿到的苏绣旗袍。

意气风发的青年才俊高文彬，与美丽恬静的职业女性余小姐喜结良缘，他们的婚礼是惹人注目的。东京审判的中国检察官向哲浚是证婚人，向哲浚携夫人和年幼的儿子向隆万参加婚礼。向隆万至今记得，天真无邪的他，看到美丽的新娘子，回家就对父亲说，等他长大结婚，也要娶这样漂亮的新娘子。

沉浸在幸福美好生活中的高文彬夫妇，1951年有了大女儿高岚。就在夫妇俩满怀喜悦期待小女儿出世时，祸从天降，受到一名"特嫌"教师的牵连，高文彬于1952年蒙冤入狱。关于"特嫌"教师，我曾经听先生说过，这名教师因为兼职律师，有时难以安排课程，就请他代课，仅此而已，并无其他往来。

高文彬被收押提篮桥监狱，不久小女儿出生。妻子迫于多方压力与他离婚。小女儿由妻子抚养，大女儿则跟随祖父祖母一起生活。狱中的高文彬接到离婚判决书，瞬间觉得天塌地陷，他接受不了相亲相爱的妻子在他最需要时离他而去。27年后，他获得平反回到上海，两个女儿撮合父母复婚共度晚年，此时的他，却再也不愿面对这段婚姻，他认为，她是只能同享乐不能共患难的人。以后，也曾有热心人为他牵线搭桥过两位女士，但却都是短暂接触后即不了了之。

三

高文彬先生在提篮桥监狱八年，刑满释放后，被安置到劳改农场。我多次听先生说起在劳改农场的日子。最近一次是2019年10月的一天，受先生和高岚老师邀请，我们几位朋友到他家共进晚餐。先生说起一件往事：在国家经济困难时期，他们这些干重体力活的劳改人员经常吃不饱饭。那位浙江宁波籍的农场医生对他说，农场附近有个渡口，江上来来往往的渔船有卖黄鳝的，很便宜的，你家经常有钱寄你，不妨买来滋补身子。他疑惑地问，这"东西"没有油盐酱醋的怎么吃啊？场医点拨他，你如今可不是为了好吃，而是为了活命啊。他顿悟。经常从渔船上买来黄鳝，就在野地里找几块砖头搭一下，找些枯树枝点燃，将黄鳝放在搪瓷杯里煮熟吃，由此获得营养，有了健康的体魄，坚定了向往新生活的信念。他找到一切可以阅读的书籍和报纸，如饥似渴地学习了解相关知识，父亲每月为他寄来《北京周报》，这是中国唯一的国家级英文新闻周刊，英文版的《毛主席语录》，他背得滚瓜烂熟，每天还坚持记英文笔记。

那是一段不堪回首的岁月。高文彬先到江苏大丰农场，又辗转到江西的珠湖农场、朱港农场、永桥农场。作为书生，他在零下十多摄氏度的冰天雪地里，穿着单衣裤，干着挑土围堤的重体力活，意志稍有松懈，就可能躺倒再也起不来；在三十多度的烈日酷暑下，赤膊赤脚只穿一条短裤，背上搭块毛巾遮阳，在农田里干活儿，晚上睡觉背不能贴在席子上，否则皮肤会与席子黏在一起。

那次，我去先生家，正逢高岚回沪。她说起父亲蒙冤的日子，令我印象深刻。高岚说："父亲出事后，许多人对我家唯恐避之不及，但是向哲浚先生和夫人每年都会来到宝华里，看望我的祖父母，祖父母与他们年龄差不多，见到他们称呼'向先生、向夫人'；倪征𣎴先生是新中国的首任国际大法官，中国驻海牙的外交官，他到上海来，也是不避嫌地到宝华里我家探望，并住在宝华里。那时，二楼是叔叔的房间，叔叔就住到三楼，将二楼专门打扫和布置，让倪先生住下。改革开放后，倪先生到上海，就请他入住上海大厦，是叔叔去订的房间。"高岚还说，她移民美国后，第一次回国直接飞北京，探望住在东交民巷的倪先生，带给他的波士顿大龙虾，经过长途飞行还是活的。爸爸是"反革命"，交往的人却都是有声望的，他们了解爸爸的人品。抗战胜利后，爸爸与杨寿林、向哲浚、倪正𣎴等人，每周轮流做东聚会一次。

高岚回忆起跟着祖父母生活在宝华里的一些事："爸爸喜欢唱片，从日本带回很多唱片。那段日子，祖父生怕被抄家，就让我和他一起将一张张唱片踩坏拗断扔进垃圾箱。还在一架很好的打字机上贴上纸条，写着'这是不肖儿子高文彬的打字机'。家里三楼的门一直是锁着的，里面有台很好的收音机，祖父不让我收听的。"高岚如今想到这些，祖父的一片苦心，她都理解了。

高岚是67届初中生，也到江西插队。当时，农场领导知道了高文彬的经历和他出色的英语功底，很尊敬他，安排他到农场学校教英语。那时，高岚自学英语，高文彬经常把给学生做的考卷寄给她，她做完后寄给他，他批阅后再寄还给她。爸爸的帮助和指点，女儿的英语水平提高很快。鉴于高岚的优异表现，她被当地推荐到吉安师范学校读书，毕业后成为江西一家厂校的教师，她利用业余时间辅导其他工程师的"电大"英语。返沪后，高岚依靠努力自学考上大学，并于40岁那年去美国读研究生，后定居美国。她将女儿苓培养得非常优秀，小学和中学都荣获学生中的最高奖——美国总统奖。如今苓已是一家著名医院的专科医生。高岚说，爸爸坚韧不拔的意志、自强不息的精神，是激励我一路走来的动力。

高文彬56岁那年回到上海，进入上海海运学院（今上海海事大学）。他以只争朝夕的惊人毅力和能力与时间赛跑，很快成为学校国际航运系教授，讲授国际法、海洋法、国际私法三门课，参与翻译《国际法译丛》《国际私法译丛》等。20世纪90年代，他应邀到美国缅因州大学法学院和加州大学海斯汀法学院讲学一年半，被海斯汀法学院推荐为"马文·安特生基金会"第一任外国专家讲师。

参与编纂《英美法大词典》是高文彬晚年浓墨重彩的一章。虽然这是一项精细、繁重却没有报酬的工作，但先生想到这样一部权威的英美法词典问世，对中国法学界、中国法律工作者，对推进中国依法治国都有极其重要的意义，他义不容辞地承担下来。先生负责的是以A、D、H为首的词条的校订。编委会把经过英中对译的初稿送到他家，而后定期把校订后的稿件取回。请他审阅的初稿都是手写稿，看起来颇费劲。他一丝不苟地对每一条目进行审定，边对照边勘误，有出错的地方，用细细的笔写上工整的字修正，抄写后贴到样稿上。六本比砖头还厚的参考大词典，查阅对照让先生耗力不少，他废寝忘食地工作，为此病倒住院依然无怨无悔，直至最终迎来《元照英美法词典》的出版。

与高文彬先生交往二十多年，先生有令我非常崇敬和感动的一面：他的使人生路上有挫折有坎坷，但我从未看到听到他有任何抱怨和指责，他的爱国情怀始终真挚敞亮。他带教的研究生经常上门探望导师，他叮嘱他们，无论到哪里，在哪个岗位工作，一定记着自己是中国人，要为维护国家尊严和利益出力；他时常嘱咐在国外的女儿和小辈，不能做任何有损祖国的事；他不辞辛苦地为青少年学生和社区居民开展爱国主义教育，激励人们不忘中华民族的奋斗史，珍惜祖国来之不易的成就。

四

2015年是中国抗日战争胜利七十周年，在英国留学攻读新闻专业研究生的小罗姑娘，要写毕业论文，她选择写中国的抗日战争，涉及东京审判，朋友牵线让她找我，我介绍她采访高文彬。先生幽默地对小罗说："小张是我的老领导、老同学，她介绍的人，我是来者不拒啊。"我乘机自诩："我与高老是忘年交。"

正是有忘年交这层情谊，我们居民区党支部与海员医院联袂举办"高文彬在东京审判"报告会，主讲人是高文彬。报告会这天，海员医院大礼堂座无虚席，连两旁的过道与大门口都挤满听众，人们对先生充满崇敬，在家门口聆听了一场高质量、正能量的爱国主义教育课；我们还安排青少年到先生家听他讲述东京审判的故事，他将参与这些活动看作自己应尽的职责。

先生戏谑地称我是"老同学"，我俩也确实曾经"同过学"，这要从我从事社区工作说起。我的工作之一，是组织居民开展各类文娱活动。为了给居民尤其老年人留下快乐时光，不会摄影的我，用积攒的稿费，买了海鸥DF-300单反相机，来到北京西路江宁路处的银发大厦里的老年大学。顾名思义，老年大学的学员是老年人，人到中年的我不够入学资格，我纠缠着报名处老师让我读摄影班。听了我讲述的原委，老师同意了。我就读了一段时间，将拍摄的照片给先生欣赏，本就对摄影情有独钟的先生也来了兴趣，我俩由此成为同班同学，并且在学期末考试成绩都获得最高级别"A"。

居委会组织活动，先生兴致勃勃地参加。我难忘的是那次组织居民到世纪公园赏梅，先生用自己红圈镜头的名牌相机乐此不疲地为居民拍照。绅士做派的他，融入阿姨爷叔群体中为他们留影，本身就是一幅有视觉冲击力的画面。他对照片的冲印要求很高，每次都送到西藏中路福州路上的专业图片社，居民看到照片上的自己赞不绝口："高教授让我们变得年轻啦。"

高文彬的晚年从容安逸，不变的是海派绅士的神采，在北外滩"和泰玫瑰园"的高档商品房里颐养天年。先生住进玫瑰园还有一个小插曲。21世纪初，高岚为改善爸爸的住房条件回国买房。听先生说，高岚最初的选择是在虹桥一带买房，但他习惯了在东长治路这一带的生活，此时宝华里不远处正有玫瑰园住宅区落成，高岚满足了他的意愿，卖掉宝华里的房子，再买下玫瑰园的住房。

玫瑰园先生家的客厅里，书橱里的书整齐排列，那本《元照英美法词典》格外醒目；茶几上他正在阅读的报纸杂志有十多种；一摞一摞整齐叠放的光碟，显示先生也追剧；墙上悬挂的蝴蝶标本镜框，用金色卡纸镶嵌的红梅图案镜框，是从宝华里带过来的，先生特喜欢的这幅红梅图案，是从挂历上裁剪下来的，我看着先生制作成的；还有一只摆放工艺品的框架，其中有一对从日本带回的蓝色花瓶很奇特，放些水进去会发出蜂鸣声。先生说，他从日本带回的物件，只有这对花瓶了。

尽管先生遭遇磨难，流失了很多宝贵时间，但他总是抓住一切机会学习，所以他学习新知识新事物的能力很强。他自学操作电脑，用英文与女儿发E-mail和视频对话，每天与女儿视频是他最大的乐趣，女儿每年回国一二次探望他。近几年，高岚每次回国，会与阿姨一起推着轮椅车陪伴先生看上海。2019年4月，高岚与女儿一起回上海，推着轮椅车带先生漫游北外滩、黄浦江欣赏上海春色。先生向她们娓娓道来外滩的"万国建筑"、浦东的"三件套"、北外滩的"白玉兰"，高岚母女情不自禁为之赞叹，为祖国的发展建设成就骄傲。

讲究生活品质的高文彬，总是以衣冠整洁、头发纹丝不乱的形象出现在公众场合；即使在家里，在来访者面前，他也从不穿拖鞋而是穿皮鞋的。每天除了看电视新闻，先生还热衷欣赏音乐，看军事题材和经典文学作品的影视剧。前些年，他经常逛影像作品店，每次都会购上几张喜爱的经典正版光碟。那时的我，爱看国外经典名著改编的电影，有时到先生家拜访，他会选出几张邀我欣赏，诸如《简·爱》《红与黑》《德伯家的苔丝》等，还有《加勒比海盗》《侏罗纪公园》之类，先生的讲解评析令我大开眼界。

"采菊东篱下，悠然见南山"，也是先生日常生活的写照。住宝华里时，是在天井里莳花弄草；住到玫瑰园后，就在阳台上盆栽花草，有杜鹃花、蟹爪兰、君子兰、橘树、铁树等。有一段时间，我参加市劳动局举办的插花培训班，经常到杨浦公园附近的花卉批发市场买花材，有几次邀请先生一起乘6路公交电车去逛花卉市场，先生也会饶有兴趣地买下几盆带回家。记得2009年的春节，我携在海事大学读大二的女儿到先生家拜年，带给先生一盆蝴蝶兰，先生很高兴地摆放在客厅的茶几上，正好有一缕阳光投射进来，先生说整个客厅都显得敞亮有生气。

先生品咖啡尝红酒也爱中国茶，尤其喜食大闸蟹。金秋时节，谙熟挑选大闸蟹要领的他，常与方姨一起逛菜场选购大闸蟹。有几次我到先生家，恰遇他买了大闸蟹，于是邀我同尝。有红酒，有大闸蟹相伴，先生讲给我听"老底子"的故事，我为先生讲述我所知道的虹口区发展要略，这情这景，成为我永不褪色的记忆。2019年国庆节后的一天，高岚从美国回沪，父女俩在家里邀请几位朋友共进晚餐，我也很荣幸地在被邀请之列。这天，先生的兴致很高胃口也很好，每道菜都吃得津津有味，还美美地品尝了一整只大闸蟹。未曾想到，这竟是我最后一次去先生家，12月他就患病住院直至离世。每每想到此，总是抑制不住悲从中来。

五

先生已去，音容笑貌还在我眼前。2018年夏的一天，我去拜访先生。他从冰箱里取出一杯茶水递给我，说是天气炎热，特地泡了茶放入冰箱快速降温的。来前，我与他电话联系过。将热茶水放置冰箱里降温，恐怕是先生发明的独特方法吧。先生说，梅姨家乡有事请假几天，居委干部安排钟点工每天上门为他打理家务，他的生活蛮好的。打量眼前这位历经沧桑却满脸慈祥笑容的老人，我的眼睛湿润了。

我们聊一些琐事。先生问："还在上班啊？最近忙什么呢？"我答："我已经退休啦，就在家看看书写写文章。"往往聊上几句，先生又重复问上述的话，我就重复着回答。想到我的爸妈在世时，我去看望他们，他们亦是经常反复说一件事，与先生聊天犹如与自己的父母无拘无束地聊天。聊了一个多小时，感觉先生有些累了，我起身告辞并叮嘱先生有事打我电话，先生照例将我送到电梯口。

先生是"空巢"老人，他的晚年生活先后有两位住家保姆照料。先前照料他生活的方姨，家乡是浙江诸暨，高家人与她相处得和谐融洽。方姨是大大咧咧大嗓门"粗线条"的个性，随先生的侄子、侄女唤作他"大伯"。我在宝华里任职时，是高家常客，也与方姨谈天说地的熟稔。方姨有时抢话头，先生有些无奈地阻止她，方姨不恼不火地不放心上。说来有趣，先生也会调侃方姨，说自己退休金三千多元（注：20世纪90年代末期），每月倒要付给方姨两千元工资。每月的退休金只是过过手，还没有焐热就到她手里啦。有时钞票用豁边了还要向她借。尽管东家与家政阿姨之间账目两清，但他们的情感不是亲人胜似亲人。

2000年春的一天上午，方姨心急火燎地赶到居委会交给我一封信，满脸愁容带着哭腔对我说："大伯生病住院了，让我送封信给你。"我拆开信，是先生清晰隽秀的字迹，他告诉我，经医生诊断，他患了脑梗，已住进第一人民医院治疗。我立刻放下手中的事务，赶往医院探望。饱受病魔折磨的先生，撕扯衣服喘着粗气，目睹此情的方姨难过得流泪却束手无策，我竭力忍住眼泪宽慰先生："高老师，这病能够治愈的，'一院'的治疗条件很好，你很快就会好的。"先生住院的日子，方姨全天候地陪护先生。我每周去探望先生，先生的好体质和坚强意志，确实令他恢复得很快。那次，我又到医院探望他，适逢主治医生带领一批实习医生查病房。病床上，乐观开朗的先生用轻松流畅的英语与年轻医生们交谈，为他们讲述东京审判，还鼓励年轻人放手为自己诊治。医护人员对这位充满爱国情怀的"历史老人"肃然起敬。

也是在先生的病床前，我第一次与高岚相见。那时要上班还要照料女儿的她，回国一次很不容易。女儿的到来，亦是一服良药，减轻了先生的病痛。回国只有十几天时间的高岚，每天从家里烹饪可口美味的饭菜送到医院让爸爸吃，自己吃在医院里订的饭菜。她每天为爸爸战胜病魔鼓劲，病情严重的先生很快病愈回家。我经常去看望先生，但见他手脚还有些微微颤抖，但看得出先生在极力控制，方姨也是竭尽全力照料，先生一天好似一天，最终恢复得很利索。先生又无怨无悔地专注编纂审定《英美法大词典》。他收到大辞典编译室的致谢信："在这行将告别《英美法大词典》创作历程的时节，请惠允我们怀着十二万分的真挚，向您致以世间最崇高的圣礼。悠悠八载，历史会因这一事件而倍显灵光。"《元照英美法词典》荣获"2013年度引进版社科类优秀图书奖"。

方姨要回家乡照看孙辈，先生毫不犹豫地从不多的积蓄中拿出好几万元送给方姨，还将自己心爱的手表赠予她留作纪念。方姨带着对"大伯"的不舍和情意回家乡了。居委干部为先生物色的梅姨到来了，也许，缘分使然，先生和梅姨相处也是和睦快乐的。梅姨将先生的生活安排得井井有条，原本不擅长烹饪的她，在先生的指点下，厨艺大有长进。梅姨陪伴先生聊天，对先生的人生故事也知晓不少。我每次到先生家，她也能说上不少先生的故事。

我们最后一次在先生家共进晚餐，主要是梅姨掌勺，高岚配合，味道还真不错。更有意义的是，这是一次永远镌刻在我记忆中的晚餐。也是在这次聚会中，我听向隆万先生说了一则他父亲向哲浚的趣事。20世纪60年代中期，他们的家在虹口的安国路，向哲浚先生买了很多英文版的《毛主席语录》，热情地询问左邻右舍谁要跟他学英语？结果响应者寥寥，只有隔壁烟纸店的小姑娘有兴趣学。小姑娘在向哲浚的辅导下坚持不懈学英语，改革开放后已能说一口流畅的英语。学有所成的她，被安排到外贸部门工作，以后成为中国派驻联合国的工作人员；而她的哥哥没有兴趣学英语，如今还靠守着小烟纸店维持生计。

近几年先生参加一些社会活动，几乎都是梅姨推着轮椅车送他去的。2019年8月，梅姨还推着轮椅车护送先生到南京，在侵华日军南京大屠杀遇难同胞纪念馆录制口述历史。谁又能想到，仅距此4个月，先生就因病住进上海市第一人民医院，在先生最后的日子里，梅姨日夜陪护他。生活上一丝不苟讲究清洁卫生的先生，骨子里还有"男女授受不亲"的传统思想，躺在病床上不让女护工为他擦身换衣服。梅姨柔声对他说："大伯，你要擦身换衣服啊，不然身上有难闻的气味，你自己不舒服还影响邻床的病人。"他这才同意的。梅姨对我说，大伯在家里，上卫生间、洗澡之类都是自理的。她怕他摔倒不放心要照料他，他却将卫生间门锁住。

高文彬先生出生于1922年12月26日，按中国民俗，祝寿"做九不做十"，年届百岁的先生精气神俱佳，熟识他的人都以为先生会一路无虞地走下去，岂料，病魔的袭击令先生猝不及防。2019年10底才离开上海去美国的高岚，12月听说父亲患病当即赶回上海，妥善安排父亲治疗事宜再赶回美国处理有关事务，春节期间再次赶回上海在医院陪伴照料父亲，直至父亲术后病情稳定才返美。之后，"新冠"病毒的肆虐，令高岚和妹妹被阻隔在万水千山之外。病魔再次向先生突袭，高岚姐妹纵然心急如焚却又无可奈何。病魔无情人有情，先生病重期间，是梅姨不畏新冠疫情威胁，不离不弃守护着先生，护送先生走完人生的最后一程，高岚姐妹由衷地感激梅姨。

　　泣别先生寄哀思，盛德不泯民族魂。先生一生做的两件事情，是他不畏艰难、使命担当的精神境界体现，是连接中国与世界沟通的桥梁，在推进中国依法治国上意义非凡；先生深邃厚重的爱国情怀，铸就他传奇的一生，让后人"高山仰止，景行行止，虽不能至，然心向往之"。先生的名字，必将同其他16位参加东京审判的中国代表团成员的名字一起，永远被载入历史史册。

（原载《杨树浦文艺》2020年第6期）

裘永强：微雕艺术一丝不苟

在今年欢庆新中国成立70周年的日子里，微雕艺术家裘永强抑制不住激动的心情，专门创作了一组发刻作品："贺新中国70华诞""民族复兴 繁荣昌盛"。这组作品是在头发上横向雕刻的，在高倍显微镜下清晰可见。出生于1948年11月的裘永强，是与共和国同步成长的一代人，心中盈满对祖国的热爱和感恩，如今的他，将爱国情怀倾注到了自己的作品中。

广 阔 天 地

童年时的裘永强机灵好动。一次与小伙伴到城隍庙游玩，他在一家工艺品商店橱窗前，透过放大镜看清了一粒米上密集地刻着很多字，这件"米刻"让他惊叹不已。回到家后，裘永强抓了一把米，拿起缝被子的针，坐在天井门坎上又刻又划，结果米粒成了一堆碎米。后来，经一位书画家点拨，他才明白，刻字的米不是真的米，而是象牙颗粒，要从事"米刻"，不但要学习书画，还要学习雕刻技艺。

由此，裘永强与书画、雕刻结缘，有了厚实的功底。经过无数次失败与探究，1969年，他的"米刻"终于问世，在一粒米大的玉石上，他刻上了整首毛泽东诗词《七律·长征》。

后来，裘永强被分配到黑龙江军垦农场。除了必需的生活用品，他还带了满满一箱笔墨纸砚和刻刀。"北大荒"的生活和劳作非常艰辛，赶上抢割小麦，天刚亮，他就下地，晚上8点多才收工。战友倒头就睡，他却在没桌椅、没电灯的情况下，双膝跪在泥地上，借着自制的煤油灯光，在12厘米宽的炕沿上练习书画、雕刻。他的双膝至今留有当年"跪练"的印记。

之后，裘永强调任团部宣传干事，钻研得更勤奋了。采石时，他尝试用山石雕刻作品，几经试验后，居然成功了。篆刻作品在当地的《农垦报》上发表。为了适应"北大荒"的生活，他学会了裁剪、理发、针灸、太极拳等，还从中获得创作灵感。一次为战友理发时，裘永强发现其头发粗实且有弹性，就别出心裁地说要在头发丝上刻字，众人笑他"异想天开"。他却毫不在意，每天利用午休，躲进仓库，用刮脸刀和钢丝制作刻刀研究发刻，却并不成功。一次，他为自己针灸时灵光一闪，何不用针灸针做刻刀？经过两个月的试制，终于在头发丝上刻上了无数的"一"（一道道横画），但因为无法解决字的笔画交叉时头发会断开的难题，而终止了研究。

为 国 争 光

1978年5月，裘永强回到了上海。被分配在上海切纸机械厂，不久调入上海市旅游事业管理局，成为公务员，为他向世界展示中国微雕艺术拓宽了渠道。

20世纪80年代初，上海有位工艺美术专家出访日本要带几件交流的艺术品，找到裘永强。裘永强让他透过显微镜看茶几上的作品，他看到了一对大熊猫，但拿掉显微镜，大熊猫就不见了。专家啧啧称奇："这是'灰雕'啊，图案就像刻在灰尘上。"裘永强则称之为"一点刻"，意即就是要在点上突破。

1983年，中央新闻纪录电影制片厂拍摄《走向世界》，裘永强也在被拍摄之列。导演采访他时疑惑："你的作品怎么这么小啊？"裘永强给他讲了"灰雕"的故事。导演在显微镜下仔细地观看他的"祖国在我心中"的作品，只见米粒大小的象牙上，刻有国旗、国徽、国歌，导演深受感动，灵感迸发，将电影片名《走向世界》改成《零的突破》，希冀中国在第23届洛杉矶奥运会实现金牌"零的突破"。《零的突破》影片中也展示了裘永强"祖国在我心中"这件微雕作品，在国内外引起轰动，荣获上海市微雕艺术特等奖。

1989年，经过几轮选拔，裘永强代表中国，赴日本作微雕表演和展览，被日本新闻界称为"中国微细雕刻第一人者"；他的众多作品被国家作为珍品收藏，有的则出口或赠送国际友人。时任国务院总理的朱镕基专门为他题词：
"艺精于勤。"几十年来，他先后代表中国在日本、斯洛伐克、意大利等地举
办微雕表演和展览。

古 为 今 用

历史不能选择，现在可以把握。正当裘永强的微雕艺术如日中天时，却
数年"伏刀"了。原来，他是不愿再让人们见到他在象牙上雕刻的作品。随
着环境保护意识的增强，他认为拒绝象牙雕刻义不容辞，他对微雕的现代社
会意义和艺术形式，也有了更高层次的认识。他想到了早在秦汉时期已出现
竹简和木牍——在竹条和木片上刻字。那当今能不能在头发上刻字，称作
"发简"呢？受木牍启发，他独创了"甲牍"，就是在一片指甲上刻很多文字。
他说"发简"和"甲牍"，相对于古代的竹简和木牍，只是所用的材料不同，
难度大得多而已，可看作是中华古代文化艺术的延续。

由此，裘永强花了十年时间，苦心研究。有一天晚上做梦，他梦到有把
刀可以用作发刻。被惊醒后，他立即起床画下了梦中的刀，竟也与针灸针相
仿。日有所思，夜有所梦，原来他在为妻子针灸时，再次受到针入穴位毫厘
不差的启发。他因此发明了"三指捉刀法"。所谓三指捉刀，即刀尖就在指头
下，用意识指挥中指，完全凭手感经验几乎盲刻，将字刻得微乎其微。他终
于在一根头发的纵面上刻下"千里之行，始于足下"一行草书，这也成为他
真正的首件发刻作品。

裘永强的微雕艺术炉火纯青，在半粒米大的玉石上，刻上了《兰亭序》
与跋。他又"得寸进尺"：能否在头发的横端面上雕刻呢？为纪念马克思，他
成功地在头发的横端面刻下马克思头像。创作过程异常艰难，足足一年时间
里，他每天晚上刻，经历了无数次失败后，在高倍显微镜下，裘永强发现头
发有髓孔，绞尽脑汁后，他豁然开朗，利用马克思大胡子的特点，将髓孔掩
遮到大胡子里。有了新发现，裘永强兴奋极了，连续两天两夜没合眼，完成
了这件鬼斧神工的作品。

人 与 自 然

步入晚年的裘永强刻刀不辍，他有一个愿望，想举办一场主题为"'人与自然'的微雕艺术展"，所用材料就是头发和指甲，其用意是呼吁全世界大力保护地球生存环境。

裘永强与妻子感情甚笃，妻子对于他沉湎于微雕艺术、顾及不了家事从无怨言。不幸的是，前年妻子罹患重病去世。妻子离世前半个月，裘永强为她理了发，将头发保存下来。他答应妻子，会用她的头发创作保护环境的微雕艺术品参展。

裘永强介绍，创作一件微雕作品，往往要聚精会神一气呵成。笔者禁不住问他，长时间埋头创作，眼力手力还能掌控吗？他坦诚相告，随着年龄增长，人的定力会受到影响。比如年轻时刻一部《心经》，很早起床用过早餐开始创作，一直到晚上十点钟完成，其间是不吃午餐，基本刀不离手。今年初，他受朋友之托，又刻《心经》，刻了两次都失败了。春节别人走亲访友，他端坐在工作台前整整一天，终于艰难地完成了这件作品。

为庆祝新中国成立70周年，裘永强萌发用发刻作品纪念。去年70岁生日时，他特地将头发剪下选好，留存到今年创作。一件发刻是"民族复兴 繁荣昌盛"，用金文字体刻成，寓意中华民族悠久的文明史诗；另一件发刻"祝新中国70华诞"，则用现行的简化汉字，作为新中国兴旺新貌的展示，两句话后都有他的名字落款。发刻完成后，裘永强又精心将枣核雕刻成一艘龙舟，象征中华文化与民族精神，并将"民族复兴 繁荣昌盛""贺新中国70华诞"的发丝穿入龙的鼻孔，使龙首愈加形象逼真。

采访手记：一丝不苟

微雕艺术差不得毫厘，需要一丝不苟的精神。笔者与裘永强相识十多年，对于他印象最深刻的不是他微雕的技艺，而是他做事的一丝不苟。一次，笔者单位在相关中学举办"我看祖国山河美"征文活动，他是评委，对于收到的300多篇稿件，他每一篇都认真阅读过，无论落选还是入围都给出恰如其分的评语，这正源于他的一丝不苟。曾长期工作在旅游行业的裘永强，有丰富的旅游服务经验，退休后还经常到宾馆义务指导，尤其在餐饮和客房等服务上给予示范，如大厨雕刻技艺，客房布置、迎宾礼仪等技能，他一丝不苟的奉献精神，赢得了人们的敬重。

（原载2019年11月30日《新民晚报》）

潜心古籍　皓首学问

——范祥雍事略

　　提及山阴路，人们耳熟能详的是鲁迅、茅盾、赵家璧等文化名人，其实，就在相距鲁迅故居不远处的大陆新邨56号，曾经居住过一位被文化名家郑逸梅赞誉为"国宝"的学者，他就是在此居住了二十多年的范祥雍先生。

　　近日，笔者有幸采访范祥雍先生的女儿和女婿范邦菁、陆磊夫妇，领略了范先生做学问"衣带渐宽终不悔"的治学境界，为人处世"高山景行"的可贵品质。

不对等婚姻组成的幸福家庭

　　1913年2月，范祥雍出生在上海南市老城区。年仅四岁时母亲病逝，被寄养邻居家。六岁那年到私塾读书。天资聪颖、记性超强的他，读到大量古诗文，成为他对文字训诂的启蒙。爱读书钻研的他，将父亲给的零用钱全部用来买书。17岁那年，范祥雍期盼报考大学中文系，但家中无力担负学费，只谋到电报局当抄写员的差事。即使工作再累，他也坚持每晚到夜校学习英语和会计学。由于自学能力很强，三年后，他考入市土地局任职员。经济状况改观的他，并不将收入用来改善生活，宁愿节衣缩食，也要买下心仪的书籍，这是他藏书的发端。

　　1937年"八一三"淞沪战争爆发，不久政府机关被汪伪掌控，范祥雍毅然辞职当起家庭教师。抗战胜利后，熟稔会计业务和英语的他与朋友合股创办泰山肥皂厂，担任主管会计业务的副厂长，这段时期，婚姻大事被提上议事日程。经人介绍，他与沈琴琳相识。论家道，沈琴琳是上海川沙沈庄本地人，不仅家乡广有田产，而且市区还有钱庄，家境优越。高中毕业时，家里就为她物色了一户有钱人家，催促结婚，但她坚持上大学，要找有学问的人托付终身。而范祥雍祖籍浙江镇海，早年间为避战乱逃难到上海，属于城市平民，且由于父母早逝，还有两个弟弟要负担。论学历，她毕业于复旦大学经济系，在那个年代并不多见，而他仅仅读过十年私塾，没有受过正规的高等教育，两人的婚姻并非门当户对。可以说，范祥雍的婚姻是与其博学多才分不开的。他涉猎文学、史学、艺术、佛学、历史地理、音韵训诂、版本目录等；还爱好诗词、书法、绘画、戏曲等。他写给沈琴琳的情书，那风骨灵动的书法，令她倾倒。尽管亲戚们都反对这门婚事，但她坚持自己的选择，于1946年与比自己年长五岁的范祥雍结婚。执子之手与子偕老的他俩，走过了艰难却又幸福的一生。

范祥雍夫妇租下山阴路大陆新邨56号整幢房子，为节省些钱购买书，将三楼的正房出租给一对教师夫妇，亭子间保留做书房，在山阴路开启了人生新的一页。他们生育了三个孩子，大女儿范邦菜、二女儿范邦菁、小儿子范邦瑾。

邦菁记忆中，他们大陆新邨的家堪称"书籍的乐园"，楼下的客厅里，显著的位置是一个硕大特制的书橱，分门别类陈列着各个朝代的史籍，是全套的《百衲本二十四史》，还有其他几个放置得满满当当的书橱；二楼的后楼和三楼的亭子间，说成书库更为贴切，堆满了书，连走路都不顺畅；其他的房间乃至走廊也被见缝插针地挤入书籍。他们三个子女，就是在浸润着书香、墨香的氛围中成长的。

20世纪50年代初，少时就热爱中国古籍并不热衷经商的范祥雍，不愿受烦琐事务的羁绊，听从内心召唤毅然辞职回家，一头扎进书山史海，潜心钻研。民以食为天，日常生活开支怎么办？知书达理的沈琴琳毫无怨言，理解支持丈夫的举动，自己出去工作养家。她很顺利地在复兴中学获得一份职业，先任语文教师，后转任财会，确保了家庭生活开支。邦菁笑说，论说财会做账，爸爸是很有一套的，妈妈有时来不及做的账带回家，爸爸拨弄几下算盘就完成了。在子女心目中，曾经身为富家大小姐的妈妈，是上得厅堂、下得厨房的贤妻良母加知识女性。上过启明女中教会学校的妈妈，编织、刺绣、熨烫、烹饪都拿手。每当爸爸"谈笑有鸿儒"意犹未尽时，妈妈会下厨做出几道美味佳肴，令来客赞不绝口，爸爸由衷地赞叹："夫人的烹饪手艺比保姆强。"以后的岁月，邦菜、邦瑾在外地工作时，与父母一起生活的邦菁，传承了妈妈的烹饪技艺、爸爸的美食经验，凭着一本抄家"漏网"的菜谱，学会了烹饪，做出可口的饭菜，让晚年行动不便的父母依然口福不浅。

1953年，范祥雍的第一本学术专著《古本竹书纪年辑校订补》，由新知识出版社出版，广受好评，1957年，由上海人民出版社再版。其间，他又有几部专著完稿。其实，他并非只顾学问不念及妻儿安好的书呆子。邦菁难忘的一件事：国家困难时期，爸爸为了给饥饿的孩子一些食品，不得已变卖珍爱的书画。有一天晚上，她朦胧中被爸爸唤醒，让观看即将被上海博物馆收购的清初王翚的山水画立轴。爸爸依依不舍地说："再仔细地看一下吧，以后就只能到博物馆去看了！"后来，家境好了，爸爸时常带一家人到福州路"老半斋"尝鲜刀鱼面，到吴淞镇品尝鲥鱼。其乐融融的一家人，让范先生和夫人盈满幸福。

在父母的言传身教下，范家的子女不但读书成绩好，而且兴趣爱好广泛，都打下了扎实的古诗文基础。恢复高考后，邦菜和邦瑾都考上了大学；文理科俱佳的邦菁为照料父母，参加华东师范大学的自学考试并获得毕业文凭。三个子女大学毕业后，邦菜成为人民教师，邦菁成为油画家，邦瑾成为上海博物馆专业研究人员。如今，孙辈也都学业有成，他们身上映射出良好鲜明的家风熏陶，温文尔雅，努力进取，成为医疗、科技、航天等方面的佼佼者。

没有大学文凭的大学教师

没有上过大学的范祥雍，却能到复旦大学任教，追溯起来，得益于他坚持不懈的自学经历中，幸运相遇的"伯乐"。这些"伯乐"虽然年龄上、学术上有的是他前辈，但他们都被他强烈的求知欲、非专业人士却拥有广博的专业知识感染，毫无保留地对他传授学识，令范祥雍的学术更上一层楼。如中国科学院历史研究所研究员顾颉刚先生，乐于提携这位孜孜不倦的后辈，热忱邀请他合编《中国历史地图集》；复旦大学中文系教授陈子展先生，撰写《诗经直解》《楚辞直解》等著作时，虚心与他商讨，成为至交，而范祥雍的《古本竹书纪年辑校订补》一书，亦得到陈先生不少帮助。还有不少知名学者，如潘伯鹰、沈剑知、王佩铮等，都让他受益匪浅。

1956年，范祥雍迎来人生的重要转折。由于他在古籍整理领域的显著成绩，陈子展、胡厚宣、章巽三位知名度很高的大学教授，主动联名推荐他到复旦大学任教。推荐理由：这样一位有学术素养和功底达到很高成就的先生到复旦来，也是复旦的荣幸。经上海市高教局审核批准，范祥雍受聘于复旦大学中文系。

在复旦大学任教，犹如给范祥雍的古籍整理插上了隐形的翅膀，他写成《洛阳伽蓝记校注》一书，由上海古典文学出版社出版，学术界反响热烈，一版再版，乃至几十年后仍然长盛不衰。其间，他还写成《山海经补疏》《东坡志林广证》《战国策笺证》。正当他任教和学术研究都做得风生水起时，1958年，却被调往江西大学中文系任教。对于范先生的被调离，后来的复旦大学教授陈引驰为此叹息："如果他（范祥雍）一直在复旦待下来，在文献整理、古籍校勘方面会继续培养学生，继续授课，结出很多'桃李'，或许能成为一个特色在复旦发展起来……"

离开复旦固然令人惋惜，焉知失之东隅收之桑榆，在江西大学，范祥雍培养出自己一生引以为骄傲的学生——刘新园。

刚到江西大学，在批判"厚古薄今"思潮影响下，有些教师对这位从上海来的教"三古"（古代汉语、古代文学史、古典文学）的教师颇为轻视。此时的刘新园是江西大学一年级学生，出身于高干家庭，聪明好学、博闻强记的他，既热衷文学又是个年轻气盛的学生，很不买老师们的账，常会出些冷门古怪的问题刁难老师。范祥雍为学生上的第一堂课是东汉许慎的《说文解字》，他一边将渊博的知识，化为清晰的条理徐徐道来；一边用清丽的苏轼风格的楷书写板书，教室里鸦雀无声，同学们都沉浸在这难得的文化享受中。一堂课下来，在班级中有很高威信的刘新园被深深折服，真情实意地向范先生求教，范先生亦不遗余力地传授其知识，教导其做人，这对刘新园以后的人生道路起到引领性的作用。就在范先生的讲课受到学生热捧、人气指数飙高时，却获悉夫人病重的消息。心急如焚的他，请求调动工作回沪照顾病妻，这一要求遭拒绝后，他不得已辞职回沪。

师生虽分隔两地，情谊却一直相连。邦菁记忆犹新的是，20世纪60年代初期，她10岁出头，看到高高瘦瘦的刘新园利用暑假来到他们家，爸爸兴奋不已，与学生促膝长谈，不时将珍藏的"宝贝"——古籍善本、字画碑帖等一一晒出，让学生欣赏；还让学生吃住在自己家里，就在底楼客厅里搭上竹榻就寝。

刘新园大学毕业后，主动要求到当时偏僻闭塞的景德镇工作。每次有机会到上海，总是前来探望恩师。更令人钦佩的是，20世纪60年代末，范祥雍一家遭遇厄运，被勒令迁出山阴路住宅，搬入近旁的曙光新村1号底楼不足15平方米的小屋里，他毫不避嫌，只要到上海，照例来访。细心的他，见蜗居的老师家连像样一点的餐具都没有，默默地记在心上，当妻子和女儿到上海时，特地带来一套60件的精美餐具。

有志者事竟成，在范祥雍的教导和自身努力下，刘新园后来发表了一系列有关古陶瓷研究的重量级文章，轰动了国际陶瓷学界，被日本学者称作"开启了陶瓷研究的刘新园时代"，成为景德镇陶瓷考古研究所所长、研究员，被国家科委授予"有突出贡献的专家"称号。

范祥雍的教学水平和良好的师德，在学界被人们广为传颂。当年武汉大学的一些学生慕名专程来到上海范先生家，向他求教版本目录，他们非常珍惜这难得的机会，专门做了录音以助复习和收藏。复旦大学的研究生，学习中有疑难问题，亦来范先生家求教，而丁赟禧这位当年复旦的函授生，对范先生更是难以忘怀，尽管多年过去，当年范先生义务为他们讲学辅导的往事还历历在目。他认为范先生于自己是"一日为师，终身为父"。他珍藏着十多封范先生写给他的信，时间跨度从20世纪50年代到90年代。当年，他因"支内"到安徽合肥，遇到学习上的问题，就写信向范先生求教，诲人不倦的范先生总是认真写信回复。丁赟禧终学业有成，出版了《藏在诗文里的风俗文化》《北大考典·语文》《发散思维大课堂·语文》等书籍，以此回馈先生的辛勤付出和期待。

享誉学术界的"编外"学者

中华文明为人类留下了浩如烟海的文献和典籍，而现代人要读通读懂这些古籍，很大程度要借助古籍整理，也就是文化传承基础性的工作，这是项利在千秋的事业。范祥雍，一辈子不求闻达，但求国家的古籍得到完善的保护；一辈子甘坐冷板凳，满腔热忱整理古籍。他著述丰厚，经过他手的典籍蔚为大观，涉及的领域也非常广博，学术界赋予他中国著名"古籍整理专家""文史专家""藏书家"的头衔，是他几十年如一日做学问的真实写照。

一生致力于古籍整理事业的范祥雍，却因长期置身"体制"外，社会知名度并不高，但在学术界却久享盛誉，几乎无人不晓。经他整理的一些古籍著作，几十年来畅销不衰，成为新的经典。其中的《战国策笺证》《大唐西域记校注》《释迦方志》和《宋高僧传点校》，被评为"首届向全国推荐优秀古籍整理图书"，这是自1949年至2010年60年间出版的2.5万种古籍整理图书中评选出的精品范本。《大唐西域记校注》，1985年获得中印友谊奖、1992年获得全国首届古籍整理图书一等奖；《战国策笺证》，2007年获得首届中国出版政府奖提名奖；《广韵三家校勘记补释》，2011年获得第27届全国优秀古籍图书奖二等奖。这些殊荣，展现了范祥雍学术上的丰硕成果，以及对中国古籍整理领域的巨大贡献。

范祥雍将自己的居室赐名"养勇斋"，说来人们也许不信，就是这位在古籍整理领域的集大成者，竟然是埋头在"养勇斋"著书立说的自由撰稿人，并非坐在高等学术机构搞研究的编制内专家。原来，自20世纪60年代初，范祥雍从江西大学辞职后，一直到1965年在家从事研究。这时，设立在吉林长春的东北文史研究所聘他为教授去讲学，仅仅一年，"文革"袭来，无学可讲。虽已是无职人员，同样不可避免地被抄家，用作研究参考的二万余册藏书，以及历代的善本、名人批校本、旧抄本等，乃至大量的研究手稿都遭遇被抄走的命运。

1976年末，范祥雍迎来事业上的第二个春天。落实政策后，他的家得以迁入四川北路的长春大楼两室户，上海古籍出版社和北京中华书局相继聘请他为特约编辑，1986年初，上海市人民政府聘他为上海市文史研究馆馆员。

范祥雍的扛鼎之作《战国策笺证》，获得首届中国出版政府提名奖，令人难以想象的是荣誉的背后，这部超过130万字的巨著，从起草到出版，他为之呕心沥血50余年，可谓大半生精力所聚。当时一些以经济效益为主导的出版社，并不热衷出版此类"叫好不叫座"的纯学术著作，是在慧眼识书的王元化先生倡议、策划和身体力行下，被纳入国家重点出版计划得以出版的，而此时范先生已带着未竟的心愿离世，未能亲眼见到这部巨著的出版。获得广泛赞誉的《大唐西域记校注》，其中校勘部分是范祥雍独立完成的。为做到准确无误，他收集了此书的14种不同版本，和其他有关的11种古籍进行校勘，超过了日本和英、法等国学者之前的成果，在20世纪80年代初期，是代表中印关系史和佛教典籍的最高水准，在近年的古籍整理图书中也是鲜见的；他点校整理的30卷《宋高僧传》，由上海古籍出版社和中华书局一版再版，又由台湾文津出版社出版，为海峡两岸文化交流起到了促进作用。

长期的伏案劳累，范祥雍视力严重受损，及至晚年，完全依赖放大镜读书写作。子女们心疼爸爸，工作之余，都为爸爸誊抄批注本。有次，邦菁胆结石住院手术，她就利用术前检查的几天，在医院的病房里誊抄了厚厚一沓手稿。邦菁记事起，常常在半夜醒来，看见依然在灯下埋头写字的爸爸。那时，她不理解爸爸为什么不睡觉，随着年龄的增长，她理解了，爸爸是希望有生之年多整理一些古籍，为后世留些有用的东西。

上海古籍出版社对范祥雍的评价：文史通贯，无证不信，博观约取，敏而有断。范先生与上海古籍出版社有长期的合作关系，是上海古籍出版社信赖的作者。2011年春，上海古籍出版社正式立项，启动整理编纂出版400多万字的《范祥雍古籍整理汇刊》，既是对范祥雍倾注毕生精力于古籍整理事业的表彰和纪念，也是在学术界乃至全社会重申和宣传古籍整理的重要意义和不朽价值。

古籍为媒的现代知音

范祥雍有一批志同道合的朋友，沈尹默、郑逸梅、陈子展、潘伯鹰、沈剑知、金明渊、章巽等，而结缘这些知音，多以古籍收藏研究为媒介。

曾经向范祥雍求教的沈宽回忆，20世纪六七十年代，范先生是"报刊补白大王"郑逸梅家的常客。当时，沈宽师从郑逸梅先生研史习文。每当范先生一到，郑老亲自迎接并将书桌前的藤椅让出来请他坐。他们谈笑风生、论古话今。郑老常谆谆告诫他们："你们都不可小视这位青衣布衫的（范先生）。""祥雍教授，史学泰斗，国宝、国宝呀！"

人间自有真情在。邦菁拜著名油画家、美术教育家颜文梁为师，得益郑逸梅先生牵线。颜先生为学生授课是星期天，邦菁已上班，厂休日是周二，颜先生就单独为她授课，大师对范先生的尊敬情义无价。精于版本学的苏继顺先生，不仅经常与范先生一起探究学问，还经常赠送范先生珍贵的善本古籍，在范先生藏书被抄洗一空、艰难度日的年月，因为有这样一批好友，带来了快乐，看到了希望。

曾经师从潘伯鹰学习古文、书法多年的优秀学生许宝驯，出身于杭州名门世家，毕业于同济大学。1966年，潘先生去世前，将这位有灵性的学生推荐给范先生。许宝驯既是书法家，又是京剧名票，学习之余，与范先生谈论欣赏书法碑帖，评析京剧唱腔，两人友情日深，亦师亦友。

范祥雍以书为媒，结缘挚友的故事，说来也是很有趣的。他与章巽的相识，是在去苏州买书的途中，章巽先生对范祥雍买书的经验很感兴趣很赞赏，由此经常交往，成为挚友。范先生与达育仁先生的交往亦有戏剧性，他们的相识始于当年遍布上海的有轨电车。当时，四川北路、武进路口有家古籍书店，达先生和范先生经常光顾，彼此在书店里打过几个照面，都觉得眼熟。终于，有一次在回家的1路电车里又相遇，两人不禁攀谈起来。当得知两家不仅都居住在山阴路，而且只相距一百多米，不禁开怀大笑，由此成莫逆之交。达先生的女儿达奇珍也因此得到范先生在古诗文方面的悉心辅导，为恢复高考后考进大学奠定了基础，而范家因居室狭小，邦菁作画就到达家借场地。

范祥雍有位堪称一生的朋友——金明渊。他俩的友情，要从同读私塾说起，幼时的两人就能书读在一起，玩耍在一起。随着年龄渐长，志趣爱好更为相投，生死考验面前也未能动摇他们的真情。那是日军侵略上海时期，金明渊的弟弟是大学生、中国共产党党员，因从事抗日斗争，被日本宪兵追踪，在范祥雍家里隐蔽了一段时期。范祥雍因此受到日本宪兵队的调查，在日本宪兵的恐吓威胁面前，范祥雍沉着机智地应对，查无实据的日本宪兵，规定他定期去宪兵队报告行踪。在这段艰难的日子里，范祥雍从未畏惧动摇过，一直坚持到抗战胜利。

新中国成立后，金明渊成为第六人民医院的名中医、范祥雍则为古籍整理专家。尽管都已有家室，工作研究也少有闲暇，但两人几乎每周总有一聚，及至晚年相聚依然，就像那句"朋友一生一起走"的歌词，他们是无话不谈的挚友。孩子们都喜欢这位医术高明的"金家爷叔"。邦菁说，他们小时候几乎没上过医院，生病了，金家爷叔开个方子，服几服药就好了。

金明渊也喜好古文辞赋，范祥雍研究古籍亦略通岐黄，两人一起切磋互补不亦乐乎，他俩一生的情谊就是在同好同乐中走来的。1993年夏，范先生病故，大殓那日，金先生因悲伤过度未能来送别。子女们悲痛之中想到，家里遭遇厄运的岁月里，是金家爷叔不避嫌，长期从自己的工资中挤出部分接济的。于是商量决定，将爸爸生前使用的手杖赠送金家爷叔，以让其有个念想。曾听爸爸说起，这根产自国外20世纪二三十年代的手杖，是翻译名家李青崖先生留学巴黎时购置的，当时法国上流社会以此为时尚。后李先生将此手杖赠予湖南同乡陈子展教授，陈教授病重时转赠范先生，拳拳之心尽现其中。金先生睹物思人潸然泪下。无多时日，金先生亦与世长辞。两家人笃信，这两位一生的挚友，在天国还会相遇，继续他们聊不完的话题。

在古籍整理的博大领域里，范祥雍坚韧跋涉其间。他曾对儿子邦瑾说："这些古籍都是经历千百年来历史淘汰留存的精华，是中华民族文化的精髓灵魂。我要通过自己的努力研究，做成一个自古以来最精准最完备的本子，使这些经典能够更好地传承下去，发扬光大。"范先生以治学之博、之深、之精，在古籍整理方面独树一帜。

（原载《档案春秋》2019年第9期）

廖世承：中国现代教育园地的垦荒者

　　《附中名录》是华东师范大学第一附属中学为纪念建校90周年出版的。翻阅此书，赫然发现，华师大一附中的各个发展阶段，无论是建校、教学或是求学都有廖氏家族的身影：从廖世承、廖康民父子，到孙辈廖有盼、廖有庆、廖有均、廖有梅等第三代，再到倪嘉、廖云和廖震等第四代，他们在华师大一附中学习工作过。从20世纪30年代起，在山阴路、乍浦路的廖世承寓所，都留下了这位中国现代教育先驱的身影。廖世承自喻"我是教育园地上的一个垦荒者，倘使精力允许我的话，或许我今生再能开垦一片园地"。他为教育工作者留下了一种叫作思考的状态，留下了一种叫作变革的勇气。

　　不久前，笔者采访廖世承的孙媳陆慧萍和曾孙廖云，与他俩回溯廖世承在中国现代教育领域创造的光辉业绩。

创立教育心理学

　　廖世承（1892—1970），字茂如，上海市嘉定人，中国现代著名教育家、心理学家。他出身于上海嘉定的世家大族，他的家族是江南著名的科举世家、文化世家。才三岁的他，就能准确地说出《荡寇志》图像人物的名字；八九岁已熟读《四书》《五经》，并开始读《礼记》；12岁时进家乡的中城高等学堂读书，次年转到县立高小毕业班，15岁毕业。1908年，考入邮传部高等实业学堂（南洋公学，交通大学前身）中学部。在新的学习环境中，少年廖世承的视野得到拓展，由爱读武侠小说转向热衷阅读学术书籍和进步报刊，从埋头读书的学子转向关心国家前途命运立志有所作为的青年。

　　1912年，廖世承提前一年毕业，在激烈竞争中被北京清华学校（清华大学前身）录取，就读三年。于1915年考取公费赴美留学，插入布朗大学二年级学习教育学和心理学。当时中国的国情，教育学乏人问津，家族反对他当"一生吃粉笔灰没有出息的穷教师"，为他联系了能捧"金饭碗"的银行工作。但面对灾难深重积贫积弱的国情，廖世承抱定教育救国的信念，家族的反对劝阻都不能动摇他的意志。他说："今天的青少年就是未来的国民，他们的素质如何，是忍辱负重，殚精竭虑，积极建设，还是为个人名利地位？关系到国家的兴衰，社会的进退，民族的隆替。"

由于廖世承善于思考学习勤奋，不但补考出一年级的几门科目，而且用英语写成的作文还被作为范文在课堂上朗读。当时中国留学生重读一二次并不鲜见，连美国本国学生十之三四不合格都不足为怪。廖世承则因为成绩优异品行优良，于1917年被布朗大学荣誉学会吸收为荣誉会员，荣获"金匙"奖章。陆慧萍听公公廖康民说过"金匙"的故事：廖世承穿着简朴面容癯瘦，一次乘坐巴士，一位并不相识的善良的美国人，拿出一沓钱要送他，可能同情他是位中国穷学生吧，廖世承很有礼貌地微笑着取出"金匙"奖章给其看，美国人立即表露出崇敬的神色，毕恭毕敬地弯腰向他道"对不起"。廖世承在四年内修完六年的课程，同时获得学士和硕士学位，回国两年后完成博士论文，获得博士学位，也是该校获得博士的第一位亚洲学生。

回国不久，廖世承就任南京高等师范学校（后改名东南大学）教授，并担任附中主任（实际校长）。满腔热忱的他，不仅有条不紊地处理校务，而且坚持边教学边研究，任职八年中，每年写成出版一册教育专著。1924年出版的《教育心理学》《中学教育》专著，是中国最早的两本高师教科书，开创了中国教育心理学的先河；他与著名教育家陈鹤琴，联合研究出中国最早的团体智力测验法——"廖氏团体测验法"，享誉国内外。

创建"六三三"学制

廖世承积极运用先实验后推广的方法，为国家培养栋梁之材。他在南京高师附中的很多教育实验是开创先例的。诸如童子军教育、学生穿着统一校服、设立课外活动、提升学生理科基础等，十几年之后，在全国中学得到推广。

　　教育实验运动的兴起和发展，被认为是中国教育走向现代化、科学化的标志。民国初期，中国的教育学制是小学长达十年，中学也不分等级，制约着教育发展。如何建立既能吸收国外先进教育又符合国情的学制，教育界众说纷纭。教育界泰斗蔡元培先生主张"四二"制。认为初中四年涵盖整个中等教育，高中两年作为大学预科，最符合世界潮流；初出茅庐的廖世承提出不同的看法，认为"三三制"更适合中国教育。他亲自在东南大学主持新学制的实验，实验证明"六三三"制（小学六年、初中三年、高中三年）更利于根据学生的个性差异因材施教，从国民经济实情出发，学制上更经济，更贴近学生家庭的承受力。"六三三"学制大大减少了中途退学的学生，更适合急需进行教育普及的中国国情。1922年，廖世承起草的"六三三"新学制方案批准施行，由此建立了中国现代化学制的基本框架。

　　廖世承在南京东南大学的教育实验，是他教育历程中辉煌的一页。当时，东南大学附中几乎成为全国中等学校的领衔者，报考的人数达到全国之最，有人将东大附中视为中国现代教育的鼻祖。正当廖世承欲实施更多的教育实验时，国内爆发了北伐战争，东南大学和附中在动荡的局势中被迫停课。廖世承离开南京回上海的消息不胫而走，邀约他前去任职的函电纷至沓来，有中华教育文化基金会、中央大学教学处等，上海工部局则以华人教育处处长一席相邀，他都婉言谢绝了，却结下了与光华大学的一段情缘。

　　创办光华大学的起因，是圣约翰大学及附中的师生，抗议英国巡捕制造"五卅"惨案，悬挂半旗追悼死难者，美籍校长横加干涉强行拉下中国国旗，中国师生群情激愤，脱离该校另建新校，命名为"光华大学"。廖世承对爱国师生的义举深为敬佩，受聘就任光华大学副校长兼教育系主任、附中主任三项要职，与全校师生一起投入艰难困苦的创业。他说："中国人要办好自己的学校——光我中华。""对于国人，任何意气可以消释，唯对于侮辱我国的东西各国定须争一口气。"为让青少年学生接受更多更好的教育，他将大量心血精力倾注在光华附中，甚至辞去大学副校长职务。在廖世承的严谨治校下，光华附中在全国名列甲等。1936年，被民国教育部评为全国九所优良中学之一。就像在东大附中培养出了巴金、胡风、汪道涵等一样，在光华附中同样培养出了姚依林、荣毅仁、赵家璧、周有光等一大批影响中国现代社会的精英。著名作家、出版家、翻译家赵家璧在回忆中写道："我们的光华老校友每逢'六三'校庆聚会时，都无不交口怀念和感谢光华附中和廖老师对自己培育的恩情，廖世承老师是我们不会忘记的现代中国中等教育史上最有贡献的伟大的教育家。"

"八一三"淞沪抗战爆发，光华大学被日军炸毁，廖世承苦心经营的光华附中被夷为平地。当时的教育部部长陈立夫特聘廖世承为中等教育司司长，几次派人劝说都被他一一回绝。这期间，廖世承将家中所有地契都无偿赠送给租种廖家田地的佃农和乡亲们，他说在日寇侵略民不聊生的时期，希望这些田地能给乡邻维持生计。陆慧萍说，乡亲们是很感恩廖世承，新中国成立后，每年都要到上海给他送些农副产品。

第一所师范学院

1938年冬，正是上海、南京、武汉相继沦陷，日本侵略者铁蹄肆意践踏中国大地的危难时期，廖世承抛下病榻上的老父、辞别妻儿，只身来到偏远的湖南安化县，在蓝田镇的光明山筹建国立师范学院。在炮火连天中创办学校谈何容易？廖世承夜以继日、不辞艰难地工作。修建操场，身为院长的他亲自挑着簸箕运土开沟，与师生一起劳动。凭着丰富的办学经验和在教育界的威望，仅仅用了四个月，就在崇山峻岭中，创立了我国第一所独立设置的师范学校，这在今天的人们也都是难以想象的。

因为缺少教室，打谷场也被用来作为上课的场地；因为没有电，学生在油灯下读书自修，教师在油灯下批改作业；师生吃饭都挤在一个大厅，老师与学生同桌，身为院长的廖世承亦如此，就餐秩序井然，彬彬有礼。而给教职员工发薪水，则是冒生命危险的苦差事，因为要到县城取钱，当天是赶不回的，这里又经常土匪出没。每次，廖世承都亲自陪同工作人员一起去取款。曾有一次遇到土匪，幸亏他沉着机智地应对，土匪瞅着他俩也就是"穷教书"的，料定没啥"油水"，他俩得以脱险。

　　"国师"学校设施尽管简陋，但学校图书馆藏书丰厚甚至还有明清刻本；"国师"尽管校处穷乡僻壤，没有"梧桐树"，但因为有廖世承，所以不少名教师应招前来，如孟宪承、郭一岑、朱有光、高觉敷、刘佛年、汪伯明等，都曾在该校担任教职。

　　"国师"的首任国文系主任钱基博与首任英文系主任钱锺书是父子，在国师同坛执教，更是中国教育史上的一段佳话。1939年夏，年轻的钱锺书面临人生的重大抉择。北大、清华和南开大学联合建成的西南联大破格聘他为教授，与此同时，他的父亲钱基博却来信说，自己正协助好友廖世承在湖南蓝田建立师范学院，鼓动他也来任教。意气风发的钱锺书有些不情愿，廖世承亲自赶到上海诚邀他担任英文系主任。正是这所穷山中的学校，造就了今天我们所认识的钱锺书和他的《围城》。以致有些学者讲，假如钱锺书没有来"国师"教书，就不会有《围城》中那种旅途的艰辛，那种对乡下生活的亲历体验，是廖世承无意中成就了中国文学史上的明珠《围城》。但意义更为巨大的，是"国师"为国家培养了大量影响深远的师资，筑就了中国师范教育的典范和精神。

　　廖世承主张"三育并进"，但程序是体育第一、德育第二、智育第三，认为强国必先强身。他的学生，后来成为上海师大教授的语言学家张斌回忆，无论严寒酷暑，每天早操都是廖校长第一个到操场。他站在主席台上，注视排成方框形的学生队列，哪个学生没出操是会受到严厉批评的。他要求学生必须选一门最爱好的体育项目。学校的体育设施，甚至有直到今天都较为冷门的棒球、垒球等。张斌原来从不参加体育活动，在廖校长鼓励下选择了游泳。光明山附近有一条叫升平河的小河，上体育课时，学生就在河里练习游泳。在"国师"，体育不及格是不能毕业的。

　　在"国师"的教育实践，使廖世承对于师范学院的使命，有了更为深刻的认识。他组织社会教育推进委员会，设民众教育馆、民众学校所，救济失学儿童及贫困民众，为周边几个省培训在职小学教师，为乡村教育服务。他说："关门办学不能成为学校，只能称为'修道院'，我们要把全国'修道院'的门打开，变成民众的学校。这一副重担子，又非师范学校来挑不可。"

上海师范学院首任院长

热忱创办中等教育和高等师范教育，是廖世承一生谱写"教育奏鸣曲"的两大"乐章"。他说："教师工作的影响非常深远、崇高而伟大。"桃李满天下的廖世承，以宽广的胸襟无私地奉献中国教育事业。在国立师范时，孟宪承是教授，受廖世承领导；1952年华东师范大学建立时，孟宪承是首任校长，是廖世承的领导；第二任校长刘佛年，当年是"国师"的青年教师，此时是廖世承的领导。廖世承说："一所学校的最后成功，就靠教师。无论宗旨怎样确定、课程怎样有系统、训育怎样研究有素、校风怎样良善，要是教师不得力，成功还是没有把握。"由于廖世承领导有方，"国师"在全国历届高校学生学业竞试及毕业论文竞试中，成绩优异，成为抗日战争期间一所极有影响的高等学校。

抗战胜利后，光华大学复校，廖世承受聘任副校长。临别前，师生们特请雕塑大师刘开渠为他们爱戴的校长雕塑了一尊铜质头像，赠送给他留念。关于这尊铜像还有后话，廖世承去世后，铜像放置在他上海乍浦路的寓所，由其子廖康民保存。每周总有两三批廖世承的学生和崇拜者来此瞻仰铜像。再以后，年迈体弱的廖康民因患青光眼近乎失明行动不便，为满足更多人的观瞻，遂将铜像赠予家乡嘉定图书馆。

廖世承回沪后，先后担任光华大学校长、华东师范大学副校长；1956年出任上海第一师范学院院长；1958年7月，上海师范学院成立，周恩来总理亲自任命廖世承担任上海师范学院首任院长。廖世承作为学院行政的第一负责人，积极发挥自己的作用，贡献自己的智慧和经验，参与社会主义高等师范教育的实践。他主张学校工作应以教学为中心，特别重视"三基"即基础理论、基础知识和基本技能的教学和训练，注重培养学生的独立思考和独立工作的能力。他虽年逾花甲，仍坚持到教学第一线听课，听取师生对课程内容和教学模式的建议。

每学期的开学典礼，他总要语重心长地鼓励学生"今天做优秀的师范生，明天当合格的人民教师"。在上师大纪念廖世承诞辰120周年的专题片中，有这样一组数据：在上海的中小学中，近70%的教师和近70%的中学校长是上师大的毕业生，其中有全国优秀校长、上海市教育功臣和师德标兵等一系列杰出代表。廖世承本人曾被选举为第二、三届全国人大代表和上海市人大代表，第三、四届上海市政协常委等。

五代从教树风范

纵观廖世承的家庭，是五代人接力的教育世家。他的父亲廖寿图是清末"桐城派"成员，圣约翰大学国文教授；廖世承育有一儿二女，毕业于光华大学的儿子廖康民，新中国成立后，毕生在华师大一附中任数学教研组长和教师；廖康民的儿孙中，多人毕业于华师大一附中，并成为光荣的人民教师。廖世承和夫人徐泗琴在乍浦路254弄的家，150平方米的房子，最多时住18人。廖康民的妹妹带着5个孩子也住在这里，廖康民的6个女儿打地铺挤睡在一起。良好的家风熏陶，加上廖康民夫人潘卹应的精心安排，拥挤在同一屋檐下的大家庭生活井井有条，孩子们各就各位读书做作业，都是品学兼优的佼佼者。

廖云叙述了这样两个故事。他的父亲廖有均，是廖康民的第四个孩子，1965年考入清华大学，也是上海考入清华学生中的第一名。得知孙儿与自己成为清华校友，不苟言笑的曾祖父露出欣慰的笑容，直接就将上清华的学费给了廖有均。廖康民育有二儿六女，夫人潘卹应毕业于立信会计学校，是从事会计工作的。因为孩子多，还要照料年迈多病的公婆，就辞职在家，经济很是拮据。8个孩子的读书费用都是爷爷廖世承承担的，他自己很节俭，对孩子的教育费用是从不吝啬的。

廖云的小叔叔，也就是廖康民最小的儿子廖有全，祖父和父亲的言传身教是他的楷模，他成长为国企优秀领导干部，是中共十五大代表。因长期忘我工作积劳成疾，1999年离世时年仅44岁。如今说起廖有全，他的夫人陆慧萍还是很动情：他去世后，有上千人前去吊唁送行；以后一段时间，他们在中州路20平方米的家，每天都会有三五十人前来追思慰问。连门卫保安、清洁工阿姨都来了，每人送上一只信封，盈满思念之语。一位职工泣不成声地说起，他每当看到家里的电视机就想起"廖总"，陆慧萍这才知道自家电视机的去向。因为廖有全对她说，家中这台电视机出故障送去修理，陆慧萍几次问起，他总说："等我公司的会开好，等我公司事处理好。"后来，他病倒了，她再也不问了，直到他去世，家里也没电视机，原来他是送给这位家中没有电视机的困难职工了。

廖云介绍，曾祖父自20世纪30年代起，就居住在山阴路191弄大陆新村带有花园的一幢楼里。解放后，他觉得自己一家住整幢楼太奢侈，就主动交给政府，又由政府分配到乍浦路的公租房。那时，曾祖父配有公车，但他从来不坐，而是挤公交车上下班，家里有事哪怕是家人生病都不准动用。

廖世承淡泊名利、忠诚教育事业的品格，最直接的受益者是廖康民。他堪称廖世承倡导"三育一体"的典型。廖云说，用现今的话形容，爷爷廖康民在光华大学时是很"拉风"的，他既是校长的儿子，又凭真才实学各门功课名列前茅；他是光华大学足球队长，游泳、田径也很出色；还有深厚的文学底蕴，是学校文艺社的社长。工作以后，他的正职是美国无线电报公司职员，同时兼职大中华影片公司编辑。脍炙人口的名剧《秋海棠》，就是由廖康民根据秦瘦鸥原著改编为剧本的。由黄佐临、费穆、顾仲彝三大导演联合执导，京剧大师梅兰芳曾亲临指导。该剧在卡尔登大戏院（解放后的长江剧场）演出时，出现"万人争看《秋海棠》"的火爆场面，很长一段时间盛况不衰。

廖云很感慨："其实，曾祖父和祖父，都有着知识分子的典型个性，对自己过去的辉煌和苦难都不会多说什么。作为他们的后人，很多故事是从他们的亲朋好友和学生那里了解到的。"廖康民写得一手漂亮的板书，上课深入浅出妙趣横生。有位学生说，他对数学感觉索然无味，上数学课总打瞌睡，自从听了廖老师的课，激发了他对数学的浓厚兴趣。如今，他已是执教多年的数学老师啦。在前年纪念廖康民的座谈会上，一位学生真情告白："没有廖老师，就没有我的今天。"原来，他高考"豁边"，被录取的学校与他想进的大学有天壤之别，他消极潦倒不愿去上学，是廖老师一次次对他循循善诱，令他鼓起勇气上学的。以后他再次参与高考，以优异的成绩考入上海一所医科大学，现在已是一位名医。

　　廖康民的学生梁波罗、叶惠贤，每年春节都来给当年的班主任拜年，感恩廖老师在他们成长道路上给予的正确指导；而廖世承父子与赵家璧的友谊同样令人称道。廖云还记得，小时候见到赵老来家是他开的门，赵老是为祖父送书来的，他为赵老泡上一杯茶，白发儒雅的赵老，会慈祥地摸摸他的小脑袋，坐上半小时左右就告辞了。那时，两家都没有电话，事先没有约定就直接来了，赵家璧那种谦谦君子的风度，在他幼小的心里留下深刻的印象。

　　廖康民曾荣获上海市优秀教师并当选为上海市人大代表，还被评定为一级教师。在廖世承的孙辈和曾孙辈中，又有多人就读于华师大一附中和上师大，毕业后成为光荣的人民教师。

（原载《档案春秋》2019 年第 3 期）

谭寄陶和他的"朋友圈"

谭寄陶（1896—1976），爱国民主人士，曾任汉阳兵工厂、汉阳火药厂厂长。新中国成立后，任上海文史馆馆员、虹口区政协委员。自20世纪40年代起，长期居住在虹口区吉祥路121号。

谭寄陶的名字，如今的人们可能鲜有听说，但提及汉阳兵工厂，知晓的人一定不少，这是晚清洋务运动的代表人物张之洞主持创办的军工制造企业。由于花费巨资从德国购买了当时最先进的制造连珠毛瑟枪和克虏伯山炮等成套设备，所生产的汉阳式79步枪（俗称汉阳造）、陆路快炮、过山快炮等，均是当时较先进的军事装备，因此成为晚清时期规模最大、设备最先进的军工企业。在1928年到1933年期间，谭寄陶曾任汉阳兵工厂和汉阳火药厂的厂长。

在朋友的引荐下，我有机会采访谭寄陶的儿子谭兴江和女儿谭兴圻。兄妹俩向我展示了谭寄陶的肖像照，以及他与汉阳火药厂同仁于1933年新年合影的复印件（原件已捐赠给上海档案馆）；他们为我讲述了谭寄陶的相关故事，从而引发他的"朋友圈"中几位有影响的人物和事件。

周总理：谭寄陶同志帮助过共产党

在谭家，我看到《中华谭氏族谱》上是这样记载谭寄陶的："谭寄陶，1896年—1976年。湖南湘乡人。谱名邦宪。青年时期为实现实业救国的抱负，到美国梅茵大学和爱沃华大学留学，获得化学工程硕士及博士学位。回国后，先任武汉卫戍区司令部洋文秘书，后任军政部兵工署专任委员，汉阳兵工厂和火药厂厂长，国民军陆军少将。中华人民共和国成立后，到东南医学院和安徽医学院任教授，后任上海文史馆馆员，并被推选为上海市虹口区政协委员。"

谭兴江、谭兴圻兄妹说，对于父亲以往的人生和职业故事，他们知晓得并不多。倒是听他说起过成为上海文史馆员一事：那是1958年，周恩来总理在上海时，召开曾经战斗在中共隐蔽战线同志的座谈会，谭寄陶也应邀出席会议。周总理说："谭寄陶同志是帮助过共产党，为祖国为人民做过贡献的。"当时的上海市委特聘谭寄陶为上海文史研究馆馆员。周恩来总理的平易近人、睿智实干，谭寄陶深深地铭刻在心。1976年1月8日，听到周总理逝世的噩耗，谭寄陶将周总理的遗像端放在写字台上默默悼念，整整一天不吃不喝。1976年的1月10日，是他度过的最后一个生日，没过几个月他就离世了。

在与父亲的共同生活中，有一些事在儿女们的记忆中留下不可磨灭的印象。谭兴江还记得，在国家三年困难时期，对文史馆员有专供的饼干票。父亲每月买一次饼干，分装在两只饼干听里，每天只吃四块。饼干听放在书房里。父亲有朋友来，都是到楼上亭子间（父亲的书房）里谈事。调皮的他瞅准这个有利时机，向父亲讨饼干吃，每次都不会落空。有一次，谭兴江吵闹着要吃馒头，黑市馒头五毛钱一个，父亲自己舍不得吃，给他买了一个，他拿在手上还没来得及吃，横斜里冲出一个乞丐伸手讨要，父亲无奈地对他说："你就给他吧，怪可怜的，下次我再买一个给你。"

谭寄陶与中共一大代表李达是好朋友。"文革"中，武汉有人到上海吉祥路121号找谭寄陶，说是调查李达的"历史问题"，责令他揭发李达。来人从早上9点一直盘问威胁到下午5点，谭寄陶手臂上戴着高血压测量仪，躺在床上就是一声不吭。谭兴江在门外紧张地留心房内的动静，生怕父亲发生意外，一整天都没听到父亲说话，最后只听到来人拍着床头柜怒吼："你现在不说，我们还会来找你的，直到你说出为止。哼，走着瞧！"在晚餐的饭桌上，他不解地问父亲为什么一言不发，父亲诙谐地说："我在默背《唐诗三百首》，沉浸在诗词的佳境中呢。"

生活中的谭寄陶，对子女和蔼可亲，几乎没有发过脾气。唯一一次发怒，是对"文革"中上门"拜访"的造反派骨干，骂他们是流氓。谭兴江的三姐谭元元，是那个年代芭蕾舞剧《白毛女》中白毛女的饰演者，用现今的话形容，拥有众多的"粉丝"。有一次，两位骨干来他家拜访，父母都看不惯他们吆五喝六的流氓做派，拒不同他们握手并给予怒斥，反对女儿与他们来往。

谭兴江的大姐谭尧中，是中国经典电影《五朵金花》中畜牧场金花的饰演者。她参与了四十多部话剧的演出，曾经在《雷雨》中饰演繁漪、《日出》中饰演陈白露、《霓虹灯下的哨兵》中饰演春妮等角色；还参与了二十多部电影、电视剧的拍摄，成为广大观众喜爱的表演艺术家。

有位北伐名将、抗日英雄称号的大哥谭道源

谭寄陶有三兄弟，大哥谭道源，还有一个弟弟。谭道源的人生甚是不平凡。电视连续剧《毛泽东》中有一幕场景：根据蒋介石第一次"围剿"红军的部署，是张辉瓒率领的18师与谭道源率领的50师联合行动。急于抢占头功的张辉瓒，率领18师长驱直入，叫嚣要活捉"朱毛匪首"。殊不知，他早已中了红军著名将领罗炳辉诱敌深入的计策，被装进红军设置在龙岗的"口袋"而一举歼灭。笔者与罗炳辉将军的儿子罗新安熟识，曾听他讲起，红军第一次反"围剿"胜利后，毛主席高兴地赞扬罗炳辉是"牵牛鼻子的能手"。以后，凡有迷惑敌人、与敌人周旋或者殿后的任务，毛主席大多命令罗炳辉部队执行，罗炳辉由此获得红军中的"神行太保"美誉。

再说率领50师奉命"围剿"红军的谭道源，因不愿与红军为敌，故意行动迟缓，得以损失较小。红军的第一台发报机是从谭道源的部队缴获的，由此发展起红军的电讯事业。事后，谭道源对夫人说，我不会上前线打红军的，但千万不能让蒋中正知道，否则会要了我的脑袋。

以后，谭道源又任国民党军第22军军长。1938年春天参加台儿庄战役，在禹王山、下邳之线打阻击战，率部与日军反复厮杀，五天五夜未合眼，成功拖延了日军矶谷师团南下合围的时间，掩护中方主力顺利跳出包围圈。但他率领的部队几乎全军覆灭，他是从尸体堆中爬出来的，被誉为抗日名将。

1946年8月2日，谭道源病逝于长沙市。对于能够亲眼看到中国抗日战争的胜利，他觉得足以慰藉平生。2001年6月，湖南省人民政府重建"谭道源将军之墓"。2005年，谭道源荣获中央军委颁发的"抗日战争胜利60周年纪

念"金章及慰问金，被确定为推翻清朝的功臣、北伐名将、抗日英雄。

好友宋式骉是虹口公园爆炸案的炸弹制造者

鲁迅公园（旧称虹口公园）中有座"梅亭"，是为纪念韩国义士尹奉吉所建。梅亭展览馆中有张照片：尹奉吉一手拿枪，一手拿炸弹，胸前挂牌，上书"宣誓文"，凝重悲壮的神情，表明"壮士一去兮不复还"的决心。1932年4月29日，尹奉吉义士在虹口公园向日寇检阅台投掷炸弹的壮烈事迹，广为世人所传颂，但那枚传奇的炸弹源于何处，却鲜有人知晓。

炸弹的制造者是宋式骉。宋氏何许人也？其实，这是位传奇人物。1904年，年方17岁的宋式骉，就在长沙参加蔡锷领导的中国少年进步党，后留学日本，入日本士官学校野炮兵科，在日本参加同盟会投身革命。24岁那年回国参加辛亥革命，在黄兴麾下任梅子山炮队指挥，成为辛亥革命首义之师的一员。

以后，宋式骉因讨伐袁世凯被通缉，于1913年底赴德国进入柏林大学学习。1920年在柏林大学获得哲学与化学"双料博士"学位。5年后，携夫人（德国籍女子梅叶·丽）回国，先后在民国政府中担任汉阳兵工厂特派调查员、汉口第二特区管理局局长、南京军政部兵工署副署长等职务，1931年10月任上海兵工厂厂长。

策划虹口公园爆炸活动，需要特制的威力强大的炸弹。策划者找到了"大神级"的爆破专家——上海兵工厂厂长宋式骉。他不辱使命，为此次行动度身定制了一枚能够藏在普通饭盒里的烈性炸弹。根据韩国独立运动家金九后来回忆：当时要求三天内将炸弹制造出来，为确保爆炸成功，上海兵工厂试验了二十多次，直到无一次失败后，才将炸弹护送到指定地点。

从宋式骉1925年回国，到任上海兵工厂厂长，再到1932年4月的虹口公园爆炸案，在这些年间，谭寄陶曾任汉阳兵工厂和汉阳火药厂厂长。谭寄陶与宋式骉都是湖南籍人士，又都与军工制造业有关联，这个时期的他们可能有交集。谭寄陶属于侠肝义胆之士，与众多意气相投的湖南籍同乡成为好友，谁有难处，定会尽其所能给予帮助。在谭兴江的记忆中，新中国成立后，宋式骉居住在虹口的塘沽路443号4楼，是他们家的常客。平时来他家，总是戴顶博士帽，手持"斯迭克"，敲门的方式很特别，是用"斯迭克"将门戳得"咚、咚、咚"直响。听到这特殊的敲门声，他就知道是宋伯伯来了，欢快地奔出去打开院门。宋伯伯手一挥，变戏法似的拿出几粒糖果给他。"文革"中宋式骦虽然遭遇抄家，经济上拮据，但每次到谭家，还是坐着三轮车来的，大概习性难改吧。每次来，父亲总是用家乡的湘菜"引诱"他留下用餐。两人酒过三巡，眉飞色舞，似有说不完的话。

笔者在虹口区档案局查阅到塘沽路443号4楼，有宋家多人户口包括梅叶·丽户口的记录，印证了谭兴江的记忆无误。循着地址找到此处，门牌号只到塘沽路429号的"浦西公寓"，再过去已是塘沽路463号的高楼大厦，这段跳过门牌号的地方，现在是铁栅栏围住的一块空地。

在沪住所曾作为起义的司令部

谭氏兄妹目前住所是在虹口区吉祥路121号，这是一幢红瓦灰墙假三层砖木结构具有日式风格的新式里弄房。吉祥路是条长不过千余米的幽径小路，没有公交车行驶。人们可能不会想到，这里曾经被确定为中国共产党隐蔽战线策反国民党部队起义的司令部。这幢闹中取静的小洋楼，是由谭寄陶无偿提供的。

1949年5月12日，中共隐蔽战线杰出的战士沙文汉，王亚文、张端元夫妇，张权，郑振华等人曾聚集于吉祥路121号，召开秘密会议。他们拟订的配合攻城解放军部队、策反国民党军队起义的计划，得到"解放上海战役"前敌指挥部批准。预定5月16日上午10时武装起义，这是领导起义前的再一次部署。起义当天，张权将军将亲自率领一支部队，配合解放军强攻四川北路的国民党京沪杭警备司令部，然后直扑复兴岛，活捉在此督战的蒋介石父子，以期赢得上海和平解放。未料，精心设定的计划，却因承诺届时投诚的国民党132师情报科科长张贤告密而功亏一篑。

张权将军被捕后，受尽酷刑，宁死不屈，以英勇就义的壮举，确保了其他领导起义人员的安然无恙。同年8月，中共上海市委隆重举行张权追悼大会，确定他为解放上海牺牲的第一号烈士。

　　起义司令部为何选择在吉祥路121号？这与王亚文有关。原来王亚文与吉祥路121号主人谭寄陶不但是多年的好友，还是湖南同乡。抗日战争期间，王亚文在重庆从事我党隐蔽战线斗争，根据周恩来、董必武、叶剑英的指示，获得立志实业救国的谭寄陶的不少帮助。1949年初，当王亚文提出借用吉祥路121号时，谭寄陶毫不犹豫地就答应了。

　　谭家兄妹介绍：当时吉祥路121号与123号都是他家的住房，院子当中是没有隔墙的。121号借给王亚文派用处时，他们一家就住123号，当然那时兄妹俩还未出生。他们记得，小时候的家里是铺地毯的，客厅后面是餐厅，有一个全家用餐的大餐台，餐厅的墙面上有一扇用来从后面厨房传菜的窗。父亲一生偏好湖南菜，家中有湖南厨师。每年父亲生日，厨师会特地烧一桌湖南菜，父亲的湖南朋友们都会赶来祝寿，借此品尝美味的湖南菜。

　　常来他家的客人有王亚文、张端元夫妇，宋式骧，还有复旦大学中文系教授陈子展，教育家陈科美，社会学家言心哲，医学教育家林树模，虹口区副区长张琼等人。电影《永不消逝的电波》原型李白烈士的夫人裘慧英，更是与他家常来常往。谭兴江说，裘慧英阿姨来我家总是带着他们的儿子李恒胜。父亲还曾指着我对裘阿姨说："你看恒胜长得这么高，不知我家'江伢子'能长多高？"因我那时比较瘦小。后来，我总算没让父亲失望，长成一米八的个头。我父母去世时，都是裘慧英作为朋友代表在追悼会上发言。值得一提的是，王亚文与李白烈士也是战友，他到上海从事策反斗争，很多情报都是通过李白发给党中央的。

鼓励中共早期党员张琼勇敢面对生活

　　谭兴江回忆说，父亲一般不主动到朋友家拜访，但去张琼家拜访是例外。因为在四川北路上的内山书店隔壁，就是四明理发店，父亲习惯到此处理发，张琼家就在附近山阴路2弄的千爱里，父亲理发结束后就带着我去拜访张琼阿姨。父亲之所以经常拜访张琼，其实内中有着催人泪下的伤感震撼故事。

　　张琼可能也是当下人们陌生的名字，她是中共早期党员。早在1922年就加入了中共，她与杨开慧、何葆珍是志同道合的好朋友，她们都是在毛泽东、刘少奇等同志的影响下，走上革命道路的。出生于官僚地主之家的张琼，可谓千金小姐，家有豪宅和大花园，有专门伺候她的保姆和丫鬟。为了革命理想和信仰，她不惜与家庭决裂，毅然决然投身革命。在与国民党反动派和日本侵略者的斗争中，她的五个孩子有三个被敌人残害致死，两个下落不明。丈夫在极其艰难困苦的斗争环境中悲惨死去，她本人几度与死神擦肩而过。

新中国成立后的1950年8月，张琼作为上海教育工会先进代表，到北京参加全国第一次教育工会代表会议。此时的她，是虹口区第一中心小学校长，她的心里放不下孩子们。孑然一身的她，将所有孩子视作自己的孩子。她有一句名言："每个孩子我都喜欢。"

在学生的教育培养上，张琼倾注了大量的心血。她为那些家庭经济困难的学生付学费、买学习用品、添置棉衣棉鞋。哪个孩子病了，她马上买了营养品送去。她不愿意虹口区有一个失学儿童，甚至开办儿童晚课班，专门招收那些白天为了生计而捡拾废品、擦皮鞋、摆小摊的儿童；她十分重视培养学生养成良好的行为习惯，那时一中心小学的学生在食堂里吃饭，连掉在桌上的饭粒都舍不得丢弃，这是她以身作则的教育结果；她重视青少年的全面发展，创建了全市第一所少体校，即现在的培华学校，当时全市举行中小学生运动会，大部分的奖状、奖牌都被虹口区获得，为国家培养和输送了一批又一批的体育人才；她重视学生的家庭教育，撰写了《和家长谈谈在家庭中怎样培养孩子的优秀品德》一书。

谭兴江也是后来才知道父亲用意的。父亲虽然是虹口区政协委员，但不热衷交际，之所以经常拜访张琼，并非因为她有官职在身，或者是同乡关系，而是出于对她的敬佩和关心。他们父子的造访，能给孤寂的张琼带来些许温馨和快乐。张琼会摸摸他的小脑袋说："江伢子，要好好学习，你们可是祖国建设的接班人啊！"他看到的张琼家里的摆设：沙发是破的，橱柜是老旧的，张琼穿着也非常朴素，甚至还穿打补丁的衣服。在他的眼里，张琼就像邻家慈祥可亲的外婆。

（原载《上海滩》2019年第2期）

田永昌：情醉赏壶中

74岁的田永昌属雅玩者，玩的是酒壶酒具和原装酒的收藏。他热衷在收藏与雅玩中享受、普及中华酒文化，尽显"壶中有真味"的旷达境界。田永昌也热爱文学，平时尽享"谈笑有鸿儒"的畅意生活。每每于赏壶、品酒中，文思如泉涌，键盘作和声。他在酒壶与酒香延绵的时空里收藏历史，在遐想与锲而不舍的收藏中，陶醉于其乐融融的退休生活。

赏壶 醉里挑灯

踏进田永昌的收藏室，可谓"壶天酒地"，环墙的橱架上，满满当当地安置着古今中外的酒壶、酒具、原装酒，堪称酒壶和酒类的博物馆缩影。

田永昌说，自己藏壶藏酒，只为增加知识，修身养性。他随手取出一件在山西乔家大院收来的"足银狮趣提梁壶"介绍说，这是清代乾隆年间的物件，造型、雕饰都很精致，壶盖上还有"双蝶戏狮"，"这只憨态可掬、神采飞扬的小狮子，绝非一般工匠所雕。"

说来有趣，田永昌收藏酒壶酒具半个世纪，但他收藏的发端只是那只被他用来浸泡杨梅酒的汉代酒坛子。那时他在海军服役，驻军宁波东钱湖畔，他爱喝杨梅泡酒，总是买一位农妇自己种的杨梅，那名农妇感谢他，特地送他这个能浸泡10斤杨梅酒的大坛子。他转业到上海时，因为酒未喝完，不舍得将酒坛丢弃，把它一起带到了上海，当时也未觉得它与其他坛子有区别。好多年后，一位沪上著名的收藏家来访，一眼瞅见放在旮旯里的酒坛，搬到跟前仔细端详后，啧啧称奇："这可是东汉时期的青釉酒坛子，是好东西，你可要好好养啊。"田永昌这才知道，原来这尊其貌不扬的坛子竟然是个宝贝疙瘩。

如今，田永昌收藏的酒壶酒具有四百多件，原包装的酒也有三百多瓶。上海收藏协会酒文化专业委员会成立时，他被聘为专业委员会委员，参与推广和发展上海酒文化。经常有来自瑞典、日本、韩国、美国、新加坡、保加利亚、澳大利亚等国的友人慕名到他的"壶天酒地"参观做客，见到他与众不同的藏品，都情不自禁地发出惊叹和赞美，深感中华酒文化的博大精深。他调侃自己道，日常生活是普通的，酒壶收藏是小众的，配文著成《醉里挑灯赏壶》一书的快乐意境，则是奉献给大众的。

随着田永昌酒壶收藏的声名在外，他遇到了不少愿出高价向他求购酒壶的人，但他说，每件藏品都是自己领进家门的"孩子"，"孩子"可以用来做交易？更何况很多藏品与自己已相处半个世纪之多，有深厚的感情。每当写作思路有凝滞时，田永昌就会捧起它们摩挲拂拭；每当劳作疲惫倦怠，田永昌也会取出它们轻抚把玩。

晚年　意趣盎然

退休后的田永昌，在家享受着"三点一线"：阳台、藏室、书房。他每天清晨即起，先到阳台上莳弄心爱的花草果树。他说："花草也是有灵性的，你善待它，它就给你回报。"田永昌把阳台上布置得独树一帜，两张荡悠悠的秋千椅是用来小憩的。座椅和梯子用白桦树木制作，圆桌则利用一个横置的车轱辘做成，三五知己围坐于此，沐浴着午后暖阳品茶聊天，自有诗情溢出。

利用高层阳台开阔的视角拍摄日出，是田永昌要做的功课，十多年如一日。朋友不理解，每天的日出不都是一样的吗？他说，每天的日出都是有区别的，拍摄时脑海里往往跃出美好的诗句。一月下旬的一天，他在阳台上，同时拍摄到日出月落的场景，赋诗"东边日出西落月，星汉悲欢各不同。人生何处不风雨，笑挽日月走光明"。

第二处被田永昌串起的点是藏室。踏入其间，悠悠然地转上几圈，自觉心旷神怡。对于酒，他重在品。兴致所至，搞一小碟花生米、几块小点心、抿几口小酒，平添几分微醺的雅趣。他说："品酒品的是心情，玩壶玩的是文化。壶中酒，喝多了让人醉；手上壶，玩多了也醉人呀！"

洋溢着浓郁文化气息的书房，是田永昌每天必去的第三个地方。书橱里，中外名著皆列其中，还有诸如巴金、臧克家、贺敬之、柯灵、赵丽宏等名家的签名本。问他："这么多的签名本来得及阅读吗？"他真诚地说："每本签名本我都读过。"而他本人这些年来时有佳作，可能也源于学而不厌吧。

田永昌还是个"家庭煮夫"。他说，在锅碗瓢盆交响曲中，令他有艺术的享受，有诗情的启发，更有欣赏家人和来客大快朵颐的成就感。在国外留学的儿子回国，总会邀上三五好友，专门来家品尝爸爸的厨艺。田永昌则可以连续一周做出不同类型的美味佳肴，同学们在他家过足了"舌尖"上的瘾。

退休后的田永昌还爱旅行和摄影。他周游世界几十个国家，将每处拍摄的作品遴选出得意之作，配上诗文介绍国外的风土人情、历史文化，汇集成《田永昌环球摄影诗》一书，深得好评。

老兵　情萦军旅

尽管转业到地方几十年了，但田永昌情萦部队的初衷不改，因为，他与人民军队有着不解之缘。

追溯起来，田永昌成为军旅诗人，是受一位"八路阿姨"启蒙的。1944年出生于山东青州的他，记事时正是解放战争年代，根据地人民与八路军水乳交融。父亲推着独轮车给八路军送军粮、救伤员；生下他时，母亲非常虚弱，养的鸡自己舍不得吃，却舍得给八路军伤病员补营养，连父亲给母亲煮的几个鸡蛋，母亲都端去给八路军伤病员。一天，他家住进一位姓张的"女八路"，穿军装、挎短枪，英姿飒爽的，他叫她"八路阿姨"。"八路阿姨"不但为他家担水扫院，还逗他玩，教他背古诗，悟性颇高的他，不久就会背诵十多首古诗。有一次，"八路阿姨"给他照相，从未见过照相机的他，面对镜头害怕得哭起来。结果照片洗出来，他看到照片上的自己，憧憬着长大也要当"八路"，也要作诗。"八路阿姨"在他家住了三个月后随部队出发了，他哭着闹着要"八路阿姨"却再也没有见到，他将这张照片珍藏至今。

20世纪60年代初，17岁的田永昌梦寐以求的愿望实现了，他投笔从戎，穿上水兵服到了部队。火热的部队生活特别是亲身参加海战，不仅将其锻炼成一名真正的水兵，还让酷爱文学创作的他从中获取大量创作素材，成长为部队知名的"水兵诗人"，他也以出色的表现加入中国共产党。那首"新水兵的荣耀"在《诗刊》上发表，更激发他在文学创作上攀向新的高度。这与他在部队锤炼中，不断努力提升文学艺术内涵是分不开的。

2019年伊始，田永昌又有两本书即将付梓。问他，已有近二十本作品问世，为何还如此孜孜不倦？他说，作家的使命就是要写出反映时代进程，受欢迎的作品，所以自己不能懈怠。

采访手记：一片冰心在玉壶

在田永昌的藏室里，他取出一瓶清黄透明的酒，倒入小酒盅请我品尝。这是他朋友自家酿造并用沉香浸泡的酒，微辣带点甜爽，香醇透着芬芳。谈笑间，仿佛感受到辛弃疾"醉里挑灯看剑，梦回吹角连营"的豪情；李白"五花马、千金裘，呼儿将出换美酒"的洒脱。聊得正酣时，酒盅已见底。我对酒文化的源远流长，有了些许真实感知，更对田永昌为人处世的"冰心玉壶"品性敬佩有加。

（原载2019年3月9日《新民晚报》）

罗新安：热衷青少年教育的将门之后

罗新安的晚年生活既忙碌又充实。上个月，他前往延安干部学院，开讲"从小事上严以律己看罗炳辉的家风"；这个月，他为社区居民做"良好的家风对孩子心理健康成长的意义"的辅导；10月，他将开始创作报告文学《留住光明》，用于明年5月纪念上海解放70周年，正在撰写的《罗炳辉将军故事150例》也将在明年出版。

年逾七旬的罗新安说，做这些事，只为心中那份炙热的情感："我要像父亲罗炳辉那样，为大多数人的幸福而奋斗，让红色基因代代相传。"

遵从父亲遗愿　考入"哈军工"学院

罗新安的父亲是电影《从奴隶到将军》中罗霄的原型，一代名将罗炳辉，亦是中央军委确定的中国人民解放军36位军事家之一。2009年，罗炳辉被评为100位为新中国成立作出突出贡献的英雄模范人物。因常年征战在艰苦卓绝的环境中征战而落下病根，于1946年6月，罗炳辉在前线指挥作战时病重而逝。当时，罗新安才两岁半，妹妹仅7个月大。父亲的遗体安放在棺材里，叔叔阿姨们告诉他"爸爸在睡觉"。开饭时，小新安跑到棺材旁，拍着棺材叫喊"爸爸，饭饭""爸爸，饭饭"……在场者无不潸然泪下。

之后很多年，罗新安都有一种幻觉：父亲好像还活着，只是在很远的地方，说不定哪天就回来了。直到18岁那年，罗新安来到山东临沂华东烈士陵园父亲的墓前，才直面了父亲去世的现实。

从小到大，母亲都告诉罗新安，父亲希望他将来考上大学，能从事军事科技工作。1963年，罗新安以优异的成绩从上海南洋模范中学高中毕业，考取了哈尔滨军事工程学院。他努力刻苦学习，牢记父母"党叫干啥就干啥"的嘱托，他到过农场，进过工厂，又成为科研人员，他在不同的岗位都做出不凡的成绩。20世纪70年代后期，上海体育科技研究所请他加盟"运动员训练录像分析系统"研制，他又全身心地投入这一全新的领域，他的技术研发填补了国内多项空白，三次获得国家级和上海市科技成果奖。

追寻父亲足迹　出版《罗炳辉百年经纬》

罗新安立志追寻父亲的足迹，但最大的遗憾是父亲对于他，只是个抽象的概念。退休后，他多次进入父亲出生地云南彝良县，以及父亲参加"反围剿"战斗的江西、福建革命老区，还踏访了父亲抗日的安徽、山东根据地……每一次凭吊父亲与敌的激战地，听到父亲的传奇故事，都激起他心灵的震撼，他用键盘记录了父亲的传奇故事，逐渐地，父亲的形象在他心目中丰满真实起来。

2016年6月21日，是父亲70周年的忌日，年逾70的他，来到父亲墓前祭奠，他将新作《中国道德新论》烧给父亲，决定陪伴父亲7天。第7天，他默坐在墓前抽烟，抽到第7支时，7天来的晴空万里突然乌云密布风雨大作，他到近旁的"罗炳辉瞻容思功亭"里避雨，思忖"老爸流泪了"？迅速反省自己的一生，始终勤勉工作，潜心青少年心理教育，未敢有丝毫懈怠。20分钟后雨停，又是晴空万里。他觉得，这是父亲在激励自己为祖国为人民无私奉献。

经过近20年的努力，罗新安编撰出版了《罗炳辉百年经纬》，以此纪念抗日战争胜利70周年。这本书中的一些小故事生动有趣，如美国女记者海伦·斯诺的《"神行太保"罗炳辉》，何长工的《忆长征中的炳辉同志》，赵阜的《罗炳辉将军与小鬼》，他写的《爸爸的大刀队》等，他还经常去学校为孩子们讲述这些故事，深受大家的喜爱。

传承父亲精神　关爱老区孩子成长

在搜集整理父亲故事的过程中，罗新安发现，父亲与根据地人民的情感水乳交融，他尤爱孩子们。部队每到一处驻扎，总有一大群孩子围住他，要求看打鸟绝技。那时，他总是怀里抱两个、肩上驮一个，后面还跟着一长溜的孩子，带他们到村外，只见他枪向天空扬起，鸟儿应声坠落，乐得孩子们欢呼雀跃。

于是，到社区、进校园开展革命传统教育，为老区根据地的孩子义卖赠送学习用品，尽其所能帮助有困难的老区乡亲，也成了罗新安退休生活的重要部分。

一次，父亲当年的警卫员找到他，因家庭变故生活困难，请他帮助儿子和14岁的孙女。他毫不犹豫地将其儿子和孙女接到上海，安置在自己家中，经过多方联系，为其儿子找到工作，让其孙女在沪读书。如今，孙女也已在上海成家，祖孙三代生活得其乐融融。山东临沂的孤儿小高，初中毕业后，没有继续就学，游荡在社会上。罗新安担心小高误入歧途，就将他带到上海，不但吃住在自己家里，还出学费让他学习电脑维修技术，三年后，小高有了一技之长，满怀感激地开始独立谋生。

秉承父辈初心 探索青少年心理教育

长期以来，罗新安都热衷青少年教育，那么这位"哈军工"毕业的科技人才，怎么会开始从事心理教育研究的呢？这要从他的大儿子毛毛说起。毛毛年幼时，罗新安与妻子都在外地工作，由祖母和祖父（罗新安的继父）照看。因毛毛患有哮喘，两老格外迁就溺爱，以致幼儿园时，毛毛就有逃学、欺负小朋友的行为。到青少年时期，家庭和学校的管教已束缚不了他。无奈将其送进工读学校。当心理医生也对毛毛的行为束手无策时，充满了深深自责和反思的罗新安决心研究青少年的不良行为和纠正方法。

那年，共青团中央举办"青少年戒网瘾夏令营"，罗新安作为特邀老师参与。为了帮助陷入网瘾不能自拔的孩子，夏令营结束后，他将两个十五六岁的男孩带回家。在小房间里搭起上下铺让孩子们睡，孩子的吃用开销都由他全权负责。

在对青少年的教育和研究中，罗新安选择思维方式作为突破口，采用独立教育、自我反省的方法。他在小儿子鲁鲁的成长教育上不断尝试并调整方法。鲁鲁3岁就在电视剧《家》中饰演小演员，以后又在多部电视剧中饰演角色。从小以优异的成绩一路走来，重点高中还未毕业，即自主选择出国留学，且靠自己打工挣得生活费和学费。如今，鲁鲁不仅能流利地运用英、法、德语，而且通过了包括金融分析师、金融风险管理师、市场技术分析师等世界级的资格考试，成为金融专家。日内瓦的华人称他是"华人的骄傲"。

这些年，罗新安将自己总结出的孩子教育的心得体会，写成了《教育的原理与方法》《教育新天地》《网瘾怎么办》等书籍。2012年，罗新安主编的《理想在我心中》出版，并入选新闻出版总署"向全国青少年推荐百种优秀图书"；中宣部、中央文明办、新闻出版总署联合推荐百种优秀思想道德的"双百"读物。他的博客和微信公众号也受到家长的关注和好评。

罗新安说，自己晚年将继续青少年心理教育研究作为主业，这也是秉承父辈的初心，"少年强则中国强"，要为中国革命和建设事业后继有人尽绵薄之力。

采访手记：一颗平常心

1979年，电影《从奴隶到将军》上映，风靡大江南北，是人们耳熟能详的革命军事题材片。当时还是文学青年的我，不但看了电影，还借来电影剧本阅读，非常崇敬罗炳辉将军。三十多年后，在一次上海老战士后人纪念抗日战争胜利70周年活动中，我有幸认识将军的儿子罗新安。他丝毫没有将门之后的架子，热忱地向与会者赠书，满足人们的合影要求。此后的接触中，我更多地了解这位老人丰富的生活内容和自觉的社会责任。他的日常生活非常简单，几乎每天以速冻水饺为主食，并非为省钱，只为省时间。环顾他家不大的客厅，四周被书占满。他指着桌上那本厚厚的《上海工运志》，颇为得意地说，这本书是文庙书市淘来的，价格低廉又具史料价值。他有一颗平常心，全身心地投入了很多公益事业，他充实的晚年和朴实的思想境界给我们带来了很多启迪。

（原载2018年9月8日《新民晚报》）

古瓷相伴韵入画

——海上名家王文明收藏艺术略述

收藏与艺术，其美好和魅力之大超乎想象，吸引无数人趋之若鹜、奋不顾身，但世上集收藏家与艺术家于一身的却凤毛麟角。因为若东成西就，就需要超然的天赋、机缘、财力和勤奋，非常人所能为。然而，王文明先生做到了。

艺优而藏　成就斐然

在收藏界，收藏紫砂壶者众多，有大成者却寥寥。去年上海书展期间，由上海市收藏协会主编的《壶藏》一书，在世纪馆首发。此书收集的所有紫砂壶精品，均由王文明提供，德高望重的上海市收藏协会吴少华会长当时尽管身体欠佳，却依然参加了首发签售，并发表了热情洋溢的祝辞。与他一起见证、鼓励和支持该书出版的，还有中国作家协会副主席、上海文联副主席叶辛先生。实际上，除收藏紫砂壶外，王文明的收藏覆盖了字画、玉器、瓷器等，且弥足珍贵，意趣高雅。

王文明自少年开始学艺，从此笔耕不辍，绘画、书法、篆刻均师从名家，曾在上海人民美术出版社专事绘画，年届不惑之时成为国家级美术师。其国画，山水、花鸟、人物自成一格；写意、工笔、白描，恣意洒脱、气韵灵动、丝丝入扣；其书法，用笔圆润柔韧、遒劲刚健、耐人寻味；其篆刻，篆书、鸟虫、肖形，阴阳交融、相得益彰。为了专心于艺术研究，其早年一直行事低调，近年来在名师、朋友的催促下才厚积薄发，艺术佳作和收藏品屡屡见诸各种大型展会或报刊、网络平台，社会反响良好。

大家指点　茅塞顿开

作为收藏杂家，需要有深厚的收藏知识，才能独到罕见。王文明的藏品以汉代至明清时期为主体，被称为上海知名收藏大家。20世纪70年代，因家庭成分关系，少年王文明被安排到安徽歙县上海练江牧场接受"再教育"。正所谓"上帝为你关上一扇门时，又会为你打开一扇窗"，他在这偏僻的山村牧场，遇到唐云、谢稚柳、汪观清、华三川、贺友直、应野平等也在这里"劳动锻炼"的艺术大师们。大师们都很喜爱这位天资聪慧、勤奋好学的男孩，"小家伙"成为大师们对他的爱称。

老一辈艺术家汪观清、华三川等，以各种方式指导他鉴赏文物，一有机会就会以散步逛街的方式寻宝觅物。有一次，汪观清老师带王文明回他家乡改善生活，返回时路过一个村庄，汪观清突然停步借抽烟的机会，用开玩笑的口吻对他说："小家伙，口袋里有钱吗？左边那户人家中，进去右边的搁板上有只瓷瓶，想要可以去拿来。"

安徽歙县有淳厚的文化底蕴，民风朴实，古物甚多。那个年代，人们的生活水平普遍不高，许多收藏家用一块肥皂、半斤糖就能与村民换到心仪的物件。不明就里的王文明就到那户人家，向户主说明了来意。其实，当时他口袋里只有七元二角钱，最后用五元钱成交，户主爽快地就给了他那只瓷瓶。要知道那时的五元钱可是一家人十天半月的生活费用啊。

汪观清端详瓷瓶后，开始指点王文明："这是明清时期的花鸟瓷瓶……"汪观清如此高超的眼力，令王文明赞叹不已，激发了他对收藏的兴趣。

当时，文物这类东西都归为"四旧"。由于大师们当时的处境，不能公开收取文物，只好偷偷地寻觅、暗暗地欣赏而一饱眼福，也算是一种精神"聚餐"吧，也就一次又一次地指导"小家伙"寻宝识宝。王文明记得，唐云先生曾对他说，从艺要从传承而入，每个瓷瓶的图案能反映出绘画者的技法、功底及匠心。只要深入研究，自会受益匪浅。唐云先生的这一观点得到众前辈的首肯。王文明心里很明白，习书作画，大师们会尽心指点你一二，但不会为你代笔完成一幅作品，悟性、勤奋、博采众长才是关键。因此，任何一件彩绘瓷瓶都是一位"先生"，为临摹技法提供了有效的参照。王文明将花鸟的所有特征烂熟于心，动态或静态的鸟，含苞或绽放的花，都能在他的画笔下挥洒自如，因为他掌握了万变不离其宗的真谛。

穿越时空　古为今用

在王文明的珍藏中，有一件鼓腹扁圆体的清末瓷器，画面是《八仙过海》，人物神态、衣着各异，通过笔墨渲染，动感十足，错落有致地布局在圆周弧面上，展示出各显神通的意境。这是一个古老的题材，画面宏大，意境深远。这件瓷器为他研习古代人物的特点和绘画技法提供了思路，但他并不囿于模仿，而是在传承上凸显形似与神似的自然渗透，用色、下笔干练，线条勾勒豪放，使八仙栩栩如生的意趣跃然纸上。

《金陵十二钗》人物赏瓶，是王文明收藏有30多年的一件清代粉彩直口瓶。通过这只瓶，他对清代女子的发型、服饰、言谈举止有所了解。他常常端坐于瓷瓶前观摩思考，似乎与瓷画家有穿越时空的知心交流，将金陵十二钗的音容笑貌、衣裙配饰了然于心，令他创作仕女画得心应手。今年春季，他的八开尺人物画巨作《金陵十二钗》横空出世，就得益于这"十年磨一剑"的深厚功力。

为了创作金陵十二钗，王文明倾情投入，足足半个月闭门谢客。此番创作，不但得益于他收藏的"金陵十二钗人物赏瓶"和瓷枕，还得益于他对刘旦宅、韩敏、顾炳鑫、戴敦邦等大师创作的《红楼梦》连环画、邮票、绣像的钻研，并在颜料的调制和用墨的选择上反复尝试，甚至连咖啡亦巧妙地运用到色彩中，终于创作出独树一帜的"王氏"国画《金陵十二钗》，被《解放日报》《新民晚报》《上海画报》等媒体相继刊登，并引发书画界的高度关注和好评。

沙里淘金　独具慧眼

不同于一般收藏者猎奇待价而沽的心态，王文明历来藏而不售，只为心中那份对艺术珍品的挚爱。他收藏瓷器讲究缘分，徜徉古玩市场，闲逛陋巷地摊，一旦瞄到怦然心动的物件，便毫不犹豫地掏出他认定的价钱，从摊主那里捧回此件。有的摊主欲抬价，他撂下一句"你不卖给我要后悔的"扭头就走，卖家摸不清他是哪路神仙，也被他的气势所压倒，又急忙唤回他，两相情愿地成交。当然，他不会砍价砍得让卖主无利可图。那件《八仙过海》瓷瓶，就是他用此法在深圳的地摊上收获的。

王文明的藏室里有青花瓷、粉彩瓷、斗彩瓷……可谓琳琅满目。"衣带渐宽终不悔，为伊消得人憔悴。"他游弋其间，对每一件藏品，都讲得出不同寻常的故事。休憩闲暇间，轮番抚赏，怡情养心；创作不顺时，就与藏品"对话"切磋，领悟古人的智慧与乐趣，在"物我"两忘的美妙时光中，升腾至"看青花不再是青花"的高尚境界。

清乾隆有诗云："白玉金边素瓷胎，雕龙描凤巧安排；玲珑剔透万般好，静中见动青山来。"赞叹瓷器制作者巧夺天工的制作技艺，画家高超的绘画功力，既赞美了中华的人才济济和中华文化深厚的底蕴，又表达出作者对瓷器完美程度的偏爱。王文明的为人处世、瓷器珍藏、绘画杰作，恰如其分地应和了这诗句的寓意。

（原载《上海画报》杂志2018年第7期）

关紫兰：从民国走来的女油画家

关紫兰（1903—1985），出生于上海，原籍广东省南海县吉利村。中国早期杰出的女油画家、艺术家。

关紫兰于1927年毕业于中华艺术大学西洋画科，同年赴日本留学，入日本东京文化学院，作品多次入选日本重要画展。她师从陈抱一、洪野，是中国较早受到20世纪出现的新艺术象征主义画派——野兽派影响的画家，并受日本具有现代艺术倾向的油画家、艺术家有岛生马、中川纪元等人影响。1930年回国后多次在上海举办个人画展，她所具有的将复杂造型简约、单纯化的能力，将东方的优雅含蓄与西方野兽派激情奔放相结合的艺术表现能力，对中国油画艺术领域产生了很大的影响。她的《少女像》《西湖风景》《慈菇花》等多幅油画作品被中国美术馆收藏。

新中国成立后，关紫兰以写实的手法创作了一批反映社会主义建设和城市生活的作品，多次参加上海及全国的美术作品展，体现了画家高度的艺术修养。她是上海文史馆馆员、中国美术家协会会员。

1985年6月30日，因心脏病突发，关紫兰在溧阳路的寓所去世。

陈设依旧 音容宛在

关紫兰从20世纪40年代起就居住在虹口区的溧阳路，一直到80年代中期，她的后半生是在这条路上的一幢灰砖小洋楼里度过的。日前，我专程探访了小楼现在的主人——关紫兰的女儿梁雅雯和外孙叶奇。

肤色白皙、眉目秀丽、举止优雅的梁雅雯，与照片上的关紫兰甚是相似。从事了一辈子教师职业的梁雅雯，退休后十多年来义务从事虹口区侨联和四川北路街道侨联分会工作，才"第二次退休不久"。我环视底楼客厅，墙上关紫兰的油画、桌上的几本画册、橱中的书籍和摆件，令人觉得画家并未远离我们。

梁雅雯介绍，2010年6月30日，母亲去世的第25个纪念日，她和儿子叶奇遵从关紫兰的心愿，将其"上海中华艺术大学"的毕业证书、绘画作品及相关资料五十余件捐赠给了上海历史博物馆。毕业证书上有陈望道校长的签名，是该校已发现的唯一存世的毕业证书。这批文物，展示了关紫兰的艺术人生，也是研究现代中国油画的珍贵史料。

孜孜以求　备受赞誉

梁雅雯是这样介绍母亲关紫兰的：外公关康爱是当时上海的富商，经营布匹印染，在图案设计上很有造诣。从小耳濡目染的关紫兰对于绘画有着极大的兴趣和悟性。完全可以过着享乐奢华大小姐生活的她，有自己的人生理想和憧憬，考取了上海神州女校图画专修科，并于1927年转入中华艺术大学，主要师从我国现代著名油画家、中国油画理论创立者陈抱一先生。陈抱一是关紫兰最尊重的师长，关紫兰则是陈抱一最得意、最器重的女弟子。就在这年6月，在中华艺术大学举办的美术展览会上，关紫兰的作品《悠闲》脱颖而出。在中华艺术大学求学中，关紫兰深受"左联"先进文艺思想的熏陶，对她以后的人生道路起到了积极的引领作用。大学毕业后，在陈抱一的介绍下，关紫兰两度赴日本深造，深受日本油画界器重。其间，在神户市举办的个人画展，观展者如潮，每天不得不延迟闭馆时间。日本很多家庭都以墙上挂有一幅关紫兰的作品为荣。1930年，年仅27岁的关紫兰油画作品《水仙花》被日本官方印制成明信片在全日本发行，关紫兰成为风靡日本的美丽女画家。

1930年，关紫兰学成回国，到上海晞阳美术学院任教。国内刊物争相报道刊载她的作品，《良友》画册更是对她情有独钟，不仅将她作为封面人物，而且在1930年8月、10月两期刊物上对关紫兰重点介绍，称赞她为油画家中的佼佼者。同年夏天，关紫兰在上海举办个人作品展览，她的代表作《弹曼陀铃的姑娘》《湖畔》《绿衣女孩》《秋水伊人》《慈菇花》《藤萝》《小提琴》

等令人耳目一新，参观者络绎不绝，文艺界许多名流观展，宋子文先生出席开幕式并给予赞誉。

保持气节　中装会客

1935年至1937年间，关紫兰又赴日本深造油画艺术，她的视界更开阔，技艺更精湛了。但是，当她回到祖国时，却是在日军的侵略下炮火纷飞，人心惶惶，民不聊生。为预防不测，关紫兰这位美丽优雅的女子也得考虑婚姻大事了，与倾慕她的梁庚长结婚。梁长庚也是广东人，在虹口开诊所，是位眼科大夫。婚后，他们夫妻恩爱，生育了两个女儿梁雅雯和梁嘉雯。

1941年，关紫兰再次举办画展，此时，正值日本侵略者入侵中国，关紫兰以自己的方式抗议日本侵略者。她的作品描绘祖国的大好河山，意在唤起国人对美好家园的热爱，表达渴望和平的愿望。作品技法内敛中透着无限张力，画面表现令人感觉真挚亲切中不乏厚实深沉。

梁雅雯回忆，都市新女性关紫兰是前卫新潮的。她会弹琴、骑马、游泳、开车，总是到高档美发厅打理发型，衣服是定制西洋式的，用的是法国香水。但是，在上海沦陷日寇魔掌的苦难岁月里，关紫兰表现出了中国艺术家特有的坚强与爱国情怀。日本当局知道关紫兰曾两次赴日留学，多次要她出来做事，都被拒绝了。她出现在公众场合时，总是穿着中式服装，包括旗袍。亲朋好友都为她担忧，她从容地说："越是在这个时候，我越要表现出一个中国女人的端庄与优雅，我不怕，因为我是一个中国人。"

梁雅雯眼中的母亲，既清高矜持，却又率真重情谊，对周围的人甚至家中的佣人也关怀备至。关紫兰外出吃点心时，经常带上照料女儿的无锡"小保姆"一起吃。小保姆出嫁时，溧阳路的寓所成了她的娘家，所有的嫁妆都是关紫兰给其置办的。以后的岁月里，关紫兰母女还与"小保姆"来往，直到"文革"才失去联系。20世纪80年代初期，梁雅雯还陪伴母亲去浦东找过"小保姆"，但已人去楼空，令她们唏嘘不已。

在三年困难时期，关紫兰还用难得的侨汇券买了食品，分给左邻右舍。一次，梁雅雯行走在马路上，遇到一位在她家区域的邮递员。他说："梁老师，我家有一幅你母亲赠送我的画呢。"

感怀新貌　频出佳作

新中国成立后，关紫兰选择留在上海。祖国日新月异的变化，极大地感染和激励了关紫兰。她尽情地创作了一批画面清朗昂扬、用笔流畅大气，具有写实主义风格的作品。如纪念嘉兴南湖中共"一大"的《南湖红船》；描述闸北区"滚地龙"变成工人新村的《蕃瓜弄》；展示苏州河沿岸盎然生机的《四川路桥》；反映上海人民美好生活的《上海街景》《虹口公园》《静安寺》等，都是关紫兰用画笔记录的那个时代的上海风情。"文革"遭遇迫害后，关紫兰搁笔了。

晚年的关紫兰，淡泊宁静中处处透着美的意境。从小与外婆一起生活的叶奇深得她的喜爱。叶奇印象深刻的是："文革"时期，外婆尽管只能穿色调灰黑的中式服装，但每件衣服都是熨烫过才穿上的，自有一种高雅别致的气质。外婆的床单、被子也是非常整洁，连外婆为他打过补丁的裤子穿着都很舒服。令叶奇难忘的还有外婆烧得一手好菜，油爆虾、醋熘鱼片是他的最爱。

1978年，叶奇参军入伍。叶奇说："外婆尽管有万分的不舍，还是支持我到部队经受锻炼。经常寄书籍杂志给我。第二年春天，外婆不顾年事已高，风尘仆仆地来到浙江山区的野战军部队看望我。"得知叶奇的外婆是名画家，不少爱好绘画的战士前来求教。关紫兰热忱地指导他们对着石膏像练习素描的技法；讲解色彩搭配的基础；归纳风景写生的要领；辅导战士们如何出好军营的墙报和黑板报。关紫兰回沪时，首长破例批给叶奇四天假期，让他护送外婆回家。叶奇没有辜负外婆的期望，在部队立过功，并考进了上海空军政治学院。

1998年10月，关紫兰创作于1929年的油画《少女》被中华人民共和国文化部选中，参加在美国纽约举办的"中华五千年文化展览"，这也是中国早期女油画家入选的唯一作品。关紫兰的作品还分别被日本、英国、美国、加拿大及港澳台地区的画展和个人收藏。

（原载2017年10月28日《上海老年报》）

王通：独立自由勋章的设计者

1955年2月12日，中华人民共和国主席毛泽东发布主席令，决定颁发"八一勋章""独立自由勋章""解放勋章"，分别授予中国人民解放军在中国工农红军时期、抗日战争时期（1937年7月7日至1945年9月2日）和解放战争时期参加革命战争的有功人员，朱德等117人第一批被授予独立自由勋章。

对于"独立自由勋章"人们非常熟悉，但对于这枚勋章的设计者，如今知晓的人并不多。其实，这位"独立自由勋章"的设计者从出生直到2010年去世，几乎没离开过上海，他的名字叫王通。我荣幸地采访到了王通的大女儿王超，听她讲述王通的人生故事。

为父亲画遗像的孩童

1913年12月6日，王通出生在上海一个职员家庭，父亲是华安人寿保险公司员工，原本家境尚好，但在一次事故中坠梯伤及脑部，视神经受损，无力承受巨额医疗费，双目渐渐失明；为养家糊口，母亲不得不到缫丝厂做工。家中无钱供年幼的小王通上学，失明的父亲就激发他对绘画的兴趣。天资聪明、领悟力强的王通，每每得到香烟牌、火柴盒和糖果纸之类，就会兴趣十足地对照临摹，绘画的天赋初见端倪，一家人日子过得虽清贫却也其乐融融。

王通刚满10岁，病情日趋严重的父亲撒手人寰。面对家徒四壁，连祭奠逝者的相片都无钱置办的母亲束手无策。懂事的小王通让母亲别着急，对着父亲工作证上那张一英寸的小照片用心临摹，画出父亲的肖像，在极度悲痛中完成了人生的第一幅作品。

王通12岁那年，无奈的母亲只得狠心将他送到湖州袁家湾的一家工厂当学徒。还未成年的他，干着超体力的活计，终因劳累过度患上了肾病，被老板赶出工厂。母亲为给他治病，没日没夜地给人家做事，经过一年多的调养，他的病情好转，但母亲却又因劳累过度病倒，贫病交加中万般不忍地离世，丢下小王通孤零零的一个人挣扎在人世间。

好心的邻居托人将王通介绍到小沙渡路（今西康路）的大中华赛璐璐制造厂当童工。尽管做工很辛苦，王通还是坚持每天晚上到工人夜校学习文化并习画。凭着坚持不懈勤奋自学的毅力，18岁时考入位于山东路上的上海联合广告公司，成为绘画实习生，从此走上毕生从事美术设计的道路。他在上夜校期间明白了很多道理，向往贫苦大众能过上好日子、人人平等的社会。几年后，他又以真才实学考入位于百老汇路上的南洋兄弟烟草公司（今东大名路817号）广告部美术员一职，主要是设计香烟牌。当时的"南洋"广告部在组织形式和工作方法上，基本效仿英美烟草公司。而由于有周柏生、王通、唐九如等生力军的加盟，这一时期"南洋"的烟画作品，从绘制到印刷可谓达到登峰造极的程度。但在日伪黑暗的统治下，中国的民族实业生存异常艰难，王通进入"南洋"仅3年，公司难以为继，只得遣散员工。直到抗战胜利后，王通才得以进入荣昌祥广告公司任美术员。

此时的王通，在上海美术界颇具知名度。在永安公司的画廊展出过绘画作品，在南京路成都路口的沧州花苑举办过个人画展，在此处还与刘海粟、潘玉良两位中国美术界的重量级人物同时举办过个人画展，王通将这个画展的所得款全部募捐给慈善机构救助难民。王超告诉我，画展举办期间，还有一件趣事：王通有个以前的同事到上海找他却不知道地址，得知王通有画展就找去了，没见到王通却见到了刘海粟，抱着试试看的心情打探，刘海粟说与王通有往来知道其住所，同事才得以见到王通。在《上海通志·美术》章节中有记载："1912年—1949年期间，柯联辉、叶浅予、胡忠彪……王通等先后从事工商业实用美术，都擅长水粉画……"我在他家见到其1946年到扬州写生时的四大景观水粉画：《文昌阁》《四望亭》《五亭桥》《平山堂》。其他一些作品亦印证了这一点，也是王通热爱祖国大好河山心路历程的见证。

王通个性忠厚善良、乐于助人。那时领着每月薪水100银圆的他，相当如今的"金领"啦，但从苦难中走来的他，深知那个世道生存的不易。同事因病失业后，他毫不犹豫地将自己存折上可观的一笔钱全部给了同事；他深知读书对孩子未来的影响，每年都画几幅画捐赠给《新闻报》《申报》馆义卖，将所得救助流浪儿童和失学的孩子。

新中国第一张年画的创作者

1949年5月27日，是上海解放的喜庆日子。王通和众多市民一起涌上街头，舞动红旗欢迎中国人民解放军。抑制不住兴奋的他，决定要将这种激动欢畅的心情充分地表达出来。于是"中国人民大解放·这是一个天大的喜事"（以下简称"大解放"）就在王通的画笔下诞生了。

王超听父亲王通说过，"大解放"这个天大的喜事应怎样来表达才最具感染力最能代表民众心声呢？联想到中国人有喜庆的事都用"双喜"表达，所以首先在天上（画稿上部）画了双喜，画好后觉得画不达意，仅仅双喜还是单调，没能完全表现出市民欢欣鼓舞的热烈氛围，双喜上还应当凸显喜上加喜。精心构思后，决定用恭贺新禧四个字，但草图绘制后仍然觉得"恭贺新禧"意犹未尽。他就独处一室静心凝神，将庆祝上海解放时看到的场景，如放电影般在眼前一幕幕浮现。"我想到啦！想到啦！"他打开门兴奋地喊道；"街道上打腰鼓的、打莲湘的、扭秧歌的、舞龙灯的……这些完全是解放区里最优美的舞蹈肢体动作，也是市民发自肺腑的心声。我要把它们都表达出来……"

王通展开画纸，废寝忘食地浓墨重彩，一幅场面热烈、构思奇妙、民族风情浓郁的年画由此诞生。王超为我展开画面：主打的深蓝底色上，欢呼雀跃的人物、五星红旗、和平鸽、齿轮、稻穗和烧杯等元素浑然一体、相得益彰、色彩绚丽、生动形象、极富视觉效果。

这幅宣传画由上海通联书店出版发行。这年，上海市文化局举办首届美术作品展，王通就将自己这幅心爱的"大解放"送展。展出后好评如潮，组委会汇集多方评选意见后认为，"大解放"从内容到表现手法，可以作为年画的代表作，决定评选这幅画为第一号年画，编号为001号，是新中国成立后的第一号年画。

此后，王通加入上海美术家协会，积极参加协会组织的学习，响应文艺为工农兵服务的号召，成为一名文艺美术工作者。其时，上海人民美术出版社、少年儿童出版社、中华书局、通联书店、上海画报等出版单位的约稿纷至沓来，他用自己的画笔忘情地投身社会主义建设。

第一套《钢铁是怎样炼成的》连环画绘图者

曾经影响了几代青少年的《钢铁是怎样炼成的》连环画，其第一套的版本出自王通的手笔，如今的读者鲜有人知。20世纪50年代，由于中苏两国之间的友好关系，苏联一大批励志的文学作品受到中国读者的喜爱和青睐；但由于那时我国还有不少文盲，大部头的翻译小说对于他们如同"天书"，所以，将苏联小说改编为连环画，成为美术工作者一项重要任务。

当时，类似《高尔基的三部曲》《卓娅和舒拉的故事》《钢铁是怎样炼成的》等小说一经面世，很快就被改编成连环画脚本，然后根据故事情节和绘画风格选定画家，通常在三到六个月，新华书店的柜台上便会排放满封面引人注目、装帧漂亮考究的"小人书"；还有那摆"小书摊"的也会乐呵呵的，摊前围满了看书人。王通是上海美术出版社元老级的画家，而很多读者对小说《钢铁是怎样炼成的》的最初认识，就是来源于他的连环画。

1952年，王通开展绘制《钢铁是怎样炼成的》连环画。当时祖国号召青年和共青团员向《钢铁是怎样炼成的》主人公保尔·柯察金学习，长征出版社拟出版一套《钢铁是怎样炼成的》连环画，经推荐选中由王通担纲此重任。王通承接了这项光荣重要的任务后，为创作好画，先用铅笔画初稿，送出版社编辑和领导审稿通过后，才正式启动画稿。

王通饶有兴趣夜以继日地画，但毕竟国度不同生活方式有差异，也会遭遇"卡壳"，每当此时，他就认真阅读小说用心体会，对着书中的插图细心揣摩。尤其联想到自己与保尔有着相仿的苦难童年，那种对于反动黑暗制度的反抗和励志的内核实质就把握住了，就会灵感涌现激发克服困难的激情。经过一年多不间断的创作，画成448幅三本一套的《钢铁是怎样炼成的》连环画，于1953年出版。这套连环画一上架就因广受读者喜爱而供不应求，1955年二本一套的由上海美术出版社出版；1957年二本一套的由上海人民出版社再版。

在王通的遗物中，我发现了上海市私营出版单位1953年度的观摩座谈会记录：在当年出版的较好的连环画中，王通创作的《钢铁是怎样炼成的》连环画名列首位。这也是广大读者对王通不辞辛苦创作的肯定；我还发现儿时最爱读的《儿童时代》读本、《鲁滨孙的故事》《克什米尔公主号事件》《罗蒙洛索夫的故事》等连环画，倍感亲切。

独立自由勋章的设计者

据媒体报道：2014年7月7日上午，首都各界在中国人民抗日战争纪念馆隆重集会，纪念仪式的一个重要环节，就是为"独立自由勋章"雕塑揭幕。

这枚独立自由勋章也是王通的杰作。女儿王超为我讲述了一个感人至深的故事：1999年10月1日，北京举行威武雄壮的世纪大阅兵。王通端坐在电视机前收看盛况，当看到电视屏幕上出现承载着巨大的独立自由勋章模型的"八一"彩车缓缓驶过，禁不住热泪盈眶万分激动，其情其景令子女和孙辈们都为之动容。设计成功独立自由勋章，是王通一生中最引以为傲的一件事，是他所有作品中最钟爱的。亲朋好友看见电视播放中独立自由勋章的画面，也纷纷打来电话祝贺，年届耄耋的老人难以抑制激动和自豪。

王超向我展示了1955年10月号的《人民画报》，画报上刊登着毛泽东主席为朱德等十大元帅授勋的图片和"独立自由勋章"图片："父亲将这本画报珍藏终生，每次翻阅都是小心翼翼的，因为这是他光荣与幸福的回忆。"

1953年，中华全国美术工作者协会上海分会发动广大美术工作者响应中央军委总干部部的号召，设计八一勋章、独立自由勋章、解放勋章。王通是上海美术工作者协会会员，积极响应号召，选择设计独立自由勋章。当时勋章的设计尺寸是有规定的，像脸盆那样大小；题材内涵也是有规定的；画面布局图案内容设计者可以充分创作。所以，每位设计者创作出的格局都是不相同的。设计一种勋章就要花费大量时间和精力，要提供一张黑白稿、一幅浮雕稿。

设计独立自由勋章，王通倾注了极大的热情和心血。他大量阅读了中国共产党领导全国人民英勇抗战的史料及抗战的小说，中华民族不屈不挠抗击侵略者的伟大壮举感动和激励着他。渐渐地画面在他脑海中丰满起来：独立自由勋章应表现1928年，毛主席与朱总司令在井冈山胜利会师时，预示着中国革命的"星星之火，可以燎原"，要有中国革命圣地延安宝塔顶上的红星元素，象征"星星之火，可以燎原"。立意明确后，王通昼夜伏案创作，酣畅淋漓地完成画稿。当时有八十多位美术工作者参加设计，共选中49件参评，王通的设计图案也在其中。1954年9月，他收到中央军委通过中华全国美术工作者协会上海分会发给的40万元（旧币）鼓励金的通知。不久，王通设计的独立自由勋章从众多参评作品中脱颖而出，被中央军委录用。独立自由勋章有三个级别，朱德等117人被授予独立自由勋章。

附录：20世纪50年代初起，王通居住在东横浜路31弄19号，后因旧房拆迁，搬迁到曲阳地区，晚年则居住在嘉兴社区的海伦路，妻子是新沪中学的生物教师。60年代中期，王通进入轻工业局的工艺美术公司玩具厂从事美术设计。

1952年出生的王超，从小就一直看到爸爸伏案作画，无论休息天还是过年过节。她指着客厅里的书桌对我说，爸爸就是在这张书桌上作画的，他的一生画笔都没有离开过手。晚年眼睛不好使，就借助放大镜画，到后来要两块放大镜叠在一起使用才能画。一直到他生命的最后几天还在画，即使颜色偏色了，但图形还是准确的。爸爸的生命完全融入为祖国、为人民、为美好生活的绘画艺术中。

（原载2017年2月12日《新民晚报》）

一身童真任遨游

——儿童文学作家、翻译家任溶溶的故事

带着好奇心快乐地写任溶溶。选一个周六的下午，到他的出生地——闵行路新康里踏访。提及任溶溶的名字，两位在家门口树荫下喝茶聊天的"爷叔"并不知晓，但说到《没头脑和不高兴》这本书，他们异口同声说小时候读过，得知书的作者就是任溶溶，出生地就在新康里，他们乐了。

"选择"在虹口出生的任溶溶

仿佛一生就是童话的任溶溶，1932年5月19日"选择"的出生地是上海虹口闵行路新康里，靠近峨眉路四五间铺子的楼上，附近是很有名气的三角地小菜场。

任溶溶家斜对面的一大块空地是游乐场。在这里，他玩过套圈子游戏、看过"猪八戒背媳妇"木偶戏、看过"狮狮出把戏"，他终生与童话结缘，这里堪称启蒙地；三角地小菜场二楼有很多摊位售卖日式海鲜、蔬果和点心，他日后喜好品尝美食，大概就发端于此处。相近区域内的武昌路，当时是一条广东街，居住的广东人多，店铺多有广东特色。街上有一家"粤商楼"大酒楼，这一带的人家婚丧宴请多在此处。也在这个地段里，任溶溶记得还有一座广东人的庙，叫三元宫。初一、十五和节日，宫内很热闹，他常随父母去玩。他至今印象犹深的是：在海宁路、乍浦路口的中国最早的电影院——虹口大戏院里看过的电影，是当时赫赫有名的美国滑稽明星一胖一瘦的劳莱、哈台一对好搭档演出的片子，因为剧情太妙，直笑得他肚子疼。由此，似乎可将虹口看作任溶溶童话人生的发端地。我们套用任溶溶的童话思路，也将

他出生地"童话"一下，他"选择"出生在虹口。

虹口这块"好玩"的地方，给任溶溶的小脑袋瓜里孕育了众多好玩的故事：以后创作的《一个天才的杂技演员》，是一部比肩《没头脑和不高兴》的姐妹篇。使得任溶溶在中国儿童文学创作的第一个"黄金时代"占有一席之地，甚至有评论认为《没头脑与不高兴》"是我国第一件真正地道意义上的童话、是头一件堪称我国经典童话的创造者"。

5岁前，任溶溶会对照连环画依样画葫芦，画他崇拜的赵子龙、武松、薛仁贵。他与无锡"大阿福"做朋友，分封它们各种"头衔"。对世界充满好奇的他，看到隔壁宁波裁缝铺的师傅做出一件件漂亮的衣服，挡不住诱惑地将一件好端端的外衣袖子剪掉，说是要动手做背心。一个大茄子形状的奶瓶是他的最爱，犹如现在的幼儿嘴上总吮吸着奶嘴一样，断了母乳后的任溶溶，走到哪儿捧着奶瓶喝到哪儿，直到4岁的一天，在阳台上"望野眼"（沪语，看热闹），奶瓶坠落摔得粉碎才结束"奶瓶生涯"。家里送他到私塾读书，看到老师藤椅旁有根藤条，认定是用来打孩子的，扭头一路狂奔回家，最终到一位家庭女教师那里，度过了一段无忧无虑的美好时光。

父女同名的任溶溶

其实，真正的任溶溶，并不是我们现在所知的了不起的儿童文学翻译家和作家任溶溶，这位任溶溶的本名叫任根鎏，为了投身抗日又改名叫任以奇。真正的任溶溶是他的女儿。他用女儿的名字翻译和创作作品，由此，读者都知道翻译家、作家任溶溶，而不知道还有女儿任溶溶。

任溶溶常说，自己走上儿童文学翻译、创作之路有点偶然。1946年12月，《儿童故事》月刊问世。他有位在杂志社当编辑的大学同学，请他帮忙翻译点儿童作品稿子，他爽快地应允。在一家外文书店，他看到外国迪士尼出版社的儿童读物装帧和插图非常漂亮，被深深地吸引，买来一大摞外国儿童读物。在色彩斑斓、生动有趣、富有想象力的儿童世界里，他流连忘返、乐此不疲。除了每期为《儿童故事》奉上几篇译作外，觉得不过瘾的他，又兴致勃勃地自译、自编、自己设计、自费出版儿童读物。如《小熊邦果》《小兔顿拍》《彼得和狼》《列麦斯大叔的故事》等，都译自迪士尼的英文原著。这些作品都在欧美儿童文学领域占有重要地位。1947年，任溶溶的大女儿出生了，他请来在抗日根据地结识的、中国著名文字改革活动家、语学家，也是好朋友、好同事的倪海曙，一起商量给女儿起名。倪海曙建议起名任溶溶，他高兴地采纳了这个建议。

望着女儿粉嘟嘟的小脸，可爱的笑靥，扑闪的大眼睛，初为人父的任溶溶感动和幸福油然而生。有好几个笔名的他，再有得意作品时，就署名女儿任溶溶的名字。"父女任溶溶"就此"横空出世"，引发了很多好玩的故事。用任溶溶自己的话说："先得有我的女儿，才能有我女儿的名字；先得有我女儿的名字，才能有我用她的名字。"女儿的名字用得多了，任以奇变成了任溶溶，可为父的却忽略了最基本的一点，女儿会长大的，麻烦接着来啦。有人到他家找"任溶溶"，家人先得问"找哪个任溶溶"？后来想当然地认为：总是老的找父亲任溶溶，小的找女儿任溶溶，却闹出不少笑话。来了小朋友，以为是找女儿任溶溶的，其实是找父亲任溶溶的。有点女性化的"任溶溶"名字，让有的小读者给他来信，开头就是"亲爱的任溶溶大姐姐""亲爱的任溶溶阿姨"，弄得他忍俊不禁。

投身抗日的任溶溶

5岁以后，任溶溶到家乡广州。"八一三"上海淞沪抗战爆发，日本军机对广州也狂轰滥炸，他看到的是：原本热闹的街区被炸成一片废墟，广州待不下去了，他随大人逃难到乡下。乡下也是不得安宁，只得又随亲戚逃难到上海。

为避战火，任溶溶在上海的父亲，于"八一三"前，将闵行路的家连同店铺搬到苏州河以南四川中路的租界里，才躲过劫难。1938年秋，任溶溶进入英国人创办的雷士德工学院初中部求学。从宁波逃难到上海的同学盛俊峰（我国著名翻译家草婴）是他的班长。在雷士德的两年里，草婴阅读了大量进步书刊，并将20大本《鲁迅全集》借给他阅读，他与草婴结下终身友情。任溶溶说草婴是自己的良师益友，他就是受草婴影响走上爱国进步道路的。他们在雷士德学校的中共地下党上海局文委负责人姜椿芳，以及同是中共地下党员的梁于藩引导下，阅读进步书籍、参加抗日进步活动。

任溶溶每次看到苏州河北岸四川路桥上设岗的日本兵手持"三八大盖"，打骂过桥的中国平民就会怒火中烧。而他有一次也差点落入日本兵的魔掌。有一天，他骑自行车赶去上学，突然发现一大队日本兵就在眼前，来不及刹车径直就冲向日本兵的队伍。这下可闯大祸啦，日本鬼子一把拽住他，"八格牙路"一阵怒吼，就将对他施暴，所幸在前面带队的日本军官发现有士兵掉队，大声呼唤跟上，这几个鬼子不得已才放开他追赶队伍去了。任溶溶侥幸逃过一劫，但抗日的决心更坚定了。

1940年暑假后，雷士德初中部搬回东熙华德路（今东长治路505号），不愿去校途中经过鬼子岗哨要鞠躬受检查的草婴转校。任溶溶毅然决定，到苏北投奔新四军抗日。瞒着家人到达抗日根据地后，他被安排到新四军政治部宣教科，陈毅司令员的夫人张茜也在这里工作，还是他们的学习组长。他充满激情地教战士们唱歌、学文化；为战士们写家书、编辑《战士报》。经常见到陈毅、粟裕等领导，聆听过陈毅的演讲，还请陈毅为他编的墙报题过词。记得陈毅的题词是"十年征战几人回，又见同侪并马归。江淮河汉今谁属？红旗十月满天飞"。

之后，任溶溶因患严重的肝病，在部队首长的强制命令下，不得不返沪治病。抗战胜利后，在物价飞涨、白色恐怖笼罩的上海"国统区"，他利用父亲让他打点纸行的便利，为中共组织一次次提供纸张，为上海解放作出了贡献。

翻译家和儿童文学家任溶溶

任溶溶具有语言天赋：国语、沪语、粤语；英语、俄语、法语、日语、意大利语，甚至世界语也能来那么几下。他的英语功底是在雷士德工学院读书打下的，还触类旁通地掌握了法语翻译。他俄语的启蒙老师是草婴。任溶溶回忆，草婴非常节俭，将省下的钱用作学费，向一位俄罗斯老太太学习俄语。最初任溶溶用俄文译书时，草婴会紧挨着他一句句为他校订，为任溶溶的俄文翻译奠定了厚实的基础。

新中国成立后，任溶溶在儿童文学领域迸发出空前高涨的激情。经他翻译的儿童文学单行本平均52天就有一种出版，尤其在少年儿童出版社当编辑时，最多时一年有编辑翻译的作品40种。20世纪50年代，任溶溶翻译的苏联文学作品佳作迭出，从俄文翻译而来的意大利作品《洋葱头历险记》令小读者爱不释手；《铁木儿和他的队伍》《一年级小学生》等译著也受到读者热爱；而《古丽雅的道路》更是以励志题材成为年轻人争相阅读的书籍，1953年3月一经出版，立即激起读者强烈共鸣，7个月后的印数就接近50万。《古丽雅的道路》《钢铁是怎样炼成的》《卓娅和舒拉的故事》《海鸥》等苏联文学作品，影响了几代中国人。

任溶溶的意大利语、日语是"文革"期间，被关进"牛棚"接受劳动监督时学的。他白天抓紧时间完成"规定"任务，晚上则非常投入地学外语，他学以致用的能力很强，有一件事深得同行称道。那是30多年前，有个日本儿童文学代表团来访。沪上很多作家、学者来到上海作协出席会议。其间，有位日本专家发言，一连串的作家和作品的名字让翻译一下"卡壳"，正窘迫时，满满的座席中爆出一个宽厚动听的嗓音："卡洛尔！英国作家，就是写《爱丽丝漫游奇境记》的……"翻译如释重负，很多与会者认出，为翻译解围的人就是任溶溶。他翻译的《安徒生童话全集》，成为唯一一本摆在丹麦哥本哈根国家博物馆书店的官方中文版本。

规范地讲，任溶溶应算作资深名编辑，但是，人们更愿意认为任溶溶是儿童文学作家和翻译家。确实，对于儿童文学"万千宠爱在一生"的任溶溶，翻译的作品90%是儿童文学，创作更多的还是儿童文学。"没头脑""不高兴"两个从20世纪50年代延续至今的名字，是任溶溶童话故事深得孩子们宠爱和难忘的印证。

《没头脑和不高兴》的问世，本身也是一部喜剧童话：《少年文艺》编辑急等稿件留存版面，只给任溶溶两小时。上班前总要拐到铜仁路上海咖啡馆喝杯咖啡的他，利用喝咖啡的时间提笔疾书，仅一个半小时，一篇5 000字的经典童话作品诞生了。这篇发表于1956年的美好的无厘头童话，愉悦欢乐了一代又一代的孩子。其中最好玩的一句话是——"你不高兴跟他玩，他可是不高兴你不高兴跟他玩？"

20世纪70年代初，《没头脑和不高兴》与《一个天才的杂技演员》，由上海美术电影制片厂拍成动画片和木偶片，与《神笔马良》《大闹天宫》《小蝌蚪找妈妈》等一起成为中国儿童美术片的经典而长盛不衰。

（原载2016年9月23日《联合时报》）

宋桂煌：中国翻译高尔基小说第一人

宋桂煌（1903—1987），笔名伯明。出生于江苏省如皋县。著名翻译家，民进成员。1927年毕业于上海大学英文系。曾参加"五四""五卅"运动，历任江苏省立教育学院成人心理研究室助理研究员，浙江大学图书馆馆员，如皋县参议会会员，如皋县芦湾区参议会议长，《苏中日报》副总编辑，上海《时与潮》《时事评论》编辑。新中国成立后，历任上海教育局研究室英语教学研究员，上海市政府调查研究室研究员、文教组长，上海第三次文代会代表。1923年开始发表作品。1953年加入中国作家协会。2015年春节前一个寒冷的午后，本刊特约记者张林风来到山阴路的文华别墅住宅区，专程独家采访了宋桂煌的儿子宋亚林。86岁高龄的宋亚林，竟坐在门外的藤椅上等候，令张林风甚感不安。但见面后记者立即被老人的热忱、被他清晰的记忆和丰富的文史知识所吸引。说起父亲宋桂煌，宋亚林如数家珍似的介绍父亲翻译高尔基小说的缘由和他记忆中的父亲。

翻译高尔基为革命志士呐喊

宋桂煌的主要传记文学译著有《高尔基小说集》《美国建国伟人传记》《莎士比亚故事集》等；他的主要学术译著则有《思想自由史》《论宗教》《基督教的起源》《英国文学史》《世界史纲》《文学研究法》《小说的研究》《科学迷信斗争史》《思想解放史》《西洋文化史》《近代著名战役》等政治、经济、军事、历史、宗教多种门类40余部。而说起宋桂煌翻译高尔基小说，可以说刘华的作用是不可或缺的。刘华原来是中华书局印刷厂的学徒，在大革命洪流的影响下，积极投身革命运动，是沪西工人运动的先驱，"五卅"运动的领导者之一，也是上海总工会副委员长。

1925年初春，考入上海大学英国文学系的宋桂煌，不期而遇地与刘华住同一个房间。此时，上海大学中共党组织正派刘华、杨之华去潭子湾沪西工友俱乐部参加罢工委员会工作。在江苏省如皋师范求学时就积极参加"五四"运动和"如皋平民社"革命活动的进步学生宋桂煌，与刘华理想信念不谋而合，两人很快成为莫逆之交。他随刘华积极投入"五卅"运动，一起去南京路游行示威、撒传单、宣传进步思想。由于刘华肩负党组织的特别任务，一直处于斗争最前列，工作非常繁忙，经常有工人代表前来找刘华，很多事务刘华就委托宋桂煌帮助接待、处理和反馈。

当时，反动势力对刘华恨之入骨，曾多次企图逮捕他，极欲除之而后快。1925年11月29日下午，刘华前往南市公共体育场参加反段（祺瑞）市民大会。途经公共租界静安寺车站，被英国工部局总巡捕房密探抓捕。12月2日，租界当局引渡刘华至淞沪戒严司令部。面对敌人的严刑拷打，刘华始终坚贞不屈。12月17日，淞沪戒严司令孙传芳下令将刘华"秘密枪决，灭尸不宣"。刘华牺牲后第三天，上海总工会向全国通报悼念"我们最亲爱最勇敢的领袖"；中共中央机关报《向导》称刘华是真正的共产党员。刘华为中国革命事业被残酷杀害的现实，使极度悲愤的宋桂煌更看清了国民党的反动本质，他默诵刘华"满腔热血为春雨，洒遍劳工神圣花"的诗句，决意从事革命志士未竟的事业，将笔作为匕首和投枪，与反动当局进行不屈不挠的斗争。

以文学作品在苏联革命中发挥巨大作用的高尔基作品，引起了宋桂煌的关注，在他心目中，刘华犹如高尔基笔下的"海燕"。由此，他不辞艰辛地将英译本《高尔基小说集》翻译成中文版。这个版本由五篇小说组成："曾经为人的动物""二十六男和一女""拆尔卡士""我的侣伴""在木筏上"。1928年，《高尔基小说集》中译本由上海民智书局出版。此书一经出版，即成为革命者和进步青年争相传阅的书籍，尽管国民党反动当局将高尔基等进步作家的作品视为洪水猛兽，因阅读和携带高尔基作品而被国民党特务逮捕的事时有发生，但也阻碍不了人们的阅读欲望与热情；同样激发文学界更多地翻译出版高尔基作品。尽管出版这样的作品就等于"犯法"，但还是阻挡不了高尔基作品被源源不断地介绍到中国，到20世纪30年代更是众多，鲁迅、瞿秋白、夏衍、巴金等都曾用真名和笔名翻译出版过高尔基作品。

追溯高尔基作品出现在中国的时间，最早始于1907年，但那时只是些零星的短篇小说的节译，尚无完整的一本文集出版。所以宋桂煌翻译的《高尔基小说集》一经出版，便被学界认为是高尔基第一本传入中国的小说集。对于宋桂煌是中国翻译高尔基小说第一人的说法：阿英（钱杏邨）以宋桂煌翻译的高尔基小说集中的一篇《曾经为人的动物》为题，在《小说月报》上发表文章，认为宋桂煌是介绍高尔基到中国的第一人；由沈起予主编的《光明半月刊》，刊登了很大篇幅的广告介绍宋桂煌翻译的这本书，是中国第一部中译本高尔基小说集；著名翻译家戈宝权在其1947年由上海时代出版社出版的《高尔基研究年刊》中，认定宋桂煌是中国翻译高尔基小说的第一人；著名的苏联文学史专家李白凤写了一本《苏联文学史》的专著，在这部书中认为，宋桂煌翻译的《高尔基小说集》，为中国最早的一部高尔基小说的中译本；宋桂煌本人认为其第一部文学译著，当属《高尔基小说集》。

宋亚林动情地说：《高尔基小说集》，犹如父亲的一个孩子，在战火纷飞的年代，数度颠沛流离，但这本书最终还是没能保存下来。要找到这本书，是他多年的心愿。20世纪50年代中期的一天，父亲的一位朋友特地赶来，告诉父亲一个令人兴奋的消息，在陕西南路的一个旧书店摊上发现了这本1928年由上海民智书局出版的《高尔基小说集》。父亲闻听，立马兴冲冲地赶赴旧书摊将书买回。此后一段日子，每天下班回到家，他就伏案抄写这本书，打算送出版社重印出版，但是一直未能如愿。直至20世纪70年代末，在北京的"中国现代文学馆"来函，通知父亲将自己的作品送去陈列展览，父亲就把这本书送给了"中国现代文学馆"。他为这本书有了好去处感到欣慰。

奔赴抗日根据地培养干部

1933年，应浙江大学校长竺可桢邀请，宋桂煌来到浙江大学图书馆任职。良好的求学、教学和研究环境，丰富的书籍史料，宋桂煌犹如潜入大海的蛟龙，忘情地游弋其中，他的翻译才华发挥到极致。其间，他翻译了美国史学家房龙的《思想解放史话》《美国建国伟人传记》《列强外交政策》《战后之国际关系》《西洋文化史》等著作。然而，校园的宁静平和很快被日寇的入侵打破。1937年，抗日战争全面爆发，日本侵略者派遣空军王牌"木更津"飞行队，对杭州进行轮番轰炸，美丽的城市瞬间满目疮痍。浙江大学师生在竺可桢校长带领下被迫内迁。宋桂煌受竺可桢校长委托，与总务长沈思屿留下，将校内珍藏的孤本、善本，教学器材等资料，装成几十只大箱，用小船组成船队日夜兼程运往建德。一路历经艰险，完好无损地完成了校长交办的任务。目睹大片国土在日寇铁蹄下沦丧，怀有满腔爱国壮志的宋桂煌，谢绝了竺可桢校长的再三挽留，坚持奔赴苏北抗日民主根据地办教育，为宣传抗日，抗击日本侵略者出力。

1938年2月，宋桂煌来到苏北如皋县大厦大学附中任教，同年8月又到如皋县励志中学任教。他在每周晨会上演讲，为同学们讲解毛泽东的《论持久战》，宣传他所了解的抗战形势。他带领同学们写抗日标语，唱抗日歌曲，校园里处处唱响《打回老家去》《大刀进行曲》。1940年8月，抗日民主政权如皋县政府在芦港成立后，如皋县参议会成立，选举宋桂煌任参议会议员，兼任如皋县芦港区参议会议长。宋桂煌坚持留校任教。励志中学为我党培养了不少优秀干部，学生中不少人参加了锄奸队、武工队和新四军，也有一些人被输送到中共抗大分校。由夏征农任校长的苏中公学，成为新四军骨干力量。宋亚林的姐姐宋西林，就是在父亲的影响激励下，于1943年到江都抗日根据地参加新四军的。她加入的是粟裕部队的苏中教导总队，任文化教员。解放战争中，随部队参加山东孟良崮战役，战斗中一只耳朵被炸弹震聋。宋西林老人至今为自己曾经是抗日军队中的一员而自豪。

宋亚林至今不会忘记，当年如皋地区的抗战环境也非常危险和艰苦。那时，才10岁出头的他就亲眼看见，在他们居住的西乡加力镇上，敌伪就建有四个大炮楼。每隔一段时日，炮楼里日本鬼子与和平军就要出来"扫荡"和"清乡"，见到什么抢什么。甫说鸡鸭猪牛，就连他们家里从上海带来的丝绸蚊帐、长城牌热水瓶和明星牌花露水都被抢夺去，父亲的好多书籍、手稿或被抢夺或被损坏。有一次"扫荡"，他躲在自家附近，只见放浪形骸的日本鬼子脱得赤条条的，只在下身围了一块布，占据他家烧菜煮饭。等到鬼子离去后，他们再回到自己的家，已被糟蹋得不成样子。他家隔壁老实巴交的鞠姓农民的妻子，在炮楼附近割猪草时，被炮楼上的鬼子一枪打死。宋亚林也差点被鬼子杀害，那是一次鬼子来抓新四军，他见到鬼子撒腿就跑，鬼子"八格牙路"地狂叫着追赶上来，将他头上裹着的白毛巾扯了下来，机灵的他就势滚进了路边的高粱地，七拐八弯地绕着，鬼子胡乱打了几枪只得作罢。

宋亚林介绍，即使在抗日战争如此艰难困苦的环境中，父亲也还是矢志不渝地坚持教学和译书，此时，他翻译了美国著名史学家海司、蒙恩合著的《世界通史》和一部《英国文学史》，抗战胜利后交由正中书局出版。以后，父亲又去海安创办通学桥初段中学、泰县三中、泰县一中分部，并任分部主任，这几所学校都为我党培养了大批优秀干部，为取得抗日战争和解放战争的胜利作出了贡献。1945年5月，应《苏中日报》总编辑林淡秋邀请，宋桂煌又赴苏中，任《苏中日报》副总编辑，撰写政论文章。

一生挚爱英语作品翻译

抗战胜利后，宋桂煌夫妇携宋亚林来到上海，住在海伦路、海拉尔路一处简陋的平房里。到1951年才住到山阴路208弄的文华别墅至今。此时，正值中国人民进行伟大的抗美援朝，宋桂煌就从苏联《新时代》杂志上翻译一批介绍抗美援朝的报道文章，交由文光书局出版。先后出版了《反侵略战斗中的朝鲜》《朝鲜抗战的新形势》《东南亚人民的斗争》等文章。文光书局总经理陆梦生付给宋桂煌一笔不菲的稿费，他就用这笔稿费顶下山阴路这套房子。后经时任上海市副市长的刘季平介绍，宋桂煌到上海文艺出版社当编辑。

宋亚林眼中的父亲是非常重视读书的，除了上班，在家就是伏案疾书，几乎手不释卷。临终之际还说自己满脑子都是英文。宋亚林歉疚地说自己少不更事，读小学时调皮好动。有一次考试成绩不好，成绩单不敢交于父亲过目，就撕掉了，父亲追问成绩单到哪儿去了，吓得他逃出去了。父亲虽然对他很严厉，但从不体罚他。为激发他的学习兴趣，父亲承诺，倘若他学得好、考得好，就买新书以资鼓励。

正是由于父亲的激励，宋亚林懂事多了，读书不断进步。看见父亲白天写、晚上写，字迹潦草，很多翻译的书稿是用毛笔写在毛边纸上的，他就帮着用钢笔誊抄，每天抄啊抄，抄得手都抽筋了，直到如今有两个手指也不太好使。宋桂煌当时翻译的《世界通史》《英国文学史》正完稿，他用一大块花布包裹起来，上面贴张纸，写上"北四川路新乡路1号正中书局编辑收"，此地现在是第四人民医院中医部，是由宋亚林送去的。正中书局总编辑吴俊升很爽快，书还未出版，就先支付了一大包稿费（此时正值通货膨胀）。这两部书在大陆没出版，后来被带到台湾出版了，宋桂煌本人并没有拿到书。

新中国成立后，宋桂煌翻译的苏联文学作品《库图索夫》，由上海人民出版社出版。对于这本书的出版宣传，则在范文澜撰写的《中国通史》扉页上。宋亚林说，因为父亲的稿费基本都由他去取的，所以他对一些书局支付稿费的方式较清楚。比如商务印刷馆堪称最规范的，他们将作家的名字按拼音顺序排列，稿费取与未取一目了然。

宋桂煌在上海大学求学期间，与孔另境、施蛰存等人是志趣相投的好朋友。他们的友情一直延续到新中国成立后很多年。宋亚林讲述了一件事，有一次，施蛰存到他家拜访父亲，他并不认识施蛰存，就问道："请问先生尊姓大名？"施说："你大概就是桂煌兄的公子吧？我是施蛰存啊，烦请通报令尊。"眼前这位中等个子、风度儒雅的先生，竟然就是自己仰慕已久的施蛰存，宋亚林异常兴奋，忙不迭地进屋告诉父亲。两位老友相见，自是海阔天空地神聊，宋亚林也挤坐在旁听得津津有味。两位老友聊了很长时间，高尔基是必聊的。由此说起1936年6月7日，中国文艺家协会成立，通过了两个动议，一个是慰问高尔基，一个是慰问鲁迅。第5天，这封致高尔基的慰问信就发出了，它的作者是孔另境。慰问信发出不久，便传来高尔基于6月18日病逝的消息，这是他生前收到的最后一封信，记载了中国作家对高尔基的尊敬、爱护和关怀。所以，苏联将信译成俄文，收录在《高尔基与外国作家通信集》中；两人又说起上海戏剧专科学校谁是创始人；说到宋桂煌家乡如皋的明末四大公子之一的冒辟疆及其后人的奇闻逸事。说到得意处，两人对视着开怀大笑。宋亚林说，后来父亲去世时，冒辟疆家也派人来参加追悼会。宋亚林总以聆听过施蛰存的讲话自豪，还陪伴好朋友也是施蛰存"粉丝"的丁剑华，一起去愚园路的施家，为施蛰存花了五年写出的《唐诗百话》的阅读向其求教。

以"实至名归"理念教导儿孙

宋亚林说，父亲是不喜张扬的人，一生淡泊名利，不求闻达。在他生前，曾有不少报纸、杂志、辞典的编辑、记者来信来访，要求父亲为他们撰稿写自己的传记或接受采访，但都被他婉言拒绝。他一贯认为，一个人不可贪图虚名，而应实实在在地贡献。"实至而名归"是他的口头禅，也是他对儿孙的要求。

在记者的采访中，宋亚林老人对从小生活过的如皋家乡流露出深深的眷恋之情。他为记者讲述了一段家史：我的祖父宋鹤立，世代务农，家境贫困。因祖父在兄弟中排行第四，身材高大魁梧，挑起几百斤的担子疾步如飞，故被乡亲们唤着"虎四爷"。勤劳贤惠的祖母去世得早，思母不已的父亲，就翻译了一本北欧短篇小说集《母亲的心》，专门用来纪念母亲。此书由如皋书店于1926年出版，如皋著名书法家罗奕民题署书名。书的扉页上题有"谨以此书献给我在天的母亲"。1927年，父亲翻译了英国史学家J.B伯里的《思想自由史》，这也是父亲翻译的第一部学术书籍，由民智书局出版。曾听父亲说起，当时书局付给的稿费，用一个小藤条箱装满银圆拎回家时，拎把都断了，可见父亲翻译作品的含金量之高，也使家庭生活有了很大的改善。2012年时，父亲的这本译作又被再版。

宋亚林的少年时代，是在如皋农村与祖父一起度过的。他说："祖父非常爱我，我也很爱他。他外出干活儿，我总要跟着。跟着他挑猪草、捞河草，很开心。祖父在房屋四周种了许多农作物，如金针花、烟草、南瓜、扁豆、胡椒等，真是满园春色美不胜收。"宋亚林至今还记得，在自家房屋的东边，有一棵高大雄伟的皂荚树，听村里老人说，这树已生长了300年，枝叶繁茂，树上有神灵。夏天，乡亲们都喜欢围坐在树下纳凉；冬天，树上的皂荚纷纷飘落，人们就把皂荚拿回家，当作洗衣服的肥皂。

如今，耄耋之年的宋亚林，在文华别墅与大儿子生活在一起，安享晚年。小儿子1991年赴美留学，获得药物学博士后，现在美国旧金山开设了一家药物检验公司。宋亚林的妻子与小儿子生活在一起。宋亚林时常叮嘱儿孙们，无论在国内还是在国外，都要像宋桂煌那样"实至名归"，不忘自己是中国人，要多做有益于祖国的事。

（原载2015年3月15日《劳动报》）

曹聚仁在"八一三"淞沪抗战中

1937年"七七事变"后，日本侵略军为了占领中国的经济中心，迫使国民政府投降，于8月13日大举进攻上海，史称"八一三事变"。它是中日战争中淞沪会战的开端和导火线，亦是自甲午战争以来，中国中央政府第一次对侵华日军进行的有计划的进攻作战。从"八一三"抗战开始，中国政府彻底结束了对日本侵略军以妥协换取和平的政策，改而以坚决的军事斗争来捍卫中华民族之生存。作为中国现代文化史上，以多方面业绩显示才华而横跨政治、历史、新闻和文学"四界"的著名爱国文化人士曹聚仁，是"八一三"淞沪抗战中无法抹去的重要人物。曾在上海创办沧笙公学，并主编《涛声》《芒种》等杂志的曹聚仁，于抗日战争全面爆发后任战地记者。1950年赴香港，任新加坡《南洋商报》驻港特派记者。

近日，笔者专程采访曹聚仁的女儿曹雷，再现了曹聚仁富有传奇的一生：唯一一位进入淞沪抗战前线指挥部的战地记者，第一个报道台儿庄大捷，第一个向海外报纸披露皖南事变，最早透露炮轰金门的消息，第一个在海外华文报纸上为新中国系统地作爱国主义宣传的记者，为中国乃至世界记录和报道了中国人民与日本侵略者浴血奋战的史实。

唯一进入前线阵地的记者，新闻报道激励人心

"战事初起，国际人士一般认为，中国决不能抵抗日本的武力，抗战简直是发疯。"曹聚仁这样写下当时国际社会对淞沪抗战的看法。但中国军民同仇敌忾、奋勇抗战的事实，赢得国际社会尊重。美国海军陆战队上尉埃文思·卡尔逊作为罗斯福总统的特使，于1937年8月抵达上海时，正值炮火连

天。一个月后，他在给罗斯福总统的信里这样写道："我简直难以相信，中国人民在这样危急的时刻是那样齐心协力。就我在中国将近10年的观察，我从未见过中国人像今天这样团结，为共同的事业奋斗。"

1936年5月31日，各地救国会代表在上海集会，成立"全国各界救国联合会"，曹聚仁被选为常务委员。集会上他慷慨陈词："这回抗日，乃是我们这一辈人的事。要死，我们就去死好了！"正是这种甘愿为抗日赴汤蹈火的决心，引领他从淞沪抗日战场上，马不停蹄地发回大量通讯报道，给予抗日军民激励与希望。

因与国民党军第5军88师师长孙元良之前的交情，"八一三"淞沪抗战全面展开之际，深得孙元良认可的曹聚仁，是唯一以战地记者身份，进入88师前线指挥司令部的。孙元良让其作为自己的秘书，表示："……就让你来找军事新闻吧，只要不至于泄露军事秘密，我可以全力支持你的。"在战地生活中，曹聚仁很快学会了看军事地图，分析兵力配置，悟到了军事新闻的写作要领。他在茂新面粉厂的司令部住了不到半个月，又随司令部搬到四行仓库。"四行仓库"指的是民间金融事业金城、盐业、中南和大陆四家银行的仓库，地处苏州河北岸，在国庆路、西藏路之间。

"八一三"淞沪抗战，空前悲壮惨烈。只需截取其中一个片段，就能感受当时中国军队是如何用血肉筑成我们新的长城。孙元良15 000人的88师，战到最后只剩下不到三分之一。中国军队每天一个师又一个师地投入战场，有的不到3小时就战死一半，有的坚持5小时牺牲三分之二，有的官兵全体阵亡。这个战场犹如烈焰熊熊的大熔炉，血肉之躯填入立马被熔化！就在这残酷的环境里，曹聚仁冒着枪林弹雨，出生入死，源源不断地报道上海保卫战鲜活真实的情况。那段时间，他的战地通讯成为各报竞相刊登的头版头条，极大地鼓舞着军民抗战的意志和信念。

1937年10月23日，孙元良大部队撤出，命令谢晋元524团坚守"四行仓库"，曹聚仁亦留在四行仓库随军现场报道。曹聚仁问士兵："这是什么地方？"有人说是四行仓库，有人说是88师的司令部。曹聚仁说都不是，这里不是四行仓库，也不是什么88师的司令部，这里是我们400多人的坟墓。曹聚仁这位以如椽之笔杀敌的战士随时准备与阵地共存亡。此处有一个细节，外界都知守卫四行仓库的是800壮士，而实际人数是423人。之所以对外报道800壮士，是谢晋元用来迷惑敌人的战术，而800壮士英名却由此长留史册。

10月24日凌晨4时，日军迫近四行仓库，此时发生了一件轰动中外的事。就读初二年级的女童子军杨惠敏与曹聚仁一起乘坐谢团长和陈参谋的车，冒险进入战地。他们爬过一家杂货店的后壁，步行十多分钟，从窗户翻入四行仓库。年仅17岁的杨惠敏见四行仓库前方是日本太阳旗、后方是英国米字旗，决意要让仓库上升起中华民国国旗。她将一面四米长的巨大国旗裹在身上，来到孤军奋战的将士中。当杨惠敏脱下外衣，将浸透汗水的国旗呈现给他们时，朦胧的灯光下，这群早将生死置之度外的抗战英雄激动得热泪盈眶。因为屋顶没有旗杆，临时用两根竹竿连接扎成旗杆。曙光微茫中将士们挺立在平台上，庄重地向国旗敬礼，誓死捍卫国土。那情景神圣而庄严，悲壮而感人至深。

10月28日拂晓，日军抽调精锐部队发起猛烈攻击，我方军队的一名壮士将手榴弹捆在腰间，毅然决然地从六楼窗口纵身跃入敌群，轰隆一声巨响，壮士与十多个敌人同归于尽。日军一次次进攻，一次次被中国守军击退。四行仓库孤军苦战4昼夜，英雄壮举惊天地泣鬼神。曹聚仁的报道迅速传遍国内外，全国人民为之振奋鼓舞，国际舆论给予中国抗日广泛同情和赞扬。10月31日，四行仓库守军完成掩护大部队撤退任务，进入租界。

"八一三"淞沪抗战，中日双方投入近百万军队，陆海空军事实力均处于弱势的中国军队伤亡29万余人，日军伤亡4万多人。日军在"七七事变"后，叫嚣三个月灭亡中国，但淞沪抗战就打了三个多月，日本企图在中国战场速战速决的美梦被击破，这场抗战，也成为我国抗战史上最惨烈的战役之一。

巨著《中国抗战画史》问世，见证伟大的抗日战争

"八一三"淞沪抗战是中国全民抗日的缩影。曹雷介绍，1945年抗战胜利后，他们一家从江西乐平返回上海，住到虹口溧阳路1335弄5号。五六岁的曹雷记忆中的家，大概二十多平方米吧，不仅居住着父母与他们三个孩子，

还有家乡出来的祖母也住在一起。爸爸在进门处放置了一张小书桌，每天就见他埋头在那里写字。不谙世事的她认为，爸爸写字是天经地义的事。在乐平时，爸爸常常就是在点着灯芯草的油灯下写字的。

曹聚仁就是在这间蜗居中开始写作《中国抗战画史》的。1946年异常炎热的夏天，曹聚仁以每天写作五六千字的速度，将中国抗战中获得的还散发着烽火硝烟的第一手资料写成文章。如：台儿庄战役大捷后，因记者的职业使然，他再返战地巡寻，在尸体堆中找到一本名为涩谷昇的日军士兵日记，写的是台儿庄战斗实录，成为日后了解日军在台儿庄战役中的第一手材料；再如：曹聚仁采访叶挺将军，叶挺送给他一套记录南京大屠杀惨状的照片，也就是现在被很多方面经常采用的，是从战死的日军士兵身上搜出来的。

曹雷说，爸爸写文章要留底稿，用复写纸只能用铅笔在上面写，很是费劲，天天写下来，右手中指上有个蚕豆大的老茧。有次，他到虹江路去淘日军仓皇撤退遗落下的资料时，意外发现被丢弃的日陆军用的一沓沓薄型棉纸，就捡了回来，这下书写起来可省力多了。曹雷还说了一件爸爸写作的趣事：后来有了美国造的原子笔（现称为圆珠笔），这样复写的文稿都很清楚，爸爸高兴极了，口袋里总是插着原子笔，不料那时的笔芯会漏油，他穿的白衬衫口袋下总有一摊蓝色的油迹。

1947年6月24日，经一年多时间夜以继日伏案疾书，由曹聚仁书写的40万文字、舒宗侨配置1 200张照片、60幅地图的皇皇巨著《中国抗战画史》问世了。这部书还在印刷时，就于3月31日被预约售完。为满足读者的需要，于6月又再版。《画史》一经问世，便赢得社会各界高度评价。当时的《申报》《中央日报》《前线日报》等认为：这是一部中国抗战的史诗、真实地记录了这场中国人民伟大的抗战，可以说这是第一部反映抗日战争比较全面的史论，是无数军民用鲜血铸成的……曹聚仁的老师、著名作家朱自清写信给曹聚仁赞扬说："……来信和大著《中国抗战画史》都收到了，且喜且感谢，大著从'日本社会文化与民族性'说起，使读者对我们的抗战有了完全的了解，这种眼光值得钦佩！书中取材翔实，图片更可珍贵！这些材料的搜集编排，一定费了两位编著，特别是你，很大的心力，印刷得也是很美好，我早就想我们该有这么一部画史，现在居然看到了。"

　　1948年8月14日，在虹口乍浦路军事法庭开庭审讯日本侵华总司令冈村宁次时，审判长石美瑜的审判台上赫然放着《中国抗战画史》，这是用以印证日本侵略者在中国惨绝人寰暴行的重要佐证。曹聚仁、舒宗侨两位作者认为自己为之所付出的一切艰辛和心血都值了。

　　曹雷回忆："书籍出版后，爸爸靠着那点微薄的稿费，在天井一角搭出了一个小间，总算有了自己的书房。"正如《联合画报》经营人，也是曹聚仁学生舒宗侨的女儿舒似茵，在2011年再版的《中国抗战画史》前序中写的："由于通货膨胀，原定给曹聚仁先生的版税显得很微薄，'甚至不及推销员'，两位编者可以说出于对新闻出版事业的职业本能，少有考虑风险名利。父亲回忆时总说：'要从生意人角度考虑老早该收摊了。'"

女儿曹雷与父亲聚少离多

　　现为我国著名演员和配音演员、上海译制片厂导演的曹雷，出生于1940年。曹雷记忆中与父亲聚少离多。她出生在赣州的灶儿巷，这是一条有名的明清街。那时晚间常有日本军机来轰炸，而小曹雷晚饭吃得很慢，经常是警报声响起，妈妈就一手抱着她，一手拿着饭碗，钻进防空洞，将她放在土堆起的凳上继续喂饭。防空洞里一片漆黑，调羹经常戳在她脸上。曹雷笑说，这就是她在赣州生活最早的记忆。后来父亲在中共党组织的介绍下，到在上饶的《前线日报》工作，他们一家在赣州大撤退中逃难到乐平乡下居住下来，妈妈在那里生下了大弟弟景仲。抗战胜利后，因有报道日军受降等任务，爸爸先期返回上海。母亲带着她和弟弟坐着"萝卜船"赶往九江换乘轮船。之所以叫"萝卜船"，是因为这是乡下农民摇的船，船上装满萝卜，他们天天吃的就是萝卜粥、萝卜叶等，"萝卜船"摇了好多天才到达九江，换上大轮船后，他们终于到达了上海。

　　曹雷说，之所以住到虹口，是因为原先集中住在那里的日本人在战败后纷纷回国了，有不少空房子。当时家中经济非常拮据，用的碗筷日用品之类都是到虬江路旧货市场，去淘那些匆忙回国的日本人留下的东西。妈妈还淘来那种廉价出售但面料质地很好的日本和服，回家改制，为她和弟弟做成棉袍棉裤，穿出来的样子虽然滑稽，但不至于挨冻。曹雷还记得，她上小学低年级时，用的一把小算盘也是父亲从虬江路上淘来的日本货。上珠算课时，其他同学们的大算盘噼噼啪啪很快就打好了，她的日本算盘上的小珠子却拨不快，跟不上口诀。她很想要一个大算盘，一直到五年级时才有。

此外，曹聚仁还是戏剧爱好者。他希望女儿将来能成为一名演员。女儿还在小学一年级的时候，他就为她写过一篇演讲稿《我要当个演员》。曹雷清晰地记得，讲稿中有这样的话："我要我哭人也哭，我笑人也笑。"但是在家里，父亲说着带浙江口音的"官话"，母亲说的是带苏州口音的上海话，而外婆则是地地道道的苏州话，从小生活在江西的曹雷听不懂普通话，却学会了一口四川话，因为很多同学是从重庆大后方回上海的。语言环境对于曹雷来说，几乎是零。父亲的演讲稿成为激励曹雷的动力，她不放过任何一个学习普通话的机会，这也成为曹雷以后成功的基石。

（原载2014年8月17日《劳动报》）

一生坎坷志不渝
——孔另境从事进步文化活动传真

孔另境（1904—1972），作家，出版家，文史学家。原名孔令俊，字若君，笔名东方曦等。浙江桐乡乌镇人。早年投身革命，后为新文化的传扬作出重要贡献。曾主编《新文学》《今文学》《剧本丛刊》等。创办华光戏剧专科学校，培养戏剧人才。1924年起发表作品，始用"另境"笔名。历任上海大公职业学校校长，山东齐鲁大学教授，上海春明出版社总经理及总编辑，上海文化出版社、出版文献资料编辑所编审等职。

代表作有《现代作家书简》《中国小说史料》《斧声集》《秋窗集》《庸园集》等。

在家乡乌镇建有"孔另境纪念馆"。

采访孔另境长女孔海珠，一见面，性格爽朗，眉目与父亲甚像的孔海珠就说："父亲与虹口有缘，他只要在上海几乎都选择住虹口；我也称得上虹口人，从小在虹口读书，直至工作以及成家；孔家除了大哥和我，下面五个弟妹都出生于虹口。"于是，虹口成为我们交谈的切入点。

镌刻在虹口的光辉篇章

海珠老师说："虹口是父亲步入文字生涯的起始地。"她向笔者娓娓讲述了孔另境在虹口与鲁迅、茅盾、进步文化人士及家人悲欢离合的故事。

孔另境最初踏入虹口是1922年考入上海大学，当时姐夫沈雁冰（茅盾）一家居住在宝山路鸿兴坊，后迁至景云里11号半，与叶圣陶、周建人为邻。

孔另境住姐姐家亭子间。

大革命失败后，茅盾受到国民党反动政府通缉，闭门在景云里家中奋力创作《幻灭》《动摇》《追求》三部曲，后门就是鲁迅家的前门23号。当时参加北伐的孔另境受中共党组织"寻找公开职业，等待时机"的指示，返回上海又住到景云里姐姐家中，开始为茅盾和鲁迅传递信件。

1931年，孔另境应"湖畔诗人"潘漠华介绍，赴天津教书，不久因"共党嫌疑"被天津警备司令部逮捕。得到消息的茅盾夫妇焦急万分，只得求助于鲁迅。是鲁迅先生亲自写信，辗转委托许寿裳、蔡元培等人出面，由李霁野、台静农作保，孔另境才得以被释放。孔另境回到上海的第一件事就是一定要当面感谢自己最敬仰的鲁迅先生。

在一个寒风凛冽的清晨，孔另境根据打听到的地址，怀着紧张急迫的心情，敲开拉摩斯公寓（今四川北路2093号）A3楼4室鲁迅家门，出来开门的正是鲁迅先生，孔另境激动和感恩之情难以言表。不久，孔另境再去鲁迅家，认识了许广平和海婴，还见到了柔石等文化名人。

1933年4月，鲁迅迁居大陆新村1弄9号，不久茅盾搬入3弄9号，孔另境则住到狄思威路的麦加里（今溧阳路965弄），居住此弄的还有宋云彬、夏丏尊等。在麦加里，孔另境开始了他的职业写作。在《申报·自由谈》《立报·言林》《现代》等报刊上发表了大量的杂文和散文，后结集出版《斧声集》《秋窗集》等。其间，还选编由鲁迅作序的《现代作家书简》，郑振铎作序的《中国小说史料》，为茅盾助编《中国的一日》等，进入创作的丰收期。

孔另境在四川北路上的麦拿里也曾居住过。孔海珠记得有几次陪父亲去上海第四人民医院就诊，父亲指认曾在医院对面的这条弄堂里住过，并说，创造社曾在此弄41号，他还为创造社的《文化批评》写过稿。有一次，孔海珠陪施蛰存先生走在四川北路上，途经麦拿里时，施老也对她说："这条弄堂你父亲住过。"

抗日战争胜利后，孔另境携全家迁居虹口四川北路1571号居住。在这里，孔另境为大地出版社、春明书店等主编《新文学》《今文学》等刊物。1948年，江湾镇创办江湾中学，孔另境受聘任教江湾中学高中部语文教师；解放初期，又奉命接任峨眉路400号的大公职业学校校长。1949年7月，孔另境赴北京参加全国第一届"文代会"，并在大会上作专题发言。孔另境以后的人生岁月，直至最后时光都留在了虹口。

大革命时期曾是毛泽东的同事

出身于浙江乌镇名门望族的孔另境，是孔子第76代孙，父母生育了很多孩子，但只留下三个。孔另境是家中的长房长孙，从小生活在孔家花园。从事实业的祖父希望孙子继承家业，但求学中接触到进步思想的孙子，不愿被禁锢在一方天地里，要出去闯荡寻求真理，祖孙因此发生激烈的思想冲撞。是姐夫茅盾，鼓励他不要气馁，并设法说服长辈，他才得以考取上海大学。在上海大学，孔另境最热衷听的是瞿秋白的社会学和哲学课及茅盾的文学课；与戴望舒、施蛰存等成为同窗好友；利用课余深入工厂为工人讲课。丁玲曾说："孔另境在上海大学是很活跃的人。"

1925年，孔另境加入了中国共产党。"五卅"运动时，他与一批学生到南京路上撒传单被巡捕房拘捕，后由济难会出面营救，才于半个月后被释放。

国共合作大革命时期，孔另境赴广州国民党中央宣传部担任助理干事，当时毛泽东为代理宣传部部长，沈雁冰为秘书，孔另境与他们同在一个办公室共事达半年，并与毛泽东、杨开慧毗邻而居。

不久，孔另境参加国民革命军随北伐军誓师北上。攻下武汉后，与潘漠华等人被编入北伐军先遣部队36军第2师政治部，协同张发奎、叶挺、贺龙攻打奉系军阀张作霖。后被调往前敌总指挥部政治部任宣传科长，政治部有二十多名共产党员，建有党支部，孔另境任副支书。党支部一方面开展党的宣传教育和组织发动工作，一方面同湘西地方中共党组织密切联系，协助地方开展群众工作。孔另境聪明能干，充满活力，在北伐军中做了不少有益的工作。后随军转战鄂豫，至郑州与冯玉祥部西北军会师。

家有与鲁迅故居陈列室里同样的书橱

与海珠老师交谈中，笔者得知孔另境长期来收藏了大量珍贵的史料。新中国成立后，很多捐赠给了相关纪念馆和文史馆，但那只书橱在四川北路老宅中珍藏至今，被子女们视为传家宝，因这只书橱源于茅盾与鲁迅先生为邻的日子。有一次，茅盾到鲁迅家，见到鲁迅亲自设计定做的双开门书橱，精致美观又实用很是喜欢，就请木匠师傅照样定做一只。后来，茅盾离开上海，就将书橱赠送给内弟；上海沦陷后，孔另境携全家奔赴苏北抗日根据地，其他家当全部处理掉了，唯独这只心爱的书橱及内中珍贵的书籍和文物舍不得处理，他将其藏到岳父母家中，千叮万嘱地请他们保管好。

由书橱又引出孔另境抗日根据地之旅的故事。日军入侵中国，烧杀抢掠无恶不作。孔另境家乡乌镇东街被日军焚毁，孔家花园也未能幸免，父亲在逃难中病死异乡，身边连一个陪伴的亲人也没有，好些天后，孔另境才得到噩耗。义愤填膺的他决意加入新四军。当时正怀着长女孔海珠的孔夫人金韵琴，义无反顾地追随丈夫。他们一路艰辛颠簸，闯岗避哨，还将新四军紧缺的治疗疟疾的金鸡纳霜药品藏在长子孔建英的玩具绒毛小狗背包里带到根据地。孔海珠说，自己出生在黄海之滨的东台，父亲为自己起名"海珠"，父母昵称自己"小苏北"；而小家碧玉的母亲在贫瘠乡村中不畏艰苦、坚毅勇敢的精神一直为父亲称道。大半年后，因日军对根据地实施惨无人道的"大扫荡"，组织安排孔另境返回上海，继续战斗在文化战线。孔另境创办华光戏剧学校，利用编辑出版《剧本丛刊》做掩护，积极帮助来沪的新四军伤员就医；排演进步抗日的戏剧等。由于这些抗日行为，孔另境于1945年初被日本宪兵逮捕，在狱中惨遭酷刑但坚贞不屈，直至日本投降前夕始得获释，落下了终生的腿疾和病痛。

抗战胜利后，那只有特别意义的书橱才回到孔另境身边，而那本全程记录鲁迅葬仪的照相册也完好无损。海珠老师动情地说，父亲之所以珍藏鲁迅葬仪照相史料，其中倾注了父亲对敬爱的鲁迅先生的真挚情感。她描述当时的情景：在麦加里得知"大先生逝世了"的噩耗时，父亲正阅读由鲁迅编校瞿秋白著的《海上述林》，他立马骑上自行车直奔鲁迅寓所，向遗体告别时泪水夺眶而出。想到先生与他们这些进步青年交谈时的音容笑貌，为自己编辑的《现代作家书简》作序，全力营救自己脱离牢狱之灾等，个性坚强的父亲悲痛难抑。作为鲁迅治丧"干事",他认真收集葬仪资料,将全程记录的相册精心珍藏下来,成了子女们和来访客人经常翻阅的图册。由此,海珠老师撰写了《痛别鲁迅》一书。

　　后叙:孔海珠记忆中的父亲:秉情耿直,光明磊落,总是鼓励子女"再不好的日子,也要努力笑着去过"。毕业于新闻出版学校、退休前在上海社会科学院文学研究所工作、又是家中长女的孔海珠,着力研究书写孔另境革命斗争的史实,将此作为自己义不容辞的职责;小妹孔明珠也继承了父亲的文学衣钵,成为沪上知名的作家。其他五位兄弟姐妹在各自的领域都有不凡的业绩。

（原载2014年4月18日《联合时报》）

王凤青：在山阴路与名人交汇

对占地129公顷的山阴路历史文化风貌保护区，82岁的王凤青了如指掌。十多年来，他跋涉在这片区域挖掘、考证、编辑；又从这里衍射虹口乃至全上海。他每天乐此不疲地与这些穿越时空的建筑和名人交会对话，用图片配文字，将收集的史料分门别类，出版了11本专题书籍，成为历史学者、相关部门及市民开卷有益的读本。

与王凤青一见面，他便满脸兴奋地说："昨天参加山二居民区党支部参观嘉兴南湖党日活动，还参观了三个纪念馆：一处是黄源藏书楼，黄源是鲁迅的学生，也是著名的作家、翻译家、编辑家，居住山阴路57弄34号；另一处是韩国抗日志士金九避难处；还有一处是陈从周纪念馆。陈从周是新中国成立后，保护优秀历史建筑的代表人物，正是我要了解的。"

缘起对鲁迅的敬仰

少时，王凤青家境贫寒。饱受战乱和艰难的他，求学时有机会读到鲁迅和进步作家的书，对鲁迅充满景仰。为减轻母亲负担，1948年，王凤青虚报年龄，以实际16岁的年龄考入中国银行。1975年，王凤青转入上海建筑陶瓷厂工作。几十年来，他的鲁迅情结始终萦绕心中，收藏了不少鲁迅的书籍，空时就读几篇。2001年，他在静安区的住房被拆迁，他放弃配套设施齐全的新房，专程寻觅到距鲁迅故居不远的里弄居住。

王凤青追寻鲁迅足迹，成为他与山阴路建筑、人文交会的发端。"忍看朋辈成新鬼，怒向刀丛觅小诗……"是鲁迅为纪念左联五烈士作的著名诗句，但写作地点在黄渡路49弄5号却鲜为人知。发现这幢老建筑背后的故事，并首次拍下这幢楼房的正是王凤青。当年，柔石等5位左联青年作家被捕，亦牵涉到鲁迅。经人介绍，鲁迅到黄陆路30号的花园庄旅馆楼下一间紧靠浴室的小房间避难。柔石等人遇害后，鲁迅深夜疾书《无题·惯于长夜过春时》。王凤青几经考证，证实当年的黄陆路30号即今天的黄渡路49弄5号，他为老建筑找回一段失落的记忆。2008年5月，他的《鲁迅在虹口的足迹》编辑成书，这是目前记录鲁迅在虹口的足迹最全的书。

山阴路上故事多

据报道，全市90%的东方风格优秀历史建筑在虹口。迁居山阴路的王凤青忘情执着地一处处打量着。他发现，长仅500多米、宽不过10米的山阴路具备多种样式和风格的住宅建筑，堪称自然形成的近代民宅"博物馆"。优秀历史建筑总有人文故事积淀融为经典。对鲁迅、茅盾、瞿秋白等名人居住在山阴路的事，人们耳熟能详；但还有不少名人和故事湮没在动荡岁月中，王凤青俯首甘为这些遗落"经典"的发现者。

王凤青发现，国旗图案五星红旗的设计者曾联松，就居住在山阴路145弄6号。与几位委员在全国第一届政协会议上联合提出并获得通过《义勇军进行曲》为代国歌的刘良模，就"藏"在山阴路343弄3号。王凤青还发现，黄竞武烈士人生的最后5年，住在山阴路208弄18号。当他听一位老先生说，解放前黄炎培在文华别墅住过时，就求助派出所多次查阅户籍资料，发现记载此处住的是国民党中央银行高级职员黄竞武，与黄炎培的关系则无记载。后来，他到龙华烈士陵园查阅其他几名烈士的史迹资料时，偶然发现黄竞武就是黄炎培的儿子，因从事中共隐蔽战线活动被国民党保密局逮捕，上海解放前夕惨遭活埋。他还发现，同样在山阴路208弄18号，被誉为"将高尔基作品介绍到中国的第一人"的著名编辑家、翻译家宋桂煌也曾在此居住36年之久。

写《山阴路记忆》，王凤青花了8年时间，收集了34处名人旧居、14处历史遗址、22处优秀历史建筑，并配有自制的"山阴路文化景点树形图"，可能是山阴路现有资料中收集最多的。

让市民受益最快乐

虽是第一次见到王凤青，但我早已多次看过他的优秀历史建筑图片展。山二居民区党支部书记戴建臣介绍，他们拥有18块引为自豪的展板，是根据王凤青拍摄的山阴路优秀历史建筑图片制作的，每逢重大活动都会展出。许多居民观展后感叹，原来自己的左邻右舍中竟住过这么多名人。上海世博会期间，山二居民区是个接待点，来这里的外国友人及市民常被展板吸引，有参观者提出要与作者见面，王凤青便在院子里摆上几个板凳、小竹椅，如数家珍地向来者介绍。

庆祝建党90周年活动中，王凤青的《红色之旅》一书"走红"，不仅成为上海不少党组织活动的选题，一些外地到上海党校参加培训的领导干部看后也不禁感慨：原以为红色景点在农村根据地多，未料在上海的虹口也有众多红色景点，补上了中国革命史的一课。

为让更多市民受益，王凤青历尽艰难不改初衷。他拍摄雷士德工学院（今海员医院），为完整地体现其主体建筑像展翅翱翔的战斗机，他登上对面大楼房顶寻找满意的角度；他寻找昆山路东吴法学院旧址，往返奔波多回，不断打探，终于发现其旧址是昆山路146号，现隐身于一幢新大楼后面，纠正了东吴法学院在昆山路20号的记载……

如今，王凤青的《多伦路上历史文化》一书已编撰完稿。曾获"上海市老有所为之星"的王凤青，抚摸着厚厚一沓书稿说，"走马观花两小时，纵览百年文化史。"他只想在有生之年，尽绵薄之力留点文化资料给后人。

（原载2014年7月27日《新民晚报》）

方寸之间有天地　艺苑华彩长留存

——西泠印社创始人丁辅之虹口寻踪

丁辅之（1879—1949），原名仁友，后改名仁，字辅之，号鹤庐。浙江杭州人。中国近代篆刻家、书画家、收藏鉴赏家。在金石印学、古文诗词、甲骨文研究等方面亦造诣深厚。1904年与王禔、吴隐、叶铭在杭州孤山创办西泠印社。该社以"保存金石、研究印学"为宗旨，集学术、艺术、史料为一体，对当时及以后的金石篆刻、书法绘画艺术的创作、研究和发展起到引领作用，是海内外研究金石篆刻历史最悠久、成就最高、影响最广的学术团体，有"天下第一名社"之盛誉。

主要著作：《西泠八家印选》《丁氏秦汉印谱》《石刻龙泓遗翰》《秦汉丁氏印绪》《鹤庐题画集》《鹤庐诗词稿》《杭郡印辑》《悲盦印剩》。

首创：以甲骨文书写其创作的《观水游山集卷》。

发明：方形仿宋聚珍铅字。

丁利年，1937年9月生，字胜寿，祖父丁辅之、外祖父吴隐，同是西泠印社创始人。

西泠印社社员，海上书画名家后裔联谊会理事，日本丁鹤庐研究会理事，上海吴昌硕艺术研究协会会员，上海市颜文梁艺术促进会会员。

主要著作有：《先祖父丁辅之常用印面考略》《丁辅之的篆刻艺术生涯简述》《西泠印社早期社员状况研究之我见》等。

说起西泠印社，人们耳熟能详，可对于创始人之一的丁辅之先生晚年居住生活在虹口的一段经历，可能就鲜为人知了。记者在当年曾是丁辅之邻居的魏仲展先生牵线下，于近日在多伦路一家书画苑，采访丁辅之的孙子丁利年。

今年已76岁的丁利年，尽管有些病弱，但聊起祖父和西泠印社的往事却思绪清晰、如数家珍。慈祥和蔼的老人不厌其烦地回答笔者问题，翻找资料提供笔者查阅。

话题就从丁家居住在虹口的岁月叙述开始。丁利年回忆，1946年，丁家从江苏路中一村5号搬迁到虹口四川北路虬江路271号的祥丰里。上楼到住家要从273弄过街楼后门露天的石楼梯上去。据说，此处三层楼的房屋原是白俄人所建，日军侵华时占用作为跳舞厅。屋内是柚木地板、落地钢窗，三层楼顶上还有个大晒台，底层是五开间经营的门面房。由于房屋需要改造装修，丁家暂居四川北路邢家桥南路永丰坊39号及48号过渡半年，于1947年春正式入住新居。

幼时的丁利年常依偎在祖父的怀中，听祖父讲述丁氏家族源远流长的故事。

书香门第的丁氏家族，曾拥有4座藏书楼，每座藏书八千余卷，故称"八千卷楼"。光绪皇帝曾赠匾"嘉惠士林"，并赏与丁氏先人四品顶戴的殊荣。丁氏家族抢救"文澜阁"《四库全书》；收集编辑《杭郡印辑》；热衷杭州社会公益，诸如铺路、架桥、赈灾等活动，有口皆碑。在如此溢满书香环境里成长的丁辅之，不但刻苦学习，对古文诗词、金石书画、收藏鉴赏无不精通，而且具备深厚的爱国情怀和创新精神。其游历祖国名山大川后写就的《观水游山集》，即独树一帜地以甲骨文书写，开创了甲骨文书法先河，为后人留下了珍贵罕见的甲骨文范本。

丁家首屈一指的乡绅大族和声望，使之在杭州有广泛的人脉和号召力，丁辅之身边集聚了一批志同道合的青年，常感慨金石印刻后继乏人，立志传承弘扬中华国粹，由此有了西泠印社的诞生。丁利年介绍，最初的社址用地是由你家出一块地、他家出一块地组成的，因都是乡邻，所以地块也毗邻。当时吴隐家没有地，特地买了一块地投入。建造社馆须有官府准许的批文，王褆的篆刻很有名气，当地官府的印章是由其刻制的，所以由王褆与官府打交道。建造社馆的具体事务则由叶铭负责，日常活动经费由众人出资。印社自成立以来，名家荟萃，人才辈出，艺术成就蜚声海内外，而百年西泠悠久的历史中，丁辅之在治印、集印、印谱、印社、印教等五项上功不可没。

2001年6月，西泠印社作为近现代重要史迹及代表性建筑，被国务院批准列入第五批全国重点文物保护单位名单。2006年5月，西泠印社的金石篆刻艺术经国务院批准列入第一批国家级非物质文化遗产名录。

除上述外，丁辅之对于中国近现代印刷史也有非凡的贡献。他与其弟丁善之，经过5年研制，于1916年发明了方形仿宋聚珍铅字及长体夹注字模。获得"中华民国政府内务部第六三五号批文及执照"，成为中国第一个获国家认可的、有自己版权的字体发明者和使用者。这项发明，在中国书法与工业印刷之间架设了一条通道，中国书籍的制造开始摆脱对纯手工的依赖，成为一种全民普及性质的文化熏陶。工业文明的成果在中国转化为一种标准化享受，便利而且便宜。"仿宋体"铅字印刷风行至今，仍在广泛使用。

1921年，时任中华书局总经理的陆费逵见其字体精雅，印行之书可与明清翻宋仿宋版经典媲美，且工效提高、成本下降，决定排印聚珍仿宋版《四部备要》，这部丛书收书336种，依经、史、子、集四部分类，是一部学习和研究古代文献的常备书籍，由丁辅之出任监造。这项浩大工程历经十数年才得以完成，丁辅之付出了极大的心血，在中华文化长河中留下了不可磨灭的一笔。

丁辅之中年后向诗、书、画方面发展，甲骨文、金文、楷书韵秀工丽、别具一格；绘画擅长蔬果、松柏、梅花，设色妍丽、生气盎然。吴昌硕对其大加赞赏，称其："初学墨梅即风格不凡。"作《百果》长卷"华重而不支离，色浓而不浮泛"，特题字以志钦佩。

丁利年的外公是西泠印社创始人之一的吴隐，吴隐病重之际将独生女吴华英托付给丁辅之，丁辅之将其许配给四子丁璟。自幼在书林画海氛围浸润下的丁利年，对祖父的故事记忆犹新。祖父手把手地教他临帖习书，祖父的一些海派书画大家好友来家相聚时的饮酒品茶，谈笑风生。丁利年回忆，那时祖父常带着他去汉口路宣和印社，访问方介堪三兄弟，商谈方介堪所辑印谱《明清名人刻印汇存》之事；到七浦路吉祥寺走访石瓢和尚谈诗论画；而南京西路青海路口的大观园更是常去的地方。在那里，祖父与黄宾虹、江寒汀、唐醉石、唐云、沈尹默、黄福庵等人吟诗作画、切磋技法，故这些名人雅士的书画作品常用"大观雅集"题字。这些见闻都在小利年的心中烙下了深深的印记，立志将祖父倾毕生心血凝结的成就发扬光大。丁利年在《丁辅之集甲骨文观水游山诗》序中用自己的名字作并头诗："丁辅之诗书画印，利孙愿穷索苦求。年长日久终有成，集沙成塔重流传。"就是这一心愿的写照。

丁利年出生于日军侵华的战乱年代。出生不久，杭州即遭日寇炮击，父母带着襁褓中的他逃难到上海。对日寇暴行义愤填膺的丁辅之，为孙儿取名利年，希望中国的抗日战争胜利。并让次子丁玑星夜由沪绕道赶赴杭州，抢救出大部分西泠八家印章，只是藏书楼全部毁于炮火。在那国土沦丧、反动统治当道的年代，物价飞涨，民不聊生，即使丁辅之这样的文化名人，也不能幸免于难，数度以卖画来维持一大家子的生计。

1949年，丁辅之抱病参加西泠印社活动后，便卧床不起。他拉着前来医院探视的王褆，颤巍巍地叮嘱："龙华已有解放军的炮声了，创社四人中，吴、叶皆先我而故，印社的重担要由你一人承担了，好在解放已近，可将印社交给共产党。"不久，丁辅之辞世。祖父的临终遗言，也成为丁利年以后研究祖父的不竭动力源泉。

1994年，四川北路虹江路商业规划调整，丁利年一家搬迁至虹口同心路居住至今。淡泊名利、专心学问的丁利年几十年倾注全部心血和资金，收集整理研究出版祖父书稿作品，为西泠印社的文化宝库增添了浓墨重彩的一笔。

（原载2013年12月6日《联合时报》）

一生诗意付"心笛"

——泰戈尔的中国传韵人孙家晋二三事

　　孙家晋（1918—2010），笔名吴岩，江苏昆山人。文学翻译家、作家。中共党员。就读于暨南大学外文系时，与同学创办《文艺》月刊，得到中共党组织支持。所作小说《离去》被收入苏联出版的《外国文学》（英文版）中。后从事中学教学、报刊编辑、善本图书整理、文学译著工作。新中国成立后，历任文物局办公室主任、上海文艺出版社英文编辑室主任、人民文学出版社上海分社副总编辑、上海译文出版社社长兼党组书记。

　　著有小说集《株守》；散文集《风云侧记》《落日秋风》；电影文学剧本《倪焕之》；译有《克雷洛夫寓言》《农民》《小城畸人》《漩涡》《哥萨克》《塞瓦斯托波尔的故事》《流浪者》《泰戈尔抒情诗选》《心笛神韵》等二十余种作品。

　　《泰戈尔抒情诗选》获全国1980—1990年优秀外国文学图书奖一等奖。《小城畸人》《漩涡》《农民》均获外国文学图书奖特别奖、荣誉奖。因在文学翻译工作中成绩突出，被中国作协授予鲁迅文学奖——全国优秀文学翻译彩虹奖。

　　泰戈尔清新隽永、富涵人生哲理的诗深受读者喜爱，读了泰戈尔诗集译本，就知道了吴岩。他翻译的泰戈尔诗至今脍炙人口，被誉为国内的范本。用婉约恬淡的汉语表现的诗句，将读者忘情地引入泰戈尔的世界。游弋泰戈尔诗句中，读者体味到译者入神的境界。吴岩说："自己十多年来，基本是在泰戈尔所创造的境界里度过的。云蒸霞蔚，潺潺雨声和悠悠笛声，确实给了我不少美的享受和愉悦……"翻译到了这种境界，和创作是很少差异了，吴岩把这种创作意境叫作"梅开二度"，真是再确切不过。他还写得一手好文章，以吴岩为笔名的散文，那是带着古典风范的优美文字。许多人知道吴岩，却并不知道他的真名叫孙家晋，真名成了公务用名。

在虹口区宝华里一幢石库门里，笔者看到了孙家晋生前留在这里的印迹。从1946年到2010年，漫长的半个多世纪，孙家晋一直居住在这里直至驾鹤西去。他没有给儿孙留下丰厚的物质财富，留下的是他的几十本熠熠生辉的译著和文学作品。笔者环顾满屋整齐排列的书籍，每一本仿佛都在讲述着一个动人的故事。

最初以小说创作步入文坛

孙家晋最初是以小说创作步入文坛的。日本侵略者攻占上海后，还是上海暨南大学外语系学生的孙家晋，目睹了日寇的暴行和社会的黑暗，写出第一篇小说《惊蛰》，发表于《一般》杂志。他与几个热血青年合办的《文艺》刊物，得到上海中共党组织文委林淡秋等党员作家的热情支持，前后出版了16期，冲破了"孤岛"的沉寂，他的小说《离去》《彷徨》等也在《文艺》上刊登。1948年4月，孙家晋的第一部小说集《株守》，在巴金主编的"文学丛刊"上发表。其在《跋》中写道："一直在沦陷了的江南，度着蚁民的生活，因而写下的都是在敌人的羁轭下人民的生活和疤痕，想借此让人明白一点沦陷区人民的苦难和意志。"孙家晋的另两篇小说《中学教员》和《天堂哀歌》，发表在柯灵主编的《万象》杂志上。安徒生童话的翻译者李健吾建议孙家晋用一个固定的笔名，原本用好几个笔名的孙家晋，自此选用吴岩，因吴岩是苏州人，古称苏州"吴"，他以做岩石般硬朗的人自励。受孙家晋作品和思想的影响，他的学生刘子蓉毅然赴苏北参加革命，成为新四军的随军记者，采写了一篇篇极富革命斗志的战地报道，后在一次采访中英勇牺牲。

1946年6月，孙家晋和蒋天佐等抗战时期在上海坚持斗争的进步文学工作者，创办了《大公报》上海版的《大公园》副刊，以特殊的战斗手法，发表中共文艺工作者的影剧评论和一些具有现实意义的剧本，在读者中很有影响力。由于刊用了不少进步文章，孙家晋被《大公报》辞退。为维持生计，他到一所中学做英语教师，并在图书馆兼职。其间，他翻译了舍伍德·安德森的《俄亥俄·堡士温》，发表在赵家壁主编的《晨光世界文学丛书》上；翻译了列夫·托尔斯泰的《哥萨克》，由开明书店出版。孙家晋有一些同学投奔了抗日根据地，因斗争需要，有时会到上海，每当找到孙家晋，即使生活再艰苦、环境再恶劣，孙家晋总是毫不犹豫地将他们留在自己虹口的家中，竭尽所能给予帮助。

曾是郑振铎的得力助手

在孙家晋的成长道路上，郑振铎是一个不可或缺的人。郑振铎是孙家晋在暨大的老师，是中国现代作家、文学史家、藏书家、目录学家，也是一位具有铮铮铁骨的爱国志士。当日本士兵和膏药旗出现在暨大时，他拒绝在校继续任教。郑振铎隐居坚守在上海，冒着生命危险，节衣缩食，保护抢救了大量价值连城的珍本、孤本，及许多完整的、传承有序的著名藏书楼的专藏。孙家晋是郑振铎信赖和得意的学生，他和徐微在沪西一处叫作"法宝馆"的偏僻小楼，协助郑振铎整理文献古籍。由于"法宝馆"以佛教活动做掩护，瞒过了日本特务。抗日战争胜利后，一批被日本侵略者从香港掠夺去的善本被中国追回，1947年2月10日，共107箱珍籍由王世襄押运回上海，郑振铎派出助手孙家晋、谢辰生到码头接管。由于国民政府忙于内战，中共党组织获悉这批珍贵书籍情况后，派人与孙家晋联系，了解"法宝馆"中上百箱古籍的存放情况，指示妥善保管好。在那些日子里，孙家晋和谢辰生每天坚守在那里，顾不上回家探视一下父母妻儿。新中国成立后，这些善本全部交给国家文物管理局，由郑振铎担任局长。孙家晋则被调到文物局，协助郑振铎、王冶秋工作，从办公室秘书做到主任。5年后才回到上海，进入新成立的文艺出版社，从事外国文学编辑及翻译工作。

给自己的指标每天翻译 2 000 字

孙家晋的儿子孙鼎铉、儿媳朱建华向记者讲述了他们所了解的父亲。翻开吴岩与主万合译的美国作家拉里·麦克默特里著的《孤独鸽》，记者看到书的扉页上有一段隽清的文字："鼎铉、建华：这是部美国当代牛仔传奇，写得很粗野，有点像左拉。原是骆兆添（注：后任的译文出版社社长）给我的选题，后因病中断，由主万兄续译下去的，今后我大概也译不动了，这也许是我最大的半部译作了，给你们随便看看，聊以留念耳。吴岩1998年8月11日。""老爸病危之际，还惦念着他未出版的译著。"孙鼎铉满是感伤，"老爸一生热爱钟情他的翻译事业，为此付出再多也无怨无悔。"孙鼎铉记忆中，父亲几乎没有一个休息天和节假日是休闲的。他给自己的指标是每天翻译2 000字，时常为此干到深夜。几乎没有和他们兄妹四人一起游过公园看过电影。仅一次父亲带着他和大哥到苏州一日游。有一件事，让朱建华难以忘怀。有一年大年初一，全家人都忙着过节，唯独公公还在伏案埋头写什么。询问后才得知，原来公公正在逐字逐句地修改一个农村青年寄来的稿件，但由于青年的文字功底实在太差，改了半天还是不成文，无奈之下，父亲写了一封鼓励青年的信，并到书店买了一本《现代汉语词典》，亲自到邮局寄出。

孙鼎铉说，是父亲引导自己学会了读书思考。偏爱数理化的孙鼎铉，读报只看体育和电影报道，作文成绩总不理想。那时语文课本有一篇叶圣陶的《多收了三五斗》，父亲从农村的丰收年，为什么农民反而更悲惨引开去，启发他思考旧中国反动黑暗统治的剥削实质。"文革"中父亲被打成"走资派"，天天挨批斗，回到家几乎都站立不了。有一次，孙鼎铉到奉贤"五七"干校看望父亲，正在劳动的父亲看见他，非常高兴地说："你等一会儿，我手里的活儿就好了，正好还有家里带来的炒酱，我们一起吃。"看着穿着破棉袄、腰间用一根草绳扎着的父亲，孙鼎铉不由得一阵心酸，但病弱的父亲却乐观坚定地对儿子说："我上有年迈的父母，下有四个儿女，还有未完成的翻译工作，所以不要担心，我不会倒下的。"

"心笛神韵"长留世间

党十一届三中全会后，中国迎来了文化大发展的春天。上海译文出版社成立了，作为出版社领导的孙家晋奔走于京沪之间，争取到了上海参与人民出版社"外国文学名著丛书""外国文学理论丛书""外国文学资料丛书"三套大型丛书出版工程的机会。《傲慢与偏见》《斯巴达克斯》《简·爱》等令人耳目一新的外国文学作品出版了。当时这套黄底星花装帧、被书迷亲切称为"网格版"的"外国文学名著丛书"一经上市发行，便在全国引发轰动，各地新华书店排起求购长龙，畅销不衰。

孙家晋的译著中，倾注心血最多、最为人称道的是泰戈尔作品。20世纪80年代，他再次投入泰戈尔作品的翻译。凭借对原作的深刻理解和堪与原作媲美的优美文笔，他翻译的"泰戈尔"受到各阶层读者的喜爱，《泰戈尔抒情诗选》因此成为译文社的畅销书，并荣获全国优秀外国文学图书奖一等奖。然而鲜为人知的却是，因行政管理事务繁忙，那些优美深邃的泰戈尔散文诗，却是孙家晋每天利用上下班时间，在拥挤的公交车厢里反复琢磨推敲而成的。

"鸟从不回眸自己飞翔的痕迹，人岂能向往事求索回报。"转眼间，散淡襟怀、凝练思绪的翻译名家孙家晋离开我们整3年了，但他镌刻在人们记忆深处的"心笛神韵"已然长留世间。

（原载2013年10月25日《联合时报》）

第二辑

德艺双馨

从报童小学走出的王汝刚

　　说起"报童"，人们就会想到《卖报歌》。这首歌由卖报女童"小毛头"首唱后，报童们唱响上海大街小巷，长盛不衰，成为中国音乐史上的传奇，今天的人们依然耳熟能详。上海最具沪语传唱典型的学校是黄浦区报童小学，学校有位传唱人王汝刚先生，他是著名表演艺术家、国家级非物质文化遗产独脚戏传承人。《卖报歌》是激发他爱祖国、爱上海、爱艺术的初心动力，报童小学更造就了他与表演艺术的不解之缘。

报童小学的缘起

　　新中国成立前，大批穷苦孩子挣扎在死亡线上，小小年纪不得已做起了小报童。无论寒冬酷暑，他们每天背着一大袋报纸费力地奔走在大街小巷，举着报纸高喊"卖报啦！卖报啦！今天有特大新闻……"以期换得几个铜板，不致被饿死冻死。

　　《卖报歌》的唱响，引起我国著名爱国教育家陈鹤琴先生的关注。他发动教育界人士，其中不乏中共党员和进步人士，于1938年在上海先后创办了10所报童小学，倡导"一切为了儿童"的理念，积极推进报童义务教育。报童白天穿统一背心上街叫卖，晚上读书识字，过上了有饭吃、有书读、有报卖的开心日子，也懂得了一些抗日救国的道理，他们将义卖所得款项全部捐给抗日战士，并成为中共党组织的小情报员。那时，党员同志在报纸上写上一两句话，让报童送给某某人，因为报童不引人注意，很快就会送到。偶尔被巡捕逮住，报童也能机智地耍赖："阿拉不晓得啥额事体，就是卖报纸额，要赚铜钿吃饭，人家把我三只铜板，告诉我送到哪里，我拿了铜钿照办。我又不识字，那怎晓得伊写额啥？"巡捕瞅着"小瘪三"，无可奈何只得放了。

然而一年不到，因局势危急，报童学校被迫停办。一些觉悟高的报童在党组织安排下，到达抗日根据地参加新四军。1948年，报童学校再次开办，在中共党组织引导教育下，报童送情报、发传单、为上海解放出了不少力。之后，不少报童被安排到上海公安系统工作，成为保上海平安的卫士。

新中国成立后，上海市委、市政府很关心报童，为让他们有固定的读书学校，拨专款买下崧厦路36、38号两幢楼房作为报童学校用房。1950年10月19日，正式命名学校为"上海市立报童学校"；同年11月4日，报童学校搬入新校舍。学校师生深受鼓舞，于1950年11月、1951年3月两次写信给毛主席，由衷感谢党和政府，表达保卫祖国、保卫和平的决心，还汇报了学生参军、参警，投身中国革命和建设的情况。中共中央办公厅秘书室给报童小学回信，转达了毛主席对于师生的鼓励和寄予的希望。

1953年9月，学校改称"上海市黄浦区报童小学"。"文化大革命"期间，学校被摘牌，及至1983年学校复牌，迁入山西南路35号校园。这里属于望平街区域，旧时报馆林立，也是报童批报、卖报的地方。选择此地校址，也是一份对历史的承载。当年的报童每次到学校参加活动，抚今追昔，难抑激动之情。

在报童小学崭露头角

1952年出生的王汝刚，三四岁时住到了黄浦区盛泽路，进入卜邻里托儿所。1960年至1965年，在黄浦区报童小学就读。当时学校位于宁海东路到金陵东路之间的崧厦路，这条路步行不过100多步，1966年由崧厦路改名松下路，后曾改名松厦路，2000年前后又改成松下路，并沿用至今。

报童小学所在地马路很短很窄，没有车辆通行，因此成为学生上体育课做广播体操的天然操场。煞风景的是，学校对面是黄浦区公安局拘留所，同学们做好广播操无意间回头，拘留所的铁门和黑漆漆的牌子赫然入目，看得小朋友吓一跳，犹如电影特写里，一对黑洞洞的眼睛盯着他们。后来学生多了，学校在后弄堂能通到的山东路上，借房增设了几间教室，学生便轮流到这里上课。

王汝刚至今难忘两位老师，一位是班主任张荷英。张老师是中共党员，对学生既严格又循循善诱，很有教学经验，唯一缺憾是普通话不标准，带有浓浓的家乡口音。王汝刚笑说："我最初的方言就是从张老师这里学来的。"还有一位数学老师吴光六，教学很有一套，擅长用讲童话故事方式启发学生，并巧妙地将运算方法融合其中。王汝刚原来喜欢语文课，是吴老师的算术课，激发了他的兴趣，由此，他的语文、算术都取得了好成绩。

学校善于因材施教，了解到王汝刚喜欢讲故事，在他三年级时，让他参加学校红领巾广播台。王汝刚的播音与其他同学有点差异，别人是根据老师选的文章照文朗读，他是预先阅读，在合适的地方"出花头"，发挥一下自己的理解，从"读新闻"变成"讲新闻"。同学们喜欢听，老师也觉得这种形式好，推荐他到黄浦区少年宫参加讲故事比赛。他以故事《小淘气捉鬼》获得黄浦区少年讲故事一等奖，还在全市少年比赛中荣获优秀表演奖。

王汝刚自嘲小时候属于"闷皮型"。父母只有他这个独苗儿子，连自行车也不让他骑。教导他只管努力学习，其他活动少参与，但王汝刚对表演的热爱是压制不住的。有一年，为欢度儿童节，王汝刚所在的班级讨论表演节目，他提议排演《三毛学生意》片段，得到大家响应。为此，王汝刚专门到福州路旧书店买了《三毛学生意》剧本。分配角色时，同学们争着扮演三毛和顾客，唯独凶狠的老板娘没人愿演，于是，他自告奋勇反串老太婆角色。王汝刚向同学外婆借了一件大襟褂，戴老太帽，摇蒲扇，将平时细心观察的老太太言谈举止，以及从戏剧中学到的老太婆凶狠模样活学活用。他在舞台上惟妙惟肖地拿捏角色，逗得师生们前俯后仰、掌声不断，以至于他得了个"小老太婆"的绰号。

剧目名声传开后，附近不少街道和工厂常邀请他们去演出，连电影厂拍片需要小演员也找上了他，但因母亲不同意只得作罢。王汝刚感慨地说："我与演戏结下不解之缘，是报童小学创造条件，奠定了我在表演才艺方面的基础。"

被滑稽艺术大师相中

1975年,"知青"王汝刚从江西回到上海,被分配到海宁路上的国企弄堂小厂——上海金属表带厂。不久,工厂团支部改选,王汝刚被选为团支部文体委员。厂里成立文艺宣传队,他是宣传队员。

宣传队员表演的节目都是身边工人师傅的感人事迹,很受大家欢迎,也得到厂领导的表扬和支持。从小有着表演天赋的王汝刚,心心念念的是"演员梦"。有一天,工厂斜对面的虹口区文化馆曲艺队招收业余曲艺爱好者,王汝刚兴冲冲地报名,经过考试成功被录取,可谓心想事成,他的表演艺术走向了广阔的舞台。

王汝刚学习和表演非常刻苦,凭着小时候讲故事的"童子功",以及在工厂舞台上的实践,开始了上海说唱、独角戏的编排,其中《张大志》《巧破老营房》还获得了演出奖。

1977年,滑稽界老艺术家笑嘻嘻、张樵侬、绿杨、范哈哈等在虹口区文化馆支持下,上演《满意不满意》,王汝刚有幸被选中饰演仅有一句台词角色的"小无锡",但他排练没几天戏瘾发作,在小无锡的角色上即兴加进十几句台词,抢了别人不少戏。未料,导演竟然肯定他的艺术创造,保留了他的即兴发挥。"小无锡"这个有声有色的冒失鬼形象在舞台上占据了一席之地。

"小无锡"引起了滑稽界泰斗杨华生和笑嘻嘻的注意,他俩和绿杨对王汝刚承诺:"小伙子,等以后我们滑稽剧团恢复,一定请你同台演出。"没多久,上海人民滑稽剧团恢复,准备上演大型滑稽戏《七十二家房客》。杨华生、笑嘻嘻亲自上门请王汝刚出演剧中主角小皮匠。王汝刚担心不能胜任角色,大师们鼓励他:"不用担心,你天赋聪明,只要用功,肯定会成材,我们愿意作为你的老师教你。"王汝刚也由此走上了滑稽艺术之路。杨华生后来在《新民晚报》上发表的文章中写道:"王汝刚是当时我发现的两角儿之一。"

1987年5月,上海人民广播电台推出一档新奇有趣的节目——《滑稽王小毛》,市民生活从此多了一份收听"王小毛"的乐趣。演播团队由王汝刚、林锡彪、姚勇儿、沈荣海组成。开播仅三个月,收听率就居电台文艺台第一名。在之后的10年中，一直牢固地处于领先地位。节目几次被评为全国广播小品一等奖，"王小毛"也成为上海人心目中的青年典范。人们赞誉王汝刚领衔的"王小毛"已成为上海"第一公民"，王汝刚的演艺水平也达到炉火纯青的境界。但王汝刚谦虚地将殊荣归功于整个团队。

情系报童小学

2023年4月，王汝刚与黄浦区报童小学周琪敏校长，共同策划"沪语进校园"活动，充分利用学校报童"基因"优势资源，开展"传承沪语文化，重走卖报路"沉浸式主题活动。王汝刚也来到学校，用沪语为师生讲述校史，声情并茂地一句句辅导学生学讲沪语。他鼓励学生敢于大声说沪语，在历练中不断进步。

地处市中心的黄浦区报童小学，尽管占地面积不大，但学校因地制宜创建校史馆、爱国廊、初心阁，作为宣传红色文化的抓手。周琪敏校长介绍，报童小学不少学生来自外地，为了让学生尽快融入沪语环境，学校广播开设"沪语时光"栏目，播放沪语儿歌、童谣、独角戏片段等，在学校的《童报》上增设沪语朗读内容。学校将"中共一大"纪念馆、南京路上好八连、人民滑稽剧团、上海木偶剧团等作为爱国课程"重走报童路"的"红色寻访"点；还鼓励学生每月20日到南京路，参加全国劳模陶依嘉领衔的学雷锋志愿者服务日活动，至今已经坚持了29年。众多活动的开展，沪语是不可或缺的基本交流用语，孩子们说沪语用沪语，在心中播下家国情怀的种子。

从报童小学走出的王汝刚，无论多么繁忙，始终记挂着母校，倾心倾力为沪语的传承出力。他深有感触地说："沪语作为上海这座城市的底色，我们要传承弘扬红色文化、海派文化、江南文化，会讲上海话、讲好上海话是基本要素。如今，上海小囡不会讲上海闲话是普遍现象，长辈在家里与孩子讲上海闲话，讲着讲着就被孩子带入普通话频道。所以，保护传承沪语刻不容缓，我作为'非遗'文化传承人，为沪语语境的拓展、沪语文脉的延续义不容辞。"

王汝刚认为，讲上海话贵在坚持，爱国亦从爱家乡为起点。我们平时运用的第一种语言是普通话，第二种语言是家乡话，即方言；第三种语言是外国语。所谓"学好三种话，走遍天下都不怕"。上海爱国主义教育的切入点可以是"母校入心、沪语入耳"。

王汝刚连续两次担任上海垃圾分类形象代言人，将学校作为垃圾分类的一个宣传点，用沪语向师生宣传垃圾分类的重要意义。还与同学们共同参与沪语版《解放日报》《新民晚报》《童报》的派发和义卖，通过现场互动，让学生和市民沉浸式地感受到沪语作为中华传统文化重要组成部分的魅力，将义卖所得款项捐赠给黄浦区红十字会。

报童小学的孩子们，感谢王汝刚身体力行的爱心奉献和沪语教诲，他们将努力传承好这样的爱心接力棒。

（原载《上海滩》2024年第3期）

听银铃合唱队银铃般的歌声

有这样一群老人，他们一路歌唱，一路快乐，弹指一挥间，已经唱过了16个年头，他们相伴一起慢慢变老，他们就是"银铃合唱队"的队员们。东泉苑小区居民自发成立的这支合唱队，满足了不少独居、空巢老人的精神需求。"银铃"音同"银龄"，大家都说："银铃般的歌唱，让银龄生活变得更加幸福了。"如今，不少队员也从"年轻老人"迈入耄耋之年。

阿姨们的实力

采访的那天，大家都戴着口罩，但从眉眼间溢出的笑意中，我能感到这群平均年龄75岁的"老小孩"发自内心地热爱生活。回首往事，历历在目。合唱队成立仅一年时，大家就在甘泉路街道市民歌咏比赛中，以一曲《爱我中华》荣膺二等奖。说起这些，队员们不约而同地说起了合唱队里阿姨们的功劳。

队长江玉梅是位退休教师，一直帮助照看外孙女的她，其实很想拥有属于自己的晚年生活。外孙女上幼儿园那年，正值银铃合唱队成立，爱唱歌的她，马上报名参加。由于她性格开朗，乐于为大家做事，被推选为队长。江玉梅戏称自己是个"多功能备胎"，合唱队没有专业辅导老师时，她就带领大家起音；没有指挥，她尝试舞动双臂；弹琴老师"断档"了，她上手弹起练习曲……

江玉梅策划活动也很有创意。合唱队成立10周年时，他们做了"猜猜这是谁"的小游戏。屏幕上，主持人晒出队员们少年时的照片让大家竞猜。猜对了，一片赞美；猜错了，一阵哄笑。江玉梅动情地说："阿拉年轻时都是帅哥靓妹。

如今，尽管大家的脸上烙上了岁月之纹，但美妙的歌声超越了青葱的岁月。"

"清晨我漫步在美丽的甘泉，看那绿树成荫连成片……"这首《美丽的甘泉》的词也是江玉梅创作的，被合唱队填在"天路"乐曲中。大家唱得激越高昂，在街道举办的歌咏比赛中，他们一举荣获最佳表演奖。

说起这些奖，还不得不提陆锡芳阿姨的钢琴伴奏。今年80岁的陆锡芳从小学钢琴，童子功扎实。年幼的她，最大的愿望就是报考上海音乐学院，成为钢琴演奏家。然而因为各种原因，她只能把对钢琴和音乐的爱藏在心底。退休赋闲在家后，她又买了钢琴圆了儿时的梦。前些年，陆锡芳的丈夫因病去世，她伤心悲痛，在合唱队员的关心下，独居的她融入了温暖的群体，用琴声为自己，也为队员们带来欢乐。如今，经常有队员和居民向陆阿姨求教钢琴弹奏技法，她总是有求必应，不厌其烦地传授辅导。

阿姨们的付出，让合唱队在各类比赛中崭露头角，在社区歌咏比赛中先后荣获两次二等奖、一次三等奖以及最佳表演奖、优秀奖等诸多荣誉。

阿姨们是有实力的，她们成就了合唱队员们金色的晚年生活。

爷叔们的才艺

雪白的衬衫、深色的长裤，配上绛红色的领结，爷叔们一上台，给人的第一印象就是饱满的精气神。目前，合唱队45位队员中，有16位爷叔。退休前，这些爷叔有的是单位领导，有的是高级工程师，还有好几位转业、复员军人。回到社区后，他们带着一颗平常心融入社区。爷叔们的才艺可谓"须眉不让巾帼"。

我好奇地问大家，社区团队活动，爷叔一般是不太热衷的，你们为何如此兴致勃勃？大家笑道："'军功章'里有阿姨们的一半。"队长江玉梅带头鼓动自家的爷叔加入合唱队；退休前曾是单位领导的沙爷叔，也是被自家阿姨拽进合唱队的。而在合唱队年龄属于"小弟弟"的陈定龙说，女儿有了孩子，他曾离队三年，完成"任务"后，奈何不了江队长几次三番的游说，又重返了合唱队。

合唱队不仅提升队员的唱歌技艺，也历练了队员的自信。郎建国是个热心肠，但他的歌声有时"荒腔走板"，大家为他鼓劲打气，指导他如何放松表情，以肢体动作配合歌声，陪他一遍遍地练习，唱着唱着，郎爷叔的歌声越来越有"腔调"了，偶尔也客串一下声部的领唱。

也有爷叔，热衷为合唱队寻觅人才。姚炳忠就是被邻居闵长松物色鼓动进合唱队的。姚炳忠五六岁时就被爸爸带到剧场听沪剧，受过潇洒飘逸、舒展流畅、音色甜润的沪剧唱腔熏陶的他，偶尔也模仿沪剧名家王盘声、邵滨孙，像模像样地唱上一段。参军时，他曾当过文艺宣传队员，京剧、相声、快板也都能来上一段。加入合唱队的姚爷叔，一亮嗓门就赢得满堂彩。

爷叔们的才艺，仿佛合唱队里的新鲜血液，让每次活动都充满惊喜。

"小字辈"的参与

虽说合唱队员的平均年龄达到了75岁，但大家都有颗年轻人的心。他们曾在离小区不远的同济广场，自编自导自演了一场"我和我的祖国"歌舞"快闪"，庆祝党的生日。欢乐的舞蹈、嘹亮的歌声中，大家身着艳丽多彩的盛装舞动着五星红旗，引得行人驻足。大家兴奋地说，"快闪"真过瘾，这也是才艺展示的好形式。

说起这场"快闪"，离不开团队里的几位"小字辈"队员的策划。曾经在大学工作的钱红，朗诵功底扎实。每次合唱比赛中，她都担任领诵，为了节目更加出彩，她总是先自己在家中反复练习，字字斟酌，排练时再带领队员一字一字"抠"，力求每个字都发音准确。

在社区，文艺团队之间一直秉持"有活动，一起上"的团结合作精神。外出演出时，舞蹈队以行云流水的舞姿为合唱队伴舞，"走秀队"以时尚斑斓的服饰为合唱队"撑场"。每次排演载歌载舞的节目，舞蹈队的孙来敏先在网上搜索相关的舞蹈，下载后自己先研习一招一式，然后悉心辅导其他队员，并请对舞蹈服饰颇有造诣的张玉兰选择与舞蹈内容相匹配的服饰。几位五六十岁的"年轻人"成了团队里的"灵魂人物"。

每当合唱队取得好成绩时，队员们还由衷地感谢他们眼中的"小姑娘"袁麟。小袁几乎每天上午7:30就到活动现场。舞蹈队、腰鼓队、戏曲队、服装走秀队等都是她关心的对象。小袁的妈妈和外公是越剧票友和沪剧爱好者，她从小耳濡目染，也能说出点门道，因此与合唱队员有了更多的交流和默契。活动时，她常给大家拍照、拍视频，为老人们留下美好的回忆。

因为疫情，今年春节以来，队员们很少有机会在一起排练，但大家感觉从未分开。有队员写出"抗疫诗歌"，发在微信群与大家分享；有队员学唱了一首新歌，在群里为大家演唱；视频里相互问候、同声放歌同样过瘾。合唱队员们隔空欣赏，情感是贴近的。人在家里，歌声不绝如缕，飘出户外。

"老来伴"的自治

莫道桑榆晚，人间重晚晴。今年16岁的银铃合唱队，一直实行着自我管理。大家相互关心，老来一起做伴的理念温暖着这个团队。独居老人陈阿姨，患了腿疾需要住院手术，保姆都回乡了，怎么办？手足无措的她向江队长求援，本应"宅家"的江队长，顾不上自己，上门嘘寒问暖，直至为其落实了亲戚来照料才放心。陈阿姨出院后，江队长再次与队员上门探望。

团队活动免不了发生费用，比如打印歌词，置办演出道具，端午、中秋、春节等中国传统节日的联欢活动等。于是，每位队员每年收费50元，请顾松华和殷梅琴两位队员专人管理账目，即使队长需要费用，也须经过他俩同意，坚持做好费用明细表，向队员汇报具体用途。

合唱队自治管理形成的良好氛围，有的队员虽然搬家了依然心向往之。张爷叔搬家到了顾村，依然坚持每周四来参加合唱，后来，他新住地的居民发现他歌唱得好，还有乐理知识造诣，竭力鼓动他就近参与团队活动，张爷叔又"变身"为顾村社区的志愿者；秦阿姨的家搬到江桥，她割舍不了对合唱队的眷恋，每周四风雨无阻地来参加活动……

队员们都说：我们生活在一个好时代，退休后参加合唱队，提升了晚年的幸福指数。2021年是中国共产党建党100周年，最近，合唱队已开始筹备一台经典歌曲连唱节目，他们要歌唱祖国歌唱党，表达对美好生活的向往。

（原载2020年10月2日《新民晚报》）

石晓华：女导演的初心情怀

满头银发的石晓华已79岁，但她依旧语速快、中气足，做起事来雷厉风行，一如当年当导演时的风格。退休后，她组建了上海"新四军、八路军、地下斗争工作者后代联谊会"（简称"新八地后代联谊会"）。对此倾注了满腔热忱和心血的她比以前更忙了。问她，何以不辞辛苦开展这些活动，她说：为了追寻父辈初心，传承红色基因，担当社会责任和义务。

"马背摇篮"铸就坚韧

1941年在延安出生的石晓华，童年经历过"马背摇篮"，确切地说，是跟随过"马背摇篮"。当年，国民党军队大举进攻延安，她就跟随延安保育院的"马背摇篮"队列，行进在父辈南征北战的途中。小小年纪的她，靠着两条腿长途跋涉，累得直哭，父亲对她说："妹妹比你小，要让马驮着走，你是姐姐，不能怕苦，要坚持自己走下去。"这就是铸就她以后人生坚韧性格的第一课。

多年以后，石晓华作为著名导演谢晋的副手，在电影《啊！摇篮》中负责导演孩子戏。那时，童年的生活历历在目，让她真实又成功地演绎了战争年代马背上的孩子的生活情状。拍摄完成后，谢晋跷着大拇指说："石晓华完全可以独立导演孩子戏了。"这就有了此后她独立导演的电影《泉水叮咚》。

《泉水叮咚》上映后，广受好评，获得了金鸡奖、百花奖等大奖。20世纪80年代中期，在德国柏林举办国际电影节，电影节主席到中国选片，听说了《泉水叮咚》这部电影后，专程从北京赶到上海。观看完影片，他深受感动，当即决定选送国际电影节，《泉水叮咚》因此还获得"金熊奖"提名奖。

石晓华回忆说，当时，我国改革开放不久，我们对电影参加国际展演不熟悉，其他国家选送电影节的片子，前期都会由媒体广泛宣传，但我们还没有这样的意识。是主演张瑞芳老师提议要培养年轻人，石晓华这位年轻的导演才得以成行。这是石晓华第一次出国，给她印象深刻的是，在柏林的街道上，铺天盖地的是美国参赛影片里那位男主角达斯汀·霍夫曼的巨幅宣传海报，而我们连打前站的人都没有，只在电影院里有张小照片，所以与金熊奖失之交臂。

第一次出国的一件囧事，让石晓华忍俊不禁。根据规定，她定制了一套西装，正值柏林寒冬季节，她没有大衣，就到上影厂里的仓库里翻找当作道具的大衣借用，好不容易找到解放前拍摄《三毛流浪记》时，剧中胖太太穿的一件白色兔毛大衣，她穿着正合身就带上了。当他们一行五人在电影节现场合影时，发现站在她身旁的两位男士衣服上白乎乎的，大家很是纳闷，帮他俩一阵掸拍，忽然想到，这是石晓华穿的兔毛大衣掉毛沾上去的。

终于读懂父亲"背影"

1996年，石晓华退休了，但她的导演事业还在继续。1997年，她执导的由奚美娟主演的电视剧《儿女情长》家喻户晓，荣获第15届中国电视金鹰奖最佳长篇连续剧奖。接着她又陆续导演了电视剧《陶铸》、都市剧《情长路更长》及电影《绿色柔情》等，都获得不错的收视率。凭借厚实的导演功底，石晓华应该可以在导演的路上走得更远，但是十多年前，她全身心地投入组建"新八地联谊会"，这个转变源于她对父亲了解的加深。

石晓华的父亲石西民是《新华日报》创始人之一，20世纪20年代投身革命并加入中国共产党。新中国成立后，石西民的工作成绩令人瞩目；长期以来，石晓华对父亲却是陌生的。在她的记忆中，自己看到最多的是父亲的背影。

石晓华童年时，父亲石西民是《新华日报》的夜班编辑。每天晚上，她睡觉了父亲去上班，她盯着父亲出门的背影一直搞不懂：为何父亲每晚都要出门？她与父亲几乎都没有一整天待在一起过。20世纪60年代初，石晓华考入上海电影专科学校，石西民调北京工作，她原本有间房可以居住，但父亲坚持将房子上交，让她住在简陋的学校集体宿舍里，当时的她十分不解，甚至还有些怨气。直到父亲去世后，她才在父亲留给战友、朋友的良好口碑中对父亲有所了解。

2012年9月，上海举行"纪念石西民同志百年诞辰座谈会"，她从与会者对父亲的深情缅怀中，读懂了父亲的"背影"，那就是投身革命的信仰和初心，激发了她学习父亲俯仰之间无愧于党、无愧于人民的崇高品德。

年逾花甲的石晓华，决心追寻父辈的足迹，延续父辈的初心，宣传弘扬红色文化。多年来，她作为主要策划人，举办了多场上海"新八地联谊会"系列红色文化宣传活动。其间，石晓华与人合作编著的《石西民文集》《石西民纪念文集》两册大部头的书籍，既是对父亲的纪念，亦是对父辈初心的彰显。去年，石晓华又将珍藏多年的父亲遗物，捐赠给浙江浦江县的石西民故居纪念馆，这批遗物有很高的文史价值。

逐字逐句"啃"出故事

在石晓华心目中，每一个父辈的故事都是中国革命史中光彩的一页，作为后人，有责任和义务记录下来。这些年，石晓华一直鼓励"新八地"后人书写父辈的故事。她和同伴们编辑出版了三本很有意义的书：《上海，美丽的土地，我们的——纪念上海解放六十周年》《永恒的忆念——抗美援朝六十周年回忆录》和《民族的脊梁——父辈的抗战历程》。石晓华不会打字，用的是电脑写字板。那段时间，她戴上老花镜，坐在电脑前，逐字逐句地修改那些令人感动的故事，一坐就是一整天，废寝忘食地"啃"出了240余篇文章，收入三本书。

去年5月26日，在上海展览中心气势恢宏的大厅里，石晓华和众多"新八地后代联谊会"会员参加了"庆祝上海解放70周年故事报告会"，由老战士石龙海讲述的参加解放上海攻打月浦的故事扣人心弦；曾经是上海电影界中共隐蔽战线负责人之一徐韬的儿子徐伟杰，讲述了当年电影界人士利用拍摄《乌鸦与麻雀》影片的机会，开展反内战斗争的故事。徐韬是我国电影界的老导演，也是《乌鸦与麻雀》的导演之一；时任解放军第三野战军81师政委的罗维道的女儿罗愤,解放上海时是隐蔽战线中共党员田云樵的儿子田海涛,以交叉讲述的形式,描绘了他们的父亲在解放苏州河北岸时,策反国民党51军的场景……

去年底,一部上海"新八地后代联谊会"会员讲述父辈历程的"红色故事会"视频在网上流传,这是由石晓华主导、为庆祝新中国成立70周年专门录制的。十多位故事团成员到企业、学校、社区讲故事,这些故事受到大家的欢迎。他们还被特邀到延安市、井冈山市,为来自全国各地参加培训的党员干部讲述红色故事。石晓华本人亦受上海团市委、东方电视台和东方广播电台邀请,为年轻人讲述谢晋的故事。她说,谢晋是位要求很高很敬业的导演,在他身边工作,使自己在为人做事上受到很大的启迪,在弘扬红色文化活动中,尽管遇到过很多困难,但她勇于直面,努力做得更好。

采访手记:一部手机

认识石晓华导演近十年了,一部手机的场面仿佛就在昨天。事情发生在2015年5月,石晓华筹办"民族魂——纪念抗日战争胜利70周年书画作品展"时,在"新八地后代联谊会"工作室,筹备组的刘承坤送一部新手机给石晓华。他说:"大姐的手机老是信号不好,也不舍得换一部,我送她一部以便随时联系到她。"一旁的我很惊讶,名导石晓华怎么会用一部那么老的手机?我这才知道,石晓华对自己确实十分苛刻,但她用自己并不多的退休金租了一间工作室,每次活动费用如有缺额,也都由她支付。在石晓华无私精神的鼓励下,"新八地"后人们积极参与活动。石晓华在追寻父辈奋斗的初心中,拥有了更博大的情怀。大家都说,石晓华不忘的是共产党人的初心和情怀。

(原载2020年2月14日《新民晚报》)

上海滩的电影世家

——张翼和他的儿孙们

　　说起电影《火烧红莲寺》，如今的人们可能已经少有耳闻。但它对于中国电影的重要性却是不言而喻的，因为自这部电影后，中国电影界形成风靡一时的武侠片潮流，也因此带动了中国电影史上第一次"武侠热"。"武侠"两字自此便成为中国电影的"宠儿"，一代又一代少年伴随"剑光侠影"的时代豪情自强不息地成长着。

　　张翼就是当年《火烧红莲寺》系列电影的男主演之一。张翼的出演，不仅让当时引起轰动的《火烧红莲寺》系列影片"火势"更旺，也让人们认识了这个初出茅庐，却已在武侠电影上崭露头角的年轻人。《火烧红莲寺》之后，张翼接连拍摄多部知名影片，在影坛获得了不俗的成绩。在电影行业上取得的成就，不仅让张翼坚定了从影的信心，也为张家营造了浓厚的艺术氛围。他的儿子张云立、孙女张虹、曾外孙吕卓海等儿孙辈，从事的职业都与电影相关，他的家庭堪称上海滩的电影世家，是我国电影发展的缩影。

从码头水手到武打明星

　　张翼，原名张雨亭，1909年出生于上海。张翼出生时，其父买下武昌路东泰华里25号的石库门楼房，在此他度过了快乐无忧的童年。但不幸的是父亲早逝，十四五岁的张翼只得经在英国"太古轮"商船上打工的叔叔介绍，到船上谋得一份差事。因张翼体格健壮、外表英俊，做事又很勤快，英国人的船长很看好他，便提拔他当船上的"三副"。但某次因为一些事情的耽误，张翼错过了登船时间。望着已开出很远的船，他拿着报纸在岸边不住地挥动，并且大声呼唤。船长从望远镜里见到后，便让货轮调过头来接他上船。叔叔见状勃然大怒，对着张翼就是一拳。原来按照水手的习俗，船出航后再掉头回航是不吉利的。年轻气盛的张翼一怒之下，不顾船长的挽留，毅然辞去了船上的工作。

喜欢电影的张翼，在当时的"海峰"和"暨南"影片公司找到一份跑龙套的差事。"暨南"影片公司制片人王槐秋彼时正在筹拍《嘉兴八美图》，见这年轻人领悟力强，外形俊朗，就让张翼担任男主角，他也因此一炮而红。随后，他主演了《火烧红莲寺》。为更好地展现人物形象，张翼找来中国古代武侠小说阅读揣摩，结合电影剧情和人物特征，成功塑造了性格鲜明的人物形象，给观众留下了深刻的印象。1934年，著名导演孙瑜请他加盟联华影业公司，并亲自为他起了个艺名：张翼。在孙瑜指导下，张翼的艺术造诣日臻完善，接连拍摄了《大路》《体育皇后》《狼山喋血记》等十多部获得热烈反响的影片。尤其在《大路》中，他以"雄狮"般的刚健体魄和坚毅性格，成功地在电影中塑造了筑路工人的伟岸形象。因他扮演的多是劫富济贫、雄姿英武的好汉，观众便赋予他"影坛雄狮"的美称。

正当张翼踌躇满志，欲在电影表演艺术上再创佳绩时，"八一三"淞沪战争爆发了。在日军战火的威胁下，他携妻儿、老母逃难到住租界的刘继群家里。上海沦陷后，为了钟情的电影事业，张翼告别家人到重庆。抗战胜利后，张翼回到上海，加入昆仑影业公司。20世纪30年代，美国有部电影《罗宾汉历险记》非常有名，后来张翼主演的《中国罗宾汉》横空出世，观众认为他就是"中国的罗宾汉"，是中国电影武打第一人。之后，张翼以《丽人行》《幸福狂想曲》《红楼残梦》《无语问苍天》《大地回春》等十多部影片蜚声影坛。到20世纪50年代，张翼的演艺事业达到新的高度。

纵观张翼从影之路，从1925年步入影坛，到1983年去世，他终生与电影相伴，参演电影有120部之多，可谓是影坛的"常青树"。

子承父业：上影厂的父子演员

虽然张翼拍戏忙很少回家，但厚重如山的父爱，张云立却能够真实地感受到。例如父亲送给他的那辆自行车，他就终生难忘：那是1952年，酷爱自行车的父亲，趁拍戏间隙，请专营瑞士自行车商店的老板，定制了一辆新潮的自行车送给他，满足他多年的愿望。还有一次，父亲带他到新成游泳池，他站在池边不敢下水，父亲从背后猛地将他推下水，在岸上面鼓励他、指导他游泳要领，他就这样学会了游泳。

20世纪50年代，张云立是上海中学生文艺团队的骨干。有一年，南京前线歌舞团到上海招收40名学员。经过几轮筛选，张云立入选了。到歌舞团报到后，歌舞团政委、团长、舞蹈队长让他单独留下表演，并问他报考的目的。他说道："我喜欢你们的军服，戴大盖帽，穿皮靴，很帅气的。"首长们哈哈大笑，对他说："你到歌舞团后，不在40人之内，你不是学员而是演员，直接登台演戏，享受干部待遇。"未料，到部队医院体检时，张云立被查出有轻度肺结核。但首长实在喜欢这个具有表演天赋的少年，于是决定将他的档案带走，并让他每周写封信汇报病情，等恢复健康后立即到南京报到。疗养中的张云立闲不住，仍积极参加虹口志愿者活动。适逢上海柴油机厂（以下简称"上柴厂"）技校要招一名舞蹈辅导员兼政治课老师，区劳动局就推荐了他。他这一去，就被厂领导铆住不舍得放行，让他担任厂工会干事兼俱乐部主任。厂里文艺氛围浓郁，俱乐部每周末晚，不但有篮球场可供职工打篮球，还有越剧、淮剧、话剧等多间表演室，职工精神文化生活丰富多彩。

1958年底，上海众多文艺单位的演职人员到上柴厂体验生活，上海电影制片厂由团长孙道临带队，陈述、高博、孙景璐等来了。张云立负责接待安排他们，孙道临也因此注意到了这个年轻人。体验生活结束那天，孙道临对张云立说："小张，侬蛮喜欢文艺的嘛，想到阿拉上影厂来伐？"张云立则有些疑虑："我从小就喜欢文艺，我爸爸就在上影厂，我可以来吗？"得知他父亲就是张翼后，孙道临非常高兴："原来你是张大哥的儿子呀！"当即同意张云立进入上影厂，张云立就这样与张翼成了上影厂的父子演员。在张云立心目中，道临老师是他的伯乐，是值得他一辈子敬重、学习的榜样。

1960年，张云立参加了全国工人会演，他代表上海市工人随团队赴北京会演后，又去东北各地巡回演出，等到回沪后才到上海电影制片厂演员剧团报到。他参加拍摄的第一部电影《红日》，饰演张灵甫的王副官。这一时期，他还参与演出了几部话剧和电影，正当他期许在电影表演艺术上取得更高造诣时，那个特殊年代打破了他的美好愿望。

上影厂的众多演职人员被下放到"干校"，其中也包括张翼、张云立父子。当时，张云立是演员组和导演组的生产队长，张瑞芳、刘琼、秦怡、赵丹、杨在葆、包括张翼等演员，在生产上都属于他"管"。分配生产任务时，比较轻松的活，他都会安排给年纪大的去干，像犁地、撒大粪等"硬活"，就由杨在葆、乔臻等年轻人干。轮到需要挑担子的活，就用接力挑担的形式，安排自己和孙道临、杨在葆、孙渝烽、仲星火、高博等人轮流负重，"笑说"间，一担担就传递过去了。夏天干得很累时，张云立呼唤一声"休息啦"，众人便齐刷刷地钻到菜田里，美美地享受一下番茄、菜瓜之类的果实，张翼则掏出一包蹩脚的"生产牌"香烟，取一根叼在嘴上"过把瘾"。

张翼、张云立父子在干校时，最快乐的莫过于张云立的女儿张虹到干校来看望他俩，带来张云立妻子为父子俩缝制的衣服和制作的花生肉酱。每逢此时，张翼便会设法搞来一只西瓜，让孙女开怀地吃。食堂开饭时也带着张虹，张翼自己不舍得吃荤菜，一定要看着孙女吃下才舒坦。但让张虹最难忘的，是她猝不及防地被爷爷推下河，在爷爷的"威逼"下，在河里学会了游泳。原来儿子和孙女的游泳本领，都是被张翼用"推下水"的方法教会的。

"看见你，我就想起了叶帅"

20世纪70年代中期，在干校的演员陆续回归上影厂，上影厂也迎来创作兴旺期。张云立先是参加拍摄话剧《赤脚医生》，又参与拍摄电影《难忘的战斗》；随后，他还参与了《庐山恋》《大刀记》《七月流火》《开枪，为他送行》《革命军中马前卒》等众多影片的拍摄。其间，张云立还与张翼共同出演了电影《征途》，饰演了同一个角色的不同时期。

饰演叶剑英，成为张云立演艺生涯浓墨重彩的一笔，他与"叶帅"这个角色结缘，还有一段趣事呢。1989年电影《周恩来》拍摄前，剧组有位徐副导演到上海物色饰演叶帅的演员，请张云立协助寻找。他俩寻遍上海主要的艺术剧团，但没有发现合适的人选。随后，张云立与杨在葆赶往安徽导戏。住在同一房间的辛静，曾在电影《西安事变》里饰演杨虎城。见到张云立后，他脱口而出道："张老师，你可以演叶剑英的。我儿子在《周恩来》剧组当制片主任，我向他推荐。"张云立说："这件事你就别提啦，我朋友也在剧组，来上海找了三天没发现。"辛静坚持向儿子推荐，剧组便再次派徐副导与另一位刘副导来见张云立，刘副导一见到张云立不禁欢呼："你很像叶帅的嘛。"刘副导与叶剑英的女儿叶向真是同事，曾经见过叶剑英。他们便拍了几张张云立的照片带给丁荫南导演，丁导一锤定音，就这样，张云立成为电影中的叶剑英了。

张云立在《周恩来》中饰演叶帅后，请他饰演叶帅的电影电视剧接踵而来，他对待每一部影视剧中的"叶帅"角色，都是一丝不苟，真情投入。例如在电影《叱咤湘江叶剑英》中，他出演晚年叶帅，虽然出镜不多，但他形神兼备的表演，为全剧增添了很好的效果。在电视剧《广州市长叶剑英》中，他更是将中年叶剑英塑造得出神入化。在拍摄这部电视剧时，为了让张云立更多地了解叶帅，摄制组特意请来曾担任叶帅警卫员多年的李德才老人，与他共同生活。初一见张云立，李德才便下意识地行军礼："老首长，您好！"这让众人很是惊奇。还有一天半夜，张云立醒来发现灯亮着，李德才坐在对面的床沿上凝视着他。他吓了一跳，急忙问道："出什么事了？"老人含着热泪说："看见你，我就想到叶帅的好多事，真将你当作叶帅啦。"与李德才相处的日子，让张云立对饰演叶帅有了更多的心得体会，也为他后来饰演叶帅一角积累了宝贵的经验。

张云立家客厅里悬挂着一幅大照片，是电视剧《历史转折中的邓小平》剧照。画面是叶帅80寿辰时，邓小平夫妇、徐向前、粟裕等人为他祝寿的场景。镜框下方还有张云立自题诗句"神似叶帅系缘分，巧合同庆八十寿"。那是2014年，时值张云立80岁之际。起先，因为年龄、健康等原因，张云立对于是否接这部戏有些犹豫。但摄制组三顾茅庐，请他阅读剧中叶帅的台词后再定，而他在阅读后激情迸发，便毅然接下这一艰巨任务。拍摄现场，他的台词娴熟流畅到令导演不住赞叹："老爷子，你连台词中的诗也背出来啦！"张云立还说道："剧中叶帅80岁，我正好也是80岁，很少有演员有这样的机遇。我非常热爱叶帅的角色，叶帅家人对我也很认可，这是我最欣慰的。"

当然，张云立能够成功饰演叶剑英，夫人马宗瑛同样功不可没。当时，摄制组要为他配助理，他说："用不着，我老太婆来就可以啦。""老太婆？"大伙很疑惑。但当看见马宗瑛时，大伙立即认可了她：只比张云立小三岁的马宗瑛，健康优雅，看起来比实际年龄年轻得多，在照料张云立一事上更是得心应手。说起来，马宗瑛与张云立结为伉俪还有"戏为媒"的一段佳话。当年，他俩都是学生文艺骨干，在上海市中学生文艺会演中，联袂出演黄梅戏《夫妻观灯》。虽然会演中有好几对表演这出戏的，但评委和观众都认为他们这对演得最传神，甚至有人开玩笑说道："说不准你们以后能成为夫妻呢。"结果玩笑成真，数年后他们走到一起，并育有一儿二女。

在孩子们记忆中，父亲常年在外拍电影，是在学校做音乐教师的母亲照顾他们起居。每天早晨，都是母亲负责将他们送去学校。母亲心灵手巧，不知疲倦地为他们缝制漂亮的衣服，教他们待人接物的礼仪；母亲的装扮也是优雅新潮的，直至今日，他们在同学聚会时，还会由衷地赞叹母亲当年的魅力四射；母亲还经常到市工人文化宫演出和接待外宾，一有机会就带上他们观摩，这也奠定了他们表演艺术的基础。父亲张云立则为子女在艺术道路上指明发展方向：20世纪80年代中期，上影厂演员剧团鼓励演员走出去搞创作，多才多艺的张云立自编、自导、自演了《美的天使》《引人忧思的梅花》《女人不是月亮》等电视剧，也为子女从事电影电视艺术提供了丰富的实践机会。

妇唱夫随　薪火相传

张云立和马宗瑛的小女儿张虹，出生于1960年，张虹自小就是虹口区少年宫拔尖的小演员，上小学时就被上海歌剧院选中，但在参加培训的半途中，却因家庭有海外关系而被退回。后来她又有机会报考东海舰队文工团，也因海外关系的原因没有通过政审。这对热爱表演艺术的小张虹来说，可想而知是很大的打击。

但张虹并不气馁，有一次北京海政文工团到上海招生，得知消息后，她让父母带她赶到招生点。此时招生考试已结束，其他老师都已离开，只有钢琴老师还在。看完张虹的表演，老师认为她非常优秀，当即决定带她到北京。其他招考老师看过她的表演后，也都十分认可。尽管文工团的招生名额已满，"海政"最终还是决定留下张虹作为插班生。张虹悟性高，肯吃苦，加上外貌的优势条件，没多久就成为文工团的领舞和独舞核心演员。20世纪80年代中期，张虹从海政歌舞团转业到上影厂。她参演的第一部电影是《绞索下的交易》，而后又在《土裁缝与洋小姐》中担纲女主角。面容清丽姣好、身材婀娜妙曼的张虹，这一时期不但是电影女主角，还是众多画报、挂历封面的明星人物。

张虹的丈夫卢青也从事电影行业。卢青的父母都是南下干部，他的中学时代是在新疆度过的。1974年，卢青到上海探亲，听说上影厂招考演员后很感兴趣，就决定去试试。当时的主考老师王丹凤觉得这年轻人有表演潜力，可塑性强，卢青由此进入上影厂演员剧团。上影厂筹拍《第二个春天》时，王丹凤向剧组推荐卢青，他的银幕生涯由此启航。1975年起，卢青先后出演过《欢腾的小凉河》《大刀记》《特殊任务》《半张订婚照》《小金鱼》等十余部影片。1980年，他凭借在电影《巴山夜雨》中饰演的青工宋敏生一角，荣获金鸡奖最佳男配角。此后他还参演过《新郎之死》《两家春》《喜中缘》《呼唤》等多部电视剧。

说起张虹与卢青的相恋，颇有戏剧性。卢青勤奋努力，生活简朴，尊敬前辈，在上影厂有很好的口碑。张云立对这个后起之秀也是非常欣赏，便邀请他前来家中做客。但卢青匆匆赶来时，竟然穿着一条打补丁的裤子。适逢张虹从北京回上海探亲，卢青的英俊率真和朴素少语，令她产生了好感，而卢青更是对清丽典雅的张虹一见钟情。很快，他们便结为连理。其实，张云立对于卢青还是很熟悉的。早在1978年拍摄战争片《特殊任务》时，他俩就在同一摄制组，张云立饰演亚雄，卢青饰演田力。两人可能都未想到，日后会成为翁婿。

20世纪80年代末，国内掀起东渡日本的热潮，张虹与姐姐张敏也于1988

年赴日本。事业如日中天的卢青，妇唱夫随，也一同到了日本。在日本，他们积极开展中日电影艺术交流活动，《上海人在东京》就是这一时期拍摄的。张敏的儿子吕卓海，在上海高中毕业后，考取澳大利亚的大学，攻读传媒和导演专业。大学毕业后的吕卓海同样选择了电影事业，师从日本名导演岩井俊二。他曾多次到中国、美国、新加坡、日本等国导戏，在电影艺术行业崭露头角。

上海是中国电影的发祥地。近日，我到上海电影博物馆参观，进入观展厅后，众多耳熟能详的电影明星照片令人目不暇接。在一处实物展柜里，我见到了《联华画报》第五期第五卷封面人物张翼，下方的标注是："行将公映联华新片《蛇蝎美人》，由他主演，有惊人的武功——张翼。"我不禁想起曾经看到过的一则报道：上影厂领导到张云立家拜访时赞叹道："上影厂两代人演员有的，但三代人、四代人从影的几乎没有。张云立一家称得上电影世家。"

抚今追昔上海电影的文化之旅，由衷感谢张云立一家四代人，为中国电影事业发展作出的贡献。

（原载《上海滩》杂志2019年第8期）

徐才根：电影艺术界的"不老松"

　　徐才根，这位几乎演了一辈子小人物的老演员，常调侃自己是"老绿叶"。但近年来，这片"绿叶"却好几次成了"红花"。2017年4月，他还凭借在领衔主演的电影《归去》中的表现，囊括了美国纽约国际电影节最佳演员奖和美国洛杉矶国际电影节最佳表演奖。

钟情一生的事业

　　到徐才根老师家中采访，正是他参与拍摄《医院病房》和《老游一百岁》的间隙。我被精神矍铄、思路敏捷的他所折服，我们的话题多围绕电影展开。这20多年来，他又塑造了30多个角色，因为那是他最热爱和钟情的事业。

　　86岁的徐老年轻时曾经热衷健美运动，如今，他仍然坚持每天早上5点起床，骑车到滨江大道兜上半小时，或者到体育场健步半小时，有时还要去游泳池里过把瘾。即使拍戏住在宾馆里，他也坚持每天在走廊里快走40分钟。

　　2016年，徐才根的拍摄任务很繁忙，良好的身体素质为他提供了最好的保障。拍摄《光景》时，他扮演已故照相馆老板的儿子，参与拍摄的五天中，每晚收工后回到家已是凌晨1点多，早晨8点又要赶去拍摄现场。还有一次，连续拍了两个通宵后，大家都关切地让他在拍戏空隙到面包车上小睡一会儿，但徐才根坚持坐在一旁等候。他笑着说："演员都有'人来疯'的，一躺一休息，激情可能就要消退了。"

　　拍摄微电影《长征路上》时，徐才根饰演的退休老干部老彭是一位重返讲台、讲述红军长征故事的义务宣讲员，临开拍的前一天，剧组还对徐才根那整整8页台词做了修改。第二天，徐才根依然背得一字不落。他说，自己被剧中的老彭深深感动了，完全融入了角色。空闲时，徐才根爱去社区老年活动室看看书报，与左邻右舍聊聊天；兴致所致时还到国外旅游。

环顾他家客厅，整洁有序，相框里和书橱里，他的旅游照、剧照和获奖证书占据了大半。聊到开心时，他还打开衣橱让我欣赏，所有的衣服按季节整齐地挂放。我惊奇地问他："上台领奖和出席公众活动的着装都是自己搭配的？"他得意地说："那是当然的。"

出乎意料的奖项

2011年10月22日，第28届中国电影金鸡奖颁奖典礼，主持人宣布：本届最佳男配角奖、电影《团圆》陆善民饰演者——徐才根。尽管听到了自己的名字，但徐才根还是迟疑了一下，直到制片人欢呼起来："徐老师是你呀，赶快上台领奖啊。"他才缓过神来。后来，朋友问他，在电视上看到他的反应怎么慢半拍？他说根本没想到自己会获奖。回想起来，那晚颁奖礼是外孙陪着去的，外孙陪他走进颁奖晚会大厅时，发现与外公一起被提名最佳男配角的都是大明星，外孙开玩笑地说："外公，看来这次又轮不到你啦。"

说起结缘电影《团圆》，徐才根说那是一种巧合。因为影片中的女主角乔玉娥（卢燕饰）和丈夫陆善民（徐才根饰）生活在上海石库门里，台词要求说上海话。导演王全安原本并不认识徐才根，他是在网上搜索时发现徐老的。后来，王全安特地赶到上海见他。当徐才根扮成陆善民出现时，王导眼前一亮，一声"OK"，就这么定啦。当听说要与卢燕搭档演夫妻时，徐才根还是有些担心的，毕竟卢燕是奥斯卡终身评委。但在拍戏的接触中，徐才根发现，卢燕丝毫没有大明星的架子，两人都很自然地投入了角色。电影杀青后，徐才根的同事们都对他赞不绝口："电影中徐老扮演的那位原汁原味的陆善民，真是教科书般的表演啊。"

徐才根说，自己最难忘的是刚进上影厂时，瑞芳老师的教诲："演戏就是要做到真听、真看、真心交流，这才是好演员。"尽管年事已高，但看得出，徐才根拍摄的每一部电影都秉承着自己的初心，他演好了每个"小角色"。2014年，他还荣获了东方电视台电影大咖秀"大器晚成奖"。

从影之路的榜样

徐才根坦言自己文化程度不高。1932年，他出生在上海的一个平民家庭，父母靠做工维持家庭日常开销。"八一三"淞沪战争爆发后，家里的生活更艰难了。到了读书的年龄，家里交不起学费，无奈，母亲只好向亲朋好友借钱。小学毕业后，他失学了，去了印刷厂当学徒。终于盼到了上海解放，徐才根看到欢庆的队伍中有打腰鼓、打莲湘、扭秧歌，很是喜欢。不久，上海总工会招收工人业余艺术团员，他考入了舞蹈班，1956年转入上海工人文工团。也许，徐才根生来就有表演天赋。一次，文工团在印刷系统表演活报剧《升官图》，从没演过戏的他，将剧中的角色演得惟妙惟肖，将观众逗得哈哈大笑。

1958年，徐才根进入上海电影制片厂，正式开启了人生的电影事业。回忆当年在上影厂"学徒"的往事，他难抑制激动。从小讲着沪语长大的他，不会讲普通话，甚至连"早"与"找"发音也说不准，经常吓得不敢开口，碰到开会讨论就往后躲。"上影厂的老前辈发现后，一字一句地给我们矫正发音。"徐才根回忆道，陈述老师为他们这些新人上拼音课；赵丹老师鼓励他们直接上台摸爬滚打；道临老师亲自与他们一起排演《相亲记》，让他们主演，老演员当配角。"老前辈没有一点傲气，毫无保留地传授演技，叮嘱我们，要演好戏首先要做好人。"徐才根说，自己这个文化程度不高、外貌也不帅的"学徒"，就是在老演员们的指导和激励下，在电影艺术上一步一个脚印地走来的，"他们永远是我学习的榜样。"

采访手记：宝剑锋自磨砺来

不常观影的我，原本对于徐才根的名字并不熟悉。见到他本人后，我猛然想起，在曾经热播的电视连续剧《我的前半生》里，他不就是罗子君的母亲甄珠的黄昏恋人崔宝剑吗？我笑着对他说，尽管剧中男女主角马伊琍、靳东夺人眼球，但我对您这位"崔叔叔"还是印象很深的，因为您将一位归国老华侨的神态演到位了。聊了近三小时，未见徐老有倦意，不禁想到电视剧中"崔宝剑"的名字，"宝剑锋自磨砺来"，可敬的老人，晚年多次获奖，不正是之前他几十年"磨砺"的结果吗？

（原载2019年1月5日《新民晚报》）

王金林：乐在小提琴收藏

应了盛世收藏的话，如今的民间收藏，精彩纷呈。踏进王金林的家，我被眼前多样的小提琴、胡琴吸引。73岁的王金林指着其中一把小提琴介绍说："这是昨天刚淘来的，上海提琴厂20世纪50年代出品的。"瞅着这把灰头土脸的琴，琴头是松的，琴弦也没有，这琴还有用吗？王金林得意地说："我会给它配上琴弦，修实琴头，整好琴身。你看，这琴边是嵌线的，面板、背板是整板的，是把好琴。"王金林又取出一把小提琴，也是经过他整修了的。调准琴弦即兴演奏，一曲耳熟能详的《梁祝》曼妙悠扬地响起……

《东方红》激发的兴趣

王金林从小喜爱音乐，五六岁时，母亲给他买了口琴，他咿咿呀呀地吹得很投入，竟然无师自通地会吹曲子了。上小学后，王金林进了学校的口琴班，与我国口琴名家陈剑晨的女儿陈宜男是校友，经常参加学校的演出。在一次学校的联欢会上，一位同学用小提琴演奏了《东方红》，王金林的心被激越敞亮的乐声强烈震撼，原来小提琴如此神奇。父亲有位住在长乐路的朱姓同学，家境好，有钢琴和小提琴，见他如此向往小提琴，就邀他去家里学习，那是王金林第一次拉小提琴。几次到朱家练习后，就渐渐入谱了，他期盼拥有自己的小提琴。可是小提琴很贵，王金林就去兜旧货商店。在协群旧货商店，他认识了专卖小提琴的徐师傅。徐师傅见这小男孩如此喜爱小提琴，就教他如何辨别小提琴的音质。他还记得，自己的第一把聂耳牌小提琴就是徐师傅推荐的，由母亲和舅舅出资，花了19.5元。母亲压缩家庭开销，让他上了小提琴培训班。

就在王金林忘情练习小提琴、憧憬有朝一日登上小提琴演奏舞台时，他被分配到安徽的农场，再也不能练习。多年后，农场为丰富职工生活，成立小分队，他被选为队员。去排练的那天，王金林惊讶地发现，场医正用小提琴演奏《洗衣歌》，可小提琴放在腿上拉。他指出小提琴不是这样拉的，别人问他，你会拉？他说，我多年不拉了，试试吧。他小试了牛刀，一曲小提琴独奏《洗衣歌》震惊四座。由此成了农场的文艺骨干，并被派往上海采购了十多把小提琴。每次农场有重大庆祝活动，他领衔的小提琴演奏都是压轴节目。场领导又提出新要求："我们应该中西合璧，你会拉胡琴吗？"从未摸过胡琴的王金林，撒了一个小小的谎："我多年不拉了，试试吧。"他想办法弄到一把胡琴，每天清晨，一个人悄悄地到僻静的小树林里，对着谱子拉胡琴。可能触类旁通，一周后，王金林竟能娴熟地来段京剧《智取威虎山》中的"我们是工农子弟兵"。他又成了农场文艺小分队胡琴、口琴的辅导员，农场的文艺活动搞得红红火火，多次参与地区会演，荣获第一名。

小提琴中的大世界

王金林每年回沪探亲，最爱逛旧货商店观赏小提琴。他几乎逛遍了上海所有旧货商店，也有幸认识了上海音乐学院的谭教授。谭教授时常会指点他几招，他的演奏技能更趋成熟。

20世纪80年代末，王金林返沪，进入力申铸钢厂，住进东台路一间弄堂小屋里。一次，他在福佑路旧货市场，花60元淘得一把国产仙乐小提琴。王金林如获至宝。小提琴的音质很不错，盛夏的夜晚，家里闷热异常，他就上街乘凉拉琴，爱唱歌的邻居老陆伴着琴声放歌，成为纳凉一景，居民们很享受家门口的"音乐会"。那时的东台路，有不少古玩摊位，"淘宝"的老外不少，也被吸引过来，大声叫好并给钱。王金林解释，我们是自娱自乐，不收费的。为满足"自娱自乐"，王金林在其他方面很节俭，妻子也是毫无怨言地支持。

王金林还经常向旧货商店几位师傅学习小提琴知识和整修技法，加上自己的钻研，使他对小提琴的认知了然于胸，他的慧眼识中过不少名琴：那把用帕格尼尼头像做琴头的出自意大利克莱蒙娜的名琴，是1779年斯特拉迪瓦里的学生拷贝制作的；德国霍夫纳公司、日本铃木及上海提琴厂等出品的小提琴，都成为他日常生活中心爱的伙伴。

如今，王金林收藏了29把小提琴，每把小提琴的背后，都有悲欢离合的故事。比如一把安东尼奥·斯特拉迪瓦里制作的意大利名琴的来源就是一个曲折的故事。琴的原主人是位犹太商人，二战时期到上海避难。一次患腹泻到外国人医院求诊，钱花了不少，服药一周，非但没见好转，反而更加严重，生命垂危。危急时刻，一位中国医生用中药治愈了他的病。犹太商人为感恩，特将自己珍藏的这把琴赠送中国医生。中国医生一定要给予其两根金条才肯收下这名贵的礼物。（据说，当年共有五把斯特拉迪瓦里的琴被犹太人带到上海）20世纪90年代初，这位中国医生去世，几年后其妻病重，小提琴由此流到市面上。王金林见到这把琴时，琴头已经掉下，他非常心疼，决定买下整修，但店主的开价让他犯愁，刚退休的他，多年省吃俭用积下3 000元，远远不够，只得向母亲求助，母亲也拿不出这么多钱，又得到弟弟、舅舅和表姐的相助，才使他拥有了这把1721年制作的小提琴。

王金林声名在外，上海音乐学院小提琴制作专业评鉴学生制作的小提琴作品时，经常特聘他参与工艺和音质的评定，学生往往能从他的评定中获益良多，他本人也从小提琴中领略了丰富多彩的大世界。

乐趣相伴的幸福晚年

收藏小提琴，给王金林的晚年生活带来很大乐趣。对于上海音乐学院上门欣赏的师生，王金林总是不遗余力地展示所有，包括一整盒二十多只各个时期的口琴、二十多把胡琴，还有那把民国时期的曼陀铃、黄花梨木三弦，他的家就像一个微型乐器馆，令前来参观的师生流连忘返。

不过，遇到向他求购小提琴的，王金林总是婉拒。他说，收到的每一件藏品都能激发他的快乐，似乎能从这些乐器上读到它们原主人的个性。有位日本商人出资100万日元，求购他那把捷克出品的小提琴，但他说，每把琴都像自己的孩子，他都珍爱它们；尽管生活并不富裕，但自己的每件藏品都能激发他的快乐。

王金林和妻子李金荣有一个女儿，女儿给他们带来了两个外孙女和一个外孙，小的外孙和外孙女还是"龙凤胎"。节假日，女儿、女婿带着孩子来，孩子们欢绕膝下，让老两口充分享受天伦之乐。孙辈们没有继承外公热爱小提琴的嗜好，而是喜爱钢琴和爵士鼓，每有女儿拍摄孙辈们演奏的视频发来，老两口总要喜滋滋地观赏半天。旅游也是王金林夫妇的一大乐趣。他们曾到北京、云南、浙江、海南等天南地北领略祖国的大好河山。

平时，夫妇俩也分头找乐子。王金林照例逛旧货市场，与同好者交流收藏心得；李金荣则与老同事聚餐、K歌。晚上到家，相互交流一天的收获。兴致所致，王金林会拉上一曲，欢乐的乐曲盈满居室，向着户外荡漾开去……

采访手记：快乐的情结

我是在今年3月20日到南京东路步行街采访志愿者服务日时邂逅王金林夫妇的。排在队伍中等候理发的夫妇俩对我说，他们曾经在南京东路居住过4年，那时的每月20日他们就来此理发的，现在虽然居住在距此地较远的南车站路，但每月还是习惯赶来，并非为了节约理发费，而是因为对这里的志愿者有一份情结，被志愿者长期坚持为民服务的精神感动，也被这里的快乐氛围感染。如今，王金林也是社区的志愿者，参与社区义演和联欢庆祝活动，他是有求必应。他说："能够为他人带来快乐，就是自己最大的快乐。"

（原载2018年11月3日《新民晚报》）

董敏和"傅艺之友"

上个月，北外滩一幢大厦活动室里，傅全香越剧艺术之友（"傅艺之友"）的志愿者们，拉开了2018年研习班的大幕。领衔人是年逾七旬的董敏，她正为队员解读今年全国两会的精神。自20世纪90年代中期团队创建起，他们形成了"先学时事后习艺""用越剧艺术服务市民"的固有模式和主旋律。

铭记傅全香的教诲

董敏从小喜爱越剧，13岁就登台表演，被老师推荐到上海戏剧学院，无奈父母不同意，只得在中专毕业后进厂，后来又转入一家大型百货公司做供销。改革开放后，她成了下海经商的"弄潮儿"。

董敏结识越剧大师傅全香，颇具戏剧性。那是1983年的一天，董敏受朋友之邀参加越剧界在上海展览中心举办的联谊活动。那天，傅派迷们围住傅全香。傅全香悄悄塞给董敏一张字条，是电话号码，由此她有机会拜访傅老师。原来傅老师听了她一段唱腔，称赞她功底扎实，并对她说，一见面就喜欢她，觉得有缘分。从年龄上论，傅老师属于父母辈的，但傅老师对她说："我们悄悄地做朋友。"

1986年的一天，傅全香轻车简从，来到董敏经营的服装店。顾客和周边居民认出傅全香，喜不自禁围拢来，店铺被挤得里三层外三层，董敏非常感动，感叹傅老师真的是受大家喜爱的艺术家！

那时，董敏的生意风生水起，忙于经商的她，起先唱越剧只是"独乐乐"。20世纪90年代初的一次爱心慈善活动，使她萌发了创办傅派艺术团队的想法。那次，街道组织"为贫困家庭帮困助学"募捐活动，由她出资支持在东余杭路上海纺织党校礼堂义演，傅全香和金艳芳也来参与，观众将礼堂挤得水泄不通。董敏带头募捐，其他个体经营者和国企单位领导纷纷上台捐款，居民也积极参与。连续三场的义演，取得了很好的社会效应。

当时的提篮桥社区（今北外滩社区），老年人居多。傅全香叮嘱董敏："老城区困难家庭多，老人看戏难，要多为他们提供一些精神物质需求。"傅老师的教诲，激发了董敏做慈善和让越剧发挥"众乐乐"的热情，从此她经常到敬老院、社区义演，还与居委会签订了领养两位孤老的协议。

送戏到居民家门口

提篮桥社区热爱越剧的居民众多，但老年人行动不便，少有上剧院看戏的机会。董敏将店铺交给店员打理，脱出身，召集一批越剧爱好者，成立了"傅派票友沙龙"，每周二上午在霍山公园义演，满足居民看戏的需求。

几位"铁杆观众"常拉着董敏的手说："董老师，谢谢您！让我们在家门口就能看戏。"有位李老太，腿脚不好，每次都由女儿陪伴来，忽然有段时间不来了，董敏很牵挂。后来李老太女儿告诉董老师，老母亲已病逝，弥留之际，叮嘱女儿，一定要转告她对董老师的谢意。越剧爱好者陈阿姨患上癌症后，情绪非常低落。董敏得知后，策划举办了"弘扬奥运精神，走向健康人生"——陈阿姨专场越剧演唱会，激励她鼓起勇气战胜病魔。在团队的关怀下，陈阿姨的健康指数不断提高。

社区党员服务中心成立后，为更好地服务居民，董敏将"傅派票友沙龙"改名为"傅艺之友志愿者工作室"，傅全香对"傅艺之友"带给居民的快乐给予了充分肯定。2008年5月，傅全香亲自以普通观众身份参与"傅艺之友"座谈交流，她希望社区团队既要弘扬傅派艺术，也要认真学习各流派专长，为越剧艺术添彩。

董敏一直记住傅老师的教诲，每次活动前，先带队员学习，将文明礼仪之类用语，制作成小卡片发给队员。起先，大家不太接受，认为参加"傅艺之友"是来学戏的，何必学时事礼仪？但在董敏持之以恒的引导下，大家逐渐入耳入脑，还成了家庭、邻里的宣传员。

让戏迷过足舞台瘾

20世纪90年代后期，董敏当选为虹口区人大代表，她创新团队活动形式，在义演的同时，积极听取选民的诉求和呼声。不少老人向董敏反映，晨练人群集中的霍山公园等绿地缺少公厕。她和其他代表到现场勘察后写出书面意见，得到相关部门采纳，解决了老人如厕难的问题。社区有了文化活动中心后，为满足更多居民需求，"傅艺之友"开设辅导班，每周六下午在社区活动中心礼堂开课，戏迷们都可以上台过把瘾。每次，能容纳二百多人的礼堂都人满为患。在"迎世博600天"的行动中，连续三个月的"周周演"令戏迷过足了看戏和演戏的瘾。演出服饰是队员自费置办的，大家乐此不疲。有的说，从没想到也能上台"演一回"；有的说，上海世博会，也凝聚了我们一份辛劳。独居女士范爱娟，退休后孤寂落寞，偶然听说"傅艺之友"是温馨的团队，请求加入，从越剧入门学起，逐渐演出传神的傅派韵味。"傅艺之友"令她身心愉悦，往往此次活动才结束，已期待下次。

去年12月3日，"傅艺之友"举办"傅艺万里飘全香·盛世和鸣奏越曲"追思会专场，悼念艺术家傅全香。虹口图书馆剧场座无虚席，一曲曲傅派经典片段，感动了无数市民。

志愿服务走进北外滩

随着北外滩航运金融的发展，"傅艺之友"的服务对象有了变化，越剧爱好者呈年轻化多元化，不少大学生和白领乃至企业界人士是越剧的拥趸。他们对越剧追根溯源，更爱艺术赏析，"傅艺之友"吸纳了一批有所造诣的年轻队员。

傅全香的入室弟子朱晓平，退休前是温州市越剧团演员，多次荣获温州市、浙江省戏剧节表演一等奖，曾获上海白玉兰主角提名奖。加入"傅艺之友"后，每次参加活动，都从青浦赶到市中心，辅导队员一招一式。她说，傅派的年轻票友越来越多，她愿为传承傅派艺术尽绵薄之力。

每当举办大型演出，"傅艺之友"名誉会长薛先生都会赶来参加。他自己的厂房改建时，特地留出一个小礼堂，并添置了音响设备，团队排演遇到场地困难时，他就无偿提供使用。上海有高水准的越剧演出时，他也会买票请队员们观赏。

越剧名家史济华、陆梅英等人，也是"傅艺之友"的志愿者，他们亲临指导，激励队员德艺更上一层楼；甘于幕后"跑龙套"的孙小龙，每逢活动就放下网店业务早早到场，调试音响设备，担任舞台监督，总想为年逾七旬的董老师分担一些。

"傅艺之友"走进北外滩商务楼宇，利用白领午休间隙送戏上门，举办越剧导赏演唱会，带来的戏服道具，让白领们感受越剧的艺术魅力，为北外滩增添了一道文化艺术景观。

采访手记：不变的初心

与董敏相识二十多年了，20世纪90年代，我们一起当选为虹口区人大代表。她在人代会上建言献策，忙得不亦乐乎。她常在会议间隙，为代表们来段越剧。她提议：让市民有自己的舞台，不出社区就能看戏。

蓦然回首，如今的董敏，年逾七旬，本可在家悠闲地莳花弄草，或到国外的女儿家住上一年半载，但她遵从弘扬傅派艺术的初心，继续不遗余力地组织义演和越剧流派艺术的展示活动。她说，这是自己义不容辞的职责。

（原载2018年5月18日《新民晚报》）

郑仲英：从抗日小女兵到歌唱艺术家

歌唱艺术家郑仲英，国家一级演员，少年时代就投身抗日，在革命军队的大熔炉里锻炼成长。新中国成立后，成为上海歌剧院主要演员，多部主演的歌剧广为传唱。前几天，我再次拜访了郑仲英，领略她不平凡的人生。

13岁，冒险护送党的机密文件

郑仲英说自己还未出生就深受日本侵略者残害。1932年"一·二八"淞沪抗战爆发，还在母腹中的她就随父母逃难，3月母亲生下了第五个孩子的她；1937年"八一三"淞沪抗战爆发，她的一家又颠沛流离，她被寄养到住在圆明园路租界里的大伯家；1941年12月太平洋战争爆发，租界被日军占领，她目睹英国士兵仓皇撤退。

与英商合作做生意的大伯断了经济来源，逃难来的亲戚近二十人全部住在他家，连日军配给的霉变糙米也不够吃，还要半夜排队被编上号才能买到，小仲英也去排过队。大伯只得买来已生出小黑虫的干蚕豆，浸泡后打成糊糊给一大家子吃。她清楚地记得，那时过四川路桥、乍浦路桥必须向日本兵鞠躬，不然就会遭遇毒打甚至被狼狗咬；还有，对她最好的大哥和表哥惨死在日军枪弹下，是她心中永远的痛。从小跟着哥、姐唱《大刀进行曲》《义勇军进行曲》的她，决心长大后去打日本鬼子。

1945年春，二哥将郑仲英从大伯家约出，来到乍浦路桥上，交给她一项重要任务，让她与妈妈和两个妹妹一起送一份机密文件给抗日根据地的新四军，但叮嘱她不要让妈妈和妹妹知道。二哥将文件缝在她的衣服里打成包袱让她带上，护送她们去的是中共党组织交通员沈凡。她后来知道，沈凡是画家，新中国成立初期任上海美术家协会秘书长。当时她用的是一张假车票乘上火车的，列车员中有中共党员，查票时给打马虎眼混过了。到镇江后换乘小火轮，惊险的一幕出现了：先是伪军来检查，沈凡沉着应对，塞给伪军好处费过了一关；后来日军又来检查，枪上明晃晃的刺刀让小仲英心跳加剧，她强作若无其事，鬼子瞅东望西地没发现破绽走了，此时她才发现手心里一把冷汗。母女四人到达安徽泾县汊涧抗日根据地，她成为一名少年新四军战士，进入新安旅行团（以下称"新旅"）从事战地文艺宣传。

后来郑仲英才知道，她为新四军送的是份《全上海各仓库建筑结构图》，是准备为最后消灭日军打巷战用的。

33岁，主演大型歌剧《江姐》

1949年5月下旬，上海解放，郑仲英甭提多兴奋了，背着小马枪和背包一点不觉得累。她和新旅团员们是打着腰鼓扭着秧歌进入上海的，但团里有规定，上海兵一律不准回家。郑仲英毫无怨言，忘情地投入上海解放百废待兴的火热生活中。她被安排到杨树浦的国棉十二厂体验生活，她将自己当成纺织女工，与她们同吃同住同劳动，感情与日俱增，这段生活体验，为她以后创作接地气的文艺作品打下基础。

新旅领导选派郑仲英与其他两位团员，专程到周小燕教授家上音乐课，又请很多老师到新旅授课，他们学昆曲、京戏、民间舞蹈、民间戏曲等。有灵性又勤奋的她，很快成为团里的骨干演员。不久，新安旅行团和青年文工团、南京文工团等合并成立华东人民艺术院，1956年，又在此基础上成立上海歌剧院。

郑仲英第一部出演的是歌剧《红霞》。说来有点偶然，那是1958年她随著名歌唱家任桂珍到武汉演出，任桂珍每天两场，几天下来嗓子发不出声了，由郑仲英临时顶场，她声情并茂的演出获得观众的热烈掌声。在我国歌剧领域崭露头角的郑仲英，以后又与著名歌唱家王昆分别主演歌剧《白毛女》，她还主演歌剧《刘三姐》《两个女红军》等，并主演地方戏曲《刘海砍樵》《草原烽火》《女社员》等。

郑仲英忘情地追寻在艺术道路上，大儿子出生才56天，她就回到舞台；主演《刘三姐》时，已有4个月身孕的她，照样排练和演出，不知缘由的同事好奇地问：仲英，你怎么胖啦？郑仲英笑说：让孩子在母腹中就体验锻炼的快乐。其实，那时每排一部歌剧，总要上演一百多场，责任感和事业心容不得她有半点懈怠。到20世纪60年代，郑仲英艺术造诣日臻完美，主演大型歌剧《江姐》，她塑造的江姐形象风靡一时，成为一代人心目中的经典。

83岁，为居民带来家门口的欢乐

在纪念上海"八一三"淞沪抗战时，郑仲英的家也成为爱国主义教育课堂。愚园路第二小学三年级少先队小队请郑奶奶讲革命故事。郑仲英请孩子和家长一起到自己家，她为孩子们讲述大哥在抗日战场缴获九二步兵炮并壮烈牺牲的故事，孩子和家长都听得十分入神，末了，还觉得意犹未尽。孩子们你一言我一语很热烈，最后小胖同学说："那时武器太差了，我一定要努力学知识，长大造出更先进的武器，保卫祖国。"郑仲英很欣慰。

83岁的郑仲英精神矍铄风采依然，应了那句"革命人永远是年轻"，她将离休后的生活作为再学习提高的好时机。她到老干部大学学习书法绘画，作品得到授课老师的好评，参赛获奖；作为歌唱艺术家的她，还坚持不懈请声乐老师辅导，向乐团指挥学习合唱指挥艺术，她用自己的艺术专长给社区居民带来快乐。居民区有合唱队，郑仲英欣然成为其中一员。她指导队员声乐，还任领唱、朗诵和指挥。虽然没有合唱队指挥经验，但她善于学习、琢磨指挥要领，有时睡梦中还挥舞着双手，摆出指挥架势。那次，她辅导合唱队《我的中国心》，歌词的内涵和她的真情投入，合唱队唱出了精气神。排演结束后，队员还沉浸在爱国激情中，到了饭点也不愿散去，要求立马开会畅谈体会。她参加居民区自编自演的小品，出任剧中的"上海阿姨"，人物塑造得入木三分。居民区的文艺演出，她那高亢圆润的《我爱你，中国》《红梅赞》《北风吹》等经典歌曲总能令居民如痴如醉。

郑仲英为居民带来了家门口的艺术享受和欢乐，居民们喜爱她关爱她，天冷了给她编织一双手套，端午节做个香袋送她，儿女结婚送来喜糖，路上遇见聊上几句，她都觉得非常开心。她很感恩地说，左邻右舍给予我很多，是居民区的活动让我的离休生活很充实；她还自豪地说，合唱团的成员中，很多人成了社区志愿者。

采访手记：抗日烽火中的上海一家人

采写郑仲英有些偶然。因为要写抗日老战士的故事，我采访她的三哥郑国芳，随着采访深入，我的兴奋点不断涌现：这个原本普通的上海一家人，在祖国民族的危急关头，毅然转身成为抗日大家庭，兄弟姐妹7人，全部加入中国共产党，有5人参加抗日战争。郑仲英的大哥郑大方，18岁参加新四军，任营教导员，在与日军战斗中英勇牺牲，年仅23岁。大哥夺取的九二战炮，如今陈列在中国革命军事博物馆；二哥郑仲芳，坚持在上海沦陷区开展抗日斗争，为根据地提供了不少有价值的情报；三哥郑国芳是新四军中出色的侦察兵和情报员；大姐郑慈是新四军医护兵，荣获南丁格尔奖；两个妹妹郑国英和郑雪英参加中国人民解放军并参加抗美援朝；她的父亲郑家栋和母亲曾英也都为抗日出过力。

（原载2015年8月30日《新民晚报》）

阿拉的"老师妈妈"陈翠珍

台上，陈翠珍领衔一帮老太太伴着跃动欢快的节奏，跳着用宁波方言演唱的《小苹果》；台下，观众喝彩声鼓掌声将联欢会推向高潮。这是"2015年嘉兴社区群众文体团队迎春联欢会"上的一幕。陈翠珍向观众谢幕时，一群浓妆艳抹的女队员争相上台向她献花。大家簇拥着陈翠珍，齐声欢呼"祝阿拉的'老师妈妈'快乐！"惹得82岁高龄的陈翠珍又哭又笑的。这些阿姨虽都五六十岁，但在她们心目中，陈翠珍不仅是辅导她们文体活动的严师，更像她们的知心妈妈，每年，她们都是以这样的方式向陈翠珍表达感激和敬意的。

文体团队的"领衔人"

"编导演"兼钢琴伴奏于一身，陈翠珍是嘉兴社区合唱队、拳操队、腰鼓队、舞蹈队的核心人物。20年来，由她编排的节目有200多个，造就了一批社区草根明星；前年，她还着一身迈克尔·杰克逊的装束跳起街舞。陈翠珍没学过钢琴，很多年前送外孙女学钢琴时，她在旁"偷师"，听会了。外孙女在家练琴，陈翠珍边做家务边纠正外孙女"升调错啦、降调不对"。

每年重阳节都是社区的大节日。队员说，盼重阳节，就像全国人民盼春晚，因为她们的"老师妈妈"总会编出精彩的表演节目，让她们登台秀一回。如果是在剧场演出，那可真是一票难求啊。一些眼热精彩活动的"爷叔"也被吸引参与进来；而《小苹果》的舞者，更是年龄最大的83岁，最小的71岁，清一色鲜红的上衣配黑色打底裤，腰系白色花边围裙，堪称最炫时尚老太。老太太们自豪地说："阿拉的人生下半段刚开始。"别的团队很羡慕陈翠珍她们有好多时尚漂亮的演出服饰，殊不知这是陈翠珍的一大发明。她发现社区中不少单位办展览会后，很多布料、花纸就废弃了，很是可惜，心灵手巧的她就去捡来，根据节目对服饰的要求，指导大家裁剪缝制，既不花钱又节约资源还环保。

陈翠珍是活动团队临时党支部书记，她要求队员相互关心帮助；搞大团结，不搞小团体。拳操队员小林，老公生意做得很好，每月交给她的生活费也很可观，但小林就是开心不起来。因老公忙于生意很多时候不在家，孤独感令她忧郁。陈翠珍打电话给小林的老公，快人快语地说："你生意做得好是智商高，但你只重生意不重家人是情商低；你太太不缺钱但缺情，她更需要你的真情。"陈翠珍几番劝导，小林丈夫幡然醒悟，经常陪伴妻子逛街散步和购物，小林恢复了往日的开朗快乐。

义务理发的"贴心人"

20年前，62岁的陈翠珍第二次退休。长期担任企业工会主席的她，为职工义务理发了几十年。回到家的第二天，她就来到住家所在地庆源居委会，要求义务为居民区中的孤老、孤儿、残疾人士理发。在居委干部牵线下，她当即承包了7户9人的理发，后来人数不断增加。问她这么多年理发了多少人次，她记不清，还是居委干部大致估算了一下，总有数万人次。

陈翠珍理发有个特点，喜欢与人家聊家长里短，凭着她丰富的工作经验和热心肠，有婆媳矛盾的，媳妇会将她当作妈妈，婆婆会将她当作姐妹，经她几番调和，总能化干戈为玉帛。而她对孤老、残疾居民更是情到深处。空巢老人查阿婆夫妇都是重残人员，陈翠珍第一次上门理发，两老一定要付钱，因为以前上门理发的都收钱。陈翠珍真诚地说："我是志愿者，不收费，以后你们理发就包给我啦。"就这样，陈翠珍一直为这对老夫妻理发近十年，直至他们相继去世，查阿婆临终也是陈翠珍给理发洗发的。患糖尿病的拳操队员徐国娣，视力失明很消沉，住院治疗期间，陈翠珍每周去探望，不但为她理发，还帮同病房的病人理发。7年多来，陈翠珍几乎每天登门关心。队员有事找她，有时就直接上徐家找。徐国娣夫妇由衷地说："从陈翠珍身上反映出真正的共产党员形象。"

义务理发，让陈翠珍心中装满居民的"家谱"，细小处能发现问题。一天清晨五点多钟，陈翠珍接到电话："侬是'小娘娘'伐？"当对方意识到打错电话时就挂断了。陈翠珍却觉得声音有点熟，她想到王阿姨的丈夫患脑梗住院，电话里声音有点像王阿姨儿子。"这么早肯定有急事。"陈翠珍立马赶到医院探望，果真是病人去世了。陈翠珍比他们家的亲朋都到得早，她毫不犹豫地为逝者擦身换衣服。

幸福家庭的"掌门人"

陈翠珍有个幸福的家庭，家人对她虽常有抱怨，但还是全力支持她为居民做事。

陈翠珍80岁那年，队员们私下嘀咕着，要掏腰包为她们的"老师妈妈"祝寿，陈翠珍拗不过队员们的真情真意，同意每人出六元吃碗长寿面，讨个"六六大顺"口彩。看到队员们济济一堂，为母亲献上鲜花和蛋糕，表演母亲自编自导的节目，陈翠珍的儿子激动不已，当即捐款2万元，作为团队活动经费。演出需要旗袍和风衣，陈翠珍的媳妇二话不说，就将自己穿的两大箱旗袍和风衣送来，任队员挑选；为剧情需要，还将一件5 000多元的大衣也送来做道具；"爷叔"们演出中需要的皮鞋领带，女婿立马赶着送来；舞蹈要工艺扇，孙子就将已经送客户的扇子讨回来。

日子过得红火的陈翠珍，心中惦记着家乡。十多年前，将老家的六间祖屋捐献出来，在村里建成供人们观赏休闲的"祥秀亭"。乡亲们说，这么多年来，从这里出去的平民百姓，回家乡出资出力的，陈翠珍是第一人。对于陈翠珍的慷慨善举，她的弟弟、丈夫和儿女全都支持。

阿拉的"老师妈妈"陈翠珍，曾荣获2013年上海市杰出老年志愿者称号。

采访手记：高人气的老太太

朱哲人是位年轻的社工，现任庆源居委会文教干部。他到庆源居委会工作那年，陈翠珍77岁，令他惊讶的是，老太太步履轻盈行走快，思路清晰语速快，开展活动一呼百应。他说，陈翠珍如自家外婆般可亲可爱，但又不同于自家外婆，大家既感受到家的温暖，又受到严格纪律的约束。陈翠珍今年82岁了，但在大家眼中，她属于"革命人永远是年轻"。

舞蹈队长林云琴本来是一位外来媳，加入团队8年了。初来乍到时，有点"编外"感觉，自从遇见"老师妈妈"，不知不觉中，她完全成了"庆源人"，又成了舞蹈队长，连老公也成了合唱队的一员，现在，夫妻俩觉得每天的生活都很精彩。

一位姓王的队员说，她原是中学教师，退休后患了场大病，情绪极低落，是陈老师开导她出来参加团队活动，一年多来，她奇迹般地康复了。两位腰鼓队员说，陈老师几次要求退下来，让大家推选一位社团总领队。从理智上大家也知道陈老师年岁已高，不忍心让她再过多操心；但缺少陈老师的活动就像少了主心骨，只要陈老师一到，团队就充满欢声笑语。

一位八十多岁的老太太，为什么有如此高的"人气"？大家讲的故事不一样，但有一点是异口同声的，那就是：陈翠珍身上有着一份凝聚力。

（原载2015年5月31日《新民晚报》）

郑德仁：音符串起的精彩人生

　　闻听我国著名爵士乐大师郑德仁先生的夫人倪琴芳春节前因病突然离世，与郑老颇投缘的我，专程探望他。与夫人已入"钻石婚"的郑老，尽管夫人离去很受打击，但乐观开朗的他，每天坚持将手写的乐谱输入电脑，用英文打字书写上海音乐学院发展故事。他的心愿就是将这些珍贵的资料留给后人，也作为思念夫人的最好形式。

　　面对侃侃而谈的郑老，我不由得想起去年一个春风沉醉的夜晚我对他的采访：上海音乐厅演出大厅座无虚席，由上海轻音乐团举办的"海上玫瑰经典名曲"音乐会在这里举行。当被主持人形容为"中国爵士乐'活化石''90后'指挥"的郑德仁出场时，全场掌声雷动。91岁高龄的郑德仁健步走来，精神矍铄的他洒脱刚健地挥舞着指挥棒，以爵士乐演奏的《阿根廷探戈舞曲》《苏联马刀舞曲》，在他的指挥下一气呵成。

　　现在，我又一次聆听郑老的精彩人生故事。

中国第一代低音大提琴手

　　1923年1月，郑德仁出生于上海。祖籍是广东中山石岐县大地主家庭的郑家，到了郑德仁父亲这一代已是家道中落。不安现状的父亲瞒着家人外出谋业，16岁时考入英国人在上海开设的"太古轮船公司"远洋轮上的国际海员。

　　郑德仁的少年时代是在虹口度过的。在太古轮上工作的父亲收入颇丰，在东宝兴路虬江路的敦礼里买下一幢带有花园的楼房，那时的郑德仁过着衣食无忧的生活。说起童年，郑老绽出孩子似的顽皮笑容："我们弄堂里的一帮

'小鬼头'，到有电铃的花园洋房前，将牛皮糖粘在电铃上，电铃就一直响，人家出来开门却不见人影。夏天的晚上，就将竹榻一起放在弄堂里，躺在上面比赛谁认出的星座多。"郑德仁的父母热情开朗，与左邻右舍关系融洽。父亲每次远洋归来，总带回异国他乡的糖果点心与大家分享。

郑德仁少年时在广肇公学和粤东中学就读，喜爱拨弄乐器的他，常在弄堂里拉上十几个年龄相仿的小伙伴组成弄堂乐队，课余弄个吹拉弹唱的好不热闹。在粤东中学读书时，他被进步教师张亦庵选入童子军乐队并任军笛小队长。受张亦庵进步思想影响，他对音乐由单纯的爱好上升到对其艺术价值和对国家、民族发展重要意义的认识。

1936年，郑德仁和一些同学代表上海的学校，参加在南京举办的全国第一届童子军军乐队大检阅。蒋介石、张学良、冯玉祥等人出席检阅。

个人、家庭的命运与国家休戚相关。1932年"一·二八"淞沪抗战爆发，郑德仁的家和横浜路上的广肇公学都被日军炮火炸毁，只得举家搬迁到现今海宁路、四川北路的一条弄堂里。1937年"八一三"第二次淞沪抗战爆发，郑德仁就读的粤东中学又毁于日军炮火。为避战火全家逃难到租界，在国际饭店后面的一条弄堂里租借一间小屋栖身。

迫于上海战乱，父亲带领全家迁居香港。郑德仁来到由英国天主教会创办的学校读书，那年他14岁，参加了由中共党组织领导的"学生义赈会"。利用工余、学余时间宣传抗日救亡。返回上海后，郑德仁考入国立暨南大学附中。当时工部局乐队每周到学校辅导演出，郑德仁加入学校演奏队，学拉小提琴学吹小号，沉醉在音乐艺术魅力中。

正当郑德仁想实现读书救国理想时，太平洋战争爆发，上海英美法等租界被日本军队占领，暨南大学加盟西南联大迁居昆明。已拿到新生入学通知书的郑德仁准备随学校出发，却得到父亲工作的远洋轮失踪消息（直到5年后，才有父亲消息，船只遭到日军飞机轰炸，漂泊到了澳洲）。当时家中两个姐姐已出嫁，面对无业的母亲和还未成年的四个弟妹，作为长子的他，毫不犹豫地放弃了学业，担当起养家的重任。

郑德仁应聘到青年会图书馆当编书员，但每月50元的薪资实难养家糊口。通过音乐圈朋友介绍，跻身位于南京路、成都路处前身是"美国妇女总会"的高士满（COSMO）夜总会任乐师，月收入飙升到200多元，合同一订就是3年，当时够得上"金领"收入了。高士满夜总会有不少菲律宾和白俄乐手，演奏水平很高，乐手们经常演奏爵士乐，耳濡目染下，郑德仁爱上了爵士乐。

1943年，上海国立音乐学院（上海音乐学院前身）第一次公开招生，对于音乐的热爱和追求驱使郑德仁报考。在600位考生只录取30名的遴选中，郑德仁脱颖而出。他与其他8名学员拜在俄罗斯首席大提琴师佘甫嗟夫教授门下。教授建议郑德仁学习贝斯大提琴，是9名学员中唯一的，也是中国第一代专业学习低音大提琴的。这段求学经历，为郑德仁以后在中国乐坛事业奠定了坚实基础。

中国第一个华人爵士乐团成员

在郑德仁追寻音乐事业道路上，吉米·金是位不可或缺的人物。提起杰米·金，郑老深情难抑：杰米·金是金怀祖的英文名，毕业于圣约翰大学物理系，有显赫的家庭背景。深爱音乐的杰米·金，拜上海滩有"爵士大哥大"之称的菲律宾乐师罗宾为师。罗宾乐队是上海著名的仙乐舞厅常驻乐队。因杰米·金技艺高超，被罗宾聘为乐队的副领班兼吉他手。杰米·金的加盟令仙乐舞厅声名直上，深受宾客欢迎。作为十里洋场最好舞厅的百乐门，老板郁格非十分欣赏杰米·金的音乐天赋，力邀他加盟百乐门。当吉米·金与郑德仁他们这些志趣相投的朋友提议组建百乐门爵士乐队时，众人一拍即合。1947年，吉米·金以自己名字命名组成16人的"吉米·金乐队"常驻百乐门舞厅，这也是中国第一支华人爵士乐队，郑德仁是贝斯手，也是乐队最年轻的。是音乐学院学生的他，还从事乐队的谱曲和编曲。郑老翻开泛黄的影集，指着当年舞台上演出的乐手，很是伤感地说："如今这些人都已作古，还健在的就我一人了。"

在百乐门舞厅，有了郑德仁演奏爵士乐的黄金岁月。当时由著名作曲家陈歌辛作曲的电影插曲《夜上海》《蔷薇处处开》《凤凰于飞》《玫瑰玫瑰我爱你》之类的流行歌曲，他们以爵士乐的风格，进行创新演奏，结果大受欢迎。凡有陈歌辛为电影作插曲的，只要一上映，他们就想法直接在电影院里记谱。郑老记得，《出水芙蓉》在大光明影院首映，他一天中连续看4场忘情地速记，第二天这部电影主题曲就在百乐门舞厅奏响。吉米·金爵士乐队，深得上海市民青睐和音乐界推崇，打破了菲律宾美式爵士乐队和白俄爵士乐队在上海的垄断地位。

在上海百乐门的日子里，给郑德仁留下了不少弥足珍贵的记忆：百乐门是上海当时最高档的娱乐场所之一，到场的几乎都是达官贵人、教授学者那样的社会高阶层人士。张学良时常光顾；陈香梅与美国飞虎将军陈纳德的订婚仪式也在此举行；卓别林夫妇访问上海时也慕名到此跳舞；浪漫文人徐志摩是常客。郑老特别强调，那时候的歌星、舞女都非常洁身自好，"我和周璇、张露、李香兰、吴莺音等都是很好的朋友，有时还会一起喝咖啡、跳舞，他们的生活都很单纯，并非外界有所传闻的浮华奢靡。"郑老还说出了一段李香兰是怎样唱红《夜来香》的逸事。《夜来香》的唱红有两个偶然，那一晚，黎锦光外出散步，突然一阵清风裹挟花香拂面而来，很是惬意，顿时有了灵感，创作了《夜来香》，但因这首歌音域宽泛，请了很多女歌星试唱都不如意。这天，适逢李香兰到百代公司演唱另一首歌，黎锦光就问其是否要试唱《夜来香》，李香兰高兴地说可以啊，居然一曲唱红。

1945年春天，郑德仁去大光明电影院，欣赏李香兰独唱音乐会，担任伴奏的是上海工部局交响乐团，指挥是陈歌辛。21世纪初，有一次美国《经济日报》的记者采访郑老，请他讲述上海百乐门时代的故事，郑老找出几乎绝迹的当年那张李香兰独唱音乐会说明书。不久，这篇配有说明书的报道就被日本媒体转载。已从日本文部省长官退休的李香兰（注：真名山口淑子）见后，当即与这位美国记者联系，要求与郑德仁见面。2003年，李香兰只身飞抵上海，在著名作曲家陈钢陪同下，在下榻的金茂大厦与郑德仁夫妇见面。郑德仁奉送那张弥足珍贵的说明书，李香兰则赠予郑老一部日产照相机留作纪念。李香兰还愧疚地对当年曾经参与日本拍摄电影的文化侵略真挚地道歉。

20世纪80年代，一次偶然的机会，和平饭店总经理邀请郑德仁到和平饭店演奏，郑德仁率领一批年过半百的乐师演奏爵士乐经典名曲，中断了近40年的爵士乐再度风靡上海。当时的和平饭店，每晚都举行演奏，上海"老克勒"爵士乐队成了和平饭店的特色。来自世界各国的嘉宾，来这里欣赏他们的出色表演。1996年，和平饭店老年爵士酒吧被美国《新闻周刊》评为世界最佳酒吧之一。

中国第一个轻音乐团指挥

抗日战争胜利后，上海工部局交响乐团于1945年改建为上海市政府交响乐团（上海交响乐团前身）。郑德仁受聘成为乐团中年纪最轻的乐师。出于对爵士乐和轻音乐的热爱，他白天在乐团上班，晚上在百乐门演出，常随乐团的外国乐师参加上海英、美、法等国的外侨俱乐部沙龙乐队的演奏，将此作为学习爵士乐、轻音乐的课堂。郑老还记得当时的英国总会就在现在的上海电视台处，法国总会就在现在的花园饭店，犹太总会则在现今的上海音乐学院等。对于郑德仁这位热情好学有音乐天赋的年轻人，外国老师很乐意传授他轻音乐知识和技法，郑德仁由此从中大量汲取了从正规学院教材中难以学到的知识。

上海解放后，有人提出"上海市政府交响乐团是资本主义国家对中国进行文化侵略的产物，乐团中的中国人也是'洋奴'"，主张取缔。时任上海市长的陈毅以其卓识远见指出，上海这样的国际化城市不能缺少交响乐团，并特邀乐团到市政府演出，上海交响乐团得以保存并吸收了更多中国演奏员。郑德仁也成为国家干部，其工资级别比同级别教授高出三倍。

郑德仁在上海交响乐团任"低提"演奏师近50年，兼任上海音乐学院"低提"教授30余年。郑老感慨地说自己是幸运的，在文艺界首当其冲的"反右"和"文革"中都幸免于难。而他的好朋友、天才作曲家陈歌辛却被指创作"黄色"作品扣上"右派"帽子，当时有嫉妒郑德仁的也要追查他的问题，是时任上海市文联副主席、《红日》的作者吴强"郑德仁只会埋头工作，哪有什么黄色作品"的一席话，令他逃过一劫。还有造反派要抄郑德仁的家，是著名作曲家、中国第一部新歌剧《白毛女》的曲作者，也是瞿秋白侄子的瞿维，挺身而出阻拦了正要出发的造反派。多年后，郑德仁与陈歌辛的儿子——著名作曲家陈钢共事，每每谈论起陈歌辛，总是惜叹其英年早逝；感激其对吉米·金乐队的巨大影响。

郑德仁素有"中国轻音乐之父"的享誉。那是1956年8月，他随团赴北京参加全国音乐周，毛泽东主席发表了文艺"双百"方针的讲话。不久，上海音协组建全国第一支以演奏轻音乐为主的管弦乐团，由郑德仁负责组团并任指挥兼作曲。郑老透露了一个细节，原来乐团拟定名"上海通俗音乐团"，他觉得这名字有点俗，根据英语"Light music"，认为不妨叫"上海轻音乐团"，他的建议获得批准。

对轻音乐深有造诣的郑德仁，除将大量外国名曲名歌改编成轻音乐外，更多的是自己创作、发掘、改编中国各民族音乐精华。《新春圆舞曲》《江南好风光》《彩云追月》等大量轻音乐曲应运而生。1958年，郑德仁在兰心大戏院指挥乐团举行全国首次轻音乐演奏会；同年指挥乐团首次在上海电视台演播轻音乐节目。令郑老记忆犹新的是1959年为庆祝新中国成立10周年，上海轻音乐团赴南京演出。这次原本打算演出一场，只张贴了一张海报，未料南京市民表现出了"我为轻音乐狂"的热情，他们在剧院内排演，外面排队购票的人，整整绕过了两条马路并源源不断。为了满足南京市民的要求，他们一连演出了5场。1963年，第四届"上海之春"的轻音乐专场演出，引起轰动，人们被其艺术魅力倾倒。

誉满艺坛的音乐大师

尽管工作繁忙演出繁多，郑德仁还是挤出时间从事乐曲改编和创作，有《火把节》《彝族舞曲》《采茶灯》《春之舞》等多部作品，其中低音提琴改编曲有《南泥湾》《瑶族舞曲》《卡比契协奏曲》《小步舞曲》等。郑老一直工作到70岁才正式退休，退而不休的他还在上海音乐学院教授大提琴。郑老幽默地形容自己"经常骑着自行车赶场子，老有所乐、老有所为嘛"。从1985年起，郑老编曲、指挥录制了8张爵士CD在全国发行。第一张由台湾巨石唱片公司邀请他录制的《疯狂的爵士》，一经问世便受到空前的热捧。2007年，他与上海著名歌唱家纪晓兰共同率队赴香港演出，反响热烈；同年9月起，上海东方艺术中心力邀他推出"周末爵士音乐会"，不少青年听众成为郑德仁的铁杆粉丝。他与纪晓兰一起组建的上海海邻爵士乐团，以传承和创新海派都市文化为宗旨，专演海派经典爵士，先后参加上海世博会、上海国际艺术节等重大演出，被誉为"上海顶级爵士乐团"。2013年5月，90高龄的郑老还作为艺术指导和爵士乐指挥参与在东方艺术中心举办的"老上海经典名曲演唱会"，由著名歌唱家朱逢博担任音乐总监的上海轻音乐团，演奏原汁原味的百乐门爵士乐曲。同年底，郑德仁在东方讲坛主讲"百年老歌——中国流行歌曲探源"。郑老叙述流畅，精彩故事迭出，听众在其引领下共享其音符串起的精彩人生。

郑德仁可谓桃李满天下，总政解放军军乐团、北京中央歌剧院、上海歌剧院、上影集团等都有他的学生。低音提琴演奏家陆元雄是其"关门弟子"。陆元雄是中国第一位以低音提琴荣获国际比赛大奖的演奏家，也是第一位以低音提琴进入美国职业交响乐团的东方音乐家，同时是第一位担任美国低音提琴教授的中国音乐教育家。2007年6月，陆元雄与上海交响乐团合作举办"魅力低音提琴音乐会"。这次演出也是表达他对当年在"上音"接受郑德仁授课恩典的衷心感谢，他特地演奏一曲郑德仁配乐的《草原之歌》，向恩师表示深深的敬意。

相关链接：郑德仁是国家一级演员，民主促进会成员。他有一个幸福美满的"音乐之家"，夫人倪琴芳是钢琴演奏家，大女儿专事竖琴，二女儿教授钢琴，小女儿演奏大提琴。她们在音乐事业中都有自己的建树。

（原载2015年4月3日《联合时报》）

为了袁雪芬院长的嘱托

——"贺老六"饰演者史济华的故事

　　1960年，史济华主演越剧《十一郎》，在美琪大戏院一连演出半年，迎来了他艺术的辉煌时期；他主演越剧《红楼梦》中的贾宝玉，是最早的越剧贾宝玉男小生；他与女主演卢成惠的一段"洞房成亲"唱腔，灌成中华人民共和国成立后越剧男女合演的首张唱片；中国第一部彩色宽银幕戏剧电影《祥林嫂》在国内外好评如潮，由他饰演的贺老六，成为家喻户晓的角色，人们都亲切地称呼史济华为"贺老六"。

大师送戏到社区

　　几个月前的一个周六，提篮桥社区文化活动中心挤满了越剧迷。台上，国家一级演员、著名越剧艺术家史济华声情并茂地介绍着越剧的发展历史，演示各类越剧流派的唱腔特色；台下，观众如痴如醉。

　　史济华到社区为居民义务送戏我早有耳闻。开朗幽默的他笑称自己"心中镌刻着一抹'虹口情结'"。原来，1967年至1980年，史济华在虹口区四川北路大德里4号居住，常在弄堂对面的群众影剧院演出。散场后，观众团团围着他，请求指导的、索取签名的、想要合影的，久久不愿离去。史济华经常有些无奈地说："我还要赶去买菜做家务啦！"观众也七嘴八舌："我们帮你去买菜。""我们帮你做家务。"那种真情流露和对越剧的热爱，令他感动。史济华调侃自己是弄堂里出了名的"模范丈夫"，因妻子身体不好，他几乎包揽了家中"买汰烧"。他会戴上袖套和围兜，边做家务边忘情地练唱、背台词。他家楼下经常集聚着一大批听众，静静地欣赏，时而爆发出喝彩声。那情景，史济华至今说起还是很动容。

2012年以来，只要在上海，几乎每周六史济华都会到提篮桥社区的"傅艺之友"为越剧票友辅导、为社区居民送戏上门。他说："我乐意做这个社团的义务艺术顾问。尤其是今年市民文化节活动，宣传我国非物质文化遗产的保护发展，民族文化、民族戏曲也是重要方面。我要为越剧艺术的普及提高、为丰富社区居民的精神文化生活尽绵薄之力。"居民陈建玲一家三代都是越剧迷，特别是她80岁的老母亲，追星史济华几十年。那天，听说史老师到提篮桥社区演出，家住南汇的她冒雨赶来，终于与偶像面对面。史济华与她握手，亲切地称呼她"妈妈"，还与老人合影，老太太满脸绽放幸福的笑容。史济华颇有感触："观众没忘记你，是你作为演员的最大幸福。"

从"贺小六"做起

史济华是新中国成立后第一代越剧男演员之一。周恩来总理生前倡导越剧男女合演，这成了激励史济华弘扬创新越剧艺术的动力。20世纪60年代，周总理数次出访回国途经上海，挤出时间观看越剧并接见演员。一次，周总理看了史济华主演的现代戏《迎新曲》，称赞说："你演得好、唱得好，但我希望能把优秀传统的唱腔保留下来，巧妙地运用到现代戏中来。"袁雪芬等老一辈艺术家探索越剧男女合演成为越剧发展的里程碑，也造就了史济华等优秀的越剧男演员。

史济华先承徐派，后师范派，"生旦净末丑"，角色全在行，被人们誉为"千面小生"。史济华深情地回忆：敬爱的周总理和邓大姐分别在不同的场合对我指示，要继承弘扬和发展越剧艺术。最令史济华难忘的是在中南海邓颖超对他说的话。那是1986年春天，袁雪芬带领他们十几位青年演员拜访邓大姐。史济华清楚地记得西花厅的海棠花正开得红艳艳，仿佛欢迎他们的到来。他们既兴奋又拘谨，邓大姐慈祥地将当时还不多见的腰果分给他们吃。当介绍到史济华就是电影《祥林嫂》里的贺老六时，邓大姐风趣又语重心长地对他说："你是'贺小六'，你的老师范瑞娟是'贺老六'，要虚心向范老师学习。"气氛一下子活跃了起来。从此，史济华在艺术探寻的道路上，甘于俯首低眉从"贺小六"做起，终以厚实的造诣成为越剧艺术家、国家一级演员。

2000年，史济华退休后到香港女儿家中住，60岁学吹打，又学起粤剧。2002年，他创新"越、粤组合版"《梁祝·楼台会》，剧中梁山伯角色是越剧、祝英台是粤剧。史济华作曲，将属于两个领域的唱、念艺术融合再创作。香港著名作曲家顾家辉观后评论：两个剧种衔接得非常自然贴切。史济华率"越、粤组合版"《梁祝·楼台会》赴加拿大演出引起轰动。《温哥华太阳报》头版用整版篇幅并配以史济华的大幅照片进行报道。

为了那份嘱托

史济华现在是香港艺术发展局顾问、审批员。在港人气足、收入不菲的史济华重返上海并下到社区，有人不解："他为啥要放弃在港赚钱的机会，来上海教越剧？"甚至有人猜测："他在香港混不下去了？"对坊间种种评说，他淡然置之。史济华在上海戏曲学校教越剧，还在上海越剧院带教青年演员。他对我道出缘由："我之所以要港沪两地奔波，只因心中承载着袁雪芬院长的嘱托。"袁雪芬院长生前对我要求："你到香港将家中的事安顿好就回来，越剧男女合演的戏要传承下去。"

为了袁雪芬院长的嘱托，史济华注重培养年轻人，他说男演员要建立自己的声腔。他不仅无偿为经济困难的青年演员和学生辅导，还自掏腰包请他们吃饭。"我有的是力气！"这句贺老六的经典台词，史济华常挂在嘴边。他觉得自己为培养年轻人有使不完的力气。史济华收8岁的陈珂菡为关门弟子。在社区义演中，陈珂菡演唱"哭祖庙"，每次都博得喝彩声一片；上海华东师范大学的男青年副教授张子洋拜受史济华指导饰演花旦，他演出"阳告"一幕，将越剧甩水袖功夫表演得淋漓尽致，赢得全场掌声雷动。"我有的是力气"的史济华，将自己的艺术积淀源源不断地输送给年轻人和社区居民。

（原载2014年12月7日《新民晚报》）

曹雷：精彩不只在舞台

人物链接：20世纪60年代，电影《金沙江畔》《年青的一代》脍炙人口，女主角扮演者曹雷给观众留下难忘的印象；80年代起，曹雷在《茜茜公主》《爱德华大夫》《鸳梦重温》等上百部译制片中任配音演员，以多重色彩和气质的声音，塑造了性格迥异的角色。此后，曹雷还担任了上海电影译制厂导演。

2014年上海书展降下帷幕不久，满身还弥漫着书香的曹雷在寓所接受我的专访。

书展期间，曹雷的日程排得满满当当，在陈丹燕《永不拓宽的街道》新书发布会上，她声情并茂地为读者朗诵；沪台《双城故事》新书发布会上，曹雷作为主持人，深情地讲述第一次到台北时看见很多女性穿旗袍，情不自禁想起小时候看见妈妈穿旗袍很美的身姿，从豆浆里品味出的乡愁感受到沪台之间文化的交融和影响……精神矍铄、举止优雅的曹雷，总能激起读者强烈的共鸣。

生活　彰显魅力人生多风采

曹雷很"潮"，上微博、阅读电子书、周游世界旅行。她说微博能更快地听到朋友、观众对自己表演艺术的评论；电子书储量大携带方便，排演间隙、旅途候机取出就能读。问曹雷现在读哪一类的书，她说爱看《译林》杂志、爱读世界文学名著，最近她重读了英国哈代、德国托马斯·曼的作品，她还爱读儒勒·凡尔纳的科幻小说。那是小时候就喜欢的，现在重读还是兴趣益然。

曹雷出生于1940年，其父曹聚仁是我国跨越政治、历史、新闻和文学"四界"的著名爱国文化人士。热爱戏剧的父亲希望曹雷成为演员，还在她小学一年级时，为她写过一篇《我要当个演员》的演讲稿。

旅行　划出美丽人生风景线

曹雷酷爱旅行，为上百部外国影片女主角配过音的她总说，旅行中能追寻到银幕里的踪迹。曹雷家有块白板，上面满是异国风情的冰箱贴，一旁的玻璃橱中亦摆满来自世界各地的小摆件。曹雷信手拿起一件说："这块茜茜公主的冰箱贴是从奥地利茜茜公主生活过的皇宫带回的。"见我对一套小瓷杯碟有兴趣，她介绍说，杯碟上是莫奈的油画《睡莲》图案，是在爱丁堡参观莫奈画展时带回收藏的。

曹雷旅行有个特点，不买名牌包包和服饰，就爱选购富有当地特色个性化的小玩意。看眼前的曹雷，蓝底白花蜡染的短袖上衣是中国元素的展现，黑色宽松的棉质长裤飘逸洒脱，居家休闲的装扮，出现在曹雷身上，雍容典雅，犹如被艺术细胞浸润过。

二十多年来，曹雷与先生李德铭（笔名林霏开，我国著名的集邮家）周游世界五十来个国家。他俩遨游在古代文明发源地之一的尼罗河上，呼吸俄罗斯乡村的清新空气，在美国经历了神秘冷枪杀手出没的恐怖……客厅挂着一幅海浪拍岸的油画，这是曹雷在黑海边克里米亚旅行，从一位女油画家那里买下的作品。或许都是从事艺术的，虽语言不通却有心灵感应，女画家能感受曹雷对这幅油画的真爱，开价100美元，曹雷还价80美元，女画家很爽快地成交啦。几年前，曹雷将当时的旅行历程，写成了《随影而行》一书。

艺术　演绎绚丽人生新篇章

曹雷热爱生活，舞台上"假戏真做"，生活中引领艺术。年逾七旬的曹雷调侃自己，在一些剧中是"敲边鼓的"，但很开心。2013年至2017年，上海话剧艺术中心特别推出"经典戏剧·上话重译"系列，曹雷加入其中。

去年6月，上海话剧艺术中心隆重推出俄罗斯著名作家契诃夫经典大戏——话剧《万尼亚舅舅》，曹雷饰演奶妈。剧情有奶妈切面条，舞台上她能快速地将真的面团切成匀称的面条；剧中奶妈还要织毛衣，她就将生活中编织毛衣的本领带上舞台。曹雷一位在摩洛哥生活多年的朋友，去年到上海观看了《万尼亚舅舅》后，大为惊叹：这部话剧太震撼人了，难怪满座。

话剧排演间隙，曹雷居然还编织了不少帽子、围巾送给剧组人员。《万尼亚舅舅》的导演是斯坦尼斯拉夫斯基的嫡传——俄罗斯著名导演阿道夫·沙彼罗（Adolf Shapiro）。大导演收获了曹雷的两顶帽子和一条围巾，今年又来上海排戏时，他幽默地对曹雷说："去年莫斯科的冬天非常寒冷，我的帽子和围巾令同事们羡慕不已，纷纷问我，这么漂亮的帽子和围巾哪来的？我自豪地告诉他们，这是我的'中国奶妈'织的。"

曹雷得意地说，儿子小时候的衣服都是她做的。今年初，她为先生织了件毛线外套；沙发上史努比和狗狗图案的十字绣靠垫，也是她绣的。曹雷说，先生喜欢史努比，虽然她不养宠物狗，却也喜欢狗。抱着靠垫的曹雷，孩子般顽皮地笑了。

公益　展示快乐人生新奉献

曹雷热爱公益。性格爽朗，为人坦诚的她，尽管排演档期非常满，但只要是社会公益活动，就算挤时间也要参加。但对有些商业气息很浓的活动，出场费虽高，她却不感兴趣。她觉得自己并不缺钱花，但生命有限，还是要多做些自己觉得有意义的事。

去年，电视台做了一档如何预防阿尔茨海默病的节目，曹雷曾在法国和美国影片中为此类患者角色配过音，电视台请她当嘉宾。主讲专家给曹雷做了记忆测试，发现她在同龄人中，绝对属于好记性。曹雷以背台词现身说法，老年人每天一定要给自己一些兴奋点刺激大脑。她现在排戏、录音、朗诵，排得很紧凑，不仅因为自己热爱艺术，也为了锻炼记忆。每天临睡背几遍台词，起床前背诵几遍诗歌，重复地在脑海中刻下印记，演出时，台词自然说得很流畅。

　　61岁的黄宗慧女士，患多囊肾透析已五年，每周一、三、五必须去医院。从小热爱表演和朗诵的黄阿姨，非常崇拜配音艺术家，长久以来的心愿就是能亲眼一睹偶像的风采。曹雷得知后，敬佩黄阿姨坚强向上的精神，非常乐意与黄阿姨见面，还拉上好搭档童自荣，专门在上海电影博物馆与黄阿姨面对面。抑制不住激动的黄阿姨在"偶像"面前朗诵了普希金的《致凯伦》。曹雷说："对一位业余爱好者，朗诵可以是一种自娱自乐，不用讲究水平、条件如何，随时可以开展，如能从中得到快乐，有益身体健康，就是艺术最大的功效。"曹雷和童自荣两位艺术家，为黄阿姨圆了个美丽的梦。

（原载2014年9月21日《新民晚报》）

第三辑

军魂烁金

英 勇 女 八 路

英勇女八路，是谁？是同济大学离休干部，94岁的刘志强。

不久前，我荣幸地见到她。老人家精神矍铄，谈吐流畅。我得以知晓她过去的女八路经历。写成此文，与读者共飨。

1928年，刘志强出生在山东海阳市徐家店镇嵩夼村一个贫穷的家庭。她的父母拼命劳作却养不活自己的孩子，13个孩子中有7个悲惨地死去，又遭遇日寇侵略残害，日子苦不堪言。

抗战进入最严酷时期，八路军13团和14团及骑兵连来到刘志强家乡开展敌后抗战。八路军宣传抗日救国，纪律严明、待人和气，帮助农民干农活，让老百姓有了盼头。刘志强的家也住进了八路军。她和村里上不起学的穷孩子，都到"抗日小学"上学，她还是体育委员，每天早操带领学生边跑步边高呼"打倒日本帝国主义！""打倒汉奸汪精卫！"

村里成立了农救会、妇救会、青救会、儿童团等组织。13岁的刘志强在村里站岗放哨。在八路军带领下，军民多次粉碎日伪军的"三光扫荡"。她因表现出色，15岁就成为女民兵队长和青妇队骨干，带领村子里的大嫂们、姑娘们，做军服军鞋、收缴军粮等，支援八路军在前方打胜仗。

刘志强还带领女民兵和青妇队员，在八路军指导下，学习制作地雷。用作雷弦的线令人叫绝，有用马尾巴毛做的，有用姑娘长辫子发丝做的，其特点就是不易被察觉，一触即爆。他们协助八路军埋设地雷，日伪军来"扫荡"，被炸得人仰马翻。曾经有部脍炙人口的《地雷战》电影，就是以她的家乡海阳市为原型拍摄的。

抗日战争胜利前夕，战场急需卫生员，区民兵队的刘志强被抽调到八路军16团，参加战地医疗救护培训后，被安排到海阳市徐家店的中华医院工作。1945年底，八路军开展冬季大参军活动，刘志强家兄弟姐妹6人有4人参加了八路军，她还带领村上的四个姐妹参军。刘志强原名刘崇善，她认为当八路军，首先要意志坚强，就为自己改名刘志强。

刘志强被分配到胶东军区电话电报总局电话排一班学习。战争中的电话女兵，不似我们在影视剧里看到的，就是跟随首长在指挥部接线，这仅是工作之一，她们还要干竖立电线杆、架设电话线之类的事。战场上，没有男女性别之分。

上机前，首先要弄懂电话总机的性能结构，学会维护修理。尤为重要的是须在短时间内背出电话号码。为防止敌人破坏，部队经常更换号码，甚至今天晚上刚换过号码，第二天早上又换新号码了。战争要求她们具备过目不忘的本领，并及时把号码纸处理掉。刘志强废寝忘食，吃饭走路在背，熄灯了打着手电还在被窝里背，她的接线技能崭露头角，被批准提前独立上机。

她还跟着老战士刻苦地学习架线、排除故障的本领。那次，部队在胶东与国民党军队战斗，指挥部的电线杆被敌军机炸坏，她与男战士一起扛起电线杆就走，竖立好电线杆后，她穿上大铁鞋立马爬上电线杆架线。待她下来后，一群好奇的村民围住她：看你的外表和利索劲是男的，听你讲话的声音是女的，原来你是了不起的女八路啊。为方便工作，她将头发剪得很短塞进帽子里，村民误以为她是男战士。

刘志强不恐高能爬杆，得益于她在家时"野孩子"的习性。每到青黄不接，她爬上榆树、槐树，摘树叶给家里度饥荒。发现鬼子来"扫荡"，她背起弟弟飞快地逃进山里，练就了身手敏捷的功夫。那次部队转移，有电话零件忘了带上，她主动返回去拿，到手后飞快地跑，适逢一颗炮弹在身边爆炸，幸亏她反应快，随着炮弹气浪顺势卧倒在地而安然无恙，只是被蒙了一脸的烟灰。

电话员的工作与前方作战紧密相连。作战参谋在前方指挥，总机开通，她就得全神贯注，几乎听到的同时手里已接上线，且绝不能接错。战斗越激烈紧张，作战参谋的嗓门就越大，还会发脾气骂人。有次，刘参谋在电话里斥责她："你要死啦，我枪毙你！"她觉得很委屈：你这里要快，其他首长也要快，我已尽最大努力啦。

战斗结束后，刘参谋找到她，满怀歉意地说："小刘，那天是我不对，不该粗暴地责怪你！"又恳切地说："我们接线员的分秒之差，前方的战士可能倒下一大片。我就是急啊，死去的战士就像亲兄弟！请你原谅。"

刘志强听了刘参谋的一席话，热泪夺眶而出，他讲得在理啊。她情不自禁地想到自己三叔的儿子，以及村里一起参加八路军的十几个年轻人，壮烈牺牲在战场上。她的委屈瞬间释怀，坚定地表示："刘参谋，我明白了，我向你保证，一定不出差错！"

战役开打后，战事瞬息万变。那次战斗，国民党军机对我军指挥部又是扔炸弹，又是机枪扫射。刘志强与其他接线员坚守岗位沉着应对，战斗胜利结束后，才发现房顶、墙壁上的弹洞和地上的弹壳。前来庆贺胜利的老百姓说，八路军不分男女都很厉害！由于她在战斗中的出色表现，于1946年被胶东军区电话总局评选为模范电话员，并于同年9月加入中国共产党。

不久，刘志强又随部队参加孟良崮战役。整个战役中没有丝毫差错，圆满完成了任务，获得首长赞誉。她还在本职工作外，全力帮助老乡抢收小麦。孟良崮战役胜利后，她受到军区通令嘉奖，奖品是一套崭新的农具。这套农具送到她父母那里，全村为之轰动，她父母享受模范军属荣誉。

此后，刘志强又随部队参加了淮海战役，并多次调动工作。她始终秉持"东西南北中，听任党调动"的理念，在每个岗位上都取得了不凡的业绩。

在中国人民解放军建军95周年之际，谨向英勇的女八路刘志强致以崇高的敬意！

（原载2022年7月31日《劳动报》）

顾治本：亲历开国大典，我自豪

在举国欢庆新中国成立70周年的日子里，当年参加开国大典接受检阅的情景，播放电影般一幕幕清晰地在顾治本脑海中浮现。今年88岁高龄的他说，他此生最自豪的就是参加了1949年10月1日在天安门广场举行的开国大典。

见证新中国成立

1949年的10月1日，一直让顾治本记忆犹新。这天上午九时，卡车载着激情满怀的他们，行驶到长安街东单牌楼附近的指定地点集结。他们属于军事院校方阵，前面有红旗队方阵、仪仗队方阵、大炮队方阵、坦克车方阵等；后面是持枪的部队方阵，再往后是工人、农民、机关、学生等方阵，游行队伍浩浩荡荡，人们的脸上都洋溢着喜悦，期待着激动人心的时刻。

中午，丽日当空。首长要求大家吃饱干粮、精神抖擞整装待发。下午三时正，嘹亮的军乐声在天安门广场响起，紧接着激越高昂的国歌奏响，顾治本心潮澎湃，这时，一个声音响彻天安门广场，那是毛泽东主席用他的湖南口音铿锵有力地大声宣布："同胞们，中华人民共和国中央人民政府今天成立了！"瞬间，人群沸腾了，顾治本热泪盈眶，向徐徐升起的五星红旗行注目礼。天安门广场附近的百万群众欢呼雀跃，口号声、鼓掌声此起彼伏经久不息。

下午四时，游行队伍开始接受检阅。顾老说，尽管他们那时正步走方阵，是穿着球鞋的，没有如今的部队足蹬高筒皮靴走方阵的装备，但他们的脚步同样"咚、咚、咚"地非常响亮有节奏的。经过两个多月的强化训练，行动自如，步调一致。由东往西向天安门方向行走。每个参加检阅的人，全神贯注保持动作与方阵队列一致。行将经过天安门城楼时，只听指挥一声令下："向右看，正步走！"大家"刷"地一下，齐崭崭地将头转向天安门城楼行注目礼。顾治本眼睛瞪得大大的，想看清毛主席与其他领导人，尽管距离太远，只看到他们影影绰绰的身影，但在现场见证了新中国成立的伟大时刻，这永远镌刻在他心中。

列队训练特精神

在以后很长一段日子里，参加开国大典接受检阅的一幕幕，不断地在顾治本眼前重现。他为自己成为解放军战士，能参加开国大典自豪。

顾治本说，自己很荣幸。1949年7月，他在北平通县中央军委总后勤部所属专业军械学校学习，被选入参加列队训练。那天，他们这些从500多名学员中遴选出的144名参训者，组成了方阵列队。当首长宣布"交给你们一项非常重要的任务，参加开国大典接受检阅"时，入选者都为获得这一殊荣欣喜若狂。

从这天起，顾治本他们投入艰苦严苛的训练中。来自五湖四海的学员，几乎都是参军不久的新战士，没有经受过高强度的训练，长时间机械重复地正步走非常疲惫，颈部和四肢都是僵硬的，但只要想到肩负着见证新中国诞生的庄严使命，都迸发出再苦再累也能挺得住的精气神。在小组学习讨论中，大家还相互指出训练中的不足之处，晚上自由活动，再到操场上自纠动作。

那时，学校吃的都是粗粮，南方战士吃不惯，但原本体质单薄瘦长个子的顾治本，吃着粗粮伴着高强度训练，体格却健硕硬朗了，正步走时脚底嗖嗖生风，从还不成熟的青年学生蜕变成为仪表威武素质良好的军人。

转眼，到了九月下旬，队列操练更紧张了，几乎整天都在操场上练习正步走。那种严格严厉，顾治本至今难忘。比如跨步的大小、甩手的高度等，要求整个方阵完全一致，哪怕有一人有一丝差池，方阵就要重新操练一遍，真正做到无可挑剔。9月29日，顾治本他们的方阵通过验收，获得了正式参加开国大典接受检阅的入场券。

北上领受新任务

顾治本很庆幸自己参加了解放军，才有机会亲历开国大典。那是1949年5月中旬，华东军区后勤部一个连的解放军进驻了上海市七宝农业职业学校（现今七宝中学）。在这所学校读书的顾治本和同学们兴高采烈地欢迎他们，要求参加解放军。

顾治本于1931年出生在江苏昆山，父亲是建筑师，母亲是昆山县培本小学的校长，幼年的他生活无忧无虑。"八一三"淞沪战争爆发，他家居住的北栅湾全部毁于日军炮火，父亲为自家设计建造的七幢住宅楼也尽成瓦砾，一家人颠沛流离，生活难以为继。

1948年初，顾治本的二哥参加了解放军，受二哥影响，他懂得了不少革命道理，所以很顺利地被批准参加解放军。就在准备随部队南下参加解放福建的战斗时，他与其他十几名战士接到赴北平的命令。他们乘坐的这列军车从上海一开出，就受到国民党军机的跟踪、俯冲和扫射。在常州附近，机车头被打坏，火车司机受伤。列车停了下来，但按部队规定，任何人都不能离开自己的车厢和座位，以免暴露军车，部队会遭受更大损失。三天后，他们终于安全到达目的地——北平通县解放军军械学校。

由于顾治本学习努力，积极上进，尤其是参加开国大典操练中的出色表现，在军械学校，他第一批被批准加入新民主主义青年团。不久，他被分配到中央军委总后勤部秘书处秘书科任见习科员；1954年初，又被选派到上海空军政治学院高级理论班进修。转业后，顾治本到地方从事教育工作。因为他家庭复杂的海外关系，顾治本的入党愿望经受了长久考验，但他的入党追求矢志不渝，终于在1985年5月成为一名中国共产党党员。顾治本在教育领域辛勤耕耘几十年，直至1991年12月离休。

晚年有乐乐不停

离休后的顾治本，几乎没"停"过，起先应邀到业余学校任教，彼时，正是业余学校的兴旺期，为在职人员"充电"，他乐意。之后，他连续五届被离休干部党支部选举为支部宣传委员，为履行好这一职责，他订阅了十多份报刊，每天看新闻，做读书笔记。还学会了上网查阅资料用电脑写文章。多次荣获区教育系统"园丁奖"和"老干部工作先进个人"荣誉。

顾治本还有自己的养生秘籍，他经常参加区委老干部局组织的多种兴趣活动组，如桌球、摄影、歌咏、门球和桥牌等。随着年龄增加，他由多样化转向精品化，对愉悦身心的桌球初衷不改，每周有三个上午参加桌球锻炼，与"同好"打球品茶，乐此不疲，自觉体力增强，思维清晰。

携夫人蔡秀娣畅游国内外，也是顾治本晚年生活的重要部分。近三十年来，他俩的足迹踏遍大半个中国，游历过二十多个国家。夫妇俩育有两个女儿，小女儿和女婿在美国，是从事计算机软件开发的工程师，数次接父母到美国探亲，陪伴他们从东部旅游到西部。如今，父母及至鲐背之年，小女儿就每晚与他们视频，每年回国住上一个月陪伴父母。大女儿家与父母家是"一碗面"距离，小辈们隔三岔五来照料父母。家有如此孝顺优秀的女儿，令顾治本夫妇的晚年生活有滋有味，怡然自得。

采访手记：日记本里的家国天下事

顾治本的书橱里，有几十本日记本，那是他从20世纪70年代中期开始记的，一直坚持到如今。他的日记很有特色，家事国事天下事都涵盖其中。每天阅读的报刊、收看的电视新闻，他会记录下来并配上自己的评论；社会上的事、单位里的事、家中的事，也会记在日记里。絮絮叨叨的文字，尽显他的生活轨迹。几年前，他根据日记和记忆，写成《恬淡之路——我的回忆录》。他说："我深知自己的一生是平庸恬淡的，即使写出来也未必有人要看，但我还是要写。不为别的，就是为了让家族后代对我们这一代人的生活方式、理想信念有比较全面的认识。"

笔者倒觉得，这是留给后辈一笔不菲的精神财富。

（原载 2019 年 10 月 7 日《新民晚报》）

陆里乔:"党史爷爷"的初心

"'党史爷爷'常说:'回望我的人生历程,是党教育了我,是部队培养了我,不忘初心,履行党员的义务和职责,是我一生的坚守。'"仙霞新村街道居民口中的这位"党史爷爷"就是的80多岁陆里乔老人。大家都说,他的可贵之处在于,不但自己坚持学习,还带领大家共同学习。

不拿薪的党员干部

今年,85岁的陆里乔,还有其他众多"头衔":上海百老讲师团成员、街道党课报告中心组成员、街道"关工委"中心组成员……20年来,他在多种场合义务宣讲近九百次,多次荣获街道优秀共产党员称号和长宁区授予的多种荣誉称号。

去年,陆里乔围绕中国改革开放40年,在社区、企业、学校宣讲。从人们的衣食住行和综合国力提高的翔实事例切入,归纳上升到理论层面,浅入深出的讲课,赢得大家的一片掌声。

1994年,陆里乔退休。有宽裕时间的他,带着对社会变革的思考,通读了不少马列著作、党和国家关于改革开放的理论和政策;研究哲学、宗教、社会科学等;他还到老干部大学学习书画。20世纪90年代末,按退休干部党组织关系属地化的要求,他到自己所在的街道报到,组织科同志热忱地邀请他为社区党员上党课,他爽朗地承接了任务。陆里乔可能自己也没想到,这一讲就是20年,他也从"年轻"的老人渐行至耄耋。

陆里乔的课很受欢迎,他成为社区"名人",大家尊敬认可他,选他为仙二居民区党支部委员并任副书记,成了不拿薪的党员干部。随着社区退休党员的剧增，他又被选举为党总支副书记。如今，他已"卸任"，成了"党史爷爷"志愿者。

经常有人不理解地问他："你都是八十多岁的老头啦，还忙乎什么？"对此，陆里乔坦然地说："上了年岁的人，记忆力衰退、行动迟缓是不可抗拒的，但我不能忘记共产党员的初心。"陆里乔乐意与年轻人交朋友，仙二居委会有好几位年轻干部都是他的好朋友。有时在路上遇见，他也会叮嘱几句，激励他们向党组织靠拢，在社区工作中有所作为。在他的引导下，这些爸妈眼里不懂事的孩子，都成了居民称赞的好干部，有三位80后居委干部递交了入党申请书。

不收费的社区老师

21世纪初，两个"两个文明"建设蓬勃开展，在陆里乔的倡议和带领下，他所在的居民区创建了首个居民读书会；2008年，世界性金融危机中，党员的思想认识有波动有争议，他又领衔成立了居民区第一个党史学习会，每月两次讲课坚持至今。陆里乔为社区居民讲课，用的是自编教材，但也并非"一招鲜，吃遍天"，而是根据听众需求，因事、因人解读辅导，这增加了讲课难度。为此，20年来，他从未中断为自己"充电"。他与妻子居住两室一厅，其中一间是他的书房。

环顾书房，书报杂志堆得满满当当，最引人注目的，是他的读书笔记和讲稿。他自制二十多本书，我看到书脊上有《党史》《思考》等。书里面是一本本中学生做作业的练习簿，每本一个专题，写满工整清秀的字，估算一下足有四百多万字。他的书橱里、书桌下堆积着分门别类的三百多本剪报。陆里乔自喻书房为"三方书屋"。原先这间是儿子一家三口居住的，他只能将三平方米的阳台搭成书房，读书、写讲义都在里面。如今，儿子一家住进新居，他终于有了真正的书房。以前在单位任职时，陆里乔是大型国企公司宣传部部长，有多种可供学习的书籍、报纸和内参资料；有到上海图书馆、社科院、党校听课的便利。在社区里，这些优势条件不具备了，但并不影响他学习、思考、宣讲的党员责任意识。他坚持自掏腰包，购买学习资料。在社区里，陆里乔不但是讲台上的老师，也是居民身边的榜样。那次居委会进行"红色"作品情景剧排演，剧中角色全由居民担任，陆老师也是剧中一员，且是年龄最大的。排演中，居民有的要照看第三代，有的要买汰烧，请假的较多。那几日陆里乔正发高烧，硬撑着一丝不苟地全程参与排演。陆里乔深深感染了其他居民，大家齐心协力圆满地完成排演任务，在参与长宁区的展演中，他所在的居民区的节目荣获一等奖，还被选到上海教育电视台拍摄播映。

不褪色的军人情怀

陆里乔记事时，正是日军占领上海的年月。年少的他，一次经过法华镇种德桥路时，目睹日军士兵对一个中国人拳打脚踢，再把他扔到河里，见其在挣扎，又捞起狠命地打，再扔到河里，狂笑着看其死亡的行径。这让他一下子理解了大人说的"亡国奴"滋味。1949年初，国民党军为抵抗人民解放军的进攻，强迫每家出一个壮丁挖战壕，否则就要每天交一块银圆。陆里乔只得去挖战壕，身板单薄的他，数次受到兵痞的鞭打。

新中国成立后，陆里乔义无反顾地报名参军。1950年底，他被分配到中国人民解放军防空军干部学校。1955年4月，成立空军高炮105师时，他成为师直雷达站的技师，后任站长。雷达在当时属于高科技的军事装备，由于表现出色，他于1956年6月成为中共党员，后在空军高炮五师任雷达参谋。

陆里乔在部队一干就是20年，守卫过祖国的海防前线，参加过援越抗美战斗，两次荣立战功，还曾有与死神擦肩而过的经历。他说，是部队锻炼培养了自己严谨认真的工作作风。他讲述了一件很小的事：一次，黄明甫副师长找他，指出他写的材料字迹太潦草，并说，材料是给别人看的，今后的字应该写得端正，部队的每项工作都容不得马虎。这位参加红军长征时是"红小鬼"的老革命，成了他以后一丝不苟的工作和多为别人着想的标杆。

这种标杆的激励，在家庭遭遇不幸时他还坚守着。1984年，他刚满20岁的女儿在上班途中遭遇车祸，与亲人永别，噩耗传来，妻子林美珍当即晕倒。事故因后门女售票员的失职引起，如果他起诉，女售票员不仅会被单位除名，还可能面临刑事处罚。当得知女售票员也年仅20岁时，他强忍悲痛劝说妻子:"我们女儿的生命已无可挽回,这女孩今后的人生道路还很长,你是人民公安(曾是福州市公安人员),我是人民战士,我们就原谅这个女孩吧,让她吸取教训,将以后的人生道路走好。"公交公司的领导和女孩为他的境界和胸怀而动容。

采访手记:接力棒

去年,我在上海市民文化节市民写作大赛颁奖会上,邂逅了陆里乔老师。屈指算来,我俩已有十多年未见面。20世纪八九十年代,我曾任企业的宣传科长,他是上级公司的宣传部部长,每月为我们二十多家下属企业的宣传科长进行学习辅导。他鞭辟入里、侃侃而谈的学习辅导,结合我国改革开放大局,贴近企业发展实际,起到为宣传干部答疑解惑、厘清思路的作用。退休后,陆里乔老师接过了社区党建的接力棒,继续为大家说党史、讲党课,但记忆力有时为难他,有几次讲课遭遇"卡壳",却又因他烂熟于心的备课内容和丰富的讲课经验,只见他端起茶杯喝两口水,平复一下情绪,很自然地就连接上了内容,又将听众带入思考和享受的境界。现在令"党史爷爷"最高兴的是,他的讲党史志愿者接力棒,也正在"党史后辈"的传承进行中……

(原载2019年6月29日《新民晚报》)

把胜利的腰鼓在上海打响
——曾任上海市军管会接管干部的郑家兄弟姐妹忆往事

70年前的上海，有这样一个家庭，妈妈被人称作英雄母亲，她把七个儿女都送上了战场。老大在抗日战争中牺牲，老二是战斗在隐蔽战线的中共党员。家里另外的三兄妹、堂哥、表哥都是解放上海时解放军军管会的接管干部。他们中有人乘坐第一列从丹阳直接驶进上海市区的火车参加接管，他们也把胜利的腰鼓打进了上海……

近日，笔者辗转找到91岁高龄的郑国芳、87岁的郑仲英兄妹，听他们讲述接管上海往事。

乘坐首列火车入沪

解放战争时期，郑国芳在华东野战军从事机要技术工作。解放军胜利渡江后，开始做解放上海的战前准备。在丹阳集结时，陈毅司令员对即将参与解放上海的全体指战员做了总动员，并从机关选调一批上海籍干部充实到军管会，到上海执行接管任务。16岁就入党，经历过抗日战争和解放战争的郑国芳，作为上海籍干部，也成了军管会一员，听命于华东局社会部副部长梁国斌的指挥。梁国斌在出发前的动员会上严肃地说："你们都是从机关抽调的对上海熟悉的干部，我们进入的是'冒险家乐园'的上海，接管的是国民党警察局和特务机构及高级官员的财产，一定要严格按照政策规定行事，不得有丝毫的疏忽。"

在梁国斌带领下，郑国芳他们于5月27日从丹阳坐火车到上海，这也是解放上海时，第一列从丹阳直接驶进上海市区的火车，一路上还遭遇小股敌人，时有零星战斗，火车开开停停。在火车上，梁国斌召集接管干部，再次强调《入城纪律》和《约法八章》。火车驶入上海北火车站停下，梁国斌指挥大家整顿军容军纪，高唱着《解放区的天》出现在市民面前。火车站附近还有国民党的散兵游勇，用枪逼迫一些烟纸店主交出钱财后逃窜。解放军发现后立即追击，夺回钱财交还店主，市民都赞扬解放军是仁义之师。

在郑国芳记忆中，接管是有条不紊顺利完成的。根据任务安排，他们进入国民党铁路局机关大楼，此时，国民党官员已无踪影，整幢大楼内纸片、文件、货物散落得一片狼藉，他们将这里所有财物包括房子造册登记后，立即进入福州路的国民党上海警察局，召见代局长陆大公等人，向他们宣布接管上海的命令，并对京沪杭警备司令部副总司令宣铁吾和国民党上海警察局局长毛森的高档住宅进行接管。郑国芳他们住的是条件简陋、费用低廉的小旅馆，面对高档住宅内的咖啡、奶粉及大量精美点心，他们不为所动，依旧吃部队炊事员从很远的地方挑来的粗糙饭菜。郑国芳说，他们兜里是没有钱的，不逛商店不买东西，步行去办事，市民送来鸡蛋、糕点、水果等，他们都婉言谢绝。

秘密执行欢迎任务

南京解放后，郑仲英所在的第三野战军文艺部队——新安旅行团（以下简称"新旅"）来到丹阳，接受上海解放的接管任务。在军管会文艺处处长夏衍的指示下，他们排练了《进军腰鼓》《解放花鼓》《买卖公平》等节目。5月29日，新旅团员乘火车从丹阳出发，途中创作人员即兴谱写了歌曲《在前进的道路上》，大家兴奋地习唱起来。进入上海后，又换乘解放军刚缴获的美制十轮大卡车。所到之处都是欢庆解放的市民，都是"解放区的天是明朗的天"的歌声。

7月6日，在当时的跑马厅（今人民广场和人民公园），上海隆重举行庆祝解放军入城和上海解放大游行，新旅的腰鼓队也在游行队伍中。街道两旁挤满观看游行的市民，连大楼的窗户里、阳台上也是人头攒动。郑仲英自豪地打着腰鼓，情不自禁地回想起1948年初春，新旅团员到黄河北部濮阳华野总部驻地慰问演出，陈毅、粟裕等首长都来观看。团员们借老百姓的铜脸盆，用灯芯抹上油串起点灯，营造火树银花的景象，与战士们联欢打腰鼓。陈毅表扬他们：新旅打出了我军的威风，打出了人民的欢乐；你们要将腰鼓打到南京去，打到上海去。

腰鼓队从淮海路打到外滩，又从外滩打到南京路。傍晚时分下起了大雨，游行队伍都被淋湿了，但大家欢乐的情绪丝毫不受影响。这时，有位接管干部过来，请新旅团员上国际饭店14楼。陈毅市长正在宴请上海各界人士，见到新旅团员，热情地招呼大家，你们衣服都湿透了，进来开点"洋荤"，吃点蛋糕咖啡吧，然后给我们宴会表演点节目。尽管头发和衣服都是湿漉漉的，团员们却精神抖擞地表演了多首歌曲，赢得阵阵掌声。郑仲英说，他们这些土不拉几的团员，都是第一次到国际饭店，兴奋不已。

新旅驻地在淮海中路1449号（今法国驻沪总领事馆），距郑仲英的家不太远，但部队有纪律不准回家。虽然非常想念亲人，但大家都自觉执行纪律。不久，团员们被分布到多家工厂深入生活。被解放军接管的工厂，首先废除了抄身制度，恢复了生产。郑仲英他们5人在被誉为"红色堡垒"的国棉十二厂，与工人同吃同住同娱同劳动。她在筒子间劳动，即将结束时，他们分别写下自己所在劳动车间的花鼓词，郑仲英写的是党员周龙娣师傅的事迹，五人的作品合起来就是《歌唱十二厂》的花鼓，并在《解放日报》上发表，他们又辅导工人排演，效果很好。

在国棉十二厂期间，郑仲英他们还与工人们一起到提篮桥监狱，敲锣打鼓地迎接被敌人迫害关押的工厂地下党员和工人代表出狱。他们还看到了另一幕，在监狱里的汪精卫妻子陈璧君，她被单独关押，神情黯然，有书报供她阅读。大家纷纷议论，这个出卖国家民族利益的汉奸，终于得到应有的报应。

解放初期的上海，形势依旧严峻，电厂、水厂等民用设施多次遭遇国民党军机轰炸。"二·六"大轰炸发生后，苏联空军来到上海协助防空。那天，郑仲英和几位女兵接到一项保密任务，奉命来到江湾机场后，才知道是欢迎苏联空军。连续几个晚上，每批都来了十多位飞行员。第一次看见这些蓝眼睛黄头发高鼻梁的外国人，女兵们新奇又崇敬地将鲜花献给英雄的苏联飞行员。这项任务当时是保密的，直到这次接受采访时，郑仲英才透露。

文工团俘虏军乐队

郑国芳、郑仲英的堂哥郑冶和表哥江有声，都是20世纪40年代初期参加新四军的，当年也都亲历了上海接管的接管干部，遗憾的是，他们都在去年去世了。

上海解放前夕，郑冶是解放军第20军58师文工团团长。据郑冶外甥回忆：曾经听爸妈说过，舅舅在上海解放前夕，还指挥文工团俘虏了一支国民党的军乐队，舅舅他们边押着俘虏行军，边宣传解放军的政策，还向俘虏学习乐器演奏。天资聪明的舅舅，是在行军途中提高乐器演奏造诣的。上海解放时，他押着国民党军乐队俘虏进城，将这些专业人员送交政府。郑冶也获得了进入上海音乐学院学习的机会，后来成为国家一级音乐指挥。

江有声是郑家的远房亲戚，从小无依无靠，善良的郑家父母让他生活在自己家里，一直到参加新四军。擅长漫画的江有声，解放战争时期，在山东中共领导的《大众日报》任美编，上海解放时，他随《解放日报》进入上海，担任报纸美编。

郑国芳、郑仲英的堂姐郑少茹和堂姐夫陆文达，都在20世纪40年代初加入中共，从事隐蔽战线工作。上海解放时，他们参加了上海电信局的接管。

接管医院成立大学

郑国芳、郑仲英的姐姐郑慈和姐夫许高群也是上海解放时的接管干部，他们的女儿许敏回忆了已故父母在上海解放时的接管情况。当时，郑慈是三野卫生部医学院门诊室长兼教育干事。1941年参加新四军，1942年16岁就入党的郑慈，曾荣获新四军的南丁格尔奖。1949年3月，郑慈赴北平（北京）参加全国第一次妇女代表大会，受到毛泽东主席的接见，并在大会上作交流发言。许高群时任三野卫生部医学院政治指导员、副教导员，上海军事管制委员会后勤部第四接管处联络员。5月27日黎明前，郑慈、许高群随三野卫生部乘汽车进入上海。他们接管的是江湾五角场原国民党国防医学院（此时已溃逃台湾）校舍，和国民党联勤第二总医院的全部设备及院长和医护人员四百多人。

解放了的上海百废待兴，急需专业人才。接管干部根据陈毅市长的指示，召开座谈会，向医院在沪人员说明我军将在原国防医学院旧址筹建华东军区人民医学院，请他们积极参与并推荐教师。同年9月，华东军区人民医学院成立。开学前后，有一些已在台湾的原国防医学院的学生，听到陈毅市长的讲话和号召，逃回上海来上学。1950年10月，更名为上海军医大学，1951年7月，学院正式定名为中国人民解放军第二军医大学。

郑家的英雄母亲"曾大姐"

上海解放了，对郑家来说，本应是团聚欢乐的日子，其实不然，因为郑家的长子郑大方，1939年18岁时参加新四军，同年入党，23岁英勇牺牲在抗日战场。次子郑仲芳，1939年17岁时，由文化名人王元化介绍加入中国共产党，长期在上海坚持斗争。多年不知家人音讯的郑国芳，到上海市政府打听二哥郑仲芳的消息，这才得知，二哥已是中共黄浦区委副书记、组织部部长。兄弟俩见面，二哥拥抱着他激动地说，看见你活着回来真好。哥俩来不及多说几句，二哥就被工作人员唤走。在上海的三个月中，郑国芳只见过二哥两次，都是没说上几句话就匆匆道别。

郑国芳见到父母，是在完成接管任务即将离开上海时，才被获准回家的。由于工作性质规定，必须有一位同志陪同回家，见面时间仅为1小时。那天，他兴冲冲地赶往石门二路707弄56号的家。离家时，才五六岁的小妹郑雪英，已经不认识眼前的三哥，倒是二妹郑国英一下认出他，兴奋地奔向楼上告诉父母。郑国芳这次回家，没有见到也已进入上海的姐姐郑慈和大妹郑仲英，她俩也是在进入上海几个月后才得到批准回家的。那次回家，郑仲芳和江有声都来家了，熟悉上海的二哥特地带他们几人，到位于西藏路北京路的五洲大药房楼顶上拍摄照片。

郑国芳和郑仲英说，见到多年没回家的儿女，父母却并不喜形于色，他们的表现犹如儿女下班回到家。朴实的父母，一直认为儿女们投身革命理所应当。

在儿女们心目中，母亲曾英是伟大的女性，即使收到大儿子牺牲战场的消息，她还是毅然将其他儿女送入革命队伍；得知次子从事的工作，随时可能牺牲，她依然让他在家召开秘密会议，并为其掩护。受哥哥姐姐们的激励，1949年6月，15岁的郑国英和13岁的郑雪英也参加了解放军，并抗美援朝，几次险些牺牲在战场。

曾英在解放初期就出来工作，她是上海第一代居委会主任。20世纪50年代两次出席全国烈士、军属社会主义建设积极分子大会，人们亲切地称这位"曾大姐"是英雄母亲。

（原载2019年5月26日《新民晚报》）

向能春：从"娃娃兵"到大导演

　　出生于1938年的向能春，是湘西龙山县大达乡山寨里的土家族人，13岁就成为抗美援朝的文艺兵。日前，我来到向能春老师家采访，茶几上的一沓照片好像讲述着当年一个个感人故事，有与战友们的，有与文艺界同事、朋友的，还有他在多部戏剧演出中的剧照……我被其中那张画面模糊泛黄的《为朝鲜孩子报仇》剧照吸引，向能春的故事也由此开始。

勇敢的"娃娃兵"

　　解放军在湘西剿匪时，向能春正在镇上读小学四年级，他参加了儿童团，担任团长。那年，解放军宣传队为迎接新中国一周年国庆，排演话剧《战斗里成长》，他被选中演"小石头"角色，大家都很喜欢这位小演员。抗美援朝热潮掀起后，他哭着闹着坚决要求参加中国人民志愿军。队长向首长求情，宣传队需要小演员，向能春这才随宣传队跨过鸭绿江来到朝鲜。他并不知道，大哥和堂哥也参加了抗美援朝。

　　进入朝鲜不久，向能春就目睹许多被美军军机炸毁的房屋，炸死的朝鲜老大爷，白色的衣裤上渗透鲜血，旁边坐着的阿妈妮（老大娘）怀抱一个赤裸上身的小女孩，蓬乱的头发下是一张被熏黑的小脸。问讯阿妈妮才得知，小女孩的父亲是朝鲜人民军战士，战争初期就已牺牲，母亲带着大点的孩子支前修公路去了……听着阿妈妮的控诉，看着战栗的小女孩，他的心灵被强烈震撼，泪水夺眶而出。

　　向能春在朝鲜的第一次演出，饰演的就是《为朝鲜孩子报仇》中的朝鲜儿童。当他唱起"到哪里找我的爸爸妈妈呀，美国大鼻子杀死了爸爸妈妈""志愿军叔叔快来救救我呀……"的歌词时，眼前不断闪现小女孩的悲惨场面，泪流满面的他完全进入了角色。

《为》剧连演七十多场，每到一处，指战员和朝鲜民众都是含着热泪观剧的，有的"阿妈妮"甚至把向能春当作朝鲜孩子紧紧地搂在胸前，有的战士采来野花献给他。"独臂将军"师政委彭清云夸奖他："小鬼，你这戏等于向敌人扔了颗重磅炸弹……"师部给他记三等功，他还荣获了朝鲜军功章，成为宣传队入朝后首位立功的战士。那年，他才13岁，人们称赞他是勇敢的"娃娃兵"。

向能春还和队员们到火线前沿为战士巡回演出。有一次演出中，敌人进攻，掩蔽的洞被炮火炸塌，战士们用身体护住向能春，冲出去击退敌人后，又返回继续听他唱单弦说快书；有两位战士埋伏在距敌人碉堡几十米的地方，没法看演出，向能春就在连部通过电话轻轻地为他俩唱《王大妈要和平》；还有一位身负重伤的战士，牺牲前还唤着向能春……

在战场上，宣传队员同样避免不了流血与牺牲，五十多位队员入朝，有七位长眠在朝鲜。向能春多次与死神擦肩而过，他说每次都是大哥哥、大姐姐队员舍身掩护他的。讲述中，向能春几度哽咽。一次，两辆卡车载着他们去执行任务，他坐在第二辆卡车顶上，突然遭遇美军飞机轰炸，第一辆卡车被炸翻，两位女队员当场牺牲；而他在帮助部队登记牺牲烈士时，意外发现堂哥向能祥在天德山战斗中英勇牺牲。

学雷锋演雷锋

1954年底，向能春随部队凯旋，彭清云将军要求他去读书。他报考中央戏剧学院华东分院（上海戏剧学院前身），以扎实的表演功底脱颖而出。他是所有录取学员中文化程度最低的小学毕业生，但向能春硬是以超越常人的毅力，抓紧一切时间刻苦学习文化基础知识和戏剧表演理论，在校领导和同学的无私帮助指导下，终于以优异的成绩从上戏毕业。

进入上海戏剧学院实验话剧团（上海青年话剧团前身），向能春在《雷锋》《年轻的一代》《战斗的青春》等二十多部戏剧中担任重要角色。在话剧《雷锋》中饰演雷锋，其艺术造诣和思想境界都获得升腾。他说："是雷锋精神激励我塑造了雷锋形象。"剧团连轴转每天演三场，没有 AB 角。一段时间演下来，向能春的嗓子哑了，因为上台要化妆，皮肤因为过敏，也疼痛刺痒难耐。剧团领导知道后很心疼，特别申请了两只皮蛋让他润润喉（其实，并不知道皮蛋是否有润喉功效）。周恩来总理到上海文艺界视察时，得知此事，专门指示化妆品研究小组攻克这一难题。当年周总理的关怀，激励他终身学雷锋"为人民演好戏"，他以出色的表现成为中共党员。

剧团需要导演，向能春又倾情导演了《东进！东进！》《万水千山》《吝啬鬼》等二十多部中外名剧。还导演了反映改革开放初期农场职工艰苦创业的《在这片土地上》，进入中南海汇报演出，受到时任中央领导的习仲勋、万里等人的亲切接见和充分肯定。

1993 年，在"上戏"任演员、导演、艺术室主任的向能春退休了，扮演过雷锋角色的他，投入了社区学雷锋志愿者服务站，担任"文体委员"角色。他说，服务居民也是"学雷锋"。比如居民区步行道如何美化、健身器材怎样满足居民需求、水景区资源如何利用等事务，他都热心地出谋划策。

老年人的"向导"

从单位退休后的向能春，在艺术探索创新的道路上未退休，他笑说现在的自己比上班时更忙。他导演滑稽戏和越剧，写作电影剧本、导演方面的论文等。向能春导演的第一部滑稽戏是《假夫假妻》，由杨华生、绿杨、王汝刚主演，上演后，广受观众好评。绿杨对他说："向老师，阿拉佩服侬！"多年来，向能春导演的滑稽戏、话剧、越剧、文艺晚会等，多次荣获全国和地区及市级的奖项。他更是上海滑稽剧团"双字辈"演员们认可的导演与朋友。一次，童双春和李青到社区义演，高兴地称其为"向导"，还与他拥抱，居民这才知道，原来向老师还是"上戏"的名导。

向能春居住在新泾镇，他的家庭是上海市"五好家庭"。在社区文明创建中，他家是上阵父子兵、义演夫妻档。儿子向学军在外资公司任职副总，尽管经常奔波国内外，却热心组织一支以南洋新都、中华园居民区为主的"南洋篮球队"，还曾在全市50支社区居民团队比赛中荣获冠军。向能春与夫人蒋玲娣都是社区文艺活动的积极参与者，在合唱队里，他是成员兼指挥，夫人担任电子琴伴奏。他的一首诗朗诵《抹不去的乡愁》，在长宁区举办的市民诗歌大赛上荣获三等奖。夫妇俩在家的常景是：他放声高歌，夫人钢琴伴奏。他携夫人参加由上海文广集团离退休老艺术家组成的合唱团，由他担任艺术指导。最近创作的《老之歌》，还在上海市政协联欢会上朗诵，获得好评。居民们亲切地称呼他"向导"，还常说，"向导"夫妇俩的幸福晚年写照，对老年人有"向导"作用。

　　每逢节假日，儿子儿媳和孙女，总是陪伴老两口旅游度假。说起孙女，夫妇俩抑制不住自豪，孙女从小就参加过不少电影的拍摄，在当年上海申办"世博会"的公益广告中也露过脸。如今，孙女在英国爱丁堡大学留学，专攻艺术史，常与他俩视频对话，给他俩的晚年又增添一份快乐。

采访手记：最可爱的人

　　童年时，我就崇拜解放军，经常想象解放军叔叔挎着枪纵身越过大河追击敌人。向能春说，当年，他穿着长及膝盖的肥大军装随部队到达安东（今丹东市）时，两位正张贴支援抗美援朝标语的"红领巾"，见到比他们个头矮的他，立正向他行少先队礼说"向志愿军叔叔学习"！那一刻，他作为军人的荣誉感、责任感油然而生。这种情感一直伴随他以后的人生。"莫道桑榆晚，为霞尚满天。"晚年的向能春依然崇尚雷锋"为人民服务是无限的"，他初心不改自称"老兵"。而我，崇敬解放军情结依然，更用"最可爱的人"的英雄事迹激励自己、激励读者。

（原载2018年12月1日《新民晚报》）

刘光军：幸福的百岁老战士

在庆祝建党97周年的日子里，百岁老战士刘光军常会哼唱几句当年征战南北的革命歌曲。尽管因患白内障，他的视力模糊，但他听觉敏锐，护工阿姨读报，每有读不出的字，他便会接上。在他儿子刘聿的陪同下，我听刘老讲他的故事，也有幸听他完整地唱出《在太行山上》《抗大校歌》。这是老人以自己的方式庆祝我党诞辰纪念日，也庆祝自己入党80周年。

回望革命征程

刘光军出生于1918年7月，祖籍广东韶关。韶关是中国革命起步较早的地方，他的父亲在县政府任职，是位爱国开明人士。刘光军上有三个哥哥，下有三个妹妹。早在20世纪20年代，大哥刘梦晖、三哥刘如心已是中共党员，从事党的秘密工作。

1937年"八一三"淞沪战争爆发，在大哥的带领下，除七岁的小妹，他们兄妹六人都踏上了抗日征程。父亲尽管万分不舍，但深知国家兴亡匹夫有责，拿出了家中所有积蓄给儿女们做盘缠。二哥刘复英则放弃学业，赶回国直接到武汉参加抗战。刘光军他们原计划奔赴上海参加淞沪抗战，却因一路上火车遭遇日寇军机的狂轰滥炸，走了近一个月，才到达武汉。在八路军办事处，他们受到罗炳辉将军的热情接待，了解他们的意图后，罗将军鼓励他们去延安，并亲自为他们开出介绍信，分两批向延安进发。刘光军于1938年年初到达延安，开始了他的革命征程。

刘光军是抗大第五期学员，聆听过毛泽东同志的报告，1938年10月加入中国共产党。抗大根据党中央到敌后办学的精神东进太行山，刘光军就成了强渡黄河的先遣队员。在太行山，他参加过百团大战；在邢台地区，他担任过武工队长。随刘邓大军挺进大别山，解放鲁西南，又随第二野战军解放重庆市、川东、川南等地区。1949年后，刘光军被刘伯承司令员任命为川东公安厅三处处长。

寻访抗大旧址

1983年，刘光军离休了，他开始实施多年的心愿——寻找当年抗大总校的遗址。他与当年同在抗大的战友王造明一起，自费来到河北邢台浆水镇，1940年11月至1943年1月，抗大总校正是设立在此。

刘光军背着军用水壶和书包，从上海乘绿皮火车坐硬座到邢台。因为当时这里还未修建公路，刘光军不顾长途劳顿，在火车站买几个大饼充饥，步行几十里山路进入大山沟。

刘光军找到时任邢台县广播局局长的王丙元，在他的协助下，来到土岭村。这里是1942年日军袭击于家沟邢东党政机关的地方。村中许多老人向他追述了那次战斗，赞扬八路军用鲜血和生命保护老百姓的英勇壮举。

刘光军来到浆水镇南峪村，村里不少老人一眼就认出了他，因为当年他就住在老乡家里。他向老乡们讲了自己的想法，与他们一起回忆踏访现场，找到了不少抗大的旧址，如设在前南峪村的抗大总校、在浆水镇的抗大政治部、在河东村的抗大供给处、在桃树坪的抗大医院……这对刘光军而言，是极大的鼓舞。以后，他每隔二三年，就去邢台浆水镇一次，陆续确认了当年抗大总校领导罗瑞卿、何长工、滕代远等人的旧居；又联系到抗大总校领导的后辈和一些战友，收集物品提供给陈列馆筹备处，为浆水镇建立抗大纪念馆出了大力。1997年，一座全国建馆时间最早、规模最大，全面反映抗大校史的陈列馆，在前南峪村建成了。

创建抗大研究会

2016年是中国人民抗日军政大学建校80周年的年份，刘光军拿到由抗大陈列馆出版的"纪念特辑"时，心情格外激动，因为这里也凝聚了他的心血。1991年3月10日出版的《邢台学报》，有篇"抗大精神研究会部分发起人简介"，刘光军的名字亦在其列，而上海抗日军政大学研究会的发起成立，则是由他与抗大战友傅泉促成的。当时电脑还未普及，为了联系战友，他俩不辞辛劳地写出一封封信；缺乏经费，他俩骑着自行车，到刘光军离休前的工作系统化缘；没有场地，在赴革命老区援建希望小学时，有缘结识同去援建的上海普陀区职工大学领导，校领导当即拍板，腾出一间办公室无偿提供给上海抗大研究会。

2015年，在纪念中国人民抗日战争胜利70周年的日子里，97岁高龄的刘光军，满怀激情写出当年鏖战抗日战场的回忆文章，连续两期在上海抗大研究会创办的《抗大之光》上发表；他还接受延安电视台"口述红色岁月"节目组的采访，一小时的讲述中，提供的一些细节，有重要史料参考价值。

刘光军告诉我，当年八路军的115师、120师、129师，"师"是用英文字母D表示，比如115D、"旅"是B、团是R、集团军是AG，填补了我的一项知识空白。

营造幸福晚年

刘光军热爱生活，兴趣广泛多才多艺。

他爱旅游。夫人王均燕退休后，他携夫人重走当年战斗路，一年中总有半年在外，寄情红色根据地的乡亲和山水，八十多岁，他们还回到家乡韶关、上过太行山。王均燕说，那年到"挺进大别山"战斗故地缅怀，刘光军腿脚利索地登上山顶，将同行的人远远地甩在身后，其他游人见状，纷纷赞扬他老当益壮，听说他是抗日老战士，游人自发列队热烈鼓掌向他致敬。刘聿说，老爸之所以身体健朗，与他长期步行是分不开的。1999年，过去的战友在北京相聚游览长城，时年81岁的刘光军足蹬"老头大皮鞋"，率先登上八达岭烽火台。

他爱摄影。在抗日战场上他曾缴获过一部日本照相机，拍下很多照片，还学会了暗房技术自己冲洗，如今，这些照片成为珍贵的资料。抗战胜利70

周年时，他将照相机捐赠给中国人民抗日战争纪念馆。

他爱烹调。煲汤做菜很拿手，是"家庭煮夫"，一直担纲家中的大厨，夫人和孩子口福不浅。有战友来家拜访，他更是热心下厨，做出拿手好菜请大家共享。

他爱装裱。在老干部活动室，他热衷为其他老干部的书画作品装裱，自我调侃是"掏糨糊"。夫人爱好书法，每有佳作，他就装裱好挂在家中，共同欣赏。

他爱射击，经常参加射击训练。当年在战场上，他就以好枪法，赢得战友们赞誉。晚年在老干部实弹打靶比赛中，取得10发98环的优秀成绩。

他更爱足球。早年在教会学校读书时，校长是意大利人，青睐足球，组建学校足球队，他是守门员，被同学们唤作"铁门"。如今，每逢有足球赛总不落下。世界杯足球赛，往往是半夜比赛，他们一家子半夜看球赛呐喊助阵，耄耋的刘老兴致不减。

去年，他的家乡举办诗会"诗颂百岁革命老人——刘光军"，在众多诗作中，那首"征程留下延安迹，热血奔波华夏方；但愿功臣仙道骨，夕阳不落更红光"，或许更能表达人们对这位百岁老战士的真挚祝愿吧。

采访手记：子承父业

"六一"儿童节前，在刘光军入住的华东医院干部病房里，我对刘老说："您是返老还童的老寿星，祝您儿童节快乐！"刘老绽放顽皮的笑容："你们记者就是会兴花头，也祝你儿童节快乐！"多么可爱慈祥的老人。因经常采写老战士，我有机会认识刘光军的儿子——上海抗日军政大学研究会副会长刘聿。子承父业，他也是传承红色文化的志愿者，他们父子的感人事迹，促使我三次拜访刘光军父子，相信革命老战士的故事，对后人定有励志作用。

（原载2018年6月29日《新民晚报》）

鏖战长空扬国威

——南京军区空军原副司令员韩德彩中将的传奇故事

韩德彩，出生于贫苦农家，只上过一年学的新中国年轻的空军战士，抗美援朝中第一次参加空战，一举打下2架美国入侵军机；不久，又击落美国"双料王牌"飞行员，时年仅19岁，飞行积累不足一百小时。此战震惊了美国，轰动了世界，打出了中国国威，打出了中国军威。这一战例，还被作为空军航空大学的经典教学案例。从不谙世事的放牛娃，到中国空军最年轻的战斗英雄，他走过了怎样的历程……

泗洪抗灾难忘军民鱼水情

"今年是建军90周年，你应该写写我们的军民鱼水情关系，中国革命之所以能取得胜利，就是'军民团结如一人，试看天下谁能敌'的伟大实践的胜利。"在韩德彩将军的寓所，听说我的来意，将军首先说了这段话，将军的人民情怀令我肃然起敬。随着交谈的深入，我对将军"军民关系"的论述有了切身体会。

韩德彩将军的人民情怀，最早来源于他参军初期，驻地老百姓对解放军的深情厚谊。他回忆起小时候的悲惨生活，出生在安徽凤阳的他，有姐姐、弟弟和三个妹妹，因为养不起，父母只得忍痛将一个妹妹送人；寒冷的冬天，全家人蜷缩在唯一的破被子里，没有一件像样的衣服；年幼的他渴望读书，只念了一年私塾，家中实在无钱供他读书，只得去放牛。每年青黄不接时，他和弟妹就跟着母亲逃荒讨饭。"说凤阳道凤阳，凤阳本是好地方，自从出了朱皇帝，十年倒有九年荒；大户人家卖田地，小户人家卖儿郎，老汉没有儿郎卖，身背花鼓溜四方"，将军说这首凤阳民谣，就是他们当年逃荒讨饭的真实写照。

淮海战役的胜利，韩德彩的家乡获得解放，才16岁的他瞒着家人坚决要求参加解放军。"那时只想报毛主席、共产党的恩，当然也想为贫穷的家里减轻点负担。"韩德彩如是说。

刚参军时，韩德彩当区委书记的通信员，区委书记很喜欢这个机灵勤奋的部下，但韩德彩不愿待在区里，坚决要求到部队上前线打敌人。适逢皖北军区到地方招人，他被军区录取，到了新兵训练团。在训练团，他懂得了不少革命道理，认识了参军的意义。他们住在老百姓家，见到村民总是热情招呼，挑水、劈柴、扫院子抢着做，胜似一家人。至今他还清楚地记得，六十多年前那段颂扬军民鱼水情的顺口溜："同志哥啊，我要问问你，吃和穿，咱都有，都是哪里来？吃和穿，咱都是依靠老百姓；离开了老百姓，就是离水鱼，鱼离水呀就活不成，咱离开老百姓就不能打胜仗；咱们军民一条心，打垮那反动派，最后胜利一定是属于咱们的！"

以后，韩德彩被分配到警卫一团直属营侦通连二排四班。1949年底至1950年上半年，他随部队到安徽泗洪参与抗灾。他们与群众同吃同住同劳动，生活很是艰苦，一人一天仅八两高粱面。战士们没有抱怨叫苦的，军民齐心协力搞生产自救。他种高粱、玉米和豆子，施肥浇地、挑水灌溉，样样农活拿得起。为改善大家的伙食，在家乡有"鱼鹰子"美称、从小就是摸鱼钓黄鳝能手的他，统领了一帮孩子，到芦苇荡里抓鱼摸虾，每天总有很大收获，他将鱼虾黄鳝等分给乡亲们。当时村民们都缺盐，他就到青阳镇上，用省下的津贴买回一大包盐，供乡亲们取用，深得大家称赞。

这年春夏之交，军区召回抗灾队伍。军区领导知道战士与乡亲们感情深厚，担心乡亲们知道了不让走，让战士不要惊动群众。但队伍到了县里，乡亲们还是知道了，纷纷赶来流着泪恳请战士们留下，一定要等麦子收下，包顿饺子吃了再走，此情此景令人动容。县委书记说话了："军区来了命令，战士们有重要任务。"乡亲们才放行，并执意用自家大木轮的牛车，将上百人的队伍送到双沟。这一幕镌刻在韩德彩记忆中，成为激励他在以后战斗中不断取胜的动力。

废寝忘食只为"放飞"那一刻

解放初期，为建立我国强大的空军，从全军挑选人员到空军。连长、指导员鼓励韩德彩去空军。他曾经跟着首长，到合肥东关外的土机场，见过一架投诚的国民党运输机。驾驶舱里的众多仪表、驾驶盘、操纵手柄直看得他眼花缭乱，觉得这个大家伙了不得。如今要让他去开飞机，他疑惑地问，我去开飞机行吗？连长说，我们说你行你就行。你思想觉悟高有文化，训练不怕苦还善于琢磨。你好好地去学，再打仗时，你在空中，我们在地面，我们来个地空协作配合，狠狠地打敌人，再也不受敌机的气。

当时连队战士文化程度都很低，甚至还有文盲。识几个字的韩德彩，由于刻苦学习，文化提高很快，不但能自己写信，还帮助战士写家信，他努力学习文化的事迹还上了报，连队给他立了一功。

从皖北军区被挑选去空军的战士，坐满了一节车厢。到南京再一次经过严格的体检，连队只有他和班长入选，被编入三大队十一中队。抗美援朝开始后，学员奉命进入济南空军第五航空学校，立马投入航空理论学习，限期一个月。内容有飞行原理、发动机原理、飞机的构造与应用、领航学、气象学等。教官讲授的内容如同"天书"，黑板上密密麻麻的内容，抄都来不及。航校规定，每一门课程，考试成绩必须达到4分（5分制），否则就上不了飞机。怎么办？韩德彩发挥年轻脑子好使的优势，狠命地死记硬背。这些日子，没洗过澡，没脱衣睡过觉。晚自习后回住处继续看书，怕影响战友休息，尽管外面很冷，披上大衣到走道上继续看书。走道上的灯泡只有乒乓球大小，灯光很暗，要站在凳子上对着灯光才能看清讲义。直到累得不行，回到宿舍里，把背包往头上一蒙就睡着啦。当时只有一个信念，无论如何也要拼出来，连吃饭走路都在学习。他想的是：党和祖国人民要我飞，抗美援朝要我飞。1950年12月底，学员们都考出了4分的好成绩。为他们上课的教官，多数是原国民党空军留用人员，原先对文化底子如此薄弱的学员，能否攻克基础理论很是怀疑，此时也非常激动地与学员们拥抱在一起，雀跃欢呼，捶胸流泪的。

1951年元旦，是韩德彩难忘的一天，他们在河南新乡的土机场开飞啦。他第一次坐上飞机，由教官带飞雅克-18初级教练机。他把操纵手柄一拉，就飞起来啦，既紧张又兴奋的他，俯瞰白雪皑皑的两岸，中间是没有结冰波涛滚滚的黄河，豪情油然而生，叮嘱自己一定尽快掌握实战本领。第一个起落顺利完成，接着就做特技飞行。在教官指导下，他压坡度到60，保持坡度、速度、高度不变地转一圈，接着垂直、半滚、翻筋斗、做螺旋等动作一气呵成，他是三大队第一个放单飞的。

飞行并非一帆风顺而是严酷的。韩德彩讲述了训练中接连目睹的两次意外事故。在一次特技飞行中，1架飞机做最后一个起落时，因操作失误机翼被拉断，雅克-18这种小飞机是很难跳伞的，教官和飞行员被砸在座舱里，随着飞机坠地粉碎不幸牺牲。次日，四大队的1架飞机加油时，不幸发生冷气瓶爆炸，当场有两位飞行员牺牲。"出师未捷身先死"，两起伤亡事故引起学员很大的情绪波动，有几位学生兵打退堂鼓了。韩德彩说："这两起事故，要说对我没影响那不是真话。但我懂得，当空军不付出代价是不可能的，我不怕牺牲，是军人就必须承受得了生死考验，但更要努力飞好，将'学费'降到最低。"

同年7月，韩德彩被分配到空军15师43团任飞行员，飞行米格-15喷气式战斗机。在苏联教官的指导下，他是第一个获准单飞参战的。1952年1月，部队到抗美援朝前线，在安东（今丹东）南面大孤山大孤镇的海边上，把草地整平铺上钢板做成了野战机场。

首战击落双机勇立功

大战在即，联司（中朝人民空军联合司令部）组织飞行员从大孤山起飞，到朝鲜上空察看地形。韩德彩看到地面是整片整片还在冒黑烟的废墟，这都是美国军机轰炸的罪证。战士们义愤填膺，纷纷要求立刻投入战斗，狠狠打击敌人。联司刘震司令员引导他们，我们年轻的空军是不能凭满腔怒火硬拼的，仗有得你们打，我们要把握有利战机，以一击十消灭敌人，在战争中壮大发展我们的空军。

1952年3月24日上午，万里无云的晴空，飞行员在起飞线附近严阵以待。骤然"一等""一等"（一等备战）的命令响起，韩德彩像离弦的箭，飞速登上飞机，投入了参加空军后第一次与敌机的战斗。

绿色信号弹划破长空。我军8架战机起飞，从安东机场向朝鲜清川江飞去。飞过大和岛，传来刘震司令员的话："802号，敌机8架，高度9 000米，在你们的右前方100公里，向清川江方向飞行。"那天，飞机正好对着太阳，右边是海，太阳照射下海水是黑的，他们什么都看不到。根据地面指挥，机组下降到3 000米，这才发现敌机。敌机是迷彩的伪装色，像海面上漂荡的树叶。韩德彩驾驶的米格-15，以1 040速度俯冲，发现敌机似十字架形状的F-80战斗机。他前面3架飞机迎头向4架敌机发起攻击，他是僚机担负掩护。在距离战友700米时，他本能地观察两侧，蓦然发现右下方还有4架敌机，正抬起机头向我方3架飞机进攻。情况异常危急，他来不及报告敌情，对着敌机就开炮，打乱了敌机的阵形，4架敌机立马咬住他的机尾冲将过来围攻。以一对四的韩德彩沉着应战，敌双机交叉转弯，他就拉起；敌机集合起来，他就冲下去攻击。最近时只有100米，敌人往后看他的惊恐表情，韩德彩都看到了，如此多次往复。敌人不敢在陆地上空打仗，怕跳伞被抓，会被朝鲜老百姓打死的；在海上跳伞，有他们的航母会派直升机来救援的。就这样在海面上转啊转的，敌人看快到陆地了，就集中向右转攻击他。韩德彩不无得意地说："我说敌人就是笨，他4架飞机分开来两边打我，我是一点办法都没有的。但他们怕死，配合上失误，我抓住战机，冲下去把瞄准具光环拉到最前边1架机头前，用超近距开炮，三炮齐发，霎时一个大火球向敌机喷去，敌机左机翼被打断，冒着黑烟坠落了下去。"

首战即击落敌机，韩德彩甭提多兴奋啦，信心倍增。其他3架敌机见势不妙，掉头向海面逃去。"尽管敌人飞行技术很高，飞机很先进，但就是怕死，危急时刻总是自顾逃命的。"韩德彩如此评论对手。

敌逃我追，韩德彩将灵活的游击战术运用到空战中。此时，他发现了新情况：在其上方，我方1架飞机正瞄准敌机，敌机在摆脱，但螳螂捕蝉黄雀在后，另1架敌机却乘机对着我方这架飞机瞄准。韩德彩说"我们与敌人就是不一样，我们的战友情比什么都重要，掩护战友比自己打敌人更光荣"。他放弃追击敌人，拉起飞机就转向上对准敌机打出炮弹以掩护战友，敌机见状，调转机头虎视眈眈地对准了他。他正想寻找有利位置隐蔽，猛然发现左后方只距他100米，还有1架F-80敌机也在伺机攻击他，座舱边上画的金发美女都一清二楚的。

掉头隐蔽是来不及了，狭路相逢勇者胜。韩德彩以迅雷不及掩耳之势，向左压了70～80的大坡度，用力操纵右舵向后拉杆做右上升侧滑，这个动作他从未做过，是情急之下迸发的。敌机向他开炮了，炮弹犹如火箭发射，在他的机舱盖上方大片大片地掠过。突然，他感觉机身震颤了一下，心想飞机负伤了，压一下拉杆，好的；蹬一下杆舵，好的，哪里负伤不清楚。迅疾调转机头直逼敌机，看到翻腾的海浪卷得很高，F-80比米格-15性能好，敌机来了个大俯冲诱他钻海，他才不会上当呢，而是拉上来在敌机后面，以小下滑角在敌机视角盲区隐蔽地跟着。敌机很快就拉起来了，他迅速靠近到300米，就在敌机压了约50度的坡度，又上升转弯时，韩德彩赢得最好的射击机会，以1/4的进入角度，来个三炮齐射，炮弹落在敌机身和左机翼之间，轰隆一下瞬间爆炸，真的钻进波涛汹涌的大海里了。

韩德彩将飞机拉起来，这时才听到无线电的急呼"815请返航、815请返航……"他的机号是815。他并不知道其他飞机都已返航，他还在战区，离大孤山机场还有200多公里，油量已不够飞返到大孤山，只得飞到距离最近的大东沟友军机场降落。那位苏联教官把他拉到飞机后面，这才发现飞机平尾被打出一个拳头大的洞。教官神情紧张地画着十字说："上帝保佑你啊！如果炮弹再往后偏一厘米，你很可能就回不来啦。"韩德彩幽默地说："我不信上帝，信马克思啊。"原来，这次入侵的敌机并非8架，而是12架甚至更多，我军出动8架战斗机。韩德彩是飞行团第一个打下敌机的，首次参战就独自打下2架敌机，由此荣立一等战功，而此时他的飞行积累仅60小时。

打下"双料王牌"飞行员

20世纪50年代，曾经有一部电影《年轻的鹰》，韩德彩是原型之一，讲述的就是年轻的中国空军，以保家卫国、抗美援朝必胜的信念，打败占据绝对空中优势的美国空军的故事。

抗美援朝后期，被中国空军打得胆战心惊的美敌机，再不敢轻易与中国空军正面交锋，而是改变战术，费尽心机搞出"猎航"小分队。他们依赖F-86留空时间长的优越性，瞄准我军雷达死角，经常单机窜到我方机场附近山谷隐蔽，伺机偷袭我方起飞落地的飞机。因为飞机刚起飞，没有速度，也没有高度，纵然有天大的本事也难以发挥；而飞机返航落地时，一般油量所剩都不多，如果起落架已放下，就是敌机来了，也无法与之打空战。韩德彩他们团的领航主任，就是因为起飞离陆不久，遭遇"猎航"小分队突袭，因为高度太低无法跳伞而牺牲的。

为牺牲战友报仇的决心，激励年轻的空军战士集中才智，成功策划出破袭战术。由此演绎了19岁的韩德彩，击落美国"双料王牌"飞行员费席尔，打破美军空中神话的传奇。

美国空军飞行员哈罗德·爱德华·费席尔曾经不可一世。他有十多年的飞行经验，总飞行时间近三千小时，仅F-86就飞过五百多小时，击落过55架德国飞机；在朝鲜战场上，击落过我军10架战机，是美军响当当的"双料王牌"飞行员（注：在美国空军中，击落过5架飞机的飞行员称为"王牌"飞行员，击落过十多架飞机的，称为"双料王牌"飞行员），费席尔更是美空军中的凤毛麟角，被称为"第一流的空军喷气机空中英雄"。韩德彩只凭不到100小时的飞行经验，在朝鲜上空与这位"双料王牌"斗智斗勇将其击落，从这天起，他成了中国空军的王牌和英雄。

交谈中，八十多岁高龄的韩德彩将军，双手成飞机形状，上下、左右、交叉，做着专业的飞行动作，讲述打下费席尔的经过，英姿神采不减当年。

1953年4月7日下午，我方12架战机由副团长带队奉命起飞，执行到朝鲜鸭绿江口的巡防任务。其他两个中队与敌机交火了，韩德彩他们的一中队，突然听到二中队1架飞机请求支援，其后面被2架美军机F-86紧咬着，师指挥员命令一中队的两位飞行员打增援。这时，韩德彩机上油量警示灯一闪一闪的，说明油箱还有300升油料，只够飞行15分钟。报告后，地面指挥所命令他和长机张牛科返航。正在他们对准跑道下滑时，地面塔台突然呼叫"快拉起来，快拉起来，敌人向你开炮啦！"

韩德彩往左边飞、往右边飞都没发现敌机，再改为平飞，这才发现左后下方高度100米的山沟里，有1架入侵中国领空的美F-86，正在追击友方的1架战机，它一边追击一边开炮，但都未击中。韩德彩和长机立即迎上增援，敌机见状，放弃追击友机，快速打转向长机攻击。他急呼"长机，敌人要向你开炮啦，快拉起来……"话音未落，敌机已向长机开炮，炮弹打在发动机的喷管里，冒出一股白烟。只见长机向左做上升转弯，敌机紧紧跟上，他也紧随其后。3架飞机在一个半圆弧上盘旋，相距加起来也就600米左右。韩德彩刚要开炮，被敌机发现，反过来向右做了个半滚的大幅度右下滑转弯。而他们下面就是300多米高的凤凰山，飞行技术高超老道的敌人想引诱飞行经验不足的中国空军撞向山峰。韩德彩识破其阴谋，并没有跟着下滑，反而向上拉杆争取高度，监视敌机动态。此时，他以为长机牺牲了，满腔悲愤决意拼死一战为战友报仇。狡猾的敌机虚晃一枪后向左转拉起做左上升，他便左转跟踪瞄准，敌机突然大幅度右转，一下将他甩到外侧很多，按一般情况，就在外侧开炮了，但他拼命拉了一杆压右坡，在敌机内侧把瞄准具光环拉到敌机头前面，用超近距一个长连射三炮齐发，火光在敌机的左机翼和机身结合部位喷出，即刻冒出浓烟和大火。只见有一个东西从飞机中弹出，估计是飞行员跳伞了，他大声喊道："敌人跳伞啦，快来捉俘虏啊！"

接着，韩德彩将飞机对准跑道，放下起落架，飞机滑行一段距离后，发动机自动停止了，原来飞机上的油已完全用尽。他感叹："那天真是惊险极了，如果晚降落15秒，飞机就落不到跑道上了，很可能机毁人亡。"下了飞机后，见到长机安然无恙，经历了生死考验的两人紧紧拥抱热泪盈眶。

因为这场战斗是在我方机场上空展开的，地勤人员第一次清楚地看到我方战机是如何与敌机激战打掉敌机、敌飞行员是如何跳伞的。韩德彩从发现到击落敌机用时仅一分钟。他的壮举非常激动人心，大家争相与他拥抱握手祝贺。他与长机到食堂用餐，战友和食堂师傅全体起立热烈鼓掌欢呼，向两位大长中国人民志气的凯旋英雄致意。

当天晚上，副团长和韩德彩一起看望被俘的敌方飞行员。俘虏正在吃饭，看到他俩就站了起来，颤抖着不敢正视他们。韩德彩真想上去狠揍其一顿解解气，当然他很清楚解放军的纪律是不允许打骂俘虏的。他是朝鲜战场上唯一见过费席尔的空军飞行员。

四十多年后的1997年10月，费席尔随美国"二战飞虎队员访问团"来到中国，在上海与韩德彩见面。时过境迁的两人，相见敬礼握手拥抱，不像过去的敌人，倒像老朋友见面。韩德彩将军对费席尔说："我们是第二次见面啦。"费席尔幽默地回应："不是第二次，而是第三次啦。第一次是在空中，我们谁也没看清楚谁；第二次是在你们军中，我们谁也没与谁说话；第三次，是我来看看您韩将军啦！"将军打趣地问费席尔："你们打仗是不是怕死？你们打赢不是有重赏吗？"费席尔反问他："我干嘛要死呢？人死了，重赏还有什么意义呢？"费席尔说到自己当时的感受，是害怕得要命，庆幸的是自己还活着。跳伞后，顾不得负了伤，拼命地往山上爬，猜想山上有军队，中国军队是优待俘虏的，他害怕被老百姓抓住将他打死。

韩德彩介绍，其实，当时我军并不知道费席尔是什么"王牌"，只知道美国空军参加"猎航"小分队的都是资深飞行员，技术上战术上都很有一手。直到深夜，"联司"收听到美国广播，说是美国空军51联队48大队"双料王牌"飞行上尉哈罗德·爱德华·费席尔在朝鲜北部巡逻战斗中失踪。经过审讯俘虏对照后，正是这位美国的"双料王牌"飞行员，费席尔当夜就被押送到"联司"驻地。4月8日，中国政府即向美国提出严正抗议，并播报："美帝国主义肆意侵略中国东北领空，飞行员哈罗德·爱德华·费席尔跳伞，被我军生俘……"从此，美空军再也不敢轻视中国空军，"猎航"偷袭的美梦破灭。

韩德彩，男，1933年7月生，籍贯安徽凤阳。1949年2月参加中国人民解放军，1950年6月调入空军，1952年初参加抗美援朝。1953年3月加入中国共产党。击落敌机5架、击伤1架，受到中央军委嘉奖，先后两次荣立一等功，荣获"二级战斗英雄"称号；被朝鲜民主主义人民共和国授予一级国旗勋章、二级自由独立勋章。曾作为空军代表参加"中国人民志愿军回国观光团"，受到毛泽东、刘少奇、朱德、周恩来等领导人接见。1959年国庆典礼上，驾驶飞机通过天安门广场接受检阅。历任空军师长、军长、南京军区空军副司令员。1988年被授予空军少将军衔，1991年被授予空军中将军衔。

（原载2017年7月24日《劳动报》）

傅泉：从抗日烽火中走来的"小八路"

高温炎热的一天，在上海抗日军政大学研究会刘聿老师引导下，我来到八路军老战士傅泉的家。傅老与夫人陈承芳正忙碌，但见一捆捆书籍堆放着准备打包，这些书是傅老回忆当年抗日军政大学一分校在沂蒙山抗日根据地的故事，是要捐赠给沂蒙山区学校和图书馆的。在纪念中国人民解放军建军90周年、抗战全面爆发80周年的日子里，情萦沂蒙山的傅老，携夫人再赴沂蒙山区祭奠英烈，纪念抗战胜利，帮困助学。傅老除了有点耳背，思维清晰，声音浑厚，听他讲述在抗日烽火里成长的历程，我接受了一次生动立体的中国革命史教育。

难忘周纯全校长二三事

1938年6月，花园口被炸决堤，河南大片的黄泛区，老百姓流离失所。读小学四年级的傅泉，再也无法上学，跟随父亲从家乡河南一路风餐露宿，逃难到陕西旬邑县早池村。这里有共产党创办的陕北公学，听说学校是宣传抗日打鬼子的，12岁的傅泉要求进入陕北公学。但他是家里的长孙，人又太小，父亲、祖父都不同意他入学。恰好他有个19岁的表舅叫周武臣，为参加陕北公学投身抗日，连生意也放弃不做了（注：周武臣在抗大一分校毕业后，被分配到新四军，在皖南事变中不幸牺牲）。其对傅泉父亲祖父承诺照顾他，傅泉才得以进入陕北公学。

因傅泉是个"娃娃兵"，学校就安排他给队长当勤务员。不久，学校奉命要到敌后办学培养抗日干部，在延安成立抗大一分校，陕北公学归并其中。学校政治部主任周纯全，是傅泉认识的第一位老红军，周纯全给同学们作动员：我们要到敌人后方去，就是晋东南、太行山一带，去抗击日本侵略者。同学们群情振奋，热血沸腾，纷纷表决心到敌后抗日去，把日本侵略者赶出中国去，《大刀进行曲》《毕业歌》《松花江上》的歌声此起彼伏。

从陕北公学到延安有几百公里路。按计划，学员到达延安成立抗大一分校仪式上，毛主席要来给学员们讲话，大家都非常兴奋期待，但延安遭遇日寇军机轮番狂轰滥炸，计划被迫取消。傅泉还记得跟随队伍从宝塔山下经过，于1938年12月1日，在陕西省延长县成立抗大一分校，不久就向晋东南进发，开辟敌后抗日根据地。

回忆当年从延安到晋东南的路上，少年傅泉闯过了惊险艰难的三关：第一关是渡黄河。黄河水流湍急，他们乘坐的小木船，在激流咆哮的河面上颠簸，河水不断地打到船上打湿他们的衣服，他很害怕。旁边的学员护着他鼓励他，我们要上战场打鬼子的，我们不怕死！他的勇气大增，跟着大家高唱抗战歌曲，挺过了强渡黄河的70分钟。第二关是穿越正太路封锁线。这里是日军占领区，白天不能过，学员们只能趁着夜幕在老红军掩护下过铁路。傅泉是第一次经历这样的环境，听到枪声很紧张，就有人拉着他，听着"向前跑、向前跑"的命令拼命地跟着跑。第三关是翻越绵山。海拔近三千米的绵山，陡峭突兀非常难行，到达山顶他已精疲力竭。山顶空气稀薄非常寒冷，首长命令不许停下必须下山，傅泉连滚带滑地到山下，部队终于在上半夜到达晋东南。

在晋东南抗大一分校，所到之处令傅泉既新鲜又难忘。当他第一次在抗大的篮球场上，看到一位又黑又瘦的年长者，生龙活虎地与年轻战士抢球投篮时，问边上的人那是谁。"这人你也不知道？他是我们八路军的总司令朱德啊！旁边观战的是副总司令彭德怀。"傅泉又惊又喜，朱总司令原来是这样地平易近人。学员们兴奋地拉着朱总司令，请他唱《马赛曲》，因为他在国外留过学。一旁的彭德怀笑着打圆场："朱总司令年纪大喽，你们年轻人唱吧……"

在太行山，傅泉遇到了他的河南老乡铁瑛（新中国成立后曾任浙江省委书记）。铁瑛问："小鬼，你是哪里的？"傅泉答："我是河南的。""河南哪个地方？""河南巩县。""我也是河南的。"铁瑛高兴地来了段顺口溜："老乡见老乡，两眼泪汪汪，你拿盒子炮，我拿机关枪，打败鬼子咱们一块回家乡！小老乡好不好？"以后傅泉到了沂蒙山，又遇见铁瑛，他是独立营政委和县长。全国解放后，傅泉到舟山工作，铁瑛从南京军区调到舟山部队任副政委，是傅泉的领导。在欢迎会上，傅泉说出这段顺口溜，逗得大家哈哈大笑。

在抗大一分校给周纯全校长当勤务员的那些日子，成为傅泉难忘的记忆。1939年11月底，抗大一分校奉命到沂蒙山区开辟敌后抗日根据地。途中迷漫着鹅毛大雪，呼啸着凛冽寒风，还必须突破敌人的重重封锁线。傅泉的脚后跟冻裂，不断地流血。晚上宿营后，周校长用热水给他泡脚，并给他敷上414药膏，行军时让傅泉骑他的马；历时40天的长途跋涉，行程1 500公里，终于到达沂蒙山，傅泉却又因水土不服高烧不退，年幼的他很是担心学校不要他了。是周校长请来军医给他诊治，亲自给他倒水服药，吩咐伙房给他做病号饭，那种关爱和温暖就像父亲对待儿子。"校长工作是非常繁忙的，我是勤务员，应该我照料校长的，反而让校长费神照料我。"耄耋老战士，说到动情处，眼眶湿润声音哽咽。

抗大一分校文工团需要小演员，相中傅泉，傅泉却不愿离开自己敬佩爱戴的周校长。他说："周校长，我现在人小，做你的勤务员，等我再长大点，就做你的警卫员保护你。"周校长笑了："小鬼的话很甜人呢。"但还是命他服从安排，去文工团报到。近八十年过去了，傅老仍清晰地记得与周校长分别的那天："因为人小，我不懂得将自己整干净，衣服脏兮兮的。周校长拿出自己不舍得穿的新军装，罩在我的棉衣外。从此，我成了文艺战士。"当时，人们可能不会想到，周纯全校长输送的是一位有文艺天赋的战士。

见证《沂蒙山小调》的诞生

提起《沂蒙山小调》，人们耳熟能详，但这首经久不衰的歌曲，作为抗日主题传唱，却有一个鲜为人知的插曲。傅泉见证了作为抗日主题的《沂蒙山小调》诞生过程。

傅老介绍，《沂蒙山小调》的创作初衷是为了反对"黄沙会"。1940年春，沂蒙山根据地的抗日斗争如火如荼地开展，国民党敌顽汉奸利用当地封建反动会道门势力——黄沙会，蒙蔽群众、蛊惑人心，蓄意诋毁破坏共产党领导的军民抗日斗争。傅泉他们三十多位文工团员，驻扎在沂蒙山费县望海楼下十来户人家的白石屋村。黄沙会阻挠文工团进村，威胁村民不准让文工团住下。

为打击黄沙会的嚣张气焰，揭露黄沙会的反动面目，扫除抗日障碍，我军一方面对敌顽武装反击，一方面以文艺为武器加强政治攻势。文工团在团长袁成隆带领下，深入黄沙会盛行的马头崖、沙沟峪等村庄，走家串户到村民中了解情况，宣传八路军的抗日主张；同时收集素材进行提炼创作。六月上旬的一天，在白石屋村一间用卵石砌墙、茅草盖顶的民居中，由阮若珊作词、李林作曲，连夜创作了《反对黄沙会》。李林、阮若珊在白石屋村的山崖上，一边打着呱嗒板，一边当众演唱，请大家提意见。这首歌歌词通俗，曲调优美，共有八段歌词，尤其前两段的歌词很打动人："人人（那个）都说（哎咳哎）沂蒙山好，沂蒙（那个）山上（哎咳哎）好风光。青山（那个）绿水（哎咳哎）多好看，风吹（那个）草地（哎咳哎）见牛羊。"此歌一出，立刻在抗日根据地广泛传唱。文工团乘势动员那些受黄沙会蒙蔽者的家人工作，请他们向自己的亲人揭露黄沙会的真相。于是，出现了在黄沙会占据地，会员的父母、妻儿等来喊话的："你们回来呀，不要待在这个害人的道会里呀，八路军是打小鬼子的。"文工团也对这些会员晓之以理、动之以情："你们都是穷苦人家的，是受骗上当的。什么'黄沙会'是刀枪不入打不死的，那是骗人的鬼话，子弹不长眼睛的。我们要抗日，我们要团结，回来吧，枪口一致对准小日本！"《反对黄沙会》出色地发挥了瓦解敌人、教育群众、鼓舞我军斗志的重大作用，受到领导和广大人民群众的称赞。

后来怎么成为《沂蒙山小调》的呢？傅老介绍，那是在当年8月沂蒙山根据地的一次庆功会上，阮若珊演唱了这首歌，根据地的群众非常激动，当场就有很多人报名参加八路军。随着形势的变化，黄沙会已经被消灭，《反对黄沙会》的歌名已不合时宜，作者和广大军民又对歌词不断修改，在保留开头两段歌颂沂蒙山秀丽风光的基础上，其他歌词内容都以抗日为主，歌名由此改为《沂蒙山小调》。解放后的1953年，山东军区文工团到青岛、烟台巡回演出，需要一首女声独唱，选中这首歌，但觉得词意不够完整，在保留前两段歌词的基础上，续写了两段新的歌词，成为新版《沂蒙山小调》，一直传唱至今。这首脍炙人口、充满诗情画意的《沂蒙山小调》，还被联合国亚太地区教科文组织评为优秀民歌。傅老特地翻出一张照片指给我看："这是我15岁时拍的，照片上捧皮球的就是我，左边第三位就是阮若珊，她后来还做了我的入党介绍人呢。"

傅老记得刚进文工团时，唱的第一首歌是《国际三八妇女节歌》，他是童声，跟着女声一起唱的。此时他情不自禁地唱起"冰河在春天里解冻，万物在春天里复生，全世界被压迫的妇女，在三八节喊出自由的吼声"，抗日老战士的激情不减当年。他主演的第一个戏是民间歌舞剧《小放牛》。剧情将原本在牛背上欢乐戏谑的放牛娃，置于抗日背景下，放牛娃成为儿童团员，利用放牛做掩护，在村口站岗放哨。因为是第一次登台，特别紧张，怕忘台词，怕忘动作，怕走错位置，一场戏演下来衣服湿透了。当时想，还是勤务员好干，演员不好当啊。阮若珊和同志们就为他鼓劲。在大家的激励下，他学跳舞、学拉二胡、学打锣鼓、学谱曲、学写美术字、学做效果等，甚至还学京戏，踢腿、劈叉、翻跟斗什么都会来几下；阮若珊也学京戏，他们既演传统剧目，也演抗日题材的，如《青龙寺》《抗属最光荣》《跟着共产党走》等。那时文工团员是身兼数职、一专多能型的。傅泉在一出反映沂蒙山根据地军民反日寇"扫荡"题材的《夜摸营》京剧中，扮演的是"老鬼子"，"老鬼子"带着个"小鬼子"到沂蒙山"扫荡"。尽管是个反面角色，只有一段唱词和一声"咦……"的长调，但他还是很投入地演出。我听着他那段"老鬼子"的唱词忍俊不禁："大皇军，来到这沂蒙山，吃的高粱煎饼饭，只吃得我肚子里稀里哗啦乱七八糟……死也不来沂蒙山！"

在学习中战斗，在战斗中学习。傅泉跟随文工团，演遍了沂蒙的大小村镇；在鲁中、鲁南、滨海，在军队、在党政机关都留下了足迹，奠定了他军旅文艺厚实的基础。

铭记"红嫂"的救命之恩

傅泉作为文工团战士,用文艺形式为八路军战士和抗日根据地人民带来快乐和激励斗志,他自己也经受了抗战最艰难时期的严峻考验,大青山突围战就是其中的典型。

1941年,正是中国抗战艰苦卓绝的时期,日寇对抗日根据地以铁壁合围、梳篦战术实行惨无人道的"三光"政策。这年11月30日,日军以一个精锐混成旅团突袭大青山。这个区域有抗大一分校、八路军115师后方机关、中共山东分局、《大众日报》、八路军印刷厂和医院及老百姓一万多人。除学校五大队和警卫连有几百条破旧步枪和手榴弹,其余都是非战斗人员。傅泉跟随抗大一分校师生集结在村西边的南涝坑处向外突围。当他们快到山头时,被日军发现,用机枪疯狂地向人群扫射,队伍被打散了,他的耳边不时有子弹掠过,身边不时有人倒下,看到四周的山头都有"膏药旗"在晃动。

情况万分危急,周纯全校长临危不惧,果断命令五大队的两个军事连在李行沟和梧桐沟死守阻击敌人;其他人员向西边越过沙河向洋山(现为费县塔山)方向突围。沙河被敌人机枪封锁,周纯全命令训练部副部长闫捷三带领警卫连杀开一条血路,掩护人们从此处突围。日军居高临下,凭借有利地形和猛烈火力向人群射击,敌机也反复俯冲扫射,许多战友倒了下去,鲜血染红了草坡,染红了白沙。生死关头,互不认识的人冒死停下飞跑的脚步,抢救负伤的战友。五大队幸存的指战员不顾部队重大伤亡,继续用鲜血和生命,向敌人发起全面冲击。狭路相逢勇者胜,慌忙接战的日军胆怯了,因而对突围人群威胁的火力减弱,突围的人群得以乘势冲出去,傅泉人小没跑多久就被落下了,他记不清是谁拉扯着他一路狂奔脱险的。

大青山突围战是非常惨烈的,仅抗大一分校就有二百多名教职员工牺牲,其他方面阵亡一千多人。队长程克和指导员邱则民率领队员们与敌人殊死作战,全部壮烈牺牲在阵地上。邱则民和学员多次打退敌人进攻,子弹打光了,就用枪托、石头砸,身陷敌人重围,毅然砸毁机枪跳下山崖。身负重伤的程克,指挥剩余的18勇士,与敌人展开肉搏战,他用尽最后的力气,咬掉敌人的一只耳朵，这是打扫战场时，发现已牺牲的他嘴里有只耳朵，而躺倒在他身边的鬼子少了只耳朵。校部司号长齐德是位老红军，腹部被敌人炮弹炸伤，肠子都流出来了，他一手按住伤口，一边拼尽最后的力气吹响突围的冲锋号。还有一位帮助中国人民抗日的外国"八路"——波兰籍德国共产党员、美国《太平洋事务》月刊记者、作家汉斯·希伯也在这次突围中同日军英勇拼杀，其翻译和两个警卫员都牺牲了，他在一块巨石后面向敌人射击，浑身弹痕累累，最后壮烈牺牲，手里仍紧握着枪。

傅泉是大青山突围战的幸存者。突围出来后，他才发现自己是很幸运的，原来是捆扎在背包后"红嫂"做的一双布鞋救了他一命。红嫂做的鞋底是用麻绳勒出的、非常结实，他放下背包发现鞋底有一个洞，一挖是颗子弹头。傅老说，看过电影《沂蒙颂》的观众，都会被红嫂用乳汁救活受伤的八路军战士深深感动。其实"红嫂"是从明德英原型延伸而来的一个群体，是沂蒙山抗日根据地妇女支援八路军支持抗日的群体形象。她们是这样做的："最后一口粮，做军粮；最后一块布，做军装；最后一个儿，上战场。"

离休后的傅老，情萦沂蒙山，十多次来到当年战斗过的地方拜访乡亲，祭奠英烈。当年的房东一家就有三位"红嫂"，房东"红嫂"王宗兰，1938年入党的村妇救会主任，将两儿一女全部送到八路军，在日寇的大"扫荡"中，勇敢地掩护八路军战士；女儿"红嫂"赵芝亭，也是中共党员，参加抗大学习，任乡县妇救会会长；儿媳"红嫂"王春桂，同样是中共党员、女民兵连长、村妇救会主任，与父亲一起救治受伤的八路军战士。傅老与王宗兰的儿子赵兴诚、儿媳王春桂夫妇的友谊延续至今，他与夫人陈承芳被授予白石屋村荣誉村民。

为纪念和缅怀大青山胜利突围壮举，在傅泉和战友们的建议和参与下，中共费县县委、县人民政府建立了大青山胜利突围纪念碑和纪念馆，被国家批准为全国首批80处抗战纪念地之一。

参加全国第一次文代会

傅泉从不谙世事的"小八路"，到"十八般"武艺都能熟练使用的"火线"文艺兵，是在战斗的历练中，在党的培育下取得的。

为歌颂中国人民抗日战争的伟大胜利，文工团掀起创作热潮。傅泉抑制不住激动，发表了为战友歌词谱曲的处女作《大反攻》；不久，又创作了民乐合奏曲《快乐的农村》，成为每场演出的保留曲目，受到观众热烈欢迎。

解放战争中，傅泉手中的笔和乐器，成为战场上鼓舞士气的利器。文工团跟随刘邓大军挺进大别山，解放军巧妙实施运动战，每天至少行军七八十里，诱敌深入把敌军拖得晕头转向，但战士们为此也吃不上热饭睡不了囫囵觉，有时刚挖筑好工事，却又接到转移的命令。战士们十分疲惫，情绪受到影响，不免有讲怪话的，说是我们像孙悟空一样一天要变好几变，如此折腾能消灭敌人吗？这种抱怨情绪如果蔓延，会削弱部队的战斗力。对于傅泉他们文工团员而言，既要跟随部队行军，又要宣传鼓劲，战士宿营他们还要编排节目，是体能上和意志上的严峻考验。此时傅泉在8师23团1营体验生活，他针对战士的想法创作了歌曲《变变变》，召集各连队文艺骨干教唱。正唱着敌人打上来了，队部迅即转移到另一个阵地继续唱。歌词中的"变变变，变变变／千变万化的运动战／一天要变十几变／不怕变来不埋怨／找到时机把敌歼"！用通俗浅显的道理，快捷有力的节律，唱出运动战的意义；在1948年的济南战役中，傅泉创作了《打到济南府，活捉王耀武》的战歌，在行军途中教唱："动员齐动员／我们打济南／打到济南府／活捉王耀武。"这些结合实战的战歌，对振奋战士的斗志，树立必胜的信念，起到引导激励作用，纵队宣传部为此印发通知在整个部队教唱。

傅老还记得，1949年元旦，文工团员是在淮海战场上冰天雪地的战壕中度过的。他带领火线鼓动组的文艺战士，与连队战士吃住在战壕里，深入了解前线战况，了解班排感人故事，即编即演文艺节目。当他听到曹文选是怎样从一个普通战士锻炼成为战斗英雄的事迹，立即采访曹文选，根据其事迹写出歌词谱成歌曲，在部队一经教唱，旋即掀起学习战斗英雄、英勇杀敌、战场立功的高潮。

文工团员每人编写一段快板书，再由傅泉将大家写的快板书串联起来，各自演自己写的段子，形成鲜明生动现场感强烈的快板群节目，在战斗间隙演上一阵，与前线战士一起经历血与火的考验。文工团员还在前线阵地向国民党部队阵地展开强大的政治攻势，宣读毛泽东主席敦促杜聿明投降书，动摇瓦解了敌人的军心。在部队评功会上，文工团被记集体二等功，傅泉荣获个人二等功。

1949年3月，解放军渡江战役前夕，部队奉命南下到达合肥三河镇，在长江边进行渡江练兵。军区文工团以"打过长江去，解放全中国"为主题，排演歌剧《渡江南征》《渡江大合唱》《胜利腰鼓》等节目到部队演出，起到很好的战前动员效果。渡江战役胜利后，傅泉所在部队正在向浙江方向追歼敌人，接到"三野"政治部来电，各军文工团选派两人到北平参加全国第一届文化艺术工作者代表大会。由于傅泉在战火中出色地运用文艺武器，为部队的胜利作出重要贡献，他被战士们推选为代表。

同年6月中旬，傅泉作为全国第一届文代会代表来到北平，住在东交民巷。从硝烟弥漫的战场来到刚刚解放的北平，既新奇又自豪。他讲述了在北平期间，两次抢拍毛主席照片的故事。

"七一"前夕，代表们参加北平各界庆祝中国共产党成立28周年大会。非常期待见到毛主席的傅泉，产生了拍摄一张毛主席照片的强烈愿望。那天，他特地带上相机。当他看到毛主席伟岸的身影出现在主席台上时，过于激动的他，颤抖着手不断按着快门……第二天，他兴冲冲地拿到冲出的胶卷，不禁大失所望，底片上竟然没有影像，这才明白，远距离加上夜晚的拍摄是很难掌控的。

全国第一届文代会在中南海隆重召开，傅泉又有机会见到毛主席。他回忆当时的情景依然难抑激动：当毛主席出现在主席台上时，代表们全体起立，长时间热烈鼓掌。他凝视着毛主席伟岸的英姿，在室内较近距离对焦毛主席连按三次快门，却又因为太激动，端持相机的手抖动得厉害，照片效果未尽如人意，只一张还算较好，他珍藏至今。

傅泉，男，1926年出生，籍贯河南巩义市。1938年参加八路军，1943年9月加入中国共产党。1955年被授予大尉军衔，荣获三级独立自由勋章和三级解放勋章。曾是抗大一分校文工团员、山东军区文工团员、华野三师文工团团长。解放后历任22军文化科长、处长。1966年从部队转业后，历任上海市粮食局办公室主任，上海人民艺术剧院党总支书记、副院长等职。1982年离休。

（原载2017年8月14日《劳动报》）

陶勇司令是我的证婚人

鲍奇　口述／张林凤　执笔

　　鲍奇，男，1924年4月生，籍贯江苏无锡。1941年9月参加新四军，1942年6月加入中国共产党。曾参加抗击日军的"反清乡、反扫荡"战斗、苏中七战七捷战斗、孟良崮战斗、淮海战役、渡江战役、解放一江山岛战役、解放东南沿海、抗美援朝等。历任机要组长、科长，东海舰队机要处副处长，东海舰队淞沪水警区副参谋长，东海舰队海坦水警区参谋长、副司令员，东海舰队管理处处长，海军上海基地副参谋长等职。1981年7月离休。2015年9月3日代表东海舰队抗日老兵参加纪念中国人民抗日战争暨世界反法西斯战争胜利70周年阅兵，乘老兵车过天安门。

　　我小时候，家住上海安庆路。"八一三"日本人打上海时，我读初中，在中共地下党员的老师引导下，瞒着家人来到苏北抗日根据地。

　　到新四军东南4分区警卫团后，部队安排我做文书，后调到机要科，任务是翻译密码电报。后来，我就到了陶勇旅长这里做机要（姬鹏飞是政委）。抗日战争胜利后，我参加了解放战争，跟随陶勇的部队参加了淮海战役。陶勇打仗的时候从来都是冲在前面的，别人劝他：你是首长要指挥全局，不能冲在前面的。他会把劝他的人推到后面去。

　　他很尊重政委，每次战斗前都认真讨论，听取政委的意见。他这人很直爽，如果你犯了错，他批评得很厉害，但你有困难，他帮你解决一点也不含糊。

　　1950年10月，我参加抗美援朝，是随陶勇从江湾镇（当时是属于江苏省宝山县）上车出发的。当时部队是中国人民解放军第9兵团，到朝鲜改为中国人民志愿军第9兵团。我们的行军路线是怎样确定的？我讲一个秘密给你们听，部队什么时候离开上海，什么时候到达山东曲阜，什么时候从曲阜出发到沈阳，再后，怎样进入朝鲜都是由我爱人翻译电报密发的。电报注明"指人译"，就是这个电报必须由指定的人翻译的。我爱人就是那个被指定译报的，所以她第一个知道，我所在的部队要抗美援朝了，但是对外是绝密的，连我这个男朋友也不告诉。

部队过了鸭绿江大桥，没想到朝鲜已经很冷了。我们9兵团的战士多数是南方人，衣帽都是薄薄的，零下两三摄氏度已经冻得不得了。时间越往后，天气越冷，后来都要零下三十多摄氏度了，我们南方人哪里经受过，有的人用手搓搓耳朵取暖，没想到就这么一搓，耳朵就掉了。当时我们都是住在山洞里面的，如果你到山洞外小便，小便都会冻在屁股上的。很多战士负伤后不能动弹，被严寒活活冻死。还有，汽车一开动就打滑，我们只好想办法用链条加固在汽车轮子上面防滑。当时最苦的是不能用火，因为烧东西冒烟很容易被敌人发现，飞机就来轰炸了。可以说，我们在朝鲜战场上，比国内解放战争时期，还要艰苦，苦得多。

我所在的志愿军第9兵团，参加长津湖战役，这是最惨烈的战役。那时正是天气很冷的时候，作战任务异常艰巨，埋伏的部队战士很多冻伤、冻死。就连机要人员也要么冻成重伤、要么牺牲，电报也译不出来。我爱人接命令从9兵团团部坐着吉普车赶去部队，没想到路上遭遇了美军飞机轰炸，吉普车撞坏了，人也负了伤。后来，在朝鲜老乡的帮助下，辗转到了前线部队，才能执行任务。

在1945年以前，我和爱人就在同一个机要科里工作啦；解放战争中我们也在一起，又一起参加抗美援朝战争；我俩感情很好，因为战争，一直没有考虑个人的婚事。

1952年，陶勇到华东海军当司令员，住在衡山路，把我调过来做他的机要秘书。有一天，陶勇问我："小程回来没有？"那时她还在朝鲜志愿军9兵团，我不知道她有没有回来。陶勇说"好，我知道了"，就将电话打到9兵团，得知她那时已在沈阳。过了十多天，小程也到了衡山路。我惊讶地问："你怎么来啦？"小程说："不是陶司令叫我来的吗？"出人意料的是，陶勇说："你们俩，今天就结婚。"我一下有点懵，一点心理准备都没有，说结婚就结婚啦？但首长的话是必须执行的；再说，我俩确实恋爱多年，因工作没顾得上结婚，陶司令却惦记着我俩的事。陶勇让夫人为我们打扫了一间房，又派人请来我父母和两个弟弟，就在他家里加了几个菜，加上他的警卫员、驾驶员十个人聚一下，就算是我们的婚礼了。

这里，还要说一下我父母。陶勇让我们结婚，父母来了后，对我嘀咕："怎么他让你们结婚你们就结婚？"我说："这是领导定的，必须执行。"其实，上海战役胜利，我们进驻上海市区后，我与父母还闹了一场误会。那天，我向首长请了天假，到安庆路的家里看望爸妈。我进了弄堂东张西望的，就有人问我，你叫什么名字啊？住在几号啊？找到家后，进门就见客堂里供着我的照片，摆设的灵位点着蜡烛。面对着爸妈，他们竟然看了我半天才问我，你找谁啊？我失声痛哭："爸爸妈妈，我是鲍奇呀，你们不认识我啦？"爸妈泪流满面，这么多年没有音信的儿子竟然还活着。只以为，兵荒马乱的年月，我这个儿子不知死在哪里了。怎么也没想到，儿子成为光荣的人民解放军战士。楼上楼下的邻居都很惊奇地说，这个小鬼头没死啊？还当上解放军了，真了不起啊！

我和爱人办好手续调到了海军，我到机要科工作，我爱人也搞机要工作。机要科就在水电路广中路上的海军司令部大院里，我们也住在水电路广中路大院里。那时，陶勇已经搬到甜爱路了。1955年，解放军攻占一江山岛，由张爱萍将军统一指挥海陆空协同作战，我们机要人员跟随张爱萍、陶勇上前线。我爱人在上海机关工作，原先承担过为张爱萍收发翻译电报的任务。张将军指挥打仗，什么时候飞机轰炸，什么时候开炮，什么时候军舰出动会精确计算好。否则，要误伤自己部队的。在张爱萍的指挥下，一江山岛战役获得大捷，为以后解放浙东沿海岛屿，奠定了胜利的基础。由于张爱萍的电报原先都是我爱人翻译的，所以他对我爱人很熟悉。一天，张爱萍问我："小程生了没有？"我说生了。"生的男孩还是女孩？"我说生了个男孩，张爱萍脱口就说:"男孩好，就叫'一江'，'鲍一江'!"

　　一江山岛战役结束后，我在水电路华东海军司令部上班。没想到麻烦来了，政治部找我:"鲍奇，团级干部结婚要打报告的，上级批准了才能结婚的，但是你的档案里，没有办过结婚手续。"我说是陶司令讲的，我们才结婚的。"什么陶司令讲的，你们是乱结婚，这事要处分的。"接着，组织部找我，干部部找我，政治部主任、副主任找我谈话，还通知机要处，说是要让我和程世萍两人作检讨。我回家就同爱人讲，怎么办啊? 要处分我们。没办法，我就跑到陶勇那里说:"司令啊，你叫我结婚，现在要处分，要检讨啦! 你看，东西都给了我，上面要签字。""谁讲的?"陶勇发火了。我说，政治部主任讲的。他拿起电话就对政治部主任说:"乱弹琴! 鲍奇结婚是我批的!"原来真是陶司令批准的呀，一下子，政治部、干部部都傻眼了:"司令发脾气啦!"他们赶紧跑过来对我说:"对不起、对不起，是我们弄错了。"但还是要让我写一个结婚报告，再请陶勇签字，因为档案里没有是不行的。我只得又去了，"陶司令，他们还是要你签字，不签字就要处分我。"陶勇拿起笔来就在我俩的结婚申请上签批了"同意结婚，陶勇"。

　　　　　　　　　　　（原载上海警备区《老干部工作》2018年第1期）

我两次"牺牲"在涟水保卫战

陈华锋　口述 / 张林凤　执笔

　　陈华锋，男，1929年5月生，籍贯江苏盱眙。1943年8月入伍，1946年1月加入中国共产党。曾参加莱芜、孟良崮、济南、淮海、渡江、上海、一江山岛等战役。历任班长、排长、连长、海军中队长、大队长、副参谋长、司令员等职。荣立三等功四次。1988年被授予海军少将军衔。1989年离休。

　　我有个堂兄叫陈家栋，当时他16岁，我俩都想报仇打鬼子。当时还不知道有八路军、新四军，只听别人说有朱毛的军队，不打人也不骂人，是穷人的军队，后来才知道，其实那人是中共地下党员。一次，正好新四军路过我们村庄宿夜，听了他们的宣传，知道了他们是共产党的军队，是专门打日本为穷人能过上好日子的军队。

　　我就找到陈家栋，我们商量一起到盱眙去，因为新四军2师就在盱眙高桥这地方。我记得1943年8月14日，那天晚上有月亮。我跟堂兄是主谋，还鼓动了15岁的陈家仪、13岁的小刁跟我们一起走，他们是我俩放牛的伙伴，只知道是跟我们去玩的。我们事先讲好，一旦遇到有人查问，就说是到山上砍柴火给家里烧饭用的。

　　我们连夜一直走到第二天早上8点多钟到达高桥镇。感觉肚子很饿，就在镇上找到一个小饭店，有烧饼、油条之类的，我们狼吞虎咽地吃起来。对面的饭桌上有7个人，大概看到我们的样子有点不正常，就过来问："你们哪里来的？"我们说从观音寺梨园庄来的。他们又问："你们来干什么的？"我说到山上砍柴火的。"砍柴火怎么工具也没有啊？"我答不上来了。那桌人看我们吃好饭了，就说你们几个跟我们走一趟吧，我们不是坏人，不要怕。我们就跟着他们走。后来我才知道，他们有五人是2师5旅13团的侦察员，两人是2师5旅14团的侦察员，他们穿的便衣。陈家栋、陈家仪、小刁被13团带走了，我被带到14团。我到14团团部时，警卫连的文书小王找我谈话："看你老老实实的，你们究竟是干什么的？"我说："我们听说朱毛的军队不打人不骂人，是专门打鬼子的，我们想找朱毛的军队打鬼子。"第三天，连队黄指导员拿来本《三字经》，问我认识上面的字吗？"人之初，性本善，性相近，习相远……"我立马背给他听，他说很不错嘛，但蔡连长却说我人太小，要让我回家。我哭着闹着说，要走我们四人也要一块儿走，我一人回家要被打死的。此时，他们三人已经被13团带到无锡去了。见我坚决不肯走，蔡连长就安排我当勤务兵。3个月后让我学吹号，我表示不愿吹号，我来是报仇的，没有枪我报不了仇，我亲眼看见小日本残害我们中国人。蔡连长被我的话打动了，就安排我当电话兵，电话兵有枪，我就干上电话兵了。给我发的是小马枪和5发子弹，我一心想打鬼子却没见到鬼子，每天干的就是架线。

　　1945年日本投降前夕，我终于遇到一个亲手消灭鬼子的机会。那次，我们部队包围了蚌埠西南的刘府镇和刘府火车站，我和同班的小刘连夜架线，线接通后天已蒙蒙亮，我俩往回走，就见远处有个人影晃动，我心想部队已经出发了，怎么还有什么人在这里？悄悄走近一看，原来是个鬼子，还有一把指挥刀呢，应该是当官的吧？我用的小马枪没有刺刀，小刘用的步枪有刺刀。我对小刘说："你把刺刀上好，我把子弹上好；我在你右边，你在我左边；我在前面，你在侧面。"快到鬼子身后时，鬼子发现了我们，一转身就拔出指挥刀刺来，我立即向小刘靠拢，鬼子对准小刘就刺，小刘用刺刀挡住，我扣动扳机就是一枪，打到鬼子的肚子上，鬼子慌忙向我刺来。因为我是第一次与鬼子面对面实战，我的手是抖的，但我鼓足勇气对准鬼子又打了第二枪，击中腰部，鬼子就慢慢地倒地不动弹了。我俩就把鬼子的指挥刀拿下往连队赶。蔡连长见到就问我们："你们哪来的指挥刀啊？"我们汇报了杀鬼子的经过，蔡连长又说，你手上怎么有血啊？我这才觉得疼，发现自己的小手指被鬼子的刺刀削掉一小截。

抗战胜利后，转入解放战争。1946年10月的涟水保卫战，我们的对手是国民党王牌军张灵甫的整编第74师。我们5旅在苏北，旅长是成钧、政委是赵启民。上级要求我们旅坚守5天，我们坚守到第3天，八千多人只剩三千多，弹药几乎用尽，打得非常惨烈，整个涟水城几乎打平了，现在的涟水不是那时老的涟水县城了。后来王必成司令的部队到了，我们部队压力减轻了很多，就趁机收集敌军逃跑时丢下的炮弹，可提供我们旅再打两三场的战斗，炮弹箱可提供我们旅烧好几天的饭。

涟水保卫战中我被"牺牲"过两次。第一次，敌军的飞机在我们头顶上扔炸弹，我前面的战士牺牲了，后面的战士也牺牲了，我的背包被烧着了，恰巧有个我们村庄的老乡在担架队，看到这状况，就向我母亲报了我牺牲的消息，我母亲伤心欲绝。因为国民党军队占领了我的家乡无法通信，母亲每年清明节就到我"牺牲"的十字路口烧纸。

第二次在涟水保卫战中，国民党军队攻占涟水，我们部队撤退时，遭遇敌机狂轰滥炸。大概是上午八九点钟，我被炸伤，不但腿伤得很厉害，腹部也被炸伤，肠子都流了出来。我这人命大，尽管身负重伤，但头脑很清醒。我叮嘱自己："决不能让敌人俘虏，我有手榴弹，如果敌人发现我，就与他们同归于尽，哪怕炸死他一个也行。"

这时我们部队为了撤退组织反冲锋，又把敌人打下去了。反冲锋有伤亡，有担架队抢救伤员，我已叫不出声来，就用手榴弹敲击发声，想引起担架队的注意，但他们没有发现我。我心想部队不经过这里，我再敲也没用的，情急之下，我就甩出一颗手榴弹，想搏击一下，如果被炸死也就算啦。当时部队有个规定，哪个地方有枪声一定要去察看的，担架队员听到爆炸声就赶过来了。因为夜里天黑，我又弄手榴弹敲击，他们就循着声音来了。我浑身是泥巴面目全非，他们摸摸我的头是光头，当时新四军战士都剃光头的，知道是自己人就将我抬上担架，此时已是晚上十点多钟，我就晕过去了，后来我是怎样被救治的一点也不知道。

直到1950年我回家探望，我家在江苏盱眙县，母亲见到我惊呆了不敢认我。我灵机一动，给他看小时候穿的一个耳洞，她这才相信我没死，我们母子抱头痛哭。姐姐与我开玩笑，妈妈给你寄了好多钱你收到没有？我说没有收到过寄给我的钱啊。姐姐说，就是在十字路口给你寄了5年啦，我这才恍然大悟，母亲是给烧纸钱祭奠我啊。

当时战地医院条件很差，我的腿到现在还是走得快点就很疼。

（原载2017年7月《永恒的军魂》）

邹越人：战场上五次与死神擦肩而过

　　邹越人，1933年出生，不到16岁的学生兵。解放初期，在参与福建大山深处复杂艰难的剿匪环境中，在抗美援朝瞬息万变的战火中，历经生死考验而无怨无悔。没有惊天动地的英雄事迹，没有令人骄傲的赫赫战功，有的是五次与死神擦肩而过仍然不忘初心的爱国情怀、忠于职守的执着追求。在虹叶老年公寓，我见到颐养天年的邹老，听他从容淡定地讲述当年一幕幕惊险危情。

　　1949年5月18日，苏州解放。在苏州实验中学读书的邹越人，经中共隐蔽战线党员的美术老师指引，于5月21日参加人民解放军，隶属于解放军第三野战军10兵团，被分配到解放军政治部财政经济干部学校。经过两个月的训练，跟随部队进军闽北剿匪，由此踏上历经艰苦惊险的历程。

背包救了他一命

　　邹越人所在的部队从上海出发，乘坐小木船到达嘉兴，以后的行程就全靠步行。一路上，不时有国民党军机轰炸，遭遇国民党溃逃的残部。为赶在规定时间到达福建崇安开展土改和剿匪，部队以每天行军100里的速度行进着。那天，部队到达位于浙闽赣交界的江山地区，还未来得及喘口气，尖锐刺耳的敌机呼啸而来，战士们纷纷卧倒。一颗炸弹下来，巨大的气浪将卧倒的邹越人掀得很高，再重重地抛下埋到土里。失去知觉的他是被战友们挖出来的，醒来后慢慢站立起来，身上竟然没有一处受伤，战友们都庆幸他命大。直到晚上打开背包才发现，背包破损了，一块弹片深深地嵌在里面，他恍然大悟，原来是背包让他逃过一劫。

　　第一次经历战火考验，增强了邹越人对以后工作的信心。部队到达福建崇安县，立即组织发动群众着手土改。他是土改工作队成员，一边了解敌情，一边访贫问苦。崇安被大山环绕，比较封闭，这里的闽北土话，工作队员一句都听不懂，县政府就设法为每个队员配备一名翻译。所谓翻译，其实就是与他们年龄相仿的学生，既会讲闽北话，又能听懂工作队员的话，带领他们走家串户宣传土改政策。那时部队供给很困难，不能为队员解决吃饭问题，由地方政府负责。这里刚建立到县一级的人民政府，乡政府还没有建立。他们每天是吃派饭的（在村民家轮流吃饭）。村民的生活也是很困难的，大山里竹笋多红薯多，他们每天就靠吃竹笋与红薯，没有一星半点的油水。对于家境颇好的邹越人，生活上是个考验，但他没有半句抱怨。

　　邹越人他们在崇安县岚谷乡开展土改，但在走访村民摸情况中，发现一个奇怪的现象，不少村民见到工作队员赶快关门，他们与村民说话，村民很少回应，或者干脆躲开。工作队首先真情实意与翻译做朋友，翻译年轻有文化容易接受新生事物，很快就对土改剿匪的意义积极支持。翻译向工作队道出事情的原委：原来这个乡竟然有80%的乡民与土匪有关联，外面不熟悉情况的人是根本进不去的，即使进去了很有可能就出不来了。其实，很多乡民是被土匪或国民党残余势力绑架或者胁迫上山当土匪的。"土匪"的家人对共产党、解放军不了解，所以做思想工作难度是很大的。好几十位翻译，成为工作队的得力助手，他们带领工作队员一家一家敲开乡民的门，向他们详细讲解共产党的方针政策，让他们了解土改对于中国农民的意义，控诉土匪和国民党反动派对乡民的残害。经过一段时间的深入接触，乡民们消除了顾忌，有了翻身当家作主的体验，主动配合部队开展剿匪和土改。

　　邹越人介绍，崇安一带都是崇山峻岭，加上土匪熟悉地形，有些土匪还身怀绝技，所以剿匪异常艰难。经常是解放军部队在山下，明明看见土匪在山上活动，但迅速上山后就是不见踪影。工作队员每天找人谈话接待举报人员，汇总分析土匪活动动向，忙得不可开交。一天傍晚，有乡民举报，浙闽赣交界处作恶多端绰号"滚山"的土匪头子下山了。被战士们称作"老山东"

的队长，是参加过抗日战争富有战斗经验的老兵，听后很兴奋，立马率领邹越人他们几位工作队员和警卫班战士，疾步奔跑十几里路，来到土匪潜入的那幢房屋悄悄包抄过去。不多时，听见门响后闪出三个人影，举报人说第二个就是。但土匪很狡猾，借着暮色眨眼之间鬼魂般地消失了。战士们冲进房子里，仔细搜查也不见人影，那个房主老太太说不认识土匪的，估计从后山逃走啦。

情况汇报到县里，县委书记命令"明天开始搜山"。众多战士梳篦式地搜山两天两夜，看得见土匪人影就是抓不到。村民说，"滚山"有绝技的，能够从山上滚下去却不会受伤。针对这一情况，县政府又增派一个连，部队对方圆五公里的山地实施包围。土匪边向山上逃窜边负隅顽抗，战士们到达山顶后，土匪却又不见了人影。县委书记当即命令，一排二排留在山上坚守，其他战士一面下山一面搜捕，并采取火攻，果然将土匪烧了出来。原来土匪在山里都筑有洞穴和暗道，按常规搜山是不易发现的。

公审土匪头子"滚山"是在平坦的河滩上实施。那天，四邻八乡的老百姓奔走相告，庆贺解放军为民除害，再也不用担心土匪和国民党反动派啦。其他土匪在家属规劝下，纷纷下山向政府自首。剿匪有了重大突破，土改的工作也一下子得到提升，推进了半年就圆满完成了任务，部队奉命开赴福建前线。

炸弹就在身旁爆炸

战士们认为开赴福建前线是准备解放台湾的，因为他们见到的场景足以说明这样的态势。邹越人举一个事例加以说明：从江西鹰潭过分水岭就到福建了，这里的公路被敌机轰炸破损得很严重。部队全力投入公路的抢修，老百姓也加入和战士们一起夜以继日地修路。公路修好后，只见运输军用物资甚至大炮的车队，日夜不停地从公路上驶过。所以战士们情绪非常高涨，纷纷表示要在解放台湾中勇立战功，生活上的艰难困苦都不在话下。

1951年末，邹越人跟随部队行军到江西上饶，乘上"闷罐子"火车。战士们全部坐在铺了稻草的地板上，行程是保密的，无法看清外面，凭感觉火车一直往北开。听到车站播音时，才知道已经到达丹东。火车出了国界后速度减慢了，每到一个车站都会停下由养护工敲击车身检查。又经过一昼夜的行程火车才停下。战士们跨出车厢后，发现外面是一片皑皑白雪，原来他们已经在朝鲜的一个小火车站。随着首长的一声号令，战士们迅速在站台上集合整好队形，首长这才宣布："我们部队已编入中国人民志愿军，是来抗美援朝保家卫国的。"部队帽徽胸章武器都没来得及发，就接到命令急行军两个多小时。部队入朝后到达的第一个地方叫苏明洞，邹越人见到的是残垣断壁，犹如"无人区"，战士们非常震惊和愤怒，这都是美国侵略者的恶行造成的。在苏明洞，战士们住在老百姓家里，这个村庄只有十几户人家。邹越人说，朝鲜语的老大娘叫阿妈妮、老大爷叫阿爸基，有的阿爸基还会说点中文并用汉字与他们交流。部队在这里休整了一个星期。

　　邹越人所在的部队被改编为铁道兵部队，主要任务是抢修被敌机炸毁炸坏的公路铁路和桥梁，哪里被炸坏就抢修到哪里；同时还要防备敌特窃取部队情报。敌机实施的是全天候轰炸，白天无法行动，只能趁着夜色掩护抢修，也经常遭遇敌机轰炸。为部队开卡车的是朝鲜司机，战士们都夸朝鲜司机是"千里眼"，因为晚上开车不能开大灯，否则容易招来敌机轰炸，只能开近光灯。朝鲜的公路本来就很窄，加上敌机的轮番轰炸，道路坑坑洼洼的很是难行，尤其情况危急时，司机开车，副驾驶就跳下车在前面带路。志愿军坐在卡车上，每逢到拐弯处就要下车，让司机转一点倒一倒，再转一点再倒一倒，这样才将他们送到驻地的。

　　在朝鲜战场上的铁道兵非常艰苦。敌机对铁路、公路等重要的设施采取"地毯式"轰炸。铁道兵只有榔头、钳子、铁锹、洋镐等简单的修路工具，这不仅是一项重体力劳动，还经常有战士中弹倒在路基上。对年轻战士的意志是严峻的考验，尤其像邹越人这些"学生兵"。邹越人第一次抢修一座被炸坏的铁路桥时，铁轨、枕木都是靠人扛的。一根两米多长大海碗般粗的枕木，他费劲地扛起一根，腿直打战。指导员关切地问："小邹，你行吗？"不甘示弱的他刚说出"我能行"，腿一软摔倒了，幸亏枕木没砸到身上。此时他想的是，别人能扛得起来，我也一定要扛得住。调整了方法，又咬牙扛起枕木。

一天下来，肩膀上渗出了鲜血，与衬衣粘在一起，钻心地痛，在艰苦的环境中，他挺了过来。

铁道兵部队遭遇了"荒草岭"战斗。那天，战士们正在抢修铁路，美军的一个团向荒草岭我军施工处包抄过来，哨兵听见隆隆的坦克车和卡车声，飞速登上山岗瞭望，发现敌情，迅疾报告队长，铁道兵按命令隐蔽。此时已是枪炮声大作，兄弟部队与美军交上了火，打得很激烈。一个多小时后，美军丢盔弃甲溃逃，邹越人和战友们跳出掩体欢呼胜利。只见翻滚到山下的美军坦克底朝天，卡车撞进了田里斜躺着。

部队的粮食和物资是要从国内的丹东补给站拉来的。从他们的驻地到丹东，卡车要开一天。有一次，部队派出两辆大卡车回国拉粮食、蔬菜、药品等，邹越人随行押车。进入朝鲜后，司机提醒，你们坐在上面的要提高警惕，耳朵放尖点。志愿军是五公里一个岗哨，枪声响起，就说明敌机来了。未料，司机话音刚落，枪声就响了。"不好，敌机来啦！"公路很狭窄，没地方可隐蔽，大卡车一前一后，只能停靠在路边。邹越人真切地看到一个小黑点越变越大直挺挺地砸下来，"轰"的一声巨响就在卡车五六米处炸开了。他与同车的战士从卡车上被弹起，再狠狠地被摔到公路上。他清楚地看到那是被战士们唤作"黑寡妇"的美国B-52轰炸机，身旁一棵大树一下被弹片拦腰斩断。敌机飞离后，他想站立起来，却发现腿疼得根本动弹不了，原来受伤了，万幸的是，没有生命危险。

被炸入水中生还

1952年初，部队圆满完成修路任务，奉命开拔到朝鲜东部最大的海港——元山港。战士们见到的是一片惨不忍睹的景象，马路上没有行人，街道两旁没有一幢完好的房子，人们都躲避在防空洞里。邹越人说，尽管环境如此险恶，但朝鲜人是很乐观的，每周六照样要唱歌跳舞，女同志还化妆与志愿军联欢。

秋去冬来，还是在运输物资的途中，那次是到国内给部队运送棉衣被之类冬季供给的。卡车经过一座公路上的木桥时，敌机鬼魂似的突然闪现，卡车的车尾还在桥上，敌机超低飞行从卡车顶端掠过，随即俯冲下来对着卡车狂轰滥炸。司机为躲避，用力猛打方向盘，一时没把控住，卡车一下坠落到距离桥面五六米的河里。坐在车顶上的邹越人和另一名战士及司机，随着卡车直接就钻到河底啦。10月的朝鲜，河水已是冰凉刺骨，侥幸的是他们水性都不差，在水里挣扎一阵后，砸开车门救出司机，奋力相协爬上了岸。只可惜卡车上的棉衣被都浸泡在水里真的泡汤了，这些好不容易运来的物资，让邹越人他们心疼不已。

帽檐被子弹打穿

有一次，师部的一位宣传干事到连队采访，结束后干事不认识回师部的路，队长让邹越人护送。他和宣传干事刚转入山坳，突然瞅见一队美国兵就在他们不远处，而他俩一人只有一把手枪，是不能硬拼的，急忙隐身到树丛中。不料身后忽地站起一人，邹越人吓了一跳，厉声喝问："你是什么人？"对方说的是朝鲜话，从其比画来看是朝鲜老百姓，但他们的举动和话语，被美军发现了，向着这个方向就是"嗒嗒嗒"地一梭子弹扫射过来，发出炒豆般的声音。子弹"嗖嗖"地夹着一股凉气从邹越人耳旁掠过，他们就势滚到旁边的壕沟里隐藏，美军又打了一阵枪虚张声势了一番，见没有动静这才离开。邹越人说，这次很侥幸没被发现，否则就是死定了。朝鲜老百姓对路况熟悉很是机灵，做着手势让他俩别动，自己先出去打探一下。十几分钟过去了，他们正着急，怕碰到的是朝鲜特务。老百姓返回了，用手势告诉他俩没危险了，让他们跟着走，主动送他们回营地。快到营地时，又发生状况，前面一个小山包上，有人打出信号弹，他们猜想，难道是特务向敌机发信号啊？立马隐蔽，果然，顷刻美军飞机就来了，狂扫一阵后飞走了。邹越人说，在朝鲜战场上，美军飞机轰炸有时并没有明确目标，就是时不时地会来轰炸一番。他从师部返回驻地，队长批评他去了这么久，边上的战士蓦然发现他的帽檐被子弹打出一个洞，纷纷感叹"死神不愿收留他"。

遭遇"水鬼"突袭

部队开赴朝鲜东海岸的大城市——咸兴，这里同样是满目疮痍，不少民居还冒着浓浓的黑烟，战士只能搭建帐篷宿营。正是七八月最热的季节，见到阳光映射下波光粼粼的海水，邹越人他们这些南方来的战士，中午时纷纷下海游泳，岸上留一个战士放哨。一次，邹越人潜泳游得舒畅，猛然发现水下近在咫尺，两个潜伏着的"水鬼"，举着刺刀向他袭来。危急时刻，岸上放哨的战士也发现了情况异常，鸣枪警示，周围的战士呼啦向他游来救援，"水鬼"见势不妙，转身潜入海水深处逃遁。上岸后，他们分析，"水鬼"很可能是朝鲜特务来刺探军情的。

邹越人悲痛地说，作为铁道兵，他们虽然没有与敌人短兵相接，但是目睹了太多的牺牲。他被志愿军战士的视死如归强烈震撼，但有一位女兵的重伤却让他深深地自责。他们这批铁道兵中的文艺骨干，除抢修铁路，还经常到前线慰问演出。那次战斗结束，部队在一个半山腰的山洞里休息。排长命令每个班派一名战士在洞口站岗，轮到邹越人站岗时，这时刚参军两个月的女兵小吴要出洞，而洞口五十米开外就是美军阵地。邹越人不让她出去，她说是要出去"方便"。他让她遵守纪律，就地"方便"，但刚参军的她，还没有经历过战场的危险和严酷，使着小性子非出去不可。同样年轻的他没了主意，就让她等着，自己去报告排长。只几分钟，排长跟着他还未到洞口，就听见枪声骤然响起。他紧张地说"坏了，坏了，肯定是小吴出事了"。果然，洞口处她已不见了人影，五米开外，她躺倒在血泊里惨叫着。邹越人和排长冒着被敌人击中的危险，匍匐着爬到她身边，将她救回山洞。奄奄一息的她，双手臂和双腿都被子弹击中，卫生员急忙为其包扎。排长立即向团部汇报，女兵即刻被送回国治疗。排长被团长狠狠地剋了一顿："你这个排长不想当了，是吗？"邹越人很是自责地说明情况。以后，邹越人与战友回国，专程去医院探望小吴，她因伤势过重，最后只得截肢，为自己的年轻任性付出了惨痛的代价。女兵的负伤成为他难以抚平的心痛。

建设新中国再做贡献

抗美援朝结束后，邹越人复员来到上海，回到阔别已久的四川北路大德里的家。他到虹口区民政局报到，踏进办公室，他的一声"报告"，一个标准军礼的动作，着实让民政局工作人员愣了几秒。他按照部队养成的习惯："我是复员军人邹越人，奉命前来报到。"民政局同志哈哈大笑地说："我们已经知道你的情况，根据你的文艺特长，将你安排到'红霞歌舞团'。"邹越人却要求到工厂去，他想到的是国家建设需要技术人员。

邹越人被分配到海宁路吴淞路处的一家私营企业——"正达医疗器械厂"。第一天上班，拐进弄堂，从小楼梯上去进入厂长室，他的一声"报告"，那人一抬头，竟是位老太太，自我介绍就是杨厂长。杨厂长问他想做什么工作？他说想当学徒，令她很惊诧："你要当学徒？当学徒很苦的。"他豪爽地说："我是一个兵，战场上不怕死，工作中不怕苦，就是想学技术，我什么都不懂，愿意从头学起。"杨厂长很赞赏他，安排他先去拜师学钳工。一年后，钳工师傅说："小邹刻苦学技术人又很聪明，钳工做得很好啦，再去拜师学车工吧。"邹越人坚持白天上班学技术，晚上到虹口区科技大学读夜校。1963年考入杨浦区职工大学，攻读机械设计专业。鉴于他技术上进步很快，工作又认真负责，厂里调他到技术组工作。技术组长是清华大学毕业的工程师，邹越人遇到技术上的良师益友，从此一直从事机械设计，后来担任厂技术科科长，领衔研发治疗癌症的医疗加速器。邹越人是上海研发七人专家组成员之一，当时全国只有北京、南京、上海研发，而上海是率先研发成功的。

邹越人，朝鲜战场上的铁道兵，在建设祖国的伟大事业中，从学徒工做起，脚踏实地地在工业战线立下老兵新传的功劳，成为我国加速器领域的专家，一直工作到1988年离休。

（原载2017年7月31日《劳动报》）

从小红军到"飞将军"

——东海舰队原副司令员李文模的戎马生涯

李文模，10岁随中国工农红军踏上二万五千里长征，14岁加入中国共产党。22岁成为我军第一代飞行员，35岁被中央军委任命为海军南海舰队航空兵部副司令员，56岁任职东海舰队副司令员，1989年6月离休。

在纪念红军长征胜利80周年的日子里，原本将接受我采访的李文模将军，因为不慎摔了一跤造成骨折，继而感染严重肺炎而讲不出话，不得不躺在病床上静心养病。但他会用手势和表情表达纪念长征和庆祝建党95周年。4年前，我曾有幸采访这位传奇"飞将军"，他精神矍铄，侃侃而谈，为我讲述其革命生涯的故事。本次他小女儿李甄为我讲述父亲的故事。

踏上长征路的儿童团员

1925年初，李文模出生在四川阆中一个小山村。因家境十分贫穷，父母不忍心看着孩子被饿死，在他5岁那年，将他卖给了当地一个商户人家做养子。1934年秋，红四方面军进入四川阆中，李文模的家乡成立了乡苏维埃政权，他才得以回到亲生父母身边并参加乡儿童团。机智勇敢的李文模，在一次放哨中，识破一个化装成叫花子的国民党侦察员，红军截获了重要情报。李文模由此被选入区儿童团，当时的区委书记淳家琴成为他走上革命道路的引路人。

1935年4月，年仅10岁却表现出色的李文模，被破格批准加入红军部队参加举世闻名的二万五千里长征。李甄对我说：长征路上的小红军父亲，并不像电影镜头中展现的，头戴红星八角帽、身穿羊皮背心、背着小马枪威武神气的样子。因为个头太小没有合适的衣服穿，只能把打土豪缴获的一件女式花衣服给他当袍子穿，双脚裹着破布，不断地冒着枪林弹雨行走。淳家琴一路上关心勉励他，并设法将他拴在马尾巴上借力爬上雪山。在十八勇士强渡大渡河后，淳家琴特地安排两个大个子红军战士护送李文模过河。大渡河上的铁索桥摇晃得很厉害，木板间的缝隙很大，桥下是汹涌翻滚的浪涛，真是步步惊心。行至桥中央，李文模一脚踏空，径直就在铺板的空当处坠落。说时迟那时快，是红军大哥奋不顾身拽住他的衣领将他拉上来的。就这样，两位红军大哥几乎是将李文模"拎"过了大渡河。解放后，李文模几度寻找当年的救命恩人，却音讯全无。

1935年秋，李文模跟随红军部队翻越千年无人行迹的夹金山。他前面的一位战友实在撑不住了，坐下休息一会儿却再也没有醒来。而迎面扑来的一阵暴风雪，将视线被遮挡的他打入岩石下被雪淹没，他拼命地挣扎却虚弱得根本发不出声音，幸好后面一位战友发现岩石下的雪堆里有东西在蠕动，冒险爬下来将他挖出。翻越大雪山的一路上，李文模目睹很多耗尽体力的战士倒下就再也没起来。最惨烈的莫过于工农医院年轻的女战士们，爬山前近百人，过山后只剩下二十多人，为中国革命的胜利，她们长眠在这连绵不绝的雪山中。

由于张国焘的分裂主义，李文模随红四方面军三过草地，每一次都经受着生死考验。1936年6月的一天，他随部队行进在草地中，突然乌云密布下起大冰雹，他拿面盆遮挡得慢了些，就被两个鸡蛋大的冰雹砸中头部，疼痛难忍地倒地不起，是后面的战士拉他起来搀扶着他走了好长一程。水草地一望无际，不见树木，杳无人烟。战士们只能小心翼翼地踩准一个个鼓起来的水草垛行走，稍有不慎就会陷入淤泥中难以自拔。

进入草地不久就断粮了，渴极饿极的李文模，喝过马尿甚至活嚼过泥鳅。学着大人样，将脚上的牛皮鞋底和牛皮裤带（缴获的战利品）在火上烤软后，掰成一小块一小块地藏好，吃一块喝上两缸子水。有时找到野菜和草根，就拿一块皮革一起煮来吃，又坚持走完一天的征程。历经千辛万苦，终于走出水草地。至今想起长征途中牺牲的战友，耄耋的老将军难抑心中的万分悲痛。他多次向子女说起，长征日子虽然艰难无比，但是战士之间、官兵之间同甘共苦守望相助，人人心中有盏明灯。他这个才10岁的小红军，就是凭着跟共产党走、跟红军走的坚定信念，在首长和战友的关怀鼓励下一路走来的，是红军这座革命的大熔炉锤炼了自己。

从红军中走来的飞行员

红军会宁会师后，李文模被安排随红军大学到陕北定边县城。这里，几乎天天都有国民党军队的飞机进行侦察和袭扰，时不时地来一番狂轰滥炸。李文模第一次见到飞机而且是这么多飞机。看到大批民房被炸毁，很多平民和战士惨死于敌军炮弹下，藏身在城墙猫耳洞里的李文模，怒视着一次次俯冲下肆虐扫射的敌机，暗自立下誓言："一定要当红军的飞行员，为死难的战友和百姓报仇雪恨。"

以后红军大学随党中央一起到达延安，逐步明白革命道理、立志当红军飞行员的李文模，利用在"红大"的有利条件，刻苦努力地学习文化知识，加上他被那家商户收作养子时曾上过两年私塾，文化程度提高很快，被组织选派参加无线电训练班的学习和深造，掌握了机要、电讯等业务知识技能，成为中共高层领导的机要秘书。1939年9月，年仅14岁的李文模，因学习努力，工作表现突出，被党组织破格吸纳为中共党员，几乎是当时延安年龄最小的党员。

1936年12月，"西安事变"和平解决后，杨虎城将军派一架小型军用通信飞机送周恩来回延安。李文模听到这个消息后非常兴奋，和另外两个一起学习的小战士约定，半夜就起床从桥儿沟天主教堂步行到延安飞机场守候着，要近距离看看飞机"长"的啥模样。上午9点多钟，他们等到了徐徐降落的飞机，看到周恩来副主席从飞机上走下，同前来欢迎的人一一握手问候。机灵的李文模从人缝中钻到前面，一声响亮的"首长好"引起周恩来的注意。"小鬼，你是哪个单位的？"周恩来摸着他的头慈祥地问道。"我是'红大'的，天还没亮就到这里来欢迎您啦！""哈，欢迎我？你是来看飞机的吧！"周恩来似乎看透了他的心思。"我是来欢迎首长的，也想问，我长大了能当红军飞行员吗？""有志气，我看能，一定能。不过你现在要好好地学习文化才行。你们不是要看飞机吗？去好好地看吧！"李文模欢快雀跃地奔向飞机，看了又看，摸了又摸，要当红军飞行员的信念更加坚定了。

抗日战争胜利后，李文模随中共中央土地改革考察团到晋绥边区农村搞土地改革总结。这一时期，他与毛岸英同劳动、同学习，同住农民家、同睡一张炕、同吃一锅饭，友谊日渐深厚。两人都爱看小说，中外名著和革命文学作品争着阅读，还会为不同的观点争得面红耳赤。李文模很感慨："冬天，我们跟着农民学施肥，从莫斯科吃洋面包、喝洋墨水回来的岸英，抓起肥料就一把把往地里撒，没有丝毫嫌脏怕臭。"

1947年，当李文模多次向上级提出到航空学校学习飞行的申请终于获准后，毛岸英非常高兴地祝贺他："文模，你的理想和愿望终于可以实现了，祝你成功！我们一起从延安出来相处得很好，你这一走，我还真舍不得呢！"毛岸英将自己一张一英寸小照片送给李文模作纪念，他珍藏至今。分别的那天，毛岸英将他送上大卡车，卡车开出很远，毛岸英还久久与他挥手不愿离去。谁曾想，到了1952年，此时的李文模正驾驶着战斗机在朝鲜上空与美军侵略者的敌机浴血奋战之时，竟然听到了毛岸英早在1950年11月就已壮烈牺牲的噩耗，抑制不住地潸然泪下，毛岸英的为国捐躯成为他心中永远的痛。

抗美援朝建奇功

李文模的飞行经历，是我国空军从建立到成长的见证，是李文模的又一段革命传奇。1946年3月，中国共产党在东北通化市建立了第一所航空学校——东北民主联军航空学校。学员都是千挑万选的英勇战士，但文化水平普遍很低。此时已是中央高级首长秘书的李文模，缠着当时的中共中央社会部副部长李克农为他说情，并放弃了他这位老资格长征红军所有的待遇，才获得批准去学习飞行的。

当时转型于原国民党军队和日本军队的飞行教官，都认为不可能教出共产党这支飞行队伍的，日本教官甚至拒绝授课。但李文模他们这批学员硬是用超乎常人的钢铁意志和坚韧不拔的精神，成为第一批飞上蓝天的革命战士。被人们称为"最年轻老红军"的李文模更是其中的佼佼者，他以优异的成绩毕业并两次被记三等功。教官们由衷地赞叹：奇迹，真是奇迹，具有这种精神的军队是战无不胜的，中国共产党是一定能打下江山的。

李文模航校毕业后，被编入中国人民解放军空军第4师第1米格-15歼击机团，成为能开喷气式战斗机的新中国第一代飞行员。1950年10月，中国抗美援朝志愿军出兵朝鲜，时任志愿军空军第4师12团副团长的李文模奉命参战。他率机组掩护战友张积慧击落美国号称"空中一霸"的王牌飞行员安德鲁·戴维斯，从而打破了"美国空军不可战胜"的神话，让美国人惊呼，这是远东空军的一大损失。在保卫清川江大桥战斗中，李文模亲自击落一架美国F-84战斗轰炸机，空四师党委授予他二等战功，朝鲜民主主义人民共和国授予他一枚二级独立自由勋章。此后，李文模被调往华北空军17师。1954年，全师归建海军航空兵，李文模随部队先后进驻上海大场机场、宁波机场、浙江黄岩路桥机场。配合陆军和海军舰艇部队，参加了解放东南沿海岛屿的所有战斗及炮击金门等战役。

1958年的一天，李文模接到海军司令部十万火急的通知，亲自驾机从青岛飞往北京接受空军司令员刘亚楼的命令，仅用两昼夜不到的时间，就完成"海航"四师十团从青岛柳亭机场到福州前线的转场布防。仅两小时，就在他的指挥下，击落、击伤两架入侵的国民党战机。后来这支英雄的军团由毛泽东主席亲自提议，被国防部命名为"海空雄鹰团"。

采访手记：传承优良家风

离休后的李文模，不忘初心，继续前进，共产党员和革命军人的本色不褪。他对夫人和子女最基本的要求是："认真、严谨、责任、总结"；最基本的准则是："身教重于言教，低调做人高调做事。"其实，夫人刘惠宽也是一位早就参加革命的离休干部，在抗美援朝的战场上立过战功，但她总是隐身在将军身后，鼎力支持他的工作。我与他们的小女儿李甄曾在工作上有多年接触，她是一位党务工作者，爱岗敬业、勤勉做事，然而我不知她有战功显赫的父亲和革命战士的母亲，这些信息是偶然从别人口中得知的。

李文模坚持学习、善于思考的本色不变。每天戴上老花镜再加上放大镜坚持读书看报做笔记；参加"百老讲师团""百名将军看上海"等活动；坚持将长征精神薪火相传，激励更多年轻人将实现中华民族伟大复兴的中国梦，作为自己义不容辞的职责。

（原载2016年7月22日《联合时报》）

陈冠宁：好男儿当自强

近日，陈冠宁又一次随静安区拥军协会将书画艺术送进驻区部队，开展"文化拥军"活动。荣获2015年度上海市拥军模范的他，对部队有特殊的感情。他的祖父、父亲、儿子及本人，都是军人，家庭传承的是"血性男儿须有保家卫国舍我其谁的担当"，他更是在革命烈士父母英雄事迹砥砺下成长的。

年近70的陈冠宁，安于笔歌墨舞快乐的同时，热衷社会公益，是上海市久隆模范中学校外辅导员暨青年党校辅导员、大众出租车公司"爱岗敬业道德教育"辅导员、上海红星书画院院长。他绚丽的"夕阳事业"，源自"好男儿当自强"的人生理念。

随父母入狱险遭杀害

从小，陈冠宁只知道爸妈在很远的地方工作。小时候的他很调皮，一次因为滚铁环将同玩的小伙伴打哭了，小伙伴的父母指着他怒吼："别和这个没父母教养的野孩子玩。"陈冠宁奇怪："我没父母？"回到家，他对奶奶哭闹要爸妈。星期天，奶奶为他换上春节才穿的新衣服，来到江湾公墓烈士墓区父母墓前，含泪对他说，你爸妈长眠在这里，他们都是共产党员，为解放上海英勇牺牲了。你虽然没有爸妈，好男儿当自强，你要努力学习，秉承父母遗志，长大做建设祖国栋梁之材。

陈冠宁的父亲陈尔晋，牺牲前的公开身份是国民党国防部第4兵团中将副司令兼参谋长，善使双枪和指挥炮战，被将士们誉为神枪手、神炮手，在长沙保卫战中亲手打下日军战机；母亲王曼霞出身富商家庭，1936年加入中国共产党。解放战争中，他们肩负策反国民党军队起义的重任，遭遇叛徒出卖而被捕。受尽酷刑却坚贞不屈，距上海解放只8天，被蒋介石亲自下令杀害，此时王曼霞还怀有身孕。出生才11个月的陈冠宁与父母同时被捕，经中共地下党多方组织营救，他这个幼儿才得以死里逃生。

陈尔晋、王曼霞牺牲后，他们的7个孩子被亲友和远方的陌生人领养。奶妈带着陈冠宁，辗转几年后找到他的祖母。直至80年代中期，陈家的七个孩子才得以团聚。

独自就医险遇不测

陈冠宁仿佛一下长大了，少了调皮和天真，遇到化不开的苦闷，小小年纪的他，会独自从虹口乘车到父母墓前默默地倾诉，领会好男儿当自强的含义。逐渐地，他养成了敢于独立行事勇于担当的性格。

陈冠宁有些绘画天赋，12岁的一天，他出黑板报直到天黑，又饥又渴，喝了一肚子过滤水。晚饭后肚子疼得厉害，冷汗湿透内衣。患中风的奶奶行动不便，懂事的陈冠宁让她不必担心，独自去医院。那晚风雪交加，平时一刻钟的路程，足足走了三小时。医生确诊其为急性阑尾炎，惊讶怎么没父母护送，得知其父母都是烈士后，医生又心疼又感动，破例同意他自己签字立即手术。手术后的第三天，陈冠宁才醒来。第一眼见到的是班主任顾老师，顾老师把他紧紧地搂在怀里，从小就失去母爱的他，感觉投入了妈妈的怀抱，长久压抑的泪水夺眶而出。医生说，如果再晚十分钟手术，很可能因肠穿孔引发生命危险。

剿匪掉冰窟险些牺牲

1965年6月，16岁的陈冠宁要求参加新疆建设。他来到阿克苏农一师生产建设兵团，这里吃的是苞谷馍馍，喝的是苞谷糊糊，只有生病时才能吃碗米饭或面条，那种艰苦完全出乎意料。是父母的遗愿和"好男儿当自强"的勉励，让他坚持了下来。他先后获得摘棉花、割稻子、推土方等"能手"荣誉。由于表现出色，他被派到房建队当窑班长。一次，一窑砖烧到第七天，因送柴火的拖拉机遇洪水被阻，柴火告急。若熄火，不但窑砖报废，还可能引发塌窑伤及人员。陈冠宁果断下令，拆掉用大树梁子搭建的营房，睡觉的铺板也用来烧窑，但送柴火的车队还是没到。情急之下，他又下令将伙房也拆了，并将蒸笼等但凡能烧火的家什都用来烧窑。终于支撑到第九天，等到了送柴火的车队，保住了窑砖。陈冠宁受到团部特令嘉奖，那年他19岁，团部向新疆边防部队推荐破格批准他参军。

聪明机灵、身手不凡的陈冠宁，入选特务团特务连，那是新兵们向往的连队，但特务连并非只有荣誉，他经受了生与死的考验。一次连队执行紧急任务，到苇子河追剿一股流窜的顽匪，他所在的尖刀班在前探路。河面上的冰有一米厚，他带领战士在冰面上疾步行走，突然"咔嚓"一声，他随塌陷的冰块掉入冰窟窿，瞬间被冲击到冰层下，冰凉的水如刀割般袭来令他窒息。危急时刻，陈冠宁告诉自己必须挺住，他屏住气顺着光亮奋力游到洞口，战友们急欲救他，他让大家别动，让战友解下背包带联结起来，甩过来使劲将他拽出。陈冠宁不仅死里逃生，还出色地完成剿匪任务，又一次立功受到表彰。

经商遭劫匪险被夺命

改革开放后，陈冠宁在国内经营企业颇有成就，又将发展眼光投向国外。20世纪90年代中期，他到柬埔寨首都金边开了家颇具规模的"中国太子餐厅"。正当他干得风生水起时，意外发生了。

1999年11月9日晚，店员都已下班，餐厅准备打烊。陈冠宁习惯地拿着一大串钥匙，亲自检查餐厅水电煤等设施。突然，身后传来"不许动，举起手来"的恫吓声。陈冠宁一个转身，竟与劫匪面对面，他的威武凛然，令两劫匪吓得不轻，那个手持五四式手枪的劫匪，慌乱中对着陈冠宁右胸就是一枪，子弹自前胸进从后背穿出，他只觉得像被人猛地撞击了一下，一股热血从胸前涌出，那个握着大砍刀的劫匪又冲上来对着他乱砍，血气方刚的他与劫匪殊死搏斗，从楼下打到楼上，胸前被劫匪砍中一刀，砍刀却也被他用凳子打断，劫匪被他踹下楼。见势不妙，持枪的劫匪又向他开了一枪，子弹从左胸侧打进由左肋间穿出。事后，医生说这一枪距心脏只两厘米。没机会抢到钱财的劫匪只得夺路而逃，同时向奋不顾身追赶的陈冠宁又是一枪。这一枪打在他的腹部，幸亏衣袋里有当天两千多美元营业款，子弹受到阻力嵌进肌肉两厘米，否则很可能造成致命伤。身负重伤的陈冠宁，挣扎着从窗幔绾结中取出护照、通信录和美元（劫匪当然想不到钱财藏在此处），锁好三道铁门，跌跌撞撞地拦下一辆摩托车（当时金边还没有出租车），出高价让车主送他去医院，同时给中国驻柬埔寨使馆和同在此地的朋友打电话求援。

陈冠宁被送到医院不久，中国使馆的参赞和朋友都赶到了。参赞要求医院全力抢救，一切事务由中国政府负责。陈冠宁是术后第二天醒来的，那位主刀的法国医生非常惊奇，他医治的刀枪伤者无数，像陈冠宁这样中了三枪有五个创口再加上胸前一处刀伤的还能救活，堪称奇迹。

退休后不忘三大要务

退休后的陈冠宁，追寻父母的足迹，发掘整理撰写父母的革命事迹，为多个层次开展爱国主义教育提供翔实的史料。他不辞辛苦专程到父母故里和曾经战斗过的地方，深入了解相关情况。

每年3月5日的学雷锋日和上海解放纪念日都是陈冠宁开展爱国主义教育最忙的日子。今年3月4日，他专程到闵行区君莲学校开展"做一名爱岗敬业的好教师"的讲座。他从自己的经历讲起，畅谈教书育人，言传身教对学生成长的重要性，听讲的百余位教师深受感动。台下的不少学生，尤其一些"捣蛋鬼"，听了陈冠宁的成长过程，内心也十分震撼，从而在行为规范、团结同学、学习自觉性、参与社会公益活动等方面有了进步。这些让家长也很欣慰，感谢陈冠宁这位校外辅导员。

陈冠宁退休后，还创建了公益性的"红星画院"，义务辅导军、烈属和居民绘画，经常举办画展是陈冠宁的第三"要务"。擅长国画艺术的他认为"独乐乐不如众乐乐"，让更多的人在习画中陶冶情操、提升文明素质、和谐人际关系，他还经常捐出自己的画作赞助公益活动。

陈冠宁常说：职务上可以退休，但继承革命先烈意志、弘扬时代主旋律，为人民服务的精神不能退休。

采访手记：故事还在继续

看陈冠宁，目光如炬，神情刚毅，身材魁梧，步伐有力，以为他行事处世一定铿锵坚定；随着采访深入，发现他内在的柔情善良同样令人敬佩。

每周四上午，他到静安寺街道"优抚之家"国画兴趣班义务授课。学员多为军烈属、伤残军人，他们时常会有伤感和失落，感同身受的陈冠宁，将疏导和营造快乐的情绪融合在绘画艺术辅导中。

大众出租租赁市中公司刘慧林，是"非户籍"出租车司机，到上海打工的初衷是赚钱谋生，时常有不文明乘客如对待"黄包车夫"般对他颐指气使，令他胸闷委屈。自打有缘与陈冠宁相识，听到他父母的故事、看到他老有所为的行动，刘慧林感悟出出租车司机并不全是为了赚钱，同样能够有意义和精彩。刘慧林成了一路行车一路助人的好"的哥"，还与陈冠宁一起进学校、进园区开展爱国主义教育。

（原载2016年3月13日《新民晚报》）

烽火硝烟路漫漫　少年八路勇抗日

编者按：他们本来都是寻常的孩子，过着平凡的日子。如果当年没有日本侵略者的残害和杀戮，他们很可能沿着原有的生活模式走下去。但是，日寇给中华民族造成空前的浩劫，迫使当年才十多岁年少的他们，纷纷加入八路军，拿起武器走上与侵略者浴血奋战、保家卫国的道路。他们是无数英勇抗击日本侵略者的少年英雄的缩影。近日，本刊特约记者张林凤专访了曾巧夺敌人青红大骡的侦察兵杨洪亭、改名换姓抗日去的"小裁缝"宋世萍以及勇打鬼子的"拼命三郎"吴伯贤。听这些从年少时就加入八路军、加入抗日斗争的当年的少年英雄们，集体回忆那段战火纷飞的抗战往事。

巧夺敌人青红大骡的侦察兵——杨洪亭

杨洪亭，男，1921年出生于山东阳谷县。1938年初参加八路军，同年9月入党。1942年9月，在山东省阳谷县公安局短枪班当侦察员，离休前任虹口区公安分局副局长。

杨洪亭家境原本不错，在农村够得上富农了。他的家乡山东阳谷盛产大枣，制作成的阿胶枣销路很好。勤劳肯干善于持家的祖父，正是靠着将阿胶枣销往南方一些城市才使家中的小日子过得颇为红火。那年，祖父又将阿胶枣运往上海售卖，未料遇上"八一三"淞沪战争爆发，日寇的飞机和大炮在上海狂轰滥炸，众多无辜平民死于非命，祖父非但血本无归还差点命丧日寇枪炮下，好不容易挤在难民船上一路颠簸逃回家，家中的日子由此艰难。

听着祖父讲述一路上所见所闻日寇烧杀抢掠的暴行，少年杨洪亭义愤填膺。1938年初，抗日武工队驻扎在他们村上，一心想着打鬼子的杨洪亭坚决要求加入武工队，终于获得批准。他站岗放哨送情报，干得很是出色，还懂得了不少革命道理，几次获得嘉奖，同年9月就加入了中国共产党。

1942年以后，抗日战争进入艰难的拉锯战。胶东半岛是日军实行"铁壁合围""三光"政策的重灾区。日本鬼子和汉奸"皇协军"地毯式地对抗日根据地实施"清乡"，残酷地杀害中国军民。那年，杨洪亭成为冀鲁豫地区阳谷县公安局短枪班成员。短枪班成员配备三八盒子枪，以行动快速便捷为要领。主要任务是发动组织民众抗日，除奸除霸，侦察日伪军的战略意图和动向。那时的战斗环境异常险恶，日伪军据点星罗棋布，部队一般都是白天住下，晚上行军转移到另外一个村子，拂晓前再转移；有时一晚上转两个村子，甚至刚住下又即刻转移。连续夜行军的疲劳，不少战士学会了边行军边瞌睡，前面的人停他也停，有时前面人走了，他还在原地打瞌睡，要后面的人猛然一推才惊醒，杨洪亭也有过这样的情况。为了行动更迅疾，有战士发明"柳条包"，对横三道竖两道的打背包进行改变，"柳条包"就是用柳树条做成的背包框，被子叠好往筐里一塞，上面用绳子一扎就完成了，这使集合行军快了很多。

1942年除夕夜，凛冽的寒风裹挟着鹅毛大雪，为防备敌人偷袭，下半夜部队又出发了。不能有火光，不能咳出声，鞋子掉了赶紧扯下毛巾包在脚上。经过三小时急行军，部队到达余营村时天已蒙蒙亮，人人的眉梢、胡须、帽檐上都结满雪霜，手脚都冻得麻木了。余营村是八路军的堡垒村，部队经常在这里宿营，所以战士们很快就各自进入自己的房东家安顿下来，从后勤部门领来柴草烘烤湿衣鞋，还领到半斤杂面和馅料，包成饺子吃个半饱，成为大年初一的佳肴。

有一次，部队派杨洪亭和小刘、小李到集镇上搜集日伪动态。他们到接头的地下联络员的小烟纸店，了解到镇上住着一个鬼子小队，还有皇协军。再进行地形侦察，完成任务后准备返回。行到镇尽头，看到两个日本兵头扎白巾，穿短裤短衫，正在井台上洗刷大骡子，离井台十多米远处的树上还拴着一头大骡子，杨洪亭他们三人嘀咕后决定来个"顺手牵骡"。杨洪亭和小李负责监视鬼子，小刘蹑手蹑脚地摸过去解开缰绳将骡子悄悄地牵进了青纱帐。待鬼子发觉急得哇里哇啦乱吼时，熟悉地形的杨洪亭他们，已经迅速地沿着小道牵着骡子跑出了鬼子的视线范围。到了部队仔细打量，竟是一头拉炮的大青红色骡子，于是上交到军分区支援前线部队，他们三人也为此受到了嘉奖。

日寇的"铁壁合围"再恶毒再残酷，也斩断不了共产党领导的八路军与老百姓的鱼水情。日伪军一进村，农民就往高粱地里跑，还有从这个村通到那个村的交通壕。敌人进入茂密的高粱地里就如盲人般摸不着北，只有挨打的份。八路军一进村，乡亲们就会立刻腾出房让战士们住下，床铺不够就卸下门板让战士们睡觉；而战士们也帮着老乡打水扫地、割麦子、砍高粱等。战士们还会大爷、大娘、二哥（这里的习俗大哥是"王八头"，所以不叫大哥而是叫二哥）、大嫂地与乡亲们一起拉对歌搞联欢。

有一次晚上急行军，遭遇进村抢粮的伪军，县长姚顺青叫大家赶快卧倒隐蔽，伪军发现八路军有准备，依靠小庙做掩护胡乱放了几枪就仓皇逃窜了。杨洪亭当时没觉得有不适，到了村里感觉脚疼不能走路，这才发现脚踝上中了一枪。那时缺医少药，伤口发炎不能行军了，被安排住到雷锡俊大爷家。雷家有大娘、儿媳和孙子，一家人对杨洪亭照料得非常周到，经常到镇上买点鱼肉鸡蛋等，都舍不得给小孙子吃，非得让杨洪亭吃下。雷大爷说，你伤口好了，就能早日上战场打鬼子。在雷家养伤的一个多月，成为杨洪亭一生难忘的温馨记忆。

勇打鬼子的"拼命三郎"——吴伯贤

吴伯贤，男，1928年出生于山东省烟台市栖霞县吴家村。1945年初参加八路军，同年10月加入中国共产党。新中国成立初期，由上级选派到苏州大学深造。1952年到同济大学工作，20世纪80年代离休。

1939年日寇占领胶东半岛，家境还算富裕的吴伯贤刚读完小学就失学了。

他耳闻目睹日寇对占领区老百姓烧杀掳掠，无恶不作。担惊受怕的母亲患了重病，失去劳动力生活不能自理。吴伯贤只能白天到地里干活儿，抽空回家照料母亲，晚上再四处奔走收集民间偏方给母亲治病。

那时，日军到处抓青壮年，强迫他们给鬼子建筑炮楼。吴伯贤的家距鬼子据点只有五里路，经常受到日伪军的"扫荡"。敌占区的老百姓对日本鬼子恨之入骨，支持八路军打鬼子，老百姓偷偷地为根据地八路军送粮，鬼子发现后格杀勿论。吴伯贤的堂哥和村长及其他五个为八路军送粮的村民被日寇捆绑在树上，当作练刺刀的活靶子残酷地杀害。有一次，吴伯贤为母亲寻找治病的草药被一队鬼子撞见，鬼子用枪顶着他让其找藏在地道里的八路军，他不肯，被鬼子一顿毒打。无奈之下佯装同意，当他领着鬼子走到一片高粱地的时候，一个扫堂腿猛地摞倒身后的鬼子，就地滚进高粱地里，躬身左转右拐地一阵狂跑，子弹就在他耳边嗖嗖地掠过，他凭着熟悉的地形甩掉了鬼子。

至此，吴伯贤下定决心要参加八路军打鬼子。母亲病情好转后，他就对母亲说要去投奔八路军，并把在地主家做长工的大哥叫回家照料母亲。尽管母亲舍不得这个"小当家"的儿子离开自己，但看到儿子打鬼子意志坚定，想到鬼子对老百姓的祸害，便含泪同意了，并鼓励儿子英勇杀鬼子。吴伯贤还鼓动了村里同龄的三个后生一同投奔八路军，未料临行前，那三个后生有各种原因去不了。村支书问他："村里有参加八路军的人牺牲了，现在别人不去了，你怎么考虑？"吴伯贤坚定地说："八路军不怕牺牲，我也不怕。参军不是请客吃饭，我恨日本鬼子，我是铁了心要参加八路军打鬼子的，要把鬼子早点消灭掉，让老百姓有安生日子过。"

1945年初，吴伯贤参加了八路军。先是在蓬莱县独立营跟随部队打游击，随后又到八路军渤海独立2团3营9连当战士。当连长知道吴伯贤识字时非常高兴，让他有空时教战士学写字，帮战士写家信，为战士们读根据地的报纸，宣传八路军打胜仗的消息，鼓舞士气。吴伯贤成为连队里的小秀才，加上他为战士们做事很用心，所以很受战士们欢迎。

吴伯贤没有打仗经验，看见老战士打仗都很勇敢，他就努力向老战士学习苦练枪法和拼刺刀，加上他有点文化，善于琢磨，很快在战斗中发挥出了作用。有一次连长命令他和另外两个战友到鬼子据点袭扰，他们三人在炮楼下瞄准站岗的鬼子一枪一个，鬼子上来一个打掉一个，等鬼子骑着摩托车从据点出来围捕他们，他们早就溜之大吉了。还有一次，连队奉命炸日军的炮楼，他们趁着下半夜黑色掩护，悄无声息地埋伏在炮楼附近，吴伯贤和另外两个战士匍匐着摸到炮楼前，其他两人干掉了鬼子的岗哨，他则模仿着向老战士学来的方法，用事先准备的棍子支撑起一个大型的炸药包，随即点燃导火线，并迅速就地滚出爆炸范围，只听轰的一声巨响，随着一团烈焰向上腾起，传出睡梦中鬼子的鬼哭狼嚎，即使有逃出炮楼的鬼子，也被八路军一阵猛烈的枪弹消灭了，鬼子苦心经营的炮楼就这样被拔掉了。

吴伯贤他们使用的"三八"式步枪，是张学良的东北军用的，安上刺刀后有他的一人高，他们这些山东大汉人高马大的，日本鬼子长得矮小，枪的刺刀也短，一旦拼刺刀肉搏战时，平时苦练杀敌本领的八路军就占有了优势。有一次为守住阵地，9连战士与冲上来的鬼子拼刺刀，吴伯贤一人与四五个鬼子拼，他用老战士传授给他"看准上下左右中五个位置狠狠刺"的诀窍，几个回合下来就捅死了一个鬼子，其他鬼子狂叫着压上来，他用长刺刀压住一个鬼子的短刺刀，其他鬼子眼看着就到眼前，吴伯贤突然一个变招，反手用枪托砸向这个鬼子的左边脑袋，鬼子瞬间一命呜呼，其他几个鬼子见状吓得掉头就逃。吴伯贤冲着鬼子的背影吼叫："小鬼子，这次你逃掉了算你命大，下次再敢来，我就捅死你。"这次战斗，百分之八十的鬼子被八路军消灭，吴伯贤荣立一等功。表彰大会上，团长亲自为他佩戴大红花，号召战士们向吴伯贤学习。连长对他说："老吴，你平时说话像个大姑娘，怎么打起仗来倒狠得像拼命三郎？"由此，吴伯贤"拼命三郎"的美誉在战士中叫开了。参军时间不算长的吴伯贤，在打鬼子战斗中三次荣立战功。受吴伯贤英勇战斗事迹的鼓舞，他的二弟和三弟相继参加了八路军，在抗日战场上都表现得很勇敢。二弟后来还参加了解放战争和抗美援朝；三弟后来则成为胶东军区的一名指挥员。

每次打了胜仗，吴伯贤和战士们一样，都高兴得跳啊笑啊地欢呼，老百姓都会夹道欢迎他们，称赞他们是好样的。但是最让他想不通的就是八路军的俘虏政策："鬼子杀了我们那么多人，我们还要优待俘虏？"有一次打仗，他活捉了一个鬼子，但这个鬼子居然不服气，叽里呱啦地冲着他打上来，吴伯贤顺手抄起一根烧火棍，照着鬼子的屁股就是狠狠地两下，瞪眼骂道："小鬼子还跑到中国来撒野？看我怎样收拾你？"还要再打的他，被排长制止了。排长严肃地命令他，必须严格执行八路军的俘虏政策。

　　1945年夏天，日军已然是秋后的蚂蚱——蹦跶不了几天了。侵占吴伯贤家乡的鬼子，凭借三面环海的烟台一带有利地形垂死挣扎，团部下令坚决消灭拒不投降的日军。在攻打烟台外围的福山区战斗中，日军的一颗子弹打中吴伯贤的左腿，子弹从内侧向外穿出，鲜血直流。卫生兵为他做了简单包扎后，他顾不得腿伤的疼痛，又奋起杀敌，八路军一举攻克福山，日军只得蜷缩到烟台市里。在八路军铁桶般的围攻中，日军如丧家之犬纷纷从海上逃窜。吴伯贤清楚地记得，那天他站岗时，发现海面上影影绰绰地有东西漂浮过来，他警惕地端着枪注视着，并向部队发出有情况的信号，闻讯赶来的战士们等那漂浮物靠近，一看原来是逃跑时被淹死的鬼子尸体，尸体上还有武器。吴伯贤与战士们顾不得鬼子尸体已腐烂的恶行状，用大蒜汁涂在毛巾上捂住口鼻，将鬼子尸体拖上岸，搞下武器，还有不少散落在海里的武器，也被战士们打捞上来，他们甚至还发现海里有辆日军的军车，战士们拆卸后弄了上来。部队一下就增添了不少好装备，足足装备了一个营，彻底消灭了烟台的鬼子。

　　消灭烟台的日军后，胶东地区的土匪头子也是投靠日军的铁杆汉奸陈裕，指使手下的一帮土匪继续作恶，危害乡邻，连八路军战士围剿他们也吃过亏。善于动脑筋的吴伯贤与战士们分析：敌人在暗处，我们在明处，硬拼我们肯定吃亏。他们就从做土匪家人的工作入手，让家人转达八路军的政策，在八路军的武力威慑和强大的思想政治攻势下，这股土匪终于被消灭。

　　由于吴伯贤的机智勇敢，积极上进，1945年10月，他被党组织批准加入中国共产党。

　　以后，吴伯贤又参加解放战争并多次立功。他还创造了一个奇迹，就是把轻机枪架在背上打下一架敌机，这是解放军第一次用轻武器打下敌机。在攻打孟良崮战役中，他所在的华东野战军第九纵队担任主攻任务，打掉了蒋介石的王牌部队——张灵甫纯美式装备的整编74师，为中国革命的胜利作出贡献。

改名换姓抗日去的"小裁缝"——宋世萍

宋世萍，男，1926年农历八月初八出生在山东省蓬莱县大辛店村。1941年8月参加八路军，1944年春加入中国共产党。1952年到空军17师驻守福建，后任海军航空兵政治部副主任，1987年离休。

1939年前，宋世萍在山东烟台市已经读书到初中文化程度。日本侵略者占领胶东半岛后，他们一家的日子非常艰难，父亲干的是拉水车给人家送水活计，母亲给人家当保姆，他在一家裁缝铺当学徒，还有一个弟弟和妹妹。裁缝铺隔壁就是伪警察局，日本鬼子和伪警察经常到裁缝铺做军服，但是却从来不付工钱。裁缝铺老板也是宋世萍的师傅，敢怒不敢言。有一次，伪警察局长来做套制服，店铺里没有黄线缝制黄颜色的警察制服，因为愤恨这些日伪警察，师傅就让宋世萍用白线制作。宋世萍恶作剧地在屁股处用白线一圈圈地缝制成两个大圆形图案。他将制服送去后，伪警察局长查看制服后大怒，挥拳就要打他，吓得13岁的他赶紧逃了出去。伪警察局长追到店里，没见到宋世萍，就将他的师傅一顿暴打，师傅足足躺了半个月才能起床。

日本鬼子和汉奸的横行霸道，令宋世萍再也不愿在裁缝铺待下去。正逢他的姑父和老师张武技等人组成的中共县委开展抗日救亡活动。姑父和老师都是中共党员，年幼的宋世萍跟随着他们懂得了不少抗日救国的道理。那天，在姑父家的草棚里，党员们正在开会，讨论发动群众参加八路军事宜，宋世萍当即报名参加八路军。最初将他安排在县委当通信员，后又做宣传干事，但打小鬼子心切的宋世萍，坚决要求到部队上战场，于1941年8月被安排到八路军胶东独立5旅13团8连当战士。

因为宋世萍有文化，到部队后，没有立即安排他到连队，而是安排他与其他五人到八路军办的《大众报》社学发报，原是要安排他到连队当报务员的，但他们去晚了，别的学员课程已学了大半。一周后，他被安排到报社的印刷厂。报社有印刷一厂、印刷二厂；一厂出版报纸，二厂出版书籍，宋世萍来到二厂干铅字排版。《大众报》出版的报纸和书籍起到了极大的宣传抗日、鼓舞士气的作用。但是随着日军疯狂地对抗日根据地的"围剿"和"扫荡"，战斗环境日趋艰难，报社辗转在威海、文登、荣成一带活动。一些印刷设备转移起来很不方便，报社就将机械拆散隐藏起来。有一次遇到日伪军"扫荡"，宋世萍他们撤退中遇到河面宽度至少有两华里的老母猪河，河上只有两条渔民打鱼的小船，在渔民的帮助下，他们分批过河。为加快渡河速度，还未到岸边就下河，正是寒冬腊月，他们蹚着齐腰深的冰水到河对岸，冷得直打哆嗦，终于摆脱了日伪军的追击。

宋世萍又回到连队当战士，年少的他个子不高，排长就将自己的一支马枪给他。他苦练枪法，尽管没有子弹可打，但他认真向老战士学习，琢磨打枪技巧，终于有了一次打枪机会，给了两颗子弹，第一枪打得有些偏，第二枪就命中靶心，获得优等成绩，上了团部的小报。

宋世萍参加的第一次战斗，是1943年春连队攻打蛇窝泊镇的鬼子据点。这个据点在烟青公路（烟台到青岛的公路）的咽喉处，也是他们连队去莱阳的必经之路，钳制着八路军在这一带的活动。经过侦察得知有一个小队的鬼子驻守炮楼，连队制订了夜里突袭鬼子据点的方案。这天夜里，宋世萍跟随连队悄悄地逼近鬼子炮楼，他起先还有点紧张，当看到老战士个个镇定自若，他也暗暗地为自己鼓劲。随着连长一声令下，他毫无畏惧地跟随老战士冲进炮楼，对着鬼子就是一阵猛烈的扫射，鬼子还没明白怎么回事，就命丧八路军的枪下。只有鬼子小队长负隅顽抗，逃到炮楼顶端拒不投降，被八路军连带炮楼一起炸掉。这一仗，八连打出了威势，打掉了鬼子疯狂"扫荡"的嚣张气焰，老百姓奔走相告，八连得到旅部的表扬。

蛇窝泊镇一仗后，宋世萍被调连队任文书。因为当时处于反"围剿"、反"扫荡"的艰难时期，是以一百多人独立活动的连队与日伪军周旋的，所以连队有警卫员、通信员、立法员、卫生员、炊事员等。1943年秋，在粉碎日寇大"扫荡"中涌现了战斗英雄殷强仁（音），部队召开表彰大会，宋世萍代表13团参加。可是后来他们碰到村上的一个小皮匠却得知了一个噩耗：在日寇的"铁壁合围"中，他的姑父和老师，还有一位他在县委时认识的女同志被日寇抓住，敌人要他们说出县委其他同志的去向和八路军驻地，但任凭敌人使尽酷刑，他们三人决不吐露半点信息，凶残的敌人将我党的三位优秀共产党员全部活埋。宋世萍得知自己走上革命道路的引路人壮烈牺牲，悲痛万分，更坚定了与日寇血战到底的决心。在以后的岁月里，村上凡有重要活动，都要隆重纪念这三位抗日英烈。

1944年初，宋世萍被调到团部工作队任队长，武器也由马枪换成驳壳枪。主要工作是宣传发动群众，动员年轻人参军，同时分化瓦解日伪军。团部有一位日本反战同盟人士渡边，宋世萍每天带着渡边到莱阳、南墅、马连庄地区的日伪军炮楼前喊话开展心理攻势。马连庄炮楼里的日伪军起先还会打枪抵抗他们，但八路军有理有节有震慑的喊话，触动了伪军人性善良的一面，一段时间下来，伪军中队长与宋世萍他们接上话了，也不向八路军开枪了，还向他们询问抗日形势，有些家在附近的伪军会询问家中情况，等宋世萍他们走了再放上几枪敷衍日本鬼子交差。以后，八路军执行任务从马连庄伪军炮楼附近经过，伪军就睁只眼闭只眼，八路军喊话效果有很大的显现。

作为团部工作队的队长，宋世萍充分认识到我党的统战政策的重要性。如：对待反战同盟人士渡边，尽管根据地条件非常艰苦，但每天还是安排其吃小灶，尽可能在生活上为其提供便利，而团部领导和战士们一样都是吃大锅饭的。还有一件事他们做得很人性化：那是1944年春的一天，莱阳据点里的鬼子又出动抢老百姓粮食，被埋伏的八路军打个措手不及，扔下粮食和武器抱头逃窜。有个鬼子钻进草丛里腿露在外面，战士们将其拖出后发现腹部受重伤已死了，宋世萍就命卫生兵为其包扎，然后派渡边将鬼子的尸体送到据点里。

1945年春，宋世萍所在的八路军5旅13团向青岛的外围即墨和平度发起攻击。宋世萍白天到据点喊话，晚上到群众中发动组织担架队。13团用了一个晚上就攻打下了即墨。在八路军强大的攻势下，日军只得仓促地逃窜到青岛；八路军乘胜追击，俘虏了大批伪军，而这些俘虏便是由宋世萍负责管理的。他开展八路军对待俘虏的政策教育，不少伪军在八路军政策的感召下，愿意加入八路军。有个伪军中队长的警卫员对他说："俺们中队长自杀了，因为上次被你们俘虏过，表示不再帮日本鬼子与八路军为敌，被你们释放了。未曾想，这次又被八路军俘虏，自觉理亏无话可说就自寻短见了。"

为了打击日本侵略者保家卫国，宋世萍舍弃了自己的小家。其实，宋世萍在家时名字叫张景聚，参加八路军后才改的名。之所以改名换姓，是因为在当时恶劣的斗争环境中，一旦被日寇汉奸知道家里有人参加八路军，全家都会惨遭杀害。宋世萍的革命引路人张武技和姑父被敌人残酷杀害，他的父母和弟妹及裁缝铺师傅也因他参加八路军险遭日寇杀害。当时，宋世萍并不知道家中和裁缝铺的变故。直到抗日战争胜利后的1947年，他有机会回到家乡，才发现家早已没有了。听村民说，他的父母和弟妹一夜之间不知去向，裁缝铺也不知去向。一直到1952年，在组织的帮助下，宋世萍才得以与家人团聚。

原来，他参加八路军后，伪保长来查户口，发现他不在家也不在裁缝铺，于是报告日军。日军对于有参加八路军的人家格杀勿论，而且还要将村民召集起来围观活埋八路军家属，以达到"杀鸡儆猴"的效果。在敌人内部的中共地下党员获得消息后，冒着危险火速通知宋世萍的父母弟妹连夜逃离。父母听说宋世萍是随部队往牡丹江去的，就往北一路靠乞讨和给人家打短工流落到牡丹江。到那里不久，长期积劳成疾加上营养不良，五十多岁的父亲病死他乡。这个过程，对宋世萍的妹妹张桂芝造成很大的心灵伤害，直到如今，说起那晚出逃的恐惧和以后生活的艰辛，她都会潸然泪下。而宋世萍的师傅因为说不出徒弟的去向受到威胁，只得遣散了其他徒弟，自己到张家口谋生。以后，宋世萍在部队成为优秀的宣传干部，长期从事军队的宣传工作，一直到离休。

（原载2015年9月6日《劳动报》）

让日伪军闻风丧胆的新四军游击队员

编者按：在中国共产党领导的革命战争中，游击战具有十分重要的地位。抗日战争时期，八路军、新四军深入敌后，大规模、长时期地开展游击战，给侵华日军造成了相当的兵员损失，削弱了日军"以战养战"搜刮沦陷区支撑前线的能力。近日，本刊特约记者张林凤采访了三位新四军中让日伪军闻风丧胆的游击队员，他们现都生活在上海。

张保国15岁就参加新四军县游击大队，充分利用地形熟、水性好、枪法准的特点，几次三番活捉鬼子缴获情报，炸掉碉堡，打击伪军，威名远扬。提起张保国，日伪军胆战心惊，重金悬赏张保国人头。

刘相卿1942年9月参加新四军，初为区交通局交通员，出色地送出十万火急的"鸡毛信"，成为江苏涟水盐阜区模范交通员，又靠着偷听私塾学的不多的字，努力写出接地气的战地通讯，成为《盐阜大众》报社特约战地记者，连陈毅都知道他的大名。

赵长山17岁参加新四军，在县游击大队小鬼班的他，利用人小不被注意的特点，跟着侦察员摸敌情，跟着战士们炸碉堡，以后又成为传送情报的交通员。由于表现出色，1945年就加入了中国共产党。

被日军重金悬赏的"巨匪"——张保国

张保国，1924年出生于江苏省如皋县磨头区大石家庄，1939年参加新四军，1943年加入中国共产党。曾任江苏江防区、东马区等游击大队大队长；县独立团后方医院党支部书记。新中国成立后任上海物资局化轻公司保卫科科长，20世纪80年代离休。

日寇血洗大石家庄

1939年，日本侵略者占领了张保国的家乡。他还记得那天是农历八月十八，日军进攻大石家庄，庄前有一条龙云河流过。鬼子在河西，大石家庄在河东，鬼子威逼庄上的李裁缝用渡船载他们过河。李裁缝佯装答应，载着一船鬼子行驶到河中心，猛然晃悠将船弄翻，潜到水里逃走了，鬼子被活活淹死四个。其他挣扎着上岸的鬼子气急败坏地"八格牙路，死啦死啦地！"一路狂叫，见人就杀，见房就烧，实施报复。张保国和父母及弟兄几个都逃进了芦苇荡。他家的邻居未及逃走，被日本鬼子反锁在家，放火将这一家五口活活烧死。张保国的二叔，原来在上海开豆腐坊，"八一三"日军轰炸上海，豆腐坊被炸毁，二叔只得逃回老家。鬼子进村这天，二叔怕饲养的十多头猪被日寇抢走或烧死，就偷着回家将猪往高粱地里赶，却被鬼子逮住。鬼子用枪顶着二叔和村上同样被抓的二十多人，强迫他们将鬼子抢来的货物运到据点里。到了据点后，鬼子将被抓的几百个村民集中起来，让大石家庄的人站出来，说是可以放他们回去。不明就里的二十多个大石家庄村民站了出来，鬼子立刻变得面目狰狞，将他们团团围住，当作活靶子练刺刀，看着被刺得惨叫着逃过来滚过去的村民，鬼子狂笑不停地刺着，直至这些人全部被刺死。

邻居一家和二叔及村民的惨死，令血气方刚的张保国猛然醒悟，逃避和忍受是决不会令日本鬼子发善心的，与其等死不如与鬼子拼死。此时，有新四军党代表潜伏到村里，宣传抗日救国道理，组建游击队。张保国听后热血沸腾，立即要求参加新四军，恰好他的堂哥张尧在县游击大队任队长，于是，张保国成为堂哥属下的游击队员。母亲得知后要他回家，因为如果家里有人参加新四军或游击队，被还乡团和汉奸得知，那可是全家都要遭殃的。张保国坚定地对母亲说："我要报仇，天下兴亡匹夫有责，大家如果都不出来打日本，那就只有死路一条。为了乡亲们都有太平日子过，妈，您就别拦着儿子吧！"儿子的话说到母亲悲痛处，情不自禁地鼓励儿子："儿啊，去吧，狠狠地打鬼子，为死去的乡亲报仇！"

潜入妓院抓获日军俘虏

新四军需要了解日军确切的"扫荡"计划，以及时组织老百姓撤退，有效消灭敌人，于是交给张保国一个艰巨的任务，活捉日军俘虏。张保国他们侦察到，新生港据点经常有日军到妓院寻欢作乐，其中有个少佐职务的去得更勤。那天，张保国带了五个游击队员，化装成老百姓混进据点里，埋伏在妓院附近。当那个日本少佐大摇大摆地走近时，张保国他们饿虎扑食般地一拥而上，三下五除二就将鬼子堵上嘴，捆个结实装进麻袋弄出了据点交给新四军。县领导为了表扬他们胜利完成任务，奖励每人一斤猪肉。在根据地缺衣少食的环境中那可是重奖啦。

紧接着，机智勇敢的张保国又和队员活捉了三个日本兵。那些禽兽不如的日本兵，竟然隔三岔五地跑到距离炮楼十多公里的石庄强奸妇女，连幼女和老妪都不放过，甚至在强奸轮奸后用非常残忍的手段再杀害。村民们对日本鬼子恨之入骨，张保国决心为民除害。那一天，三个日本兵又窜出炮楼，扑向石庄满村转地找花姑娘，闯进屋后枪就扔门外，被埋伏在村里的张保国他们缴枪逮个正着。这一招，狠狠地打击了日寇的嚣张气焰，再也不敢轻易出来坑害妇女了。

几次行动得手，张保国威名远扬，提及他的名字，老百姓扬眉吐气。每当伪军汉奸在村里作恶，老百姓就会愤恨地说，张保国就会来的，看你们还能蹦跶几天。伪军汉奸和鬼子提及张保国都胆战心惊，不知哪一天就被张保国干掉了。硬的干不过张保国，日军使出金钱诱惑，将张保国列为如皋地区"十大巨匪"之一张榜悬赏："只要抓住张保国，不论多少人，每人奖赏三十大洋。"但从小在这片土地上长大的张保国，地形熟、水性好、枪法准，根植于人民群众中，神出鬼没的，日伪军根本奈何不了他。

被日军"围剿"痛失好战友

1941年到1943年间，日军对抗日根据地全面实施残酷的"三光"政策，抗日队伍进入最困难时期。为有效保存革命力量，充实游击大队队伍，上级决定送张保国到苏中"抗大"分校学习培训三个月。张保国的抗日决心和革命信念得到很大提升，从一位游击战士成长为县游击大队大队长。

在战斗锻炼中，张保国深切体会到，越是困难时期，就越能体现出贫苦农民大众是新四军游击队的主要依靠力量。一次惨痛的事件，更坚定了他的这一信念。当时，县游击大队驻扎在龙云河畔的一个村庄，村里的一个地主力邀县委书记、县长到他家驻扎，承诺确保他们安全。县领导从争取团结一切抗日对象出发，住到这户地主家，未料这是个恶霸地主设下的圈套，转身就设法向鬼子告密，鬼子包围了村庄，企图一举消灭县委和游击队。

县领导发现后，与鬼子展开了激烈的枪战，终因寡不敌众壮烈牺牲。张保国和游击队员听见枪声赶去救援，也被鬼子包围。张保国让其他队员撤退，自己带领三个队员掩护，与十多个包围他们的鬼子拼刺刀，他们四人背靠背地面对日军，跟日本兵大战多个回合，刺死了三个冲上来的鬼子，其他鬼子见状胆战心惊，张保国他们乘机撕开一道口子冲出了包围圈，如蛟龙般潜到水里。龙云河有六道湾，一直通到长江口。这里的游击队员水上功夫都了得，他们有个自豪的说法："逢沟过沟，逢港过港。"张保国更是有轻功，能在水上边踩水边打枪，踏着水扛着机关枪快速过河。所以，日本兵向着水里一阵猛打，子弹只在水面激起阵阵涟漪，张保国他们早就游过几道弯脱险了。

不久，上级为张保国配了指导员潘云，潘云原是上海一所大学里的中共党员，在上海沦陷区领导"学协"开展抗日斗争。因被叛徒出卖暴露身份，撤离到苏北抗日根据地。潘云虽是来自大上海的大学生，却和游击队员同甘共苦，不但打仗不怕死，平时教大家学文化，还很会和老乡们拉家常，用老百姓的话就能说出革命道理。几次战斗下来，张保国觉得这位搭档和自己很投缘。

在1943年的一次反日军"围剿"中，游击队拆掉了龙云河上的桥，阻挡鬼子追击。游击队员在河里行走，戴眼镜的潘云潜水时，因眼镜滑落，头露出水面，被日军击中头部。张保国赶紧背着潘云在河里奋力前行，到了对岸后，放下潘云才发现他已经壮烈牺牲。好战友牺牲在日寇罪恶的子弹下，成为张保国和母亲心中永远的痛。每年清明节，母亲都要烧纸祭奠潘云这位为抗击日寇牺牲在异乡的大学生。

发挥反战同盟的"攻心战"

1943年，张保国被批准加入中国共产党。从此，"党叫干啥就干啥"成为他战斗和行事的准则。他担任过江防区、马塘区、车马湖区的游击大队大队长，后来被上级党委任命为县独立团后方医院党支部书记。每次党组织将他派往艰难的岗位，他总是毫不犹豫地坚决服从，而且他还将党的统战政策在实际战斗中运用得非常出色。

那时新四军中有一些来自"反战同盟"的日本人士，团结联合他们对日本兵开展"攻心"战术。在张保国的游击大队也有一位被游击队员称为"小河"同志的日本反战人士。"小河"同志在日本时是教师，曾在中国居住过，热爱中国文化，会说一口流利的中国话。他痛恨日本对中国的侵略战争，加入了日本共产党，自愿来到中国参加抗日战争。在攻打大的日军据点和重要埋伏时，张保国常带上"小河"同志随行，先指挥游击队员放几枪然后喊话。由张保国口授"小河"同志翻译，张保国通常说的话是："里面的人听好了，我们是新四军，是来给你们讲世界形势上政治课的。首先，让你们思考一个问题，你们也有父母、儿女和兄弟姐妹，本来在自己的国家生活得好好的，现在却背井离乡，到中国杀害我们的父母、儿女和兄弟姐妹，这样做到底为什么，你们想过吗？接下来请你们的同胞'小河'同志给你们讲话。"张保国如此这样一说，不少日本兵沉默了，有的甚至流下眼泪。几次三番下来，日军的意志逐渐被瓦解，好几次打伏击，日军无心恋战，张保国的游击大队还俘虏了五六个鬼子。恨透日本鬼子的乡亲们嚷嚷着要杀死他们，同样痛恨鬼子的张保国，坚持执行共产党军队的俘虏政策，做乡亲们的思想工作，善待日军战俘。张保国老顽童似的冒出"咪西、咪西（吃饭），他木谷（抽烟）……"等日语，逗得我这位采访者忍俊不禁。

迎来抗日战争胜利时，张保国已是华东警备旅28团3营9连连长。1949年4月22日，从江苏泰州口岸随部队坐着木船一路南下，参加解放上海的战斗。

从放牛娃到知名的战地记者——刘相卿

刘相卿，1926年4月出生，1942年9月参加新四军，同年加入中国共产党。初为涟东区交通局交通员，后成为江苏涟水盐阜区模范交通员，《盐阜大众》报特约战地记者。

刘相卿参加抗日队伍，萌发于1931年"九一八"事变后，有不少难民从东北逃难到刘相卿家乡，他家也接待过。难民悲愤地讲述日军在东北的暴行，唱着《松花江上》，呼喊着"不做亡国奴，打回老家去"。他们悲愤激昂的心声，深深地烙在年幼的刘相卿心里。直到12岁那年的一天，正在地里放牛的刘相卿，目睹张扬着太阳旗的日军开进村庄里烧杀抢掠，一下子就明白当年那些难民说的话。他背着家人偷偷地找到新四军，软磨硬缠地要求参军打日本，终于被部队收下。

刘相卿被分配到涟东区机要交通局当交通员，经常要将重要信件送到敌占区。

最令刘相卿自豪的是凭着机灵完成的一次十万火急的送信任务。那是1943年深秋的一个晚上，刘相卿刚送完信回到交通局，看到桌子上有封信，封面左上角划着三个"十"，表示信件要火速送到，这是县委写给敌工部陈部长的信。这时其他人都出去送信了，饥肠辘辘的刘相卿顾不上吃口饭，将信在身上藏好，消失在茫茫夜幕中。

这封信虽很重要，却没有具体地址，因为县委也不知敌工部驻扎在哪里，要交通员靠送信的经验自己判断寻找。

16岁的刘相卿不怕真鬼子，却害怕大人们常说起的"鬼"。越怕却越来事，他走到了一个乱葬坑，里面大坟挨着小坟的，他转来转去地转不出来了。又是秋风萧瑟，又是秋雨凄凉，吓得他腿一软，就跌坐在一个软软的土包上，定睛一看，这是一个刚入葬的死婴坟。尽管惊恐得毛骨悚然，但刘相卿很清楚自己任务的重要性。想到乡亲们有鬼怕狗的说法，尽管他也害怕狗，还是学狗叫为自己壮胆，这一招还真灵，果然引发了村庄里的狗一片叫声，由此知道了村庄的方向。急着赶路中他又掉进了水沟里，弄得身上湿漉漉的，一摸幸好信件还在。好不容易找到一个庄子，问了几个村民都说不知道，再问到一个农民大爷时，未料憨厚的大爷眼一瞪说："陈部长在哪儿谁敢说啊？"凭着送信的经验，刘相卿判断陈部长很可能就在地处偏僻、只有三户人家的三家村。他立马顺着壕沟七转八拐地来到三家村。刚到村口就听到"什么人"的喝问声，原来是陈部长的警卫员陈登科，也是刘相卿的老乡。这位当时大字不识几个的陈登科可是个传奇人物，后来竟然成为中国作家、安徽省文联副主席，写出著名长篇小说《风雷》等。

陈部长见到刘相卿后，嘱咐陈登科赶紧找出干衣服让他换上并带他吃饭。完事后，陈部长对他说，你今晚还不能回自己局里，还要赶快将我的信送到县委。这又是一封有三个"十"字的信，刘相卿的身影又一次消失在茫茫夜幕中。

信送到后，县委书记对他说："小鬼，你今晚做了一件大事啦，要不是你的信及时送到，陈部长就有危险啦。陈部长前脚走，敌人后脚就到了。"

当时的抗日环境非常艰险，但新四军创办的《盐阜大众》报纸却很鼓舞人心和士气。刘相卿看到自己的同村人陈登科有文章发表在报上很受鼓舞。思忖："陈登科是警卫员，我是交通员，我一直在外跑东闯西的，所见所闻很多，他能写我为什么不能写呢？"靠着割草时在私塾外偷听学到的字，以及在交通局学到的一点文化，他尝试着写了第一篇文章《鬼子又来"扫荡"了》，文章竟然见报了且反响很好，大伙都说不得了啦，刘相卿上报纸啦。后来的《盐阜大众》上刘相卿的名字经常出现。有一个月甚至写了四十八篇文章，名列特约工农记者之首。

刘相卿这位特约工农记者以后还有不少佳话。

淮海战役中，刘相卿有一次奉命送信到前线指挥部陈毅处，聊了几句后，陈毅竟然就说出了他刘相卿的名字。原来陈老总对他与陈登科两位特约工农记者写的文章印象深刻，并鼓励他继续写出鼓舞战士斗志接地气的好文章。

阜宁解放时召开庆祝大会，报社派刘相卿前去采访。时任"老三师"副师长的张爱萍站在一个坟头上讲话，刘相卿采访他。20世纪50年代初，转编到华东海军司令部当参谋的刘相卿，在一次司令部集体办公会上，被张爱萍将军认出就是当年采访他的特约农工记者。

跟随新四军端炮楼的小战士——赵长山

赵长山，1926年10月出生，江苏省南京市六合县人。1943年10月参加新四军，1945年3月加入中国共产党。解放战争中在华东财办独立旅1团3营9连任排长。上海解放时，带领一个排进驻江湾镇公安局，离休前任虹口区法院副院长。

1937年12月，日军在南京实施惨绝人寰的大屠杀时，刚10岁出头的赵长山正在南京市郊的八卦洲岛给地主家打短工放牛。他从侥幸逃来的难民中听说了日本鬼子的暴行，少年赵长山仿佛一下子懂得了国家被外敌侵略的含义，萌生打鬼子的决心。

那年，村里来了游击队，有位队员腿受伤了住在他家。游击队员向他家人宣传共产党对穷人好，共产党打鬼子，乡亲们有句话说"吃菜要吃白菜心，当兵要当新四军"。村上有好几位年轻后生要参加新四军，赵长山也跟着去了。

赵长山被安排在区乡公所，跟着乡长钱勇打游击。当时的六合、横梁县城都被日军占领，据点离他们驻扎的村庄只三里路。部队白天宿营，晚上出击。后来部队组成六合县大队，还没步枪高的赵长山被分配到小鬼班。经常利用人小不受注意的特点，跟着侦察员摸敌情。

距六合县东沟镇十里地的张家庄据点是日本鬼子很倚重的一个据点。驻守据点的是铁杆汉奸肖才风，此人阴险毒辣，经常带领一帮日伪军袭扰抗日根据地，烧杀抢掠、强奸妇女、无恶不作。支队长郑文清挑选了九十多位精干的战士组成便衣队，夜袭张家庄据点。赵长山腰间揣着两颗手榴弹随队出发。他与战士们埋伏在炮楼周围，看到水沟里结着厚厚的冰，两个身手敏捷的战士顺着冰面滚过去，纵身跃上就把岗哨干掉了。放下吊桥，战士们一下冲进炮楼，敌人正喝酒猜拳打牌过大年呢，肖才风正搂着小老婆睡得香，措手不及的敌人看着似突降的天兵天将懵住了。赵长山和战士们勇敢地冲上前缴了敌人的枪，几个日本鬼子也被活捉。

这一次的神速之战，令张家庄周边据点的日伪军胆战心惊，蜷缩在据点里再不敢轻易出动。新四军不但充实了武器补充了供给，还将敌人抢夺去的东西又夺了回来，发放给老百姓，过了一个有饭吃的年。

反"扫荡"斗争是艰难严酷的。丧心病狂的敌人不断对新四军、武工队进行"围剿"。1944年7月，支队长得到消息，鬼子要趁着夜间出动到西黄乡镇实施"三光"政策，就组织了一百多人，半夜埋伏在鬼子的必经之路上。但一直坚守到天大亮，没见到鬼子的踪影。估计鬼子不来了，支队长就让战士们到镇上吃饭休息一下。狡猾的敌人却出现了，支队长立马紧急集合战士部署战斗。但鬼子"鬼"得很，捆绑着老百姓在前，后面跟着"皇协军"，最后才是日本鬼子。这一仗打得很被动，为救出老百姓，支队长和几个勇敢的班长都壮烈牺牲。目睹朝夕相处的战友牺牲，赵长山很是悲痛，更坚定了打鬼子为战友报仇的信念。

后来赵长山调到交通站，负责送人、送信、送情报。机灵的他经常化装成老百姓，将信放在竹筒里、烟袋里，很小的就塞在耳朵里，出生入死每次都出色地完成任务。交通站几乎每天转换住宿的地方，但有一次却被狡猾的日本特务发现。那是1944年底，交通站驻扎在山上，日军已追踪到不远处的竹林里，日军抽烟的一个细节被警惕的赵长山发现，交通站立即转移，避免了损失。但这天却有七位从上海投奔抗日根据地的工人，寻找交通站时被日军发现，在甩开日军的追捕中，其中两位工人不幸被日军击中身亡。

1945年8月，日本帝国主义投降，但日军只向国民党部队受降，拒不向新四军投降。赵长山的送信任务还是很危险。有一次，他到驻扎在茅山一带的新四军6师、7师送信，去时一路上顺利，但当带着有部队领导的重要信件返回时，却遇到鬼子查岗，是长江摆渡口的艄公不畏风急浪高，冒着生命危险将他送到江北岸的。赵长山很感慨，这也说明中国的抗日是全民皆兵，这是取得抗战胜利的根本源泉。

（原载2015年8月23日《劳动报》）

抗日烽火中的上海一家人

编者按：本刊特约记者张林凤采访了抗日老战士郑国芳。他曾任陈丕显的机要员、陶勇的侦察兵、胡立教的技术情报侦察员。解放后担任南京第二机要局局长。如今，他是上海警备区第五干休所离休干部。采访中，郑国芳讲述了郑家兄弟姐妹七人十多岁就投身革命的经历，郑家两代人在抗日战争、解放战争和抗美援朝中镌刻下的战斗印迹，以及这个家庭成员抗击日本侵略者的烽火往事。

日本侵略者毁掉了家和学校

郑国芳记得小时候，他们的家在虹口横浜桥处的一幢石库门里。父亲郑家栋在当时南京路上"四大公司"之一的大新公司担任会计主任，家境殷实；母亲贤惠持家、相夫教子。"八一三"日军将战火烧到上海，他们一家平和安逸的生活被击碎，虹口处于日本侵略者势力控制范围，生活在这个区域里的国人更是深受日军欺凌。那时从住家的窗口向外看去，不远处就是日军宪兵司令部，日军警车经常鸣着凄厉的警报横冲直撞，抓捕抗日志士；日本浪人更是横行霸道，残暴地辱骂殴打中国平民。每当看到这些，母亲曾英总是愤怒地攥紧拳头说："东洋赤佬太可恶了，中国人应该反抗。"

让郑国芳刻骨铭心的是，日军为圈地建军需用房，将他们一家赶出，一把火烧掉了他家祖传的房子。父母只能拖着七个儿女逃难到租界亲戚家一间狭小的偏房里栖身。当时，维新银行的汉奸行长陈日平，派人胁迫父亲去银行做事，父亲严词拒绝："宁可饿死决不为汉奸做事。"他的这一举动恼怒了汉奸，在上海再也无法待下去，只得抛下家人，只身逃往他乡谋生。

"八一三"前，郑国芳在位于北四川路横浜桥处的福德里广肇中小学就读；大哥郑大方、二哥郑仲芳都在位于水电路、广中路上的粤东中学读书。哥俩不但学习成绩优异，而且会说会写会唱会乐器，是学校师生公认的优秀生。他们在学校受到李维岳、陈作梅等进步老师的影响，常阅读进步书刊，组织爱国演讲。然而，日军的炮火不但毁掉了他们的家，就读的曾被《申报》誉为"沪上私立中学之冠"的粤东中学，1935年1月才建成的新校舍也被日军炮火炸毁，日军还将没炸毁部分的校舍拆下用以在此处建筑军营。

国仇家恨，激发了郑大方和郑仲芳抗日的决心。兄弟俩积极加入中共上海党组织领导的"学生界抗敌协会"，他们创办剧社、出版报刊、举行演讲；组织义卖、救济难民、募款赈灾；他们阅读进步文学作品，如高尔基的《海燕》《母亲》、绥拉菲莫维支的《铁流》等；还将自己的家作为"学协"的秘密联络点。粤东中学众多年轻学子奔赴抗日前线，以满腔热血谱写抗日英雄故事，郑大方是他们中的代表人物之一。

郑国芳说："我们兄弟姐妹都是受大哥影响走上革命道路的。大哥对我们说'中国人决不当亡国奴，我们年轻人就是要上战场打鬼子'。"

郑大方：勇夺战炮，壮烈牺牲在抗日战场

在中国人民革命军事博物馆里，珍藏着一门日式九二步兵炮，这是郑大方用年轻的生命从日军手中缴获的，也是当年新四军在江南作战中缴获日军的第一门战炮。

郑大方，1921年出生。1939年2月，由中共党组织以国际红十字会上海红十字分会的名义，成立上海各界代表赴第三战区慰问团，组织上海热血青年奔赴内地，深入开展抗日救亡活动。年仅18岁的郑大方，是全团最年轻的成员。当时这个团由吴大琨任团长，杨帆和王元化任副团长。郑大方与时任中共上海党组织文委委员的王元化同年，一路上两人相谈很是投缘，结下深厚友谊。据王元化回忆：他们有一次要到金华附近一个城市演出，半夜王元化发起高烧不能随行，郑大方主动要求留下照料他。郑大方给他喂水喂食吃药悉心照料，几昼夜没好好地合眼，一直到他基本恢复。慰问团闯过日伪一

道道关卡，并巧妙地与国民党部队周旋，最终到达皖南地区的新四军根据地，郑大方如愿以偿地参加了新四军。慰问团要返回上海了，临别时，郑大方将那件母亲特地给他带上的呢大衣，托王元化带回上海给大弟郑仲芳穿，并请王元化引导大弟参加抗日救亡。

在新四军第6师16旅48团3营的郑大方，有文化能吃苦，思想进步而且能打仗，堪称文武双全。旅长王必成和政委江渭清都很喜欢他。郑大方爱护战士，自己穿打补丁的衣服，见战士衣服破了，就将不舍得穿的衣服给战士穿，还手把手教会战士打草鞋。由于郑大方的出色表现，他很快就于1939年秋加入了中国共产党，并任3营教导员。此外，郑国芳还道出一个小秘密，大哥名字中的"方"，原是与他们兄弟一样的"芳"，到部队后，他将草字头去掉改名郑大方，以此彰显好男儿杀日寇志在四方。

郑大方战斗在安徽广德与浙江长兴地区。1944年3月29日上午，部队得到情报，有日军南浦旅团小林中队率一百多日军和三百多伪军，将窜到广德县新杭乡一带"扫荡"抢劫。旅长王必成分析敌情，认定这是一次消灭敌人的好机会。命令团长刘别生立刻紧急集合部队伏击敌人。郑大方和营长徐超接到团长命令后，带领能攻善战的3营，抢占了广宜公路西侧的祠谷山高地。只见日伪军浩浩荡荡地走出杭村，钻进新四军包围圈，伪军打前阵，日军在后压阵，枪上还挑着从老百姓家抢来的家禽和财物。我军放过伪军，待日军全部进入包围圈后，开火的命令下达了。刹那间，新四军的炮火暴风骤雨般地向日军倾泻，突如其来的打击让日军乱成马蜂窝。此时，在制高点指挥战斗的王必成，在望远镜中看见日军有两匹大马拉着一门大炮，立刻命令炮手干掉大炮周围的日军。新四军炮手用瞄准镜都没有的小炮，凭借丰富的战斗经验，连发三炮，炸死了一群日军，受惊的大马狂蹦乱跳脱缰而去，大炮被掀翻在路旁的泥沟里。这时冲锋号响起，郑大方挥动驳壳枪冲在前面高呼："同志们，冲啊！为人民立功的时候到啦！"说完他和营长带领部队猛虎下山般向公路冲去。

不甘失败的日军小林中队长组织残部负隅顽抗，终经不住郑大方他们一阵猛打，落败而逃。郑大方指挥战士赶紧夺炮，却被一个装死的日军冷枪击中胸部重伤。郑国芳悲痛地说:"大哥是上午受的伤,到晚上就壮烈牺牲了,时年才23岁,据说上级正准备提升他到48团任副政委。"

杭村大捷是日军在江南战场上第一次丢失很有杀伤力的九二步兵炮这一重武器,夺炮的故事还在延续。足智多谋的王必成旅长,料定日军会来报复夺回大炮。于是命令将大炮的部件卸载,装了三大箱,秘密运到深山沟里,分散挖洞埋藏。果不出所料,南京的侵华日军派遣军总司令,得知小林中队在杭村不但战败,而且先进的大炮也被新四军夺去,暴跳如雷,下令不惜一切代价将炮夺回。第二天,驻广德的日军头目,集结一千多鬼子,捆绑着小林中队长在前面带路,气势汹汹地向杭村杀来。但新四军早已转移,鬼子扑了个空。狡猾的鬼子从"眼线"那里听说新四军没将大炮带走,猜测一定是埋在附近山沟里,就漫山遍野地乱挖,还抓来老百姓,用金钱诱惑不了就用枪杀威胁,对日本鬼子恨之入骨的老百姓宁死不屈。黔驴技穷的日军头领,只得击毙小林中队长以泄恨。新四军最终让这门大炮在战场上发挥了极大的威力,闻风丧胆的日伪军从此在广德、长兴一带的恶行有所收敛。

郑大方牺牲时,同样在抗日战场的郑国芳并不知道,直到1948年才意外得到大哥牺牲的消息。郑国芳悲痛地说:"大哥的墓碑至今矗立在杭村附近的广宜公路边,'夺炮英雄'郑大方的故事一直在当地人民中传颂,每年清明节,人们都在烈士墓前悼念祭奠。"每年的3月29日,郑国芳都到大哥墓前祭扫,并带领青少年学生在烈士墓前宣誓,开展革命传统教育。他们兄弟姐妹捐赠二十多万元,资助广德的困难学生,奖励优秀教师。这里的主要街道是用烈士名字命名的"大方路",不少店名也用"大方"。烈士的革命精神一直激励着家人和这里的人民。郑国芳说:"在日寇施行残酷的'三光'政策的艰难岁月里,我得到了锻炼,经受了考验。"

郑国芳:陶勇麾下的英勇小侦察兵

1941年初,中共党组织交通员护送15岁的郑慈、13岁的郑国芳和他们的堂叔郑观轶及另外两人,从十六铺码头乘船到青龙港,再由青龙港乘车到苏中抗日根据地参加新四军。

郑国芳被安排到陈丕显处当机要员。一心要上战场打鬼子的他，几次向首长提出都没获得批准，就改变策略，与陈丕显夫人表明上战场杀鬼子的愿望。这一招还真有效，1942年初，他被安排到新四军1师3旅。因人小机灵有文化，被时任1师3旅旅长兼苏中军区第4军分区司令陶勇看中，成为旅部的一名侦察兵。在1师3旅的几年，正是抗战最艰苦的岁月。日伪军不断"清乡、扫荡、铁壁合围"，妄图用"三光"政策消灭抗日队伍。陶勇的部队在启东、海门一带坚持抗战，这里水网交错，每一排房子前都是一条小河，出门要过桥，后门连接着芦苇荡，成为掩护新四军最好的天然屏障。老百姓与新四军就是军民鱼水情，看到战士们吃的是豆饼，硬是将自己的玉米口粮省下一定要让战士吃。新四军白天隐蔽在芦苇荡，晚上出击打鬼子。敌人的恶毒伎俩一次次被新四军击破，郑国芳也在战斗中得到锻炼，经受了考验，并于1944年5月加入中国共产党。有几次战斗是郑国芳记忆犹新的。

一次是到税务所卧底侦察敌情。为准确掌握日伪动向，知己知彼打击敌人，陶勇派出一批侦察兵到各据点摸情况。因郑国芳人小不引人注目，被派到如东县的大据点丰利镇税务所卧底。当时有汪伪政权的税务所，还有镇上的税务所，镇税务所实际由中共党组织控制。机灵的郑国芳以税务所收税员身份做掩护，与伪税务所人员厮混得很熟。对于"小把戏"的他，他们没戒备心，常带他到据点里晃悠。郑国芳乘机观察据点里日伪军人数、武器配置、敌人动向等，设法将情报传给交通站，火速送到陶勇手里。好几次鬼子抓住他："小孩，什么地干活？"伪税所人员就会证明："太君，是我们的人，良民大大地。"

陶勇根据郑国芳的情报，几次挫败日伪"扫荡"，引起敌人怀疑：这个"小把戏"在税所却不收税，看来有问题，就报告鬼子。机智的郑国芳察觉后立马撤退。鬼子来抓人扑了空，就将镇税务所所长杀害了。其实，这个所长也是中共党员，只是郑国芳与他相互并不知道身份。闻听此事的陶勇怒不可遏，于是他把郑国芳叫去："小鬼，你带路，我要抓伪税所的人，为我们的同志报仇。"由郑国芳带路，陶勇带了一个班的侦察兵骑着自行车，飞速赶到丰利镇，伪税所的人逃到据点里去了。陶勇命令郑国芳再靠近点侦察。郑国芳说："司令不能再靠近了，前面就是日伪据点了。"陶勇拿起机枪对着据点方向一阵扫射，恨恨地说："小鬼子，一定让你们偿还这笔血债。"

其次是帮助号兵吹响冲锋号。部队得到情报，日伪军要出动"扫荡"。陶勇决定打伏击战歼灭敌人。鬼子和伪军有三四百人，还带着还乡团。新四军将敌人包围一阵猛打后，陶勇命令部队冲锋，号兵却没反应。陶勇说："小鬼，赶快去看看怎么回事？"郑国芳冒着猛烈的炮火，躬身跑到号兵位置，原来两个号兵都是从红军长征过来的，得了肺气肿体质很差，经过激烈奔跑一下吹不出声了。郑国芳急中生智，顾不得生命危险，翻滚到敌人附近的沟边取到水，让号兵喝水后气顺了点，"嘟嘟嘟……"冲锋号骤然响起，新四军战士"冲啊！杀啊！"的呼声响彻云霄，敌人一下溃不成军。

这次战斗，新四军不但击毙十多个日军，还抓到十几个"还乡团"，这些人都是横行乡里无恶不作的铁杆汉奸，很多老百姓和新四军伤员惨死在他们手中，其中还有一个叛变投敌的原新四军排长。嫉恶如仇的陶勇，一声令下枪毙了叛徒。部队要转移，被抓的"还乡团"如何处置？根据乡亲们"全部处死这些十恶不赦的铁杆汉奸"的要求，陶勇下达了处死这些汉奸的命令，为乡亲们和牺牲的战士报仇雪恨。

再次是参加"火烧篱笆二百里"行动。敌人从如皋到如东、掘港、南坎一带的二百里路线上，用竹篱笆进行封锁，每隔十几里就建一个炮楼，每隔一段时间就派部队去巡逻，企图用隔离法困死共产党、新四军。郑国芳从掘港被调到如东陶勇司令这里就是钻篱笆的。那时要避开碉堡，只能晚上走小路，用了好几天才到达。新四军一段段地扒篱笆，但效果不大；扒了，敌人又扎起。陶勇效仿三国里的"火烧连营七百里"，来个"火烧篱笆二百里"。他将方案报给粟裕，与粟裕的想法一拍即合。部队行动一致，并发动了很多老百姓参与，随着腾空而起的信号弹，部队和老百姓一起放火烧篱笆。瞬间熊熊燃烧的烈火带绵延二百里，火光映红了半壁天，敌人蜷缩在据点里不敢出来，苦心经营的篱笆墙化为灰烬。其间，郑国芳不断地传达陶勇的一道道命令，一场大火，烧得根据地的军民扬眉吐气。

郑国芳说，其实战斗是很残酷的，经常会有牺牲的。记得有一次"扫荡"

的日伪军被新四军包围，日本鬼子在炮楼里拒不投降，重机枪还在向我军扫射，我们十多个冲上去的战士牺牲了。陶勇一声令下："不投降就坚决消灭他们！"在我军强大的威势震慑下，这才结束战斗。

1944年，郑国芳调到新四军军部胡立教处的调查研究室当情报员。20世纪50年代，他又随部队在福建前线从事情报工作，部队出色地提供了军事情报，他代表部队两次到北京开会，两次在怀仁堂受到毛主席接见。接见时，首长特地安排他站在毛主席后面，这张照片他珍藏至今。以后，他又有三次受到毛主席接见。莫大的荣誉激励他始终不懈地为革命努力工作。郑国芳说：大妹郑仲英在哥哥姐姐的影响下，从小就立下志向，也要参加抗日斗争。

郑仲英：护送重要情报的小女兵

1945年初，新四军16旅邀请曾英到抗日根据地。其实，此行目的是中共隐蔽战线党员郑仲芳，有一件非常重要的秘密文件要送到新四军根据地。曾英决定带上13岁的郑仲英和两个不满10岁的女儿同行，此时郑仲英还寄养在大伯家。接到任务后，郑仲英毫不犹豫地选择随母亲前去根据地。

临行前，二哥郑仲芳瞒着母亲，将文件缝在小仲英的衣服里，与其他几件衣物打成一个包裹，悄悄叮嘱年仅13岁的小仲英一定要保管好。这是一份《全上海各仓库建筑结构图》，为即将进行的巷战做准备。在郑仲芳一位新四军朋友护送下，她们母女四人启程了。一路上，小仲英忍着饥饿和疲劳，守护着包裹一刻不离。在瓜州的小火轮上，遭遇了令她胆战心惊的一幕。当时他们刚上小火轮坐在船尾，五六个日本宪兵和汪伪军端着明晃晃的刺刀上了船，搜查行人的包裹。眼见着敌人步步逼近，小仲英盯着地面紧张得几乎喘不过气来。危急时刻，那位化装成老板的新四军，向伪军迎上去，很有派头地掏出一沓钞票塞给他们，伪军得了好处，假惺惺地翻了一下衣服就算检查过关了。刚躲过伪军，却又来了日本宪兵，小仲英慌忙把包裹压在妈妈的包裹下面，摆在她与妹妹们的中间，强作若无其事的样子，日本宪兵打量了半天这个中年妇人和三个小女孩，没发现破绽才转身离开。松了口气的小仲英这才感觉手心里捏了一把冷汗："万一那份文件被搜查出来，后果不堪设想啊!"母女四人终于到达淮南汊涧抗日根据地,圆满地完成文件的传递任务。

郑仲英坚持留在抗日根据地,在半塔安徽淮南部队子弟学校读书,并参加"新安旅行团",成为新四军的一名文艺宣传兵,还在解放战争时期加入了中国共产党。新中国成立后,她是上海歌剧院主要演员,得到周小燕辅导,在歌剧《江姐》《白毛女》《刘三姐》等多部歌剧中饰演主角。郑国芳说:"我很敬佩母亲,她在祖国危难时刻,义无反顾地将自己的孩子全部送入革命队伍。"

曾英:从相夫教子到抗日的英雄母亲

上海沦陷的日子,爱国青年郑大方和郑仲芳兄弟俩,将自己的家作为"学协"的秘密联络点,召开会议,编写传单,接送情报。之所以能做到这些,与他们有位深明大义的英雄母亲是分不开的。目睹日本侵略者残害中国人的曾英,积极支持孩子的抗日斗争。每当"学协"成员在家开会,她就在屋外装着捡菜或晾晒衣被,为他们放哨。

得知大儿子要去根据地参加新四军,曾英作为母亲心中纵有千万不舍和担忧,还是含着热泪鼓励儿子英勇杀敌。临行前,曾英为大儿子准备行装,把家中唯一的一件呢大衣给他带上。也是热血青年的郑仲芳,在大哥牵线下,与抗日志士、文化革命者王元化走到一起,跟随王元化加入上海文艺同志社,在他的帮助教育下进步很快。1939年,17岁的郑仲芳在王元化介绍下加入中国共产党。曾英的家也成为中共隐蔽战线活动的一个秘密联络点,每次在这里召开秘密会议,她总是配合安排,还自费为他们提供就餐等。

在上海沦陷区坚持党的隐蔽战线抗战的郑仲芳,为有职业掩护,就到五舅开设的新亚药厂当了一名小学徒。王元化的回忆中,这位"小学徒"充满革命热情和机智勇敢的斗争方法,每次到王元化家传递情报,他的母亲都会高兴地说:"小学徒来啦,小学徒来啦。"

1941年初,郑仲芳秘密组织工人奔赴抗日根据地参加新四军,五舅察觉后责怪他,告状到曾英这里,曾英理直气壮地对弟弟说:"孩子做的事是正当的,国难当头,就需要这样的年轻人保卫国家,即使为此失去了生命也用不着你负责。要抗日就要参加新四军，这才是年轻人唯一的出路。"

英雄母亲曾英是这样说的，也是这样做的。仅1941年前后，她就鼓励了郑国芳的堂哥郑冶、郑洪和邻居徐博、董丽娟等人参加新四军。她鼓励自己15岁的大女儿郑慈，带上才13岁的三儿子郑国芳投奔新四军打鬼子。

郑慈到抗日根据地后，被分配到6师16旅野战医院，成为一名医护兵。郑国芳介绍，大姐郑慈在家排行第三，上初中时，二哥郑仲芳让她转学到校长是中共党员的文华中学读书。在进步思想影响下，郑慈积极参加高年级同学组织的抗日救国活动，购买很多进步书刊在同学中传阅，她的言行引起汪伪特务的注意，两次投掷她匿名恐吓信："注意点，再有共党言论，小心你的脑袋！"此时，曾英鼓励女儿，别怕，妈妈支持你做的事。

郑慈与同在16旅的郑大方相隔并不远，大哥来看望过她几次。每次总是叮嘱她努力工作学习，争取早日入党。从上海大城市来的郑慈，努力克服生活关，倾情照料新四军伤病员，仅一年后就加入了中国共产党。在郑慈记忆中，最后一次见到大哥时，大哥把自己亲手编成的两双布筋草鞋和一双布单鞋送给她。后来，听大哥的战友说，大哥牺牲前的最后一句话是"我很想我的妹妹……"其时，兄妹俩只隔了一座山。但是，敌人疯狂的"扫荡"，令郑慈终未能与哥哥见上最后一面。在以后的战斗岁月里，郑慈以大哥为榜样，荣获新四军中的"南丁格尔奖"。新中国成立后，她参加了第一届中国妇女代表大会。

2005年6月，在"历史的印痕——《新四军苏浙军区抗战纪实》"主题展览上，第一次见到大哥一张年轻英俊的黑白大照片时，已是79岁苍颜白发的郑慈禁不住热泪盈眶。

郑国芳回忆，与他们同时参加新四军的堂叔郑观轶，在上海时曾是个散漫任性的青年，到部队不久，被分配到抗大九分校接受抗日救国教育，进步很快。他严格遵守新四军的纪律，打仗非常勇敢。有一次部队驻地遭遇日伪军偷袭，他带领一个班英勇阻击，掩护部队撤退时不幸受伤被俘，他宁死不屈，被鬼子浇上汽油点火壮烈牺牲。

1945年，到达抗日根据地的曾英，积极参加抗日救国活动，她和子女们的英勇抗日事迹，感动了无数新四军战士在抗日战场英勇杀敌，迎来了中国人民抗日斗争的胜利。直到1948年，曾英才带领郑国英、郑雪英两个小女儿返回上海，再次担负起中共党组织秘密联络点的重任。

新中国成立后，曾英成为上海第一代的居委会主任。1949年6月，郑国英和郑雪英姐妹俩，在华山路上海交通大学的解放军20军招兵点，报名参加中国人民解放军，与郑慈和郑国芳参加新四军时相同，她俩也是一个15岁，一个才13岁，只不过她俩参加的是中国人民解放军。曾英很为自己这两个小女儿自豪。以后姐妹俩都参加了抗美援朝，几次差点牺牲在战场上。中朝人民用鲜血凝成的友谊，融进了她俩无悔的青春，她俩也都成为中国共产党的一员。

20世纪50年代，曾英两次出席全国烈士、军属社会主义建设积极分子大会，60年代被选为静安区政协常务委员，第一至第六届区人大代表。

（原载2015年8月16日《劳动报》）

本文荣获第25届上海新闻奖二等奖暨2015年全国报纸副刊年度佳作三等奖

第四辑

丹心碧血

"红色小开"谢旦如的革命情怀

　　导语：20世纪上半叶，上海滩家境富裕的"小开"谢旦如，因为热爱诗书而与冯雪峰、应修人及瞿秋白、鲁迅等共产党人和革命志士结识，因对中国的现状有了深刻认识而进一步觉醒。在白色恐怖下，他冒险帮助掩护共产党人和革命者瞿秋白。瞿秋白曾评价，住在谢旦如家的一年多，是他一生中最平静、最舒心、最安逸的日子。谢旦如还舍弃家产保护、出版革命志士的手稿，为中国革命的史册留存下一批珍贵的文物。

瞿秋白夫妇"隐居"谢家

　　上海市虹口区山阴路上，大陆新村鲁迅故居毗邻，曾居住过一位与鲁迅有着密切交往的富家公子，他就是被冯雪峰赞誉为"不是共产党员的共产党员""红色小开"谢旦如。

　　当年，谢家在上海拥有多家钱庄，家境殷实富足。1904年3月出生的谢旦如是家中独子，为庆贺他的出世，其父谢敏甫在紫霞路68号建造了甚是豪华气派的三开间三进的楼房。

　　谢敏甫早逝。年仅15岁的谢旦如子承父业，进入钱庄工作。谢旦如爱好新文学，与钱庄里的进步青年应修人、许元启、徐耕阡等人，共同创办了上海通信图书馆，推荐进步书籍，免费借给各地读者。

　　1922年春，应修人与冯雪峰、汪静之、潘漠华等人创办在中国现代文学史上颇有影响力的湖畔诗社。谢旦如积极参与诗社活动，写成《苜蓿花》，成为湖畔诗集的第四集于1925年出版。因共同的理想信念和追求，谢旦如与冯雪峰等共产党人成为亲密的朋友，他真诚无畏，极尽所能地支持、资助他们从事革命活动。

1931年4月，因中央特科的顾顺章叛变，整个国统区处于白色恐怖中。南京政府还发出《严缉扰乱治安之瞿秋白等务获解究》的饬令，下达全国，其中开列的所谓的"共党要犯"，位列榜首的是瞿秋白与周恩来，各悬赏两万大洋。

冯雪峰找到谢旦如，向他透露了想安排瞿秋白到谢家隐蔽的想法，谢旦如毫不犹豫地答应了。为掩人耳目，谢旦如故意在《申报》上刊登了一小则出租房屋启事，出租条件是租客必须是一位文静的读书人。第二天，瞿秋白夫妇由冯雪峰陪同，扮作来看房的租客将房屋租下。

瞿秋白夫妇入住紫霞路68号谢家寓所，除谢旦如知晓他们的真实身份外，家人只知道这位先生叫林复，因身体抱恙借此养病。为了更好地保护瞿秋白夫妇，谢旦如不再邀请亲朋好友到家中聚会。但其间应修人却常光顾。曾岚在《战斗的一生》书中记载：瞿秋白住入紫霞路68号，应修人每星期去两次，与瞿秋白一起研究各地方言，研究拉丁化新文字。

"一·二八"淞沪战争爆发，为避战火，谢旦如举家携瞿秋白夫妇迁居法租界毕勋路（今汾阳路）毕兴坊10号，谢家住二楼，瞿秋白夫妇住三楼。这里距应修人住处较近，但此时应修人在中共江苏省委从事宣传工作，因工作非常繁忙而难得去了。战事结束后，瞿秋白夫妇又随谢旦如一家搬回紫霞路68号。

1932年12月，陈云从谢旦如家接走瞿秋白夫妇，送至更为隐蔽的地方。杨之华后来回忆，夫妇二人在谢家两处住宅一共居住了一年零七个月。瞿秋白曾评价，住在谢旦如家的这一年多里，是他一生中最平静、最舒心、最安逸的日子。

据冯雪峰回忆，瞿秋白与鲁迅的来往始于谢家。那是在《毁灭》译本出版时，鲁迅夫妇携带儿子海婴去拜访瞿秋白夫妇。谢旦如最小的儿子谢庆中曾听母亲钱云锦说：瞿秋白与鲁迅几次在紫霞路68号见面。一天上午9时许，冯雪峰陪同鲁迅一家又来到谢家，他们还带了一盒玩具给谢庆中的大哥谢庆国。共进午餐后，鲁迅夫妇和冯雪峰到瞿秋白夫妇房间畅谈了一下午。他们的真实身份，钱云锦是解放后才知道的。

瞿秋白隐居谢家期间，与鲁迅、冯雪峰等人共同领导"左联"和革命文学运动，为"左联"刊物《文学导报》(由《前哨》改名)《北斗》《文艺新闻》等写了很多文章，翻译了不少介绍苏联的革命文学作品，在研究中国文字拉丁化方面亦颇有成就。

保护革命志士手稿

"八一三"淞沪战争爆发，日军入侵上海。谢旦如"上海小开"的声名在外，与他生意上有往来的日本客户劝他，只要在房顶上悬挂日本国旗，就能保他家中平安。当年在中国以经商身份作掩护的日本间谍不少。谢庆中听母亲说，当时，父亲怒不可遏地说："挂日本旗，就是让我当汉奸，我决不会这样做。"由此招致日本人的怀恨报复。谢旦如目睹日寇将家中大量的古籍字画、高档物品抢掠一空，又在房子四周浇上汽油烧毁。但他并不后悔，而是暗自庆幸收藏有瞿秋白、方志敏、鲁迅等人珍贵手稿的皮箱已经被事先悄悄地转移出去了。

在谢旦如心目中，瞿秋白、方志敏、鲁迅等人是中华民族的脊梁，他们的手稿对于中华民族的激励作用不可估量。瞿秋白被国民党反动派逮捕后，大义凛然地拒绝了其许以的高官厚禄，于1935年6月18日在福建长汀英勇就义。噩耗传到上海，鲁迅和茅盾、郑振铎、陈望道、谢旦如等人都极为悲痛，决定尽快出版瞿秋白的遗著，以作永远的怀念。

根据鲁迅先生的计划，谢旦如将瞿秋白在他家创作或翻译的近百万字的文稿整理好，送到鲁迅家中。大家决定先出版瞿秋白的译作《海上述林》。由鲁迅亲自编辑、定稿、写序言，排版、校对后，打成纸型送到日本装订。费用由谢旦如提供。

瞿秋白还有许多杂文、诗作、文艺理论著述的手稿，依旧留存在谢旦如家中。谢旦如将这些文稿视作生命，用绸绢包好，珍藏在小皮箱里。后经冯雪峰安排，陆续送到谢旦如这里的手稿，还有丁玲的《莎菲女士的日记》，胡也频烈士的《秋》《故乡》，郭沫若的诗稿《五月歌》等。谢旦如将手稿都安置于小皮箱内，如果突遇危急情况，拎起小皮箱就能转移。

方志敏烈士《可爱的中国》《清贫》等文稿得以重见天日，谢旦如也功不可没。经专家学者考证，方志敏烈士的狱中文稿曾被多次从狱中送出，但有据可查成功送达党组织的只有两次，都是几经辗转，由冯雪峰、潘汉年安排，交给谢旦如保存。

日寇侵占下的上海，环境异常险恶。谢旦如担心这些珍贵手稿遭遇不测，在多次寻找党内同志不遇的情况下，冒着极大的风险，毅然决定在法租界注册署名为"霞社"的出版社。经谢旦如精心编辑安排，出版了瞿秋白杂文集《乱弹及其他》，论文集《社会科学概念》及《街头集》；将方志敏《可爱的中国》《清贫》《狱中纪实》等文章做成合集，以《方志敏自传》为题出版，所有费用由他承担。这些小册子不仅在法租界，而且在整个上海都流传开来，还传到了延安与重庆。谢家紫霞路寓所被日寇烧毁时，谢庆中才出生7天，父母带着他和4个哥哥颠沛流离，先后在富民路、复兴路、黄陂南路等处住过。在经济每况愈下，房子越住越小的境遇下，这个藏有革命志士珍贵手稿的小皮箱，始终被谢旦如完好无损地保存着。抗日战争时期加入中国共产党的谢家二子谢庆璋，为纪念瞿秋白、方志敏，改名为谢秋敏，坚持在根据地打击敌人，不幸被捕，谢旦如为营救儿子赶赴外地。临行，他一再叮嘱妻子，一定保管好这只皮箱。钱云锦机智地将皮箱藏到娘家的寿材里。

将革命文物捐赠纪念馆

20世纪30年代，为掩护中共党员和进步人士活动，谢旦如在北四川路老靶子路（今四川北路武进路）开设了一家公道书店，书店橱窗用紫红色丝绒衬着，整齐地摆放着一些教科书和文具用品。谢旦如在书店的二楼秘密购置了印刷机和订书机，以供中共党组织和"左翼"文化人士印刷装订进步刊物和文件，所有费用由他承担。

为确保书店安全，谢旦如又在书店毗邻开设了红狮食品公司。两店之间设有隐蔽的小门，一旦遭遇紧急情况，在书店联络的同志能迅疾转移到食品店，化身顾客离开。冯雪峰、应修人、丁玲、楼适夷等常来此秘密联系。

1931年2月，国民党反动派残酷杀害了"左联"成员李求实、柔石、胡也频、冯铿、殷夫和何孟雄、林育南等24位共产党人。"左联"决定突击出版《前哨·纪念战死者专号》刊物，将国民党反动派血腥屠杀的真相公布于世。谢旦如毅然组织工友在公道书店楼上秘密排版、印刷、装订。在三楼的亭子间里，紧锁房门，再加把椅子顶在门上，应修人、曾岚夫妇，谢旦如和另外两位工友将有五位烈士照片的印张一一折叠装订好，待到天黑后秘密送出去。这本由鲁迅先生亲自题写"前哨"的刊物，就在书店的小亭子间里诞生了。

新中国成立后的50年代初，谢旦如将自己珍藏的唯一一本《前哨·纪念战死者专号》以及鲁迅、瞿秋白等人的珍贵手稿，捐赠给上海鲁迅纪念馆。谢庆中介绍，1962年，时任上海鲁迅纪念馆负责人的父亲病逝，他们兄弟五人（大哥庆国、二哥庆璋、三哥庆才、四哥庆法和五弟庆中）联名将红军集体创作的《二万五千里》稿本（注：当年，党中央为向世人宣传红军长征的伟大意义，于1937年3月至6月间将书稿从延安秘密传递到上海。原计划由冯雪峰安排在上海出版，由于淞沪战争爆发，出版计划被迫搁置。书稿几经辗转交由谢旦如保存），丁玲写给冯雪峰的六封信及其作品手稿，丁玲、胡也频、应修人等人的照片，以及郭沫若、汪静之等人的手稿，捐赠给上海鲁迅纪念馆，他们认为这是对父亲最好的纪念。

2006年，为纪念红军长征胜利70周年，上海人民出版社出版《二万五千里》影印珍藏本，首次公布由上海鲁迅纪念馆珍藏的第一部红军长征回忆录。这本纪实回忆文集，是中国出版史上最早、最直接、最真实记录中国工农红军二万五千里长征的回忆录，也是鲁迅纪念馆的镇馆之宝，一经出版便引发了轰动。

在谢庆中的记忆里，那些年有不少革命志士及后人来看望他的父母。其中有冯雪峰、周海婴夫妇、杨之华母女、方志敏的儿女等；也是在父亲的影响和激励下，谢庆中的二哥、三哥、四哥都曾参与革命斗争，为中国人民的解放事业贡献了一份力量。

如今，瞿秋白、谢旦如两家的友情还在延续。2016年12月22日，瞿秋白和杨之华的外孙女李晓云与丈夫专程从北京赶到上海，在上海亲戚吴幼英陪同下，来到大陆新村谢旦如旧居，与谢旦如的孙子谢宗敏和孙女谢英兄妹相见。两家人的第三代相聚话今昔，不尽的思念感慨尽在其中。

（原载2022年9月《炎黄春秋》）

黄圭彬：隐蔽战线"平凡"的战士

有79年党龄、如今高寿98岁的黄圭彬精神矍铄，思路清晰，这位可敬的老人曾在中华民族生死危急关头加入中国共产党。当年她已考取光华大学教育系，当中共江苏省委需要她转入南京国立中央大学秘密开展学生运动时，她毫不犹豫地投身党的隐蔽战线。在解放上海的与敌斗争中，也留下了她的印迹。近日，我来到黄老家中，戴上助听器的老人接受了我的专访。

"小黄鱼"，顶下联络点

1947年秋天，根据上级党组织指示，在安徽芜湖从事中共隐蔽战线斗争的黄圭彬，秘密潜回家乡上海浦东，从事迎接上海解放的准备工作。与她一起前来的，还有战友梁子衡，为了便于潜伏和开展工作，原本感情深厚却因工作繁忙无暇顾及个人生活的他俩，就此成家了。不久，接到中共上海市文委的指示，要求他们转入上海市区建立秘密联络点。地主家庭出身的黄圭彬，此时家道已经衰落，知书达理的母亲，尽管不知女儿需要钱派什么用场，但她相信女儿做的事肯定有意义，就卖掉了家中的八亩地，换得八根"小黄鱼"，交与女儿办事。经堂兄牵线，黄圭彬用金条顶下南市寿宁路文元坊（今寿宁路28弄26号）一间带阁楼的房间，作为秘密联络点，而堂妹夫就在隔壁开了一家煤球店，起了很好的掩护作用。

黄圭彬的工作有两项：一项是印刻宣传品，秘密散发到学校、工厂、商店和市民中；另一项就是将上线送来的铅印资料，传送到她下线的两位联络员手中。她至今记得，一处联络点是大世界附近中法大药房楼上的一对夫妻；

另外一处是大自鸣钟地区一位带婴儿的小朱。由于隐蔽战线工作的原则，她并不知道他们的真实情况。

黄圭彬的新家，不但有他们夫妇俩，还有母亲和堂妹同住，儿子则被安置在浦东乡下的亲戚处。梁子衡在《新闻报》谋得一份职务，作为身份掩护，她则以家庭妇女的身份出现在左邻右舍前。黄圭彬刻印的传单虽然字数不多，但有宣传解放军在战场上节节取胜消息的；有鼓励市民积极开展护厂、护校、护店迎接解放的；有针对性"攻心"政策专门警告国民党政府官员和特务的。这些革命性鲜明的宣传品，如果被特务查获，后果不堪设想。

如今，黄圭彬依旧记忆犹新，在迎接上海解放的日子里，也是白色恐怖最严酷的时候，特务疯狂行驶"飞行堡垒"，大肆逮捕中共党员和进步人士，甚至把平民当作共产党嫌疑，肆意逮捕。她的一个亲戚就是这样被抓的，幸亏水性好，在被押送途经吴淞大桥时，跳到河里才死里逃生。黄圭彬夫妇坚守在险恶的环境中，联络点用窗帘作暗号。窗帘没拉上，表明人员安全在家；窗帘遮住，暗示自己不在家或者有情况，联系人员见此就会见机行事。

装腹痛，保全秘密资料

黄圭彬利用自己家庭妇女的身份，装着赶早市买菜、买早点，将宣传品塞进那些"敌、特"人员家的门缝里，塞进还未开门的商店里，投到学校和工厂里；白天则以逛街购物为掩护，见缝插针地将宣传品发出去；晚上就在小阁楼上刻印宣传品到深夜。尽管窗帘拉得很严实，有一次还是被那个特务的鹰犬——红鼻子保长窥探到蛛丝马迹，半夜急遽地敲门，幸亏早有紧急应对预案，闯进门的保长，看到的只是缝纫机上正在制作的衣服，还有已经裁剪好准备缝制的衣料，保长东瞅西瞧的，一无所获，只得悻悻地离开。这件事，再次给他们敲了警钟，更加小心谨慎。

外出传送情报和资料，随时可能遭遇危情。黄圭彬经常装扮成乡下进城的大嫂，将16开大小、两三寸厚的铅印资料隐藏在装有芝麻、绿豆等农副产品的拎包里，分送两处秘密联络点。有一次天蒙蒙亮，她携带伪装好的资料出门，行走至西藏南路时，突然发现一队国民党宪兵巡逻队，七八人横排着大摇大摆地走过来。正是严冬季节，寒风萧瑟，行人稀少，她感觉如果迎面走过去，很可能被敌人拦住搜查。长期从事隐蔽斗争历练的她，镇定自若地转身，拐弯穿进身后的一条弄堂里。见到一老太正在生煤球炉，就装着肚子疼，向老太讨杯热水喝，很不经意似的将拎包放在灶披间的凳子上。过了好一阵装着腹痛缓解，并赠送些土产品感谢老太，估摸宪兵已经远去了这才告辞。

迎解放，母女三人团聚

黄圭彬他们终于迎来了上海解放。当从广播电台里，听到宣告上海解放的新闻时，黄圭彬激动万分，终于可以昂首走在大街小巷上了。她目睹人民路、宁寿路、小北门等处露宿在马路上，军风军纪优良的解放军，情不自禁地上前紧紧握住一位精神抖擞、肤色黝黑的战士的手，连声说道："解放军同志，谢谢你们，谢谢你们，向解放军同志致敬！"

上海解放后的几天，黄圭彬的妹妹黄吟斌（原名黄吟彬）的到来，给了家人一个意外的惊喜。原来，抗战时期才18岁的妹妹，参加了浙东四明山新四军，历经莱芜、孟良崮、淮海、渡江等重大战役，这次是随第三野战军20军，参加解放上海战役的。打量着腰间别着手枪、英姿飒爽的黄吟斌，母女三人激动相拥，热泪夺眶而出。此时，他们才得知，多年杳无音讯的黄吟斌，已是某部战俘营的管理大队长，曾荣获"华东三级人民英雄"称号。

乐奉献，莫道桑榆晚

上海解放后，黄圭彬被安排到虹口区教育系统工作，这一干就是三十多年，一直到她1983年离休。

离休后的黄圭彬，并不安于在家颐养天年，她积极融入社会，参与教育探索实践活动。自20世纪90年代起，她就"任职"区教育系统的义务讲师，为中青年教师上党课；为共青团员、少先队员开展革命传统教育；还参与对失足青少年的转化工作。她秉持"给人一杯水，自己要有一桶水"的理念，为了将课讲好，让教师、学生能够理解接受，坚持每天学习五小时，写出几十篇讲稿。不久前,她为南湖中学的学生讲述继承革命先烈光荣传统的课,很流畅地讲完一节课,学生深受教育,对这位革命老人满满地崇敬。黄老荣获过"上海市关心下一代先进工作者""虹口区教育系统先进个人""虹口区优秀园丁"等荣誉称号。

作为虹口区教育系统离休干部学习标兵的黄圭彬,几乎每次学习都参加,事先做好学习笔记,被区教育系统离休支部授予争当"可敬的老干部"荣誉证书。今年3月7日,98岁高龄的黄老,还参加党支部的民主生活会并发言,表示年岁可以不饶人,但共产党员的信念是永恒不变的。

黄圭彬与丈夫梁子衡一辈子情深意笃,2014年老伴去世,悲痛之余,她觉得纪念他的最好方式,就是将他生前写的学习材料和笔记,整理归纳编辑成册。为此,耄耋的她,足足花了两个月完成这件事,她相信九泉之下的老伴会欣慰的。

如今,黄圭彬老师已经有重孙、重外孙了,儿女和孙辈们都在各自的工作领域成绩斐然。黄老笑侃自己,长寿秘籍就是保持生活规律,坚持学习思考。她家住山阴路,只要天气好,就由保姆推着轮椅车到附近的鲁迅公园兜上一圈,感受游人的欢声笑语,领略公园的美景秀色,又开始美好的一天。

采访手记:并非平淡无奇

黄圭彬谦称自己的经历平淡无奇。也许,相对叱咤战场风云的战将、潜伏敌营内部的同志,她是平凡的,但她又是坚持不懈为革命事业奋斗的不平凡者。正是有如黄老这样众多"平淡无奇"者的积极参与,才凝聚成建立新中国的伟业。

听说我要采访她,怕自己有些事记不清了,黄老之前就认真写好回忆提纲,单就这一点,就让人感动,深深地感受到她的不平凡。

（原载2019年5月25日《新民晚报》）

丹心碧血换新天
——缅怀牺牲在上海解放前夕的张困斋烈士

1949年5月7日凌晨4点，黎明前的黑暗沉沉地笼罩着浦东严桥张家楼戚家庙，空旷的田野上开来一辆囚车，囚车行驶的声音在距戚家庙北面约一百米处戛然而止，一阵沉重却铿锵的镣铐撞击声响起。突然，一道刺眼的灯光射向12位被手铐、脚镣紧锁的革命志士和进步青年，他们中间有中共秘密电台的三杰：李白、张困斋、秦鸿钧。国民党上海警察局局长毛森，向刽子手下达了屠杀他们的命令。

这天凌晨，戚家庙附近睡梦中的乡民，被一阵悲壮的"中国共产党万岁"和《国际歌》惊醒，振聋发聩的口号声和歌声，令刽子手胆战心惊。行刑队长命令士兵举枪射击，士兵们的手都在颤抖，先后两批士兵不肯开枪。队长和士兵进入庙内，点起香烛，跪下叩拜，求菩萨保佑不要惩罚怪罪他们，最后由面色惨白的大个子警官行刑队长赵旅英架起机枪，一阵疯狂扫射。口号声和枪声刺破夜空，烈士倒在血泊中。

烈士的鲜血染红了脚下的大地，他们的英勇壮举，在中国革命史上镌刻下不朽的一页。

一、英勇少年慰问"五卅惨案"被捕学生

1914年6月，张困斋出生在浙江镇海江南衙前康乐桥，幼年随父母到上海。父亲张昌龄是上海德兴钱庄经理，此时家庭生活比较宽裕，住在爱而近路（今安庆路）勤安坊，后来迁居温州路耕畴里，张困斋在市北中学附属小学读书。好景不长，父亲壮年病逝，家境渐渐衰落，他随母亲于1926年返乡，

居住在镇海县南门外东河塘，考入镇海县立中学读书。

张困斋自幼聪明好学，善于思考的性格，养成他敢于向不公道之事抗争。在大哥张承宗的记忆中，就难忘这样一件事。那是1925年5月30日，上海发生震惊世界的"五卅惨案"。那天下午，他正与二弟张困斋在南京路老闸捕房附近的宝成银楼门口，目睹了惨案的现场：众多游行的学生、工人被拘捕，关进老闸捕房；进而全副武装的英国巡捕，面对手无寸铁的游行队伍悍然开枪，当场打死、重伤几十人，轻伤者更是无数，号称远东第一大都市的上海南京路瞬间血流遍地。悲愤满腔的二弟怒目圆睁，紧握双拳就要冲上去，被有重要任务在身的张承宗一把拉住："这笔血债我们一定会让英帝国主义偿还的！"回到家，年仅11岁的张困斋义愤填膺地向家人诉说所见所闻，建议为被捕的学生做些什么。在家人的支持下，他们买了一大袋面包、饼干，由张困斋背着送到老闸捕房后门，看守见是一个孩子，就放行了。张困斋慰问被关押的学生，人们纷纷赞扬这位少年的英勇义举。

让我们将时光跨越到九十多年后的现今。不久前，张困斋烈士的侄子张亚林与几位先烈的后代相聚，讨论关于开展纪念上海解放70周年的活动，笔者应邀参加，有幸采访张亚林。

与新中国同龄的张亚林，比预产期提前三个月来到人间，来到上海，似乎迫不及待地要见证上海解放激动人心的时刻。其实，他的出生竟与叔叔张困斋的被捕有关联。在迎接上海解放的日子里，张承宗时任中共上海市委书记，张困斋是张承宗的二弟，中共党员，负责中共上海局的秘密电台，直接联系与领导中共党员秦鸿钧收发报任务。1949年3月19日晚9点多钟，在愚园路81号中共上海局和上海市委领导人的秘密住处（注：中共上海局局长刘长胜住二楼，中共上海市委书记张承宗住三楼）张承宗家里，他来回踱步，凝重的神情中透着焦虑，已怀孕七个月的妻子俞雪莲，惴惴不安地问："亚圣怎么还没有回来，会不会出问题了？"张亚圣是张亚林的哥哥，时年16岁。就在这时，他们的儿子张亚圣气喘吁吁地闯进来。望着满头大汗的儿子，俞雪莲焦急地问："亚圣，事情顺利吗？"张亚圣顾不得喝口水，急切地说：我上午10点到米店没有看到"爸爸"，下午又到西服店才知道"爸爸"被捕了，我是偷偷逃出来的，怕特务跟踪，兜了好几个圈子，确定没有尾巴才回家的，所以晚了。

张承宗强忍着悲痛，让儿子坐下喘口气，说说详细情况。原来，3月19日上午，张亚圣将张承宗写给张困斋的一张折叠的小纸条，藏在鞋垫底下，来到中共的秘密联络点，位于福煦路（今延安中路）916号的"丰记米号"，伙计告诉他，老板（即张困斋）今天没有来过；他急忙赶往中共的另一处秘密联络点，位于乍浦路123号的"联合西服号"，这里也是张困斋的家，这几天正好有母亲和两个弟妹一起住，他们都被在此蹲守的特务扣住不准出门。张亚圣一进门就撞见四个穿警服的特务在店中，特务一下围住他凶恶地盘问。机灵的张亚圣，装出一副吓傻的样子，因为营养不良，16岁的他看上去只有十二三岁。祖母见状，用浓重的宁波口音对特务说，这是我族里隔壁人家的孙子，他母亲生孩子了，让他来告诉我的。特务见他瘦弱傻样的，问不出什么只得作罢。趁着特务换班间隙，祖母悄悄告诉他"阿大被拷去了"。"阿大"是家人对张困斋的称呼，意即张困斋被特务逮捕了，让他赶紧溜出去报信。听到这个消息，张亚圣脑子瞬间一片空白，只顾埋头向前走，直到天潼路拐弯处，才猛然清醒。赶紧闪入天潼路上一家糖果店内，装作买糖果，兜了几圈确定无人跟踪后，急速掏出折纸塞进嘴里嚼碎。又兜了几圈才赶到家中，告知张困斋被捕的不幸消息。

小小的居室被痛苦悲伤笼罩，张承宗妻子突然腹部剧痛，早产下张亚林。新生的张亚林，见不到叔叔的音容笑貌了；革命者的张困斋，在迎接黎明到来的黑暗中永生。

二、发动"银联"职工开展抗日斗争

张困斋回到家乡县立中学读书。1926年底，镇海县成立了第一个共产党组织——中共镇海独立支部。党组织的几位领导人，大多在镇海中学担任教师，以后成为左联战士的柔石（赵平复）也在该校任教务主任。张困斋在校期间受到这些进步老师的熏陶和革命启蒙教育，年少的他大量阅读中外进步文学作品和革命理论书籍，激励他学会思考中国的前途命运；他还涉猎书画、音乐、哲学、经济等方面的知识，立志以学问装备自己，为拯救多灾多难的祖国尽自己的责任。1927年上海发生"四一二"反革命政变，屠杀革命志士和工人的风波扩及宁波、镇海。县立小学校长胡焦琴被害，其在该校当教师的表兄因为是共产党员也遭逮捕。国民党反动派的倒行逆施和残酷杀戮，更激发张困斋追求真理的勇气和决心。

1929年，张困斋初中毕业，考入宁波工业学校，仅读了一年，就因家庭经济拮据辍学到上海谋生。在辛泰银行找到一份工作，从练习生做起，逐渐升任为营业股办事员。1931年"九一八"事变，东北被日军侵占；1932年"一·二八"淞沪战争，又以政府当局的妥协退让告终。张困斋对于国民党反动政府的本质和日本侵略者的野心有了更多的认识，决心投身抗日。当时，张承宗与上海银行界的同事编辑出版《石榴》半月刊，宗旨是宣传抗日、反对投降。张困斋积极写稿参与，并负责出版和发行等工作，但《石榴》只出版了四期，就被国民政府的社会局查禁而停刊。即使如此，也阻挡不住他对真理的追求。收入微薄的他，节衣缩食购买《世界文库》《海上述林》《资本论》等巨著，以此为良师益友，努力探寻革命真理。当年与他同住的弟弟张邦本，每当打开二哥的书橱，睹书思人，抚今追昔，总是无限感慨："二哥崇高的革命理想已然实现。"

1935年"一二·九"运动掀起，张承宗、张困斋兄弟与银行界进步青年数十人，发起组织职业青年"救国大同盟"，以后发展为职业界救国会的一个单位。张困斋组织举办读书会、讨论会、歌咏队等；并领衔发起"银钱业业余联谊会"，利用在银钱业的有利条件，贯彻执行党的抗日民族统一战线政策，广泛团结银钱业群众，成为中共可靠的外围组织。

"不论做什么工作，他都是满腔热情，信心十足地克服困难，完成党交给他的任务。""只要参加示威游行，困斋总是担任纠察任务，在队伍前头开路，冲破当局军警的包围和封锁，多次受到军警残暴的殴打。"张承宗在回忆二弟的纪念文章中是这样描述二弟英勇无畏开展对敌斗争的。

1937年"八一三"淞沪战争爆发，"银联"组织了"战时服务区"，张困斋负责举办战时救护常识训练班，同时带领百人歌咏队，到市区街头、伤兵医院、难民收容所演唱，开展宣传鼓动，激励群众奋起抗日。同年10月，张困斋光荣加入中国共产党。根据党组织的要求，他深入银行、钱庄基层，针对职员的性格特点，逐个开展宣传教育。他那带有浓厚宁波乡音的侃侃而谈，同事们听来特别亲切。在半年多时间里，他先后介绍了梁廷锦、戴湘生、舒自清等八人加入中国共产党。由于张困斋在"银联"卓有成效地工作，银行和钱庄得以建立党支部，为党组织在"银联"开展活动奠定了良好基础。到1939年，"银联"由七千会员发展到一万多名，其中中共党员就有上百人。

三、红色电波穿行畅通在白色恐怖中

1938年，受党组织派遣，张困斋到江南抗日游击队（简称"江抗"）开展工作。他离开上海，来到生活条件和斗争环境非常艰苦的抗日根据地。张困斋在"江抗"不仅参与同日伪军的战斗，还负责编印根据地唯一的刊物——《江南》，从编写、刻蜡纸、油印，到装订成册，他都严格把关。这是一本八开套色油印刊物，报道根据地抗日战况，以及江南老百姓在日伪统治下生活在水深火热中的惨况。这本在根据地广泛流传的刊物，激发根据地战士和民众同仇敌忾英勇抗战的意志。

由于严酷的斗争环境，张困斋他们一起工作的同志都是农民装扮，背着油印机与敌人周旋，流动出版《江南》。繁重的工作，加上极度营养缺乏，张困斋患上了严重的疟疾和痔疮，病菌侵蚀到他的骨髓，几度昏迷，无法行军工作。党组织决定让他返沪治病，同时任上海与根据地的交通员。上海全面沦陷后，斗争环境发生变化，党组织调任他从事对汪伪经济方面的调查研究工作。为了从日本报刊上收集信息和便于与日本人打交道，他刻苦自学日语；为了解苏联卫国战争的战况，同时又努力学习俄语，时常为能熟练地运用一个词语而废寝忘食。在这一时期，张困斋主持编撰了《战后上海的钱兑业》《战后上海的金融》《上海市工商名人录》等专题报告，拟为抗战胜利后，接应进入上海的新四军提供第一手资料。为向抗日根据地的新四军提供物资，他自己的生活非常节俭，连几分钱的电车也舍不得乘，脚底磨出了血泡，咬紧牙硬挺着。

抗战胜利后，蒋介石反动政府发动内战，抢夺胜利果实。张困斋根据党组织的指示，负责设立秘密机关。他开设"丰记米号"并任经理，作为职业掩护。刘长胜、张承宗、吴学谦、浦作、李琦涛等中共上海局和上海市委的领导常来"丰记米号"联络接头；他的住地是"联合西服号"，同时是为中共上海市委警察委员会书记邵健、副书记刘峰、委员姜敏等同志专设的联络点。不久，张困斋又被派至中共中央上海局机要部门，领导秦鸿钧秘密电台，受刘长胜、张承宗的直接领导。尽管秘密电台的报务员是秦鸿钧，但张困斋也刻苦学习无线电通信技术。因为大量的情报要从这条红色通信线路上传递，张困斋和秦鸿钧经常从深夜工作到黎明。随着人民解放军在战场上的节节胜利，战线逼近长江，党中央与上海局的往来电文日益增多，张困斋与秦鸿钧的工作异常繁重。市委领导关切地问张困斋，收发报时间延长，容易被敌人察觉，是否要启用别的电台，他坚定地说："不用，我们能够完成任务。启用别的电台，其他同志同样是有危险的。"他们在极端的白色恐怖中，将一份份关联中国革命和胜利的重要情报发送给党中央，出色地完成了党组织交给他们的任务。

对于这段往事，张困斋的胞弟张邦本很是赞叹："为革命，二哥经常抱病工作，毫无怨言。他的为人之道，从来没有'自己'和'疲倦'两个词，专心致志扑在革命事业上。这种对工作认真负责任的态度，使我既惊讶又钦佩。"

四、身在监狱心系同志和组织

1949年3月17日深夜，国民党特务用测向车侦测仪器锁定了秘密电台的位置，包围了打浦桥新新里秦鸿钧的家。发现危急情况后，秦鸿钧坚持发出最后一串电波，迅速将设备藏匿好，转身从阁楼爬上屋顶突围。正值连日阴雨，屋顶瓦片覆盖了密密的青苔，脚底一滑摔倒在地，被蜂拥而上的特务捕获，妻子韩慧如同时被捕。3月19日上午，张困斋按约定时间到秦家联络，被蹲守的特务不由分说地逮捕。在监狱里，张困斋遭到酷刑拷打，两条腿被老虎凳折断，手指甲被拔掉，肺部被辣椒水灌得咯血不止，但他坚贞不屈，保守秘密，给其他同志安全转移赢得了时间。狱中幸存的画家富华曾经见到这样的惨状。富华于1949年1月13日被捕后，被关在四马路（今福州路）国民党上海市警察局，并于2月10日大年初五，与一起被抓的缪剑秋、沈光旭三人被押送到国民党淞沪警备司令部军法处看守所。在牢房里，他曾经见到李白、张困斋和秦鸿钧。起先，李白和秦鸿钧被关在1号牢房。1号牢房由于关押的大多是要犯、主犯，所以被难友们称为"死牢"。秦鸿钧是4月初被关进去的。那天晚饭前，只见一位高个子背着个人进了1号牢房。后来才知道，高个子是秦鸿钧，他背的人是张困斋，双腿被打断了，血肉模糊。第二天早上，富华利用上厕所的机会主动挨近高个子问："你叫什么名字？"问过才知道他叫秦鸿钧，是与妻子和张困斋一起被抓进来的。他们一起在狱中的时间，前后也就不过二十来天。

在秦鸿钧妻子韩慧如的回忆录里，讲述了这样一段故事：敌人为了套取情报，有几天，故意将她与秦鸿钧、张困斋关押在同一间牢房里。他们就利用一切机会，用手势、表情示意，彼此心照不宣。有一次，她好不容易向看守讨到一点热水，想用热毛巾给他们两人焐一焐被打伤的腿。水端到张困斋身边时，他小声对她说："你给老秦敷吧，不要照顾我。在敌人面前，你要表现出极端恨我的样子才行。"意思是要她装着恨他连累了他们夫妇。她和秦鸿钧会意地相互看了一眼，止不住热泪簌簌流下。张困斋在如此危难的环境中，还是一心想着保护同志，想把责任全都担在自己身上。他这种崇高的同志情谊，是她难以忘怀的。

张邦本去监狱探望张困斋时，只见他已经憔悴得不像样了，两条腿因为受刑而无法站立，放风和大小便都要秦鸿钧搀扶才能走动。即使如此，张困斋见到弟弟的第一句话还是问："母亲好吗？"其意是"组织安全吗"？弟弟回答"母亲很好，你放心好了"。他默默地会意了。身陷囹圄的张困斋，心中惦念的是同志和组织安危。

五、为革命事业他舍弃了个人的一切

张亚圣是张承宗的儿子，张亚林的哥哥，理应是张困斋的侄子，平时却称呼张困斋为"爸爸",这是怎么回事呢？原来，张困斋曾有过一段婚姻。1934年，他与家乡镇海北大街胡亨房家的胡梅卿在上海结婚，夫妻情投意合。却未料，他们还沉浸在美好婚姻的甜蜜中时，1935年胡梅卿回乡探亲，不幸染上突如其来的疫病，年轻的生命被无情的病魔吞噬。悲痛欲绝的张困斋，将对妻子的爱深深地藏在心底，全身心地投身抗日救亡运动。

亲朋好友劝导张困斋再找对象，他都婉言谢绝，表示要事业有成（注：意即革命胜利）再谈婚事。他的想法让母亲很着急，想出一个办法，就是将他哥哥张承宗的一个孩子过继给他，这个孩子就是张亚圣。由此，张困斋和母亲及张亚圣组成家庭，住在乍浦路123号的联合西服号楼上。本文上述提到的张亚圣到乍浦路123号，就是张亚圣熟悉的家。张亚圣说："尽管我不是张困斋亲生的，但爸爸对我是十分疼爱的，经常给我买玩具、口琴、笛子等小玩意。还记得我三四岁时，爸爸就教我识字和唱歌。有一次，爸爸教我唱《义勇军进行曲》，我咬字不清，咿咿呀呀地唱着'冒着敌人的炮火前进'，逗得奶奶和爸爸笑翻了。""爸爸的言传身教，也在无形中潜移默化地影响着我，在中学时，年少的我也经常参加以抗日为主题的学生运动。"

张困斋是向往美好生活的，然而他还没来得及迎来胜利的曙光，就被残害在敌人的屠刀下，再也没有机会营造属于自己的美好幸福家庭，为了千万个家庭的美好幸福，他舍弃了个人的一切。

黎明前是最黑暗的，1949年5月7日晚，国民党特务将李白、张困斋、秦鸿钧等同志残酷杀害。仅仅过了十几天，上海就解放了。寻找死难烈士和失踪人员成为上海刚解放时的一项重要工作。李白夫人裘慧英、张困斋的母亲张老太太、秦鸿钧夫人韩慧如（注：5月25日凌晨与其他被关押人员砸开牢门逃出）三人，一起在各个挖掘点奔走，几天来未见三位烈士的踪影。此时，得到浦东戚家庙附近的村民报告，曾听到过高唱《国际歌》的声音和枪声，此处可能就是张困斋等人就义的地方，决定6月20日开始探挖掩埋点。由于路途较远，张老太太连日劳累，众人劝她留在家里等候消息。临出发前，张老太太对韩慧如说："困斋的裤脚管是我亲手撬的边。"

挖开戚家庙后战壕上的浮土时，裘慧英一眼就认出了李白的破旧长衫。

11位烈士的遗体已面目全非，只有乌黑的镣铐还紧锁着手骨腿骨。据《文汇报》1949年8月28日刊登悼念文章：5月7日押着12位烈士赴刑场时，其中有一位魏连均同志未被枪杀，从刑场又被押回威海路稽查大队，告诉狱中难友："他们在就义前，大骂蒋匪帮首领和匪特头子毛森，高呼中国共产党万岁！视死如归。"可惜这位魏同志在5月14日，仍然被看守所所长徐少元亲手枪杀。

1949年8月28日，中共上海市委在华山路上海交通大学文治堂隆重举行李白、张困斋、秦鸿钧三位烈士的追悼大会，千余人自发而来为他们送行。

　　后叙：在庆祝新中国成立70周年的日子里，我专程到当年的"联合西服号"所在地——乍浦路123号旧址瞻仰缅怀革命先烈。这里处于武昌路、天潼路之间的乍浦路段上，原来的石库门房子已无处可寻，矗立在原址上的是高耸的商业大厦。生活在和平美好年代的我们，回顾先烈们为之奋斗献身的英勇壮举，是对我们砥砺前行的鞭策。

（原载2019年3月25日《劳动报》）

上海塘沽路62号

——也曾有"永不消失的电波"

　　东大名路至东长治路的塘沽路这一路段，是闹中取静的路段，再看塘沽路62号，如今是一处修理电动水泵的店面。很普通的街道、很普通的店面，不知情的人怎么也不会联想到，20世纪40年代后期，从塘沽路62号曾经发出大量与中国革命胜利相关的重要情报。

　　上海解放前夕，最严酷的白色恐怖中，众多奋战在中共隐蔽战线的战士坚守信念，忘我工作，迅速、准确地向党中央发出情报，甚至付出生命的代价。其中就有中共秘密电台的情报员李白、张困斋、秦鸿钧等英烈；而上海塘沽路62号的中共秘密电台得以幸存，为解放上海战役发挥了至关重要的作用，其中经历了怎样惊心动魄的斗争？

　　让时光回溯到1949年5月，党中央致电吴克坚情报系统："几年来，你们在克坚同志领导下，不避风险，任劳任怨，坚守岗位，获得敌人各种重要情报，保证了同中央的联络，直接配合了党的政治和军事斗争的胜利，你们的秘台工作是有成绩的，特电嘉奖……"此处党中央特电嘉奖的秘台就设置在虹口塘沽路62号，隶属于吴克坚领导的情报系统电台。坚守此处开展秘密工作的就是叶人龙和他的妻子陈秀娟。在中共四大纪念馆里，陈列着叶人龙的照片和他使用过的遗物。日前，笔者专访当年的汽车修理行老板娘陈秀娟和她的儿子叶晓明。97岁高龄的陈秀娟再次讲述了当年她与丈夫叶人龙掩护中共秘密电台时那些鲜为人知的往事。

敌人眼皮底下的中共秘密电台

解放战争初期，党组织即要求叶人龙从事党的秘密情报工作。陈秀娟回忆，1946年夏秋之交的一天傍晚，他们在梧州路的住家有人敲门，打开门，一位老板装束者径直走进来。夫妻俩定睛一看，兴奋地叫了起来："吴克坚同志，是你！"中共情报战线上的传奇人物吴克坚来找他们了。原来，为配合中共的战略反攻和解放上海，党组织几经斟酌，认为叶人龙是最合适的人选。决定在叶人龙处设立秘密电台，这也是我党在南方三个重要情报机构之一的秘密电台。吴克坚要求叶人龙发挥自己修理汽车的技术专长，开设汽车修理行作为身份掩护从事电台工作。

吴克坚察看梧州路环境后，发现这里人员嘈杂、摊贩众多，不是理想之处。指示叶人龙尽快寻找新的店面。叶人龙很快就物色到塘沽路62号两上两下的楼房，花了十根金条顶了下来，开出了"胜利汽车运输修理行"。为此，叶人龙拿出所有积蓄但还有缺口，就求援于徐大妹、陈之一夫妇，他俩与叶人龙同是大革命时期一起从事中共隐蔽战线斗争的可靠同志。徐大妹夫妇深知组织纪律，并不过问叶人龙借金条派何用，只说："老朋友了，这点先拿去用，啥辰光头寸调不过来了，尽管来找阿拉。"后来，叶人龙得知，吴克坚原想将电台建在徐大妹家，但她家的邻居就是张国焘，很可能对电台造成威胁，于是，这一艰巨的任务就由叶人龙来承担了。

塘沽路62号的胜利汽车运输修理行，底楼作为店铺，二楼是住家。而距塘沽路不远处的吴淞路口，就是国民党宪兵队的所在地。敌人做梦也不会想到，中共的秘密电台就设置在他们的眼皮底下。

电台配置后，吴克坚带来思南路"周公馆"的年轻译电员马辛田。亭子间就作为马辛田的居室和收发报处，叶人龙夫妻掩护他。马辛田的对外身份是汽修行会计。他是河南人，不会说上海话，又没有随身证件。适逢上海人口调查，为不引起敌人怀疑，陈秀娟与保长一家关系搞得很热络，最终让马辛田这位共产党情报员成为"上海市民"。1948年春节，组织上决定安排马辛田由上海经香港转华北去解放区。就在马辛田动身的前几天，老板装束的吴克坚又一次悄然而至，"谈生意"中要求叶人龙保证马辛田绝对安全离沪。为确保万无一失，叶人龙多次去码头"踩点"，发现码头上敌特密布，严加搜查，但也发现了"避嫌"的要领，那就是把守的特务都是势利眼，见到富人搜查不会很严，但还是做了充分的准备。送行这天，西装革履的叶人龙和珠光宝气的陈秀娟携带孩子，用私家车护送装扮阔气的马辛田。马辛田抱着孩子，不慌不忙地顺利通过验票安全上了船安顿好。

据叶人龙次子叶晓明回忆，曾听父亲说过，马辛田刚离沪，八路军驻重庆办事处又委派了杜少帆、林茵夫妇来到这里，担任发报员和译电员。他们使用的那台发报机，现由中国革命历史博物馆收藏。

在敌人心脏向延安发出密报

叶人龙夫妻俩将大房间让给杜少帆、林茵做工作室兼卧室，他们则住在后面的小房间里。解放军正势如破竹地向南挺进，几乎每晚有发往西柏坡的情报。中共隐蔽战线领导对秘密电台的要求是"坚守革命纪律，保持高度警惕"，而实施起来连每一个小细节都要充分考虑的。为出现意外时，能快速坚壁电台，叶人龙在自己房间靠屋顶的夹墙间，安装了一个无缝无痕、看不见摸不着的密柜，发现敌情，只需一两分钟就能将电台藏入密柜。每次深夜发报，叶人龙就守候在小房间里高度关注外面动静；陈秀娟则在周边巡视，无论严冬酷暑还是风雨大作的恶劣天气从不退却，甚至连遇到邻居或国民党特务盘问该如何回答都做了设想，并在后门按了一个电铃，每次望风结束情况正常回家，就在后门"嘟、嘟"按两下短的铃声，如出现情况，则"嘟……嘟……嘟……"按三下长的铃声。陈秀娟特别留心那种后面插有两根"小辫子"的吉普车，叶人龙告诉她：这是国民党特务专门用来监测中共电台的测向车，一旦发现，要立即发出危急信号。

他们还遇到一个棘手问题，晚上发报时，由于大功率电流感应，邻居家关着的电灯时常会有暗红微弱光跳闪，如果传到附近宪兵队敌特耳里，后果不堪设想。但是肩负革命使命，不能因此不发报。人缘不错的陈秀娟使用"利诱法"，更勤于左邻右舍串门了。时常给王家姆妈一块好看的布料，李家爷叔一包香烟；给小囡们散发些糖果糕点，都说老板娘人好，所以在邻居中很能"摆闲话"。邻居曾诧异地问她："老板娘，阿拉屋里厢的电灯夜里怎么会一闪一闪呢？"陈秀娟一脸不屑地说："肯定是哪个不要脸的在偷电，我家也是这样的。不过不要担心，他偷不到我家和你家的电，因为他是从外面供电局的进线接上去的。"在邻居眼里，有文化又出手大方的"老板娘"说得不会错。所以这个就在架设在宪兵队不远处的中共秘密电台，竟然在敌人眼皮底下发出了一封封的重要情报。

临危不惧智斗敌特迎解放

看过电影《永不消逝的电波》的，都能想象中共秘密电台的惊险。叶人龙、陈秀娟这对表面风光有钱的汽车修理行老板、老板娘，其实随时会招来杀身之祸。电台需要维修，吴克坚亲自派联络员莫止负责此事。每次都是叶人龙借来小车换了牌照后送化装成生意人的莫止到秘密联络点维修，叶人龙也只能送其到附近，并不知道秘密联络点的具体地址。电台修好，他再驾车载着莫止和电台回塘沽路。有一次，为了将"谈生意"做得像，叶人龙开车，陈秀娟坐在副驾驶座位，莫止则在叶人龙后座。当车返回到长治路时，遭遇"抄靶子"（就是武装警察检查），车掉头开已经不可能了。莫止和陈秀娟一下紧张起来，斗争经验丰富、车技高超的叶人龙临危不惧，看到稍前就是"江俊记轮胎店"，先是放慢车速，然后一个急刹车弄得车出了故障。他拎起装有电台的箱子，招呼陈秀娟和莫止一起进入轮胎店，沮丧地对轮胎店师傅说："侬看倒霉伐？到也到家了，车子却出毛病了，讨个近路噢。"他们快步从轮胎店后门闪出，转入横弄堂安全到家。后来听说，警察来问，店里师傅只说是修车的，警察又打开车门，见是空车，骂了几句只得作罢。

敌特分子的嗅觉还是扫描到了汽修店。有一次，突然有一男一女可疑人物闯入店中，他们并不修车却东张西望，有一搭没一搭地问话。已被叶人龙发展为中共党员的徒弟一边娴熟地修车，一边机智沉稳地答话；陈秀娟这位穿着时髦的老板娘则使唤着徒弟、娘姨干这干那的，这两人搜寻半天，也没发现什么"有价值"的线索，只得悻悻地溜了。

　　垂死挣扎的国民党反动派，用尽一切手段大肆破坏，中共上海的几处秘密电台遭到破坏，其中包括黄渡路上李白的电台。叶人龙、陈秀娟夫妇坚守着每一天，做好随时牺牲的思想准备。就在上海解放前夕的一天，店里突然来了几个铁板着脸的人，地下斗争经验丰富的叶人龙夫妇，从其言谈举止看出这些穿便衣的是国民党军人。叶人龙不动声色热情地介绍车子的性能和保养方法，师傅们各干各的活。老板娘则滔滔不绝："阿拉胜利汽车修理行在上海同行中可是有'三个一流'信誉的，就是技术一流、时间一流、钞票一流：人家修不好的车阿拉手到病除；人家修车需要一个礼拜，阿拉只要一两天；人家将小毛病说成大毛病，阿拉小毛病按小部件调换论价，决不多收一分洋钿。"那个看似领头的还想上楼，陈秀娟趁孩子哭闹，将一大盒玩具拿出来哄孩子，趁机弄翻在楼梯上。那伙人看着满楼梯的玩具和满地的修理工具，实难插足只得作罢。未料，第二天，那领头的又带人开着吉普车来要修车。只见叶人龙上车油门踩一下，方向盘打一下，听听发动机的声音，就知道车子没什么大故障，只是两个部件有点卡住，打开车箱盖捣鼓一下问题就解决了，那领头的不得不信服，但其想赖账不付修理费。善于周旋的老板娘出面了："兄弟啊，侬付修理费阿拉是给发票的，阿拉要加税给国家的，侬付费给阿拉也是付给国家。再说，阿拉给侬的是最优惠价。以后，只要是侬的车来修理，都给最优惠价。"领头的无法赖账只得付费。趁着看他的行驶执照开发票时，"国民党上海警备司令部稽查大队长陶一山"赫然在目。这个"陶一山"当时可是大名鼎鼎的人物，这个稽查大队是专门稽查、逮捕中共党员的特务机构。

　　当时的危险境地可想而知。当解放军进攻四川北路桥的激烈枪声逼近时，坚守在苏州河北岸的叶人龙夫妻，不顾自身安危，坚持将杜少帆、林茵护送到苏州河南岸朋友的旅社妥善安排好，再回店坚守，等待着苏州河北岸的解放。

他们是志同道合的革命伴侣

　　叶晓明记得母亲陈秀娟说过，为防止国民党潜伏特务伺机下毒手暗害，上海解放初的几年，塘沽路62号的秘密电台并未公开，以至于"三反五反"运动时，叶人龙还因资本家身份被拘留审查，但只几天就被释放，说他是合法经营的。叶人龙毫无怨言，当时有人要用"金条"顶他们塘沽路的房子，还有人要买他们的车子和配件，都被他们拒绝。他们将房子、两辆卡车和汽车修理设备以及配件，还有400元的积蓄全部无偿上交给国家。

每当说起叶人龙，陈秀娟总是非常自豪。她说叶人龙是一个做事非常仔细认真的人，为了工作需要自学译电技术。她是通过同乡介绍认识他的。1918年出生的陈秀娟，毕业于浙江鄞县女子师范学校，那时她在宁波当教师。她为人善良真诚，教书认真，几次考察，他觉得她是值得信赖的人，就经常寄些进步报刊书籍给她。起先，她有些害怕，但随着与他深入交往，以及受到这些进步读物的影响，她于20世纪40年代初期投身革命队伍，并与他成为志同道合的革命伴侣。

塘沽路62号中共秘密电台公开后，叶人龙被安排到华东军政委员会工作了一段时期，后进入上海五金矿产进出口公司工作。陈秀娟则到闸北区康乐路小学当教师，后又到中山北路小学当教师。夫妻俩从不以功臣自居，而是努力工作，低调处事，对于三儿一女也是严格教育。叶晓明说，因为父母对以前的斗争故事很少说起，所以他们做子女的知晓得并不多，不少故事他们也是通过当年与父母一起从事隐蔽战线斗争的同志来访时说起才得知的。

（原载2017年6月2日《联合时报》）

解放上海有他的功绩

——田云樵在中共隐蔽战线的英雄壮举

1949年5月中下旬，上海郊区已被势如破竹的中国人民解放军占领，解放全上海的隆隆炮声已经传到市区。垂死挣扎的国民党反动派，占据市区建筑制高点的有利地形负隅顽抗。关键时刻，根据党组织指示，一批长期坚持在上海隐蔽战线的中共党员，在极端的白色恐怖中，冒着时刻牺牲的危险，对国民党反动势力内部进行策反，里应外合配合解放军。其中，就有田云樵英勇战斗的身影。

今年5月27日，是上海解放67周年纪念日。近日，本报特约记者专程采访田云樵的儿子田海涛和田海源，他俩是从小听父亲革命斗争故事长大的，他们的讲述，为我们展现了田云樵为中国的革命事业，经历的一幕幕惊心动魄、引人入胜的传奇故事。

浴血奋战展开策反攻势

在解放上海的隐蔽战线斗争中，田云樵有一项重要任务，就是对上海的帮会及其领导人开展统战工作。党组织对上海的帮会势力做了详尽的分析，特别是在1927年，蒋介石借助帮会势力在上海发动"四一二"反革命政变以后，帮会势力渗透到国民党的党、政、军、警组织及社会其他各个领域中。所以，要确保上海平安稳定地获得解放，除解放军正面战场的强大攻势，深入帮会组织内部开展分化瓦解，团结争取帮会力量，阻止其为国民党反动派利用，对确保上海解放同样具有重要意义。

1947年夏天，中共上海局决定成立党的帮会工作委员会，田云樵任书记，由了解和熟悉青帮、洪帮组织体系的顾叔平、金龙章任委员，协助田云樵工作。当时上海的帮会组织还有伪工会，田云樵置个人安危于度外，亮出中共党员的身份，亲自与青、洪帮的帮主交朋友，以其丰富的斗争经验和不畏艰险的胆略，征服帮会上层人员，使得他们控制门徒不为国民党特务效力或利用。

在开展帮会统战工作中，田云樵了解到一个非常重要的情况，中共早期共产党人蔡和森被敌人残酷杀害后，留下才几个月大的儿子蔡林。青帮女帮主李志慎，其丈夫原是青帮帮主，在帮中很有威信。他们讲义气有正义感，早在第二次国内革命战争时期，就与中共党组织建立了联系。他们开办的一个汽车行是中共中央军委的一个秘密联络点。掩护过一些中共领导人，还为中央特科设立的专用电台做掩护。李志慎的丈夫因病去世，李志慎接过帮会领导权。出于对共产党人的敬佩与信任，她收养了又瘦又病的蔡林。获知这一重要信息，田云樵立即向上级党组织汇报。不久党中央来电证实，蔡和森当年确有一个儿子留在上海，指示上海的中共党组织，要全力保护好革命烈士的后代。上海解放前夕，田云樵将李志慎和养子蔡林安排在汾阳路的白公馆重点保护，直至上海解放。

1948年11月，中共中央上海局成立策反委员会，田云樵是委员之一。在从事对敌策反工作的几年中，通过与上海社会各阶层人士、帮派会员、国民党将领等多方面接触了解，田云樵带领他的同志们成功地开展了一系列对国民党军队的策反。

1949年3月，田云樵接到协助策反国民党伞兵3团起义的重要任务。其实这项工作早在1948年就已进行。由于从事策反的张执一、段伯宇和李正文遭到国民党特务的侦查追踪，组织上决定他们三人立即转移去香港。经党组织研究决定，部队起义后，争取海运，在通过敌军的警戒线后，开赴连云港。田云樵根据起义的实际需要，设法为起义部队配备了两名航海技术人员，还通过在招商局工作的同志，购买航海图，帮助起义部队解决迫切需要解决的技术问题。4月15日凌晨，运载起义部队的国民党102号登陆舰安然抵达连云港。28日，新华社发表了伞兵3团起义的消息报道。毛主席、朱总司令发来电报："祝贺你们脱离国民党反动集团，加入人民解放军的英勇行动，希望你们努力于政治上和技术上的学习，为建设新中国的伞兵而奋斗"，并命令国民党102登陆舰编入人民海军服役。

田云樵环环紧扣地对国民党等重要驻军和部门开展策反。还在1948年夏天，他就通过李志慎介绍，认识了在国民党上海宪兵团任中校的武卫国。通过深入交往得到武卫国的认可，承诺接受中共安排的具体工作。解放前夕，武卫国收集到宪兵团换防的情报，及时传递给田云樵，从而成功策反宪兵团一个正连建制部队起义，解除了整个宪兵团的武装，并把武器装备全部安全移交给人民解放军。紧接着，田云樵又通过中共隐蔽战线的党员和已经被策反的国民党国防部人员的参与，成功策反了国民党军机动队、上海海关关警大队起义。

1949年5月下旬，苏州河以南已经全部解放，国民党守军的其中几万残敌被包围在苏州河以北、蕰藻浜以南地区，占据有利地形作最后一搏。中央军委命令，为保护上海人民的生命财产和优秀历史建筑，不能用重火器强攻，一定要把上海市区完整地接管下来。这就是被陈毅形象地比喻为"瓷器店里打老鼠"的解放上海战役。

5月25日清晨，田云樵就火速赶往驻扎在江宁路第二劳工医院的解放军81师师部。81师政委罗维道向他介绍当时的战斗进展情况。田云樵建议，派出人员对驻守在造币厂桥对岸的国民党51军进行策反，他的建议正合前线指挥部的要求。田云樵当即联系已经被策反过来的王中民，因其与51军长官是老朋友，可以现身说法。在我军掩护下，王中民顺利到达敌指挥部，见到守军高层人员，并联系田云樵，田云樵对形势分析和晓以大义的劝导，消除了国民党51军高层的疑虑，同意过桥来与解放军部谈判。下午4时，田云樵参与了由聂凤智军长与国民党51军高层的谈判，报陈毅司令员批准后，同意国民党51军起义。此时已是深夜11点多钟，田云樵这才觉得饥肠辘辘，原来一整天都没顾得上吃饭。

在上海解放前夕和解放初期的日子里，上海中共隐蔽战线党组织按照党中央和上海局的指示，大力开展反对破坏、反对屠杀、反对迁徙、保护工厂、保护机关和学校的斗争，分别组织沪东、沪西人民保安队，以确保把上海整个城市完整地保护下来。党组织任命既有地下斗争经验又懂得军事斗争的田云樵为沪西人民保安队大队长，马纯古任政治委员。在他们的领导下，沪西地区的工人护厂斗争有条不紊地进行，为上海的恢复和新上海的建设保存了力量。

5月27日，苏州河北岸全部解放，上海这座远东国际大都市完整地回到人民手中。上海的解放，还凝结着中共隐蔽战线开展艰苦卓绝斗争的战士们英雄壮举。他们为赢得上海解放作出的重要贡献应该被历史铭记，值得今天的人们缅怀；他们的赤胆忠心、机智勇敢的斗争故事不失为一部革命传统的优秀教材。

英雄自有出处。田云樵的革命历程充分展现了这一点。

终身铭记任作民的"党课教育"

20世纪30年代初期，中国处于帝国主义侵略者的掌控和国民党反动派统治的残酷暴力中。中共山东省委数次遭到破坏，一批批共产党人惨死在敌人屠刀下，斗争环境异常严酷。1932年10月，田云樵接到中共隐蔽战线党组织安排的新任务，做新任中共山东省委书记老马的秘密交通员。对于这位老马同志的真实情况，有必要后话前说。那是直到田云樵在新四军时，遇到1932年任中共山东济南市委书记，抗日战争中在新四军任中共盐阜地委书记的向明同志时，才得知"老马"原来是我国老一辈无产阶级革命家任弼时同志的堂弟，真名任作民。

与老马见面的当天晚上，他俩佯装散步的行人密谈工作。田云樵边走边向老马介绍济南的隐蔽战线斗争及风俗人情。老马提议找一家有单人包房的浴室洗澡。不明就里的田云樵思忖：工作经费很紧张，党的高级干部不应生活要求这么高啊？但碍于不了解实际情况不便多说什么。他陪同老马来到济南院前大街的浴德池澡堂，有些不情愿地将口袋里仅有的一元钱掏出付给账台，要了一间沐浴的包房。

当老马脱去衣服时，田云樵惊呆了，眼前的老马简直体无完肤，身上的疮疤一块叠着一块惨不忍睹。看着吃惊的田云樵，老马轻描淡写地说：别紧张，这都是敌人的"杰作"。田云樵这才明白老马为什么要选包房洗澡。

原来，那是1928年老马担任中共河南省委书记，一次开会时不幸被敌人逮捕。惨无人道的刽子手对他动用坐老虎凳、灌辣椒水、烙铁烫、皮鞭抽的几乎所有酷刑，硬是没有逼出老马一句口供。在党组织的营救下，黔驴技穷的敌人只得释放老马。老马视死如归的大无畏革命精神，对参加革命斗争不久的田云樵是一次极其深刻的革命现实主义教育。儿子海涛曾问过父亲一个深刻的问题："如果你被捕了，敌人也这样严刑拷打，你顶得住吗？"田云樵回答，当时看到老马的状况，他非常震撼，扪心自问过，如果经受不住这种非人的酷刑，那就立即退出组织，回家守着老婆儿子和一亩三分地；如果为理想信念坚持革命的，就要做老马这样的人，他选择了后者。田云樵经常对儿子们说："老马身上的疮疤，对于我是一次终身铭记在心的党课教育。在以后的革命生涯中遇到挫折和打击，只要想着老马，就能咬紧牙关坚挺过去。"

由于与田云樵有联系的交通员被捕叛变，老马果断地指示与自己一起工作只两个月的田云樵携带妻子星夜赶往上海，静待党组织派人来接头，切断与田云樵一切有关联的人和事。未料到田云樵此次避险，令他与上海结下不解之缘，成为他以后从事革命斗争的重要部分。

1933年1月，孤独地在上海福建路吉祥旅馆苦苦等待了半个月的田云樵终于与上海党组织接上头，并被安排到北四川路（今四川北路）横浜桥一个三楼亭子间暂住。坐北朝南的石库门底层是一家广东人开的食品店，这是他第一次踏上虹口这片土地的朦胧记忆。在严酷的革命斗争中，田云樵一度与党组织失去联系。是文化名人的二哥田仲济将他介绍给自己的同学李一凡，协助其创办《文化报》。田云樵曾随李一凡拜访过鲁迅先生。田海涛说，父亲当时很希望通过鲁迅先生获得党组织线索，可惜未如愿以偿。其实，他身边的李一凡（真名李竹如）就是共产党员，而且早在1927年就加入中共了。当时李一凡也与党组织失去了联系，但他俩并不相互知道对方中共党员的身份。以后曾同在八路军参战，田云樵在115师，李一凡在129师，但他们没有再相遇。1942年11月，李一凡在与日寇作战中壮烈牺牲，其时他已是中共山东分局宣传部部长兼《大众日报》社长，彼此终生不知对方是中共党员。田海涛很感慨："我也是在追寻父亲的战斗足迹时，从网上查到李一凡原来就是李竹如。就在2014年9月2日，我看到李竹如的名字赫然出现在国家公布的'首批300名著名抗日英烈名录'中，我对革命烈士李竹如充满敬仰！"

中共与商界传奇人物董竹君的联系人

田云樵在上海从事隐蔽战线斗争的历程中，上海锦江饭店的创办人、传奇女子董竹君是值得一书的关键人物。

1945年夏天，田云樵接到新四军敌工部派往上海的特别任务，与党中央要求寻找的一位老同志取得联系，同时拜访早就与我党有秘密联系的董竹君。田海涛曾听父亲说过，当时他的职业掩护是商人，对外称呼是宋老板，西装革履的他，第一次与董竹君见面是从锦江饭店后门进入的，有过人生苦难经历、倾向中共的董竹君与具有丰富革命斗争经验的田云樵一见如故。

在董竹君所著自传体《我的一个世纪》书中，亦印证田云樵与其直接联系的情况："约在1945年7月，永业印刷所开门不久，向明（时任新四军苏北区党委书记）、高原（新四军敌工部副部长）、曹荻秋（新四军行政公署主任）三位共商决定，派在新四军敌工部工作的田云樵同志代表新四军来上海后与我联系。他住在永业印刷所，我俩见面是在锦江二楼亭子间圆桌旁，彼此虽是初次碰头，却似久别重逢的老友，我们谈话是那样不拘谨，亲切而坦率。"永业印刷所是根据新四军敌工部要求，由董竹君出资创办的。其主要任务是在新四军进攻上海时出版报纸、印刷领导指示、文件、宣传品之用。

1946年元旦，田云樵正式告别在部队前线的战斗生活，携已经怀有身孕的妻子方寺，进入中央军委为解放上海埋下伏笔的上海策反斗争最前沿。

初到上海的田云樵夫妇，因为经费紧张，一时没有合适的落脚点。得知情况的董竹君毫不犹豫地挺身相助，将他们安排在迈尔西爱路（今茂名南路163弄6号）自己的住房居住。讲述田云樵在上海的策反斗争，他的妻子方寺发挥的作用功不可没。方寺真名张朝素，原本是上海滩有名的大户人家的大小姐，无论上学还是逛街购物，都有私家车接送的，家中保姆仆人一大帮。

但受革命进步思想影响的方寺，立志投身革命，16岁时与家人不辞而别，奔赴苏北革命根据地，在艰苦的斗争环境中锻炼成长。尽管离家数年的方寺很想回家看看，但考虑到党的隐蔽斗争的复杂性，田云樵夫妇不但不能住到方寺家，而且还不能让家人知道他们在上海。又因董竹君是社会名人，引人注目，住了三个月后，田云樵夫妇又更换住所。

直到1946年夏天，田云樵的二哥田仲济由重庆来到上海，住到虹口窦乐安路（今多伦路）202弄71号一幢三层石库门楼房中，分别多年的兄弟得以团聚，田云樵也住到此处二楼，一直到1948年底才搬出，而这次搬家是因为一次突发的紧急情况。那是一个寒风凛冽的夜晚，被敌特通缉的著名进步诗人臧克家敲开田家的门请求避险，田仲济毫不犹豫地掩护臧克家入住；但肩负中共对敌策反和接应解放军进城重任的田云樵，却不能有半点的疏漏和侥幸，他不动声色地寻找了一个合适的借口，夫妇俩立即撤离出多伦路住所。

田云樵是党组织委派与董竹君的直接联系人。董竹君本人并不懂情报的意义，但她广泛的人脉资源为田云樵提供了大量有利于我党斗争的信息。当中共隐蔽战线需要扩建和再建印刷所和进出口贸易公司时，在资金紧张的情况下，董竹君仍然积极投资，其深明大义和正直开明的态度令田云樵十分敬重。在革命斗争中，田云樵和董竹君结下深厚的友谊，董竹君原原本本地向田云樵讲述自己的身世。田云樵在晚年时曾经发表《奋斗一生的董竹君》一文，较全面地介绍了董竹君的革命经历。

引导周佛海之子周幼海走上革命道路

田云樵在上海发展革命力量的人员中，周幼海是不可或缺的。周幼海的父亲就是曾任中共一大代表、后沦为汪伪政府第三号大汉奸的周佛海。

周幼海早年在香港岭南中学读书，与田云樵妻子方寺的哥哥张朝杰是同年级好朋友。他们一起阅读进步书刊，萌发爱国抗日、投身革命的志向。日本大举侵华后，为掌控周佛海，借口请周幼海到日本求学，将其幽禁在日本东京成为变相人质。目睹日本侵略者在中国国土上烧杀抢掠的罪恶行径，更激发周幼海对侵略者的仇恨；抗战胜利后，周佛海被戴笠押往重庆关押，周幼海也被同囚一处。

周幼海出狱后，经张朝杰引荐见到田云樵，他表明看透国民党反动腐败的实质要求革命的志向，希望田云樵介绍他到解放区去。"你的情况，我们是了解的。父亲归父亲，儿子是儿子，何况你和父亲又一直是对立的。幼海，党组织欢迎你呀！""太好啦！我找到党组织啦！"田云樵的鼓励，令周幼海激动万分。不久，党组织批准周幼海到苏北淮阴中共华中局工作。

周幼海设法从母亲那里获得20万港币，5 000英镑，还有几支翡翠翎管和宝石钻戒。这翎管是清朝大官红顶官帽后插花翎用的，碧翠欲滴，价值连城，他带到根据地交给党组织，为根据地提供了有力的经济援助。由于周幼海的积极进步，在根据地光荣地加入了党组织，成为中共"特别党员"。华东局社会工作部副部长扬帆（新中国成立后任上海公安局副局长）和时任华中局联络部政治交通员的何荦成为他的入党介绍人。所谓"特别党员"，是指当时特殊的斗争条件下，党内有一不成文的规定，联络部为开展情报工作需要，可以发展特别党员，主要是为了有利于党组织发展情报工作。当时是在淮阴城南外的一座小教堂（系新四军联络部办公地）二楼举行的支部大会。在入党宣誓仪式上，周幼海流下了激动的泪水。

1946年夏天，党组织委派"特别党员"周幼海重返上海，还给他20两黄金，作为工作经费。在田云樵单线领导下，开展中共隐蔽战线斗争的情报和策反工作。周幼海用周开理的名字在中央商场密集的摊位群里租下一个写字间，作为党的一个秘密据点。

1948年秋，上海党组织需要一批短枪，从解放区运来多有不便，周幼海与妻子施丹苹就利用在上海滩广泛的人脉资源，几个月内就弄到几十支短枪，在迎接上海解放时发挥了重要作用。周幼海不但策反了浙东一个交警总队的大队长起义，还策反了上海警察总局警备科长陆大公在上海解放前夕率上海警察局起义。

田云樵从敌人内部获得重要情报：败局已定的国民党反动政府，加紧残害革命志士和民主人士，军统特务将张澜、罗隆基软禁在虹桥疗养院，并制订恶毒的迫害计划："如不能将两人押赴台湾，就实地进行杀害。"白色恐怖笼罩着黎明前的上海，营救民主人士张澜、罗隆基成为党组织的重要工作。田云樵与周幼海精心设计了一出"探望父亲老朋友"的剧情，由周幼海与施丹苹假借探望父亲周佛海老朋友罗隆基的名义，前往虹桥疗养院，特务无奈，只得放行。在疗养院里，他们与张、罗拉家常麻痹监视的特务，借机向张、罗说明了上海中共党组织的营救计划及行动路线，为完成这项重大的政治任务创造了条件。事后，周幼海受到牵连，上了国民党特务的黑名单。获悉情报后，田云樵立即安排他搬家，确保了他的人身安全。

回顾67年前的今天，正是由于"田云樵们"对敌开展的卓有成效的分化策反，在解放上海中避免了更多解放军战士的流血牺牲，保障了人民生命财产安全，确保了优秀历史建筑的完好无损。

链接：田云樵（1909年7月—2003年10月）山东省潍坊市人。

1931年进入山东益都县立师范学校学习，组织成立学校"抗敌后援会"，同年10月加入中国共产党。1932年1月参加中共山东省委机关工作；1937年底奔赴抗日前线，历任八路军115师685团3营教育组长、八路军苏鲁豫支队三大队连政治指导员等职；皖南事变后随部队转入新四军，历任淮安县大队教导员、中共盐阜地委敌工部科长等职；1946年1月调至中共上海局，先后任中共中央上海局策反委员会委员、中共上海局帮会工作委员会书记。

新中国成立后，先后担任上海市人民防空指挥部处长，上海市公安局社会二处主任等职。1983年12月离休。

（原载2016年5月23日《劳动报》）

战争，没有让女人走开

编者按：她们本来可以做贤妻良母、做女教师或女作家。如果当年没有日本侵略者的残害和杀戮，她们或许可以将女性的善良、柔美、智慧发挥到极致。但是，日寇给中华民族造成空前的浩劫，战争没有让女人走开，反而迫使她们以巾帼不让须眉的气概，拿起武器投身于与侵略者浴血奋战、保家卫国的战场。她们是无数英勇抗击日本侵略者的中华儿女的缩影。近日，本刊特约记者专访了三位现生活在上海的抗战女兵。

变身"双枪老太婆"的女诗人——莫林

莫林，原名姚世瑞。1920年生于江苏省如东县。少时即有诗作发表。1940年加入中国共产党，同年10月参加新四军。解放后曾任中共江苏省江阴县委宣传部部长、县委书记，上海宝山县委书记。1985年离休，现为上海市作家协会会员。

1920年12月，莫林出生在江苏省如东县古坝镇一个家境富裕的医药世家。受家庭浓郁的中华文化影响，莫林从小就喜爱中国诗词，尤其是《木兰辞》、秋瑾的"不惜千金要宝刀，貂裘换酒也堪豪；一腔热血勤珍重，洒去犹能化碧涛"等竟能倒背如流。她读小学时，进步教师徐近渔给学生讲述东三省失守，唱起《松花江上》时不禁失声痛哭，学生们也都痛哭起来。莫林写出《我或》的一首小诗："我努力为思想革命，为人类灵魂除痛。"老师深为这位女学生的豪气感动，推荐发表在《如皋导报·春泥》副刊上。

继上海"八一三"淞沪战争和日寇南京大屠杀后，日本侵略者又将战火烧到如皋城。失学的莫林异常苦闷，她要寻求救国之道。此时有从上海、南京等地来的民主进步人士，在一个大地主庄园创办以抗倭寇英雄邱陞名字命名的邱陞中学，莫林和小弟姚世虎得以继续上学。在学校，莫林加入党的外围组织"青抗协"。新四军在黄桥抗击日寇打了大胜仗的消息传来，学生们欢欣鼓舞，创办《小号手》诗刊宣传抗日。莫林写出《我们是年轻的一团》："我们是年轻的一团／用千万滴泪花／激成亿万滴血果／用鲜血装点山河／让山河染上红秀。"

1940年3月，莫林加入中国共产党，成为邱陞中学党支部宣传委员。这年10月，她与三位女生还带上年仅14岁的小弟姚世虎成为学校第一批参加新四军的学生。当他们的渡船离岸时，得到消息的母亲赶来，站在桥上悲怆地呼唤她和小弟："瑞儿、虎儿，快跟娘回家吧！"莫林强忍着眼泪默念："别了，妈妈！我们要为赶走日本侵略者去战斗了。"

莫林他们先到"党训班"参加为期两月的培训，内容有党的基础知识、革命理想信念教育；她背着小马枪站岗放哨、在老战士指导下"打野外"（到郊野练习枪法）。刘少奇、陈毅等领导为他们作过报告。莫林清楚地记得，陈老总是不拘小节的，做报告妙趣横生，讲到兴奋处会坐到桌子上，至今回想到这一情节，耄耋的莫林仍情不自禁地哈哈大笑。

培训结束后，一部分女学员跟随大部队做医护和后勤；一部分经党组织"包装"后，打入敌占区从事党的隐蔽工作；当然也有一部分满怀抗日激情、从大城市来的女学生受不了艰苦和危险而退却了。莫林由于表现出色，和其他两位女同志被安排到生活最艰苦、工作难度最大的西站区从事敌后抗日斗争。莫林担任区大队政委，她的小弟姚世虎则被安排到小通信员班。为了不暴露真实身份，她将自己的名字由姚世瑞改名莫林（取莫斯科斯大林之意）；姚世虎改名甄为民。

西站区东西南北被日伪军的据点形成合围圈，敌人隔三岔五地来"扫荡""合击"。为改变被动挨打的局面，莫林将毛泽东的游击战略方针运用到实战中。她观察到从四面来袭的日伪军既相互缺少信息沟通、协调配合不好，又相互钩心斗角，决定利用日伪军的矛盾，集中力量打掉其中一路，其他三路敌人闻风丧胆，再也不敢轻举妄动了。

当时区大队为莫林配备了两位警卫员：一位是通信员，还有一位是神枪手。莫林配有一支汉阳造驳壳枪和一支勃朗宁小手枪。说到这两支枪，莫林脸上绽放出顽皮的笑容，她说自己的枪法其实并不咋地，但那时乡亲们将她传得很神乎。因为有次攻打敌人据点，她指挥身旁的"神枪手"打掉了敌人的指挥官和机枪手，敌人一下就崩溃了，区大队一举端掉据点，大家以为是她打掉了敌人。又因她平时穿便衣，头上扎条白毛巾，装扮得土气显老，新四军里"双枪老太婆"的称呼便由此传开了。莫林威名远扬，敌人恨之入骨，称区大队为"游击鬼"，出动二万多日伪军"围剿"区大队五六十人。但是在发动农民开展"二·五"减息运动中，区大队深入农民家中宣传抗日，与他们同吃住，形成军民鱼水情，老百姓舍身掩护游击队员，使得敌人的搜捕一次次落空。莫林边战斗边写诗，边工作边写诗，用诗写史，用情写诗。如："日出东方向西射／四军（注：新四军）帮我我帮他／四军帮我打鬼子／我帮四军种庄稼"等充满军民鱼水情和革命激情的诗篇。

恼羞成怒的敌人，一计不成又搞出一个恶毒的"离间计"。他们威逼据点附近村庄交过捐粮的村民集中，造谣说："你们给大日本帝国交过捐粮，被新四军知道了，你们全家就得死啦死啦地。"强行逼迫不明真相的村民组成"铁叉队"站岗放哨，一旦发现游击队的踪迹必须立刻报信，以此对抗游击队。抗日根据地的活动遇到很大阻力，怎么办？莫林想出"以毒攻毒"的计谋破解"离间计"。她让游击队员装扮成"铁叉队"的人，一个黑漆漆的夜晚，在高处举起最大的火把（"铁叉队"集合的标志）高呼"新四军来啦、新四军来啦……"不知情的"铁叉队员"纷纷聚拢来，不畏艰险的莫林出现了，亮出自己区游击大队政委的身份，揭露日本鬼子的阴谋，本来就对日寇恨之入骨的村民，得知真相后，纷纷为游击队打掩护，敌人的这招毒计又失灵了。

1941年年底，正是日寇对根据地实施"三光"政策的高峰期，斗争环境异常严酷，担任丰西区委委员的莫林为掩护战友经历了一场生死考验。因为叛徒出卖，区大队遭遇古坝镇下乡的伪军突袭被打散，莫林一人边打边退至一处窑洞，月色朦胧中发现窑洞前的河岸处伏倒着一个人影，就悄悄地上前察看，是区队一位被冻得昏迷的战士，她费力地将其背到窑洞中，还将自己的棉袄脱下给他穿上。一会儿，又一位被打散的战士寻来，昏迷的战士也醒来了，莫林就带领他俩去战场寻找丢失的文件，却又遭遇"清乡"的敌人。莫林命令战士往西边撤，自己则往北边引开敌人。她穿着芦苇花编织的鞋跑丢了，赤脚跑在刚割过的芦苇滩上，脚被芦根刺破，鲜血直流，寡不敌众的莫林被捕了。敌人问莫林为什么要参加新四军，要她交代部队驻地和党的机密，被毒打得鲜血直流的莫林怒斥敌人，决不吐露实情。敌头目气急败坏，狂吼："给我将这个女共党拉出去活埋了！"敌人要活埋莫林的消息惊动了四乡邻里。党组织和莫林家人得到消息后，立即通过内线营救，他们利用敌人的贪婪心理施以重利，硬是挤出一千元大洋，加上莫林家庭变卖家产获得的一千元大洋，打通关节，诱使那个要活埋莫林的伪敌营长交出了莫林。此时活埋莫林的大坑都挖好了，再迟一刻，莫林就壮烈牺牲了。

莫林的小弟甄为民，同样有精彩的"双枪"故事。甄为民与莫林在"党训班"分别后，作为部队小通讯员，又到延安抗大江苏分校接受培训，成为二分区的战地记者。他一手握钢枪，一手以笔杆当枪与日寇战斗，被首长亲切地唤作"双枪小记者"。1941年2月，在特殊战斗环境中，年仅15岁的甄为民，经过党组织的特别批准加入了中国共产党。之后，甄为民采写的《血战李家舍》《跟敌人的汽油划子相周旋》《藏铁庄战斗》等有血有肉的战地通讯，成为鼓舞解放区人民和战士斗志的一股神奇的"催化剂"。他至少有十次差点献出生命换稿件。

1945年12月19日，华中野战军发动高邮战役，被史学界称为抗日战争的最后一役。新华社"特派记者"甄为民，与战士一起冒着枪林弹雨爬上云梯翻过城墙，奋勇穿越在巷战区。甄为民携日式手枪冲进日伪报社，现场采访刚被俘的高邮日寇最高长官岩崎学大佐等人，以犀利如钢枪的"战笔"报道了具有重要历史意义的这一刻。

新中国成立后，甄为民在我国新闻战线更有杰出的成绩，是《毛主席的好战士——雷锋》通讯报道的第一作者。

坚持在工厂抗日救亡的姐妹——何剑秋、何剑华

何剑华，1926年12月出生在上海一个工人家庭。1941年加入中国共产党，成为上海工厂里的抗日队伍中的一员。姐姐何剑秋是她投身抗日、走上革命道路的引路人。20世纪80年代离休。

何剑华出生在上海一个贫苦的工人家庭。她有一个姐姐和三个弟弟，还有父母和外婆。母亲要照看孩子，全家的生活重担就压在父亲一人身上。当时，她的家住在提篮桥地区的辅庆里，因为交房租困难，不得已搬到浦东烂泥渡的一间矮平房里，一大家子八口人挤住在一起。13岁的姐姐何剑秋为父母分忧，瞒住父母到香烟厂找到一份工作，一家人在贫困线上挣扎。

"八一三"淞沪战争爆发，日寇大举进攻上海，连贫困的日子也无法过下去了。为避战乱，何剑华的父亲携带怀孕的母亲和几个孩子挤上难民船，从上海逃难到江苏江阴乡下，以为日军不会攻占此地。未料，没多久这个想法就被日本侵略者的铁蹄无情地击破了。

日军的魔掌伸到了江阴。才10岁出头的何剑华至今仍清楚地记得，那天日本鬼子突袭村庄，她的妈妈刚生出一对双胞胎，一家人还没来得及高兴，就听见日军沉重的大皮靴声由远而近，她和姐姐吓得躲在门板后顶住门，爸爸护着妈妈。鬼子"嘭"地踢开房门，姐妹俩的额头被撞击出一个大包，鬼子狠狠地踢着倒地的姐妹俩，她俩疼得差点晕倒。鬼子不由分说地将父亲抓走，虚弱的母亲一下急晕过去。

自此以后，日军隔三岔五地闯入村庄抢粮抢家禽家畜，随意枪杀村民。何剑华的表舅被日军击中头部，惨不忍睹中痛苦地挣扎一天一夜后断了气；邻家一个姑娘被日军轮奸后悲愤地自杀。20岁的姐姐害怕与邻家姑娘同样的遭遇，用锅底灰抹在脸上，将母亲生孩子染上血的衣服穿在身上，抱着两个双胞胎装着刚生好孩子的样子逃过一劫。以后，姐姐白天就与另外两个姑娘爬上堆到屋顶高的柴垛上，任凭雨淋日晒也不敢下来。被日寇洗劫一空的村民没得了活路，商量着逃出这个鬼子的魔爪。恰逢被日军抓去修工事的父亲

死里逃生回到家，于是全村人趁着漆黑的夜色从鬼子眼皮底下出逃。父母怕龙凤胎儿女的啼哭暴露全村人的行踪，被鬼子发现惨遭毒手，只得心如刀绞般地将孩子遗弃在江阴，此举也成为父母永远的心痛。

一家人不歇脚地整整走了一晚上，来到80里外鬼子还未到达的沈家村。

何剑华一家在沈家村没有住处，缺衣少食地过了一个多月，无奈，只得又逃难回到上海。然而，上海的房子被日军烧毁，父母只得找到在汉口路开裁缝铺的亲戚家落脚。白天一家人就在外流浪，晚上睡在裁缝铺裁剪衣服的板上。曾在烟厂做工的姐姐何剑秋经小姐妹介绍进入在租界的女青年会难民所，将剑华也带了进去。姐姐在里面做手工，剑华半工半读。实际上女青年会的老师大多是从事隐蔽斗争的中共党员，他们鼓励剑秋、剑华姐妹将乡下的所见所闻说出来，让更多的上海市民看清日本侵略者惨无人道的事实。姐妹俩在江阴乡下的悲惨遭遇，激起女青年会人员抗日的决心。在老师带领下，她们纷纷上街募捐支持抗日。她们穿上红袜子和白跑鞋（寓意将日本旗踩在脚下）高唱抗日歌曲。在中共党组织培养下，剑秋进步很快，于1938年加入中国共产党。根据党组织安排，剑秋到老怡和纱厂纺部做工。党组织在厂里办起职工子弟学校，姐姐带领剑华去读书。当日军渗透势力强行要学校教日语时，姐妹俩带头配合教她们的蔡老师，毫无畏惧地面对威胁和恐吓坚决抵抗，敌人的阴谋没有得逞。后来得知蔡老师是中共党员。根据党组织活动的需要，剑秋又转到英国人开的新怡和纱厂织布间做工，以此为掩护，宣传和发动工人支持抗日。

在何剑华的成长道路上，姐姐何剑秋对她的影响很大。13岁那年，她冒充14岁进入英国人开的上海毛绒厂纺织部做工，后调到织造部。尽管每天的夜班要做12个小时，但挡不住何剑华每个周日到女青年会参加抗日救亡宣传活动。她不久加入中共的外围组织"工人救亡协会"，到其他工厂联系传递情报，发动工人，以勇敢出色的表现获得党组织认可。1941年，年仅15岁的何剑华正式加入中国共产党。她的上线是一位被唤作徐老师的。这年12月，珍珠港事件爆发，租界被日本人占领，厂长欲关闭工厂逃走，何剑华与另一位党员挺身而出，带领工人要求资方发给工人遣散费，团结的力量震撼了资方，不得不同意工人的要求。

入党之后，何剑华经常在徐老师授意下，参加党组织活动。为了坚持抗日斗争，根据党组织指示，何剑华到日本人在唐山路上的香烟厂做工，党组织关系转到国萃小学。日本人不但对工人残酷剥削，动辄还恶毒打骂工人，工人到手的工资根本无法维持日常生活，何剑华鼓动进步工人，联合起来罢工。在她们有理有节声势浩大的罢工中，日本资本家害怕了，不得不同意工人最基本的要求。

何剑秋则到惠民路通北路处的一家香烟厂做工。1942年初，由于叛徒出卖，何剑秋被日军抓捕，关押到位于平凉路、景星路的日本宪兵队。日军对她严刑拷打，还威胁放狼狗咬她，逼迫她说出共产党组织。此计无效，日军又实施更加歹毒的手段，每天强行给她灌入毒品，以期让她产生迷幻吐露真实情况，何剑秋以顽强的意志抵抗着并做好准备，如果实在扛不过去就咬舌自尽。此计又败，日军再次使出惨无人道的一招，将何剑秋关进黑牢。这是一间很小的房间，门窗都用六层厚厚的毯子封住，没有亮光、没有空气，时间稍长，人很可能在极度恐惧中精神错乱窒息而死。何剑秋凭着钢铁般的意志斗争着，从送饭时才开的一扇小窗和外面走路的声音，判断白天、黑夜和门窗方位。她手撕牙咬，顾不得鲜血淋漓，硬是在窗户处一层层地剥开一条缝，依靠着缝隙透气支撑下来。

何剑秋被关押了13天，通过中共党组织不懈努力疏通关系，没有得到何剑秋半点"通共罪证"，再也无计可施的日军只得释放何剑秋。何剑华见到遍体鳞伤发着高烧，几乎站立不住的姐姐，悲痛的泪水夺眶而出，倒是姐姐用微弱却坚定的话语激励她："妹妹，不要难过，我们要坚持斗争，日本鬼子一定会被赶出中国的。"

何剑秋坚定的抗日意志，激励了全家人与日寇斗争到底的决心。当有人被日寇追捕时，父母和弟弟们都一起参与掩护，保护了好几位同志免入日寇魔掌。在上海沦陷区日本侵略者的工厂里，坚持不屈不挠抗日斗争的何剑秋、何剑华姐妹，终于迎来抗日战争的胜利。

深入虎穴查"毒情"的女大学生——黄圭彬

黄圭彬，1921年12月出生于上海浦东南汇县陈桥乡，1940年参加中国共产党。1942年受党组织派遣，考入南京中央大学教育系，以学生身份从事党的地下斗争，参加爱国抗日"清毒"运动。新中国成立后，长期工作在教育领域，1983年6月离休。

1937年"八一三"战争爆发时，黄圭彬正在南汇女子中学读初二。南汇的古建筑"九层阁"和校舍惨遭日军炮火轰炸毁坏，日军所到之处烧杀掳掠无恶不作。黄圭彬一家只得乘那种被称作"徽河船"的大木船，冒着随时可能被日军机炸毁的生命危险逃难去。在木船上漂荡了一个多月，才到达皖南歙县北岸镇安顿下来。母亲踏缝纫机为人家缝制衣服，黄圭彬在北岸镇小学任代课教师，一家人得以勉强糊口度日。当时北岸小学有抗日氛围，对黄圭彬影响较大。未料仅半年，日寇的炸弹又扔到北岸镇附近，黄圭彬一家只得又冒着炮火于颠沛流离中再度返回上海浦东陈桥，找了间陋屋住下，但日寇经常进村袭扰不得安身，于是又到周浦镇租房居住。所见所闻日寇的暴行，激起黄圭彬对侵略者的仇恨。

1939年初，黄圭彬考入私立华东女中读书。当时她所在的高中一年级班级里抗日救亡氛围浓厚，同学们出黑板报介绍进步书刊、电影、戏剧，唱抗战歌曲，宣传前线抗日战况等，黄圭彬积极参与这些活动。同年夏天参加"上海市学生界抗日救亡协会"（中共地下党外围组织）兼任学生会执行委员，她与几位进步同学，发动各班级代表到古拔路（现富民路）伤兵医院慰问受伤的抗日将士，到胶州路慰问四行仓库与日军激战幸存的谢晋元团官兵。中国将士与日寇浴血奋战的英勇事迹，时时激励她为抗日做更多的事。经过"学协"锻炼和党组织考察，黄圭彬于1940年加入中国共产党。入党后任市"学协"联络员兼华东女中学生会执行委员。

1941年秋，黄圭彬考入上海光华大学（华东师范大学前身），刚读了一学期，中共上海隐蔽战线党组织委派她到南京去开展学生运动。黄圭彬毫不犹豫地服从组织安排，于1942年初与光华大学女同学也是中共党员的庄佩琳瞒着家人和亲友来到南京，考入中央大学教育系，以读书为掩护从事党的工作，1942年夏转入外文系。她的上线是中央大学理工学院化学系的助教柯建平。

那时的南京是日伪血腥统治的虎穴，日军宪兵司令部就设在鼓楼中央大学附近。黄圭彬亲眼看着荷枪实弹的日本宪兵耀武扬威地在大街小巷巡逻。晚上实行宵禁，日军对稍有怀疑的中国人不是毒打就是抓走或者枪杀。侵略者武装占领中国后，推行更为恶毒的侵略政策，就是通过"宏济善堂特货公司"，专营贩卖鸦片业务，并通过汪伪政府批准开设众多烟馆，妄图从精神上彻底摧毁中国军民的抗战意志。

日军还要求每个日本人无论士兵还是侨民，每月要向中国人推销五两鸦片，而日本人如果吸食鸦片则要受到严厉的处罚。当时的南京烟馆和赌场比比皆是，乌烟瘴气，堪称"十步一馆，五步一灯"，日本军方和奸商勾结贩卖毒品牟取巨大暴利，而工商业却异常萧条，市场上日用商品很少，老百姓生活异常艰难。

为粉碎日本侵略者的罪恶阴谋，党组织决定发动"清毒"运动，黄圭彬全程参与了四次"清毒"斗争。党组织在斗争策略上巧妙地利用日寇与汪伪政府内部因征收鸦片特种税分赃不均存在的矛盾，借力一方之手打击另一方。即借公馆派之手打击CC派（公馆派代表人物是伪宣传部部长林柏生及汪精卫妻子陈璧君，他们在鸦片税上无利可图；CC派代表人物是伪财政部部长周佛海及伪内政部部长梅思平）。当时两派矛盾很深，狗咬狗闹得厉害；南京中共党组织获知内幕以后，就打着林柏生的旗帜，发动了抗日清毒运动。被人们唤作"白面大王"的南京大毒枭曹玉成是铁杆汉奸，又是帮会里的大流氓，仗着日本人是其后台，大量贩卖烟土、海洛因、白面等毒品，进行批量销售，大发横财。对敢于违抗他的人，就凭借敌特势力，扣上"通共""通新四军"等罪名，逮捕严刑拷打，敲诈勒索，老百姓对其恨之入骨。

为一举除掉这个大毒枭，黄圭彬接受中共党组织指示的侦查任务。她烫了长波浪发型，身着艳丽旗袍，装扮成摩登女郎，以寻找正在烟馆抽大烟的叔叔为借口，来到丰富路这条不起眼的小路上，潜入曹玉成的烟馆魔窟。黄圭彬边向他们有鼻子有眼地形容叔叔的模样，边留心周围环境。面对寻找叔叔的年轻貌美的女子，曹玉成和烟窟打手们显然放松了戒备心。黄圭彬乘机看清"曹老板"的模样，看到有人来找曹谈生意，假装与来人似曾相识套近乎，就在一间间鸦片吸食房间找叔叔过程中，她得以发现曹藏烟土的密室。

第二天，中共党组织联系"寒假生活营"等组织，动员了大中学生近两百人，打着汪伪宣传部部长林柏生的名义，闯入曹的烟馆查抄，果然在密室中查抄出大量烟土、海洛因和白面。任凭曹玉成怎样狡辩和抵赖，证据面前，只得束手被擒。曹玉成被愤怒的学生捆绑押到新街口孙中山铜像前跪下示众，烟土烟具也被当众焚毁。一时间，广场上聚集的市民人山人海，人们无不拍手称快。汪伪政府迫于各方的舆论压力，只得于1944年4月枪毙了曹玉成。

以后，黄圭彬又按照党的指示，继续投入学生"清毒"运动。几次"清毒"行动后，南京成立了"清毒总会"及各校分会。学生的"清毒"运动影响到日本东条英机内阁发生"政潮风波"（指日本不少议员要求整顿军纪，不允许军商联合贩卖毒品到占领地区）。为了稳住占领区的局势，迫使汪伪政府假戏真演，不得不同意学生的"禁毒"要求。1944年3月以后，日本鸦片输入中国量减少了60%以上；汪伪政府迫于形势，只得颁布"禁毒条例"。黄圭彬和学生们在"清毒"斗争中得到锻炼，清毒运动的两位学生领袖——厉恩虞和王嘉谟在1945年先后加入了中国共产党，不少学生以"清毒"运动为起点走上了革命道路。

日本特务的嗅觉是很灵敏的，"清毒"运动以后，日本人企图追查"清毒"背景，所以中央大学的斗争环境是非常危险的。例如中央大学农学院的学生陈建是黄圭彬熟识的同学，也是中共党员，当时《中大学生》这本进步刊物的发行所就在他家。但他们彼此不知道对方的党员身份。陈建能说一口流利的日语，有一个叫石井的日本特务主动与他交朋友，经常找陈建唆使他收集"中大"中共党组织情报。石井做梦也想不到陈建就是中共党员，反被陈建获取到日军的情报。几次下来引起石井怀疑，陈建受到监视，于是他在党组织安排下撤离到解放区。

解放后，陈建到军事科学院外事工作部，是副军级干部。直到此时黄圭彬和陈建才知道彼此的身份，相互探望过多次。每次回忆当年在中央大学的学生运动和"清毒"斗争，总是感慨万千。

（原载2015年8月30日《劳动报》）

抗敌救友尽忠诚　爱国殉身重千古

——记爱国实业家项松茂

今年是爱国实业家项松茂诞辰 135 周年。1932 年 1 月 28 日淞沪抗战爆发，积极抵制日货、主张抗日的项松茂，为营救 11 位被日军逮捕的店员，不畏强暴以身殉国。

"老上海"可能知晓，20 世纪一二十年代，"人造自来血"（一种补血药品）市场畅销；"五洲固本肥皂"家喻户晓。这种药品和日用品，都与项松茂紧密相关。

回望"一·二八"淞沪抗战，项松茂是一位值得今天的人们缅怀和纪念的爱国实业家。几经辗转，记者寻访到项松茂之孙——项秉仁。他向记者讲述了他所了解的项松茂。

出任上海五洲大药房经理

项松茂（1880—1932），出生于浙江宁波鄞县商人家庭。一心要让儿子将来有出息的父亲，起先是让年幼的项松茂跟着自己读书，然则没几年，面对自幼悟性高勤学习的儿子，父亲教学力不从心，于是将其送入私塾读书。没读几年却因家道中落被迫辍学。14 岁那年，项松茂被父亲送到苏州陆姓皮毛骨行当学徒。手脚勤快，干活儿又善于动脑筋的项松茂，很受老板器重，三年后，就将店里的账务管理交付与他。1900 年，经在上海中英药房任经理的吴志成引荐，项松茂跳槽到中英大药房担任会计。据他的朋友黄炎培回忆，项松茂是个极富责任心而且又心细如发的人，很快成为业务上的一把好手，深得总经理赏识。1904 年，被派往汉口中英分店担任经理。项松茂的商业才华崭露头角，汉口分店业务蒸蒸日上。1909年汉口组织商会时，时年29岁的项松茂被推为董事，成为武汉三镇工商界的知名人士。

1911年，慧眼识珠的上海滩著名商人黄楚九力邀项松茂出任上海五洲大药房经理。其实，项松茂接手的五洲大药房经理并非好差使。五洲大药房凭借黄楚九研制的"艾罗补脑汁"保健药，畅销市场赚了不少钱，但钱赚多了，股东们却各自打起小算盘，矛盾也就多了，人心各异导致五洲大药房效益日渐衰退。

项松茂接任五洲大药房总经理后，制定"勤俭办企业"方针，先将店里的豪华陈设变卖，作为营业资金；又启用与钱庄熟悉的俞钜卿为副经理，取得金融资本的支持；再对药房组织架构进行现代企业制度的改革：设立本牌药品总发行所、门市零售部和批发销售部。他的朋友高友唐说他"事无巨细，必躬必亲，每至夜半始寝"。在项松茂的精心运作、有序管理下，五洲大药房步入正常轨道。

从此，项松茂的聪明才智和不断发展的事业，都与上海这座远东大都市交织在一起，而他更是以爱国情怀在上海滩书写出一个大写的"人"字，西药生产和肥皂生产的"双料大王"。

在项松茂的主导下，五洲大药房以前店后厂的模式再度崛起，开始投资现代意义上的西药制药业，首创亚林臭药水、东吴药棉、甘油、牛痘苗、人造自来血等；同时特约林德兴工厂仿制德国"蛇牌"外科手术器械和医院设备。项松茂由此成为中国西药业设厂自制药品、医疗器械的先驱。五洲大药房分店遍布国内各大城市，多达六十余家，堪称当时国内第一大药房。作为当时的拳头产品，"人造自来血"为五洲大药房赢得巨量现金流的同时，也为项松茂赢得极好的商业名声。据统计，1911年"人造自来血"产量为15 210升，到1931年，年产量已扩增至75 563升，不但获得内务部和上海公共租界工部局颁发的许可证，1915年，还在美国旧金山"巴拿马太平洋世界博览会"上获得银奖，远销南洋一带。

1921年，项松茂盘进多年亏损的原德商上海固本肥皂厂，改名为上海五洲固本肥皂厂，专门生产国产固本肥皂。肥皂是西方来的洋玩意，被老百姓称为"洋皂"，当时上海滩的肥皂市场被英商祥茂肥皂垄断（联合利华公司前身）。为让老百姓用上价廉物美的国产品牌肥皂，项松茂在与"祥茂"竞争中斗智斗勇。一方面提高总脂肪酸含量，让肥皂更耐用，同时进行技术革新，在制皂废料中提炼出甘油，降低制皂成本；另一方面在价格上略为降低。祥茂皂卖5.80元一箱（60条），固本皂就卖5.75元。销售上则采用专人推销和定点包销齐头并进。那时，上海的小烟纸店多数是宁波三北人开的，也算是同乡了。项先生（外界都尊称项松茂为项先生）就委托他们推销，按销量付给手续费，每天可销800至1 000箱，对于一些大的烟纸店，采取入股的办法，优先包销固本皂。店铺销售固本肥皂时，把固本皂和祥茂皂分别放在一碗清水里演示，开始并无区别，然而渐渐地固本皂还相当坚固时，祥茂皂已软塌塌了。固本皂以其泡沫多、耐久用、去垢力强赢得市场信誉，销路迅速打开，成为上海最畅销的洗衣用皂。项松茂事业能快速发展，更与他知人善任、有一个团结进取的团队有关。他的大弟子傅怀琛是制皂工程师，也是当时被业内誉为"上海制皂业三只鼎"之一的。为战胜洋皂，他乔装成临时工去祥茂上班。从做司炉工到成品出厂，每个生产环节都烂熟于心，并在生产固本皂时进行工艺技术改进。项秉仁说了一个有趣的小故事：傅怀琛看见本厂司炉工两手抓着钢钎费力地通炉膛，然炉火就是不旺。傅怀琛就亲自为其做演示，只见他上前单手持钢钎，很敏捷地"噜、噜、噜"几下，炉火顿时蹿得很高，见此情景司炉工很是佩服。

满怀实业救国志向的项松茂，不但亲自出国考察，还选派业务骨干去日本和欧美发达国家考察、学习先进技术。张辅忠是浙江公立医药专科学校第一期学生、药学化学博士，也曾经是项秉仁父亲项隆周在浙江公立医药专科学校求学时的先生。他是项松茂在制药事业中十分倚重的。张辅忠和傅怀琛犹如项松茂的左臂右膀，分别被委以"药部"和"皂部"主任。

至此，拥有药厂和皂厂的项松茂，成为上海五洲大药房有限公司总经理。其时，他就已具备节约资源和环保前瞻性的眼光。他发现肥皂生产过程中，有大量废液流失非常可惜，思考能否废水利用，既开发产品又增加利润。张辅忠成为他交办产研任务的领衔人，委派其赴德国柏林大学有机化学系深造。张辅忠于1931年毕业，并获得化学博士学位。他谢绝德国研究机构的邀请，放弃优渥的生活条件，接受"五洲"资助，继续留在德国研究和考察化学制药，调查生产甘油的成套机器性能和制造工艺过程。张辅忠带着在德国购买的提炼甘油成套机器设备回到五洲固本肥皂厂，建立了国内第一个甘油制造厂。

"西药大王"和"肥皂大王"的美誉，是对项松茂为中国民族工业作出杰出贡献的充分肯定。

为营救员工惨遭日寇杀害

正当项松茂事业蒸蒸日上时，1931年，"九一八"事变爆发。项松茂积极投入抗日救国运动，任上海抗日救国委员会委员，代表"五洲"和其他五家药房登报声明"不进日货"，并将厂内全体职工组成一个营的义勇军，自任营长，聘请军事教官严格训练，规定职工下班后军训一小时积极备战；员工每人捐出一天工资，支援东北抗日义勇军。项松茂的抗日行动，受到上海东亚同文书院的日本学生和日本便衣特务窥探和监视，激起日军极端仇视，伺机寻衅报复。

"一·二八"淞沪抗战爆发前夕，项松茂毅然接受为中国军队生产药品的任务，亲自督促日夜加班赶制，供应前线急需。在北四川路老靶子路（今四川北路武进路），有五洲大药房第二支店靠近战区，由11位职工留守。1月28日晚，炸弹声、枪炮声震耳欲聋，只见闸北方向一片大火，北四川路上，日军满载士兵的军车如入无人之境向北疾驶。间隔不久，又有装满日军伤兵和尸体的军车响彻凄厉的呼啸声不断驶回。一些日本兵和日本浪人跟随运尸的军车沿街狂噬，有如丧家之犬。

当时的情况十分严峻，五洲二支店的员工表示一定要坚守岗位，保护财产。1月29日上午，日军士兵和日本浪人竟然肆无忌惮地包围该店，强行闯入搜查，搜出义勇军制服和抗日宣传品，即将留守员工全部逮捕。当时正好有《申报》的摄影记者在场，当即抓拍了两张照片，之后在多家报刊上发表；上海文化图书公司还印制彩色明信片发售，以让更多人了解事情真相。项秉仁说：当时祖母的一个侄子，正好外出剃头，得以逃过一劫。

总经理项松茂闻讯，义愤填膺，不顾自身安危，要亲入虎穴营救。同事们竭力劝阻，他坚定地说："事关11位职工的生命安全，我身为总经理，岂能见死不救？"言毕，即驱车前往虹口，但毫无结果。1月30日下午，项松茂又一次前往日军驻地营救，长子项隆勋会日语，进货部主任会英语，要陪同前往，被项松茂拒绝，只让他们收拾被查抄的商店。只身前往的项松茂也被日军逮捕，他拒绝与日军合作，被从蓬莱路日军俱乐部押送江湾日军大营。黄炎培撰写的纪念项松茂文章，有这样的记叙，日本军官对项怒吼："你敢私藏军服吗？你敢反抗我们吗？谁反抗我们大日本帝国就杀谁！"项松茂大义凛然地回答："杀就杀！中国人不爱中国爱什么？你们派军队占领我国土地，屠杀我国人民。哼，看你们日本人有没有好下场！"

1月31日，惨无人道的日寇，将项松茂和他的11位员工全部秘密杀害，并毁尸灭迹。五洲大药房全体员工为纪念这个殉难日，在店徽、厂徽上加刻"131"字样，并将试制出的新产品牙膏也用"131"作为商标。

项松茂以身殉国后，项隆勋看见父亲书桌上刚写成的自勉联："平居宜寡欲养身，临大节则达生委命；治家须量入为出，徇大义当芥视千金。"国民政府褒扬项松茂"抗敌不屈，死事甚烈"，蒋介石题赠"精神不死"。

在家人永远的期待中

项秉仁告诉记者，三年前，他回家乡祭扫，在家乡太祖母的墓旁，建有祖父的"生圹"，上书"松茂项君生圹"，两边没落款，在家乡这是寿穴的意思，意即亲人还健在，也表达项氏家族始终期盼项松茂回家。祖父祖母育有五个儿子一个女儿。他的父亲项隆周是第三个儿子。项秉仁说，小时候，每周父母总会带他们几个孩子去看望祖母李秀云，祖母也经常到昆山路上的他家小住。慈眉善目的祖母喜静，言语不多。一次他好奇地问母亲，祖母为什么话很少。母亲给他讲述了一个故事：在祖父被日军抓走遍寻不着的三天里，原本乐观开朗、做事利索的祖母，不吃不喝不睡，才44岁满头乌发的祖母转眼变成满头白发，祖父的失踪成为祖母永远的痛，从此少言寡语。

项秉仁介绍，曾听祖父的司机说，在营救职工与父亲中，大伯项隆勋也险些遭遇日军的毒手。原来，五洲大药房专门特聘一批理事，应对各方紧急事务。如有应对法租界的、公共租界的、华界的、日军方的等。当时由专门与日方接洽的日侨桑野陪同项隆勋到日本人俱乐部探询，受到日军官严厉训斥，紧张得满头冒汗的桑野，拉着项隆勋就往外走，对项说："方才军官问起你是谁，我不敢吐露真情，否则将祸害于你。"

项秉仁还说，关于祖父的故事，因父亲早年去外地工作，他多是从母亲毛东海的讲述中了解的。原来，项秉仁的外公毛安甫与祖父是世交，毛安甫曾经参加辛亥革命，担任过浙江省政府的参议员和财政局长，但一介书生的他，从政和经商屡受挫折，于是将所有资产投入项松茂公司。毛安甫每次与妻子从宁波来到上海，项松茂必定亲自将他们接到家居住。所以，毛东海对项家的事知晓甚多。

项秉仁还记得，小时候逢年过节祭祖时，母亲总会提起祖父。有一次母亲很自豪地告诉他们："你们的祖父本事大到能够一心两用。每天早上公司晨会时，一边听取所有部门负责人汇报并安排任务，一边可以处理好来往信件。"

1982年，项松茂罹难50周年之际，时任全国人大常委会副委员长许德珩题写"制皂制药重科研，光业光华异众贾；抗敌救友尽忠诚，爱国殉身重千古"以示纪念。

（原载2015年2月6日《联合时报》）

陈尔晋伉俪牺牲在上海解放前夕

——亲手打下日寇军机的国民党高官 潜伏在敌人心脏的中共神枪手

编者按：今年5月27日，是上海解放66周年纪念日。1949年5月12日，中国人民解放军第三野战军主力胜利渡过长江后，对国民党军重兵据守的上海市进行了城市攻坚战。人民解放军发动以消灭汤恩伯主力、解放大上海为目的的"上海战役"。1949年5月27日，上海国民党守城部队投降，上海彻底解放，回到了人民手中。上海市人民政府将每年的5月27日定为上海解放纪念日。

当年，为让上海这座远东最大的城市完好无损地回到人民手中，众多人民英雄付出了自己宝贵的生命代价。陈尔晋曾经是黄埔军校八期生、蒋介石侍卫官、蒋纬国的老师，牺牲前的公开身份是国民党国防部第四兵团中将副司令兼参谋长；王曼霞是富家大小姐，却在大学时期就加入了中国共产党，他俩就是在中共隐蔽战线上的英勇战士，上海解放前夕壮烈牺牲的陈尔晋、王曼霞夫妇。他们为将上海这座远东第一大都市完整地交到人民手中、为使人民生命财产损失降到最低，将一腔热血洒在了这片土地上。他们英勇就义时，距上海解放仅8天。

在今年的上海解放纪念日来临之际，本刊特邀记者张林凤两次采访了陈尔晋、王曼霞夫妇之子陈冠宁，请他回忆了当年父母从事革命时所面对的一幕幕惊险斗争，并讲述了英雄后代陈冠宁是如何继承父母遗志、自信自强的故事。

变实私家洋房支持解放区

黄渡路107弄15号的李白烈士故居家喻户晓，但紧邻此处的17号曾经居住过陈尔晋、王曼霞夫妇，他们在这里从事革命斗争却鲜为人知。近日，记者有机会采访陈尔晋、王曼霞的小儿子陈冠宁。当记者很是感叹地说起陈尔晋、王曼霞夫妇与张权、李白、秦鸿钧等一批革命烈士一样，都是在上海即将解放时被国民党反动派杀害的，陈冠宁脱口而出："我父母亲曾与李白毗邻而居，就是黄渡路的亚细亚里（107弄）17号居住过。"于是，寻踪革命烈士夫妇的话题就从他们镌刻在黄渡路的印迹说起……

原来，抗日战争时期，陈尔晋根据周恩来、陈毅的指示，利用自己在蒋介石身边工作过的特殊身份，长期潜伏在国民党军界，犹如一把利剑插在敌人心脏。他机智巧妙地搞到大批枪支弹药和情报，通过中共交通站，秘密运往苏北抗日根据地，有力地支持了中国人民的抗日战争。

抗战胜利后，陈尔晋、王曼霞夫妇返回上海，住进黄渡路的家中。在上海陈尔晋更多地目睹国民党反动政府腐败黑暗的真面目。"四大家族"和"接收大员"疯狂侵吞、占有抗战胜利果实，人民大众仍然生活在水深火热中。所见所闻更加坚定陈尔晋为中国人民解放事业奋斗的决心和信念。他充分利用自己的表面身份，一方面积极从事党的隐蔽战线工作；另一方面，支持广大劳工争取合法权益。

1946年5月，上海码头工人因极高的劳动强度和极微薄的工资收入难以养家糊口，不少码头工人贫病交加猝死于劳动场所。有与陈尔晋交往过的开明人士认为，他是一位国民党高层中难得的正直清廉有威望的军官，曾支持过上海清道夫罢工，建议工人代表不妨争取他的支持（人们当然不知陈尔晋中共党员的真实身份）。得到信息的陈尔晋，在黄渡路家中热情地接待工人请愿代表。工人代表表示：他们求助于陈尔晋是为了得到上海政府和军界多一些"军政要人"的支持。工人们准备示威游行，向政府当局请愿，为广大码头工人增加工资、缩短工作时间。陈尔晋认为为码头工人谋利益是自己义不容辞的职责，答应工人代表的请求。向中共党组织汇报得到同意后，第二天身着罗斯福呢军服的陈尔晋，来到位于汉口路的市政府，这里已经聚集了很多示威工人，见到国民党高级军官，不知就里的工人呼啦围住陈尔晋，诉说码头工人的苦难和请愿的要求。警察冲过来维持秩序，从包围的人群中，"解救"出陈尔晋。陈尔晋径直走进市政府，直奔时任上海市市长，也是"老熟人"吴国桢的办公室。此时的吴国桢正焦头烂额，不知如何应对这场请愿。见到陈尔晋到来，立马亲自接待并询问有何解决良策。未料，听到的却是陈尔晋的"民意不可辱，希望市政府本着'三民主义'精神，给予劳苦大众生活改善"的建议。几番说道，理屈词穷的吴国桢恼羞成怒："此事与你无关，你这等于替共产党说话。"指使手下强行将陈尔晋抓起来羁押8天。其间，吴国桢派特务去查陈尔晋的履历和相关社会关系，以借机定他"通共"来治罪，但一番忙碌却毫无结果，只得无奈地释放了陈尔晋。

为码头工人请愿的遭遇，令陈尔晋更加坚信，只有共产党才能救中国。他发现国民党军队的军火管理混乱，军饷被层层克扣，高级军官参与军火走私者众多，这无疑也是为自己搞到武器弹药有利的隐蔽机会。陈尔晋不惜将父辈创下的家业、自己居住的黄渡路洋房以70根金条的售价出卖，用来购买先进武器和弹药。尽管军统特务的"嗅觉"很灵，每每抓住蛛丝马迹就要追查供货人和买家，但陈尔晋凭着广泛的人脉资源和谙熟国民党内部的重重矛盾，并持有国民党国防部通行证的特权，确保运送的武器弹药一次次化险为夷，源源不断地运抵解放区。极大地提振了解放军官兵的杀敌信心和意志，为解放军的渡江战役和解放战争的胜利作出了重要贡献。

时任华东野战军司令兼政委的陈毅得知这一情况，立即将陈尔晋的出色表现报告给周恩来。陈毅操着浓重的四川口音兴奋地称赞："陈尔晋这小子好样的，他是我们华野的'后勤部长'！"

陈尔晋亲手打下日寇军机

陈尔晋出生于山西太原家境殷实的官宦之家，是陈家的长子，自幼天资聪慧。清末民初，唐宋时期的题壁诗又被文人雅士兴起，少年陈尔晋亦常有诗作发表，深得士绅乡邻好评。其父陈家六是清末武官，毕业于河北保定武备军官学校，与复辟清王朝的"辫子军"首领张勋是同窗，曾在熊国斌麾下任副管带。陈尔晋后随父迁居江苏启东。

陈冠宁自豪地说："我的父亲博学广识，受过良好教育，文化底蕴厚实。当时任山西大学物理、化学学科总教授的外祖父李天相有意培养父亲成为祖国的科学人才。但是，那个时代内忧外患、民不聊生的现状，改变了父亲和家人科学救国的志向。"

1929年，刚满18岁还在读高中的陈尔晋，凭着拯救中华民族于危亡中的决心和满腔热忱，从江苏启东出发，只身远赴广州报考黄埔军校，被录取为黄埔第八期学生。在军校，陈尔晋努力学习军事知识，在极其艰苦的军事训练中磨砺意志。以优异的成绩完成各科项目考试；还接触到进步教师和学生，学会更多地从国家民族的高度思考人生的意义。日本帝国主义企图将中国变为其独占殖民地的重要步骤——"九一八"事变的爆发，其侵华野心昭然若揭。决意不惜牺牲也要抗击日寇的热血青年陈尔晋，又考入军校炮科班，以优异的成绩毕业后，再度考入专业技术性极强的炮空侦测班。当时全国仅招六名军人，是顶尖的军队人才。训练中，陈尔晋很快熟练地掌握了航空驾驶、侦测、联络等先进技术。成为中国军用航空顶尖人才的陈尔晋，做好了随时奔赴战场报效祖国、与日寇殊死战斗的准备。

记者从陈冠宁的叙述和相关资料中，逐渐厘清陈尔晋在抗日战争中的战斗轨迹。由于陈尔晋不仅是国民革命军中顶尖的技术人才，而且为人勇敢正直有智慧有胆略，加上挺拔的身材和英俊的外貌，于20世纪30年代中期，被晋升至南京总统府任宪兵队长，深得蒋介石信任欣赏。他随队从1937年11月的南京保卫战，继1938年3月的台儿庄战役，再到同年6月的武汉保卫战，守护在蒋介石左右，耳闻目睹中国军人与日寇惊天地、泣鬼神的浴血奋战，多次要求亲临战场与日寇正面较量。

1938年底，陈尔晋被任命为中央军校西北分校教官来到西安，不久又被任命为国民党西北第一战区高炮大队大队长。此时的陈尔晋有机会接触中共常驻西安代表团，对中共的抗日主张和奋斗目标有了进一步了解。中共代表团领导人勉励他，多做促进国共合作共同抗日的工作，更多地团结争取进步将领和进步民主人士投入抗日统一战线中来。

陈冠宁向记者讲述他在追寻父母足迹中了解到的父亲在抗日战场英勇杀敌的故事。那是发生在1940年的长沙保卫战中，被日寇视作眼中钉势必占领的长沙，遭遇日寇飞机空前的狂轰滥炸，守卫长沙的中国将士血肉横飞，成批成批地倒下，长沙城内则是烟火弥漫，大片房屋被毁，妇孺老叟多不能幸免于难。时任高炮团长驻防长沙的陈尔晋义愤填膺，几次打请战报告，要求指挥对空炮战，孰料均无音讯。当敌机再次肆无忌惮地出现在长沙城上空时，怒不可遏的陈尔晋大声疾呼："将在外军令有所不受！弟兄们，跟我上！"亲率严阵以待的炮队投入战斗。他举重若轻地指挥高炮队将士迎头痛击来犯的敌机。早已憋足劲道的中国将士，瞄准敌机发射出密集的炮火，狂妄轻敌的日寇军机，就被打得难以逃遁，一架又一架被击中，裹着烈焰伴着刺耳的撕裂声坠入地面"轰"地爆炸，刹那间变成一堆残骸。我方阵地传出一片欢呼声："高炮团长真是神炮手！真厉害！"这次痛击侵略者战果辉煌，共击落日军机4架、击伤1架。陈尔晋亲自操纵高炮击落1架敌机。这场战斗，沉重地打击了日寇嚣张气焰，极大地鼓舞了军民的抗日斗志。"神炮手陈尔晋"威名远扬。远在重庆的蒋介石接到报告，自鸣得意地说："陈尔晋在我身边工作过，我培养了他，他是党国文武双全的将才。"1943年，陈尔晋升任国民党第三战区副司令兼参谋长。有相关资料记载，1940年底从美国军校学成回国的蒋纬国，到胡宗南麾下担任步兵营少尉排长，将自己学到的先进打仗训练方法传授给士兵。以后曾有一段时期师从陈尔晋，在战略思想和实战经验上受益匪浅。

富家"千金"成为坚强战士

陈尔晋这位国民党高官、被蒋介石视为文武全才的将领，之所以会走上革命道路，秘密加入中国共产党，王曼霞的积极作用不可或缺。王曼霞出生于安徽宿县，其父是当地有名望的珠宝富商，拥有多家银楼。王曼霞原本是上流社会名媛，可以过着安逸舒适的日子。但早在学生时代，她就接触到进步思想，参加进步活动，于1936年秘密加入中国共产党。党组织授意她充分利用家庭背景和广泛的人脉资源，周旋于国民党上层开展统战工作，争取为党获取更多的重要情报。

陈尔晋是位富有正义感和爱国热情、有真才实学的国民党高级军官。与国民党军官多有接触的王曼霞，与陈尔晋交往中，两人互生爱慕之情。根据党组织指示，争取陈尔晋为中国人民解放事业发挥更大作用，通过国民党王维兵团参谋长文强，国民党党政要员于厚之、文文修、傅正理、李铭和等人牵线撮合，1938年5月，王曼霞与陈尔晋在湖南长沙结婚。一对有着共同爱国理想、积极进取的伉俪，从事革命斗争的条件更有利了。陈冠宁至今珍藏着父母当年的那张结婚证。

婚后的共同生活，陈尔晋对王曼霞有了更多更直观地了解，也时常阅读一些进步书刊，对中共的主张和做法也有更多的理解和认同。他发现妻子有时外出行迹神秘，猜测妻子可能是中共，就不动声色地观察妻子的举动。有一天，陈尔晋见妻子俨然贵妇的装扮外出，说是去逛商店购物，便悄悄尾随。只见妻子穿行于大街小巷，后闪进一幢洋房里，还陆续有人进入……陈尔晋对妻子的身份已明白八九分。看似娇柔端庄的妻子却于无声处干着大事，陈尔晋由衷地对妻子涌出深深的敬意。他静静地守候在洋房附近，准备一旦有意外，就挺身而出为妻子和她的同志解围。至此，陈尔晋心照不宣地尽己所能，默默地守护妻子从事中共秘密工作。有时，还会无意似的说漏嘴，透出一些国民党内部的重要信息，以便中共及早了解，及时采取应对措施。当然，陈尔晋的表现王曼霞心知肚明，她为丈夫的进步支持高兴自豪。经党组织的培养和反复考验，就在1940年陈尔晋投身长沙保卫战后不久，中共党组织同意陈尔晋的入党申请，正式批准他成为一名中共党员，既在正面战场上打击日本侵略者，又为党的隐蔽战线开展积极的工作。

幼小的陈冠宁曾听祖母说过，难得有机会回家乡看望祖父母的爸爸，在两位老人面前提起妈妈，总是由衷地称赞她知书达理和贤惠能干；两老也对儿媳的相夫教子、敬老爱幼非常赞许。直到解放后，两老才得知，原来儿媳还是儿子走上革命道路的引路人。

1941年的"皖南事变"，陈尔晋更认清了蒋介石国民政府的反动本质，在中共领导的革命斗争处于艰苦卓绝的时期，他义无反顾地支持四弟陈尔振投身中共领导的抗日队伍，并凭借自己一身国民党高级军官的戎装和特别通行证，亲自护送四弟闯过一道道关卡奔赴延安。在延安的所见所闻，更坚定了陈尔晋这位对外身份国民党高级军官、真实身份中共党员的革命信念。同样，四弟陈尔振在革命大熔炉中也经受了锤炼和考验，至解放战争时期已是解放军38军团政委，新中国成立后任东海舰队副司令员。陈冠宁介绍，在父亲的影响下，他的六叔、八叔也先后参加八路军、新四军。

实施策反起义壮烈牺牲

抗日战争胜利后，周恩来前瞻性地指示陈尔晋与当时中共南京城工部女部长陈修良取得联系。要求他利用自己的特殊身份，多做国民党军界高层军官统战工作，抓住契机策动他们起义，为解放军南下解放南京、上海做好接应。

陈尔晋夫妇拟订了策反国民党军队起义的行动方案：策反驻江湾一带的装甲部队开进江湾机场，截断空中退路；策反国民党第4兵团、第54军等各路守军，在人民解放军逼近上海时，放下武器，投诚起义；同时与海军等方面联络配合行动，一举活捉在上海做垂死一搏的蒋介石。这一策反行动方案，通过上海的中共隐蔽战线交通员迅速送达人民解放军三野前敌指挥部陈毅、粟裕处，得到陈、粟的批准，并派出曾经参与成功策反国民党"重庆号"舰起义的中共党员莫香传协助陈尔晋进行策反斗争。他们还秘密计划搜集上海浦东地区国民党江防军事防御图。

就在策反行动缜密推进中，却由于叛徒的出卖而功亏一篑。1949年5月9日，一个乌云密布的日子，军统特务闯进陈尔晋、王曼霞在牯岭路52号的住所，在陈冠宁惊恐的啼哭声中逮捕了王曼霞，竟连襁褓中的陈冠宁和奶妈也不放过，一同抓捕关进监狱。大批出动的军统特务，又根据叛徒指认，追捕到在街道上正赶去接头的中共秘密联络员莫香传。紧接着正在王兆愧公馆中开会的一些同志也不幸被捕。得到消息的陈尔晋被迅速转移到码头工人住宅区，特务追踪至此不敢靠近，用高音喇叭狂叫："共党听着，赶快出来投降，不然炸平这里的房子……"身经百战，擅长双枪并用，被同志们誉为"神枪手"的陈尔晋，完全有机会摆脱敌人的包围，但为保护工人兄弟的生命安全，他毅然扔出双枪，挺身而出，从容无畏地走向敌人。

上海中共党组织闻讯，立即发动各方力量进行营救，迫于社会舆论压力，敌人只得同意释放才11个月大的陈冠宁和他的奶妈。王曼霞深情地吻着儿子："孩子，你先出去，等上海解放了拿着红旗来迎接你的爸爸妈妈。"

敌人对陈尔晋、王曼霞用尽酷刑，都无法撬开他们的嘴。黔驴技穷，只得用蒋介石有"黄埔生只囚不杀"的训示为诱饵，"只要招供，就释放陈尔晋"，企图诱骗王曼霞上当投降，同样遭到王曼霞义正词严的拒绝。丧心病狂的特务头子毛森，下令枪杀陈尔晋和王曼霞。

陈冠宁告诉记者，当时的秘密死牢里关押着五百多名共产党人和革命志士，他的姨祖母从牢中仅有的28名幸存者之一的施水天这里得知父母英勇就义时的情况。临赴刑场前夜，王曼霞用渗着鲜血的双手抚摸着陈尔晋的脸庞深情地说："尔晋，我们即将告别父母和孩子们，与为革命牺牲的战友们会师。我们从结婚那天起，就并肩战斗，今天就让我们带上还未出世的孩子去寻求共产主义真理吧。"陈尔晋紧紧地将妻子搂在怀里，满是歉意地说："曼霞，我没能完成党交给我的任务。人固有一死，只要能为民族和人民做些有益的事，我死而无憾。"

1949年5月19日，陈尔晋、王曼霞夫妇，以及莫香传、王兆愧、崔泰灵等16名中共党员，被押往闸北"宋公园"行刑。敌人的枪口，因共产党人的浩然正气而颤抖，英雄们放声高呼"中国共产党万岁！""新中国万岁！"王曼霞一次次倒下，又一次次从血泊中挣扎站起，继续高呼口号，身中八枪，英勇就义时还身怀6个月的胎儿。他们以自己的壮烈牺牲，为陈修良等中共地下党领导人安全转移赢得了宝贵时间，为中国革命的胜利作出了最后的贡献。

"国际悲歌歌一曲，狂飙为我从天落。"新中国成立后，中央人民政府追认陈尔晋、王曼霞为革命烈士，颁发由毛泽东主席亲自签署的00057—00058号烈士证书。记者查阅到1951年5月20日的《大公报》（上海版），大篇幅报道"宋公园16烈士殉难2周年，上海各界人民举行纪念大会，并当场处决凶手之一的黄德煦"。表达上海人民对黎明前英勇就义的先烈们深切的缅怀和追思。

自信自强自立的烈士后代

陈尔晋夫妇牺牲后，除在国民党装甲兵学校就读的大哥陈冠亚1947年随学校去台湾，其他6个孩子成了孤儿。迫于生计，6个孩子分别被亲朋好友收养，从此天各一方。陈冠宁被奶妈带到安徽的姨祖母家，后由祖父母接到江苏启东，4岁时随祖母来到上海，住入山阴路274弄3号底层。自小没叫过爸爸、妈妈的陈冠宁，有一次与同学做滚铁环游戏打架了，被同学的妈妈指骂着"没有父母教养的野孩子"后，猛然意识到自己与其他同学的不一样。回到家，他对奶奶哭闹着要爸爸妈妈。奶奶含泪答应带他去看爸爸妈妈。第二天大清早，奶奶就让他和哥哥换上新衣服，乘了好长时间的公交车，来到江湾公墓烈士墓区。在陈尔晋、王曼霞烈士墓前，奶奶流着泪说："孩子，这就是你们日夜思念的爸爸妈妈，他们为建立新中国英勇牺牲了，你们有这样的父母应该感到骄傲。要好好学习，继承父母遗志，长大报效祖国。"20世纪80年代，陈尔晋夫妇的墓迁入龙华烈士陵园。

自得知父母英勇事迹的那天起，陈冠宁仿佛一下长大了。无论遇到什么艰难困苦，他都会以父母的事迹来激励自己。幼儿园、小学都是在虹口就读的陈冠宁，对虹口有着深深的情愫。他回忆，在第三中心小学读书时，班主任是毛蓓蕾老师，对他以后的成长起到重要作用。毛蓓蕾老师执教50周年纪念活动，他回母校参加了。是著名国画家的爷爷，令他自小耳濡目染绘画艺术，启迪他的灵性和悟性，如今他创作的荷花写意国画神采飞扬独树一帜。目前，他正潜心创作纪念抗战胜利70周年的作品。而奶奶要求他"自信、自强、自立"的做人准则，引领他在新疆军垦农场、在部队特务营中每次出色地完成任务，更引领他在以后的事业中做一个大写的人。

1984年，陈冠宁的大哥从台湾回到上海，兄弟姐妹7人终于在上海团聚。大哥拥抱着从未见过面的陈冠宁，流下激动的泪水："真没想到，今生我们还能全部相聚，我还有这么一个英俊能干的小弟。"陈冠宁感叹地说："我们7个子女的团聚真是不易，在湖北宜昌的二姐陈冠华，就是在团聚不久前找到的。二姐的养父临终时，才道出二姐的身世真相。得到消息后，是由我前去相认的。相信父母的在天之灵会欣慰的。"

（原载2015年5月10日《劳动报》）

中共隐蔽战线的"小钢炮"

——"策反英杰"王亚文的印迹

王亚文（1910—1999），湖南醴陵人。黄埔军校四期生，西南联大毕业。1924年加入中国共产主义青年团，次年转入中国共产党。长期从事党的隐蔽战线工作。曾受命担任上海策反工作组组长、上海海陆空起义军政委；新中国成立后长期从事教育和经济研究工作，曾任上海社会科学院经济研究所副所长、顾问、研究员。

打入国民党高层的革命伉俪

重庆曾家岩50号的周公馆，人们耳熟能详，但是对于周公馆中有一条直通嘉陵江边的密道，却鲜为人知，甚至连在周公馆多年的许多工作人员也不知。直到1995年王亚文故地重游，在嘉陵江的游船上看到崖壁上的洞口，难抑激动地叫道："看呀，这个洞口就是我当年给周公馆送情报的密道入口。"这个秘密才为外界得知。因为在中共隐蔽战线上，有这样一批人，机智勇敢地获取了国民党大量重要情报，出生入死策反了众多国民党高层人员，为中国人民解放事业做出杰出的贡献。其中，王亚文的名字，注定在中共革命史上留下重要一页。

在王亚文革命生涯中，他的夫人张端元发挥的作用与之相得益彰。早些时日，笔者专程到本市同鸣路上一幢普通寓所中，采访97岁高龄的张端元和她的几个儿女。那时，张端元这位革命老前辈，还坚持读书看报。老人的书桌上有不少报刊，其中《理论与学习》《宣传通讯》《老干部工作》等读得最多，笔记本上写满了老人的读书笔记和心得。老人尽管叙述不连贯，却能清楚地向笔者比画着表述重庆国共谈判时期，她和王亚文在周恩来、董必武、叶剑英等直接领导下从事党的秘密工作的一些细节。老人说，当年她在湖南大学化学系读书时，积极参加抗日救亡运动。当时王亚文正在筹建中共湖南大学党支部。中共湖南长沙市委的同志见她思想进步，工作努力，年仅21岁就担任湖南化学学会会长，就安排她与王亚文一起工作，并于1938年批准她加入中国共产党。根据党组织安排，1939年，张端元与王亚文来到重庆。王亚文潜入国民党党政军高层开展策反；张端元则协助他做这些官太太们的工作，并与董必武同志单线联系，同时在知识分子中开展统战工作。

近日，笔者再去采访张端元，适逢老人身体不适住院治疗，老人的儿女每天守护在病床前悉心照料。征得老人子女同意，笔者专程到医院探望老人。王亚文是经济学家，与其比肩的张端元是涂料方面的专家。交谈中，他们的小儿子王基自豪地告诉笔者，新中国成立后，母亲成为高级工程师和企业领导，曾主管多家大型化工国企，是国内第一家专门从事涂料科研机构的专家，为国内涂料工业发展奠定了基础。当时我国的军舰钢板易被牡蛎吸附腐蚀生锈，是母亲改进生产工艺，创新红丹和船舶漆的配方，增强防腐抗锈功效，攻克了这一难关。20世纪50年代，母亲还出版了她的科技专著《红丹》一书。

被周恩来赞誉打仗像一尊"小钢炮"

王亚文的儿子王鸣、王基向笔者讲述了他们所知道的父亲革命征途中的故事。

1925年，王亚文受中共党组织派遣，考入黄埔军校第四期，他参加平叛滇、桂军阀广州叛乱的战斗；参加由当时任黄埔军校政治部主任周恩来挂帅讨伐陈炯明的东征，在张治中的麾下作战。当周恩来听到王亚文敢于冲锋陷阵英勇杀敌的事迹，由衷地赞誉他像"小钢炮"。一时间"小钢炮"威名远扬。

王基还记得，当年陈赓、粟裕、宋时轮、滕代远等领导同志到上海来，他与哥姐们随父母到宾馆与他们见过面。关于父亲的不少故事，他们子女是从几位领导这里听来的。陈赓多次对王亚文说："周恩来和邓颖超大姐总是称赞你，说你们湖南醴陵的王亚文打起仗就像一尊'小钢炮'，无比勇猛。"为了追求革命理想，王亚文付出了很多，他背上那道深深的刀痕永远印刻在子女们的记忆中。

1927年，大革命失败后，王亚文被国民党反动政府悬赏500块大洋通缉，家人也遭遇反动派的残酷迫害，王亚文的父亲王晴岚被投入监狱折磨至死，也是中共党员的大哥被打残致死。祖上传下的数亩地被官府霸占，深受刺激的母亲患了精神病。在白色恐怖笼罩下，家破人亡的王亚文没有畏惧退缩，他潜入武汉坚持开展码头工运、兵运、学潮等运动。1933年，受党组织派遣，王亚文考入北京大学，积极开展学生运动；1935年在北平"一二·九"运动中，王亚文率领"兄弟团"高举抗议大旗，冲在游行队伍最前列，被敌人砍成重伤，背上终生留下一道深深的刀痕。

通过王鸣、王基的叙述，以及王亚文生平相关资料，可以看到王亚文成为坚定革命者的必然。少年求学时的王亚文就已接触到进步思想，具有爱国忧民意识。13岁那年，他徒步赶赴安源，投入煤矿工人大罢工。在湖南苏维埃政府领导的农民革命运动中，被推选为醴陵南二区、南三区苏维埃政府主席。1927年初，王亚文与他在醴陵渌江中学求学时的老师，也是中共早期党员的罗学瓒陪同毛泽东到县城、到农村实地了解农民运动情况。毛泽东在其总结的《湖南农民运动考察报告》中高度赞扬农民运动"好得很"；其后王亚文参加了毛泽东领导的秋收起义。

从秘密通道向周公馆送达紧急情报

王亚文的子女们记得父亲说过："嘉陵江边的崖底，有条密道直通周公馆，一旦有危急情况，我们就及时将情报从这里送入，再悄悄地出来，从未被人发现。"不张扬的王亚文却未对外界提过此事。

那是1939年1月，以周恩来为书记的中共南方局在重庆曾家岩50号正式成立，对外称"周公馆"。当年从西南联大经济系毕业的王亚文，即奉命到南方局报到。从这时起，王亚文就在周恩来、董必武、叶剑英、王若飞等同志的直接领导下开展秘密工作。王亚文的任务是利用亲友、同乡不少人在国民党高层的关系，打入国民党内部进行策反与分化。王亚文的堂兄王芃生任国民党军事委员会国际问题研究所所长，是蒋介石跟前的红人；舅舅陶广是国民党湘军的重要将领之一；同乡程潜、刘斐等都身居要职。周恩来曾语重心长地对王亚文说："你这个工作非常艰巨，也是神圣光荣的，更是高尚的。"

通过王芃生介绍，王亚文到国民党军事委员会国际问题研究所任编译员，后被授少将军衔。他充分利用人脉资源，结识时任国民党第97军军长兼任重庆警备司令（系保卫国民政府和蒋介石）的李明灏；曾任保定军校校长的蒋百里等人。王亚文与李明灏的交往很成功，成为志同道合的朋友。解放战争期间，李明灏不但起义，而且还成为人民解放军和平解放湖南的代表，为湖南的和平解放作出了重要贡献。

王亚文的子女至今珍藏着一个莫洛托夫的"特殊"烟斗。当时王亚文在张治中将军家中结识了赫赫有名的杨杰将军。杨将军非常赏识王亚文"小钢炮"式的英勇作战气概和对抗日形势的分析，日后随着两人往来增加，愈发志趣相投。曾任驻苏联特命全权大使的杨杰，一定要将苏联外交部长莫洛托夫赠予自己的烟斗转赠给王亚文。这是一个栩栩如生的欧洲人头形状的烟斗，很多人知道这是杨杰的心爱之物，可见两人的感情之深。并不很会抽烟的王亚文凭借着这个"知名度"很高的烟斗，又多了一条与国民党高层人员交往的渠道。

而"皖南事变"的消息，就是由王亚文第一时间传入周公馆的。1941年1月16日，王亚文与几位朋友拜访程潜，正说到兴奋处，蒋介石打来电话。接电话后，程潜神情异样地对在座的人说："刚才蒋委员长来电话说，新四军军长叶挺被俘，副军长项英被打死，要我今晚去开会，明天宣布新四军'叛变'，取消新四军的番号。"程潜在客厅中来回踱步，忧心忡忡道："委员长这样做有负天下啊。"王亚文内心很震惊，瞅准机会借口离开，避开特务耳目，冒险立即由密道进入周公馆，汇报这一重要情况，使得党中央及时做出应对决策，并向全国人民揭露了"皖南事变"的真相。国民党宣布取缔新四军番号仅三天，延安便下令重建新四军军部，领导新四军坚守长江南北抗战，我党又一次迅速成功地挫败了国民党反动派的阴谋。

在上海策反国民党军队起义

1947年3月，解放战争即将进入战略反攻阶段，中央军委以其前瞻性的预见："蒋介石必定会在上海这座远东第一大都市孤注一掷。"决定先期在国民党驻守上海军队中进行策反，以使解放上海时的损失减少到最低。在选派人员的讨论中，董必武提议"此项任务非王亚文莫属"。

肩负党组织特殊使命的王亚文，化名张子舒潜入上海。在董必武指示下，由时任新四军对敌作战部部长、城市工作部部长张登（真实名：沙文汉）代表刘伯承和陈毅领导王亚文工作，并正式任命王亚文为上海策反工作组组长、上海海陆空起义军政委。不久，国民党中将张权到上海，被任命为上海城区起义军司令。其实，王亚文与张权的关系非同一般，早在1941年，周恩来就通过国民党上将张治中，将王亚文介绍给张权将军任上校秘书。有满腔报国热情，在抗日战场屡建奇功的张权，在王亚文的潜移默化中，对中国共产党有了更深入的了解，成为中共的党外工作者。

张权根据中共党组织的要求，利用联勤中队中将观察员的合法身份到沿江前线"视察"，他驱车跑遍了国民党军队在长江的千里防线，几乎每个营、连都察看了。回到上海后，立马来到王亚文在虹口东体育会路20号的小洋房阁楼上，与王亚文夫妇一起，三天三夜未合眼，将沿途记录、速画的一大包小纸片一一铺在地板上，由擅长绘图的张端元对照着绘制成一张巨大的《长江沿岸江防图》，连同王亚文从吴石（时任国民党国防部作战处处长）那里秘密获得的《国民党国防部全国军备部署图》，经中共党组织迅速送达解放军前敌指挥部，对解放军胜利渡江、攻打上海和解放全中国起到至关重要的作用。

有一件事令王鸣、王基印象深刻：1983年的一天，曾是上海警备司令部的两位大校来到我家，他们介绍，解放上海时，他俩是解放军的正副营长，正在攻打上海外围，战斗异常激烈，他们已30天没下火线。这时上级又命令他们奔赴浦东，与国民党青年军209师交锋。以方懋锴为师长的209师全是美式装备，他俩做好了随时牺牲的准备。可攻打浦东时，该师却一枪没放就投降了。他们好奇地问方懋锴原因，方懋锴感慨地说，是位不知名的共产党人多次冒险来到我的营地，他讲述的道理，让我真切感受到中共必胜的大势。所以，我向他保证，中国人不打中国人，解放军一旦向我的防区进攻，我一定举白旗，开一个缺口，让解放军长驱直入上海市区。其实，方懋锴是张权很赏识的学生，王亚文通过张权与方取得联系开展策反。只是方懋锴当时不便讲出王亚文和张权的名字。两位大校紧紧地握住王亚文的手说："我们很感激你这位不知名的共产党员，一直有个心愿想见一面，没想到历经曲折，过了将近四十年才终于见到你这位党的隐蔽战线的英雄！"

1949年2月，王亚文与周应聪（上海起义军海军司令）成功策反国民党最大军舰"重庆号"巡洋舰舰长邓兆祥率舰起义；4月23日，又策反国民党海军第二舰队司令林遵亲率三十几艘军舰成功起义，为组建新中国人民海军奠定了重要基础。以致后来的1989年4月，中央军委颁文批准确定"中国人民海军成立日为1949年4月23日"。王亚文还对国民党空军的数十架飞机起义发挥了积极作用，他和战友在国民党军队的成功策反，加速了国民党反动统治的灭亡。

王亚文与张权拟订了上海武装起义的周密计划，得到陈毅、刘伯承前敌指挥部的批准。届时，张权将亲自率领一支部队，配合解放军强攻四川北路的敌人警备司令部，然后直扑复兴岛，活捉蒋介石父子，以期赢得上海和平解放。关键时刻，却遭遇参与起义的张权一个部下叛变而功亏一篑，张权不幸被捕。在敌人的酷刑面前坚贞不屈的张权，以自己的壮烈牺牲，确保了吉祥路121号起义司令部，以及所有参与起义者的安然无恙。此时，离上海解放只有6天。其间，中共党组织千方百计营救终未成功。

上海武装起义虽然失败了，但沉重打击了蒋介石在上海的军事部署，原打算作最后一搏的蒋介石父子，再也不敢亲自坐镇督战，即刻逃离上海，国民党上海守军呈土崩瓦解之势，减少了上海人民的损失，对于解放上海，具有特别重要的影响和作用。

5月27日上海解放。6月10日，陈毅、范长江指示王亚文写出悼念张权的文章，授予张权为解放上海中壮烈牺牲的第一号烈士。

（原载2014年11月25日《联合时报》）

将军献身黎明前

——国民党中将张权为上海解放壮烈牺牲

张权（1899—1949），河北省武强县人。1917年进保定军官学校第8期学习，成绩优异，被保送日本士官学校炮科第13期学习。1922年以优异成绩毕业回国，开启军旅生涯。1926年参加北伐战争，任国民革命军第6军19师副师长。抗日战争爆发，任第一战区河南省警备副司令、代理司令兼游击司令。1938年5月，受命创建装甲部队任少将团长。翌年，升任陆军战车防御炮教导队中将总队长。

上海解放前夕，中共上海隐蔽战线党组织任命张权为上海市城区武装起义总司令，策动国民党军队起义。因被叛徒出卖不幸被捕，英勇就义。1949年8月24日，中共上海市委、上海市人民政府授予张权为解放上海的第一号革命烈士称号；1982年3月，张权又被推荐为著名革命烈士。

生前著有《战车防御炮操典》《战车防御炮兵器学》。

虹口区溧阳路965弄（麦加里）38号，革命烈士张权曾于1948年至上海解放前夕在此居住，现今知晓者可能并不多，但是张权为中国人民解放事业，为上海解放英勇献身的光辉事迹，却值得我们后人永远的缅怀和学习。上海解放65周年之际，笔者电话采访了居住在四川德阳的张权长子，已86岁高龄的张伯森，听他讲述了父亲张权身在国民党军营，却接受中共领导、从事革命事业的传奇故事。

蒋介石亲自下令枪决他

1949年5月15日傍晚，当张权将车的身影出现在麦加里弄口时，被埋伏多时的国民党便衣特务抓捕。5月21日下午6时，上海全城戒严，张权在南京路大新公司（现中百一店）门前的十字路口，被以"贩卖银圆"的罪名公开杀害。临刑时张权高呼："中国人民解放事业万岁！""中国共产党万岁！"距上海解放仅6天，令人扼腕痛惜。

张权这位国民党中将是被蒋介石亲自下令枪决的，原因何在？原来，张权年轻时就满怀爱国救国之情，与不少共产党人有过交往，他拥护共产党坚持抗战，反对投降的方针。抗日战争时期，他两度要求加入中共，是周恩来、叶剑英等认为张权不加入中共更有利于党的工作开展，张权接受中共的建议，成为中共的党外干部。当解放战争进入战略反攻阶段，张权身负党组织的重要使命，在国民党军队中策反起义。就在被捕的这天上午，他还与中共党员王亚文在外滩公园再一次审阅起义计划。临分别，张权神情坚毅地对王亚文说，如果他明天没有准时来到吉祥路121号起义司令部，而住家的阳台上又有红布挂出，就说明他出事了，一定不要再来他家。

5月16日上午8时，约定到达的时间，其他参与领导武装起义的人都到了，唯独一向准时的张权未到。王亚文冒着危险进入麦加里，当他看到张权住房的阳台上挂着的红布，周围又有不少形迹可疑的人，立刻意识到张权出事了，假装行人拐进电话间打电话，然后迅速离开。上海的武装起义功亏一篑。

笔者问，阳台上的红布是谁挂出的？张伯森介绍："是表哥孙鄂挂出的。当时只有表哥与父亲住在一起，表哥曾在防御炮总队汽车修理厂做事。父亲被捕后被押到家中，趁那帮特务忙着翻箱倒柜抄家时，表哥瞅机会挂出红布，因为之前父亲曾暗示过他挂红布的事。当时特务们还得意地说，'找到共产党老巢了'，房顶上还埋伏着架着机枪的特务。"

这是黎明前的至暗时刻。声言将在上海打一场立体战争固守到底，坐镇复兴岛亲自督战的蒋介石，听到张权发动兵变未遂的报告惊恐万状。亲自批

示 :"予以处决,立即执行",并授意要以扰乱金融,破坏治安罪处决,不得公布实情,以免影响士气。蒋介石再也无心督战匆匆逃往台湾。

中国战车防御炮部队创始人

保定陆军军官学校,是中国近代史上第一所规模较大的正规化高等军事学府。张权在此求学期间,学的是炮科专业,同时涉猎军事战术、兵器、测绘、建筑等课程,还在实弹射击、炮兵训练中表现优异,为其以后创建中国战车防御炮总队奠定了厚实的基础。

"七七事变"爆发后,苏联、美国等盟国赠送给国民党军队一些火炮、汽车等机械化兵器装备,支援中国抗战。张权把握有利契机,利用这些装备,首先组建炮兵51团。根据张权的建议,国民政府先后从国外购买先进的火炮等装备,组建战车防御炮教导总队。1937年11月,张权被任命为陆军战车防御炮总队队长,成为中国防御炮部队的创始人。因军队训练有方,1941年他晋升为中将。

为使官兵尽快学会使用新式装备,张权聘请苏联顾问,参与对官兵的教育培训,使他们的战术提高得很快。由于形势紧张,战车防御炮教导总队边训练边参战,各战区几乎都有张权的部队。"战防炮"部队在战场上勇猛顽强,屡挫日军,屡建战功。张伯森回忆:父亲平时不苟言笑,对他和三个弟弟要求很严,他们也不敢在父亲面前戏耍闹腾,但父亲对他们讲起抗日的故事却是满脸自豪。最令他难忘的是,在闻名中外的滇缅会战腊戌战役中,父亲的战车防御炮与敌人的坦克殊死对战,一天内击毁日军坦克40余辆,使日军闻风丧胆。

《重庆晚报》曾经报道,1940年春,17岁的杨克南投笔从戎,在四川璧山参军,加入张权的战车防御炮教导总队。杨克南清楚记得,1944年5月滇缅战役打响前,"团里派我到云南古木学习60迫击炮操作,回来后即被派遣到2营1连任炮排排长,随即参加了松山血战。"战役自6月4日打响,9月7日结束,中国军队先后投入第71军、第8军共5个步兵师约6万人,火炮200门,以阵亡官兵8 000余人为代价,取得惨胜,写下抗战史上最为悲壮的一页。

中共将他作为党的干部使用

周恩来曾这样评价张权："我们一直把张权将军当作我党的干部来使用。"抗战期间，张权的防御炮部队总部驻扎在四川璧山县，离重庆中共南方局的周公馆很近，张权有了更多的机会与周恩来、董必武、叶剑英等中共领导交往。周恩来亲自通过张治中将军将共产党员王亚文介绍给张权任秘书。通过王亚文的安排，张权经常受到周恩来、董必武等人的邀请，到周公馆做客。张权对周恩来等中共领导非常尊敬和钦佩，听他们进行抗日战场形势分析、讲述中国革命发展趋势、评论世界反法西斯阵营的作用等。张权也无拘无束地讲述自己如何在抗日战场上用兵布局；如何敬佩共产党人向往投身革命队伍的。他曾对王亚文说："北伐时我曾以师事祖涵公林伯渠。现在，周、董两位对我的指点使我受益匪浅，愿和他们常谈心。"张权在与董必武的一次谈话后，感慨地说："救国要靠共产党，做人要做共产党那样的人。"

张伯森听王亚文说过："那时，安排恩来同志与你父亲见面很不容易，常被特务盯梢监视。有次约见就被临时取消了，另一次临时改在小汽车内，边开边谈。"8年抗战，张权坚守在抗日战场，因战功卓著被誉为抗日名将。在周恩来、董必武的协助下，他出资兴办进步刊物《生力》，由王亚文任主编，他亲自撰稿，内容以阐述苏联军事成就为主，同时积极宣传抗日，反对妥协投降。此刊对于当时国民党上层军官和其他阶层人士产生一定影响。

淮海战役前后，张权遵照中共党组织要求，动用自己丰富的人脉资源，前往济南、徐州、南京及铁路沿线视察，收集沿途国民党兵力部署、武器装备、车辆粮食及作战图纸等；还潜入重兵把守的最高参谋本部地下保密室，设法获取绝密的"参谋本部作战地图"，由王亚文、陈约珥迅速转送我前敌指挥部，对解放军取得淮海战役的胜利起到了很大的作用。

1949年4月，人民解放军渡江前夕，张权又一次接受党组织指令，以视察为名，亲临国民党军队江防前沿，将布防情况从整体到各个据点全数记下。回到上海，立即在王亚文家东体育会路20号的小洋楼三层阁楼上，与王亚文夫妇用了三个昼夜，详细绘制了一张巨大的《长江沿岸江防图》，通过中共隐蔽战线组织送到我军前敌指挥部，为渡江战役的胜利作出了重要贡献。

为上海解放英勇献身

上海解放前夕，受中共党组织任命，张权为上海城区武装起义总司令，王亚文为政委。他们拟订了上海武装起义的周密计划，得到陈毅、刘伯承前敌指挥部的批准。计划拟订：起义时间为1949年5月16日上午10点。起义军将抢占位于北四川路（今四川北路）的施高塔大楼，再向通往吴淞口方向的张华浜扩展，迎接解放军入城；同时由几支起义军部队协同作战，封锁吴淞口水道，控制机场，形成陆海空立体夹击之势；届时张权将亲自率领一支部队，配合解放军强攻北四川路敌京沪杭警备司令部，然后直扑复兴岛，活捉蒋介石父子，以期赢得上海和平解放。精心设定的计划，却因参与起义的国民党132师中校参谋科长张贤告密而流产。

张伯森的记忆中，有对父亲策划起义的印象。1947年，他在重庆中正中学高中毕业后，于1948年来到上海，与父亲一起住在麦加里38号，准备复习考大学。父亲忙不过来，他就帮着送个信、跑跑腿的；父亲约人说事，就让他在外守望。他记得有一次陪父亲到苏州一个师长家去，父亲与那位师长谈了约三小时，在外守望的他很是担心，因为他看出一些端倪，知道父亲肯定在干一件意义重大的事。

张伯森心中有一个永远的痛。那是他被金陵大学录取到南京上大学。1948年底父亲到南京，一天清晨6点还不到，他在睡梦中被父亲唤醒。父亲对他说："我一夜没睡，你帮我买些早点来，我就在你这里睡一下，晚上你送一条毛毯到我驻地来。"但忙着听课的他，竟将这件事忘了。

电话那头的张伯森泣不成声："竟然未料，这是我与父亲的永诀。"直到5月27日前两天，他从学校军管会接到上海市委发来的电报"父亡，速来沪"。他匆忙赶到上海，见到从苏州赶来的母亲李俊卿，才相信父亲去世是真的。当说到终于在普善山庄找到父亲遗体时，张伯森再度失声痛哭：父亲遍体鳞伤，被五花大绑着，标签还插在身上，惨不忍睹。

1949年7月，上海市委隆重举行纪念张权追悼大会，确定其为解放上海牺牲的第一号烈士。而那个出卖张权、领得5000大洋、解放后混迹于市的张贤，没有逃过正义的审判，几年后最终被追捕入网，判处死刑。张权的英灵得以告慰。

（原载2014年6月20日《联合时报》）

第五辑

凡人微光

沪上人家的两大本工资单

　　童振义和蒋云楣夫妇都是50后，虽然算不上殷实之家，但相濡以沫几十年，一路携手走来，一家人和睦快乐，小日子过得有滋有味的。他俩从结婚第二个月起就用心存贴的工资单，既是家庭生活实录的一方面，也是我国改革开放以来国企变迁的一个见证；既记载了生活的酸甜苦辣，也反映了他俩对家庭的责任承担。

一

　　20世纪80年代初期，童振义和蒋云楣经人介绍相识。童振义在上钢五厂工作，是大型国企单位。他是个工作认真踏实、热衷钻研技术的青工。原先在轧钢车间做最后一道工序钢锭包装的，后拜一位电工老师傅为师，掌握了一手电工技术活。当上电工，这可是"吃香"的工种。车间里有甲乙丙丁四个班组，每个班组都由七位钳工、两位电工组成机修班，轮班确保生产正常运行。童振义是甲班机修组组长，后来还成为中共党员。

　　蒋云楣的工作单位是上海第十四服装厂，在虹口区的天水路上，属于中型国企单位。企业的品牌是"红钻石"女衬衫，还承接不少外贸订单，这是当时很受女青年青睐的单位。蒋云楣能进入这家工厂也是很不容易的。1972年她中学毕业后到安徽插队，1979年才回沪。1980年，她住家所在的虹镇街道办事处，组织回沪知青自谋职业，上海第十四服装厂是面向回沪知青公开招录的单位之一。从小就爱好自己缝制衣服的蒋云楣，还记得应试那天的场景，她带着自家的缝纫机，很容易地通过考试进入了这家单位。

　　童振义和蒋云楣外部条件，都属于"响当当"的国企。经过一段时间的交往，两人情投意合，遂于1982年10月喜结良缘。至今，蒋云楣提及婚礼的场景，眉宇间依然掩饰不住盈盈笑意。她是家中长女，下有两个弟弟和一个妹妹。父母疼爱这个在外插队多年的女儿，也喜欢这个为人憨厚办事稳重的女婿，父亲亲自到浦江大酒店为他们预定了11桌婚宴，60多元一桌的酒席，当时属于上档次的。亲朋好友都说他俩很般配，婚后生活肯定幸福。日后，这对夫妇的生活状态，印证了人们的祝福。

蒋云楣从虹口区舟山路的宝源坊家，嫁到杨浦区凤城三村的夫家。童振义家的住房是16平方米的一室户，蒋云楣嫁入后与公婆生活在一起，将住房分隔为两小间。婚礼的第二天，童振义郑重其事地对蒋云楣说："我每月的工资、奖金全部交给你，由你统筹安排家庭开销。"这正合蒋云楣的意愿。

11月，第一次拿到丈夫交到手上的工资和工资单，蒋云楣抑制不住心中的激动，想着这个家是要夫妻两人共同来精心经营的，自己不但要精打细算，还应该孝敬公婆，一家人要和和睦睦过日子。工资在日常生活中是要花销掉的，工资单却舍不得丢弃。蒋云楣将两人的工资单分别粘贴着，美滋滋地想，每过几年就会涨工资的。看着工资单上的数字变化，有着美好的企盼。日月如梭，他们的工资单粘贴了近20年。

二

童振义的工资记载是从1982年11月开始的，从工资单的项目上看，有近40项的内容，印刻着鲜明的时代烙印。仅工资一项，就有基本工资、保留工资、附加工资；还有病事假天数、加班天数、高温天数等，可谓名目繁多。栏目表中童振义涉及的是：基本工资51元、附加工资3.53元+5元、高温费3元、中夜班费5.30元、加班费6.80元、营养费3.18元，应发总工资77.81元；扣除部分的有10元互助金、工会会费0.25元、代购月票费1.50元、集体储蓄10元，实发总工资56.06元。

也许，用现今的思维来看待这一数字的工资收入，人们觉得收入太低，不可思议，但是将这个数字放置到当年的时代背景中，应该算是较高的收入了。童振义是上钢五厂的工人，钢铁厂属于重工业行业，收入比一般的行业高，我们用蒋云楣同年同月的工资做一比较就可看出。蒋云楣1982年11月的工资收入是这样记载的：基本工资45元、附加工资1.10元、物价补贴5元，扣除事假0.57元、病产假工资1.38元，还要再加上车贴4.50元、夜点心2元，应得总收入是55.65元；扣除饭账5元、储蓄10元，代扣款0.20元、其他扣除1元，实发工资39.45元。

从童振义应得的总收入77.81元，蒋云楣应得的总收入55.65元，可以看出童振义要比蒋云楣高出22元之多。那个年代，一张10元面值的人民币属于大票啦。

时代进入1990年，再来看童振义的工资单，基本工资已经是132元，还加上诸如物价补贴、一次性房贴、加班费、独生子女费、理发费等，再扣除集体储蓄、月票费等，实际收入在190元上下；到同年8月，新增工资后基本工资是149元，实际收入已在220元上下。

童振义的工资单粘贴到1998年时，有了工会房贷的项目。从1999年开始，工资单上出现了公积金扣款，童振义每月被扣款的公积金是74元，说明国家住房政策的改革启动，企业不再承担为职工分配住房的职责，这就是当年说的"将社会的职能从企业中剥离出去"，让企业轻装上阵发展经济，是当时企业改革的一部分。也是从1999年开始，工资单上有了养老金的项目，童振义每月被扣的养老金是62元。

童振义最后一张工资单到2000年12月结束，因为企业开始实行工资打进银行卡。这一年，他的平均月收入是1 300多元，月基本工资是600元，由此可以看出，基本工资一块在总收入中占比的缩小，其他方面收入的增多，这是当时企业工资分配的特点。

众所周知，自20世纪90年代起，"40后"和"50后"这一代人，多数经历了从下岗到再就业的历程，童振义和蒋云楣也不例外。蒋云楣的工资单粘贴到1999年6月戛然而止，因为此刻她下岗了。她清楚地记得那天是1999年的6月6日，工资单上有她记录的上半年6个月工资总收入4 638元，再加每月318元，共计3个月的下岗工资954元，两项相加收入是5 592元。

三

下岗以后，出路何在？仅靠童振义一人的收入维持家庭开销，日见拮据。全家人省吃俭用，能自己动手做的东西就决不买现成的。懂事的儿子考虑爸爸一人工作，家庭困难，高中毕业后不考大学，想考中专。蒋云楣对儿子说，你一定要考上大学，我哪怕去做钟点工，也要供你上大学。但儿子想的是，等中专毕业后有了工作，再去考大学，减轻父母的经济负担。

蒋云楣找到一份工作，到一所大学做学生宿舍管理员，简称"宿管阿姨"。上班24小时休息一天，拿的是当时上海市划定的最低工资，即使如此，蒋云楣还是很珍惜这份工作，坚持做到2010年才辞职。

童振义的情况比蒋云楣略好，企业结构调整中，前几批工人下岗没轮到他，当时可能基于这样的精神——对于双职工家庭，有一方下岗的，另一方必须保证其就业。2004年，童振义所在的车间被合并，他被安置到另外的车间担任生产安全员。由于工厂产品滞销、影响环境等因素，几大车间关停并，挨到2005年，童振义不得已与企业签订了"买断"合同。好在"买断"拿到一笔钱，能够先应付家庭日常开销。

到2006年，蒋云楣退休，每月有了养老金收入，还有做"宿管阿姨"的收入，童振义也找了一份小区保安的工作，一家人不再为生活开销发愁。他们的儿子也考进大学，用自己打工的收入支付学费，一家人生活其乐融融。

童振义工作过的上钢五厂原址，现在是地铁3号线水产路站点；蒋云楣工作过的上海第十四服装厂，后被上海服装集团合并，移址江湾镇，如今主打生产"海螺牌"男衬衫。

几年前，童振义和蒋云楣申请到"经适房"，买到航头地区的三房二厅的住房，居住条件得到很大改善。童振义颇有感触地说："工资单记录了我们一生的大部分收入，其实，也是让我们认真经营好家庭的一种提醒，看到它，就会不由自主地想起，我们上对父母有赡养责任，下对孩子有培育义务。"蒋云楣说，有时将工资单的故事说给儿子儿媳听，他们不耐烦，觉得那个时代的做法已不适应如今的生活。童振义夫妇却认为，勤俭持家，教育培养好孩子，这是没有代沟区别的。

童振义夫妇的儿子儿媳都有着不错的工作，月薪上万，还为他们生育了两个孙女。儿子成家和生孩子都没有贷款，日子过得轻松自如，这与父母为他们打下的基础是分不开的；父母希望儿孙的生活是节俭不奢侈的，是认真不浮华的，成为"仓廪实而知礼节，衣食足而知荣辱"的后辈。

如今，安享天伦之乐的童振义和蒋云楣，了却了一桩心愿，也为他俩珍藏多年、见证时代变迁、国企改革的两大本厚厚的工资单找到了好归宿——捐赠给区档案馆。

（原载《当代工人》杂志2022年07B）

住在老渔阳里 2 号的赵文来

上海的石库门，融汇西方文化和中国传统民居特点，是上海特有的住宅建筑，也是上海近代文明的象征。同时，石库门也是我们回望百年革命岁月、深入了解历史的有效路径之一。

市民赵文来住进老渔阳里 2 号 40 年，跟随他的记忆，我们可以了解到中共历史的一个侧面。

因住房困难结缘老渔阳里 2 号

100 多年前，安徽都督柏文蔚不会想到，自己租住的这幢环龙路老渔阳里 2 号（今南昌路 100 弄 2 号）的"柏公馆"石库门，因为给同乡好友陈独秀居住，在一个世纪后，与霞飞路新渔阳里 6 号（今淮海中路 567 弄 6 号）石库门，同被认定为中国共产党的发源地和中共创建初期的重要活动场所；而 40 多年前，上海市民赵文来也不会料到，自己因为住进老渔阳里 2 号这幢普通的石库门而成为"名人"，众多来到这里的瞻仰者，在缅怀纪念陈独秀和《新青年》的同时，还认识了"渔阳老赵"。

"渔阳老赵"是赵文来的网名。初夏，一个风雨交加的下午，他在隔壁 1 号的"瑞金初心会客厅"里，为我讲述他与老渔阳里 2 号结缘的故事。

其实，能荣幸地住进老渔阳里 2 号，首功当属赵文来的妻子，她当年是上海文化局下属单位的职工，这里原本是单身职工的宿舍。1978 年，妻子怀孕了，此时，赵文来夫妻和他的父母挤住在自忠路一间 10 平方米不到的窄小陋房中，为解决他家的住房困难，妻子单位将渔阳里 2 号底楼的前厢房和客堂间分配给了他家。居住这里是有前提条件的：不能擅自改动房屋结构；东面墙上悬挂的汉白玉铭牌不能移动；门外墙上的大理石铭牌同样要保管好。

上海石库门的灵魂是共产党人注入的

关于老渔阳里2号红色遗址的确认，要追溯到1951年。为纪念中共建党30周年，党中央委托上海市委寻找中共"一大"会址及相关史迹。中共"一大"会址是周佛海的妻子杨淑慧指认和相关方面考证而确定的。同样，老渔阳里2号也是经杨淑慧指认和相关人员考证而确定的，杨淑慧回忆："……陈独秀先生的家，也就是《新青年》编辑部，我在那里住过，当年开会（中共一大）时陈独秀在广州，这里只有他夫人高君曼带着两个孩子住在楼上，开会期间李达、王会悟夫妇还住在这里，后来我和周佛海结婚之后也住过这里的亭子间，所以印象深刻，我记得在法租界老渔阳里2号。"

1951年10月，中共上海市委决定，将中共"一大"会址纪念馆确定为"一馆"：老渔阳里2号确定为"二馆"，博文女校确定为"三馆"，将三处中共史迹联合组成上海市革命历史纪念馆，以"三馆合一"的形式，庆祝中国共产党成立这一开天辟地的历史大事。赵文来曾经听老居民说过，当年这三处纪念馆是有解放军站岗守护的。

老渔阳里建于1912年，是典型的旧式里弄，坐北朝南，有8幢砖木结构两层楼石库门房子。1978年赵文来住进来时，渔阳里2号尚存两扇实心黑漆木门，花岗石门框，门框两侧上方还有两块石雕，但是三角门楣已经不在了。外墙是水泥砂浆的，当时整条弄堂里的百叶窗，就数他居住的前厢房保存得最好。到他家被置换时，原来上下层之间的木雕花纹大多已经朽烂，墙壁也多处剥落酥松。

有一次，几位老先生来渔阳里2号参观，自我介绍是从北京来的，专门研究中共党史。他们里外仔细察看后，很有感触地说："这里为什么不修缮呢？上海的石库门是有灵魂的，这灵魂就是共产党人注入的。"在此居住几十年的赵文来，只听说陈独秀曾在这里居住过，很惊讶这里与中国共产党的成立还有这么大的关联。激动之余，他想为这幢建筑保护尽点力，便向相关方面反映了情况。

"是共产党、新中国救了你"

2014年，黄浦区对老渔阳里2号进行了整修，整幢建筑得到了改善。以前的落地门，原本缝隙很大，冬天的风灌进来，经常冻得赵文来和家人打哆嗦。木匠师傅没有将原装门卸掉做全新的，而是将门的缝隙填平整后，再用油漆漆上，看起来焕然一新，也不再灌风了。

如今老渔阳里2号整幢建筑已经成为纪念馆。赵文来引导我参观老渔阳里2号底楼时介绍，现在的馆内设计尽可能做到原汁原味，复原老渔阳里的建筑符号。内容呈现上则增添了不少新形式，增加可看性。如根据早期照片重新做成的三角形门楣，是传统的砖红色砖雕，在砖砌的框架里镶嵌着对称波形花纹；跨进天井，波纹形的雕花和有节律的木雕增添了视觉效果；前厢房的展厅是玻璃配上木雕框架，很有纵深感。进入会客厅后，八仙桌和雕花红木椅也如实地复原了那个年代的场景。

最令人浮想联翩的是一旁的皮靠椅和悬挂在上方的小黑板，上写繁体字"会客谈话以十五分钟为限"，可以想象当年陈独秀会见来客时，抓紧与来人谈话的十五分钟，坐在皮靠椅上小憩一下的场景，其繁忙紧张程度可见一斑。

20世纪60年代初，这里成为文化局、仪表局、卢湾区粮食局和环卫局的用房，住进了四户人家，赵文来一家人也在其中。他很感慨，在当时上海市民住房普遍逼仄的情况下，对于他们家能够住进这里，亲朋好友都是非常羡慕的。

赵文来非常珍惜来之不易的机会，家里的大橱靠着西墙摆放，铭牌下面摆沙发。他常常凝视着铭牌上金色的繁体字："中国共产党第一次全国代表大会决定成立中央工作部，领导当时党的日常工作。一九二一年——二三年，中国共产党中央工作部在这里办公，毛泽东同志也曾一度在这里工作。"每逢此时，他的感激之情便油然而生：1947年出生的他是穷人家的孩子，父母共生育了11个孩子，由于穷困的家境，他上面的10个哥哥姐姐都因饥饿和疾病夭折。父母对他说得最多的一句话就是："幸亏解放了，你才能得以活下来，我们都要感谢共产党，感谢新中国。"

住进老渔阳里2号的十多年后，后厢房也被分配给了赵文来家。享受到改革开放红利的他，更觉得唯有以努力工作积极奉献来报答党和国家。

赵家夫妇上班、孩子上学时，家中只有老父亲一人，当时也经常有人寻踪前来参观，憨厚的老人从不拒绝，总是让人们参观，乐意满足来人要求合影的意愿。赵文来退休后，接替了老父亲的"工作"，俨然成了老渔阳里2号的义务接待员和讲解员。

乐做红色文化打卡地的志愿者

由于南昌路过去的路名是环龙路，渔阳里又有新、老渔阳里之分，对于曾经没有便捷的公共交通、没有手机可以智能导航的探寻者来说，仅靠"嘴巴底下就是路"的做法，寻到这里是有难度的。有位来自扬州的退休科技人员吴先生，热衷中共党史研究，70多岁的他，第一次到上海寻访老渔阳里2号没找着；第二次又来到上海终于找到了却又无功而返，因为赵文来生病住院了，家里"铁将军"把门。赵文来听说此事后很歉疚，从此在门上贴张有自己手机号的条子，以方便来参观的人联系他。

不但赵文来热忱接待前来的参观者，妻子也毫无怨言地支持他。有时正午睡，有前来参观者敲门，妻子就会赶紧起床，将床被折叠好，东西摆放整齐，让人家进来参观拍照。

很多参观者的境界令他们深受感动。北京有一位做汽车生意的企业主，专程陪伴女儿到上海寻访中共的足迹，老渔阳里2号就是他们参观的打卡地之一；还有一位无锡的金姓农民，骑着自行车来到上海寻访中共足迹，自豪地告诉赵文来，中共一大的红船是在1959年由无锡红旗船厂根据王会悟的回忆仿制的，还将相关资料赠送给他……

随着前来参观的人员日趋增多，赵文来愈加觉得自己对老渔阳里2号的了解一鳞半爪，因此他加入了上海中共党史学会下属的"渔阳里历史文化研究会"。这个社团很多会员都是文史、党史方面的专家，他认真地向他们学习请教，积累党史知识。如今，他可以流畅地为参观者讲述老渔阳里2号与中共党史上的诸多"第一"。赵文来自豪地说："我的朋友都是有层次有境界的专家或文化人，与他们交往，我觉得自己现在做的事情非常有意义。"

1959年5月26日和1980年8月26日，老渔阳里2号两次被公布为上海市文物保护单位。2020年7月1日，老渔阳里2号门口的铭牌由原先的"《新青年》编辑部旧址"改为"中国共产党发起组成立地暨《新青年》编辑部旧址"，重新向公众开放。

2018年6月12日，黄浦区正式实行"革命遗址保护项目"——对南昌路100弄2号（老渔阳里2号）住户进行置换，赵文来一家很支持这项举措，从市中心城区搬迁到浦东。尽管不住老渔阳里2号了，但赵文来与此处的情缘还在延续，他常来参加"渔阳里历史文化研究会"活动，继续热衷为人们讲述老渔阳里2号的故事。

（原载2021年7月《上海滩》）

飞得最高的"中华牌"铅笔

2020年夏的一天，笔者来到松江区新浜镇文兵路120号，这里是中国第一铅笔有限公司。踏入办公大楼大厅，迎面墙上是中华牌商标和公司名称组成的大幅图案。中华牌铅笔是怎样制成的？又演绎了怎样的岁月故事？公司党委书记叶慧萍和几位部门主管的讲述，为我展示了属于中华牌特有的精彩。

实业救国创建铅笔厂

回溯"中华牌"铅笔的诞生，吴羹梅是不可或缺的人物。吴羹梅出生于1906年1月，彼时的中国积贫积弱。吴羹梅就读同济大学时，因为参加学生运动被学校开除。担忧个人前途和国家命运，他决定去日本留学，学习先进技术，回国兴办实业，为振兴中华尽绵薄之力。

1929年3月，吴羹梅考入横滨高等工业学校，攻读应用化学。他了解到，国外的铅笔在中国销量很大，政府每年要为进口铅笔花去大量外汇，由此激发他将目标定格在制笔行业，但他却遭遇当头一棒。1932年3月他从横滨高校毕业，为学到制造铅笔的专业知识，经人介绍来到真崎大和铅笔株式会社的神奈川工场实习。吴羹梅找到工场主管，表露学习的意愿，以期回国创办铅笔厂。孰料，那个日本主管劝他放弃办厂的想法，回国后当买办为该厂推销产品，并傲慢地说："办铅笔工业可不是容易的事，即使到你吴鼎二世（吴鼎：吴羹梅曾用名），你们中国也办不成铅笔厂生产出铅笔的，还是买我们日本的铅笔吧。"这番话，极大地伤害了吴羹梅的民族自尊心，他坚定地说："不！我要办铅笔厂，我一定能办成铅笔厂。"

吴羹梅回国后，鼓动郭子春和章伟士两位意气相投的朋友一起创业。他们筹集资金，购买设备，找到斜徐路 1176 号约两万平方米倒闭的缫丝厂房，改作铅笔制造厂房。紧锣密鼓地运作后，1935 年 10 月 8 日，"中国标准国货铅笔厂股份有限公司"（以下全部简称"中铅"）正式开业，这也是中国第一家全能型铅笔工厂。不久即生产出第一批铅笔，以"好学生""小朋友"冠名；继而又生产出中档的"飞机牌"铅笔；到 1937 年，已能生产高档的"鼎牌"绘图铅笔。虽然质量上略逊于美国和德国铅笔，但"中铅"产品每罗（注：12 打 144 支铅笔）仅 10 元售价，低于外国同类产品，因而受到市场欢迎。在洋货铅笔充斥的市场上，"中铅"产品不但进入了文具店和书局，还跻身繁华的南京路上永安、先施、大新百货公司，极大地提高了产品身价和知名度，销量与日俱增，不仅在申城站稳了脚跟，还逐步扩大到东南亚、泰国等地。此时正值抗日爱国运动兴起，盈满爱国情怀的吴羹梅，将时任上海教育局局长潘公展书写的"中国人用中国铅笔"的口号，印刷在每一支笔上，得到国人的大力支持。

1937 年 8 月，淞沪战争爆发。"中铅"经历了从上海到武汉、宜昌、重庆的三次大迁徙。其间，由于众多的艰难险阻，"中铅"三位合伙人，对工厂的去向、经营等产生分歧而于 1941 底分道扬镳。郭子春在上海建成"上海铅笔厂"，章伟士任经理。"中铅"于 1942 年更名为"中国标准铅笔厂"。毫不气馁的吴羹梅率领职工坚持生产，制造完全国货铅笔 5 000 多万支，缓解了书写用品急需的燃眉之急，满足了抗战的需求。

"中华牌"铅笔横空出世

抗战胜利后，吴羹梅于 1945 年 11 月返沪，在其二哥资助下，在上海丹徒路租到十多间石库门房子，每间约 20 平方米，工厂得以勉强复工。当他了解到有一家日本人留下的上海制箱厂，生产设备与制笔业有点关联，而且该厂地处东汉阳路 296 号，交通便利，于是承购下来。至此，"中铅"开启了在东汉阳路半个多世纪的历程。

鉴于吴羹梅在民族工业方面的杰出贡献，他作为工商界的 15 位代表之一，参加了新中国成立的开国大典，并受到党和国家领导人接见，这激励他全身心地投入新中国的建设大业，于1950年参加公私合营，成为"中国标准铅笔厂股份有限公司上海制造厂（公私合营）"，总公司设在北京，制造厂设在上海，是中国最早的公私合营企业，引发世人瞩目。

新中国百废待兴，大量的基础建设需要高级工程制图铅笔，但中国市场的现状却是质量过硬且型号齐全的国产绘图铅笔完全空白。为研制出高质量的高档绘图铅笔，职工们夜以继日攻关，不断调整铅芯配方，改进生产设备，连铅笔上的竹节花纹都用手工精致地描绘上去，最终于1954年试制成功"中华牌101高级绘图铅笔"。"101"寓意10月1日，以此向国庆献礼。这是采用优质木料和石墨、卷削方便、书写顺滑、不易折断的铅笔；按照硬度和显色度的不同，分为H（Hardness）和B（Black）两大系列共14种型号。

以华表作为产品商标的中华牌铅笔横空出世，一举扭转了国外高档绘图铅笔横行中国绘图铅笔市场的局面。"中铅"至今珍藏着"中华牌"商标的批复，这就是1954年6月1日，由中央工商行政管理局许涤新签署的核准"中华牌"商标注册的证书。

1954年10月，"中铅"与上海铅笔厂、长城铅笔厂成立公私合营"中国铅笔公司"，"中铅"改称"中国铅笔公司一厂"；1955年6月，上海市第一轻工业局制笔公司成立，"中铅"改为中国铅笔一厂，"上铅"改为中国铅笔二厂、长城铅笔厂于1956年1月并入"中铅"，都隶属于制笔公司。

"中华牌"铅笔上市后，美、德等国的绘图铅笔在中国市场日渐式微。直至今日，"中华牌"铅笔还是国人首选的绘图和考试等专用工具。"中华牌101"堪称中国铅笔制造业的里程碑，凭借过硬的质量获得国家银质奖、轻工部优质产品等称号。1976年，"中华牌101"系列的2H和HB两个型号经鉴定，各项指标已经赶上美国的维纳斯牌，至此，从欧美国家进口绘图铅笔的行为在我国市场上彻底消失。20世纪90年代，中国铅笔二厂并入"中铅"，从此，"中华"领衔"三星""长城"，领军中国铅笔市场。

中国"飞得最高"的铅笔

"中华牌"铅笔被人们赞誉为"中国飞得最高"的铅笔，就是2008年企业为中国航天员科研训练中心成功研制的SZM118神舟七号出舱书写笔，伴随着中国航天员翟志刚实现了中国人首次太空行走。这是我国自主研发的第一支飞船舱外书写笔，填补了中国航天铅笔装备的空白。

说起这支太空笔的研制故事，"中铅"人感慨万千：别看是一支小小的铅笔，却是完全的高科技，是根据太空环境以适应航天员出舱记录使用要求的特殊用笔。其对重量要求须在40克以内，对材质要求不能滋生细菌，对卷削要求一次写140个字而不断。国外技术是保密的，没有参考资料，研制人员甚至对太空笔的长短粗细都心中没底。起初按照常规铅笔思路设计，但戴着航空手套的宇航员感觉笔杆太细握不住，研制人员就借来航空手套反复拿捏研究，终于在直径约为普通笔杆三倍时，书写的手感正合适；同时考虑铅笔的防滑功能，在手指握笔处开槽成为罗圈形，椴木材料的笔杆罗圈槽，是由研制人员用技术革新的车床导轨车削出来的。太空舱中的失重环境不容忽视，就用低压聚乙烯塑料制成保护笔套，套住两头使用的太空笔，并用线将笔身和笔套相连再连接到宇航员的手腕上，如此，太空笔就不易"飞走"；单这根连接线的长度、材料就试制过好多次，试过棉纱线、钓鱼线等多种线料才取得成功；还有震荡、冲撞、温差等一系列难题都要攻克。"中铅人"未曾有丝毫退缩。经过近三年的研发，一系列环境指标的测试，用于"神七"的中华太空笔诞生。作为中国航天员在太空出舱环境下使用的第一支国产书写笔，填补了国内航天技术书写装备的空白，它不仅不会在发射过程或者宇宙大环境下开裂或断裂，而且能保持高浓度不减，方便宇航员戴着手套书写。中华太空笔荣获2008年中国轻工业联合会科学技术进步二等奖。

中华太空笔问世后，"中铅"还成为2008年北京奥运会和2010年上海世博会特许产品经营商，并为国内、国际重大会议提供专业用笔。产品除内销外，主要出口美国、欧洲及中国香港、中东、东南亚、南美洲、非洲等54个国家和地区，外销率达到60%，其中"红中华"铅笔在香港市场占有率达50%以上。

铅笔制造业创新之举

在中国第一铅笔有限公司的厂史展示厅里，我看到各种功能和图案的铅笔布满展示架，中华铅笔的书写类、绘画类、工程类、特种类铅笔系列超过350种。为满足不同消费者的需求，进一步细分市场，"中铅"不断拓宽"铅笔"概念，不断创新促进企业再发展，经济效益和社会效益并驾齐驱。

1992年5月，中国第一铅笔厂由国企改制为股份制公司，更名为"中国第一铅笔股份有限公司"，证券代码600612，发行A、B股。"中华牌"铅笔，成为国内行业第一批上市公司产品。2004年"中华牌"铅笔荣获全国铅笔行业唯一的中国名牌称号，2005年"中华牌"铅笔又荣获全国铅笔行业唯一的国家免检产品。"中铅"改制后，铅笔年产量由改制前1991年的5.48亿支猛增到2010年的22.5亿支，成为当之无愧的"中国制笔王"，是中国制笔行业名副其实的领军企业。2011年2月，"中华牌"铅笔被商务部授予"中华老字号"，成为中国轻工行业的重点骨干企业，跻身世界铅笔制造业前三名。

1998年"中铅"实施重大资产重组，中国第一铅笔股份有限公司收购控股上海老凤祥有限公司，于2009年更名为"老凤祥股份有限公司"。我疑惑："中铅"这块金字招牌如何传承呢？几位主管为我解惑，将全资子公司——福斯特公司更名为"中国第一铅笔有限公司"，隶属于老凤祥股份有限公司，承接"中铅"所有铅笔生产经营业务，"中华牌"铅笔将黄金产业纳入版图之中，寻求新的突破和发展。

我曾在北外滩地区从事社区党建工作，工作地就在东汉阳路309弄的名江七星城住宅区，马路斜对面就是中国铅笔一厂的旧址。如今，这里已是白金府邸高档居民住宅区。21世纪初，浦江两岸综合开发战略启动，坐落于北外滩的"中铅"，前期已根据环保要求及公司的发展前景，调整经营布局，将铅笔生产从市中心向郊区转移。公司实施"三步走"规划：上海本地保留科研、销售及部分精品生产，把劳动密集型、资源消耗型的铅笔初级生产加工向外转移，连接成上海、江苏、吉林三大生产基地，形成"两头在沪、中间在外"的产业形态，大大优化了产业布局，为中华铅笔带来更大的发展空间，也秉承了中华铅笔"上海制造"的特质。2016年,"中华牌"铅笔被上海市工商行政管理局认定"上海市著名商标";2018年,"中华牌"铅笔被首批认证为"上海品牌"产品。如今,"中华"字样的商标,中国商标局已不再批复,中华牌商标,成为"中华牌"铅笔最无价的资产。

（原载2020年12月《档案春秋》）

"好阿姨"的异国友情

　　第二次世界大战期间，虹口区的霍山路、舟山路、长阳路一带，曾经是接纳犹太难民的"诺亚方舟"，同时也有日本、印度、澳大利亚等其他国家的人员生活在这里。他们与本土居民产生交集，李阿好老人就曾经是交集中的一员。

　　早在2005年，为纪念中国人民抗日战争暨世界反法西斯战争胜利60周年，我就采访过居住在霍山路144弄的李阿好老人。不满20岁就嫁到此地的李阿好，性格爽朗热情，做事勤快敏捷，善于与人相处，左邻右舍都习惯称她为"好阿姨"。

犹太医生救治好阿姨丈夫

　　好阿姨清楚地记得，20世纪40年代，她家弄堂隔壁就是犹太难民住所。好阿姨家弄堂的对面，住着一对犹太人夫妻和他们的一个儿子，这家男主人是位医生。长期以来，好阿姨记挂着那位犹太医生，感激他救治了自己的丈夫。

　　那时，好阿姨家的日子很清贫，她的丈夫在弄堂口摆蔬菜地摊以谋生计。犹太夫妻常到地摊来买菜，量都不多，买卖双方就是靠手势比画沟通。一来二去的，彼此遇见了都会微笑着点头打招呼。

　　好阿姨的丈夫患有胃疼，有一次疼得直在床上打滚。好阿姨不由得想到犹太医生，赶紧请求懂点犹太语的邻居，一起将丈夫送到犹太医生家里，请他帮忙诊治。犹太医生用听诊器在丈夫身上听来听去，用手这里捏捏、那里敲敲，过一会儿得出了结论：她的丈夫不是胃病，而是胆管上生了一个瘤，幸好没破裂，否则很危险。随后，犹太医生拿出一颗鸽蛋大小乌黑发亮的药丸，叮嘱他整个吞下。好阿姨丈夫吞下药丸后，没多久疼痛就止住了。犹太医生表示，明天他会到好阿姨家再给他治疗。第二天，犹太医生果然如期来到好阿姨家，察看她丈夫的病情，说是"瘤子瘪掉了"，又给配了一颗黑药丸，叮嘱继续服用。好阿姨丈夫又服下药丸，至此，再也没有胃疼过。犹太医生没有收取诊疗费，好阿姨夫妻对这位犹太"神医"感激不尽，无以为报，就送了一篮新鲜的果蔬表达感激之情。

日本东家三代人真情回报好阿姨

20世纪40年代，虹口不仅是犹太难民的避难栖身之地，也有不少日本人居住在此，好阿姨就与一位日本妇人有着近80年的友情。

这位日本妇人叫西村明子，是好阿姨过去的近邻和东家。西村明子的丈夫姓张，是位汽车修理工程师，他们育有一双儿女，女儿名叫惠星，儿子被他们唤作"小弟弟"。好阿姨在西村明子家帮佣，由于她勤快能干，为人诚实，深得西村明子的信赖。她在西村明子家一干就是五年多，与这一家结下深厚的友情。

好阿姨由此知道，西村明子原来在日本有个姓西村的前夫，她与前夫有个儿子叫西村昭。前夫去世后，她带着孩子讨生活，不得已将孩子留给父母照料，只身一人到上海谋生，直到与张先生再组成家庭。通情达理的张先生，将西村昭也接到上海共同生活。

中日邦交正常化后，西村明子带着儿女回到日本。20世纪80年代中期，西村携孩子们回上海故地重游，旅程结束返回日本时，特地将好阿姨接到东京家中住了三个多月。西村一家将好阿姨视作自家人，陪伴好阿姨游览了日本多处景点，回上海时，西村家还送给她电视机和不少衣物，一家人与她在机场依依惜别。

西村明子的两个儿子，只要到上海，总会挤出时间看望好阿姨。如果好阿姨不在家，他们就会熟门熟路寻到附近的霍山公园，因为好阿姨大多时候都在这里，或与老邻居闲聊，或舒展筋骨。惠星和她的子女，每年春节前夕都会汇一笔钱给好阿姨，虽然汇款并不多，但几十年连绵不断，足见其情谊的分量。

西村一家和好阿姨家的友情一直延续了下来。西村昭的儿子与杭州姑娘小陈相恋并结婚，在日本和杭州都举办了婚礼，还邀请了好阿姨的儿子和儿媳参加。西村家的"小弟弟"，娶的是上海姑娘，他们的女儿嫁了位日本人，好阿姨和儿子都受邀前往上海新锦江大酒店参加他们的婚礼。这天，这对新人特意将他们穿着结婚礼服的合影赠予好阿姨。好阿姨回到家后，郑重其事地将照片挂在自己的床头。

马来西亚侄媳喜欢好阿姨

21世纪初，好阿姨无意间又结下一段异国友情。这段友情来自她的马来西亚侄媳。

原来，当年由于好阿姨的牵线，她的侄子得以到日本打工。侄子一人兼职打三份工，由此赚下一笔钱来到马来西亚创业。他吃苦耐劳的精神，赢得了一位马来西亚姑娘的青睐，两人喜结良缘。

马来西亚姑娘听说了好阿姨的故事，敬佩之情油然而生。2000年春天，侄媳将自己的上海公婆和好阿姨接到马来西亚小住，又陪伴三位老人到马来西亚、新加坡和泰国旅游。一边领略异国的旖旎风情，一边听着侄媳导游解说，好阿姨大开眼界。回到上海后，好阿姨眉飞色舞地谈起在国外的所见所闻，让大伙羡慕不已。

好阿姨的儿子姜忠安和儿媳宋银娣调侃说，他们都还未出国旅游过，老太太倒是新潮，俨然成为这一带见过世面的"时髦好阿姨"。

近日，在北外滩街道晋阳居委会干部的陪同下，我又一次来到好阿姨家采访，这次是姜忠安和宋银娣接待我的。他们告诉我，好阿姨已于2018年7月去世，享年93岁。

（原载《上海滩》2020年第10期）

"爱心剪"凝聚快乐

——全国劳模殷仁俊和义务理发团队的故事

前不久，殷仁俊入列"全国100名最美志愿者"。这项荣誉，见证他近三十年为老年人和有特殊需要的市民义务理发的事迹，这是爱的奉献的积淀。殷仁俊还有诸多领先：上海市第一位荣获全国劳模的个体经营者、上海市十大志愿者、曲阳社区第一位加入中国共产党的个体经营者、虹口区第一位荣获上海市优秀党员称号的个体经营者……

殷仁俊崇尚"一花独放不是春，万紫千红春满园"的雷锋精神，他带出的七十多位徒弟，有四十多位追随他的"爱心剪"。他们的理念是：以一己之力，奉献社会、服务他人，是幸福快乐的。爱心剪团队如滚雪球般发展，成为沪上一道亮丽的风景线。溯源殷仁俊"爱心剪"的历程，对如何深入持久、有序有效开展志愿服务，弘扬正能量，很有启迪意义。

小殷师傅有把"爱心剪"

1989年，20岁出头的殷仁俊，只身一人来到上海。在虹口曲阳社区租下一间小小的店铺，开启了他从事理发个体经营者的生涯。淳朴的农村小伙子，牢记老党员父亲的叮嘱："到外面学手艺，要先学做人，以自己的优良品行立足社会。"那时，曲阳地区的理发店还很少，他的生意不错，却主动揽下为小区里老弱病残者和军烈属提供免费上门服务，赢得居民交口称赞。

善良的殷仁俊，不仅对"外人"好，对徒弟也是关心备至。简陋的理发店外面下大雨，里面下小雨，他和徒弟晚上住店里，他让徒弟躺竹榻上，自己就在地上铺条席子入眠。环境艰苦，挡不住师徒创业的快乐心境。

后来发生的一件事，激发殷仁俊走出小店、走向社会开启爱心剪的漫漫长路。

一天，江女士慕名前来，询问殷仁俊能否为其久病卧床的公公上门理发？她已经跑了很多家理发店，都遭遇拒绝。他二话没说，背上工具袋就跟她出门了。就在他理发到一半时，老人突然将大便拉在身上，弄得满屋臭味。只见江女士毫无怨言地为老人洗净擦干。眼前这位上海媳妇如此善待老人，他很是感动，坚决不收对方支付的高价工钱，还承诺以后每月上门免费理发。

殷仁俊联想到，敬老院的老人理发也是很不方便的，由此他开始到敬老院、福利院、军干所等老人集聚的地方上门服务；参加市、区级大型为民服务公益活动；还上门为那些行动不便、全年卧床不起、患有精神障碍、大小便失禁的老人服务。他使出十八般武艺，或单膝下跪，或马步半蹲……当年的老人都称呼他"小殷师傅"，老人们感动地说，与其说小殷师傅在理发，不如说是在尽孝心啊！

是啊，殷仁俊是老人们心中的孝顺儿子，每月到这些院、所服务的时日，老人们都会像过节般快乐，期待着小殷师傅和他的团队到来。有的老人算了笔账：殷仁俊他们大多是开理发店的，如果换算成营业所得的话，肯定是一笔不小的收入，上门义务理发，这是无价的真情啊！

小殷师傅这位孝顺"儿子"，还在生活上关爱行动不便的老人。华老伯是残疾人，妻子潘阿婆患尿毒症，瘦得只剩一副骨架，头发很长没法子剪。殷仁俊得知后，主动上门服务十多年，还自掏腰包为他俩买菜，过年过节送营养品。"一枝一叶总关情"，一把小小的爱心剪，温暖了两老孤寂的心。潘阿婆临终时对丈夫说："老头子，你以后有困难，就找小殷师傅，他就是代表党、代表政府的。"

虹口区第二福利院的老人们，集体创作诗歌《模范党员殷仁俊》："小小一把剃头刀/美发大师少不了/义务理发三十载/不计得失境界高/尊老爱心比天高/敬老院理发他全包/欲问他的名和姓/模范党员殷仁俊。"朴实无华的诗作，表达的是金钱难买的心声。

一次感动，衍化成30个春秋的真情奉献；一把"爱心剪"，孵化出百把"爱心剪"的社会暖流。

"爱心剪"的快乐粉丝们

每月的20日，是殷仁俊和他的爱心剪团队，到南京东路步行街参与大型为民服务的日子。近二十年，爱心剪团队每月20日风雨无阻地来到这里设摊义务理发，每次来理发的老人乐此不疲地排成长队，他们自称是爱心剪团队的铁杆粉丝，特地赶来享受一次被温馨服务的快乐。

3月20日清晨，笔者特地赶到南京东路步行街，一睹爱心剪团队和老人们亲密接触的壮观场面。这天，春寒料峭的天气阴沉沉的，七点钟未到，步行街上行人稀少，然而，在上海第一医药商店门前，却是热火朝天。爱心剪团队二十多人的理发摊点一长溜地摆开，早已人头攒动座无虚席。等候理发的人，排成蜿蜒的长蛇阵，从第一医药商店门前一直排到上海时装商店旁的马路上再拐弯过去。

家住浦东国际机场附近的孔国杰，是位八十多岁腿脚不便的老人，每次坐着轮椅车由老伴推来。他说坐地铁2号线很方便的，到步行街理发有四五年了。有人说，你坐地铁的车费也足够你在当地理发啦。孔老伯笑说，自己并非为省钱，是喜欢爱心剪团队才来的。

62岁的叶孝达是位盲人。以前住这里附近，每月陪老母亲来理发。住家动迁到彭浦新村后，老母亲念念不忘爱心剪，十多年来，他每月陪伴老母亲来。老母亲去世后，他就一人从彭浦新村赶来。每次，殷仁俊总是搀扶他优先理发。这次，他对殷仁俊说，以后可能再也不能来了，因为眼睛感光越来越弱了。殷仁俊当即请他留下电话，承诺上门为他理发，叶孝达绽出快乐的笑意。

近日，笔者又随爱心剪团队来到民建大铭敬老院。院长忻小妹说，她到敬老院十多年了，没给过他们任何报酬。有时过了饭点，他们也不肯在敬老院就餐，自掏腰包到外面简单地吃点，下午又赶往别处服务。忻院长还介绍，她刚来敬老院时，入院的老人以七八十岁居多，多数人生活能自理；如今入院的，多为九十多岁生活不能自理的老人，要去理发店是很困难的，所以需要上门理发的老人也多了。

"人间重晚晴"，殷仁俊想为上海老人们尽绵薄之力。

辛苦并快乐的"爱心剪"们

南京东路步行街服务日，殷仁俊为全国著名老劳模杨怀远理发，成为一大亮点。原来，杨怀远觉得小殷上门理发太辛苦，就自己到步行街来了，他与小殷很谈得来，是忘年交。大家围住他俩抢镜头，有人说，抢拍劳模是好事，说明这是崇尚劳模的时代。

爱心剪行动，感动了很多人，同行的、不同行的志愿者纷纷加入爱心剪；他们又以榜样的力量感染更多的人，组成爱心剪的二级乃至三级团队。

袁军，开美发店近二十年，参与爱心剪团队后，又带出一批志愿者，几乎走遍店铺所在区域的居民区，为老人义务理发十多年。他在旗舰店任总监时，出手价格不菲。在自家的店里，每次义务理发，店铺就得关门，但他心甘情愿。他说，为老人服务就想到在家乡的父母，身体不好也需要人帮助，自己这样做其实就是为父母做，"值"。

开设铝合金加工店铺的陈琳，本不会理发，是被殷仁俊的事迹所感动，拜他为师的。学成手艺后，十多年来参与义务理发，还组建了自己的爱心剪团队。

下岗女工张福香，为生计开了爿小理发店，经过数年打拼，如今是拥有三十多名员工的美发美容店。她不但本人每月到步行街为民服务，还带领年轻店员来参与，培养他们的社会责任感和奉献意识。丈夫很是支持，因为路远，特地开车送他们来。王先生是上海音乐学院的退休乐师，还是位小提琴收藏爱好者，家庭条件很好，他与夫人每月也来步行街理发"轧闹猛"，夫妇俩认定张福香理发，说她理发好，待人很热情，他们喜欢这里的温馨氛围。

来自虹口区东体育会路第一居民区的志愿者——76岁的尚明宏与69岁的包恩藏，都是共产党员，他俩不辞辛苦地义务理发，"年轻"老人服务高龄老人，令人敬佩。尚明宏退休前，是单位的义务理发员，坚持了四十多年。他说，想到有生之年，能为比自己更年长的老人们多奉献一点，虽然辛苦却也感觉很快乐。包恩藏以前到农村插队时学会了理发，以后在船上工作，热心为船员们理发。退休后参与志愿者活动，经常忙得顾不上家。老伴有意见，他在家时就主动多做家务，老伴怨气消除，转而支持他。

她是幕后的"爱心剪"成员

伴随爱心剪的似水年华，当年的小殷师傅已年届半百，他的家庭生活是如何走过的？其实，殷仁俊能坚持长年累月无偿为老人理发，军功章上有妻子王萍的一半。

与殷仁俊结婚前，王萍是镇公安局的会计。为支持丈夫在上海创业，王萍辞职后，在"丈夫师傅"的指导下，舞弄起剪子、推子、剃头刀，练就了理发的好手艺。殷仁俊自豪地说："王萍心灵手巧，顾客都很认可她。"王萍则是这样评论丈夫："他这个人在外面脾气挺好的，在家有时却要发'耿脾气'。其实，我也挺委屈的，一家子的吃用开销，女儿的读书费用，基本都是靠我一人做出来的，但想到他在外面挺辛苦的，就让着他了。"

2016年，王萍遭遇车祸，造成腰椎骨折，躺在床上足有三个月。殷仁俊更忙了，每天早晨五点起床做早饭，送女儿上学，然后赶去义务理发，经常一干就是一整天，到了晚上才在自家店里对外营业。本来，家庭日常开销就不宽裕，又面临女儿高考，也是笔不小的费用。如今，更是捉襟见肘，只能更节省，买更便宜的菜，劳模也得为稻米谋啊。夫妇俩以快乐开朗韧劲的性格，挺过了艰难期。

三十年来，殷仁俊义务理发出力又出钱，用坏很多剪子、推子；步行街理发用的凳子、围布、电源拖线板插头等，也是自费购置的；自行车骑坏了好几辆，为节省时间，花六千多元，买了一辆二手助动车，上门服务对象更多更远了，理想境界更高更广了。

殷仁俊有个心愿，期盼搭建一座"爱心剪为民服务平台"，在这个平台上，设置服务热线；每天有志愿者守候，每天有志愿服务内容；爱心剪团队的触角，遍及全市各处，为更多需要服务的市民提供帮助。

（原载2018年6月1日《劳动报》）

劳模全照妹奖状背后的故事

在全照妹家里，我们看到珍藏的十多张劳模奖状和与之相配的奖章，时间跨度从20世纪50年代初期到70年代末期，荣誉级别从厂级到国家级。年至耄耋的老劳模全照妹，曾经有过怎样骄人的业绩？劳模是怎样炼成的？带着崇敬和热切，我们通过这些荣誉档案穿越时空探寻这位老劳模一路走来的精彩人生。

翻身感恩共产党　化为工作学习动力

今年春节前夕，上海市委书记韩正等一行，来到居住在虹口区欧阳路街道蒋家桥居民区的老劳模全照妹家慰问。韩正握着全照妹的手，关切地询问她日常生活情况。当韩正看到全照妹众多的奖状时，饶有兴趣地与她一起端详，并听她介绍奖状的由来。韩正赞叹："这些奖状非常珍贵，能获得这样的荣誉很不容易，我们要好好照顾您的晚年生活。"韩正风趣地对全照妹说，我们四位书记都来看望您啦（注：市委书记韩正、虹口区委书记吴信宝、欧阳路街道党工委书记王燕华、蒋家桥居民区党总支书记丁素芳），大家可惦记您这位老劳模啦！20世纪50年代，全照妹曾获得四次全国劳动模范，全国三八红旗手。正如韩正书记所说的，能获得这样的荣誉很不容易的。就让我们从这荣誉背后的故事说起。

1930年，全照妹出生在上海虹口北沙港（今曲阳路、赤峰路）一带的贫苦家庭。上有两个哥哥，下有两个弟弟和两个妹妹。患有哮喘病的父亲，拖着病弱的身体干着在河道打桩的重活；母亲不但要照看孩子们，还要打零工，一家人艰难度日。1937年"八一三"淞沪战争爆发，全照妹的家被日军炮火炸毁。父母带着七个孩子逃难到法租界，被安置在难民营。难民营里窄小拥挤肮脏的环境加上饥饿的折磨，全照妹的一个弟弟和一个妹妹不幸相继染上传染病，无药救治痛苦死去；没过几日，全照妹也被染病奄奄一息。失去一儿一女的母亲，不忍心再看着小照妹死于非命，毅然抱起小照妹离开难民营，想找一个好点的环境救治她。听说提篮桥虹镇老街一带有房子可住，谁知来到此处，满大街都是堆积沙袋的作战工事，还未来得及喘息，日军飞机就来轰炸了，母女俩只得躲进一幢石库门房子里。没过多久，一颗炸弹在附近爆炸，蹦出的一块弹片从老虎天窗直射进来，当即削去小照妹的一块头皮，鲜血直流。情急之下，母亲只得用香炉里的灰敷在小照妹的伤口处，她才得以死里逃生，至今头上还留有那块伤疤。

几个月后，日军占领了上海，战事渐平。日军统治下民不聊生，一家人吃饭成了大问题。小照妹只得与比她大三岁的哥哥跟着舅舅，偷偷地到宝山乡下去"背米"。背米要途经当时有日本驻军的复旦大学，这里四周用铁丝网围住，他们不惜冒着被日军打死或被狼狗咬死的危险，把米顶在头上从河道中穿越铁丝网背回三五斤。眼瞅着家里揭不开锅，孩子很可能被饿死，无奈的父母只得托人将10岁不到的小照妹送到日本人掌管的永兴毛纺厂做童工。其实在此之前，小照妹已经在"布头厂""纸头厂""缫丝厂"等不少地方做过童工。上海沦陷的日子，她只得到日本人的厂里继续做童工。她的个头还算高，所以被安排到织造部做工。每个班头有两个日本"那摩温"（工头）监管工人，动作稍缓慢就会招来鞭子抽打，小照妹也没少挨过被皮鞭抽打的滋味。她恨得咬牙切齿却不明白这是为什么？直到如今，每当孝顺的儿女提议带她到日本旅游，那种难以忘却积淀在心底的伤害，都令她坚决不去日本。

抗日战争取得了胜利，工厂被国民政府接管，本以为日子会好过了，未料，工厂不发工人工资，却用原来日本人遗留在工厂的物资抵扣工资，全照妹一家人的生活并没有得到改善。

终于，上海解放了，劳动人民当家作主了。全照妹所在的工厂成为国营上海第三毛纺厂（以下简称"三毛"厂）。她有着强烈的劳动人民当家作主的感受，"翻身不忘共产党，幸福全靠毛主席"，就是她那个时代真实的心理写照。她觉得自己浑身有使不完的干劲。暗暗叮嘱自己一定要以出色的成绩报答党和祖国。

掌控四台纺机　荣获第一张奖状

讲述全照妹的第一张奖状，我们先说个小插曲吧。当韩正书记看到这张因为1954年度全照妹出色工作而荣获的奖状时感慨地说，1954年我才出生呀，奖状保存得这么好，应该请上海市档案馆来。他指点着奖状对其他人说："这是陈毅的红印，还有钟民你们认识吗？"

获此殊荣的全照妹，这张奖状确实来之不易。她没有读过书，有些进厂不久的女工对她不了解，甚至说她做活是"生手"。她并不辩解，而是积极参加扫盲班读书识字，不但对操作要求的理解能力提高了，还明白了以前贫困苦难的原因。为了提高产量和质量，她上早班就在下班后去上夜校，上夜班就在上班前去上夜校，连续四年没有缺过一次课，荣获厂级读书积极分子称号。我们在她家还意外地发现几张参加扫盲班学习成绩优异的奖状，以及学习文化提高班成绩优异的荣誉证书。由于坚持不懈地努力读书学习，她的文化水平竟然达到初中程度。在她的二儿子唐伟章的记忆中，那些年妈妈经常在晚上与他们一起做作业的，诸如题目中含有"X、Y"英文字母的二元一次方程式，她都会解题。正因为全照妹不断刻苦钻研生产技术，还努力学习文化知识，这位新中国的纺织女工，经她手生产出来的毛纺产品，质量和产量评比月月拔得头筹，令人刮目相看。原先说她是"生手"的同事禁不住对她大加赞赏。

1952年3月，组织上送全照妹到纺织党校住校脱产学习培训一个月，此时她的二儿子才出生几个月还在哺乳期，她非常珍惜这来之不易的机会，忍痛将儿子断奶交给自己的母亲带。当年年底，全照妹光荣地加入中国共产党，她对自己的要求更高了。为向国家第一个"五年计划"奉献力量，她积极响应"每个纺织工人节约一段纱、一颗棉花，就是为国家积累了一份资金"的号召，不断提升操作水平。

20世纪50年代，中国与苏联是关系密切友好的社会主义国家，经贸往来频繁。1954年，"三毛"厂接到苏联一批毛料大订单，要求花色新颖手感柔和且耐磨。这可是一项重要的国际政治任务，而且时间非常紧迫。厂领导研究决定，由全照妹与另外一名工人担纲生产操作，厂长亲自领衔，再由工程技术人员对纺机的走锭、锭子倾斜角度等进行技术革新。

因为有了前几年不断摸索提高的积累，全照妹对于技术革新后的设备要求很快就能熟练掌控。在具体操作时，她总是细心检查毛料面和梭子，利用加油停车时间，擦清走梭板和锭梗上的油污。由原来的一人掌管一台毛纺机，提高到一人管控两台、三台，直至同时掌控四台。她在确保基本操作流程到位的基础上，总结出"三快操作法"，即："换梭手快""巡回脚快""检查眼快"；又因为织机比人高，对于出现在上部的断头，总是迅疾攀上拉出断头打上结，否则就会有断纱和瑕疵。"三快操作法"令她处理断头的动作一气呵成，极大地提高了生产效率和成品完好率。苏联专家验收产品后表示非常满意。

为确保这批苏联产品按时按质交货，上早班的全照妹每天清晨出门，几乎总是晚上九点多钟才到家，全然顾不上家中的几个孩子，反而是外婆成为看护孩子的主力军。

"三毛"厂在毛纺织行业声名大振。全照妹与几位参与技术革新的同事一起被请到毛纺织系统做巡回操作演示。上海当时毛纺织系统有11家工厂，除"十毛"外，他们到过其他9家毛纺厂，北京毛纺系统也派工人来上海学习取经。由于全照妹在毛纺织系统的突出贡献，她于1954年荣获上海市劳动模范荣誉，当时的奖状上是这样书写的："奖给上海市一九五四年工业建筑业交通运输业劳动模范全照妹同志。"落款是：上海市人民委员会市长陈毅、上海市工会联合会主席钟民。

传帮带教　荣获全国三八红旗手

我看到全照妹有不少在苏联拍摄的照片，好奇地请她讲讲其中的故事。她高兴地拿起其中一张在冬宫前拍摄的集体照，指着左边第4人说这就是她，照片上的她风华正茂。她又指给我们看，她左手边的两位分别是荣毅仁夫人杨鉴清和他们的小女儿，再旁边一位是纺织医院的唐医生，其他人记不清了。

原来，这些照片拍摄于1959年。那一年全照妹荣获1959年度全国三八红旗手殊荣。1959年底，她作为上海工人代表，前往苏联参观访问。当时一起出访的还有荣毅仁的夫人杨鉴清和他们的小女儿，以及来自其他条线的全国三八红旗手和劳动模范。他们参观莫斯科红场，克里姆林宫等，与苏联工人交流……对于这些美好的回忆，全照妹溢于言表，把我们带回到那个"火红的年代"。

1959年，是中华人民共和国成立10周年的重要年份。全照妹的任务相当繁重。她负责挡车的四台毛纺机都是出口欧洲的产品，常常是四台车做四个花色。像华达呢、哔叽等花呢经纱纤纱批数很多，有时四台车要用七种不同的纤纱，而且大多数要织英文字边，边字龙头以前也没见过；同时纤纱用完的时间相差也很大，有的一只要七分钟，有的只用三分钟，断头接起来非常吃力，以前创出的巡回操作方法也应付不了。生活很难做，质量要求却很高。尽管做得很辛苦，但是却不尽如人意，全照妹一度也有畏难情绪。但想到自己受党教育培养多年，共产党员应该敢于挑重担，她激励自己要咬紧牙关攻坚克难。对于纺机上的小故障，她学会自己快速处理；在巡回操作上，根据纬纱用完的时间不同，灵活掌握；对经纱纬纱的批数与编织花纹在操作中特别留神。经过大半年的努力拼搏，她以90%织机效率（车间的平均水平为80%），96%～98%的坯布质量的优异成绩，向国庆十周年献上一份厚礼。

全照妹还记得，当时是在上海文化广场隆重召开表彰大会的，宋庆龄亲自到上海为她们颁奖。她激动地说，自己只是做出了一点点成绩，党和人民却给予自己很高的荣誉。那时，每逢劳动节和国庆节，上海总会举行盛大的庆祝游行，对于多次荣获市级和国家级劳模的全照妹，市总工会都会派车接她到人民广场参加庆祝活动。全照妹说，上海市领导走上主席台时，要经过他们所在的观礼台区域，市领导与劳模们一一握手问候。这一时期，全照妹与裔式娟、黄宝妹等著名劳模相逢也较多，每逢此时，她们总是相互鼓励和鞭策自己，决不能骄傲自满，"一花独放不是春，百花齐放春满园"，要以自己的实际行动带动更多的工人创出好成绩。

全照妹是这样想的，也是这样做的。她积极开展"带徒弟，抓小组"活动，毫无保留手把手地教徒弟们操作技巧，有些其他班组"涮下"的工人，她都照单全收。全照妹所在的生产车间有四个班组，任"丙班"生产组长的她，带领的班组做出的产品几乎没有"坏布"，在产量、质量上全都名列前茅，成为厂里的先进班组。"丙班"带上去后，全照妹又到其他班组传帮带。

声名在外的全照妹，不但在本厂、本市毛纺织系统传授先进操作法，连远在北京的纺织女工都慕名赶到上海向她请教。全照妹的儿子唐伟章回忆，20世纪60年代初的一个星期四（这是全照妹的休息日），他放学回家，还未进家门就听见传出的欢声笑语，踏进门只见一屋子说着普通话的年轻姑娘，正模仿着妈妈的手势呢。她们见到他就笑着说："我们今天到全师傅家，可是来拜师学艺的啊。"好一阵子，姑娘们才恋恋不舍地告别。临行，纷纷留下自己的照片赠送这位上海师傅留作纪念，并恳请全师傅一定到北京她们的工厂现场传授经验。在以后好长的一段时间里，全照妹与北京姑娘们保持着书信往来，为她们答疑解惑。

不忘初心　劳模精神永不褪色

稍有点年岁的人可能都知道，以前南京路上人民公园外墙的橱窗里，总是张贴劳模大幅照片的，劳模的激励作用和榜样力量催发各领域的先进人物层出不穷。在全照妹众多的奖状中，我们看到有两张泛黄有点破损的，就是原来放置在人民公园橱窗里和沪东工人文化宫展示的。

获得众多荣誉的全照妹在外大名鼎鼎，现实生活中却从不炫耀，总是抱着感恩的心，认为做好"生活"是自己的本分。每次获得奖状和奖章，拿回家往抽屉里一放再也不理会。不但邻居们不知她是劳模，连儿女们都不知道自己有个劳模妈妈，只知道妈妈很忙。从小到大，妈妈从来没有带他们看过电影玩过公园，连家长会也没有为他们开过一次。儿女们笑着说，幸好我们读书的那个年代家长会开得不多，老师也不苛求，不像如今孩子读了大学，照样要开家长会。

在全照妹儿女的记忆中，他们小时候是外婆照料的，还有就是"大带小"

的模式。50年代中期，劳累过度的外婆病了；父亲又被作为培养的干部派往北京工作。这时家里的四个"萝卜头"（小妹还未出生），最大的也还10岁不到。唐伟章记得，大妹唐惠芳被妈妈全托到"三毛"厂的托儿所，每周六放学后，他就与哥哥去托儿所接回大妹；1岁还不到的二妹唐桂芳，被妈妈托付给一位从乡下来的奶妈带。妈妈上中班时，会做好几样菜分成八碗装，一家人吃两顿。再后来，他和大哥学会了生煤球炉，学会了自己做馒头做面条，让妈妈能够安心工作，他和大哥觉得很自豪。

1962年，全照妹的丈夫唐锦龙调回上海，考虑到他家住房很小，单位专门分配一套两室一厅的住房给他家，这套住房在徐家汇。但是全照妹却担心从徐家汇到杨浦区的许昌路上班，因路途远而影响工作，放弃了这次住好房子的机会；后来，唐锦龙单位根据全照妹在杨浦区上班的情况，特意分配控江新村的房子给他家。丈夫和孩子们都认为，这下她总没话可说接受新房了吧？孰料，全照妹对丈夫和孩子们说，单位里还有很多工人住房困难，我们先让给别人吧。就这样，再次分配给他们家的两室一厅住房又被放弃了。全照妹夫妇和五个孩子，就住在当年未改建过的蒋家桥自家的矮平房里。唐锦龙单位同事到他家，见状非常惊讶："老唐，你家的住房竟然这么小，而你又是分房的负责人，却将自己按规定应得的房子让给同事，让我们说什么好呢？"

在毛纺织行业闻名遐迩的全照妹从不以功臣自居，更不会为自己向组织上提出这样那样的要求。她不忘初心，继续前进。在全国工业学大庆热潮中，她带出的二十多个徒弟，个个成为生产能手。1977年10月，厂里开着大卡车敲锣打鼓地来到她居住的蒋家桥小区，接送她到北京参加表彰大会。此时，儿女们才得知，原来自己有位了不起的劳模妈妈；邻居们更是恍然大悟，原来这位忙得难以见到人影的全阿姨，竟然是有名的劳模。

全照妹的儿女告诉我们，1979年全照妹退休后，就担任楼组长，积极参加小区卫生大扫除、义务值班、爱心募捐活动，一直干到80岁。如今，全照妹在蒋家桥小区的住房，经过旧区改造，早已由原来破旧的平房变身为宽敞舒适的楼房，在此颐养天年的全照妹耳不聋眼不花，国事家事社区事依然是她的牵挂。

就在我们采访的前一天，全照妹接到50年代同时期的劳模黄宝妹的电话，两位老劳模在电话中聊到那些年那些事，笑得可欢啦！

（原载《上海档案》2017年第3期）

屠刀下的幸存者

沈丽珍　口述/张林凤　执笔

我今年70岁，是日军屠刀下幸存者的女儿。我妈亲历了两次淞沪战争，每次都离死神一步之遥。

我妈叫高小妹，老家在江湾镇北三里路左右的沈家宅，有一条清水悠悠的小河从村中流过，把沈家宅分为浜南场、浜北场，我家在浜南场。

遇屠村　仅我妈逃生

1932年，"一·二八"淞沪战争爆发，日本鬼子占领了我们村庄，噩梦般的灾难由此开始。

日军从吴淞口登陆后，见中国人就杀。一时间人心惶惶，村上很多人家都拖儿带女逃难去了。我妈个子矮小，出生时因接生不当造成左腿残疾行走不快。我妈硬逼着我爸带着10岁的儿子（我大哥）去逃难；自己和5岁的女儿（我大姐）留在家里，岂料祸从天降。

春节前的一天，我大姐在屋外面场地上玩耍，突然看见端着枪的日本鬼子凶神恶煞般冲过来，大姐吓哭了，一边哭一边往家奔跑，蜷缩在灶头的角落里。鬼子追到家里，乖巧的大姐还说："先生我不哭，我不哭，不要打我……"鬼子竟然朝着我大姐"砰"地就是一枪，见大姐瞪着惊恐的眼睛挣扎着，鬼子"砰"地又是一枪，一个鲜活蹦跳幼小的生命霎时倒在血泊之中。

痛不欲生的妈妈还没缓过神来，又惨遭打击。那是农历正月十九下午，浜南留在村上的都是老弱病残的人，日本鬼子说是要向村民训话，把我妈和村民统统驱赶到村上一个大户人家的客厅里。那个目光狰狞的鬼子扫视着在场的村民后，一句话也没说，只挥了挥手，那些包围着村民的鬼子就用枪向人群扫射起来。还没反应过来的村民纷纷中弹倒地，整个大客厅里顿时血流遍地。我妈因个子长得特别矮小，子弹纷纷从她头顶上掠过。她围着围兜，胸前的口袋里有一盒"洋火"，有一颗子弹竟然从她前面村民的身体里穿出，打在她胸前的火柴盒上，火柴盒被打碎了，子弹才没打进她的胸膛。她被压在人堆里昏死过去，再次醒来时，发现四周死一般寂静，就挣扎着用力推开压在身上的人，推推这个不动，呼唤那个没应答，这才发现留在村上的五六十个村民都死了，就剩下她一个还活着。在这次日军屠村中，我妈的继祖母、姐姐、小叔叔也都被杀害。她强忍着疼痛从死人堆里爬出来，跌跌撞撞地整整走了一夜，才来到江湾镇。她使出浑身的劲拍打一间茅草房的门，这家主人开门看见门口躺着个浑身是血的女人，触摸一下还有气，便抱进了屋里，先给她喂了点热水，再熬了点热粥，把我妈救了。我妈后来才知道，原来浜南村紧挨场中路和逸仙路，交通便利，日军要在此地建军营，就对浜南村实施惨无人道的屠村。

经过千辛万苦，我爸带着大哥终于找到了我妈，一家人得以团聚。可是在浜南村的家早被日本鬼子霸占建成了军营，他们家破人亡，无处栖身。

遭轰炸　弹片擦头皮

1937年，"八一三"淞沪战争爆发，日本侵略者又一次在江湾实施暴行，这次我爸坚持带着大哥和我妈一起逃难。

听说东洋人不打租界，我爸搀扶着我妈，冒着随时被日军炮火击中的危险，拼命地往租界赶。我妈腿有残疾，实在走不动了，我爸背起我妈，让大哥拉着他的衣角，随着潮水般的难民，挤上外白渡桥跌跌撞撞地涌进苏州河南岸的租界，来到设立在大世界的难民接纳站，里面早已人满为患。

人挤人地好不容易挪到三楼楼梯口。管理人员要把他们塞进里面的一间小房间，但那里已经挤满人，有个孩子正哭闹着肚子饿，我妈不愿进去，管理人员就用鞭子狠狠地抽在我妈随身带着的破席子上，我妈就是赖着不进去。里间哭闹的孩子被大人带出上街买吃的，管理人员就让后面跟上的一家人挤入小房间。岂料，这户人家五六口人刚挤入小房间席地而坐，一颗炸弹忽地从天而降，小房间霎时被炸飞了，可怜那一家人灰飞烟灭；又一块弹片嵌入我爸的手臂，我妈头皮也被一块弹片擦破。惊恐万分的难民转身向楼下逃，逃到街道上，眼前的惨状更令我爸妈惊呆：满街道焦土瓦砾，电线杆上、树丫上挂着的残肢断臂惨不忍睹，呼天抢地的哭叫声，让空气中都充满战栗和死亡。

几番辗转，我爸妈逃难到现在虹口的香烟桥路地区，找到一间被炸得没有门的破房子安顿下来。为了糊口，我爸到河里去拷浜捉点鱼卖，在桥上设关卡的日本鬼子看见就会抢去，嘴里还说着"咪西、咪西地"，敢怒而不敢言的我爸，只有自认倒霉。我妈更是悲惨，有一次过桥时，日本鬼子嫌我妈走得慢，对着我妈狠狠地刺了一刀，刺刀从我妈腰间穿过，幸好没伤着肾脏，在床上躺了不少日子。

终于熬到了日本投降，我爸妈也在江湾镇万安路865号居住下来。到了1946年1月我出生了。我父母一共生育了7个子女，只存活了我一人。在我幼年记忆中，40多岁的母亲，满脸沧桑，看上去犹如60多岁的老妪。1948年我爸又生病去世了。一直到新中国成立后，我和妈妈才过上幸福的生活。

日军惨无人道的暴行给我妈的身心烙下极大的创伤。她生前多次叮嘱我，千万不能忘记日本侵略者对中国人民欠下的累累血债，要让孙辈们了解她在日军屠刀下九死一生的故事，珍惜来之不易的和平生活。

（原载2015年7月24日《新民晚报》）

后　记

《彩练集·最耐读的他们》付梓出版，心中满是感恩。

我的人生中因他们而丰富多彩，思想境界也得以提升。那些年，我在虹口区新闻传媒中心担任记者和编辑，主编《虹口报·虹口文史》专版，有了更多的机会和条件挖掘采访与虹口文脉息息相关的人物。很荣幸，不少接受我采访的当事人，日后与我成为好朋友。如中国第一代女油画家关紫兰的女儿梁雅雯及外孙叶奇、全程参与东京审判的中国检察官秘书高文彬、罗炳辉将军的儿子罗新安、著名收藏家及名作家田永昌、全国劳模和全国最美志愿者殷仁俊等。在采写的过程中，他们的人品、学识和感人事迹让我受益匪浅，激励我努力做好每一件有意义的事。

本书收录了近10年发表在多家报刊上的65篇人物专访。为出版此书，我找出了积累多年刊发我文章的报刊。惊奇地发现，二十多年前，我从企业宣传科长转至社区工作后，小通讯、小散文发表频繁，从街道内部刊物到区级、市级乃至外地报刊，都有一席之地，感叹当年竟有如此不知疲倦写稿的热情。

那时，我除了担任居民区党支部书记职务，还是区人大代表。在深入走访居民、为居民排忧解难的过程中，我致力于发现身边的感人事、新鲜事和有新闻价值的事，并以此改进、创新工作方法。上班时忙于处理烦杂事务，下班后安顿好女儿，便倾情投入写稿。在电脑未普及的岁月，通讯稿是发传真给报社，500字一页文稿纸传真需4元钱，千字文花费8元钱；散文、随笔则装入信封邮寄给编辑。

本书出版，我感恩报刊的编辑老师，他们不辞辛劳，认真审改稿件，力求准确精彩，可读性强；感恩一众师友，他们给予我指导和鼓励，激发我的写作热情和勇气；感恩邻居、老同事、老同学，他们喜欢阅读我的文章，这是我写作的动力和对我的鞭策；还要感恩丈夫的鼎力支持，让我的晚年生活充满乐趣和幸福。

因为写作，所以快乐；因为快乐，倾心写作。如此，才对得起走过的岁月，对得起真实的"他们"。

2024 年 10 月

图书在版编目（CIP）数据

最耐读的他们 / 张林凤著. -- 上海 ： 文汇出版社，
2024. 11. --（彩练集）. -- ISBN 978-7-5496-4408-7

Ⅰ. I267

中国国家版本馆CIP数据核字第2024CT6967号

彩练集 · 最耐读的他们

著　　者 / 张林凤

责任编辑 / 熊　勇

封面装帧 / 张　晋

出版发行 / ❑文汇出版社

　　　　　上海市威海路755号

　　　　　（邮政编码200041）

经　　销 / 全国新华书店

排　　版 / 南京展望文化发展有限公司

印刷装订 / 启东市人民印刷有限公司

版　　次 / 2024年11月第1版

印　　次 / 2024年11月第1次印刷

开　　本 / 720×1000　1/16

字　　数 / 360千字

印　　张 / 25（彩插2）

ISBN 978-7-5496-4408-7

定　　价 / 88.00元（全二册）

志丹路上

张林凤 著

文汇出版社

图书在版编目（CIP）数据

志丹路上 / 张林凤著. -- 上海 ：文汇出版社，
2024. 11. --（彩练集）. -- ISBN 978-7-5496-4408-7

Ⅰ. Ⅰ267

中国国家版本馆CIP数据核字第20241RT635号

彩练集・志丹路上

著　　者 / 张林凤
责任编辑 / 熊　勇
封面装帧 / 张　晋

出版发行 / 文匯出版社
　　　　　上海市威海路755号
　　　　　（邮政编码200041）
经　　销 / 全国新华书店
排　　版 / 南京展望文化发展有限公司
印刷装订 / 启东市人民印刷有限公司
版　　次 / 2024年11月第1版
印　　次 / 2024年11月第1次印刷
开　　本 / 720×1000　1/16
字　　数 / 320千字
印　　张 / 22.5

ISBN 978-7-5496-4408-7
定　　价 / 88.00元（全二册）

志丹路上有精彩

（自序）

　　志丹路，贯穿于甘泉新村境内，于生于斯、长于斯的我而言，有着别样的人生意义。我仅在幼童时期到过一次祖籍地，印象寥寥。而对志丹路一带，我却有着胜过故乡的温馨记忆和眷恋。自会走路起，我几乎每日都行走在志丹路上。一个甲子多的岁月，我自豪地觉得自己叠加在志丹路上的足迹，绕地球两三圈都有可能。虽然有些年在虹口区工作生活，但每个休息日和节假日，我都会回到甘泉新村的老房子看望父母。那时，走在志丹路上，心中便会回荡着一个声音："志丹路，我并未走远，你是我心中缱绻珍爱的路！"

　　记得幼时走出家门，走过两个门洞，便是一条泛着小波纹的小河，河上有一座三五米长的小石桥。走过小石桥，就到了志丹路。妈妈常给我少许零钱，让我去志丹路斜对面的酱园零拷酱油，再到门店前的小摊贩处买葱姜，还叮嘱我"过马路要小心，没有车时赶紧过"。傍晚时分，我常在68路公交车甘泉新村站点等候下班回家的爸爸，看着来往车辆顶部鼓鼓囊囊飘摇的大包，不知其用处，听大人们说那是沼气包，汽车靠它才能开动。我还常和小伙伴在有苗圃、河汊、田野、碉堡的地方玩"盗江山"游戏，傍晚时分，大人们在家门口扯着嗓子呼唤我们"小巴辣子"回家吃饭……

　　长路漫漫，岁月静好。走过一个多甲子的人生，我仍在志丹路的家中悠然自得地阅读、思考、写作，观赏花开花落，眺望云卷云舒，坦然面对世事变迁，进退自如交友娱乐。我的人生虽无卓著成就，但在属于自己的小世界里，也能用属于我的小视角理解人情与事理。因此，我为自己的这本散文集取名《志丹路上》，既是对人生之路的回望，也是对上一本散文集《枫杨树下》的呼应。

《枫杨树下》映射着我对人生之路的展望。小时候，甘泉新村住家的公房门前种着一长溜的枫杨树。记得我们这些"小巴辣子"在树下乘风凉、做游戏、听故事。故事的讲述者有四位：从上只角南京路下嫁到甘泉新村下只角的新娘子，我家楼上被唤作吴先生的青工，对面公房里的赵家大儿子，还有讲章回故事"欲知后事如何，且听下回分解"的我妈。在那如痴如醉的听故事渲染的氛围中，我想写故事、讲故事的初心萌发了。

在汇集《志丹路上》文章的日子里，我邂逅高中同学。她很满足地说自己如今的生活主题是打打麻将、结伴聚餐和旅游，晚年生活潇洒自在。她丈夫却不爱打麻将这项娱乐，很困惑地问她，就这144个麻将牌，能如此强有力地吸引人吗？同学笑说："麻将的精彩就在于这144张牌，你摸到手的牌每副都不一样，变幻无穷，既动手又动脑，能降低患老年痴呆症的概率。"我的心弦被触动了，麻将与文字有异曲同工之妙啊。文字的运用比麻将更加变化无穷、魅力无限。于我而言，将生活中的趣事、乐事、有意义之类的事，通过文字排列组合成一篇篇文章，再汇集成书，是为我的晚年生活增彩添色。

《志丹路上》与《最耐读的他们》两本书的合集，我取名为《彩练集》，在志丹路的住家斗室中，它象征着晚年幸福舒展的七色彩虹。《志丹路上》分为四个章节，各有侧重，特色鲜明。

《趣海拾贝》章节，充满吃喝玩乐的烟火气，以热爱生活的心境和崇尚美好的意境，将平淡无奇转化为诗意人生，追问生命价值的意义。如：富春美味数"江鲜"、土耳其热气球之旅、我珍藏的摄影杂志、张阿姨侃男足世界杯等，揭示了先有获得感才有存在感，既是日常生活"小确幸"的真实记录，也是热爱生活、理解人生真谛的写照。

《人生节拍》章节，在我有缘遇见的人中，总有几位令我感动、难忘和钦佩。通过我的笔触，展现这些真实人物，他们既有高尚的人生境界，又有特立独行的行事方式；既有平凡小人物，也有高知名度的人物。如：爱的推论、一个平凡之家的幸福素描、"吕其明，我们的同志"、周恩来的小故事大情怀等，让我感悟到一个人的力量或许渺小，但一个人的执着可能很强大。

　　《世相评说》章节，除了书评和影视评论，更多的是对耳闻目睹的人和事的褒扬和鞭笞。总有一些人和事让我赞叹感动，也有一些让我愤慨愤怒。如：瓜瓞绵绵说"瓜众"、上海阿姨"老年幼稚病"、"唉！这对母子……"、"优剩女""优越男"的时代来了等，阐明人无贵贱之分，却有清浊之别。

　　《沪上走读》章节，看似蹭City Walk的热度，实则我早热衷于在沪上行走中发现和欣赏凝聚在建筑中的人文故事，这里积淀着海派文化，延伸着上海文脉，是上海人乃至"新上海人"镌刻于心的情怀。此前，我曾写作出版过《那些永远的上海老马路》（合著），用真情挚感拥抱上海这座伟大而又底蕴丰厚的城市。近期写成的"蕴藻浜的岁月光影"（获2024年上海市民文化节长三角市民文学创作大赛奖）、南京路步行街"东拓"段踏访、志丹路上曾经的沪江书亭、寻访杨绛在沪任教小学等，这些都是我心路历程的写照：志行万里者，不中道而辍足。

2024年10月

目　录

志丹路上有精彩（自序）…………………………………………001

第一辑　趣海拾贝

雪里蕻 ……………………………………………………………003

竞拍奥运会明信片 ………………………………………………005

"东北大花"炫起来 ………………………………………………007

老三样 ……………………………………………………………009

土耳其热气球之旅 ………………………………………………011

那年，君山岛曾游 ………………………………………………013

画印章 ……………………………………………………………015

市井美食烘山芋 …………………………………………………017

张阿姨闲聊世乒赛 ………………………………………………019

心中有梅满眼春 …………………………………………………022

我的"三重"养老生活 …………………………………………024

富春美味数"江鲜" ……………………………………………026

最忆锦溪古莲桥 …………………………………………………028

水库村"水"之妙 ………………………………………………030

老公的"机器猫口袋" …………………………………………034

红花酢浆草 ………………………………………………………035

中国的母亲花 ……………………………………………………037

"十分钟集邮圈" …………………………………………………039

"圆团"的诱惑 …………………………………………………041

张阿姨侃男足世界杯 ·· 043

沉浸式甘泉游 ·· 046

桂华秋皎洁 ·· 048

难忘八哥鸟 ·· 050

毛豆的夏天 ·· 052

玩伴喵星人 ·· 054

我的购书发票 ·· 056

食之不厌是青菜 ·· 058

红石蒜 ·· 060

我珍藏的摄影杂志 ·· 062

跟着"买汏烧"爷叔办年货 ·· 064

美丽的邂逅 ·· 067

用音符点缀生活 ·· 069

结香：芬芳自在不言中 ·· 071

"布偶"来做客 ·· 073

一件纯涤纶两用衫 ·· 075

炫耀旧刊之乐 ·· 077

老公做"女红" ·· 079

我家猫咪的好奇心 ·· 081

乐在编书 ·· 083

知了的"网红季" ·· 085

粽香 ·· 087

第二辑　人生节拍

与冯英子先生的一面之缘 ·· 091

父亲的军人情结 ·· 094

野泳受罚记 ·· 096

爱的推论 ·· 098

我做水电收费员 ·· 100

在三林塘邂逅的耄耋伉俪······102

乔榛与唐国妹携手追梦······104

王汝刚是阿拉虹口人······108

永远可爱的老爸······111

一个平凡之家的幸福素描······113

寻找老朋友······116

圆珠笔的骄傲······118

难忘的"学工"······120

市民巡访再出力······123

山水画里赋真情······125

老爷叔······127

她战胜病魔的"秘籍"······129

家门口的"T台秀"······131

吕其明，我们的同志······134

脱苦·陡富·有余······136

出差惊魂······139

我带大家"嗨"起来······141

做公益增色更添彩······143

老爸原来是英雄······144

"金牌配角"才根大叔······146

敞亮的情怀······149

江淮大地的情思······152

美丽的马老师······154

我的图书馆情缘······157

那些年寄月饼······160

小故事大情怀······162

难忘的红烧肉······165

艾丽外婆"好保险"······167

一个女人和三代男人······169

有这样一位母亲 ···171

第三辑　世相评说

结缘文艺家
　　——读羽菡《大雪在人间》 ·····················175

如鲠在喉之别解 ··178

诡异的响声 ···180

保姆啊，保姆 ··182

瓜瓞绵绵说"瓜众" ·····································184

众生相里有精彩
　　——读《中国好故事 VI》有感 ·················186

可爱的形象，永恒的旋律
　　——读陆林森《聂耳·上海记忆》 ···············188

千年豪情今犹在
　　——读刘小川《品中国文人·苏东坡三百篇》 ·····190

上海阿姨，"老年幼稚病"？ ·························193

为凌教授"打架"叫好 ·································195

助力"老小孩"安然度夏 ······························197

"挂水"细节有温情 ·····································199

可否"不耻上问"？ ·····································200

和谐孝亲　社区基石 ···································203

一字之差，谬以千里 ···································205

《狂飙》"双男主"演艺欣赏 ··························206

老腔与服老 ···208

"抵掌而谈"之趣谈 ·····································210

魅力男人常汉卿 ··212

"妈宝"的婚事 ··215

文明"打卡"走在前 ·····································217

唉！这对母子 ··219

两好合一好……………………………………221

用合适有趣的方法节约…………………………223

电话问卷调查，答不答？………………………225

"三个一""三个化"……………………………227

我说，上海这方风水宝地………………………229

"懒人"出游选"三省"…………………………231

知识"万花筒"…………………………………233

胜友如云　充实富足……………………………234

"优剩女""优越男"的时代到来了………………235

黑白组合　妙趣无穷……………………………237

心中的女人花……………………………………239

牙刷代表我的心…………………………………241

我读洪丕谟………………………………………243

第四辑　沪上走读

蕴藻浜的岁月光影………………………………247

盘湾，City Walk ………………………………250

我在世界会客厅…………………………………253

王汝刚视角中的"洋泾浜"………………………256

南京路步行街"东拓"段踏访……………………263

乍浦路上，曾经的第三儿童福利站……………266

虹口救火会，一部活着的中国消防史…………270

浦江饭店，苏州河口的沧桑老人………………275

在上海纺织博物馆的情感体验…………………280

北外滩有架振翅的"飞机"………………………283

爱上黄陵路………………………………………286

推窗见"明珠"…………………………………289

虹口港上"说"桥忙……………………………292

提篮桥监狱拾忆…………………………………295

左联的不朽印迹 ·······298

多伦路，百年经典交响曲 ·······301

鲁迅公园，历史文脉与英伦风格交融 ·······305

志丹路上曾经的沪江书亭 ·······308

北外滩有条商丘路 ·······311

沪上水景住宅第一楼 ·······315

东吴法学院寻踪 ·······318

甜爱路，你从何得到这浪漫的名 ·······321

寻访杨绛在沪任教的小学 ·······324

解放上海，鲜血染红过四川路桥 ·······328

塘沽路：近代苏州河北部发展的原点 ·······332

这里有侵华日军的罪证

——虹口嘉兴路地区淞沪抗战遗址旧事探寻 ·······337

后记 ·······347

第一辑

趣海拾贝

雪 里 蕻

暑热，丈夫端上了一大碗雪里蕻咸菜炒笋丝和肉丝。我品尝后，感觉咸淡适中，鲜嫩爽口，连续搛几筷食之，惊奇地问他："今天的咸菜（本文专指雪里蕻咸菜）怎么这么好吃？"他狡黠地笑着说："是我炒咸菜的水平提高了啊。"

原来，丈夫从卖咸菜阿姨这里获得了秘籍：将咸菜浸泡十多分钟，再洗净绞干切细待用，先把备好的肉丝煸炒至熟并喷上料酒，然后将咸菜和笋丝覆盖肉丝并加入少量水，闷烹五六分钟再行翻炒，即可大功告成。这碗新版咸菜与笋丝肉丝的妙搭，我食之欲罢不能。

我家菜谱上咸菜占据一席之地，与公婆有着千丝万缕的关联。他们是从小在海边生长的地道"老宁波"，腌制鱼蟹和黄泥螺驾轻就熟，腌制雪里蕻更是烂熟于心，公婆用宁波语调说的经典名言是，"三日不吃咸齑汤（宁波方言咸菜汤），两条脚骨酸汪汪"。

那些年，我时常跟随丈夫到公婆家蹭饭。公公烹饪家常菜很拿手，他用咸菜搭配的菜肴，我每吃一次，就是一次舌尖上的享受。由此感悟：食材并非决定味美的主要因素，能做到"妙搭"与"火候"掌控的才是高手。譬如：公公买来菜场里便宜的马鲛鱼，用咸菜与之搭配，我同样吃得赞不绝口。公公时常得意地炫耀："阿拉宁波人侪晓得，雪里蕻咸菜评得上咸菜中的头块招牌。"还说，雪里蕻在宁波也叫雪菜，新鲜的雪里蕻一般不直接食用，而是经过腌制后，当味道咸滋滋带有酸香鲜美，变身"百搭菜"后才食用。此时，做个最简单的蛋花汤，撒一把咸菜也能吊出鲜味。

所以，在菜市场往往被边缘化的雪里蕻咸菜，却能与很多"硬菜"妙搭，尤其遇到鱼类更是大放异彩。比如：大黄鱼咸菜汤，是上得了大饭店宴席的名菜；小黄鱼咸菜砂锅馄饨，是点心店的佳肴；墨鱼炒咸菜，亦是家宴上能待客的……

说起来，我孩童时就有了咸菜与鱼妙搭的美好记忆。20世纪60年代，比较"正型"的鱼有钱也蛮难买到，有时会有些被剔出的小鱼不用排队供应。我爸趁夜班下班后到菜场鱼摊"扫尾单"，将别人不屑的小毛鱼买来给孩子们解馋。我学着爸爸的动作，用指甲一掐，挤出鱼肚肠，用清水冲洗几下即可下锅。寒冬腊月时节，我妈通常的做法是红烧小毛鱼，放入咸菜再多加些水，做成咸菜鱼冻，天性爱食河鲜海鲜的我，为此食欲大增。

若论我丈夫的咸菜妙搭，得归功于其父的身传言教。丈夫年少时嘴馋，他爸烧菜时他经常在一旁守候，期待成为第一个品尝者，潜移默化中也能搞出几个菜。成家后，他的厨艺有了用武之地，能做成几道上海人吃泡饭的佳配小菜：咸菜豆瓣酥、发芽豆烧咸菜、毛豆子炒咸菜等。还有诸如：百叶丝炒咸菜、粉皮烧咸菜、咸菜炒年糕之类，不胜枚举，此是继承宁波前辈咸菜妙搭的衣钵啊。有资料表明，南宋《宝庆四明志》中已有"雪里蕻"记载。宁波咸齑尤以邱隘腌制技艺讲究而闻名世界，其工艺于2008年相继列入鄞州区、宁波市级非物质文化遗产名录，还创建成邱隘咸齑博物馆。

"纵然金菜琅蔬好，不及我乡雪里蕻。"表达了对雪里蕻的赞美，强调了其文化和食用的特质价值。在高端美食大张旗鼓登堂入室的餐饮业，身价低微的咸菜并未被大厨轻视，咸菜的妙搭，满足着食客们全过程的味蕾和好心情。

（2024 年 8 月 13 日）

竞拍奥运会明信片

　　世界瞩目的2024年第33届夏季奥运会在巴黎开赛，正为世人送上一场场视觉盛宴。我兴致勃勃地找出珍藏了40年的一套奥运会明信片，是我当年参与竞拍获得的。

　　这是1984年中国人民邮政发行的第一套纪念邮资明信片，主题是"中国在第23届奥运会获金质奖章纪念"。16张一套的明信片，涵盖的获奖内容有射击、举重、击剑、体操、跳水、排球等运动项目。

　　在洛杉矶举办的第23届奥运会，是新中国第一次正式参加奥运会。射击运动员许海峰获得这届奥运会首枚金牌，并实现了中国奥运会金牌零的突破，国人为之欢欣鼓舞。我翻阅着一张张类似剪贴画的中国奥运获奖明信片，凝视图案上的五星红旗和奥运五环，一种久违的似与好朋友邂逅的亲密感油然而生：竞拍到这套奥运明信片，还得庆幸我曾经参与的集邮活动。

　　20世纪80年代，我是上海市集邮协会会员，有机会时经常到市工人文化宫参加集邮组活动。有一次，集邮组举办邮品拍卖，我也去凑热闹。彼时，国内的拍卖还处于雏形，这次拍卖是社团内部活动，并无公证程序，也没有专业拍卖师一锤定音之类的规范操作，只按集邮组设定的规则运行。

　　当总面值1元3角、16张一套的明信片被展示出来，我也情绪激昂。随着主拍人2元起价，一路喊价，我一次次举手，一次次被别人盖过。在这个以男性居多的邮品拍卖会上，我这个平时连开会发言都会脸红的女生，居然被激发出勇者无畏的气概，不断与男士较劲，直到主拍人连续三次喊价"10元"，再无人举牌，由我拍得。胜利的喜悦，满足了我作为邮友的"虚荣心"。事后，却心疼了好一阵。那时，我一个月的工资才36元。

　　之所以对这套明信片志在必得，不仅因为这是我国发行的第一套纪念邮资明信片，更因为明信片上有许海峰和中国女排。许海峰是众多国人心目中的民族英雄，只要有许海峰的比赛，我都会设法观看电视和收集资料，为之欢呼和激动；而中国女排的姑娘们，更是我心目中的女神。我清楚地记得1981年的女排世界杯赛上，中国队与日本队决赛的时段可谓万人空巷。下班后，我们很多职工挤在食堂一个12英寸的黑白电视机前，争相观看比赛。央视"名嘴"宋世雄极富感染力的比赛解说，让观赛者如痴如醉。中国女排姑娘最终以3∶2战胜日本女排，也是中国女排第一次在世界大赛上获得冠军。

　　总有一种精神穿越岁月。如今的我，除了热衷观看射击和女排，还喜爱观赏中国国家队的跳水、游泳、乒乓球和羽毛球等赛事。我这位不擅长任何体育运动的张阿姨，在电视机前，为中国运动健儿摇旗呐喊，也为自己平凡的生活增添了一份精彩和美好的记忆。

　　如果，类似题材的明信片再次发行，我仍然会收藏一套。

（2024年8月1日）

"东北大花"炫起来

初夏的午后，在绿地公园散步，丝丝细雨诱惑蓊郁草木竞相释放清逸芬芳。偌大的绿地少见人影，我舒展身心中蓦然发现，不远处有顶艳丽的红花绿叶图案雨伞。撑伞的女孩个头高挑，款款行走在湿漉漉的柏油路上，但见其长发披肩，一袭黑色飘逸的长裙，足蹬黑色坡跟鞋，妥妥的时尚潮姐啊。环顾她与周边景色，我闪出"红了樱桃，绿了芭蕉"的词句，由衷赞叹：大红大绿搭配很难掌控，稍不慎会陷入土得掉渣的坑，眼前的"潮姐"却将"东北大花"驾驭得匠心别具。

不禁想到，近期的法国戛纳国际电影节开幕式上，网红艺人李美越以一身"东北大花"现身，还亮出扇子，上书"东北大花，征服世界"。端午赛龙舟的电视新闻报道中，也有一队以"东北大花"作为队服的参赛队奋楫逐浪，在众多的参赛龙舟中分外醒目。

我还曾看到过民歌演唱艺术家王二妮，身穿东北大花袄，扎着红头绳长辫子，在舞台上忘情地演唱，独特的装扮，配以高亢美妙富有感染力的歌声，煞是令人心醉。看来，大红大绿的交融与撞色带来的视觉冲击才够味啊。

知晓"东北大花"，源于去年冬天哈尔滨冰雪旅游节的火出圈。我从铺天盖地的镜头画面中看到：不但东北姑娘爱穿大红大绿花袄，东北大哥不输姑娘且更张扬，红花绿叶的棉袄棉裤棉帽乃至棉手套一应俱全，在景点激情指挥成千上万游客高歌《我的祖国》《五星红旗迎风飘扬》等，颇具"红花绿叶点繁华，人生如梦又何妨"的似火豪情。人们赋予这种大红大绿图案面料"东北大花"的美称。

眼前撑着东北大花雨伞的"潮姐"，令我思绪信马由缰，想到了戴望舒的

《雨巷》，如果作者在悠长又寂寥的雨巷，遇见真实的这位撑着东北大花雨伞的"潮姐"，那样妖娆的色彩，移动在湿漉漉青石板的雨巷中，他还会有愁怨和惆怅吗？而家族六代从事制伞，是国家级非物质文化遗产油纸伞传承人的毕六福，如果其产品中亦有这款东北大花雨伞，想必会畅销全国乃至世界的。

再作探究发现，东北大花布料是20世纪50年代初由上海技术人员设计创作的，最早也是上海生产的，那个年代上海的纺织业占据全国纺织业的半壁江山啊。我怦然心动，这红花绿叶的雨伞图案似曾相识，年少时，我不就盖过东北大花棉被吗？那是大红的底色，有黄绿相间大色块的向日葵图案相衬其上，镌刻在我记忆中不曾褪色。

这条东北大花棉被，来源于20世纪60年代，是江苏省农村的亲戚节省下布票，托人带到上海送给母亲的。那时，江苏省的布票不能在上海市使用。我爸有位师兄弟，借出差机会顺道太仓为我家买回了这条被面。全棉的东北大花被面盖在身上非常舒服，我和小妹合盖了多年。拥着这条被子，我童年的梦想衍化为人生的美丽现实。

被面陈旧有了破损，我妈不舍得处理掉。我有了女儿后，我妈将被面破损处裁掉，做成一条小棉被给我女儿使用。女儿从"蜡烛包"开始用起，用到了幼儿园，用到了上小学。女儿对这条东北大花小棉被情有独钟，有时睡梦中醒来，发现心爱的被子不见了，就会起身急切地寻找；哪怕盛夏酷暑，也要紧抱这条小面被才肯入睡。东北大花同样沁入女儿童年的美好梦境。

"日出江花红胜火，春来江水绿如蓝。"古代诗人的生花妙笔，赋予大红大绿精彩灵动的意蕴流传至今；当代国人给予富有中华文化元素的东北大花提炼升华，为"潮流"与"时尚"提供了"变土为潮"的优质土壤。相信引领民众热爱生活，激发创造力的东北大花，会在世界时尚界旋出强劲的中华民族潮流，让我们在激情狂欢中吼出一嗓子：东北大花炫起来！

（2024年6月28日）

老 三 样

与丈夫一起外出，在小区里遇见隔壁楼的玲玲阿姨，拉几句家常，话题离不开买汰烧。我家老公主管买汰烧，与同属买汰烧的玲玲阿姨有"聊点"，两人都在摊苦经：动足脑筋拼尽体力搞出的菜肴，还是难合家人的口味。

玲玲阿姨退休前是国企厂医，医技和人品都深得职工好评，如今对付家里的一日三餐，却甚是发愁；我老公退休前是机械设计工程师，开发过获奖产品，现在应付家常小菜，却是江郎才尽。

玲玲阿姨告诉我俩，她女儿说她，每天都是在鱼肉虾之类"老三样"中流转，都吃腻了，看见就打饱嗝，鼓动她去读老年大学厨艺班。玲玲阿姨叹道："辛苦忙碌一辈子了，再让我学厨艺，没那个心气和体力啦。"对此，我老公很有同感。我家女儿，双休日回家吃饭，前一天，老公忙着采购，除了家人共享的，还特地多做几道菜，让女儿带回去吃几餐，不用叫外卖。可是，带菜一段时间后，女儿却拂了老公的一片好意："爸爸，不要给我带菜了，带来带去这几样，就算是米其林大餐也会厌的。"犹如一盆凉水从老公头上浇下。

旁听的我，乘机对着玲玲阿姨调侃我老公：我家菜谱也是老三样，连我这个不挑剔的食客也吃厌了，为了不打击他的积极性，我屏牢不提意见。看来小家庭采用"一招鲜，吃遍天"的方法是行不通的。

如何摆脱"老三样"呢？我的办法是：时常拉着老公下馆子，吃到味道好的菜，就请他认真体会，餐馆大厨是怎样烹制这道菜的。然后买来食材，在家依样画葫芦。可是，老公出品的，常常有差距。譬如，我爱吃葱烤鲫鱼，餐馆的鱼表皮焦香肉质鲜嫩，色泽焦黄形状干瘪的小葱，也那么入味，我能连鱼带葱统统吃光。老公烧的葱烤鲫鱼，没有"烤"的特色，就是红烧鲫鱼。我对着他一声叹息："你没有学到人家大厨的精髓啊。"老公辩解道，饭店里，人家开大油锅烹制，家庭厨房，不宜开油锅。

都说众口难调，可那是大家庭的年代啊，如今，日常就我与老公用餐，却也难以满足"私人定制"。一番思索，我悟出，如今，市场上的食材品种多样，人们大饭店小餐馆光顾得多了，味蕾也挑剔了，家里纵有八碗十碟，舌尖还是厌倦了老三样。

平心而论，对于饭来张口的家人们来说，无论其他方面有何成就，一日三餐却是根本。家里那位为"根本"辛勤付出的人，才是最值得敬重和感谢的啊! 有老三样吃，亦当感恩。

（2024 年 6 月 22 日）

土耳其热气球之旅

年少时，因阅读科幻小说《气球上的五星期》，便憧憬着能乘气球环游世界。那是2012年国庆节期间，我和女儿跟随旅行团出游土耳其，终于有幸体验了一次乘热气球的浪漫和神奇。

那天凌晨4点，铃声将我们唤醒。匆匆洗漱后，跟着团队出发了。半小时车程后，抵达一片漆黑的热气球发射场，但见人影绰绰，忙碌的工作人员正在向瘪瘪的气球里点火充气，充气罐喷出的火焰分外夺目，"躺"在地上的气球慢慢地鼓囊了起来。

现场设有保暖桶，里面装着土耳其特色茶水——苹果茶，还有小点心，供游客等候时取用垫饥。每个热气球篮筐可以乘坐六个人，驾驶员协助游客一一翻跨进篮筐后，热气球开始缓缓上升。此时皓月当空，犹如悬挂在广袤的天穹。热衷摄影的我，手持单反相机不停地按下快门。从镜头中惊喜地发现，有个热气球竟然与月亮同框，宛如一颗围着月亮旋转的硕大卫星，一张精彩的图片就此定格。

我们乘坐的热气球飘飘荡荡升到约一千米高空，天边射出橙黄的光芒，紧接着红日现身。半边光芒散射在云海中，远处山峦轮廓显现；半边光芒投射在地平线上，神秘的大地面纱被轻轻撩起。我迎着阳光拍摄镜头里的热气球，收获艺术感满满的剪影效果。目睹一轮红日喷薄而出，游客们欢呼雀跃。俯瞰奇岩怪石，沟壑纵横的卡帕多奇亚独特的喀斯特地貌，披上一层明媚的金色，分外壮美妖娆，流动的风景将游客带向卡帕多奇亚文明的最远点。

卡帕多奇亚位于土耳其中部的安那托利亚高原腹地。在这片最像月球表面的地方，自然伟大的力量锻造出世界上独一无二的神奇造型——"仙女烟囱",这是历经成千上万年形成的地理现象。人们利用这些神奇的造型凿刻成房屋和教堂,这个城市就像一个鲜活有趣的博物馆,承载着古代文明的遗迹。

当热气球缓缓降低,"仙女"们的靓丽身姿逐一映入游客眼帘时,我想象的思维被无限地激发出来。原来,远看似一群相貌无甚差别的"仙女",近看却各有千姿百态:有的犹如一根根竖立的削好的巨型铅笔;有的像似戴着帽子的城堡;有的则仿佛一枚枚巨大的尖钉挤挤挨挨地突起在山坡上……近看飘荡过来的热气球,游客伸出手来几乎可以触摸到"笔尖";远看刚放飞的多彩热气球,仿佛层层叠叠鲜艳的蘑菇涌现在山间;再看沐浴着金色阳光的热气球,一会儿悠然自得地列成纵队,一会儿又约定俗成地排成横队,更多的时候是各臻其妙尽情放飞。此时的半空中,总有百来个热气球大显身手,幻化成雄壮的星球大宇宙。

我携带着变焦单反相机,在热气球上尽情抓拍,期盼将这梦幻般的天空之旅全程拍摄珍藏,回家后细细品味、美美欣赏。

热气球体验很快结束。工作人员打开香槟,与游客共同庆祝安全着陆。我们母女意犹未尽地与驾驶员小哥合影,并将相当于20元人民币的新土耳其里拉小费塞进专用玻璃盒子,以对为游客提供这次视觉和心灵盛宴的人们表示由衷的感谢!

（2024年6月2日）

那年，君山岛曾游

李白诗云："帝子潇湘去不还，空余秋草洞庭间。淡扫明湖开玉镜，丹青画出是君山。"诗人笔下的洞庭湖与君山岛相携相守，风姿绰约，神韵十足。岁月流转，那年的湖光山色未曾走远。

1986年6月，我与上海自动化仪表公司的技术和销售人员一行五人，前往湖南、广东两省的二十多家用户单位走访产品质量。一日，我们到访岳阳市的一家单位，完成接洽工作后，该单位的秦科长陪同我们到享有"岳阳天下楼，洞庭君山岛"美誉之地游览。

从岳阳楼乘渡轮到君山岛，票价仅为三角钱一张。那日，多云伴随清风，渡轮略有颠簸。我眺望渐行渐远的岳阳楼，默默吟诵"先天下之忧而忧，后天下之乐而乐"的名句；又凝望波涛涌动的洞庭湖，"衔远山，吞长江，浩浩汤汤，横无际涯……"的壮阔画面呈现眼前。

渡轮行驶了近二十分钟后靠岸。登临君山岛，我才知晓这是个总面积仅有0.96平方公里的小岛。岛上仅有我们六人和另一拨十多人的游客群。两群人自来熟地挥手隔空招呼，得知对方来自长沙，犹如他乡遇故知，我们告诉对方来自上海，前一日才从长沙过来，还参观过橘子洲。对方自豪地说"洞庭波涌连天雪，长岛人歌动地诗"中的"长岛"，实际上就是指的橘子洲。

我们交谈的阵阵回声在寂静的岛上荡漾开去，"长沙人"热忱地叮嘱我们有机会再到长沙。十多年后，我又到过长沙和岳阳，只是同行的已非昔日同事，也没有再上君山岛，而是在岳阳楼上远眺烟波浩渺洞庭湖中的君山岛，刘禹锡诗句"遥望洞庭山水翠，白银盘里一青螺"的绝色画面令人心动不已。

秦科长介绍，洞庭湖是中国著名的第二大淡水湖，自古有"八百里"洞庭之称。他引导我们踏访了君山岛有悲、喜剧神话的两处景点。

我们见到的湘妃墓是1979年重新修缮的，墓前镌刻对联："君妃二魄芳千古，山竹诸斑泪一人。"这是君山岛上重要的历史遗迹。在悲剧的湘妃墓前，我们仿佛穿越至四千多年前的凄美神话：治国理政卓有成效的舜帝南巡至洞庭湖不幸病逝；与他相敬相爱的娥皇、女英两位妃子，闻噩耗寻夫至君山岛，抚竹恸哭，悲哀不已。竹是君山岛的精魂，两妃的泪血滴在竹上化为斑竹。湘妃墓周围，果然有表面紫褐色或淡褐色斑点的斑竹林，仿佛向来人行注目礼。

君山岛上喜剧神话的柳毅井，也是1979年修整的。传说井边原来有棵大橘树，所以又叫橘井，也就是柳毅传书时入洞庭龙宫的下水之处：唐朝时赴京赶考的落第书生柳毅，偶遇落难的龙女，受托为她送信，历经万般艰辛寻至君山橘井，直下龙宫报信于龙王，龙女由此获救，龙王招柳毅为婿。我们好奇地围绕井边并向内探视，但见水面幽深平静，想必龙女和柳毅心境平和，珍惜来之不易的幸福，护佑八百里洞庭和君山七十二峰，奉献井水于民众，让人们烹茶酿酒，安享甘醇芬芳。

秦科长颇有兴致地介绍，君山岛盛产名目繁多的竹子，除了斑竹，还有方竹也令人称奇。我们走近察看，感觉方竹并无明显的棱角，但用手触摸却真实地感受到这竹子确实是方正形的，禁不住感叹：君山岛堪称风水宝地。

秦科长接着我们的话说道："此地更有誉满中外的君山茶叶。君山银针茶、毛尖茶很为人们津津乐道，在1956年莱比锡世界博览会上，君山银针茶荣获金质奖章。"他带领我们来到岛上的小卖部，有君山毛尖茶售卖，我花了30元买了100克，想着犒劳老爸，对于每月45元工资的我，算是一笔大钱了。

回到家，我炫耀似的将茶叶拿给老爸。一生酷爱饮茶的老爸，喜滋滋地专门将毛尖茶泡在玻璃杯中，为的是让我欣赏到一根根袅袅婷婷竖立的茶叶，这色泽翠绿、清香漫溢的茶叶，犹似绿色精灵。我时常思忖：这绿色精灵应是君山岛悲、喜神话的浪漫使者吧。

（2024年5月20日）

画 印 章

20世纪70年代初，我向邻居借到一本篆刻印谱，被印谱上古朴遒劲还透着神秘气息的篆书字体迷住，很想体验一番刻出这种篆体字的乐趣，但彼时无处可学。何不将它临摹下来，以便随时观赏呢？我怦然心动。恰好邻居徐阿姨送我一沓工厂报废的旧图纸，暗灰色厚实的图纸，用来"画"篆刻印章，物尽其用啊！

那时，我读小学七年级，等待分配进初中。我天天在家用钢笔画印章，并只选篆书体的印章。蓝黑墨水在暗灰色图纸上画出的篆刻印章有点像拓本呢！当然，我并不懂篆刻、拓本之类的专用术语，只是喜欢而已。如此，我每天能画出几幅篆刻作品并贴在墙上，向小伙伴炫耀。

我们这一届小学毕业生被分配进中学了，班主任和数学老师来家访，他们看到贴在墙上的"篆刻作品"，得知是我画的，称赞我画得好，我自信心陡升。

上初中有书法课，每次习作本发下来，老师在好几个字上圈上红圈，激发了我学书法的热情，于是找来一本隶书字帖临摹。起先是将家里看过的报纸用来练习，总觉得不过瘾，就将不舍得用的三五角零花钱，到纸张商店买来处理的毛边纸练习书法。我将初中课本上的古诗词抄录在毛边纸上，还写上日期和姓名，感觉少点灵气，就用红墨水照着篆体字画上了一个印章。"好马配好鞍"，画出的好印章，还得配上一幅好字，我很为自己的创新得意。

中学毕业后，在家待分配工作。我家住的楼里，有位被大家尊称"吴先生"的青工，见了我的"书法作品"连声称赞，还说，他在铁路局的师兄小李，是沪东工人文化宫小有名气的画家，请他每周一次上门辅导我学习国画。

我惊喜不已。从此，小李老师每周骑自行车上门义务辅导我学习国画。每一次完成一幅画作，我都不忘画上印章。

我每天在家孜孜不倦地习画。几个月后，我被分配进工厂上班。第一个月拿到学徒工资17.84元，我兴奋地来到南京东路朵云轩买来国画颜料、砚墨、纸笔。此后，几乎所有空闲时间都用来习画。凡是能找到的国画图案，我都用来临摹。有一次，无意间与车间主任聊起我正在学国画，他带着惊讶的表情，说要欣赏我的画。不知天高地厚的我，将幼稚的画带到厂里炫耀，获得了赞许，满足了虚荣心。邻居老广东爷叔想要一幅我的"墨宝"，我临摹了郑板桥的"墨竹"，不忘用毛笔蘸着红颜料，画上一枚篆刻似的印章，老广东爷叔喜滋滋地为画配上镜框，郑重其事地挂在家中，令我受宠若惊。

或许，我所有的书法和画作，是为我画的印章垒筑一个栖身之所？画印章才是我的最爱。

半个多世纪过去了，昔日的这些爱好，曾经带给我的快乐和满足，是我人生中一抹绚丽的亮色。曾经爱过，拥有过，快乐过，足矣！

（2024年4月11日）

市井美食烘山芋

春光明媚，春风拂柳，沁人心脾的花香引诱我走向公园，远远地有别于花香的焦糖醇香味飘来，似与花香争宠。我情不自禁深呼吸，多么熟悉的香味啊。

公园附近，见到有个60多岁的爷叔在卖烘山芋，圆筒的烘炉围圈上摆放五六只烘熟的山芋，醇香焦糖味正是从此处弥散的。街头卖烘山芋的情景久违了，摊主大概"打一枪换一个地方"吧，但看他的烘山芋少有人问津。有位阿姨经过驻足，贪婪地吸入香味说："烘山芋真香啊！长远不吃了。"阿姨赞美着，却没有买个烘山芋就离开了。

论及烘山芋，少有用来待客的，只能算作市井美食类，但山芋的吃法源远流长。既是大文豪又是大美食家的苏东坡有一则逸事。当年其被贬谪儋州，这块贫瘠的土地上，人们的主食是山芋。苏东坡三餐犯难，他的小儿子苏过，想方设法用山芋做成羹，苏东坡吃后，拍拍舒服的肚子，诗兴大发吟诵："香似龙涎仍酽白，味如牛乳更全清。莫将北海金齑鲙，轻比东坡玉糁羹。"引发我的联想，当年苏东坡将当地人不吃的羊脊骨讨来，发明了"烤羊脊"，直至今日还是受食客追捧的美食——羊蝎子；如果他还尝试着将山芋烤来吃，现今的东坡美食系列中还会多一道"东坡烘山芋"，就可能跻身待客的大雅之堂。

我的儿时记忆，烘山芋对于我辈孩童是很有诱惑的美食。那时是粮食配给年代，一斤粮票可以购买五斤山芋，并按家庭人口定数。粮店供应山芋这一天，大人手持购粮证，拎着米袋子，带领孩子兴高采烈地去买山芋。彼时，我家住的甘泉新村是用煤球炉的，我妈每晚临睡用一块上有小孔的圆铁盖封煤炉，炉钩捅到炉膛底部的煤灰还是很烫的，挑个小山芋放到煤灰堆里，再用有把手的铁皮插入炉门插口处封门，山芋在漫漫长夜里被慢慢烘熟。第二天早饭，我与哥姐三人，瞅着我妈撕去烘山芋外皮，将热气腾腾的山芋瓤放入小妹碗里，小妹津津有味地吃着，我们则享受烘山芋的焦糖醇香，越发馋涎欲滴。

粮食紧缺的年代，山芋不失为老少咸宜的美食。听上海电影厂老演员张云立讲述过烘山芋的故事。20世纪60年代初，有一段时间他们到山东拍摄电影《红日》，经常饥肠辘辘地拍电影。演员徐才根寻觅到一块无主坡地开垦，搞到一些山芋秧苗种上，没有拍戏任务时就去浇水施肥，秋后收获了不少山芋，尽管个头皆如小老鼠，但请烧饭师傅在大灶头里加工成烘山芋，足以成为众人"打牙祭"的美食。

20世纪80年代，烘山芋依然位列市井美食，还颇受外国人青睐。我工作的国企，与一家外企有合资意向。那天，外企人员来我厂洽谈。中午饭点，办公室曹姓女主任带领部下，到工厂附近的小吃一条街，买来烘山芋、生煎包、小馄饨、豆腐花之类，安排外企人员在会议室用餐。但看戴眼镜斯文的女主任，小心翼翼地捧着一盆香气漫溢的烘山芋，堪称书卷气与烟火气的完美融合，外企人员却似饕餮了一顿美味大餐。

逝者如斯。如今街头巷尾难以寻觅烘山芋，但烘山芋就在那里未曾远去。念想烘山芋时，只须刷屏手机，立马满屏精彩纷呈供选，却是出现"烘"字的少，都由"烤"字领衔；出现"山芋"的少，皆由"烤红薯""烤地瓜"代替；更有甚者，蜜汁红薯、超甜鲜红薯、香酥红薯片令人眼花缭乱。

我正疑惑：上海人认知中山芋不就是红薯、地瓜的代名词吗？却见一边品尝烘山芋一边逛街的年轻人，肆无忌惮拽住那缕未曾远去的烘山芋焦糖香味，演绎别样的风情。

（2024年4月5日）

张阿姨闲聊世乒赛

那个不会打乒乓球，却极爱观赏乒乓球的张阿姨就是我。

2024年元宵节的下午和晚上，我都守在电视机前收看釜山世界乒乓球团体锦标赛。

下午是国乒男团对阵韩国男团的半决赛。我心情愉悦地对老公说："无论男团或女团，中国队总是妥妥的胜者。"但是5局3胜制的这场半决赛却打得难解难分。打头阵的王楚钦输了，打三单的马龙也输了，樊振东力挽狂澜拼下两局，将比分扳到2比2，再战决胜局的王楚钦，用胜利救赎了自己。有个球，他与对手林钟勋，为世界观众贡献了堪称经典的对抗球，王楚钦连续狂击15板，打得林钟勋忙不迭倒地救球。赛场呐喊声、欢呼声鼎沸，连央视女解说员高菡也兴奋地惊叹：整个赛场的房顶都要被咆哮声掀翻了。

我激动难抑的心情还未平复，晚上国乒女团对阵日本女团的决赛，竟然上演成与国乒男团相同的版本。首先出战的孙颖莎获胜后，陈梦、王艺迪接二连三失利。孙颖莎披挂再战，以干脆利落的3比0战胜早田希娜，将比分扳回到2比2。出战决胜局的陈梦使尽浑身解数，3比1战胜张本美和。国乒女团再次荣获考比伦杯。

25日晚上，国乒男团与法国男团决赛，国乒不负众望地直落3局完胜对手。还是打头阵的王楚钦，将菲利克斯·勒布伦打得跺脚摇头难以招架，"大头"为观众奉献了一场酣畅淋漓的乒乓球视觉盛宴。国乒男团亦又一次荣获斯韦思林杯。乒乓球竞技的无穷魅力，我如果在比赛现场，也会随着球迷跳跃狂欢的。我们的国乒队，是一个温馨的大家庭，团结进取，努力拼搏，台前幕后总能拧成一股绳，取得优异战绩顺理成章。

我不会打乒乓球，却极爱观赏乒乓球赛，这缘于上初中时阅读了一本介绍第26届世界乒乓球锦标赛的书籍。近些年来，我还似乎看出了一点"门道"。

如今的外国乒乓球队中，有不少"中国面孔"，诸如德国队的华裔韩莹和邱党，法国队的华裔袁嘉楠，日本队的华裔张本智和、张本美和兄妹，韩国队的华裔田志希等。有趣的是这些华裔队员出战我们国乒队员时，往往输多赢少。我得意地对老公说：此为"橘生淮南则为橘，生于淮北则为枳"，水土有异，环境不同嘛。

乒乓球被誉为中国的"国球"，但"常胜将军"的国乒因此成为世界其他球队众矢之的，比赛中常有旗鼓相当，难分伯仲的局面，就看谁的意志力、临场应变能力更强。世界女乒头号人物孙颖莎的临场对抗能力就很亮眼，被球迷誉为"有大心脏的小魔王"。但是观众观看比赛时也必须具备"大心脏"啊。看孙颖莎比赛，有几次眼见着陷入绝境，对手似乎胜券在握，但她却能绝地反击。记得有次孙颖莎与德国女队韩莹的四分之一决赛，有一局以14比12险胜，让我紧张得直呼心脏受不了。

国乒过五关斩六将中也曾遭遇"滑铁卢"。2023年杭州亚运会时，中国两对女子双打都止步于8强。孙颖莎/王曼昱败北于日本队；陈梦/王艺迪更被印度"怪球手"姐妹打得晕头转向。而本次女团世乒赛，国乒女团第一场小组赛就遭遇印度队，她们的怪球，竟然令孙颖莎失掉了第一局，幸得有"王大墙"美誉的王曼昱两场连克印度队扳成2比2，孙颖莎决胜局力克印度队，才以3比2胜出。我惊呼："差点大船翻在阴沟里啊。"

但看当今世界乒坛，不少外国队敢于启用年轻人。日本队的张本智和、张本美和兄妹风头正劲。在混合团体成都世乒赛上，日本队户上隼辅/张本美和爆冷逆转王楚钦/孙颖莎，而张本美和年仅15岁。综观中日整场的混合赛，日本队硬是将比赛拖进最后一盘，双方打了13局，国乒才以8比5险胜。中日PK，仍将是今年巴黎奥运会的一大看点。

再看法国队的勒布伦兄弟，17岁的弟弟和20岁的哥哥，在赛场上都是狠角色，兄弟俩已立下了在主场巴黎奥运会夺牌的目标，亦是国乒夺冠路上不小的挑战，中国队不进则退啊。

中国乒乓球运动的普及和强大，吸引越来越多的国家和运动员积极投入这项运动，值得中国队自豪，亦是鞭策国乒队员不能懈怠，居安思危、砥砺前行的动力。

又踏层峰望眼开，更扬云帆立潮头。巴黎奥运会正向我们走来，我们的国乒若要卫冕成功，意味着必须以更高、更严、更全面的要求提升自己，针对性地研究和解决现阶段出现的问题。张阿姨坚信：国乒年轻优秀的运动员会不负众望，再创辉煌。

（2024 年 3 月 26 日）

心中有梅满眼春

　　上海不少公园每年的梅花展，总会吸引游人纷至沓来探梅赏梅。早春时节，我与先生趁着风和日丽的一天，兴致勃勃地挤入世纪公园观赏梅花的人群。

　　寻着梅花的芳踪，但看那些疏朗遒劲的枝干上，有含情低语的花苞，有傲然怒放的花朵，梅花们不经意间将沁人肺腑的馨香清甜的春意弥漫于空气中，渗透在人群里。游人更是被嫣红、玉白、鹅黄、青绿等多姿多彩的梅花所陶醉。

　　尽情享受梅花营造的春情春意，成为早春时节人们赏心悦目的乐事。一对年轻的夫妇，爸爸抱着幼小的儿子，妈妈指点着儿子从手机镜头中摄取梅花；那个手持单反长焦相机的女孩，在"老外"男友辅导下，从不同视角撷取梅花风姿频按快门，他俩本身就是"花为媒"的精彩景色啊，我定格了这瞬间的美妙。适逢"情人节"，一对对相拥的恋人，一捧捧流动的红玫瑰，很有喧宾夺主之嫌，却也呈现锦上添花的浪漫情怀。

　　在以梅花为主题的氛围中，我的思绪泛起关于梅花的联想。梅花，历来是文人骚客不惜笔墨写意吟诵的花。以"梅妻鹤子"自喻、隐居西湖的林逋，是那种恬然自得、超然世外的境界。而对于一生几乎不是被贬谪就是在被贬谪路上的苏轼，他的"冷烟湿雪梅花在，留得新春作上元"，则是其被贬谪黄州后从苏轼升华为"坡仙"精神境界的写照。至于诸如"疏影横斜水清浅，暗香浮动月黄昏""一声羌管无人见，无数梅花落野桥""墙角数枝梅，凌寒独自开"等千古传颂的梅花名句更是不计其数。当代毛泽东主席的"待到山花烂漫时，她在丛中笑""梅花欢喜漫天雪，冻死苍蝇未足奇"的咏梅诗词最为豪情漫溢，是博大的革命情怀和浪漫诗情交融的生动体现。

　　不禁想到鲁迅公园中的梅园。此间的梅亭是为纪念抗击日寇的韩国义士尹奉吉而建。那次，我参观尹奉吉纪念馆后，观赏满园的梅花，惊奇地发现几株梅树枝头上簇拥的红梅、绿萼梅、宫粉梅，正舞动着喧闹春意呢。适逢园艺师在察看梅树，我好奇地向她请教得知，原来枝头上同时绽放三色品种的梅花，是园艺师嫁接实验的结果。我赞叹园艺师的创意并感慨：尹奉吉义士的英灵有上百株梅树相伴一定不会寂寞的……

　　梅花的种类很多，我的认知中有10多种。对于红梅，我则是有歉疚的。我在住家附近的甘泉公园散步，看见几棵树上开得红艳艳的花朵，用手机一通拍摄。几个女孩见我"腔势十足"地拍摄，也饶有兴趣地拍摄，还向我请教："阿姨，这是什么花啊？"我不假思索地回答"红梅花"。转而一想，我是先入为主地将此花认作"红梅花"，可不能张冠李戴啊，赶紧用手机"识花"功能辨识，显示的却是"木瓜花"，赶紧追上女孩们歉意说明应是"木瓜花"。

　　女孩们轻盈欢快的身影，让人感受到了春天里万物复苏的明媚。走出了冰封雪雨的我们，面对"管领东风第一枝"的梅花，只须将其高洁俊朗、不畏严寒的风骨镌刻于心中，就能营造"心中有梅满眼春"的意趣，无趣的生活也会有精彩来串门，平凡的日子亦会有炫耀来叩问。

（2024年2月23日）

我的"三重"养老生活

　　退休后，我的日常生活重头戏在"三重"角色中转换——读者、作者与编者。

　　读者的我，每当阅读一本好书会心潮澎湃，思绪万千。我的读者身份开启可以追溯到少年时代。我从压岁钱中花了一角四分，在家门口的沪江书亭购买了人生第一本书——《天体地球生命和人类的起源》，我被书中浩渺无垠的神秘宇宙深深吸引，就此与书结下不解之缘。退休后，阅读书籍、报刊的时间宽裕了，我订阅了10多种报刊，发现感兴趣的书，除了逛书店还有网购。最近，我迷上了"苏东坡"，网购了《品中国文人·苏东坡三百篇》《有一种境界叫苏东坡》《苏东坡在颍州》。有趣的是《苏东坡在颍州》这本书，还是有作者印章的签名本。我思忖作者如果知道了自己的签名本竟然被人在网上售卖了，不知会作何感想；但我又想，落到我这位喜爱他这本书的读者手中，不也是一个好去处吗？而我阅读《品中国文人·苏东坡三百篇》的书评已经见报。

　　由此，引出我的作者身份。退休以来，我采写的人物总有五六十位，有些人和事是第一次被比较完整的报道。略举几例：《宋桂煌：中国翻译高尔基小说第一人》《王通：独立自由勋章的设计者》《李文模：从小红军到飞将军》《正义与邪恶的交锋——亲历东京审判》《杨绛在华德路小学》《上海滩的电影世家》《抗日烽火中的上海一家人》等，这些人物专访，在较多报刊发表，被网络传播。其中《抗日烽火中的上海一家人》荣获第25届上海新闻奖二等奖暨2015年全国报纸副刊年度佳作三等奖。

　　我与编者的身份缘起2015年。我参与上海华夏文化创意研究中心《虹口记忆》《黄浦岁月》系列书籍的创作编辑。目前，出版了《海派虹韵——踏访四川北路底》《提篮下海——说说上海北外滩》《独秀一隅——经典时尚淮海路》等六本书。这些书籍以民间说史形式，以市民沾有烟火气的视角，讲述他们亲历或发掘的故事，发挥为地方志拾遗补阙的作用。书中的文章、插画以及摄影图片等，出自上海普通市民、作家、退休公务员等，他们的故事于吉光片羽中为泛黄的"老底子"注入了时代活力。其间，我还参与了由虹口区领衔的《乍浦路街道志》的编撰。如果这些书籍能够给予读者阅读的愉悦和收获，于编者的我是莫大的激励。

我游走于读者、作者、编者"三重"身份中的感悟是：很多时候，我们处于老年焦虑情绪中，殊不知，我们本身因为有书相伴，也能营造一道美丽的夕阳风景线，让我们热爱读书吧！

（2024年2月5日）

富春美味数"江鲜"

先生的好友程小平在杭州富阳干实业，近日，邀请我们夫妇到富阳游历一番。

程小平向我们介绍，富阳的古代县名叫富春，自古有"天下佳山水，古今推富春"之美誉。他颇为得意地说："今天午餐请你们品尝富春'江鲜'，你们会因此心心念念再来富阳的。"

我们参观了白墙黛瓦有徽派建筑风格的东梓关民宿和古建筑后，程小平车载我们到附近其朋友的餐馆品尝江鲜。我看见沿着富春江并不宽的一段道路上有刻着"堤坝"字样的石碑，程小平解释，这条路先前是为防止江水上涨而筑的堤坝，后来挖掘了两岸淤积的沙泥，江水变深江面开阔了，江水再也不会漫溢冲上岸，堤坝就被当作道路的功能使用可以行驶轿车了。

初冬的暖阳里，但见几只蚱蜢舟渔船在波光粼粼的富春江里摇曳生姿，宽阔浩荡的江面与连绵起伏的山峦渲染成一幅绝佳的水墨画，令人心旷神怡。到得餐馆，店主热忱地招呼我们。我看到一种细长扁平，形似柳叶，嘴巴微微上翘的鱼。好奇地说，这与我们在上海吃的"烤子鱼"长得很像啊。店主笑说，这鱼我们这里叫作"翘嘴鱼"，与你们吃的烤子鱼可不是同种类噢，要不来点？我反客为主兴奋地点了盐水江虾、清蒸白鲈鱼、油煎翘嘴鱼、清蒸大闸蟹、冬笋丁炒黄蚬肉，以及清炒青菜。

当热气腾腾有尺把长的清蒸白鲈鱼端上桌，诱人的鱼香令我馋涎欲滴，夹起一块鱼肉品尝，那种肉质细嫩的鲜香口感，给予我平生吃鱼全新的味蕾感受，不由想到"观鱼胜过富春江"的诗句，我这是尝鱼胜观富春江啊。程小平略带遗憾地说："其实，品尝白鲈鱼的最佳时节是春天，三四寸长的白鲈鱼，才是无与伦比的江鲜美味。"我得知为这里沿江岸餐馆提供的江鲜，都是店家当天清晨从捕鱼船上买来的。持有捕鱼证的渔民，通常在凌晨驾舟捕鱼，清晨靠岸售鱼。让人仿佛看到"江上往来人，但爱鲈鱼美。君看一叶舟，出没风波里"的情景，渔民以辛勤的劳作，满足近悦远来品尝江鲜的食客。色泽金黄的油煎翘嘴鱼上桌了，我揩起一条细细品味，与我吃过的油煎烤子鱼比对，感觉烹制烤子鱼的厨师肯定是厨艺不到家。眼前的翘嘴鱼同是油煎，却并无油腻脆硬的口感，而是酥脆入味，连鱼刺也用不着顾忌，味美堪与白鲈鱼比肩。再尝冬笋丁炒黄蚬肉，可谓鲜味之叠加，黄蚬肉没有丝毫的沙粒，用调羹舀起，放心地大口享用。而肉质富有弹性的江虾，怎一个"鲜"字了得？令我怦然心动的富春江大闸蟹端上桌，味觉告诉我，肥腴的膏黄鲜美的蟹肉，比我专程到阳澄湖品尝的大闸蟹更胜一筹。连那盆碧绿生青的青菜，虽不在江鲜之列，却也是糯香清鲜，我们吃得一叶不留。

餐桌上吃得畅快，聊得热闹，勾起了程小平的往事记忆：看见江滩上密密麻麻的江虾在沙石上、黄蚬壳上活蹦乱跳，与小伙伴带着铅桶捡黄蚬、拾江虾满载而归；大雾弥漫的夜晚，江里的螃蟹纷纷爬上岸，趁着夜色到江边捉螃蟹，用不了一个时辰，捉到二三十只螃蟹是常事，属于沉浸式享受大自然的馈赠。

富春江涵涵千年，奔腾不息，一江春水一江鲜，涌动着多少令人垂涎的滋味。未能抛得富春去，一半勾留是江鲜。富春江畔的这一顿江鲜，我肆无忌惮地吃撑，那种齿颊留香久久地浸淫口中，令人回味无穷。我油然而生羡富春江魅力无穷之感慨：期待春天时节再到富阳，再来一次富春江鲜的饕餮。

（2023 年 12 月 24 日）

最忆锦溪古莲桥

江南水乡的桥，似大家庭的众多子女，无论从哪个视角观赏，都有几分相似，但每个子女都有个性。如果你有兴趣耐心赏读水乡的桥，就会被"桥们"精彩纷呈的个性折服。

我是第一次涉足"水为魂、桥为骨"的锦溪古镇，诱惑我的是念想了多年的古莲桥。它就像大家庭的兄弟姐妹中那个最有灵性，有风韵、有学识的女孩。

金秋送爽的那日，女儿自驾，载着我和先生，从上海市区直驶锦溪古镇。当百米长的古莲桥映入眼帘时，我的兴奋点瞬间迸发。尽管在网上、在别人的摄影作品中，无数次地欣赏过这座古莲桥，但由着自己的视线尽情地饱览，则是一种快意别样的享受。

古莲桥是锦溪的地标建筑，别具一格地静卧在五保湖中央。雕琢着飞檐翘角的阶梯式的朱红色亭子，携手两旁有大红灯笼装饰的长长廊桥，在秋阳的斜射下，犹如镂空的剪影盈满诗意。

我们购买了观景门票，欣然踏上古莲桥。在这"荷尽已无擎雨盖"的深秋，我伫立在廊桥上，凝视湖中仿佛低吟浅唱泛黄低垂的残荷，怦然心动：残荷不是生命的终极啊，它们正在孕育"——风荷举"新一轮的生机；有两朵违和季节盛开的粉色睡莲，萧瑟中尽显妖娆，是以此彰显自己有别于荷花吗？

我的思绪被先生唤回。放眼长廊：由对称的红漆木柱支撑，上下两端栏杆采用回字形木雕。抬头凝望：长廊顶端直卧着两条长长的梁木，梁木两旁是对称着有节律镶嵌的橼木。我打量中间弧形的橼木，不解地问先生橼木怎么可以做成弧形的？理工男的先生说是用火烤成的。我追问是一根根烤出来的吗？这么多的用料，要烤到猴年马月？我对先生的解释并不信服。请教管理古莲桥的工作人员，他热忱地为我们解说：古莲桥因其独特的设计，成为江苏省新四大名桥之一。桥采用了立体多层设计，展现有三层莲花盛开的意境；结合现代建筑艺术，采用斜拉桥的技术，使这座桥具备规定的承载能力；还应用了先进的防雷、防火、防护技术，确保整座桥的安全性。管理人员挂一漏万的介绍，亦没有解答我的疑惑，印证了"术业有专攻"这句话。

古莲桥畔有欢乐也有忧伤。忧伤来自桥左侧湖中的陈妃水墓。那是南宋孝宗帝的宠妃不幸被金兵俘虏。为了保持名节，陈妃投身五保湖自尽，人们在五保湖中建筑水墓将其埋葬。历史长河中，无论湖水上涨还是回落，陈妃墓始终处于湖面同一高度，难道是陈妃以柔弱的身躯抵御入侵之敌而产生的这一奇观吗？

"镇为泽国，四面环水""咫尺往来，皆为舟楫"，是有36座桥的锦溪的写照。我们信步游览了十眼桥、普庆桥、众安桥、槃亭桥、红木桥等10座桥，感慨"一桥一世界，每桥皆精彩"。我还发现每到一个弄口必得过桥而行，踏上桥，向右望去是桥，向左望去也是桥，不时还有划桨轻歌的船娘载着游客穿行河道中，这河上枕人家的风情，一点儿不亚于威尼斯水城啊。

我突兀地联想：锦溪古镇上，这连接纵横交错河道的桥，颇像上海的石库门弄堂啊，横弄堂、竖弄堂，只要你不厌其烦地兜兜转转，都是行得通的。锦溪的桥就是古镇居民穿家走户、逛街购物的弄堂。

锦溪的桥足以汇编成一部厚实可读的《桥谱》。《桥谱》中最令我读后难忘的当首推"古莲桥"。是的，远望近看古莲桥，其犹如一支由远古款款走来的不会凋谢的莲花，始终不渝地在水一方为世人讲述曾经的故事。

（2023 年 12 月 15 日）

水库村"水"之妙

漕泾，这个被水浸润的地名，易使人联想起古代的漕运，那江河中繁忙穿梭的运货船；而水是江南的魂之所系，根植于其中的文化源远流长。漕泾的涵涵水貌，是灵动的透着智慧的，此间的水库村因水而生，因水而成为美丽乡村。

朋友徐春宝的家就在漕泾的水库村。水库村？顾名思义不就是傍水而居，被水环抱的村庄吗，越发地诱人前去观赏休闲，抒发诗情画意。

去年冬，天朗气清的周末。我和先生、妹妹及妹夫，从市区乘坐公交莲漕线，到终点站漕泾镇下车，再坐上徐春宝的私家商务车观赏漕泾镇。我们惊奇地发现，放眼望去的是田间阡陌纵横，沟渠星罗棋布。丰沛的水系族谱中，似乎每条河流都荡漾着一首美丽的村歌，抑或吟诵着一个悠远的传说。水库村，就以这样的灵性和多姿招呼游客近悦远来。

徐春宝的年龄比我们一行人都小，在镇上的小饭店中，用餐到兴致盎然，我们不再用刻板的"徐老板"称呼，直呼"春宝、春宝"的。我妹戏谑地说："金山区漕泾镇水库村，你们可是守护一座取之不尽的'金山'，掌控四通八达的漕运，筑成一年四季有宝的水库村。你的名字可以轮着季节叫春宝、夏宝、秋宝、冬宝……"春宝黝黑的脸上绽满笑意地告诉我们，他居住的村庄原来叫长堰村，在建设美丽乡村中，为优化生态环境，充分发挥村庄已有的基础和资源优势，通过引水重塑地形空间，打造开放式的河流型郊野湿地公园，2002年长堰村与水库村合并，就有了如今的规模。政府在推进建设项目的同时，也将民生问题放到重要的议事日程，对于住房比较差的村民给予改善和优化，实施"房屋平移"政策，即由镇政府先期建造一批住房提供给村民，再给予一笔搬迁补偿费，宅基地的所有权仍属村民，"房屋平移"政策由村民自愿申请，不做硬性规定。

春宝有感而发：水库村的开发建设，改善了我们的居住环境，也成为上海中心城区的后花园，吸引了很多游客，尤其是节假日和双休日，家长带着孩子来此体验乡间野趣，年轻白领来此搭起帐篷搞团建；我们村民同样很享受这样的环境，晚饭后沿水岸散步，河堤上的花花草草让人赏心悦目，平整敦实的柏油马路，我们发动车子，一溜烟地就能开往市区。春宝的话感动了我们，真是盈盈一水间，浩浩衍大势，逐水而来的游客，舒展了身心，读懂了水库村的"水"文化之妙，此乃祖国绿水青山建设中的一个美妙音符。

我们漫步到"藕遇公园"，约50亩的荷塘上，有蜿蜒曲折的木结构休闲步道。已是初冬，满塘残荷在微有寒意的风中轻轻摇曳，令人不禁生出些许悲悯，但凝视中发觉枯枝败叶掩饰不住荷骨子里的清逸韵律，更何况水中有一拨拨红鲤鱼、黄鲤鱼嬉戏其间，荷塘里的勃勃生机是湮没不了的。我想，荷当下的状态，不就是为来年呈现给世人的"亭亭玉立""一一风荷举"的美景做铺垫吗？曾是摄影发烧友的我，兴致被激发，与春宝约定，待到荷花盛开时节再来拍摄。此处拍摄荷花，在步道上即可近距离、多角度地拍摄多品种的荷花，我用变焦单反镜头能酣畅地拍摄荷花曼妙婀娜的姿态啦。

荷花塘旁有书院有茶室。春宝的妻子是茶室营业员。春宝邀请我们品尝咖啡，我们欣然入座。咖啡倒是与他处同样的味道，但茶室的摆设别具一格，我们围坐的桌子，是以前家用的樟木箱，箱角都用铜皮包裹铜铆钉铆住，两侧有铜的把手，箱体和箱盖是铜锁；近旁有雕刻花纹的习字作画的案几，上有长颈花瓶中，插上一束田野里随处可见的野小菊；那几只方凳尽管漆面磨损不少，却也是木雕花纹的，有淡淡的乡愁弥散室内。春宝妻说，这些都是村民捐赠的。中式的精致古朴摆件与西式的焦香咖啡相融，自有一番妙趣。

在尚品书院，我没有见到读书的人，倒是很多孩子神情专注于手工制作，整面靠墙的书架上，一格一格陈列的书籍倒是不少。我问春宝妻，来此读书的人多吗？她有些腼腆地说，读书人不多的，来做手工的孩子蛮多的。我思忖，也是的，游客来也匆匆去也匆匆，能安心读书的不会多。水库村有村史馆令我很赞赏，但没能进入，可能还在筹建中。如果有介绍水库村前世今生的书籍，让走马观花的游客带上一本，小憩时细细品读，就更是不虚此行了。不由想到我的文友褚半农先生，他出生在上海郊县的褚家塘，在城市化进程中，褚家塘消失了，他不懈努力写成《褚家塘志》这本村志。水库村则不同，是在城市化进程中得到令人欣喜的保护和发展。我相信，可能过些时日我们再来，就能读到水库村的村史。这不，我已经阅读到了简介：水库村位于金山区漕泾镇北部，村域面积3.66平方千米，户籍人口1 763人，因水网密布、纵横交错、河宽漾大，旧时俗称"水库里"。全村现有大小河道33条，总长约23千米，水面率接近40%，最宽处达110米，宛若一个大湖面。村内有70多个独岛、半岛，呈现"河中有岛，岛中有湖"的美丽景象，主要河道水质长年保持在Ⅲ类水标准。

一方水土养一方人。春宝，这位水库村土生土长的村民，得益于水库村这方风水宝地的滋养，在改革开放的助力下，创办了一家企业，尽管规模不大却也做得风生水起。我们到工厂参观后意犹未尽，提出再去他家参观，春宝欣然带领我们前往。他家坐落在藕遇公园北端，这条路上是一长排独立的两层小楼。他的家宽畅而又整洁，在楼梯的斜坡下，还保留了一口水井，家中洗衣拖地都用井水，富起来的村民对自家的水源有种特别的眷恋啊。住房的山墙处有一间近百平方米的两层楼高的闲置房间，在自留地里还有单独一间闲置的房屋，最令我们感兴趣的是他住房后面就是一条河。我们兴奋地嚷嚷，你要是搞个民宿，只要将闲置的房屋改建一下，肯定吸引游客。你从河里摸出螺蛳捞上鱼虾，从自家菜地里挖出蔬菜，这种原汁原味的鲜美，会令住客大呼食之过瘾的；还可以在田间堤岸栽上些橘树，时令季节让游客采摘橘子，尽管这个创意活动不少民宿有，但在水库村临水采撷，身临其境的游客会屡试不爽的。

"春来遍是桃花水，不辨仙源何处寻。"如果可以穿越，当年王维杳杳难寻桃园仙境，他只须来水库村游历一番，就会再赋一首由此流传千古的水库村诗歌。看来，水库村的水文化，还大有其妙之处，留待我们下次再来一番升级版的体验。

（2023年8月29日）

老公的"机器猫口袋"

老公是理工男，从小就喜欢动手做小物件，他甚至想发明个"机器猫口袋"，想要啥，就能靠它自己做出来。

他初中毕业适逢下乡，8年后回到上海进入工厂，职工大学毕业后，成了仪表机械的工程师。当时，工厂零部件设计，几乎都靠手绘图纸，一个零部件，技术人员往往要绘制10多张甚至更多的图纸。20世纪90年代，老公工作的国企转制，他找到一家民营企业再就业，成了制造钢质门的设计工程师。钢质门的种类非常多，一幢大厦需要几十种不同类型的门，每一种门都需要一整套图纸。他想开发一款设计钢质门的软件，于是，就利用业余时间自费学习，但毕竟工作忙，属于自己搞软件的时间十分有限。

一晃就到休息年龄，心心念念软件开发的他，婉拒了企业的挽留，索性心无旁骛地回家当起了"码农"。他终于如愿以偿开发出了一套新软件。他根据工程现场测量的门洞高度、宽度，将数据输入他设计的程序的界面，点击回车键，门锁、铰链、门板厚度等制造门类元素的图形和尺寸就能在电脑上呈现，再输送到激光切割机的电脑控制屏幕，如果在工厂车间，门片就自动产出。无纸化的加工，既节约了纸张又提高了生产效率。他笑称，这是年轻时想设计的"机器猫口袋"。这款软件适用于各种钢质门加工，老公将它无偿提供给一位经营民企的朋友使用。

夕阳里哪来废材？我看老公每天忙忙碌碌，但乐此不疲也很享受，设计软件、为程序编码，这过程，就叫老有所乐吧。

（2023年7月23日）

红花酢浆草

是花？是草？花与草有怎样的牵扯？

这小小的花儿由五片花瓣组成，花瓣上丝纹清晰可见，青黄花蕊和粉色花瓣相得益彰；小小的叶儿呈现扁圆状倒心形，每三片小叶儿组成整张叶片，像极了蔬菜中的"草头"。只见大片的"草头"匍匐于一簇簇的粉色小花精灵，谦卑地对花儿俯首称臣。厘清了花与草的关系，人们赋予它学名：红花酢浆草。

暮春的午后，我在公园兜风，漫不经心却有发现：一丛丛沿街草被红花酢浆草洋洋洒洒地点缀，蔚为壮观。令我诧异的是，在公园绿地、街头花坛等众多地方，看到的是清一色品红的红花酢浆草，唯独此处是一大片的玫红，我思忖，是否蜂蝶特别钟情于它，传授它更多的花粉而令它羞答答？当然，酢浆草的族系还有不少其他色彩的，我却钟情于红花酢浆草。

娇小柔弱的红花酢浆草，自见到它就忘不了，因为我曾经被它"幽默"了一下。那是大宁灵石公园的郁金香花展，赤橙黄绿青蓝紫的花海令游人目不暇接，醉心于将斑斓色彩摄入占为己有。蓦然发现游人少至的竹篱笆边的绿植，正拉扯着红花酢浆草随风摇曳，自得其乐。受此景此情感染，我将微单相机调节到超级微距，不断按下快门。阅读介绍牌上的内容，我和同游的老公，都望文生义地读成"红花炸浆草"，差点就与"炸酱面"挂上钩呢。这次与红花酢浆草的邂逅，激发了我了解它的兴趣。

红花酢浆草在百花园里灿烂一回着实不易。单从数量上估算，那些富贵、绮丽、妖娆、妩媚的花们足以超"百"，它们争奇斗艳、自顾不暇，遑论让红花酢浆草露个小脸蛋。这不，我看到眼前的红花檵木灌木丛、迎春花灌木丛等，皆欲遮掩红花酢浆草，但不甘湮没其间的小花儿，顽强地探出小小的身子，向外界宣示它的存在；红花酢浆草是微不足道的存在，甚至抵不上绣球花团中的一个花点，绣球花善意地劝导它："我的每一个花点都比你大，还须抱团才能占得一席之地，你这小不点就别凑热闹啦。"其实，绣球花并不知，红花酢浆草自有其存在的理由。它的"酢"，读音相当于"醋"，根部的"水晶小萝卜"，品尝起来有点酸、有点甜，还是一种药材植物；它能以其跳动的音符般声律，跃动的精灵般存在，为百花园合唱团增彩添色呢。

我怀着观赏红花酢浆草的愉悦出了公园，迎面遇见一位满头银丝、怡然自得的老太太，正与身旁的女孩说笑，大概是她孙女吧。老太太穿蓝底印花的绵绸衬衫，图案竟是散淡有致的红花酢浆草，在老太太恬静淡泊气质的映衬下，图案是灵动活泛的，可谓"红花精灵酢浆草，浅草闲花意韵妙"。

老太太是让我见证她晚年生活的幸运和幸福吗？因为幸运与幸福就是红花酢浆草的寓意啊。

（2023 年 5 月 30 日）

中国的母亲花

人们认知中，又名香石竹的康乃馨是母亲花。20多年前，我因对插花感兴趣上了插花培训班，老师辅导学员用康乃馨插花，也介绍其被称作母亲花。直至5年前，我才知道早在康乃馨成为母爱的象征之前，我国就另有一种母亲之花，这就是萱草花。

那是一个惠风和畅的暮春下午，我和老公在北外滩滨江绿地观赏美景，蓦然发现绿叶丛中探出一株株橙红色的萱草花摇曳在微风中，我兴奋地欢呼："金针菜、金针菜……"然后畅拍。

我喜欢金针菜是有由来的。

年少时期是计划供给，每年春节时才有木耳、香菇、金针菜之类配给。我妈通常是将它们掺和在四鲜烤麸、红烧肉、炒鸡蛋等菜肴中。我喜好金针菜这种清鲜的味觉，凡菜肴中的金针菜都是我的最爱，哥姐和小妹都是争着吃肉和蛋，我是专门挑金针菜吃。由此，每次用到金针菜，浸泡后总是由我负责将硬硬的根部摘掉。四鲜烤麸是我家年夜饭必备的一道菜，我妈先将金针菜和烤麸焯水，再将烤麸的水挤干，与其他辅料一起烹调，至于后面的步骤我不关心了，只眼巴巴地期待着年夜饭快开吃。饱含"小辰光"味道的四鲜烤麸，在我成家后的日子里延续着。老公是"买汏烧"爷叔，但四鲜烤麸这道菜，约定俗成似的由我摘去根部，由老公烹调后端上桌，我仿佛感受到丝丝缕缕出自母亲之手的慈爱。"我有花一朵，长在我心中"，那明黄的金针菜，就是最美的母亲花啊。那么，金针菜与母亲花有关联吗？

回到滨江绿地的"金针菜"吧。其实，金针菜是黄花菜的俗名。时常，交办老公的事还没完，我会怪嗔他："等你将这事做好，黄花菜都凉啦。"黄花菜是明黄色的，难道还有橙红色的？请教手机上辨识花的功能，恍然大悟，原来被我认作"金针菜"的是萱草花，黄花菜则是萱草花的近亲，同为萱草属植物。萱草有200多种，但单朵的花只负责一天的美丽，然而它的花期自春至夏占据一片生机，因为每一枝花茎都能长出数十朵花苞，层层叠叠前赴后继地绽放，尽情地展示母爱的无限魅力，并殷殷叮嘱人们：除黄花菜以外的萱草属植物多半不可食用。

我突发奇想，金针菜与萱草花的关系颇似"同母异父"啊，母爱是亘古不变的。萱草是我国传统名花，作为"中华母亲花"源远流长，有3000多年的栽培历史，其文化内涵亦丰富多彩，早在春秋时期就有相关记载。《诗经疏》称，"北堂幽暗，可以种萱"。北堂是母亲居住的地方，由此演绎成母亲居住的屋子称为"萱堂"，萱草成为母亲的代称。古代游子即将远行，会在北堂门前种上萱草，希望能够代表自己陪伴母亲，以此减轻母亲对游子的思念。唐孟郊诗曰："谁言寸草心，报得三春晖。"寸草即指萱草。萱草花形端庄雅致，含笑而开，令人赏心悦目，犹如母亲的音容笑貌，貌似萱草花的金针菜亦应同有中国母亲花的赞誉啊。

关于萱草花，还有一个美丽的传说。秦朝农民起义领袖人物陈胜，家境十分贫寒，由于极度缺乏营养，患了胀痛难忍的浮肿病，是一对黄姓母女用萱草治愈了他，为他解除了忧虑，才有了陈胜后来领导农民起义的胜利。陈胜特邀这对母女专门种植萱草，并为它起了"忘忧草""黄花菜"的名字，此处的萱草应该就是金针菜。以后，金针菜也成为坊间郎中治疗浮肿病的一种常用药。

今年母亲节，我还用四鲜烤麸回味母爱；到绿地中、公园里领略萱草花的神韵风姿，欣赏它们从橙黄到橙红乃至茄紫渐变绽放的心路历程。200多种萱草花，也是200多种母亲与儿女情感交融的展现。

（2023年5月19日）

"十分钟集邮圈"

那日，多年的老同事、老邮友葛师傅上门，为我送来2022年的集邮册和小版邮票册，外加一卷兔年生肖币。20世纪90年代中期，我离开原先的工作单位，葛师傅就成了我的集邮代理人。每年，我都委托他预订预定邮票和纪念币。

葛师傅热忱地一页一页为我介绍每套邮票的含义和特点，末了，他笑对我说："侬也是十分钟集邮，今朝看过，邮票就收起来了，估计以后也勿会多看了。"我好奇，难道也有人类似我这样集邮吗？如今，集邮于我犹如"鸡肋"，集之无趣，弃之不舍。他告诉我，十分钟集邮现象蛮普遍，他帮忙预订邮票，送邮票上门的人群，就是十分钟集邮圈。我感觉他这话用得贴切，但看这些年来，他总是背着沉甸甸的双肩包，为众多老同事、老邮友送邮上门，他们收到集邮册后不也是与我同样，观赏后就收起束之高阁了吗？

葛师傅将政府每月给予老年人的生活补贴换成优惠乘车的交通年卡，经年累月行走在上海各处。他的基本生活形态就是：白天外出服务于我等圈友，同时观光上海美景并发与大家共享；晚上，摊铺开邮票，一张张插入定位邮册，全年邮票分插完成后，分别为大家送上门。受他帮助的圈友约有50位，每人预订的份额不同，集邮清单也不同，都是他工整手抄的，全赖他的细心打理。

20世纪70年代，正在上中学的我开始集邮。进厂工作后，认识了厂里的集邮大咖葛师傅。在他的指导下，知晓一些集邮知识，后来加入了市工人文化宫集邮协会。那些年，我们厂所属的仪表局职工集邮协会，是上海工人集邮活动的优秀团队，时任仪表局局长还曾兼任集邮协会会长。

世事变迁，葛师傅帮助邮友的初心从未改变。每年新邮预订季，整整一周，上午10点到下午4点，他都会在固定的邮局等候邮友前去领取前一年的邮票年册，同时预订当年的邮票。他的午餐，是面包和保温杯里的白开水。最近这三年受疫情影响，他任劳任怨为大家送邮票年册。我俩碰头地点在小区外的马路边，瑟瑟寒风中，戴口罩和帽子的我们，颇有神秘"接头"的腔调。

有圈友感叹：曾经的仪表局不复存在了，职工集邮协会的文化血脉还在。葛师傅和几位集邮精英以及集邮协会陈会长，每年都会筹备、组织年会，响应者众多。在最近一次年会上，资深邮友带来的展品令我大开眼界，深深折服。

如今，邮票用于邮寄的功能并不多，多为观赏和收藏。我的邮友兼文友郑老师，多年订阅《集邮》杂志且都装订成册，他捐赠给图书馆人家不收；卖给收旧的又觉得是亵渎杂志，正为众多《集邮》没有好去处发愁呢。

我冒出想法：如今的孩子，课外有书法绘画、音乐舞蹈类的兴趣班，如果还有集邮兴趣班，让孩子们从方寸艺苑中拓宽知识视野，"十分钟集邮圈"的长辈不就如愿以偿了吗？

（2023年5月11日）

"圆团"的诱惑

"圆团",听说过吗?我可是尝过圆团的美味啦。

近日,我家兄弟姐妹七位老年人,在一个春风拂面的日子,到美兰湖和罗店古镇探春。在美兰湖边的木条步道上,享受湿润清新的春天气息,欣赏野鸭在湖面的嬉戏畅游,选中一家小餐饮店饱餐后,向罗店古镇进发。

在被赞誉"金罗店"的古镇逛街,领略了大通桥、丰德桥、来龙桥等石拱古桥的韵姿,粉墙黛瓦江南古朴建筑的风采,在弹街路的小弄里,瞅见一家不起眼的小店,门楣上的店招是"古镇手工汤圆",但见价目表上有:豆沙汤圆、芝麻汤圆、荠菜肉汤圆等五六种。我妹喜食汤圆,她停下脚步说是感觉饿了,建议大家进去品尝。我对糯米类食品不感兴趣,其他人也说刚午餐不久吃不下。妹鼓动大家进去观赏一下,我们一行进入后,被摆放在格子盒里一头尖尖的汤圆吸引,但见两个阿姨手脚麻利地裹出一个个汤圆,煮汤圆的也是位阿姨。漂浮翻滚在大锅里的汤圆,弥散出糯米甜沁的香气诱惑着来客,我瞬间被激起品尝的冲动,其他人也嚷嚷着想吃汤圆了。

不大的店堂里,被我们兄弟姐妹占据了大半。眼前的场景,诱发我们想起小时候春节前家家户户磨糯米粉,有干磨粉和湿磨粉之别,都是难以忘怀的小时候味道。阿姨裹的手工汤圆,味觉介于干磨粉与湿磨粉之间,细腻并不太黏,粉的清香裹挟着芝麻的甜香,以及肉的醇香,食后齿颊留香。

我们边品尝汤圆边与阿姨聊天,听着她们地道的本地话,我们了解到,店里的三人都是古镇原住民,做汤圆多年。阿姨还告诉我们,古镇的人们不说汤圆,而是说"圆团"。如果是双休日,则是顾客盈门,不少人来要货都是一次二三百元,她们忙得不亦乐乎。我们赞叹:"你们三个阿姨一爿店,了不起啊！"

"圆团"阿姨的语音，我似曾听到过。想起来了，就是年少时邻居阿康娘讲话的这种语音。阿康娘与我妈是好友，她娘家在罗店，住市区的她去一趟娘家并不易，日常是靠写信与娘家联系，不识字的她，就将写信任务交给我。那时我上小学四五年级，由她口授我记录，但我会出点"花头"，将学到的问候语、形容词用上几句，信写成，读给阿康娘听，她听后高兴地说："写得好！写得好！"然后喜滋滋地到邮局贴上4分的邮票寄出。

阿康娘从罗店娘家回来后，常带给我家甜芦粟、黄金瓜、菜瓜之类的乡下特产，我吃起来心里感到美美的。原来，我年少时就与罗店有一丝关联啦。

三个阿姨展演的一台圆团之戏，传承着古镇的韵味和魅力，让我们对古镇有了一份缱绻、一份念想、一份满足，被圆团诱惑一回，值得！那一份老街老味，诱惑着我们再来。

（2023年4月11日）

张阿姨侃男足世界杯

那个不懂球的张阿姨就是我。

张阿姨看卡塔尔男足世界杯赛，就是外行看热闹。晚上11：00的看上半场过把瘾，凌晨3：00的只能"梦回吹角连营"，待第二天看新闻播报或看重播，虽不及看现场直播来得畅快，却看出了一个门道，悟出了一点儿心得。

看出的门道是：当两个球队胶着对峙中，或一方领先时，往往是在上半场或下半场以至于加时赛行将终结时。这时落后的一方决不能轻言放弃，拼抢到最后一分一秒，可能真的会有逆天大回转，那个顽皮捣蛋的球，魔幻般地突破守门员的防线钻入网内，整个球场为之沸腾喧嚣，也让千万里之外在电视屏幕前观球的我欢呼雀跃。

有例为证：克罗地亚与巴西的四分之一决赛，整场战至0：0，加时赛的最后阶段，巴西队员内马尔一记爆射，球径直入门以1：0领先；克罗地亚队员毫不气馁、奋力拼搏，在终场的前3分钟，替补上阵的佩特科维奇接到左路传中的球，从中路包抄将球攻入，绝处逢生地将比赛拖入点球大战。最终，以点球大战由被誉为"格子军团"的克罗地亚获胜。

无独有偶，阿根廷队与荷兰队的四分之一决赛，在阿根廷队先得两球情况下，第82分钟时，荷兰队瞅准时机，甩头顶进球；又在最后几秒时，抓住了最后一个任意球的机会，再次攻进一球，将场上比分扳平到2比2。连解说员都情不自禁地赞叹：这个射击太有灵感，太有想象力了。

再来侃侃日本队与德国队的小组赛吧。日本队在上半场先失一球情况下，下半场的情绪并未受挫，而是有板有眼地捕捉每一个机会，终于在第74分钟和第83分钟时，一气呵成地踢入两个球，以2：1的战绩掀翻了前世界冠军德国队，紧接着又打败了前世界冠军西班牙队，令人刮目相看。

争夺大力神杯之赛，更是由阿根廷队与法国队上演了史诗般精彩绝伦的一幕。在阿根廷队领先两球的情况下，战至常规时间的最后10分钟，法国队罚中一个点球，倒地铲射又进一球。加时赛又是阿根廷队领先一球，韧劲十足的法国队再以点球罚中。虽然阿根廷队最终在点球大战中胜出，法国队却也是虽败犹荣，令全世界观众酣畅淋漓享受了一场足球盛宴。这场球赛为足球运动史上增添了浓墨重彩的一笔。

悟出的心得是：尽管中国男足无缘世界杯，但我这个观球的，却不能立足心平气和、不偏不倚的立场，须得站队才能看出精彩和激情。因为不懂球，对哪个球队都不会有先入为主的印象，全凭场上的哪个球队让我怦然心动。我为摩洛哥站队，就因为队员红艳艳的球衣、黑黝黝的肤色，映衬在绿茵茵的赛场上，好一派勃勃生机。我在家中的小客厅里为他们摇旗呐喊，果然，摩洛哥队不负我望，在与比利时队比赛中，上半场的最后1分钟踢进一球，但是经裁判观看录像，判定摩洛哥队越位，比利时队惊出一身冷汗，情绪受到波动，摩洛哥队却信心倍增。下半场，"踢劲"十足的摩洛哥队，在72分时巧妙地送入一球至对方网内，补时阶段最后5分钟，一记怒射又进入一球锁定胜局。我为自己站对摩洛哥队而自鸣得意。这是比利时足球队第一次在赛场上输给来自非洲的球队。

12月11日，摩洛哥队与葡萄牙队对决世界杯四分之一决赛，在上半场42分钟，由摩洛哥队员头球攻入一球，奠定了1比0的胜绩，对于非洲的球迷乃至张阿姨，今天真是个好日子，这是非洲足球第一次进入世界杯4强。尽管在与克罗地亚队争夺季军赛上，摩洛哥队未能续写辉煌，但他们已然成为我心目中的英雄。我为在绿茵赛场上刮起旋风的这匹"黑马"欢欣鼓舞，感受到这支球队协作一致、灵活机智、奋力拼搏的精气神。

禁不住为中国足球队感慨。因为，不懂球的张阿姨，也曾经为中国男足鼓与呼。记得中国男足2002年在主教练米卢的带领下，创造了历史，闯进世界杯决赛圈，第一次也是目前唯一取得晋级资格，令人遗憾的是在3轮小组赛中未进一球、未积一分，以全负的成绩结束了世界杯之旅。

　　也就是因这届世界杯，本不关心足球新闻的我，天天到东方书报亭买张体育报。最热衷读的是女记者李响的足球赛事报道，由此知道了"零距离"这一词语，不知是否她发明的。

　　观赏卡塔尔男足世界杯，我顿悟，足球世界杯赛为何让人们向往陶醉，只因此是体能、意志、协作、智慧、娱乐等综合素质集大成的体现。不懂球的张阿姨，萌发小小的心愿：再过4年、8年，抑或更多年，有中国男足的身影驰骋在世界杯男足赛场上。

（2022年12月25日）

沉浸式甘泉游

　　平利路小学沿街的铁栅栏里，红李树枝头的叶正泛红，志丹路上街沿高大的梧桐树翠绿的叶正处于飘零前夕。阳光投射到梧桐树叶上，又穿透红李树枝叶，翠绿与酡红辉映对视，升华了秋的意境。

　　行走在铁栅栏外，我兴奋又得意地对我家先生说，只要有发现美的眼睛，即使在我们甘泉这方看似平凡的区域里，也能体验田野林间散步的舒畅。

　　今天，我与先生一起到西乡路的甘北菜场买菜。我意犹未尽地对先生说，我们到外地旅游，除了观赏景点，作为女士我还有点嗜好，偏爱逛逛当地的菜场超市，兴之所至，还会购买当地的果蔬土特产。其实，我看那些菜场超市，与我们甘泉社区的格局大同小异；女士们所购之类，在我们生活的社区也多能买到，即使买不到，网购亦是方便的。但人们总认为，这种旅途的快乐形式，在家门口较难体验，套用网络热词就是"沉浸式旅游"。

　　我的体会是境由心造，为自己营造"沉浸式"甘泉游，也不失为生活中的乐趣。我与先生买菜购物中，不仅有采购之乐，还观赏领略到了来自五湖四海的营业员、摊主的习性和风采。听他们用带有方言的普通话与顾客交流，趁着他们不太忙时聊上几句，对于他们家乡的风土人情获知一鳞半爪，可谓在甘泉游中获得的收获扩展。

　　半个多世纪生活在甘泉区域的我，对它的认知历久弥新。寻觅体验至今，常游常新的感受不曾褪色，套用"沉浸式"甘泉游还是贴切的吧。就说今天，我与先生从志丹路右拐至平利路，跃入眼帘的是一排挺拔高大的枫杨树，我对于枫杨树有特别的亲近感。如今沿街枫杨树鲜见，它带给我的是童年的美好憧憬，因为它就被种植在甘泉一村我家门口的弹街路旁，它的翅果像一对对小白兔的耳朵，一串串地从树枝上垂下，摇曳着诱惑我生发种种美好的向往。

披览岁月，我用脚丈量、用眼探视、用情感记忆的甘泉社区，几十年的跌宕起伏中，有的消逝了，有的被发掘了，有的兴起了。

渐行渐远乃至消逝的诸如：区域里的工厂，两万户的公房，本地农民的私有住房，人民公社的菜地、苗圃和养猪场，小河流和小石桥，大小类型的合作社，甚至还有战争年代遗留的碉堡……

被发掘和兴建的有：1982年建成的全国第一幢鸳鸯楼——位于志丹路上的新俪公寓，1984年开发的甘泉公园，1987年建成的生态园林型住宅示范小区——甘泉苑，1990年又有同济医院入驻，2006年更有中国十大考古新发现——志丹苑元代水闸遗址。

时光如白驹过隙。进入21世纪，上海市的"15分钟生活圈"，同样给甘泉社区居民带来生活多方面的便利和便捷。文化活动中心、社区事务受理中心、卫生服务中心、惠民式社区饭店，街头"口袋公园"雨后春笋般涌现，尤其是党建服务中心的模式，更加凸显人民城市人民建，人民城市为人民的时代主题。来一番沉浸式甘泉游，我深深地感受到这片区域的勃勃生机。

读者朋友，如果你是热衷沉浸式旅游的甘泉人，我就鼓动你，用你的热情，用你的期待，用你的真情，不妨以家门口为起点，来一番沉浸式甘泉游，寻获别样的乐趣。

（2022年11月）

桂华秋皎洁

秋是金色的。"春种一粒粟，秋收万颗子"，是对金秋杰作喧嚣的赞许，有似繁星满树的桂花加盟，更将金秋展示得醇厚生动。

桂华秋皎洁，点明了桂花容貌虽平凡，品性却不平庸。小区里、街沿上、花园中，只要给予它一方寸土，就怡然欢欣地安居。选择一个月朗星稀、清风微醺的秋夜，在不经意间恣意张扬地绽放，稍改古人的诗句：忽如一夜金风来，千树万树桂花开。

清晨，打开窗户，我为桂花丝丝缕缕的氤氲清甜而迷醉。上班的人们行色匆匆，因为有桂香萦绕，欢快地拥抱这个工作季。在小区里散步，阵阵桂花香随风飘来。循着花香望去，却被桂花树下的芙蓉花吸引，但见品红的、明黄的、洁白的芙蓉花摇曳生姿，抢了先机夺人眼球，米粒似簇拥成团的桂花毫不起眼。桂花倒是不急不恼，恬静地由着人们惬意地享受它独特的清甜芬芳。

桂华秋皎洁，点明了桂花清丽、雅致、高贵的品质。它是清凛清纯清甜的，不与清高沾边，在百花被寂寥惆怅的悲秋情绪裹挟时，桂花并不盲从于群芳。在风的轻抚中，它大张旗鼓地将花絮撒向世界。期待桂花盛宴的人们，将大张的塑料膜铺在地上，它欣欣然成全了人们又一份金秋的收获。

人们妙用桂花，做成桂花糕、桂花饼，诱人食欲油然而生。将桂花用糖腌渍成的桂花酱，更是众多食品的最佳伴侣：桂花甜酒酿、桂花糖年糕、桂花莲子羹之类，那种"小时候的味道"，至今还似意犹未尽。看到文友发图片在朋友圈，是重阳节的一盒"条头糕"，文友感叹：省略了糖桂花的条头糕，色香味都欠生动。我有共鸣：是啊，此处省略了桂花的参与，犹似一个汉字上缺少一处笔画，就是不成体统的汉字啦。

桂华秋皎洁，点明了桂花不仅带给人们生活中的实用，它还善于激发人们的诗情画意。古往今来，人们吟咏桂花的诗词比比皆是：耳熟能详的"我失骄杨君失柳，杨柳轻飏直上重霄九。问讯吴刚何所有？吴刚捧出桂花酒"。朗朗上口的"人闲桂花落，夜静春山空。月出惊山鸟，时鸣春山中"。寄意情怀的"暗淡轻黄体性柔，情疏迹远只香留。何须浅碧涂红色，自是花中第一流"。足见有桂花参与的金秋，毫不逊于绚丽烂漫的春日。

桂花还有姐妹。桂花"三姐妹"以各自的性情撩拨爱抚金秋：金桂鹅黄诱人，银桂玉洁恋人，丹桂橙红醉人，有如桂花的品性与做派，它们甘于附属于大众，奉献于大众。普通人家平凡的女孩儿，受惠于桂花的无私馈赠，在父母美好的寄意中，将"桂花"镶嵌到她们的生命历程中：桂芳、桂香、桂英、桂华、桂莲……，有"桂"相伴的人生，仿佛自带皎洁芬芳，令人有"对面的女孩看过来"的怦然心动。连道路也乐意与"桂花"为伴：金桂路、银桂路、丹桂路……想必在与"桂"连接的道路上，会走出一番美好的事业；还有以桂花命名的主题公园，可谓专为醉心桂花、与"桂花"为友者开设的……

其实，桂花不只"三姐妹"，它们还有一个编外"姐妹"——"四季桂"。花如其名，它是一年四季都开花的，这就往往令人产生错觉：挡不住诱惑的桂花，也要趁着风和日丽挤入繁花队列。它那低吟浅唱的色泽和馨香，在姹紫嫣红的鲜花丛中很不起眼，却时常给人以"小确幸"，赏春的人们惊喜地欢呼："看啊！看啊！桂树在春天也是开花的……"

我倾心桂华秋皎洁，这是对桂花携四季桂"姐妹淘"的经典点评，从千年前徐徐荡漾至今，吟唱桂花开放幸福来。

（2022年10月21日）

难忘八哥鸟

这个人与八哥鸟的故事，是由饰演叶剑英元帅的特型演员——上海电影集团张云立老师讲述的——

1964年，我到湖南少数民族地区参与强明导演的电影《牛府贵婿》拍摄，演员还有孙景璐、曹铎、齐衡等人，我在剧中饰演牛府最小的儿子。

我与齐衡到菜场体验生活，看见一个十二三岁的男孩捧着一只小草窝叫卖，草窝里有只小鸟。麻雀似的小鸟羽毛还未长齐，张着乳黄色的小嘴，啾啾啾地讨食，我动了恻隐之心，花八毛钱买下了小鸟。

我们借住在农民家，距离拍摄地有10分钟车程。电影还未开拍，怕小鸟被老鼠或猫吃了，向居民借个抓老鼠用的笼子，将小鸟养在笼子里，笼子挂在厨房的横梁上。我把从上海带去的糖和饼干分给邻居小朋友，请他们抓菜虫喂小鸟，还用竹片做了一把小钳子，以方便投喂。小鸟吃得很欢快，伸长脖子动几下，虫儿就下去了。看着小鸟满满的淘气劲儿，我就给它起名"淘淘"。没过多久，淘淘长出了乌黑油亮的羽毛，这才看出来，它是一只八哥鸟。

淘淘长得很快，吃小虫已经满足不了它的食量，我将厨房里的肉末和米饭喂给它吃，还给它吃小朋友捉来的蚂蚱和小蝌蚪，淘淘吃得津津有味。它扑棱着翅膀想飞，我就在它腿上扎根细绳，把它放在窗台的竹竿上。每天拍戏回来，淘淘会冲着我欢叫，还会扯着绳子到水边洗澡。我想，八哥鸟能独立飞翔了，我的任务就完成了。我克制着难舍之情，解掉它腿上的绳子，淘淘欢快地飞到对面的一棵大树上，我在窗口仰望着它吹口哨，"淘淘、淘淘"地呼唤，它对着我清脆地回应，嗖的一下又飞回到我的手上。我欣喜若狂，淘淘能够领会我的意思了，我决定拍戏再忙也要让它留在身边。

从此，我拍戏，淘淘就在窗外的竹竿上等我。我去食堂吃饭，它就跟在后面，飞不动了就停在我肩上。我吃饭时，将它安置在照明灯架上，吃完饭起身走了，它就飞到我肩上；我到驻地走上台阶，它跟着一格一格往上跳，如果跟不上我的步伐，也会飞到我肩上；有时它飞得很远，我见不到它，但只要我唤一声"淘淘"，它就会应声飞回来。有一次，上影厂领导、著名表演艺术家铁牛来摄影基地慰问大家，听了淘淘的故事将信将疑，让人把淘淘放在我和他中间，他学着我吹口哨先往东走，我晚一步吹口哨往西走，淘淘左看右看，然后飞到了我肩上。

我的戏杀青了，要回上海了，我打算将淘淘带回家中继续养。齐衡老师对我说："云立啊，我太喜欢淘淘了，你带它回了上海，我就看不到它了，可以暂且让我来喂养它吗？等我回上海，再带给你。"齐衡老师是我的前辈，也是我的好友，我不忍心拒绝，就将淘淘留给了齐衡。

我日夜思念淘淘，企盼齐衡老师早日回上海。令我始料未及的是，齐衡回上海之后，含着眼泪告诉我，活泼可爱的淘淘竟然被猫咬死了。

我为此悲伤了好长一段时间，只能将淘淘与我一起度过的美好时光留存在记忆里。

（2022年8月4日）

毛豆的夏天

　　这个夏天，在金山漕泾镇品尝到一种糯米塌饼，其馅由剁碎的毛豆仁与肉糜糅和而成，薄薄的塌饼，两面略带焦黄，咬一口，米香、肉香裹挟着毛豆特有的鲜香，令我等食客啧啧称赞。尽管已经饱餐美味佳肴，这最后上桌的小点心，我还是经不住诱惑吃了两个，并将多余的10多个打包带回家。第二天早餐，一家三口将塌饼津津有味地全吃了。第一次吃到用毛豆做馅的塌饼，怦然心动：夏天，当属毛豆进入家门的热季啊。

　　毛豆遇上夏天，会极尽所能舞动弄堂里的烟火气，为市井小民的日子增添一抹精彩。

　　暑假里，孩子被爸妈抓差做劳动作业——剥毛豆。那天，妈妈要我们兄妹剥毛豆，窗外的小伙伴大声呼唤我哥做"刮四角片"的游戏，我哥为尽快摆脱剥毛豆的枯燥，想出一个鬼点子：将碗的下半部填放没剥过的豆荚，再将剥出的毛豆仁覆盖其上，还垒成冒尖状，看似满满一碗剥好的毛豆。报告我妈说毛豆剥好啦，然后，哥哥拉着我和妹妹一溜烟地奔向门外玩耍。偷工减料的把戏被戳穿后，他当然受了罚。

　　毛豆最能显山露水的是夏天。盐水毛豆、糟卤毛豆，放置冰箱冷藏，用餐时将透着清凉、清香的毛豆取出，再端两荤一素上桌，一家人的晚餐就着啤酒或饮料，不时拣一个毛豆荚，挤吃豆仁丢弃壳，聊说市井故事、网络奇闻，惬意家常饮食。如若顾忌毛豆配啤酒有提升尿酸可能，那就抿一口黄酒用一个豆荚，也是不错的食用法。

　　食用盐水毛豆、糟卤毛豆，得先掌握正确的烹制方法。我原是十指不沾阳春水的，成家后总得有所作为吧。我与毛豆打交道，得益于邻居董师母的悉心指导：选材很重要，须选颗粒饱满、色泽新绿的豆荚，剪去两头尖角，洗净后放入锅中用清水煮，水沸腾后再用中火煮10分钟左右即可，然后将水滗干撒上盐，须摈弃筷子搅拌的常规思维，得盖上锅盖摁住倒腾一番，倒入碗中就是碧绿的毛豆。无论盐水毛豆还是糟卤毛豆，食后有令人齿颊留香的满足感。虽是简单的活计，但我还是有过败笔。有次做清水煮毛豆，间隙接到一个电话，与朋友"嘎讪胡"，直到一股焦煳味弥散，我猛然想起正煮着的毛豆，奔向灶间，钢精锅已经乌漆麻黑的，烧焦的毛豆只得忍痛倒掉。

毛豆最能百搭摆谱的是夏天。萧山萝卜干炒毛豆、雪里蕻咸菜炒毛豆，是弄堂人家过泡饭的绝配。那些年，我们小巴辣子晚饭后做"盗江山"游戏，几圈奔跑下来，汗水答答滴、肚皮咕咕叫，回家用开水泡饭，就着萝卜干炒毛豆、咸菜炒毛豆，稀里哗啦地吃得很畅快。

夏天的冬瓜烧毛豆尤为适宜，毛豆中的钾含量很高，夏天常吃，可以助人弥补因出汗过多而导致的钾流失，从而缓解疲乏无力和食欲下降，是寻常人家饭桌上的常见菜，讲究一点儿的人家还加入些许开洋，如此做出的冬瓜毛豆既口味鲜淡，又能通气还补钾补镁，一举多得。

当然，毛豆最具诱惑力的，无疑是它的最佳拍档面拖蟹。这时的螃蟹，被称作"六月黄"，就是膏黄还没有长"老结"的螃蟹，其肉质鲜甜，在面拖蟹里合适地撒入一些毛豆，青翠的毛豆珠圆玉润，点缀着金黄的面酱和橘红的螃蟹，色香味令人陶醉。童年时的情景再现：爸爸下班回家带回一串小毛蟹，也就是上海人说的六月黄，妈妈做成毛豆面拖蟹，我家小巴辣子胜过吃珍馐佳肴，连薄薄的面酱都抢着拌饭，个个撑得肚子圆鼓鼓的。

读到一首"毛豆诗"：青青毛豆茎叶间，一片翠绿包围满。待到丰硕成熟时，一锅开水豆香颜。可谓毛豆一生历程的写照，但我感觉意犹未尽，不妨添上一笔，就说那些年吧，弄堂里还未安装管道煤气，在夏天的大日头下，将毛豆壳晒干收集，生煤球炉时用作引火材料甚好。毛豆为人们的付出，堪称物尽其所用啊。

（2022年7月8日）

玩伴喵星人

　　退休以后，日常生活的重点转移到柴米油盐酱醋茶，社交活动的基点落实到聚会旅游广场舞，但感觉如此的常态化生活似乎还缺少点乐趣和灵动。自从家里接纳了喵星人阿黄，犹如结识了一位可爱有灵性的朋友，同时有了一份责任感。我意识到，原来阿黄就是我的期待，为我和老公的退休生活锦上添花。

　　我本不愿豢养宠物，阿黄是被女儿带回家的流浪猫。刚来家时，它惊恐地瞪大眼睛，抖索着小小的身躯，直往暗处和角落里钻。女儿上班早出晚归的，照料阿黄的事务就落到我和老公身上。

　　与阿黄朝夕相处中，它逐渐与我们熟悉亲近。它的听觉很灵敏，家人外出回家，它能辨别出门外的脚步声，嗖地蹿到门口迎接，然后就对着你翻滚撒娇，挤挨过来在你的腿上蹭来蹭去的；当我们议论它时，它瞅瞅这个，看看那个，从我们的表情、语调、动作上来判断是否对它有利。每天早晨，它会在最早起床的老公身后跟进跟出，当老公问它："侬是要吃饭饭伐？"它会"喵——呜"拉长声音，嗲嗲地回应。

　　阿黄成为我家得宠的喵星人，它也因此肆无忌惮，以致上演了老公与它斗智的故事。家里的床是那种底下带抽屉可以储物的。自打阿黄发现这个秘密后，围着床转悠了数圈，竟然扒开了抽屉钻了进去，床下的四个抽屉间是有空隙的，它畅快地在里面与我们玩"躲猫猫"。老公只得制作了几个木楔嵌进抽屉与地板之间的空隙，阿黄再也无力拨开抽屉。

　　家里衣橱门是移动的，稍不留神，阿黄就用小爪子扒呀扒的，扒开了衣橱门隐身橱中，以至于橱门边上的毛刷条都被它拉扯坏了。老公从网上搜索到"磁性移门门吸"，网购来安装上，得意地对我宣称，阿黄再也扒不开了。但是，当我俩外出回家，不见门口迎接的阿黄就情知不妙，果不其然，移门还是被扒开了，门框上留下两个安装磁片的小洞。再说一下，阿黄小爪子的"拨功"也是了得的，家里的花草盆瓶，经常经它的"拨功"化作碎片。我"阿Q式"地对老公、女儿说："不能对它这不许那不准的，否则，它还有什么乐趣呢？"

　　我想，当我老到步履蹒跚时，有喵星人的相伴，它的善解人意，它的机灵顽皮，它的诉求表达，都会成为我从容快乐老去的激励。有喵星人相伴的老年时光，真好！

（2022年7月）

我的购书发票

受疫情影响，全域静态管理期间，我在家翻阅书籍，找资料，意外发现，一些被束之高阁的书里，还夹着当年购书的发票。

这些发票，多为20世纪80年代在南京东路新华书店买书时开具的，以文学书籍居多，还有几部工具书。这些书，是改革开放后，文学艺术领域和出版界热潮涌动的写照。

年少时，鲜有文学书籍可阅读。读到的第一本中国小说是《欧阳海之歌》，第一本外国小说是《钢铁是怎样炼成的》。尽管读得半生不熟，还是被书中故事吸引。后来，同一幢楼里的青年工人，不知从哪里弄来《崩溃》《三个火枪手》《斯巴达克斯》等外国小说，只能借给我短短几天，令我读得废寝忘食。此后，我期待自己拥有众多的文学名著，信手拈来就可以阅读。成为小青工后，我的零花钱几乎都用来买书和集邮。

回想当年买书的情景，意趣多多。有一次，在长寿路西康路那里的新华书店门口，一个男青年拿着人民文学出版社出版的上下两册《安娜·卡列尼娜》兜售，定价2元9角。他说2元2角就出手，我一冲动，成交啦。这本书是没有发票的。后来，我与丈夫因为买书相识相恋。我专买文学类书籍，丈夫专买科技类书籍，进了书店，各自到喜爱的书柜买书。有一次，买到心仪已久的《简·爱》后，我竟忘记是与丈夫一起来的，自顾自离开书店，等乘上公交车才想起。

当年，怀揣着大学梦，我参加华东师范大学中文系自学考试。《中国历代诗歌选》《辞源》《中国大百科全书（文学类）》等成为我的工具书，那是我积攒了所有的零花钱买下的。翻开这些弥散着油墨馨香的书，我沉浸在汲取知识的快乐中。还有那本1978年出版的《现代汉语词典》(售价5元4角),是我当学徒工时,用一季度5元的奖金购买的。直到如今,我还经常查阅这本"老法师"。再说说《辞海》吧,那年,我与老公正谈婚论嫁,他的同学找来,说是办喜酒缺钱,愿将定价55元一套的《辞海》30元出让给我们。那时的30元,可办一桌蛮像样的酒席。老公与我商量,同是爱书人,我们以原价买下了这套书。有这些工具书助力,我通过自学考试,获得了《现代汉语》《古代汉语》《写作》等六门学科的证书。后来,厂里要求我参加职工大学考试,又是依靠这些工具书,我考上了"企业管理"专科。

我常常在南京东路新华书店买书,因为距书店不远处就是上海邮票公司。那个年代,我还是集邮发烧友呢。畅游书店后,再到邮票公司领略方寸天地的奥妙。那些年,集邮时兴盖过邮戳的"信销票"。我喜欢淘邮票公司折价出售的"纪、特"票的盖销票;到了新邮发行这天,为了获得盖有发行日纪念章图案和邮戳的首日封实寄封,我总是调休半天赶到邮票公司。完成集邮任务之后,再赶到不远处的新华书店。如果适逢休息日,还会到福州路图书街畅游一番。这条路上,古籍书店、上海书店、文史哲书店、科技书店、外文书店……门类齐全。徜徉书海,真是别样的享受啊。

这些购书发票,在时光轻抚中陪伴我将近40年。这些书犹如挚友,书有价、知识无价。

(2022年6月30日)

食之不厌是青菜

毗邻住家的花鸟奇石市场，正有阳光将场内照得敞亮，午后暖阳诱人，欣然入内逗鸟赏花观奇石。

在一家奇石馆门前，几个花盆里有青翠欲滴的花叶，与其说是花盆，不如说是花缸。我不禁思忖，是什么花？叶子也不甘寂寞地张扬？咦！有些像青菜啊。打开手机的"识花"功能，跳出的解读是"青菜花"，还配有古人小诗："只供寒士饱诗肠，不伴佳人上绣床。黄蝶似花花似蝶，柴门春尽满田春。"

青菜种在花缸里，少见多怪的我揣度店主的用意：这些花缸闲着也是闲着，不如种上好侍弄的青菜，既增添绿色又能食用，何乐而不为？不禁为店主的创意折服。

融融暖意中，思绪随花缸里的青菜荡漾，这诗中"黄蝶似花花似蝶"，莫不是油菜花？每到春天，田野上一片片的金黄携沁香随风摇曳，惹得踏青赏春者亦心旌摇曳。我的认知，青菜开花后就是上海人说的菜苔，菜苔花就是油菜花。然而向农作物专家凌耕老师求证，获知青菜开花前的青茎是菜苔，上海人喜欢食用；菜苔花与油菜花相似却并非同一种花，而且作用不同，菜苔花结籽后用作种子，油菜花结籽后用于榨油，真是学无止境啊。

青菜是中国最为普遍的绿色菜之一。记忆犹新，青菜是我年少时家中的主打菜。那些年物资匮乏，鸡鸭鱼肉鲜有上饭桌的，每天青菜萝卜或青菜豆芽，即便如此，青菜上桌，我们四个孩子还是如风卷残云般将一大碗青菜吃得底朝天。我妈无奈，只得将积攒的少许鸡蛋，隔三岔五打个鸡蛋调制成一大碗稀薄的蛋汤，给我们补充营养。

彼时，我家居住甘泉新村，新村路北部是农田。时常有农民收割青菜，将切下的一段菜头和外层的菜皮留在地里，据说收下的菜要做成真空包装，用作备战备荒。我们这些"小巴辣子"拎起菜篮，结伴奔赴农田捡拾菜头和菜皮，就连住二楼周家的几个孩子，也毫无顾忌地快乐同行。他们的爸爸可是电力工程师，收入不菲，妈妈是棉纺厂的技术人员，收入高于一般工人，在工人新村，他们家堪称"大户"。有时，农民不解地问他们，你们穿得这么鲜亮，家里肯定很有钱，也来拾菜皮？

一番劳作后，每人有满满一篮收获，几乎每家都会腌制咸菜。我妈会将几个孩子拾来的菜根和菜皮，摊在一张竹榻上晒上一两天，然后腌制在一口大缸里。我的任务是赤脚跨进缸里，在撒上盐的菜上踩踏，然后再铺上几层菜撒上盐继续踩踏，盐的颗粒硌得我的脚底生疼，我却像做游戏似的觉得好玩。几次三番后踩踏完成，我妈在菜上压上一块大石头，过十天半月，腌制的菜渗出水就可以翻缸了，将下层的翻到上面就可食用了。冬天，蔬菜难买时取出几颗煸炒一番，这咸菜透亮的金黄、红椒末的点缀，这色香诱人口中生津，作为早餐过泡饭的小菜，过瘾的感觉至今难忘。

如今食物丰盛，人们不患食无鸡鸭鱼肉，只恐少有绿色菜，所以更青睐青菜。青菜一年四季都有，但最美味的是霜打后的青菜，口感香糯甜津，上海人买青菜更愿挑本地"矮脚菜"。如今青菜品种繁多，诸如苏州青菜、无锡青菜等，不但价格实惠，口感亦不比本地菜差，但这些青菜在其他季节，口感略苦且粗糙，倒是有宁夏青菜独占鳌头香糯依然。我家的"买汰烧"爷叔，就让全家吃宁夏青菜。我跟随老公逛菜市，在一处边角摊位前，看到宁夏青菜价格比其他品种青菜贵不少，女摊主说，菜摊位置不佳，只能以优质取胜，顾客吃过我的青菜，赞美是青菜中的"贵族"，乐意再来，所以生意还不错。我赞叹女摊主的生意经，更赞叹我国大西北的黄土地，在人们创新、科技兴农中，培育出很多品质优良的果蔬，令全国人民受益。

"欣欣此生意，自尔为佳节"，我食之不厌的青菜，也是我人生绿色美好时光的演绎者。

（2022年3月5日）

红 石 蒜

公园小道两旁的绿草丛里，各冒出一支嫣红的石蒜花，它们以一根细细的花茎撑开一个伞面而分外妖娆。两顶小红伞安居一隅，隔岸相望，好一幅绿肥红瘦的画面。真是只要有善于发现美的心境，处处能带给你惊喜。

打开手机镜头调节到大光圈，用侧逆光拍下这株红石蒜。小道另一侧的红石蒜，因相距较远调节不到最佳拍摄位置，注视片刻默默对它说，尊重你的孤芳自赏，不打扰你啦。

在公园悠闲散步后从原路折返，再向红石蒜行注目礼，却惊愕地看到，那侧远距的红石蒜竟然被人采摘扔在路旁，呈支离破碎状，犹似受到侵害的少女嘤嘤啜泣。愤怒悲悯霎时涌上我心头：这"采花大盗"不啻流氓恶少，肆意凌辱了这纯真的少女扬长而去。我默默地将零落的红石蒜捡起，轻轻置放绿草丛中，即使它已凋零形散，也应让它魂归故里啊。

第一次遇见红石蒜，是20世纪90年代末。彼时，我荣获虹口区"三八红旗手"，参加区妇联组织的武夷山疗养团队。那时我正热衷摄影，背着海鸥DF-300单反变焦相机，扛着三脚架兴致勃勃地去了。在为团友们拍摄时，还抓拍山水风景、奇花异草，这就撞见了草丛中一株红石蒜。我被惊艳到了，匆匆调节相机到大光圈拍摄了几张，但不知这"花仙子"为何名，那时未有手机可随时上网请教。回到上海，即刻去到四川北路"英姿"照相馆印出来，自我感觉不赖。那时恰好在信箱里收到一张赠阅的《中国花卉报》，翻看到有花草摄影作品的版面，便尝试将相片邮寄给报社，因不知花名，就将作品题为"万绿丛中一点红"。未过多久，竟然收到报社寄来的报纸，我的作品赫然在目。对于初学摄影的我，那种兴奋无以言表。

　　之后，在鲁迅公园采风又见红石蒜，还有幸结识摄影大咖徐和德先生。在公园的一棵针叶松下，惊喜地看到一株株红石蒜犹似红宝石般点缀绿茵上，晨光透过针叶松缝隙将斑驳的光影洒向红石蒜，那种诗意的感动在心中升腾期待与人分享，恰好瞥见近旁有"腔势"十足的拍摄者，放下矜持冒昧请教，获知此花学名"石蒜"。此后遇见石蒜花，总会情不自禁地多瞅几眼，如果带着相机总要拍摄几张。而今，手机摄影更方便，拍摄了很多次石蒜花，却总感觉没能拍摄出石蒜花特有的气质风骨。

　　不久前，观看电视剧《功勋》，在袁隆平先生的住处，有好几个镜头中出现大片红石蒜，尽管不是实景，但作为环境背景，那一丛丛的红石蒜在画面中既诗意又悲情，似乎与艺术的表现手法有关：袁隆平每当获得成功或遭遇挫折，都会向栖身天国彼岸的妈妈倾诉。美丽的红石蒜，有人寓意为"彼岸花"，开花时看不见叶，有叶时看不见开花，叶和花总是隔岸相望。袁隆平院士志存高远，不但是为完成妈妈的夙愿，更是为人类不受饥饿威胁竭诚奉献。

　　也有人用悲情释义红石蒜：开花鲜艳如血，却与叶凄惨唯美而永不相遇。有一部微电影，用红石蒜的比拟手法叙述故事：一位古稀老人，独自穿越台湾海峡，来到阔别半个多世纪的故土——青浦古镇，只为寻找当年的那个她，但当他相隔那么长的岁月赶到时，一切皆已成往事，岁月经不起长久的等待，一转身即是永远，耳边的承诺犹在，然伊人已逝……

　　我不甚明白，红石蒜为什么还有别名——曼珠沙华，佛教典故里，曼珠沙华是大吉之花。尽管如此，我更愿意认为红石蒜之红是中国红，国人对于红石蒜的欣赏，似乎也更倾向这样描述：石蒜中最具传奇色彩的是红花石蒜，人们欣赏它的花语：优美纯洁挚爱无尽，它即使不开花时，也似油绿油绿的大蒜，不需要特别的栽培，天生天养地生机勃勃，不正是中华民族不屈不挠、顽强奋斗、生生不息的精神写照吗？

　　那日，我又步入公园小道，但见翁郁的草丛中，一株株的红石蒜花争相钻出，那艳艳的红又是生机一片。

（2022年1月）

我珍藏的摄影杂志

如今，进入手机摄影时代，随时随处可随心所欲地拍摄，但我还是珍藏着五本20世纪30年代的摄影杂志，时常取出欣赏摄影发展历程中的那些片段。

这几本杂志，有介绍柯达相机和胶卷的，有介绍风光照和生活照拍摄技巧的，有作者投稿的作品，有编者和读者的互动，还有"月赛简章""投稿简章"等。令人大开眼界的，是由美国新闻处提供的"摄影新贡献"栏目，那篇"在七十英里高空摄取地球的表面"的图配文，是那个年代高新科技的典型。

尽管还有不少其他的摄影书刊，但我最钟情这五本薄薄的三十二开版摄影杂志，市面上很稀有，凝聚着一对居民老夫妇的真情实意。

20世纪90年代，我从事社区工作。工作的区域里老旧住房偏多，老年人居多，困难家庭也不少。为了给老年人多提供有益身心健康的文娱活动，我和居委会干部经常组织老人游览参观，为给难得有机会拍照的老人留下美好的念想。从未摆弄过照相机的我，用积攒的稿费买了一架海鸥DF-300单反变焦国产相机，还厚着脸皮挤进北京西路银发大厦里的老年大学摄影班学习。每次社区活动，我都毛遂自荐充当摄影师，乐此不疲地为居民拍照。并挑选出部分比较满意的作品，送到照相店放大、压膜后送给居民。看到老人们瞅着相片上的自己，脸上的褶皱洋溢着欢笑，我亦很得意，很陶醉。

当年，西安路上有一家"德云摄影社"，店主姜先生摄影技术好，暗房技术亦了得，我成了该店的常客。21世纪初年的重阳节，我了解到很多老人从未拍摄过婚纱照，就策划了为金婚夫妇拍摄婚纱照的活动。我向姜先生借用婚纱、西装和领带，他大方地让我选了五六套。我们在石库门里张灯结彩，给金婚老人拍摄婚纱照。老人们的幸福感溢于言表。当我将居委会老主任王阿姨和她丈夫宋爷叔的彩色合影送到他们手上，夫妇俩捧着16英寸的大相片，端详着身穿礼服绽放幸福笑容的自己，仿佛回到了年轻时代。

几天后，王阿姨、宋爷叔郑重其事地来找我，要我收下宋爷叔早年收藏的这几本摄影杂志。原来，年轻时的宋爷叔是热衷摄影的富家子弟，收藏过不少摄影杂志。世事变迁，如今只留存下这五本。他说自己年纪大了，这些书赠送给我，借此感谢我对老年人的真情付出。

莫道桑榆晚，人间重晚晴。五本薄薄的摄影杂志，是我当年从事社区工作，与老人们真情相融的见证。

（2022年1月27日）

跟着"买汰烧"爷叔办年货

最解风情烟火气,年年岁岁迎"年"欢。

中华民族特有的新春佳节——"年",正在赶来的路上。大街小巷的年味亦愈浓郁,荡漾在超市菜场里,飘逸在商厦店铺中,更有酒家饭店"吸睛"告示:本店年夜饭订座已满。以我的感受,观赏提着购物袋、拉着购物车、透着满足感置办年货的人们营造的这种年味序曲,才更令人陶醉和享受。

虽说如今人们的吃穿用度丰富,只要你想,好吃的好用的,只须外出兜上一圈抑或动动手指刷下屏就能获得。但这个"年",它就是有那么巨大的诱惑力让你抗拒不了,必得眼观六路、耳听八方,亲自上阵搬回家,搞得家里像食品大展销,才觉得舒心惬意。

为体验一把年味,我兴致勃勃地跟随我家"买汰烧"爷叔,逛市场、购年货。踏进菜场,扑面而来的是各臻其妙的腌腊食品:一条条悬梁垂挂的鳗鲞和风干青鱼,互不谦让抓人眼球;一串串色泽温润的腊肠和肉枣,携手并列向人致意;还有一排排井然有序的风鹅和板鸭,兼顾一片片似紫檀木的酱油肉,不甘寂寞地诱人回眸……它们都是为舞弄醇香年味而来,由买家私人订制,卖家代为加工。这类腌腊食品,可以存放较长时间,是过年的必备品,既可用作单一冷盆,又可做成花式大拼盘,满足不时之需。

乘兴又到海鲜、河鲜类水产品柜台浏览。此处鱼虾、贝类可是年桌上重量级的主菜,品种之多令你目不暇接。清蒸、红烧、干煎、水煮、茄汁等,家里的掌勺人尽可使出十八般厨艺。专卖清水大闸蟹的摊位更惹人注目,但见一只只青壳油亮,体躯敦实的大螃蟹撩拨你的心弦。我和老公当即决定，在兄弟姐妹大家庭共聚的年夜饭上，为每人提供一只肥腴鲜美的大闸蟹。闻知老板娘大年三十不营业，与她约定小年夜来买大闸蟹。老板娘一脸灿烂地告诉我们，她家在江苏泰州，一双儿女今年春节都不回乡，儿女携带孙子、孙女和外孙来父母家一起过年。她自豪地说：我家如今的日子过得舒坦自在，趁着新年休息几天，好好享受一下含饴弄孙的天伦之乐。

最有烟火气的地方，往往最能寻到舌尖上的美味。在一个腌腊摊位前，我鼓动老公买一段腌制的青鱼，再买一块五花肉，回家搞个腌腊青鱼块红烧肉，在品尝年味中迎新年。果不其然，这个鱼和肉的交融烹饪，透出的鲜香味令人垂涎欲滴，挑食的女儿回家立马眼睛放光，先拣了一块鱼和肉品尝，再赏给她老爸一个大大的赞。

抚今思昔，年少时盼望过年的快乐情景，成为记忆中一道美丽的风景。尽管那个年代物资匮乏，年节的食品是凭票供给制，但每户人家有鱼有肉有冰蛋粉等主菜；有花生、木耳、香菇、粉丝、黄花菜等干货，年夜饭的餐桌上鸡鸭鱼肉基本到位。记得那年我家的年夜饭很是丰盛：红烧肉、清蒸鱼、白斩鸡、清炒猪肝、四鲜烤麸、炒青菜，还有一个三鲜砂锅。这桌年夜饭的鸡，属于计划外，是我妈忍痛杀了一只自家养的鸡。那时我家居住的甘泉新村毗邻郊区农村，还未禁止饲养家禽；而清炒猪肝则是意外的收获。大年夜工厂提前放假，我爸说到菜场去碰碰运气，果然扫尾到最后一刀猪肝，这是急着回家过年的营业员私下留给熟人，而熟人没有按时来取，爸爸好运伴随新年脚步一起到来。我们四个孩子大快朵颐，这是我们一年中吃得最酣畅淋漓的美食节。

经历过少时的艰苦岁月，有了自己的家庭后，每年的春节我都要举行一个讨口彩的仪式，采购的菜肴中必备两道菜，一道是清炒塌棵菜豆腐、另一道是红烧花鲢鱼，这两道菜安置在餐桌上，要到大年初五零点钟声响起迎接"财神菩萨"后才下桌。塌棵菜和豆腐，取上海话的谐音"脱苦""陡富"，意即脱离苦日子，陡然富起来。当然并非期待一夜暴富，只是欢乐情绪的调侃和宣泄；红烧花鲢鱼，则寓意"红红火火""年年有余"。

腊八过后就是年，一年一岁皆美味。春节的序幕徐徐拉开，盼新年的人们已急不可耐。喝了腊八粥，抑制不住期待"年"的喜悦，又要跟随我家"买汰烧"爷叔，逛市场、办年货啦。

（2022年1月25日）

美丽的邂逅

　　金风送爽的午后，几位文友相约公园茶室聊天。我们在室外的一棵大树底下，围绕一张粗朴的木桌和几张木条凳就座。树荫似撑开的大绿伞给人凉爽惬意，有斑驳的光点洒落，平添几分情致。两个热水瓶，人手一杯茶，续水畅饮，放肆畅聊，风景这边独好。

　　微风吹拂，树枝摇曳处，欣喜地发现两只松鼠探头探脑，它们眨巴着黑宝石般狡黠的眼睛蹿下跃上，引得我等一阵欢呼。聊兴盎然中，发现有趣的一幕，每当孙老师发表高论，松鼠都会沿树干匍匐而下，然后停顿，似乎聆听孙老师的教诲，如此往返不疲；当我等七嘴八舌时，它们就跳跃到树叶中隐身。我们调侃孙老师，肯定是你的声音有特别的音律和磁性，触动松鼠的神经共鸣，被吸引来探个究竟。

　　萌萌的松鼠惹人怜爱，这个下午茶，因为有它们的介入而有趣难忘，可谓美丽的邂逅。我说，上海市区如此高密度人群的公园里，游客能与松鼠近距离相处，除有良好的生态环境，还是松鼠与人心有灵犀吧，向游客卖萌示好呢。

　　似乎，遇见松鼠，会激发人们的欢乐友善情绪。那年，我工作所在的社区，组织到莫干山旅游。我们漫步山道弯弯的石板台阶路上，两旁是茂密的树林，沿途有不少山民设摊兜售山货。旅途购物似乎是女人与生俱来的癖好，我们这些阿姨妈妈，不知哪位对山民摊前的散装炒松子感兴趣，抓起一把细细端详，但见颗颗松子油光饱满开着口子，透着微微甜味焦香，有了购买的冲动，由此生发阿姨妈妈的群体讨价还价。

　　可能是这声浪惊动了林间的松鼠，树枝上竟然出现好几只穿梭跳跃的松鼠，大家惊喜地欢呼："快看，快看，树上有松鼠！"买松子引来了松鼠，这是一场美丽的邂逅啊。我提议不砍价，我们这些人将这20多斤的松子包揽吧。满脸冒汗的女山民，黝黑的脸上绽放笑意，忙不迭地道谢。我故作卖弄地吟诵"茂林处处见松鼠，幽圃时时闻竹鸡"，你可要感谢松鼠噢，是它给你带来的好生意。其实，在奔小康的路上，山里人家的日子也是越过越红火了。

人们喜爱小动物，松鼠尤被视作可爱的小精灵，激发人们的奇思妙想。2015年秋，我和女儿到美国西部旅游，有了一回住宿黄石公园小木屋的体验。一幢幢造型别致的小木屋，散落在半人高的金色茅草中，有蜿蜒小路通向每幢有门牌号的小木屋，令人诗心萌动，但最精彩的莫过于高大的水杉树上不时有松鼠的靓影闪现，它们嬉戏追逐，间或吱溜一下从上蹿到树下，模仿人坐的模样，一条帽缨形毛茸茸的大尾巴向上翘着，盖过了头顶，遮护小小的身躯，两只小前爪似乎在向游客作揖，那种轻盈、机灵、乖巧可爱之极。小木屋的体验带给我的欢愉和感动当属松鼠。临别，我们恋恋不舍地道声"小松鼠，可爱的小精灵，期待与你再见"！

后面的旅途，与松鼠美丽的邂逅，仍是我和女儿津津乐道的话题。只是，我俩也有一些疑惑，为什么名字中带有"鼠"的小动物，多为令人讨厌憎恶的。诸如田鼠、仓鼠、鼹鼠、土拨鼠、黄鼠狼之类，如果这些"鼠"们不是对农作物有害的，不会破坏生态的，也如松鼠般可供观赏，可与人和谐相处，那会是怎样生动有趣的场面啊。

万物皆有灵性，我与松鼠美丽的邂逅，为我生活经历中增添了一抹缤纷的色彩。

（2021年11月19日）

用音符点缀生活

2021年国庆节，老公在家族群里发了一首他的口琴吹奏曲《我和我的祖国》，作为向家人"早上好"的问候，我的妹妹将它制作成了"欢乐国庆节"视频的背景音乐，发往她的朋友圈，获得众多圈友点赞。

老公吹奏口琴，缘起无意中发现女儿读小学时曾用过的一支"国光牌"口琴，萌发了兴趣，找出一本乐谱，竟能吹出六七分韵味。老公打小喜爱音乐，一首新歌，跟着哼哼就能基本成调。少年时自己攒下零用钱买个"凤凰琴"自娱自乐。以后，到农村插队，公社举办迎新年军民联欢晚会，他的笛子独奏和月琴伴奏是绝活，还出演过黄梅戏中"路人甲"之类。

后来，老公成为机械设计工程师，忙于工作和生计，就再也没有碰过乐器了。发现这支口琴，他就跟着网络习练，并按曲调要求，花了几千元买来又一组12支的口琴，每天除了"买汰烧"，不亦乐乎地自吹自乐。也就三五个月，从民间小调到世界名歌都能吹上几曲，还侵占我书房的一角，增添了录音设备等。以至于时常有朋友在群里索取欣赏免费口琴乐曲。

亲朋好友的赞誉，极大地提振了老公的自信心，他从吹奏口琴向弹奏钢琴跃进。特地网购了特伦斯"手卷"钢琴，每天完成口琴吹奏后，就在餐桌上展开手卷钢琴，跟着网络学习钢琴弹奏，还真有点"未成曲调先有情"的范儿。悟出点门道后，步行半小时，来到女儿住处的钢琴上体验，我笑称他这是学音乐和健身同频共振啊。如今，老公已能双手同步在钢琴上弹奏简单的乐曲。

每天有乐曲萦绕，有音符点缀的生活，老公忙并快乐着，是"音乐盲"的我，时常码字码得才思枯竭，会被激发出几许灵感，感叹：老年人的生活，有多种形式可以畅享啊。

60岁学吹打的老公，人生再出发的路上，目标是营造美好的晚晴风景线，将罹患"阿尔茨海默病"的风险降至最低，为老龄化社会尽点绵薄之力。

（2021年11月12日）

结香：芬芳自在不言中

　　说是能入药的花草多是姿色平平的，因为观赏价值不高，就让它们成为药给人治病，也是物尽其用吧；而那些争奇斗艳、夺人眼球的花草，因为能取悦赏花人，自是飞扬跋扈、趾高气昂的舒展。对于花草界的此类评说，是半个世纪前，与我家同住工人新村一幢楼的吴先生说的。在我们这群"小巴辣子"眼中，他是上知天文地理、下通鸡毛蒜皮的百科全书，他的话总是被我们奉为金科玉律。

　　工作以后，我爱上摄影，购置了单反变焦相机，尤爱拍摄花草。诸如，大宁郁金香公园的郁金香展、南翔古猗园的荷花展、共青森林公园的菊花展、上海植物园的百花展等。每次我都很有"做派"地背上单反相机和三脚架前去拍摄。那时的我，像似"采花大盗"在花丛中寻觅穿梭。说来奇怪，拍摄了很多花草，也获知不少花草的芳名，但有一种花，我几乎没有对它正眼探视一下，只因在我眼中，它一个个小小的花骨朵委实貌不惊人，激不起我拍摄的热情，即使到了盛花期，其灰白淡黄的花色，加上团团簇拥的花朵，欲拍成娇媚妖娆的花姿，也是我力有不逮的。

　　直到有一次，我途经此花的一片花林，适逢几位阿姨妈妈也经过，只听得她们七嘴八舌：这是什么花啊？怎么有股中药香？引得我也不觉深深地呼吸一下，嗅觉瞬间兴奋，这药香中还有清甜的芬芳哩。以前，我为何未曾留意过它呢？只听其中一位说，这种花叫"结香"，具有很高的中药价值。那时还没有手机识花软件，回到家，我即刻请教"度娘"，得知结香的经济价值，茎皮纤维可做高级纸及人造棉原料；药用价值，全株入药能舒筋活络，消炎止痛等。我恍然大悟，这结香不就应了"桃李不言，下自成蹊"吗？我不在乎它，并不影响它倾情奉献、乐于助人的精神。

至此，每每经过结香花林，我会放慢脚步，对它多瞅几眼。如此，熟读了结香的意韵和意趣。结香的枝丫是向上伸展的，爆出的嫩芽，徐徐地变换成小小花蕾，像极了一个个悬挂的小铃铛，随风摇曳中，它却又是沉默的，不张扬的，纯情纯真的。结香花一般在冬末春初开花，只待化作一味味药香完成生命的升华。

很惊讶和好奇，结香树枝上的一个个圈圈，难道是它天然长成的？向园林人员请教，原来这是人为的，是为避免结香树枝杂乱无序生长，使其在生长时期，呈现一种美好的形状；还有一个原因，结香树在很多地方被认为是爱情许愿树，或为俘获如意郎君，或为觅得倾慕女子，在春风沉醉的时节，人们将心中千千结般缠绵的爱恋，在结香树上圈成一个个美好的愿望。有诗为证："结香花黄惹人思，寻明月白添客愁。遥想故乡几百里，放眼红颜第一忧。"其实，尽管结香花名中有"结"，但它本身是没有心结的，它任劳任怨地成为人们寄予爱情的载体，它的花语因此是喜接连枝，寓意美好和幸福。

最近热播的电视剧《功勋》中，屠呦呦研制的青蒿素攻克疟原虫，为人类战胜疟疾做出了伟大贡献。我思忖这青蒿素的提炼植物青蒿不也是其貌不扬的吗？似乎佐证了吴先生论点的正确。然而，且慢，在中药铺里，我看到了诸如玫瑰花、合欢花、蜡梅花、金银花、桃花、菊花众多美丽娇艳的花，竟然也都是可以入药的，颠覆了吴先生的一家之言，也纠正了我的孤陋寡闻。

"草木有本性，何求美人折。"个人喜好哪种花草，由不得结香花们，但李红柳绿、姚黄魏紫乃至庞大的植物界，都以各自的生命、生态和灵感在地球与人类共生共存，自有它们存在的一万个理由。我还是愿意赞美结香：不以物喜、不以己悲，甘愿以一己之力无私奉献，这，就是它的大境界所在。

日前，再次经过一片结香花林，花苞已悄然从叶茎根部破壁而出，距离结香花绽放的时日不远啦。届时，我还会前来感受它特有的药香，欣赏它绒球般簇拥的花朵，与它同享我们美好的生态环境。

（2021年11月1日）

"布偶"来做客

　　长假前夕，女儿的同事要回外地老家度假，把两只布偶小猫寄养我家。打开笼子，两猫一前一后钻出来，东瞅瞅西瞧瞧，毫不拘束。倒是我家的橘猫阿黄，毛发竖起，龇牙咧嘴地对着它们唬气，然后"啊——啊——"地惨叫，这是我第一次听到它发出这种令人战栗的叫声。接着，阿黄掉头逃进我们的卧室，熟练地扒开衣橱门，躲将进去。女儿说，阿黄患了社交恐惧症。这两只布偶捣蛋鬼，倒具备强大的"牛逼社交"潜力。

　　布偶是双胞胎兄妹，我为它们起名"大白""小白"。它们才不顾及阿黄的感受，欢快地蹿进蹦出。见到阿黄的饭碗，放肆大嚼，才不管自己断奶不久。惊得我强行拨开它们，藏起阿黄的猫食盆，为它们准备了专用饭碗和水盆。

　　为了不让布偶客人和原住民阿黄互相搅扰，我将大白小白安顿在阳台上，阿黄在客厅。夜间，它们卧在自己的领地，相安无事。可是，一大清早，大白小白就"喵呜、喵呜"地叫唤，迫使我这个惯睡懒觉的猫奴起身履职。见猫食盆已底朝天，我倒入猫粮，安抚大白小白："宝宝乖，吃饭饭啦。"看它俩头抵着头，吃得津津有味，我忙着打扫。谁知，阳台门一开，它们闪电般奔入客厅，扑向阿黄的饭碗，吃将起来，惊得阿黄落荒而逃。我只得在阿黄进食时，将大白小白遣返阳台。吃不到阿黄的饭食，布偶兄妹转而侵占阿黄的水盆，"吧咂吧咂"，美滋滋地饮水，似乎阿黄水盆里的水比它们的甜。我叹息，都是一个水壶倒出来的，有区别吗？

　　有客来访，最是布偶兄妹卖萌撒娇的好时机。此时，生无可恋的阿黄已经躲进衣橱，千呼万唤不出来。这对小捣蛋鬼，却用闪烁着蓝宝石光彩的迷人眼睛打量着来人，任凭人家抱起它们，尽情爱抚。它们撒欢跳跃，累了，在哪儿都能躺倒酣睡，四仰八叉，大有"我醉欲眠君且去"的诗仙风范。

对我这新主人，布偶兄妹更是恣意妄为。我靠在沙发上小憩，它俩就跳到我身上，拱啊顶啊，或在我身旁熟睡；我喝酸奶，它俩都扒到我身上虎视眈眈，我只得将剩下的酸奶分一点儿给它们。小白将整个猫脸顶进酸奶盒，出来时，脸上沾满酸奶；紧接着，大白又急吼吼地钻进酸奶盒。

才三四天的工夫，机灵的小白竟学会跳上阳台上的洗衣机，然后跳上卫生间的窗台，再通过打开的窗户，冲进客厅。大白紧随其后。狭路相逢数日，阿黄终于接受了布偶兄妹存在的事实。大白还在阿黄身后跟进跟出，欲巴结这位老寨主，甚至把脸凑上去。"啪"，阿黄撩起爪子，冷不丁打向大白，警告它"请保持社交距离"！

10天后，大白小白回家了。我家的床上、沙发上乃至饭桌上，都留下了它们的印迹。这个长假，布偶兄妹给我家带来了别样的欢乐。

（2021年10月21日）

一件纯涤纶两用衫

在举国欢庆中国共产党建党100周年的日子里，我在享受安宁幸福的生活中，思绪常被带到这些年来亲历的祖国变化发展，由衷感受到我们的党是真正为人民谋幸福的党。从一件衣服亦可见一斑。

我有一件穿过多年的纯涤纶两用衫至今保存着。

在如今家庭收纳"断舍离"大行其道的年代，对于替换下来的可有可无的衣物，我都毫不犹豫地投放到社区的废旧物品智能回收站，唯独这件纯涤纶两用衫，每次整理衣物时，摩挲后又被我保留下来。因为，这件衣服于我而言，是为我的形象"塑造"做出过贡献的，更是改革开放后，人们衣着从"黑白灰"向多姿多彩过渡的见证。

这件纯涤纶两用衫，是20世纪80年代初，我花了28元购买的，这对拿每月36元青工工资的我来说，可是一笔大开销。还清楚地记得，那天，我妈陪着兴冲冲的我，到住家附近甘泉新村的小服装店选购两用衫。那位戴眼镜的营业员爷叔，热忱地向我们介绍这款新产品——纯涤纶两用衫。我对着镜子试穿衣服时，土不啦唧的我，瞬间感到自己变靓丽了，我妈打量着我，也连连说好。这件挺括、时尚、合身的衣服，是我有生以来穿得价钱最贵，也是穿得最登样的衣服。

此前，我穿过的两用衫基本是棉布或卡其布的，衣服易磨损易起褶皱。在那个实行计划供应的年代，是需要布票才能买到布料或成衣的，成年人每人一年的计划布票，一般只够做一套衣服。所以，只有一件卡其布两用衫的我，上班穿一个星期，待到休息天才能洗，到了下周上班继续穿，春秋两季就是依赖这件"老套头"两用衫撑过的。

　　如今，想起这件压箱底的纯涤纶两用衫，缘起与年少时旧居楼里的小伙伴"鬈毛"的相聚。"鬈毛"的名字叫丽华，因为长了一头天然鬈曲的头发，被小伙伴起了绰号"鬈毛"。分别30多年后的再相聚，有聊不完的话题。聊到了她那化工工程师的爸爸，也是共产党员的爸爸，当年离开家人到郊区金山投身祖国建设。我国在金山区设立的大型石油化工企业，是千百万建设者在烂泥滩涂上战天斗地构筑出来的，她的爸爸也是其中的一分子。当年到金山的交通要坐火车，远不如现今这么方便，丽华爸爸不常回家，为了照顾他的生活，丽华妈妈去了金山，留下丽华三姐妹"小鬼当家"。

　　我感动、感激之情油然而生。正是因为有了金山石化总厂，我们上海市民乃至全国人民再也不用为布票发愁了，衣服逐渐地多样起来。我的这件纯涤纶两用衫就是有了金山石化总厂后，才被制作出来的。当年是工厂团干部的我，外出参加会议和活动，总算有件比较像样的衣服啦，自信心增添了不少。

　　以后，我"翻行头"的衣服越来越多，面料也越来越考究，衣物淘汰也越来越快，纯涤纶面料的衣服早已不被稀罕，但我还是对这件两用衫情有独钟，还曾让它在舞台上派上了用场。那是在提篮桥街道（今北外滩街道）举办的"纪念改革开放30周年文艺汇演"中，上演一部小品，讲述的是社区居民，在改革开放浪潮激励下，从贫困户创业成为企业老板的故事，我这件纯涤纶两用衫，成为20世纪80年代女主角穿的道具衣服。

　　今天，我们用精彩纷呈的服装装扮自己，是人民生活水平极大提高的缩影，也有丽华爸爸的一份功劳，更是我们党杰出领导的结果。

（2021年9月26日）

炫耀旧刊之乐

如今，生活形态万花筒般精彩纷呈，每每有快乐、有得意之事，刷屏微信在朋友圈展示，那种炫耀、那种嘚瑟，开心了自己，愉悦了圈友，何乐而不为。

这不，我倒腾书橱，发现了20世纪七八十年代的一沓旧刊物，有《革命文物》《历史研究》《学习与批判》《诗刊》等10多种。摩挲这些纸张泛黄发脆的刊物，既惊喜又爱怜，它们可都是经过我几次三番"留存还是淘汰"的幸存者，如今倒有了些可炫耀之处。忙不迭拍摄图片发往朋友圈，果不其然，朋友圈点赞者、评论者众多。于我，真是快乐发一回啊，赞叹：有互联网的年代真好！以往那些年，即使拥有再多可炫耀的物件，也不能如此直观便捷地展现给别人共同欣赏，发挥众乐乐的作用。

说起炫耀的乐趣，因人而异。

有人炫耀的乐趣是数钱，拥有一沓沓的钞票，数钱数到手抽筋，获得酣畅淋漓的乐趣。尽管如今已进入数字人民币时代，但我相信，不会有人拒绝数点现金的。有例为证：住我楼上的小刚，到我家串门，神秘兮兮又炫耀地对我说："张阿姨，阿拉姆妈半夜起床数钞票，数得自家眉开眼笑的。"

还有人炫耀的乐趣是古董收藏。每一件藏品，如数家珍道出其奥秘的自嗨，令"瓜众"心旌摇曳。好友明先生隔三岔五晒藏品，配上古诗道出其出品年代，犹如一所网上文物鉴别知识学校、一座小型文博馆，让我等围观者饱享视觉盛宴，亦沾上了些许古董宝贝的灵气，再让它们到我的一众圈友里，借花献佛博取一番炫耀的乐趣。

再有人炫耀的乐趣是服饰展示"T台"。那些女性老同学、老同事，每游历一处，身着那一套套色泽缤纷的服饰，拗出仙袂飘飘的POSE，年逾半百的大妈上演"穿越剧"，满血复活成妙龄女子，我被惊艳得"不要不要"的，由衷地感叹：外婆、祖母们，你们可真是潇洒游一回啊。

总是观赏别人炫耀的乐趣，自己却当"潜水员"，似乎有些不地道，这次在书堆里的倒腾，让我发现了炫耀的乐趣。那些年，懵懂无知的我，对于书刊的需求是"拾到篮里就是菜"。其实，图书馆里也是可以去阅读的，但贪心的我，总想据为己有才感觉舒畅，所以不但订阅上述的刊物，甚至还有《地理知识》《科学画报》《大众医学》《周易研究》《江苏画刊》《集邮》……

几十年来，我拥有书刊们，书刊们簇拥着我，尽管我并未成为学富五车的著书立说者，亦没有寻觅到便捷稳妥的生财之道；却意外获得了炫耀那些旧书刊的乐趣。不知是否会被圈友看成了"凡尔赛"？

（2021年9月）

老公做"女红"

　　女儿的羽绒服袖子与衣身连接处脱线了，让我给缝一下。我拿出针线艰难地穿针，老公见状，拿起从杂货铺买来的穿针助手，一下就解决了。我对着"十字状"开缝处笨拙地用针，老公又看不过去，让我一边待着。但见他套上顶针箍，戴上老花镜，用"左撇子"很顺溜地行针，不一会儿就完工了，几乎看不出缝过的痕迹。

　　瞅着老公一针一线的，我想起以前女儿幼小的时候，家里常有女红的活计由老公做，他有时边做边自嘲"男做女红，越做越穷"，说得我忍俊不禁。事实否定了老公的说法，我家以后的日子是芝麻开花——节节高。

　　其实，老公不但能做"女红"，理发的水平亦不输理发店动作花哨的小伙子。我家住商丘路时，同楼面几户人家的爷叔剃头、阿姨剪发都是老公操作的。推子、剪子运作中营造出和谐邻里情。老公会理发，得推溯至20世纪70年代初，当时中学生要"学工"，他被安排到理发店学理发，一个月下来就能熟练地为顾客理发了，很得师父赞赏。及至到安徽插队后，知青点附近的不少村民和知青都找他理发，由于手艺好又不收费，让老公有好人缘，与一些同学和老乡至今有往来。

　　在我家，老公还兼有大厨的职能，亲朋好友都爱吃他烹饪的菜肴。有时在外聚餐，他会狡黠地问，这菜比我做的如何？老公能做家常菜，似乎无师自通，细想也是有出典的：老公的老爸擅长烹饪。老公小时候，常被灶间溢出的菜香诱惑，老爸做菜时就守候在旁，等着"尝味道"，日复一日，由嘴馋练就了烹饪手艺，得益终生造福全家。

　　曾经看到相关文章，说是"左撇子"的人动手能力强能成大事。我调侃老公，让你这个做科研的人才做女红，看来是我对人才潜能的有效发掘啊。其实，以前上班时，老公的主业是从事机械设备开发设计的工程师，退休后也没闲，自行开发了一套激光设备门类CAD自动绘图软件系统，常有工厂企业请他担任技术顾问。做"女红"、下厨房、给人理发纯属兴趣使然。用老公的话说，他的很多生活技能得益于做"插兄"的岁月。

古人曰：治大国若烹小鲜。我说：男子汉欲有为不拒"女红"。

（2021年4月17日）

我家猫咪的好奇心

这几天，突然发现，我家猫咪阿黄，在阳台的水斗上一蹲坐就是小半天，眼神直勾勾盯着水龙头，是什么东西吸引它如此全神贯注？我察看水龙头及周围，无异常啊。这次，我在水龙头下搓洗抹布，关龙头时没拧紧，不时有水滴下，意外发现阿黄蹲守水斗的缘由了。只见它瞄准水往下滴的当口，迅即挥动前爪接住，戏剧性地发现是它在用沾着水滴的猫爪洗脸，看得我恍然大悟：喵星人也晓得水是可以洗脸的呢，真是"功夫不负有心猫"啊。

以前小学的课本上，有"小猫钓鱼"的故事，说的是小猫钓鱼时三心二意，一会儿去抓蜻蜓，一会儿又去逮蝴蝶，猫妈妈都钓到好几条大鱼了，小猫却一条鱼也没钓到。在猫妈妈的耐心引导下，它一心一意蹲守河边，终于也钓到鱼啦。我想，阿黄到我家之前，肯定也是受到猫妈妈的引导，它的好奇心转化为有效定力。比如，为了训练阿黄运动健身，我经常用逗猫棒引诱它，逗猫棒发出的红光点，前后左右地闪烁，阿黄匍匐着，"猫视眈眈"还扭动臀部，发出"喵呜、喵呜"的声音，然后忽地窜出，迅雷不及掩耳般地扑向"红点"。有时，阿黄前期捕猎的蹲守时间太长，我这"逗猫人"倒先自屏不住了，就固定逗猫棒，由着阿黄探究。有趣的是，等我做完一件事，再看那阿黄，竟然还仰头凝视着上方的红光点纹丝不动。我嘀咕：难道它受好奇心驱使而在思考，这个红光点到底为何物？

阿黄的好奇心，还为我家捕捉蚊子和小飞虫提供导向。它只要发现它们，会追踪跳跃扑腾不止，似乎要搞出大动静引起我们注意。如果小虫子钉在雪白的墙壁上，它就会蹲坐在那里，一动不动地盯视良久。每当此时，老公挥舞着电蚊拍，啪的一声，蚊虫之类瞬间殒命，一家人可以安然入睡，当然，功在阿黄。

　　网络语"好奇心害死猫"，似乎也是对我家阿黄的写照。因对阿黄过分溺爱，它的行动不受限制，养成它在家里恣意妄为的习惯。尤其每次换过床单或沙发巾，瞅着家人忙事的空子，它趁机躺上去过把瘾；更有甚者，经常用它的小爪子扒呀扒的，将衣橱门扒开，躲在衣服堆里睡大觉，但它也为自己的出格行为付出过代价。就说那天晚上，女儿在厅里上网，阿黄又觊觎到女儿床上新换的床单和被套，毫无声息地溜进女儿房间，四仰八叉地躺在被子上熟睡了，竟还发出了鼾声。本来每次为阿黄剪指甲，总要费九牛二虎之力。这下趁阿黄"睏势懵懂"，女儿顺溜地就给它把指甲剪了。待它醒来发飙舞动小爪子报复时，犹如给女儿挠痒痒，无可奈何啦。阿黄也因好奇心吃过苦头。有次，我惬意地坐在阳光下刷手机，阿黄在一旁上蹿下跳的，我疑惑："阿黄，侬吃兴奋剂啦？"跟随阿黄动作分析它亢奋的缘由，原来是我的手机屏在太阳光下投射到墙上不停地移动，惹得好奇的阿黄"追光"呢。也许，它追得太投入了，从地板上跳到床上又跃上床架上，再向上"捉光"时，没有了立足处猛然摔到地下，幸亏这高度跌落于它是小菜一碟，它只是对着我"喵呜"了一声，就悻悻地走开了，倒让我有些于心不忍。

　　看到一句话"好奇心不仅限于人类，请不要否认猫与生俱来的这种心理特权"。阿黄的"心理特权"，给我家的日常生活添了不少乱，但在它带给我们家人的趣事和欢乐面前，添乱，成为锦上添花啦。

（2020 年 10 月 20 日）

乐 在 编 书

退休后，没有了朝九晚五的羁绊，储存心底的念想活泛起来，我要做一个新式一点儿的老人，决不能荒废花甲人生。人的模样老了，但心绝对不能老。于是，我将这个想法付诸实施，每天忙得不亦乐乎，也算体验到了不曾享受过的畅意。

2015年，我开始参与"虹口记忆"系列书籍的编辑出版。时至如今，已出版《摩都水乡》《故境纵横》《海派虹韵》，目前正在运作出版《提篮下海》。这些书中的文章、插画以及摄影图片，出自生活工作在虹口的居民、职工、作家、公务员等，他们以自己在虹口的生活经历和视角，串起了虹口印象，吉光片羽中为泛黄的"老底子"注入了时代活力。我为物色作者、落实选题，每天忙于微信、邮件之间，有时对老公呼唤的"开饭啦、开饭啦"也犹如耳边风；为了搞清一处史迹，我与作者一起寻访现场，采访居民，扎进图书馆。当然，也有无功而返的时候，但还是乐此不疲。回首之间，一年一年闪过，惊诧自己怎么比上班时还忙？算是继续实现年轻时的理想吧。

都说活到老，学到老，在繁忙的组稿出版中，我不但收获了满满的快乐，也填补了我不少知识空白点，编书的过程，也是长知识的过程。就说70多岁的书籍主编苏秉公老师吧，从策划出版到选题确定，乃至挖掘联系作者不遗余力；他制作PPT，生动翔实地阐述出版本书的意义；他还有擅长"手绘地图"的一绝，用以说明文章涉及地域的演变，令我敬佩不已。在编辑《摩都水乡》中，是他那篇《虹口港——上海的女儿河》，我知道了吴淞江（苏州河）、黄浦江及虹口港的成因和演变，刷新我对北外滩的了解。退休教师何靖华的《虹口的朝鲜人学校》，我是第一次知道，虹口的原居民也不一定知道吧；而居民蔡小鸥《百官街房屋"相亲角"》一文，以一条路的街景反映时代特征，对我的写作也是很有启发的。

我参与编辑出版这些书，是为传播海派文化、红色文化、江南文化尽绵薄之力，做这样的志愿者，我忙活、我乐意、我精彩，希望自己能拥有一个值得骄傲的老年。

（2020年10月8日）

知了的"网红季"

说夏天的火热和欢乐都是知了唱出来的绝不为过。知了的唱腔高昂激越，仿佛将蛰伏地下数年修炼的内功，汇聚于夏萌爆，唱出惊世骇俗，让原本认为它聒噪的人们，体验其特立独行的精彩，收获夏的馈赠。

知了与夏天是有约定的：夏天的绿肥红瘦，让知了当仁不让领衔昆虫界放歌，成为当季网红；知了的吟唱喧阗，也让无愁少年玩出游戏的新花样，渲染夏的多彩。

"池塘边的榕树上，知了在声声地叫着夏天……"，校园歌曲里叫夏的"知了"，在生命的轮回中，今夏歌喉再畅，给予少年冲动和创意。早年受知了欢唱诱惑的少年，已然人到中年乃至白发皓首。那些年的暑假的午后，在门窗敞开的室内，放下竹榻，用井水揩拭，放肆地躺在竹榻上，通体的凉爽掠过身躯，又被室外入侵的热风掠吻，在知了的催眠中体验凉热同享。知了的欢唱，像极了上海话唱词"热杀特、热杀特……"可能，后羿射日的冲动，亦是受知了"热煞特、热煞特……"高频率的刺激。然而，10个高挂天空的太阳，只留下当今一个，知了的"热煞特、煞特……"依然我行我素，是后羿始料未及的吧。

且说，那知了几度修炼的内功，惹得少年大汗淋漓，激怒其给知了起绰号"野无知"（上海话对知了的叫法）；其实，说少年"也无知"倒更贴切。且看，不满足隔空倾听知了歌唱的少年，脑洞大开欲与"野无知"零距离：用面粉反复揉捏，直至有了很强的黏性，再将其粘在竹竿顶端，作为捕捉"野无知"的工具。家门口的枫杨树上，小河边的杨柳树上，街道两旁的梧桐树上，知了的栖息处，都受到少年的袭扰。成为俘虏的知了，被安置在用棒冰小棍做成的笼子里，喂以它番茄、毛豆、西瓜皮之类，一群"小巴辣子"头挨头围住笼子盯视知了，果然，耐不得寂寞的知了"热煞特、热煞特……"极力表现自己，它的体内如同有个蜂鸣器，随着叫声响起，翅翼微微震动。"也无知"的少年，觉得用面粉调制的黏性不强，到修鞋匠的摊位上讨来轮胎残片，放在煤球炉上熬化做成黏合剂去粘知了。散发出的刺鼻气味令人恶心，这要在当今，可能就被认定是致癌气体啊。今夏，在树上欢唱的知了，似乎嘲讽已是爷叔级别的"你无知、你无知……"知了可能不知，少年还说，"野无知"半路被捉来"养不家"，要从小培养感情。找到树底下的小洞，将还未变身的知了挖掘出来，让其呈齿形的细细小腿吊钩在家里的纱布蚊帐上，观赏它慢慢地蜕去外壳，嬗变成弹眼落睛的知了。不会唱歌的"哑巴"知了幸运地被放生；会唱的知了照例被安置在小笼子里，配给"家常食物"。殊不知，知了其实是靠吮吸树上的清露和养料生存的，环境逼仄的笼子，岂能阻挡它对大树的向往，困于小笼里的知了，还未被少年驯化就已经夭折，只留下少年的无奈惘然。

夏天，是知了的网红季；秋风起，它又行将进入新一轮的地下蛰伏期。生生不息，还未行远，已期待未来夏的火热、夏的快乐，网红季亦是知了的永恒季。

今夏正在走远，未见粘知了的少年……

（2020年9月10日）

粽　香

又到端午粽香时。

似乎，2000多年前的伟大爱国诗人屈原，从未离我们远去。每年，他总会携"筼筜楚粽香"来到我们身边。绵延不绝的粽香，激荡起赛龙舟的阵阵涟漪，点化成餐盘里的"香粳白玉团"。自粽子被楚国百姓投进汨罗江后，中华大地的先民，就以百里不同风，千里不同俗的表现形式，将其演化成缕缕"节日近端午，满街溢粽香"的中华文脉而历久弥新。

我又嗅到了空气中洋溢的粽香，被粽香浸润的童年在脑海中浮现。孩提时代的工人新村，临近端午，家家户户裹粽忙。"小鬼头"们不亦乐乎地串这家、逛那家；看到三角粽、菱形粽、枕头粽、小脚粽等；一般人家的粽馅多用糯米和赤豆，哪家有裹肉馅和咸蛋黄馅的，无疑是粽子中的珍馐美馔，令我们垂涎欲滴好一阵子。彼时，公房里还未安装管道煤气，煮粽子的工序是这样的：晚饭结束后，大钢盅镬子里装满裹成的粽子，还铺上了一层鸭蛋，被安置在煤球炉上，加水用旺火煮沸后，再往炉膛里加几个煤球，然后用铁板盖在煤球炉上，留出一条缝隙用微火煨着。渐渐地，从灶间里挤出的粽香，顽皮地侵入我的梦乡，缠绕着、诱惑着我，我兴奋地欢叫"吃粽子喽、吃粽子喽"，忽地叫醒了自己，一大锅香气腾腾的粽子已然在眼前。

粽香，是连接邻里情的纽带。临近端午节，人们彼此赠送自家裹的粽子。我们这幢楼，有近20户人家，加上前后左右的楼，端午节还在路上，"小鬼头"们已经抢先尝到了"什锦粽"。粽香还将鸭蛋熏润成深青色，装在彩色丝线编织的网兜里，当作饰品挂在胸前，带来饱饱的眼福和嗅觉，端午节未过是断然不舍得吃掉的。从采购粽子的原料，到裹粽、煮粽、赠粽，端午节来临，舞动雀跃的粽香，令人陶醉和享受，陆游的"端午数日间，更约同解粽"，用在此时很是贴切。即使端午节已过，但粽香的余韵是悠悠然散淡而去的。所以，粽香在，端午节就在，从未走远。

时光荏苒，现代社会的快节奏和分工的精细化，让家家户户裹粽忙景象不再。端午节的粽子，归属到企业生产流水线，现身超市、卖场的货架上，品种之丰富、入口之美味，令人目不暇接、齿颊留香。虽然粽子的制作形式发生了变化，但是粽子的文脉传承依然，表达亲情友情的寓意更多样化。我的忘年交女孩小琳，上大学时用勤工俭学挣的钱，快递一盒粽子给我，那份情谊，岂止一盒粽子的价值，但不可否认粽子是情谊的载体。如今已是小学高级教师的她，10岁出头时，妈妈就离她而去，爸爸因病离世。身世不幸的她，在社区、学校的众情关爱下，像一棵生命力顽强的小草，窜出石缝，向着阳光茁壮成长。还值得一提的是我的外甥女婿，每年端午节总要送粽子孝敬其岳母岳父，这两年更是推崇"网红"粽子尽孝，而作为阿姨、舅舅的我们，也沾光收到"古法"粽子华丽转身的"网红"粽子。又岂止给我们解个馋赶个时髦，这是我们家族亲情示范的延续，粽香即馨香啊。

论及粽香的似茶清香、远溢清香，粽叶功不可没。但被问起，粽叶是什么？你可能回答"粽叶就是裹粽子的叶子呗"。其实不然，粽叶一般有芦苇叶和箬叶，统称粽叶。说来汗颜，这个问题是同事上小学女儿的一道问答题，他的女儿回答正确，我们办公室的大人们却说不准确，学无止境啊。"路漫漫其修远兮，吾将上下而求索"，是博大精深的中华文化对我们的要求，是我们传承中华文脉应该毫不懈怠的理由。

（2020年6月25日）

第二辑

人生节拍

与冯英子先生的一面之缘

我与冯英子先生有过一面之缘，他鼓励我立足社区，为创新和提升社区文明建设努力的教诲，令我难以忘怀，受益匪浅。

那是2000年7月1日，中国共产党建党79周年纪念日。在热衷上海历史研究的石子政老师引荐下，我们有幸来到冯英子先生家拜访。我手捧一束鲜花，以此表达对先生的敬意和感激。身着白圆领汗衫，束着西装短裤的冯先生，精神矍铄，神清气爽。他热情地招呼我们坐下，夫人则温婉微笑着为我们端上茶。环顾冯先生那窗明几净的书房，两面"书墙"散发着浓郁的书香。这位中国新闻战线的著名前辈，新民晚报社的老报人，让我敬仰不已。

交谈由《新民晚报》展开。我回忆起小时候居住在甘泉新村公房的日子，每天下午三四点钟，随着邮递员在门厅里一声"夜报来喽！"的吆喝，订报的人家纷纷来取报，我们"小巴辣子"欢快地说起顺口溜"夜饭吃饱，新民夜报，看好夜报，早点睏觉"。《新民晚报》复刊后，我家继续订阅，我爸妈每天认真阅读议论；我成家后也从未间断对《新民晚报》的订阅，时常读到冯先生针砭时弊、振聋发聩的杂文，很受启发和激励。冯先生颔首微笑，说道："感谢你，感谢广大读者对《新民晚报》的厚爱。"

石子政老师向冯先生介绍我的来意："她在90年代中期从国企宣传科长转行社区工作，担任居民区党支部书记。为了在创建市级文明小区以及为居民排忧解难过程中探索一些切合实际的有效做法，特地前来向熟悉社情民意的冯先生求教。"

冯先生略作思索后说道："社区工作就像一所关联千家万户民生的大学校。

在如今改革开放的时代，社区工作者既要继承老一代居委干部不辞辛苦、踏实肯干的优良传统，也要在社会机制转型中有所创新和提升，而最根本的是全心全意为人民服务的精神不能褪色。"冯先生鼓励我："你曾在工厂担任过宣传科长，现在可以多向媒体提供具有社区特色、激励居民参与文明创建的好素材。"接着，他话题一转："新闻是要'跑'出来的，很多有事业心和责任心的记者不畏艰苦，深入第一线调查研究、采访报道；但也有些记者热衷于在办公室打电话作采访，这样的报道肯定不如亲历第一线的新闻报道丰满生动。"这一席话，让我茅塞顿开。

在我们即将离开时，留恋处，冯先生提议"我们合个影吧"。随后，他将签名本《射天狼》《冯英子杂文选》赠送我们。我与冯先生虽只是短暂的交集，却给予我莫大的鞭策。每每凝视与他的合影，翻阅他的书籍，仿佛又见到那位睿智谦和的先生，聆听着他平易近人的见解。

以后，我利用社区工作的"职务之便"，以简约有效的"居民读报小组"为切入点，通过阅读报刊内容结合实际集思广益，为调解居民家庭或邻里矛盾、推荐再就业等问题，解决居民实际困难。居民们尤其对洋溢着烟火气、亲民的《新民晚报》热衷阅读交流，由此对社区文明创建提供了不少好的建议和方法。

我满怀激情采写了许多社区中有新闻价值、激励人的通讯报道，并发表在区市级报刊上。这些发生在居民身边真实感人的事迹，更具感染力和鼓动性。建党80周年纪念日，居民推荐我参加东方卫视举办的上海市多个条线党员的专题访谈。不久后，我从事社区"两新"组织党建工作，在社区党工委的领导下，探索居民区党支部与两新组织党支部结对共建模式，探索党建进楼宇、进园区、进工地"同心圆"格局等，取得较好的成绩。我采写的人物专访，获得第25届上海新闻奖二等奖暨2015年全国报纸副刊年度佳作三等奖。

退休后的我，阅读《新民晚报》仍是每天的必修课。因为对《新民晚报》的热爱，也由此与邮局投递员结下深厚的友情。每年订报季，虽然有文友和社区赠送《新民晚报》订单给我，但我总是婉拒，而是自己花钱从邮递员那里订阅。我居住小区的邮递员换了一批又一批，而我与他们的友情却从未间断。

　　我想，我与冯英子先生的一面之缘，也是一次意义非凡的党日纪念活动啊！

（2024年8月5日）

父亲的军人情结

父亲在世的最后几年，年轻人似的追风，闹着要穿军装。父亲心心念念于军装，缘于曾经当过新四军。

父亲曾亲历"八一三"日寇对上海的狂轰滥炸，16岁的他逃难回到家乡后的一天，正在高粱地里劳作，熟识的村民带来一位穿长衫的人与他拉家常。父亲悲愤地控诉在上海看到日寇对中国人残杀的暴行。"长衫"拿出用红布包裹的小本本，问他："有一个专打日本鬼子的新四军部队，你要不要去？"血气方刚的父亲扔下锄头与家人不辞而别。略识几个字的父亲，揣着"长衫"赠送的小本本，根据其提供的线索，找到了新四军驻地。部队首长见他机灵还识字，就让他当了侦察兵。他曾识破并击毙了两个日本鬼子密探。

20世纪60年代末，父亲来到贵州"大三线"支内，被安排在工厂武装部的警卫室工作。因为是军工厂，对警卫室人员要求严格，几乎都是转业军人或在原单位表现很好的人员。武装部邓部长与我父亲是无话不谈的好友。性格豪爽、体格魁梧的邓部长，在抗日战争中参加八路军并屡立战功。在一次惨烈的与日军肉搏战中，他一人与七个围住他的日本兵厮杀，使出浑身解数将日本兵一个个撂倒，最终，浑身是血的他战胜了日军。父亲非常敬佩邓部长，其英勇事迹，我们子女听父亲讲述了无数遍。邓伯伯到我家来，我们调皮地撩起他上装，争相看他别在腰间的手枪，对他崇拜得五体投地。

我父亲则因一句关于当兵的玩笑话，意外地晋升一级工资。那时，军工厂有军代表派驻。有一次，父亲遇见两位别着手枪的年轻军代表，随口问道："你们枪法如何？我们来比试一下吧？"还得意地吹嘘自己当过兵，枪法可准啦。言者无意，听者有心，即刻有人将此事反映到厂党委，并提出质疑："老张何时何地当的什么兵？向谁开的枪？必须说清楚，这是革命的首要问题。"为查清此事，厂党委派出专人到父亲家乡调查，幸亏当年的知情者健在，证明父亲参加的是新四军。厂领导讨论认为：老张为中国抗日战争胜利做出过贡献，当即决定：特批晋升一级工资，这是父亲晚年最热衷炫耀的喜剧故事。

父亲95岁那年夏天，生病住院了，没住几天便闹着要出院，对医护人员喋喋不休地说，北京部队的领导要派人来上海接他回部队；回家后，闹着要我们子女陪伴他到当年新四军的所在地看一看。我们答应等他身体康复了就陪伴他去。然而没过几天，我们接到江苏泰州市公安局打来的电话，说父亲在他们那里。我们百思不得其解：老父亲平日里根本不会走远，连独自乘公交车都不会，是怎样找到长途汽车站，乘上车去到很久以前当兵地方的？将他接回家后询问，他根本讲不清楚来龙去脉。此后，仅过了两个月父亲就去世了，他的泰州之行，成为家人的无解之谜。

父亲人生的最后几天，我们用轮椅车送他去医院挂针，为满足父亲的要求，我姐将用红布自制的一颗红五星别在父亲的帽子上。路上遇见一位挎着单反照相机采风的外国女青年，询问可否拍摄他？虚弱的父亲微笑着点点头。不多时，父亲含笑与先前驾鹤西去的邓部长及新四军战友相聚了。

（2024年7月21日）

野泳受罚记

20世纪五六十年代，每到夏季，家有男孩的父母多有烦忧，生怕男孩瞒着大人去河浜游泳而酿成溺水事故。

那些年，我家居住的甘泉新村被叫作"乡下头"。这一带因为有水势浩渺的彭越浦穿行而过，衍生河汊纵横、水网密布的地貌。我家门口就有一条河浜，要过一座小石桥才能到得志丹路上。沿着河浜往北行走半个多小时，在如今大宁音乐广场的不远处，就见到了水面宽阔、波纹诱人的彭越浦。

那段彭越浦成了我们新村一帮子捣蛋鬼男孩消暑的绝佳去处。我们几个刚上小学的女孩子，经不住好奇心诱惑，纠缠着我哥和那些捣蛋鬼们去看他们野泳，还答应他们绝不将此事告诉大人。

女孩们站在河堤上，看着捣蛋鬼们只穿条短裤，毫不犹豫地跳进河里。也不知他们从哪儿搞来的木板，趴在上面手舞足蹈地拍打着浪花，嬉戏打闹。还故弄玄虚地说："这可是棺材板啊！"以彰显他们的大胆，让我们这帮小丫头着实吓得不轻。

捣蛋鬼们野泳之事的败露，源于小祥子。小祥子爸爸经常出差，妈妈患病管束不住他。那天野泳后，恰逢他爸回家，从小祥子晒得黑黝黝的皮肤看出了端倪。在他爸扫帚柄的狂抽下，小祥子招供了：一起去野泳的有绰号橄榄核子、长冬瓜、铁头的小孩和我哥。于是，小祥子被他爸拽着，一家家上门告发。野泳的参与者无一例外地被父母狠揍了一顿。那个年代孩子多，工人新村的家长管教孩子很严厉，奉行"孩子就得打，不打不成器"。我哥被打得爬到床上躲避，被我妈抓住一条腿拉出来，顺手拿起量布的尺子狂抽脚底，边抽边教训："让你长腿了有本事乱跑？让你不顾丢了小命去游泳？让你……"

我哥哇哇乱叫，我在一旁大气不敢出，心里却很同情我哥，埋怨我妈太凶狠。

论挨打，铁头最惨。他爸还用家乡的苏北话怒骂："你还敢去游泳，看我不把你的铁头打成瘌痢头。"铁头不敢再倔犟，哀号求饶："阿爸哎，不打哦，下次不敢啦，肯定学好呢！"这段求饶的话语，成为新村里捣蛋鬼们常挂在嘴边的经典"段子"。

当晚，心有余悸的我做了一个此生难忘的梦：梦见自己坐在棺材板上，突然被从封闭小屋里蹿出的落水鬼撞翻，咕咚一下掉进河里，侧着身子一下子沉到水底，拼命呼救的我，一蹬腿浮出了水面，醒过来时浑身汗水涔涔。

眼瞅着打骂孩子仍有百密一疏，我爸采取了智斗的方法阻止我哥野泳。每天上班前，在我哥的腿上摁几个红印章，并将印章随身携带。下班回到家，首先检查我哥腿上的红印章是否还在，若消失了，我哥自然逃脱不了挨揍。

或许是童年的梦境，我对游泳产生了畏惧心理。进入中学后，夏天的体育课是游泳课，我却畏缩着不敢下水，在体育老师鼓励下，硬着头皮跳下水，也只敢在池边胡乱划几下。进入工厂后，我这个团干部成为"基干民兵"，每年夏季要参加游泳训练，但数年下来，我仍然没学会游泳，只能望泳池兴叹。

倒是我哥，偷着游了几回野泳，竟练就了好水性。在他14岁那年，上海体委组织工人和学生"到大风大浪中去锻炼"的横渡黄浦江活动，我哥是学校推荐的游泳学生之一，出色地完成了横渡任务。

逝者如斯夫。当年的捣蛋鬼野泳的彭越浦河段，如今已然蝶变为风光旖旎的景观河道。上海的游泳池也比比皆是，甚至不少居民区都有设施完善、环境舒适的游泳池，满足市民一年四季休闲和锻炼的需求。尤其盛夏时节，碧波荡漾的游泳池，阵阵惬意的凉爽弥散开来，孩子们名正言顺地去游泳池消暑，镌刻下金色童年的美好故事。说不定，这些游泳池里还能游出几位未来的世界游泳冠军呢。

（2024年7月10日）

爱 的 推 论

婆媳关系的玄妙值得解读，即使当今小家庭模式，也是一道必解的多元方程式，田师傅的解题方式是我钦佩的。

田师傅是我曾经的工厂同事，她的婆媳关系解题逻辑："因为我爱儿子，儿子爱媳妇，所以，我也爱儿媳。"如此"爱的推论"并不深奥，却道出婆媳真情相处的本质。

田师傅身板硬朗，说话爽朗，但在家庭人员相处上，她却能适时"变脸"。儿子儿媳都是大忙人，儿媳小王是一所三甲医院的儿科护士，"小跑步"的工作情状是常态。小两口有了孩子后，请公婆帮助照料孩子，住房还算宽畅的田师傅，让儿子一家来同住，解除了小两口的后顾之忧。

照看孩子是个费心费力的活，还有日常的买汰烧，田师傅拽着老伴忙得脚不沾地，却从不在儿媳面前有所抱怨。常言道：舌头牙齿也有打架时，同一屋檐下的一家人，为生活琐事发生龃龉在所难免。就说那次，儿媳被一患儿的父母无端责怪辱骂，有满腔委屈和愤怒的她，回家后仅为一点琐事诱发"小火山"爆发，乒乒乓乓地将碗碟摔碎了一地。田师傅见状，照例拽紧老伴闪进自己的房间关上门。暴怒的老伴要冲出门"明辨是非"，田师傅摁住他："小王是儿科护士，孩子都是父母的宝贝，容不得些许怠慢。她对待家长和小朋友捂着掖着的坏情绪在家里发泄，让儿子给她纾解，阿拉就不要轧闹猛了。"儿媳在儿子的安抚下平复了情绪，主动将地面的碎片收拾干净，敲门进来腼腆地说："妈妈、爸爸，对不起，刚才都是我不好，你们不要生气啊！"

是独生子女的儿媳，尽管也有骄纵任性的一面，但对于婆婆的好深有体会。田师傅患了皮肤癌，儿媳给她挂专家号诊治，住进自己工作的医院。医生对田师傅说："小王妈妈，你不要紧张，我们会给你医治好的。"实诚的田师傅对医护人员说："我不是小王妈妈，是她婆婆。"同事们笑说，小王一直在我们面前夸你这婆婆比自己的亲妈还好呢！在儿媳的精心照护下，田师傅的病治愈了。

说起两代人差异的生活习性和消费观念的冲撞，田师傅戏谑老伴："这个老头子其他都好，就是太抠门。"寒冬，儿媳开空调，老伴却为省电关掉；儿媳抗议似的再打开，公公见儿媳不买账，一怒之下拔掉了电源插头。儿媳一气之下抱起孩子拉上丈夫回自己家，还扯上田师傅："妈妈，侬跟阿拉一道回去，让伊一人过节省日脚。"

矛盾一时调解不了，田师傅暂且住到儿子家。儿子家与自家是"一碗面"距离，田师傅在儿子家买汰烧，同时兼顾老伴的午餐和晚餐。"分居"一段时日，儿媳以"过年要团聚"给自己下了台阶，一家人又其乐融融地生活在一起了。

田师傅对儿媳堪称爱屋及乌。独居的亲家母是大学教授，因患病生活不能自理，尽管有保姆照护，儿媳还是多有不放心。田师傅几乎每天上门对亲家母嘘寒问暖，有她的精心照料和心理疏导，亲家母逐渐康复，两人以老姐妹相称。儿媳对婆婆投桃报李，毫不吝啬地为婆婆购买时尚衣服饰品、美容护肤用品之类，弄得田师傅羞涩了："我又不是'上海时髦外婆'，侬节省点花费吧。"

婆媳自古一家人，相敬相融代代亲。如今，田师傅的孙子也已工作。前几年，田师傅老伴去世了，孙子经常携祖母逛街散心。一次，她无意中说想到有山的地方兜风，孙子立马自驾车载着祖母来到松江佘山。这几年，孙子带着祖母乘飞机、坐高铁、上游轮，观赏了十多处祖国的山水。孙子对祖母说："因为我爱妈妈爸爸，他们都爱你，所以，我也爱你！"

田师傅"爱的推论"，孙辈传承了。

（2024年6月28日）

我做水电收费员

　　我年少时居住的甘泉一村，是上海的工人新村之一。那是有四个门洞的青砖黛瓦的三层楼。我家所在的这个门洞楼里住有18户人家，共用一个水表和一个电表。每月，自来水公司送来的抄报单上，用水发生的费用按整幢楼人数均摊；供电公司送来的抄报单上，用电发生的总费用则按每户灯数均摊。水费和电费收取各设有一本记录簿，由每户人家轮流收取。

　　20世纪60年代末期，读小学三四年级的我成了水电费收费员。彼时，我爸支援贵州"大三线"建设，我姐是下乡知青，比我大两岁的哥哥是个捣蛋鬼，而我妈患病，收取水电费的任务便落到了我身上。

　　水电收费记录簿轮转到我家后，我依葫芦画瓢在本子上画出表格，标注室别、人数、应收费用等。收费有五个步骤：挨家上门抄写人数和灯数；用本月应收费用减去上月转来的余款，结算每户应收费用，若有结余款则转入下月；接着上门收费；然后核对收入现金与收费簿上的应收款是否相符，以及与自来水公司、供电公司抄报单的应付费用是否一致；最后将收到的水电费交到邮政局，把盖了印章的抄报单贴到收费簿上，再转交到下一家。

　　其实，收费计算不过是小学算术加减乘除的实际运用，对于喜欢玩扑克牌计算"24点"游戏的我来说，这算是学以致用，在我"小鬼当家"的几年收费中从未出过差错。

　　每三户人家共用一个灶间和一个卫生间，难免会有龃龉和纠葛。有的人家衣服和被单换洗勤快，自来水龙头哗哗响，拖地时自来水一桶又一桶地换；有的人家则把洗菜、洗衣用过的水积存起来，用于拖地板和冲洗抽水马桶。每次收费，我拿着笔和记录簿，挎着一个小竹篮，里面放些找零的硬币，把收到的钱都放在小竹篮里。收费到有的人家,大人会把我拉进家门,翻看邻居报上的人数,指出这家有亲戚来住了十多天,约定俗成应多付半个"人头"费用,可他们却按长住人员报数付费。我这个小学生自然应付不了,只能怯生生地表示回家跟我妈说。

收取电费相对复杂一些。每家的照明几乎都是一个25支光的白炽灯泡,应付电费相同,但三层楼道各有一盏15支光的公用电灯,6个灶间和6个卫生间也各有一盏15支光的公用电灯,这些公用电灯的费用均摊到每户人家,甚至出现公用电灯摊派费用超过自家用电费用的情况,居民对此颇有意见。

楼组长为此召开全楼居民会议。我还记得,那次在二楼楼道里,晚饭后的居民自带板凳参加会议。大家七嘴八舌反映问题,比如:洗衣、拖地用水浪费,不按实际居住人数上报;有人扛着自行车上楼,不能做到"随手关灯",有人上卫生间忘记关灯,灯亮了一整夜……我这个"小巴辣子"因为做了收费员,也来参加会议。楼组长对大家的意见进行条分缕析,以"节约闹革命"从生活小事做起说服了大家。以后出现新情况,楼组长就再次召开居民会议。如此这般,邻里和睦相处,颇有点居民自治管理的模式。

不知从何时起,楼里每户人家都安装了独用的水表和电表,我这个水电收费员的任务也自行终止。

（2004年5月25日）

在三林塘邂逅的耄耋伉俪

　　龙年大年初五,春光明媚,诱惑我与先生到三林塘老街走一走,邂逅了这对堪称"景中景"的耄耋伉俪。

　　尽管都拄着拐杖,但耄耋伉俪的素心清颜,不凡谈吐自成一景,聚焦了游客的视线。我和先生好奇地与他俩攀谈。他们说是从网上获知三林塘老街和出行线路,从徐家汇换乘两辆公交车过来的,因为不爱到商业气息太浓、人群密集的地方游览,所以,三林塘这条游人不多、祥和悠闲的老街,吸引他们来此走走看看。

　　我寻根刨底得知:93岁的妻子姓陈,92岁的丈夫姓张。聊得兴致勃发的陈老太太说自己曾经在格致中学就读。格致中学原本只招收男生,上海解放初期开创了招收女生的先河,她考进了格致中学,当时全班50人只有3名女生,但考试成绩全都名列前茅。后来,她考进了上海医科大学(前身为上海第一医学院)。她的先生家乡在青岛,也考入了上海医科大学,他高大俊朗,她隽秀活泼,同是"学霸"的他俩毕业后,双双被分配到湖南长沙医学院教书,很自然地走到了一起,组成了家庭。

　　如今的耄耋伉俪风轻云淡地笑说,年轻时毫无条件地听从祖国的需要,他们在长沙走过了漫长的30年教书育人之路,又被安排到浙江大学从教30年,80多岁才退下,回到上海安享"老夫喜作黄昏颂,满目青山夕照明"的幸福晚年。尽管他们没有透露事业上的成就,但我想"腹有诗书气自华"的他们,肯定是"桃李满天下"。

　　这对耄耋伉俪是四代同堂的家庭,曾孙已上小学三年级。他俩思路清晰,生活自理,相携游历了上海周边的不少城镇,每年还到张老先生的家乡青岛小住一段时间。两老颇得意地说起："我们年初三到徐家汇公园兜风了，真是丰富精彩，你可以去看看。"他俩点开手机，请我们观赏拍摄的画面。适逢旁边一起交谈的虞先生与妻子年初三也到这里游览了，打开手机两家人拍摄的画面竟然有一张完全相同，颇有"他乡遇故知"的感觉。原来，虞先生也有与耄耋伉俪相似的人生历程，他从小生活在徐汇区，曾经就读于位育中学，毕业于上海交通大学。毕业后被分配到成都工作了30年后，调入上海造船厂从事船舶设计，如今已75岁，其妻也是同厂从事技术工作的。我猜测："你是高级工程师吧？"他戏谑地说："比高级工程师还高啦。"令我肃然起敬，并借此幽默了我先生一下："他是比'高工'低的工程师啦，只在机械设计方面有些专长。"

我们三对邂逅于三林塘老街的夫妇聊得很投缘。张老先生兴高采烈地提议，我们一起在"文昌阁"前合个影吧，作为我们有缘相逢的纪念。原来，张老先生还是摄影爱好者呢。他又借题发挥："刚才是留作纪念的团体合影，现在你们个体拍照，要拍出人在景中的艺术感来。"指导我们取景的视角和背景，笑说你们的照片可以发朋友圈让朋友共赏啦！

感觉大家意犹未尽。我提议，由我和先生做东，就在这条三林老街上寻家饭店共进午餐畅聊。耄耋伉俪很兴奋地响应并说："不用你们埋单，我们AA。"只是老街上唯一营业的饭店食客爆满，店员抱歉地说，欢迎你们明天再来。

我们三对夫妇惜惜道别。"人生何处不相逢，相逢何必曾相识。"长度不过500米的三林塘老街，我与先生遇见了这几位在专业技术领域的高级人才，他们年轻时为祖国建设发展倾情奉献了学识和才智，晚年的他们热爱生活，寄情山水，遇见他们，为我和先生平凡的生活抹上了一缕彩虹，而身旁波光粼粼的三林塘港，是我们三对夫妇美丽邂逅的见证。

（2024年2月25日）

乔榛与唐国妹携手追梦

风和日丽的一天晚上，乔榛偕夫人唐国妹步入餐厅，我瞬间被惊艳，但见乔榛老师头戴礼帽，一身黑色外套配以黑白波浪花纹的丝绸长巾；唐国妹老师同样一身黑色外套，配以色彩鲜艳的丝绸花围巾，映衬银色鬈发，自带气场的两人，满面笑容地向大家打招呼。有人问他们："怎么过来的？"他们轻描淡写地说："开车来的。"引得众人一阵赞叹。

"执子之手，与子偕老"的乔榛与唐国妹，已于2021年走过金婚纪念日。他们有历久弥新的爱情、幸福美满的家庭、功成名就的事业，他们，还在追梦吗？

由上影演员剧团饰演叶剑英的特型演员张云立引荐，2023年4月，我两次荣幸地见到乔榛和夫人唐国妹。不禁联想，以往只在银幕上、荧屏前聆听过乔榛的美妙声音，今天竟然能与他们夫妇面对面，欣赏他们的谈笑风生，犹如亲历一次表演的艺术盛典。

张云立、马宗瑛夫妇，乔榛、唐国妹夫妇是好朋友，乔榛称呼张云立大哥。大哥知道乔榛老弟热爱书法习字，特赠送其一方端砚，是他20多年前在深圳拍戏时购得，珍藏至今。砚台上有栩栩如生的龙雕，乔榛十分喜欢，他们自有聊不完的话题。

兴致勃勃的乔榛在众人的热烈祈盼中，即兴朗诵戴望舒的诗歌《寻梦者》，并阐述对这首诗的感悟："我们来到这个世界，从孩提起就会有梦想，憧憬将来的人生目标；从少年到青年，为现实梦想努力奋斗；即使到了老年，依然要追梦要有所奉献。所以，我将《寻梦者》献给大家。"

在10人席的包厢里，聆听乔榛老师浑厚磁性"最有魅力的声音"，我的心中盈满陶醉和荣幸。年届八旬的乔榛，在不少大型诗歌音乐表演中，声情并茂地朗诵诸如《长恨歌》《蜀道难》之类的长诗，我们请教他有何秘籍能做到俊逸潇洒地脱稿朗诵？他以朗诵120行的《长恨歌》为例讲述体会：首先，要认真解读作品，了解个中缘由；其次，要置身历史情境中，坚持背诵；最后，要悉心揣摩各角色的意义，有角色转换。即，我是乔榛，我也是白居易，也是唐玄宗，即将角色融为一体，表现出角色各自的声音特征，取得情境和人物相得益彰的效果。

乔榛赠送我们经典诗文咏诵音乐会专场纪念册《数风流人物》，并题上他的座右铭"澄怀观道"。但见他聚精会神，每本题词及签名一气呵成，并盖上印章，遒劲洒脱的字迹自有浩气蕴含。凝视精气神俱佳的他，谁又能想到，这是位曾经八次与死神擦肩而过的艺术大家呢？

乔榛用哲学思辨阐述"澄怀观道"："我从事艺术，特别是语言表演艺术，感觉澄怀观道这句话与我的人生观特别契合。说的就是把自己灵魂中的污泥浊水、私心杂念、自我意识荡涤干净，用一颗纯净的心、真诚的心去面对眼前的一切人、事、物；通过自己的判断、觉悟、选择，去行你的为人之道，从业之道，以这样的理念投入艺术创作，才能产生真正的有血有肉的作品。"他满怀激情地说："我心底有一种感悟、一种冲动、一种壮怀，鞭策我不停地创作追梦，用中华民族优美的语言表现出来，像涓涓细流一样自然流淌到观众心中，这才是语言艺术的魅力所在。"

如今的乔榛坚持不懈地习练书法，几乎到了物我两忘的境界。他说："正是追梦的动力支撑着我，国妹对我无微不至的照料和激励，让我觉得耄耋之年的人生依然美好。否则，生命中一次次遭遇病魔侵袭，我很可能会被悲观消沉的情绪吞噬。"

说来惭愧，乔榛对我来说如雷贯耳；但对于其夫人唐国妹，我却是第一次知其名。唐国妹为人低调，喜欢中华传统文化，将相夫教子看作自己义不容辞的职责。她与乔榛相濡以沫地走过金婚，正走向钻石婚。乔榛淳朴真挚地评说夫人："她是个很好的会过日子的人，单纯、实在、能干。她有一颗伟大的心脏，在40年不到的时间，我八次与死神狭路相逢而都擦肩而过，这对于她来说，是多么沉重的打击，但她从来没有当着我的面掉过一滴眼泪，尽管回到家里蒙着被子号啕，到我面前总是笑脸相对，给我以温馨抚慰。"

乔榛动情地回忆："我脑梗醒来的第一个清晨，我的国妹就在我身边。我睁开眼睛就看到她，她把头贴到我枕边对我说：'哥，你挺着，我们一定能闯过这一关。你放心，我一定陪伴着你齐心协力，把康复锻炼做好，争取重返舞台，再次走到话筒前。'"

乔榛这番话，深深地震撼了我，眼眶不觉湿润了，对唐国妹老师由衷地钦佩。为了全身心地照料丈夫，原本是上海电影乐团中阮首席的她，毅然放弃了自己的专业爱好，携手乔榛一次次"闯关"成功。她说，这么多年来，他俩遵循医嘱，坚持中西医结合疗法，一起走到今天，满怀信心地坚持走下去。

乔榛用声音为观众演绎真善美，这位语言表演艺术大家，如今与夫人又有了追梦的新平台，即闵行区江川路街道打造的滨江创意功能重点项目——乔榛语言艺术馆。我好奇地问乔榛，艺术馆选址闵行，有什么特别含义吗？他说出了个中缘由。

原来，乔家与闵行有颇深的渊源。闵行档案馆人员从珍藏的史料中发现，乔榛的祖上是河南人，元代末期被派遣到上海，担任松江知府。乔氏后裔有一分支迁入时称"闵行市"的"上海县长人乡十六保"，即现在的闵行区江川路街道。闵行老街的新安路，为纪念乔榛的祖父乔念椿，路名曾是念椿街（1920—1956）。乔念椿是有名的企业家，产业涉及发电、轮渡、航运等，被誉为上海县首富。乔念椿担任了20年的商会会长，从事了20年慈善，亲任孤儿院院长。他有强烈的爱国情怀，组织商会和乡亲抗日，抵制日货，建起一座抗日纪念塔。1937年八一三淞沪战争爆发后，由于汉奸出卖，对乔念椿恨之入骨的日军，将他工厂的设备抢光，其他财产也被烧的烧，毁的毁，悲愤交加的乔念椿一病不起而离世。上海解放后，乔榛父亲将祖父名下的土地、残存的房子以及其他相关财产，全部上缴政府，自己则靠从事工程技术谋生。

乔榛满怀深情地说："乔氏宗族在全国都很有知名度，我愿克绍箕裘，继承祖父和父亲的气节、情操和爱国情怀，做名副其实的'乔家人'。"

　　莫道桑榆晚，为霞尚满天。乔榛语言艺术馆的落成，乔榛将以杖朝之年与夫人国妹，继续携手为大众奉献炫曜的艺术成就。

（2024年1月）

王汝刚是阿拉虹口人

机缘巧合，我有幸采访王汝刚先生，他是上海家喻户晓的表演艺术家，国家级非物质文化遗产独脚戏传承人。我与他交谈中有意外惊喜，得知他与虹口有不浅的渊源。

让我们将"时光机"回放至1952年10月的一天。这天，虹口昆明路森昌里16号宾客盈门，热闹非凡。王汝刚父亲——茂泰兴营造厂老板王新祥与夫人，兴高采烈地大宴亲朋好友，原来，今天是他们的独生儿子王汝刚满月的喜庆日子。

王汝刚父母人到中年才盼到这个姗姗来迟的儿子，自然视为掌上明珠。王新祥堪称技艺在身的出色工匠，尽管没有什么背景靠山，但靠着天资聪慧、吃苦耐劳，又在教会学校上过几年学，兼通中西式特制木器的设计制作，成为营造厂的老板，赚了些钱在虹口买下这栋石库门房子。在建设社会主义的热潮中，王新祥积极拥护"公私合营"政策，被安排到虹口区房地局，负责测绘设计虹口区的房子，为虹口区的建设做出过贡献。

王汝刚家在下海庙附近，当时的艺人用白粉笔在庙前的空地上这里画个圈、那处画个圈，将圈唤作"通天大舞台"，就在大大的圈内用多种方言唱戏并宣传政策。好奇心很强的小汝刚，隔三岔五溜到下海庙看戏，听了就能模仿。那段用苏北话表演的《我们一定要解放台湾》，他至今能流畅地说下来："东面岛、西面海，锦绣河山，这就是我国的神圣宝岛台湾；台湾岛有同胞好几百万，他们正在受苦受难，我们一定要解放台湾！"

到了上学年龄，王汝刚住到黄浦区，进入报童小学读书，逐渐展露他的表演天赋。初中毕业后又逢上山下乡，但他对于表演艺术的热爱始终不渝。

1975年1月，王汝刚从江西返回上海，再与虹口续缘，被分配到海宁路上的上海金属表带厂。这是一家国企弄堂小厂，当时"知青"能够进入国企，已属就业天花板。进厂不久，适逢工厂团支部改选，王汝刚被选为团支部文体委员。能说会道是他的强项，厂里成立文艺宣传队，他顺理成章地成为宣传队员。

宣传队员们的积极性很高，表演的都是身边工人师傅的感人事迹，很受工人欢迎，也得到厂领导的支持和表扬。王汝刚则因工作和表演皆出色，进厂第二年工厂就培养他做厂医，也就是工厂的"赤脚医生"。在江西农村时，好学的他，曾向当地老表中医学到一些为农民看病的小本领。他被安排到上海第一人民医院参加培训，无论学习、实习、打针、配药都是一丝不苟，被同学们推选为班长。

王汝刚对于工人的小毛小病能够诊治，尤其包扎伤口和打针的水平令人刮目相看。但从小有着表演天赋的他，心心念念的是"演员梦"。有一天，工厂斜对面的虹口区文化馆曲艺队招收业余曲艺爱好者，他兴冲冲地报名，经过考试被录取，可谓心想事成。他的表演艺术生涯，从虹口区文化馆起步，走向了广阔的舞台。

加入虹口文化馆曲艺队，王汝刚演戏的机会多了，他学习和表演非常刻苦。凭着小时候讲故事的"童子功"和在工厂舞台上的实践，开始了上海说唱、独脚戏的编排，其中《张大志》《巧破老营房》还获得了演出奖。

1977年，滑稽界老艺术家笑嘻嘻、张樵侬、绿杨、范哈哈等在虹口区文化馆支持下，上演《满意不满意》，王汝刚有幸被选中饰演仅有一句台词的角色——小无锡，但他排练没几天"戏瘾"发作。小无锡在"三号的师傅"和"三号师傅"上自作聪明地加进十几句台词，抢了别人不少戏。未料，导演竟然肯定了他的"艺术创造"，保留了他的"即兴发挥"，让小无锡这个有声有色的冒失鬼形象在舞台上占据了一席之地。

小无锡的角色，引起了滑稽界泰斗杨华生和笑嘻嘻的注意，他俩和绿杨对王汝刚承诺："小伙子，等以后我们滑稽剧团恢复，一定请你同台演出。"没多久，上海人民滑稽剧团恢复，准备上演大型滑稽戏《七十二家房客》。杨华生、笑嘻嘻亲自上门请王汝刚出演剧中主角小皮匠。王汝刚担心不能胜任角色，大师鼓励他："不用担心，你天赋聪明，只要用功，肯定会成材，我们愿意作为你的老师教你。"王汝刚由小皮匠角色走上了滑稽艺术之路。杨华生以后在《新民晚报》上发表的文章中写道："王汝刚是当时我发现的两角儿之一。"

1987年5月，上海人民广播电台推出一档令人新奇有趣的节目——《滑稽王小毛》，市民生活从此多了一份收听"王小毛"的乐趣。演播团队由王汝刚、林锡彪、姚勇儿、沈荣海组成。开播仅三个月，收听率就居电台文艺台第一名，在以后的10年中，一直牢固地处于领先地位。王小毛成为上海人心目中的青年典范，节目几次被评为全国广播小品一等奖。人们赞誉王汝刚领衔的"王小毛"已成为上海"第一公民"，王汝刚的演艺水平也达到了炉火纯青，但他谦虚地将殊荣归功于整个团队。

现实中的王汝刚先生，与剧中的王小毛同样热衷社会公益事业。他是上海市垃圾分类形象代言人，与虹口区又因此走到一起。2023年6月，他参加嘉兴路街道举行的"虹口区垃圾分类创意大赛启动暨垃圾分类十佳典型颁奖仪式"，热情洋溢地说："我也是一名上海市民垃圾分类志愿者，希望越来越多的虹口市民自觉当好垃圾分类的实践者，成为低碳生活新时尚的引领者。"人生之路从虹口区起步的王汝刚先生，是阿拉虹口人的骄傲。

（2024年1月12日）

永远可爱的老爸

10年前，老爸以95岁高寿离开了我们。这些年，我时常想起他的一些可爱又可笑的举动。

他住的小屋里，堆放着他认为"有用"的东西。整理遗物时，我们叫来收废品的，让那人将这些物件统统收走。那人挑剔，这不收那不要。有个网兜，被他拎出往旁边一扔，说："这个不要。"我看到网兜里面有一顶棉帽，是老爸生前喜欢戴的，一阵伤感。随手拿出棉帽翻看，发现帽子里面有一只长筒棉袜，里面塞着一沓一沓百元钞，一数，竟有一万五千元。

这事提醒了我们。清理老爸用的箱子时，又在箱子旮旯和衣裤口袋里找到了三万多元。我们兄弟姐妹很是感叹：收废旧的因为挑剔，错失一笔小财；也说明冥冥之中，老爸也在想方设法把钱留给子女。

再说一说保姆的事。老两口生前是空巢老人，我们先后为他们请了五六个保姆，总算有一位40多岁的保姆，看上去干净利索，与老妈老爸说得上话。

我们隔三岔五去看望老妈老爸，老两口与保姆相处得甚好。有一天，我猛然发现墙上的挂钟不见了，便问怎么回事？老爸说："卖给收旧货的了，卖了20元。"我好奇地问："为何要卖掉挂钟？"老爸一脸认真地说："怕挂钟掉下来砸伤保姆，人家出来谋生不容易，我们要对人家负责。"我和姐姐无奈地称赞他："侬真是一个可爱又可笑的老头儿啊！"

我对这只挂钟印象太深刻了。20世纪60年代初，那天已经很晚了，老爸回到家，怀抱着用白围单裹着的挂钟，自豪地对着老妈笑，说："这钟是德国造的，发条、齿轮、钟摆、分时针都是铜制的，开钟的钥匙也是铜制的，钟壳是红木做的。以前，上海的大户人家摆在客厅的。"从此，这只钟就挂在我家墙上，陪伴我们一家人度过了几十年的光阴。我和姐姐特地到住家附近的古玩市场寻觅，发现一只老式挂钟，与我家那只很像，一看售价，2 000多元。我们笑话老爸，让收废品的捡了个大便宜。姐姐心态好，说："老爸的东西，他想怎么处理，就由着他吧。"

没过多久，那40多岁的保姆还是辞职了。问其缘由，说是有邻居告诉她，我妈患过肺结核，她怕被传染。我们无言以对，我妈患病已经过了半个多世纪，那时的我们还是儿童，长期与老妈一起生活，全都安然无恙。好事者大概嫉妒老爸老妈与保姆的和谐相处。

老爸为保姆的安全着想而卖掉了挂钟，看来保姆并不领情，但不管怎样，在我们子女心中，老爸永远是个可爱的老头儿。

（2023 年 12 月 16 日）

一个平凡之家的幸福素描

在我这位50后的人生认知中，如今上海的年轻人结婚成家，大概率是由父母提供住房，至少也是由父母出资买房"首付"，小夫妻自己还贷款，或者住到父母家。然而，在我家住房913室的下层813室，却是老两口住到了小两口的家。王斌、陈俊秀夫妇除有上初中的女儿，还与王斌的父母共住，这是一套近70平方米的二室一厅居室。

在与王斌夫妇近距离接触中，我了解到，原来王斌的父母当年都是上海到黑龙江的支内职工，王斌是1978年末出生在黑龙江的，后来根据相关政策，他回到了上海。独自在上海读书、工作的王斌自强自立，生活节俭、工作努力，到了谈婚论嫁的年纪，用自己多年节省下的存款和贷款买了近郊区10多平方米的一室户；妻子陈俊秀比王斌小3岁，是位心地善良、知书达理的女性，婚后与丈夫一起还贷款。在公司任职财会的陈俊秀，精打细算中，将家庭的日子安排得井井有条、甜甜蜜蜜。10年前，他们将原来的小屋置换成如今的志丹路东泉苑小区住房。

然而，新房到手没有多久，王斌的父母退休回上海了。世事变迁，在上海没有住房的他们，只能投奔唯一的儿子。王斌和陈俊秀毫不犹豫地接纳老两口。他们将朝南的大房间给父母住，小房间给女儿住，让她有独立的空间读书做作业，小夫妻俩则在客厅搭张床，将衣橱做成一堵墙，还有冰箱、饭桌、杂物的摆放等，将客厅塞得满满当当的；但看老两口住的大房间，却有着大而整洁有序的空间。陈俊秀说：妈妈爸爸年纪大了，让他们在家也能晒晒太阳，多走动走动。两位老人笑眯眯地对我说："我家的孩子真好，尽管我们一家三代挤住一起，但我们觉得舒畅幸福。"

我瞬间明白，这样一个生活并不富裕、住房并不宽畅的一家三代五口人之家，为何能够荣获甘泉路街道"幸福家庭"的美誉，因为这个家庭的幸福指数高，而这个幸福指数的创造者是与王斌、陈俊秀这对家庭"中层干部"的努力和奉献分不开的。

2022年春天之前，我没有听说过王斌夫妇，也不知道就在我家的下一层，有这样一个五口之家，因为这家人太平凡朴实了。然而，在历史进程的长河中，总有一些人和事在温暖他人的瞬间而成为经典。2022年春天上海封控管理期间，王斌陈俊秀一家人的举动，诠释了现实成为经典的充分理由。

2022年3月31日，王斌陈俊秀夫妇偕同楼的张小帆，挨家挨户敲开居民的门，自我介绍身份并说明已经报备居委会，邀请居民建立楼组微信群，令对疫情有忐忑疑惑的邻里有了主心骨，我由此得知王斌陈俊秀夫妇居住813室。

王斌是久事公交集团上海公共交通广告有限公司员工，陈俊秀是埃森哲中国（上海）有限公司员工。共产党员王斌，到东泉苑党总支请战，成为居民区志愿者兼4号楼"线上楼组长"，陈俊秀积极支持配合丈夫。他们成为居民区的"大白"夫妻档，女儿小王在上网课的间隙做"小蓝"，父母在家中为他们解除后顾之忧，一家五口以凡人微光尽情地付出，给予邻里们温暖。

东泉苑居民区包括志丹路380弄、400弄、500弄、295弄、安歆公寓五大区块，1 800多住户4 600多居民。特殊时期，做核酸检测的频次高，分发保供物资的任务重，转运阳性患者的难度大，稳定居民情绪的事务杂，可谓困难重重，是对志愿者意志、信念、体能的多重考验。

王斌并非三头六臂，但他善于发挥党员的模范带头作用。就以我们4号楼为例，我们楼有12层，他动员每个楼层设立组长，通知做核酸、分发抗原试剂、分发保供物资及团购物资等；倡议我们楼组居民报名参与每天给楼道和电梯消毒，得到居民赞同，两人一组的7组消杀队行动起来了。王斌给妻子陈俊秀也安排了任务：为居民区30多户订餐的空巢老人送饭。社区的送饭师傅只能将老人们订的餐送到居民区大门口，居民区内的分发，则由陈俊秀骑电动车挨家挨户送上门。有电梯的住宅还好，像400弄的30多栋多层住宅需要奔上奔下，对于她这位长期坐办公室的女性来说很艰难，但她硬扛过去了。

在王斌领衔下，居民区有了一支以80后、90后为中坚的志愿者力量，花白头发的阿姨爷叔志愿者配合年轻人，他们出色地完成了繁重的任务。就说我们4号楼吧，每次到户外做核酸，有五六位年轻志愿者忙着维持2米线距离，为每位居民核对扫码，耐心帮助老人提供健康码……此时，王斌一家三口也在默默地忙碌着，陈俊秀轮番用轮椅车推着楼里行动不便的老人做核酸，上初二的女儿为长长的做核酸人员做登记。王斌说，这样做是为了培育女儿的志愿者精神和社会责任感，让她得到一些社会实践的锻炼。

王斌陈俊秀担任居民区的"团长"，每次团购物资送到小区大门口，他俩与其他志愿者用平板车一户户送到居民家门口。经常多采购10多份鸡蛋、牛奶和蔬菜，不为自家囤货，而是自费无偿送给楼里行动不便的独居老人。连我这位年轻老人无意中说起家里没有酱油了，细心的陈俊秀也记在心上，将自家的酱油匀出半瓶解我家燃眉之急。

王斌陈俊秀的奉献精神感染着女儿。他俩时常"白加黑"地连轴转，有次饥肠辘辘地很晚回到家说，真想吃碗菜泡饭啊。懂事的女儿说："我来给你们烧。"不一会儿，香喷喷的菜泡饭端到爸爸妈妈手里。原来，陈俊秀喜爱烹饪，女儿跟着妈妈学到一点儿小手艺派上用场了，一碗菜泡饭融入了一家人的幸福感。

真是远亲不如近邻啊！楼里85岁高龄的叶医生感叹：生活在4号楼真好，有王斌他们这些年轻志愿者，我们邻里守望相助，封控两个月没有一例阳性；3楼的刘先生，满怀激情创作了诗歌《心距》"……一颗颗年轻的心/顽强地传递给我们/挚爱的心音/拉近了/心的距离……"居委干部向我透露，王斌在单位连续多年荣获先进个人和优秀共产党员称号。

我怦然心动：王斌陈俊秀这个幸福的平凡之家，就是"温暖我瞬间"的真实故事啊。

（2023年8月31日）

寻找老朋友

20世纪60年代，于我是童年时代。斗转星移，光阴倏忽。我们这辈人到了今天，寻找朋友的热情依然不减。看电视新闻时，荧屏下端常有"找朋友"信息，寻找曾经的同班同学、同厂同事，曾经的农场场友、兵团战友，曾经的老邻居甚至萍水相逢的人等。

就说那次午餐相聚，我们曾经的甘泉新村第一小学的同班同学20人，在餐厅大堂分坐两桌，另外有一桌顾客看上去年龄之间有些差距。其间，无意中说起如今老年人热衷找朋友的话题，那一桌也兴致盎然地参与发表高见，得知他们是工厂同事，也是通过找朋友得以相聚的，大家打开话匣子聊得很欢快，两个群体的领衔者相互加了微信，相约再相聚。

为何"40后、50后、60后"热衷于找老朋友？以我之见，原因为：过去大多数家庭没有私家电话，特别是"40后""50后"走出校门，大多"上山下乡"，从意气风发的青葱岁月，告别城市，经年累月地打拼在广阔天地，返城后或忙于填补知识的欠缺，或忙于寻求安身立命的工作，其后就是走进婚姻为培育下一代奔忙。待到两鬓染霜，进入七十古来稀，有了大把自己可掌控的时间，怀旧的情感时时萦绕，只要同学或同事中哪位登高一呼，就会响应者众多。于是乎"你找我、我找他（她）"的连锁效应形成，聚会时经常有"新人"出现。

第一次大聚会上演的往往是"猜猜我是谁"，见面后大家一番唏嘘："我们走在大街上，即使迎面撞见，可能也会擦肩而过。"但感叹后话又变了："大家都没变，还是当年的样子。"是真情话也是违心话，几十年的离别，容貌变化是必然的。岁月不由分说地将人生磨砺镌刻在众人脸上，"一点儿没变"是心灵的一贴"抚慰剂"。

有朋友的日子，也是老年人与时间坦然相处的心境培育，这是我姐和姐夫及他们朋友的感悟。他们是从贵州返沪的同事，相聚更多了一层内涵，有对青春岁月的缅怀，秀丽山水的眷恋，更有对羊肉米粉的怀念，每每说起就馋涎欲滴。他们将相聚的欢乐片段做成视频和抖音发网上和朋友分享。

老年朋友相处的长久之道，以我的经验，有充裕时间相聚的，几乎都逾"耳顺"之年，无论之前发生过什么，相聚时请"清零"。此时适宜的共同话题是：叙友情、叙快乐、叙养生、叙影视……切不可为一个不同的观点，一件无关紧要的小事，争辩得不可开交，被不良情绪影响健康。

谁道人生再无少？门前流水尚能西！大文豪苏轼给予现代人启示与鼓舞，老年人也可以和年轻人一样发挥充沛的生命力。老有所乐"找朋友"，亦是老年人用积极乐观的精神，营造幸福生活的篇章。

（2023 年 8 月 21 日）

圆珠笔的骄傲

家里10多支圆珠笔都被我用得没油了。这笔色彩多样，写字顺溜，瞅着写着心情愉悦。带着圆珠笔到住家附近的街边小文具店，问店主："这种圆珠笔芯有配吗？"店家回复很干脆："没有！"又加上一句："这种圆珠笔只2元钱一支，再单配笔芯，厂家和店家可就没得钱赚喽。"如今，圆珠笔竟然如此便宜？

我感觉店家说得在理，毫不犹豫地将红黄蓝绿黑白颜色各买一支，总共花了12元，可以用上好一阵啦。

说来惭愧，我家先生属于家庭大内总管，我需要什么就上报于他，由他负责采购。焉知"洞中方一日，世上已千年"，圆珠笔芯用完再配的使用法早已翻篇，因为我国2016年实现了圆珠笔芯的中国制造。

不由得想起早些年曾有人悲叹：我泱泱工业大国，竟连小小的圆珠笔芯都做不好。殊不知，圆珠笔芯的制造难度非常大，其钢珠和球座体的精度要求非常高，必须做到一丝不苟。其实，那些年我国进口圆珠笔还有另一层考虑，中国每年对于圆珠笔的需求量多达几百亿支，依据中国连导弹、卫星等高精尖产品制造都不在话下的能力，完全能够攻关自行制造，但中国人信奉的是先哲"不吃全鱼"的经商之道，合作共赢的为人之道，却遭遇外国反华势力"卡脖子"，逼得中国连小小的圆珠笔都国产化了。

记得2014年8月，我采访曹雷，她说起爸爸曹聚仁的一件趣事。小时候，她看见爸爸的白衬衫口袋底部总有一摊蓝色印迹很扎眼，好奇地问怎么会这样？原来，爸爸到虹江路去淘日军战败后仓皇撤离遗落的资料，意外发现被日军丢弃的一沓沓薄型棉纸，捡回家配用美国造的圆珠笔，写稿时填上复写纸留底稿很清晰，比原来用铅笔写字留底稿省力多了。美中不足是笔芯会漏油，插在口袋里就被染成了一大块蓝色。

在那个曾经一穷二白的中国，也只有曹聚仁这样的著名作家、记者能用上美国产的圆珠笔。新中国刚建立时几乎没有独立的制造业，连火柴、铁钉等都生产不了，被冠以"洋"字，更何况只有芝麻粒大的圆珠笔芯上的钢珠。新中国建立后，我国以有分工、有协作，团结一致，埋头苦干的精神，建成了完整的工业体系。但圆珠笔，人们是使用得多，对于其出处了解得少。我工作时的那些年，经常外出参加会议，会场的桌面上，主办方会提供圆珠笔和记录纸。圆珠笔是我的最爱，看到邻近的桌上有人扔下，我会"贪小者"似的收入袋中。

我曾经工作过的上海自动化仪表公司所属工厂有20多家，主要产品是自动化仪表记录仪，由多个厂家分工生产零部件，最后合成整件产品。我所在的仪表变压器厂，生产的晶体管放大器是仪表自动记录仪的核心部件。一台晶体管放大器，使用的元器件多达几十种，诸如电阻、电容、变压器、二极管、三极管、功率管等，而一台自动记录仪，除放大器，还有众多其他零部件配套，其中，记录笔芯是关键配件。

20世纪80年代中期，我与自动化仪表三厂的几位工程技术人员，到湖南、广州10多家用户厂家开展质量访问。我们坐绿皮火车，常常因为不是始发站点，只能买站票，有时站立七八个小时，到站后再要转乘长途汽车。我们没有抱怨，没有叫苦怕累，马不停蹄地去到每个用户厂家，实地了解使用情况。

有些厂家反映仪器输出信号不对称，我当场对放大器的输出功率进行调整，信号立马显示对称了；还有记录笔芯漏墨水，在记录纸上流下一条条"蓝鼻涕"，与圆珠笔芯漏油相似，自仪三厂的工程师根据现场走访情况，回厂后集中力量攻克难关，确保了记录笔芯质量达到产品运行要求。

正所谓艰难困苦，玉汝于成，一支小小的圆珠笔制造过程，亦是我国工业发展的缩影。令人欣慰的是在中国制造的魅力中，圆珠笔质量升到了高端，价格降到了"白菜"，中国正在从工业大国挺进到工业强国的进程中。

（2023年7月2日）

难忘的"学工"

20世纪70年代，中学生"学工""学农"是必修课。我初二那年，所在班级被安排到上海油脂四厂学工三个月。这是我第一次踏进工厂大门。

我被安排到压榨车间学工。压榨车间空间很大，热气熏蒸中弥漫着可可的醇香。除操控压榨机是技术活，其他工序基本是简单的手工活。工人师傅将可可浆用特制的布料包裹好，放入一格一格的压榨机中。压榨机启动后，在沉闷的机声中，有清透的液体溢出，从槽口缓缓地流进油桶中。此道工序完成，两位工人拎起油桶转运到下道工序；其他人将被压榨干的包裹取出拆开剥离，再将可可渣饼转入下道工序。

眼前的一切，令我感到很新奇。听师傅们说，这里压出的是白脱油，可可渣饼是做巧克力的原料。压榨机开启后，每一次20分钟完成。穿工装裤的师傅们是怎样的一个群体？我从自己的视角，感觉这里大多是文化程度不高、年龄较大的工人师傅。掌控压榨机的丁师傅是组长，看上去50岁左右的他总是和颜悦色，沉稳地操控机器，熟练自如地拨动每一个手柄。

我这个懵懂的小女生，与工人师傅一起拆开刚从压榨机上取出的可可渣饼，顾不得很烫手，十分卖力地干得汗水直淌，我要以实际行动向身边的师傅学习。师傅们热情友善，尽管女工喜欢开玩笑，有时会冒出几句"放肆"的话，但大家齐心协力将每一次活干好。师傅们对我是和蔼加鼓励，夸我干活不惜力。班主任董老师到车间了解学生情况，师傅们说，小张同学认真肯干，是个好学生。我感动又有些骄傲。

休息时，车间最年轻的女工与我聊天。她自我介绍："我的名字是贾珍，与中国古典文学名著《红楼梦》中的贾珍同名，但我与小说中的贾珍可是完全不同的人啊。"

贾珍的外貌，用如今的话形容，属于美女小姐姐，但配上她那文静知性的气质，让人感觉是有主见善思考型的。她是操控压榨机的B角，因为必须懂技术才能上机，高中生的她成为丁师傅的助手。凝视她全神贯注操纵机器的姿态，我联想到"不爱红装爱武装"、飒爽英姿的女民兵，敬佩之情油然而生，丁师傅和贾珍他们，是工人阶级的形象体现。听其他工人说，贾珍原准备报考大学的，但特殊时期被分配到了工厂。

有文化的贾珍，没有娇气和骄气。拎油桶是个重活，刚榨出的油很烫，不上机时，她和一位男师傅总是自告奋勇地拎着油桶转到下道工序。她与师傅们相处得很融洽，大家遇到争论不休的话题，就请她评判。那天，机修车间的高师傅来压榨机车间检修设备，休息时，贾珍请高师傅为大家讲讲其到坦桑尼亚援建铁路的故事。高师傅讲述在艰苦环境中不怕苦不怕死建铁路的故事，让我很为中国工人自豪。

我因生吞活剥地读了几本中外小说，倒和贾珍有了一些聊天的话题，经常张冠李戴地在贾珍面前谈论。贾珍呢，颇有兴趣地与我对侃，还时不时巧妙地纠正我的"偏差"。有一次，她问我将来的志向是什么？我随口说想当工人。我看到贾珍有点诧异，但她只轻轻地说了句："小张，你应该争取上大学。"时隔几日，贾珍悄悄地借书给我。一本是苏联惊险小说《帝萨河畔擒敌记》，还有一套是高尔基人生三部曲的连环画。高尔基的连环画，用如今的话形容是很励志的。以后，我自己购买了这套连环画。

三个月的学工劳动结束了。我依依不舍地告别贾珍和车间里的师傅。贾珍给了我她家的地址，邀请我去她家。隔了一段时间，我兴冲冲地按地址寻到她家，记得是石库门，我踏上木质楼梯上到二楼，对上了室号敲门，看到她开门，我兴高采烈地说："贾珍师傅，侬好！"但我见到的是她满脸的惊讶，只听她说，我是贾珍的姐姐，我俩是双胞胎，她有事出去了，你有什么事，我转给她。我恍然大悟，既惊奇又感到窘迫，匆匆告辞了。不谙世事的我，没有想到留下自己的住址和公用电话，以后也没有与贾珍联系过。

我与贾珍虽然只相处了三个月，却终生难忘。站在今天这个时代的视角下，回首20世纪70年代的工厂"学工"，对于我这样一个对未来意义并不明了的小女生，有了真实的人生榜样。

（2023年4月16日）

市民巡访再出力

　　我有个微信群，除了我，都是虹口区市民巡访团成员。他们多已退休，但不沉湎于天伦之乐，当社会公益需要时，他们重操旧业，担起巡访志愿者的义务。

　　说重操旧业，是因为他们在职时多为社区工作者，也曾是市民巡访员。他们在社区创造了很多接地气的工作法。虹口区市民巡访团经历了朱领民、王健云、丁素芳三代重操旧业的团长。20多年来，他们不辞辛苦、甘于奉献，秉持"人民城市，你我共建"理念，当好示范员、监督员、宣传员，起到市民与政府的桥梁纽带作用。

　　市民巡访员的主要任务，是在创建全国文明城区和上海市文明社区中发挥"啄木鸟""报春鸟"作用。对居住区域的大街小巷、集贸市场、学校周边、"五小"行业等环境和秩序明察暗访。看到有碍市容市貌，有悖于社会公德等现象，如啄木鸟般拍摄记录下来，上传到曝光台；发现环境优美、秩序井然的情景，如报春鸟般宣传报道。

　　巡访员在巡访中积累了经验："走过路过不要放过，听到看到抓准记牢。"一次，他们与《新闻坊》记者到9号线地铁的一个站点拍摄和点评违章设摊卖早餐，在此项巡访中又发现新的问题，在乱设早餐摊位的不远处，还有一个乘客较多的公交站点，站点的指示牌已经破损，站台也没有合理的候车空地，有的乘客只能踏入上街沿的绿化带内候车，还有的则站在非机动车道上候车，不仅绿化遭到踩踏，还极易引发交通事故。巡访员将发现的情况与记者沟通，迅即作为另一条新的信息进行现场采访并提出建议，起到了事半功倍的巡访实效。

丁素芳的事迹被《人民日报》报道，李军荣获2020年度《新闻坊》优秀特约记者称号。虹口市民巡访团员也是上海市民巡访团员的缩影，重操旧业的他们，又成为大街小巷一道亮丽的风景。

（2023年4月3日）

山水画里赋真情

　　年届六旬的刘邦彩来自江西景德镇，对于家乡的山水，他有与生俱来的热爱。自幼就用树枝在泥地上临摹山峰叠峦、湖泊翠柳；中学毕业，他到景德镇窑厂做学徒工，只是为了制作出那些精美山水画的瓷器。几年的勤学苦练，他将山水画与瓷瓶完美地融合一体。

　　30多年前，刘邦彩只身来到上海，他摆过地摊，做过油漆工、搬运工……生活稍安定后，又拾起心爱的画笔，他白天在工场使用排笔油漆，晚上在斗室挥洒画笔绘画。十年磨一剑的他，获得圈内"山水刘"的美誉。年过半百，功成名就原想退休好好休息的他，想到自己年少时学习绘画的热忱和艰难，索性决定重操旧业，重拾画笔，辅导有兴趣的少儿学习国画和书法。他的学生除上海本地，还有父母来自多地到上海打工者的子弟。尤其江苏籍的小学生小巩，在他悉心辅导下，绘画和书法才艺崭露头角。

　　刘邦彩接受小巩是个美谈。那是三年前的一天，他到巩爷爷修车摊位修理自行车。闲聊间，巩爷爷说孙子喜欢画画，羡慕别人家的孩子能学画。但一打听，一节课的学费就是爷爷一天修车的收入。懂事的小巩只能自己对画临摹。刘邦彩听说后，就让巩爷爷把孙子的画拿给他看看。看到小巩的画，他心动了，这孩子真不错，是学画的好苗苗。刘邦彩爽快地说："这孩子，我收下了，免费教。"小巩家境不好，但努力好学，他父母双双因车祸身亡，他是依靠残疾的爷爷在上海修理自行车，收废旧物品的奶奶来供给他读书的。小巩学习非常用功，用名列前茅的成绩回报爷爷奶奶。他通过孜孜不倦的练习，获得书法十级，绘画十级的好成绩。2021年，荣获"全国青少年书画大赛"金奖。刘邦彩为自己收获了好弟子而自豪，也为自己拾起画笔重操旧业而庆幸。

（2023年4月3日）

老　爷　叔

　　我家先生回归社区后，成为一名志愿者。去年上海疫情封控期间，社区涌现出不少年轻志愿者，他们的表现令居民交口称赞。但贸然听到年轻人对我家先生的称呼，我感觉有些别扭，比如，搬运物资时，他们热情地说："老爷叔，侬年纪大了，不用来帮忙，让阿拉来搬。"

　　这句很暖心的话，是年轻人尊敬关爱老年人的真情体现。但听到"老爷叔"称呼，我怎么就感觉爷叔的含义有点走样呢？尝试着分析"爷叔"称呼的年龄层次。上海人可能对年过半百的男士称呼爷叔，那为啥同样是年过半百的男士，事业有成的自嘲"老男人"，不仅不会让人产生"廉颇老矣，尚能饭否"的疑问，还会认为这位是睿智风趣的，甚至受到"大叔控"女孩的眉目传情呢？如果按海派文化中称呼"老克勒"呢？这个族群让人联想到的是家境富裕、衣着精致、头势清爽、绅士风度的男士，人们除了羡慕，还是羡慕。只有"老爷叔"，让人眼前浮现的是带点匪气的，在社区和邻里间能"摆闲话"的样子。比如，在公共场合几个爷叔为一句话、一件事争得脸红脖子粗时，老爷叔劝架往往这样讲："老爷叔，算啦，算啦，看我面子上，侬不要跟伊拉一般见识。"老爷叔劝架，对与自己年龄相仿的也尊称"老爷叔"。

　　由彼及此，我想到了自己。邻居小伙小丁见到我总是称呼"张阿姨、张阿姨"，我也没什么不满，如果他称呼我"老阿姨"，或者更奇葩的"老张阿姨"呢？冷不丁听到，我大概会晕过去。"老阿姨"似乎含贬义呢，还夹带着上海人对于蛮不讲理的悍妇的形容："迭个老阿姨，吵起相骂来喉咙嘹嘹响，侬离开伊远点。"我从事社区工作后，"张阿姨"成为社区居民对我的常用称呼，倒比称呼"张老师"关系亲近融洽，也就习惯成自然了。

为丰富居民精神文化生活，我创办居民区合唱队。只是合唱队里"老阿姨"（此处用"老阿姨"，我并无贬义，只为对应"老爷叔"）队员"潜出"，"老爷叔"队员寥寥，只能女声小合唱，没有男女声二重唱，更表演不了大合唱。我拉上文体干部，上门动员爷叔们出山。我称呼的是"李爷叔""王老师""金先生""蒋厂长"，甚至"卢小开"。尽管说，回到社区都是老年人了，没有职务高低、尊贵卑贱之分，但老人的心理状态往往乐意往"幼"发展，称呼一声"王老师"，其获得被尊重的好感；称呼一声"蒋厂长"，其感觉没被人冷落；称呼一声"卢小开"，其为优渥的生活被人赞扬而窃喜……如此这般，我所在的居民区居然有30多位爷叔被鼓动参加了合唱队，每次有重要演出，他们的标配是黑长裤束白衬衫配绛红领结，展现男女搭配，合唱更有魅力的神采。以至到后来，社区有重要演出，就到我们居民区借用爷叔合唱队员。

当"爷叔"被冠以"老"字，从自我释怀的角度为其归纳定义：男士年过半百之后，在老去的路上以10年为一个台阶：花甲之年、古稀之年、杖朝之年、鲐背之年，如果瞅着台阶忧心忡忡，则不是好兆头，不妨用这样的话给予爷叔勉励："当其欣于所遇，暂得于己，快然自足，不知老之将至。"如此，就不会因被唤作"老爷叔"而耿耿于怀。

至于我，其他称呼不拘，唯有"老阿姨"免称。

（2023年2月28日）

她战胜病魔的"秘籍"

我与武元英是从事社区工作20多年的老同事。

近日老同事聚会，我揭开一个谜底：20多年前的一天，我请她引荐到她辖区的一栋"筒子楼"采访居民。往常工作起来精神抖擞、快人快语的她，这天却精神不振、心事重重。我很是疑惑，她可能工作上遇到了不顺心的事，但我又不便打听。

这次聚会，老同事们谈笑风生地回忆那些年那些事，武元英风轻云淡地说到了当年的这件事，我恍然大悟。

原来，就在武元英引荐我采访的这天，她第二天就要做心脏手术。然而祸不单行，此时，她的家已陷入困境，丈夫因罹患重病动了手术刚出院。为了不让丈夫担心，她对他说，自己体检有点小状况，医院让住一天进一步检查，第二天就可以回家。真实情况却是，她的心脏上长了一个瘤，查出时已有鸡蛋大，准备入院手术；时隔三天，又做了入院前的检查，已经变成鹅蛋大了。她协助我完成了这次采访，却没有将自己和丈夫身患重病的情况告诉我。

武元英是第二天下午手术。她将病情告诉15岁的儿子，叮嘱他暂且不要告诉爸爸。儿子听从妈妈同事的指点，上午赶到庙里烧香，祈求妈妈手术成功平安出院。儿子告诉她，烧香花了25元，是向李阿姨借的，她将钱还了。在将她推向手术室的过道上，她把眼泪汪汪的儿子单独叫到床边，故作轻松幽默地对儿子说："你不要担心，相信妈妈一定能闯过这一关，妈妈是特殊材料做成的，因为妈妈是共产党员。"儿子似懂非懂地点头，两位护工被逗笑了，对她说："这句话让你们大领导知道，会提拔你的。"说笑中，护工将她的手术室搞错了，忙不迭地向她抱歉。一般病人可能由此产生心理阴影：是否预示手术不顺利？她却坦然地安慰护工："没有关系的，我是有钢铁意志的共产党员。"为此，尽管手术多等候了一个多小时，她没有一句抱怨，护工很感激和钦佩她。

进入手术室，医护们也知晓了先前的事，担心她责怪引起情绪波动不利于手术。当她听到"快点'闷脱伊'"（沪语：快点麻醉），就在将实施麻醉的瞬间大声说："慢！让我看好手术的时间，回家要汇报的。"在场的医护都对她这个举动忍俊不禁。

武元英的手术足足进行了4个小时。丈夫眼巴巴地等她回家，直到第四天，一再追问儿子才得知妻子是做的心脏大手术，丈夫顾不得自身虚弱的病体，心急火燎地赶到医院，见到的妻子精神头比他好多了，这才放下心来。

武元英夫妇养病期间，多亏其姐全天候精心照料，以及她不断鼓励丈夫的"精神疗法"。两人逐渐痊愈，平和欢乐的日子回归。她又在居民区党支部书记的岗位上生龙活虎、有声有色地开展工作，不断有社区工作的创新法推出，成为社区居民信赖和拥戴的主心骨。

20多年过去了，武元英一家的生活幸福美满。儿子成家立业了，活泼可爱的孙女上小学了。她笑说自己克敌制胜病魔的秘籍："你只管坚强乐观，其他上苍自会有安排。"

（2023年3月）

家门口的 "T台秀"

"1楼12楼下来，2楼11楼下来，3楼10楼下来……"这是在提示候场的人员准备入场登台吗？非也，这是我们4号楼的楼组长张美芳在挨着楼层，呼叫居民有序走出家门，到楼栋前的空地，间隔2米线排队做核酸采样。平静守常的烟火气，被病毒搅起阵阵涟漪，今年3月以来，核酸采样挤入市民的生活。

有"足不出户"的前提，借核酸采样的机会，人们来到室外，舒展一下疲乏的体躯，感受一下草木的清香，释放一下紧张的情绪，心胸由此敞亮起来。于是乎，相互的关注度频率提振，邻里之间家长里短也就端倪显现。大楼里的90多户居民，原本相互熟悉的并不多，属于半生不熟的居多，甚至有从未打过照面的。在家门口的2米线格子间里，每个人似乎都将核酸采样视作一次闪亮登场的机会：有从服饰装扮上营造气场的，有从夫妻相衬上晒出幸福的，更有深藏不露却身不由己被注目的……

家门口的核酸采样队列，衍生出T台走秀的效果。缓解了人们直面疫情的恐惧、居家的郁闷、核酸采样的不耐烦……我撷取几例，请你领略我们4号楼家门口的"T台秀"。

这天的T台上，款款走来一位雍容华贵80岁开外的阿婆，但见她一头银丝梳成发髻，身穿红底碎花丝绸旗袍，手持精致红色手杖，犹如一道亮丽的风景瞬间吸睛，一阵赞叹和掌声响起。其中，有位中年女观众体形敦实，话语爽朗，双手拍得格外响亮。有邻居介绍她：上海公交系统的女司机，有20多年行车无事故的优良业绩，她就是银发阿婆的女儿。这是一场风格迥异的T台母女秀吧？

明长松、刘玉瑛夫妇每次走T台总会惊艳全场，尤其刘玉瑛形象设计上标配式的高高发髻，颇为震慑人心。夫妇俩犹如出席重要活动仪式，有时以情侣装相伴而来，有时又以风格反差的装束亮相。你可别以为这是对年轻夫妇，他们的大儿子也都年至花甲啦。明夫人吐露心声："老明在我心目中首先是父亲兼兄长，其次才是丈夫。"明先生将小自己5岁的夫人当作小妹宠爱。明夫人还是位慈善人士，那些年，长期资助九位困难学生上学，一直到他们全都考上大学。

明家的家风亦有特色。每个周六，两个儿子各偕家人来到父母家相聚。老两口与儿子有约定，每次周六大家庭聚餐，费用由老两口出，额度不超过400元。两个儿子每周轮流掌勺，"买汰烧"全程包揽，饱餐畅叙后，一切收拾妥帖才得告辞。这台夫妻走秀，对于左邻右舍处理好父母与子女的关系，不无启发吧？

我家门口的T台，还促成了一桩良缘。女青年张小帆、男青年赵杨是为人们T台走秀的志愿者。他俩原本是朝九晚五的80后上班族，一个住底楼，一个住顶楼，相望不相闻。3月下旬，他俩成为社区"大白"。分发保供物资和抗原试剂，为居民核酸采样，为邻里独居老人解决生活难题……两人忙得不亦乐乎。当社区急需配药志愿者时，他俩义不容辞地组成配药小分队，担纲这项既危险又烦心的活计，为整个居民区有需要的人配药，那些不能断药的老人，从他俩手里接过"救命药"时，感激之情油然而生。

两个月朝夕相处中，小帆和赵杨真情萌发。待到6月1日，一个儿童和成年人都喜欢的日子，他俩成功"抢到"结婚登记号，在楼组居民的微信群里，满怀喜悦地昭告众邻："我们结婚啦！"有居民戏谑地说："你们是闪婚啊？"他俩自豪地说，我们虽说只有两个月的了解恋爱期，但我们的朝夕相处，胜似人家两年的恋爱。是T台为媒介成就了这段美好姻缘吧？

2022年春夏，"时光机"的特殊作用，印证了罗曼·罗兰的一句名言，"世界上只有一种英雄主义，就是在认清生活的真相之后，依然热爱生活。"我家门口2米格子间的T台上，一轮轮核酸采样中，有一位女士，如果没有那场意外事故，本可以与丈夫李祖林携手走夫妻档T台秀；如今，却只有丈夫独自走台的身影。我听到了他们的不幸却又令人感佩不已的故事。

李爷叔的妻子曾经是芭蕾舞演员，有妙曼身姿、高超舞姿的她，醉心于舞台艺术。岂料，人有旦夕祸福，就在她28岁那年的一次表演中，一个飞旋腾空跃起的动作略有偏差，被重重地抛下坠地，酿成高位截瘫的悲剧。她再也站立不起来，只能终生躺在床上。此时，他们的女儿还不满半岁。从此，丈夫成为妻子的全部依靠。幼小的女儿由李爷叔抱进抱出；如大女儿般的妻子由李爷叔抱上抱下，从28岁抱到了如今的66岁。尽管"奔七"的李爷叔，逐渐力有不逮之感，但他脸上没有沧桑磨砺的印痕，有的是无怨无悔，坦然面对的率真。

李爷叔在医护人员指导下，学会了核酸采样，每次都由他为妻子做核酸采样。所谓奇迹，不过是有人不离不弃而感天动地。如今，女儿有了自己幸福的小家，还为他们带来一对"龙凤胎"外孙辈。每周女儿、女婿上门，亲家一起前来帮助照料孩子，给予龙凤胎的外婆外公以极大的精神慰藉。李爷叔家的故事，在T台幕后依然熠熠闪光。

我说，只要努力在路上，一切都会朝着所希望的那个方向改变。家门口的"T台秀"，秀出了我们4号楼居民的努力和希冀，秀出了大上海保卫战的精神和力量。

（荣获2022年长三角市民写作大赛"百名市民写作达人"优秀作品奖）

吕其明，我们的同志

不大的会客室简洁、雅致、温馨。此时，鹤发童颜的会客室主人吕其明坐在沙发椅上，为我们几位访客递上的相片签名。

吕其明，中国家喻户晓的"七一勋章"获得者、杰出的交响乐作曲家、著名电影音乐家。凝望令我高山仰止的吕其明大师、凝望对我和蔼可亲的吕其明大师，我这寂寂无闻的小人物为有如此殊荣而盈满幸福感。对于音乐艺术不甚了解的我，从吕其明的"七一勋章"感悟到我们的交集：那就是中共党员，人民音乐家吕其明是我们的同志，他是我们9 500多万中共党员的杰出代表，我们有共同的奋斗目标。

有幸拜访吕其明同志堪称机缘巧合。来自安徽的画家徐亚东，专业从事伟人画像创作，他的父亲徐继刚和伯父徐吉强都是新四军二师师长罗炳辉将军麾下的战士，伯父在与日寇的战斗中壮烈牺牲；吕其明的父亲也是革命烈士，吕其明10岁就跟随父亲参加新四军，1940—1942年期间是新四军二师罗炳辉将军麾下的战士，后来到新四军七师，"小战士"与"兄弟战士"可能在战场上擦肩而过，但他们的信念目标是一致的：抗击日寇，求得中华民族的独立解放。

1956年，作为新中国培养的第一代交响乐作曲家，26岁的吕其明创作了电影插曲《弹起我心爱的土琵琶》，抒情与激越交融的旋律，迅即激发大众的共鸣。徐亚东的父亲特别爱唱这首歌，自豪地对儿子说："吕其明是我的战友。"从小就受父亲"土琵琶"熏陶的徐亚东，由此对这首歌情有独钟。

吕其明荣获"七一勋章"，徐亚东激情迸发地创作了吕其明肖像素描，并于2021年8月委托上海新四军历史研究会赠送吕老。今年初春，徐亚东有机会到上海，向"中共一大"纪念馆捐赠创作的陈独秀画像，同时经上海新四军历史研究会七师分会会长马元权牵线，专程拜访吕其明。徐亚东与马元权都是新四军后代，也是中共党员，他们与吕其明有着真挚美好的同志情缘。

在徐亚东提议下，大家满怀激情地放歌《弹起我心爱的土琵琶》，徐亚东、马元权伴在吕老左右，当年的新四军小战士、当今的大作曲家吕其明同志，挥动双手打着节拍，那种淳朴自然和激情四射，淋漓尽致地展现了铁道游击队员的精气神。

马元权会长提醒我们，上午吕老指导钢琴与交响乐合奏《红旗颂》，排演一直到下午才结束，尽管非常疲劳，吕老还是愉快地接受我们的拜访。此时，沉浸在兴奋中的我们，才注意到吕老的嗓子有点沙哑，满怀崇敬和眷恋之情告辞。

我是2021年暮春赴淮安参加纪念罗炳辉将军活动与徐亚东先生相识，此次他的上海之行，邀我同行拜访吕其明同志，令我获得意外的惊喜。其实，我是第二次见到吕老，第二次获得意外的惊喜。我还清晰地记得2017年第一次见到吕老的情景：我受上影厂女导演石晓华邀请参与电影人党课，吕老也参加了，我冒昧地提出与吕老合影，他笑呵呵地答应了。我将照片印出珍藏，如今又荣幸地获得吕老签名，于我是莫大的勉励与鞭策。

尽管与吕老相见一小时不到，但鲐背之年的他，一个举动瞬间就镌刻在我记忆中。我们告辞，吕老坚持送我们乘电梯，坚持送至大门口。我悄悄地问他家阿姨，每次来客他都是这样送别的？阿姨笑说"是的"。我们边走边回头，吕老还站在门口向我们挥手致意，月光、灯光交融辉映着他挺拔的身影。徐亚东很是感动地说："吕其明，我们的同志，我真舍不得离开啊。"

吕其明，我们的同志，他的代表作《红旗颂》被人们赞誉为"顶尖水准的跃动的爱国音符"，如黄钟大吕，震撼人心；他盛德不泯的人格魅力，是革命人永远年轻的写照。

（2022年7月1日）

脱苦·陡富·有余

每年春节忙年夜饭，我家有三道"另类菜"必不可少，这就是：塌棵菜、豆腐、鲫鱼。三种家常菜，何以受此青睐，且听我将故事道来。

20世纪80年代末，我的家安置在北外滩的商丘路。我住的五楼层面有8户人家。我家住房是13平方米，与董家合用客厅、灶间及卫生间，这是三室一厅的住房，由工厂拆套分配，也是当年解决职工住房困难的特例。

第一次与董家在一个灶间里忙年夜饭，见到他家餐桌上整齐地放着三盆烹调好的菜：塌棵菜、豆腐、鲫鱼。我有些惊讶，按民俗喜庆的日子不应出现豆腐的。董家主妇万阿姨笑着告诉我，年夜饭添上这三道菜，是用与上海话相似的谐音讨口彩：塌棵菜，沪语谐音就是"脱苦菜"；豆腐，相当于"陡富"；至于鲫鱼，象征"年年有余"。综合三道菜，就是"脱离穷苦，陡然而富，年年有余"。我恍然大悟，这想象力真够丰富啊。万阿姨还告诉我，我们五楼的邻里约定俗成，每户人家的年夜饭，都有这三道寄意美好生活的菜摆放在那里，用以希冀新的一年日子红火兴旺，直到大年初五迎接财神后，这三道菜才被撤下。

热情的万阿姨带我去邻居家探视，果不其然，家家户户都准备了这三道菜。我立马奔向菜场，幸好还有少许摊位在经营，我如愿所得。从此，我家年夜饭总有这三道菜。

我们的住房结构是，走出房门就是L形的长廊，犹如"民生论坛"，邻里的阿姨、爷叔常聚在长廊上交流话题。除夕这天，家家煎炸翻炒的菜香味溢出，户户锅碗瓢盆交响曲演奏，趁着忙年夜饭的空隙，阿姨、爷叔在长廊上快乐地聊开了：如今的过年，比起按"大户""小户"人头购买年货的日子好多啦，鸡鸭鱼肉、瓜果菜蔬一应俱全，至于还搞"脱苦、陡富、有余"的形式，快乐调侃而已。阿拉侪晓得噢（沪语，"我们全知道的"），想一夜暴富是不劳而获不可取的心态，勤劳致富、奋发有为才是我们的奋斗目标，相信我们的生活会越来越美好的。欢声笑语在走廊上荡漾开去……

抑或邻里对美好生活共同的理解，长期以来，我们五楼邻里和睦相处，从未为鸡毛蒜皮之类的事发生过口角。休息日，曾是知青的我老公拿出理发工具，在走廊上为爷叔剃头阿姨剪发；阿姨们围绕裁剪编织之类女红取经，感叹布料、绒线等日用品取消配给后有了用武之地；爷叔们在走廊里递根香烟，家事国事天下事神聊。这情境让人感觉到，阿姨爷叔在烟火气熏陶中，也透着对美好生活的不懈追求。

时光车轮驶入21世纪，我们五楼人家在改革开放政策的激励下，经过这些年的努力打拼，日子过得一年更比一年好。略举几例：鼓风机专家的董爷叔、会计师的万阿姨夫妇，专长得到充分发挥，收入有了极大提高；同是画家的周家夫妇，凭借他们在画坛拥有的一席之地，钱包也鼓了起来；许家女儿、女婿趁着出国潮到日本留学，学成归来创办了颇具规模的日式料理店，是我们楼里第一家拥有私家车的，许家人进出总是笑意盈盈……邻里们平日下馆子、上饭店成为常有的事。年夜饭也都安排到饭店，既享受家人团聚的欢乐，又享受被服务的惬意。阿姨爷叔情不自禁道出肺腑之言，"脱苦、陡富、有余"早就成为老皇历啦，阿拉侪过上了"芝麻开花——节节高"的生活。

2015年底，为配合北外滩新一轮发展，我们商丘路的住房被征收。2016年的春节，老邻居们第一次不是在同一楼面欢度除夕的，大家互贺新年，不约而同地晒出各家"脱苦、陡富、有余"三道菜，这是阿姨爷叔的约定。

如今，沪上人家的年夜饭，更多地安排在饭店。年夜饭不好订，惹得国庆节刚过，人们就急不可待地预订来年的年夜饭，预订迟了就订不上了。就说这次吧，受疫情影响，我想当然地认为饭店包房不会紧张，但是上海的精准防控做得很好，以致去年11月时，我到淮海路上一家百年老饭店预订年夜饭，却被告知不但包房订满，就连大堂也预订一空，连续联系了几家心仪的饭店均是如此，甚至连年初一到初三都已被预订。与家人商量后，无奈退而求其次，找到住家附近一家名不见经传的饭店，也只预订到年初一的中午餐。遗憾中有欣慰，"饭店紧张"不正是我们生活越来越美好的象征吗？

正是今年风景美，万紫千红春光魅。我截取20世纪80年代到21世纪20年代的时光跨度，展示普通市民的年夜饭变迁。尽管，选择到饭店举办年夜饭，已然成为当今城市迎新年的一道亮丽的风景线，但我家特有的"脱苦、陡富、有余"三道菜，照例会出现在除夕的餐桌上，昭示我们从勤劳致富的平凡初心出发，将对美好生活的憧憬，转化为积极向上的信念，最终实现人生的不平凡。

（作于2022年3月，荣获"学习强国"《过年：中国人的集体记忆》征文三等奖）

出　差　惊　魂

一般人外出旅游、出差或开会，首选都是住单人房，一个人在私密的小天地里自由自在。可我的首选是双人房，哪怕三人房同住都乐意。如此癖好，缘于我那次出差经历的惊魂事件。

那还是20世纪80年代中期，我负责车间产品的质量，本厂生产的晶体管放大器是自动记录仪器的核心配套部件。那次，工厂要派人员到大连的用户工厂进行质量访问，决定派遣我和徐姓男工程师同往。其实，那年代有不成文的规定，一般不得安排男女两人一起出差，囿于没有更合适的人选，只能安排我与徐工出差，这是对我们两人品行的充分信任吧，这也是我第一次代表本厂对用户厂家进行产品质量访问。

我俩从当时的公平路码头坐客船夜间出发，第二天上午到达大连。顾不上游览美丽的海滨城市，找到一家靠近海边的海军招待所稍做漱洗，即赶到用户厂家，直接到生产车间解决问题。晚饭后，旅途劳顿和工作辛苦的我俩各入各房，徐工的房间就在我隔壁，关照我有事打他房间的电话。

这晚，我一人住的是里外两间的大套房，里间两张床，外间三张床，可见当时没有私密空间的观念。我选了住里间，第一次一人单独在外过夜的我，在偌大的空荡荡的房间里，紧张不安的感觉一阵阵袭来，就将里外房间的灯全部开着壮胆。初冬时节，我不敢脱去羊毛衫和秋裤入睡，屏气凝息地听着周围动静，终于挡不住倦意进入迷糊中，突然被一阵由远而近的咚咚咚的声音惊醒，紧接着又是一阵啪啪、啪啪、啪啪的打门声，还夹杂着"呜……呜……呜……"的凄厉声，我瞬间毛发倒竖，心跳加速，整个人蜷缩在被子里，只露出眼睛惊恐地盯着通向外间的门。联想到最近阅读的手抄本《恐怖的脚步声》，生怕有鬼魂幽灵闪进，控制不住地战栗起来，想打电话向徐工求助，但又惊骇得不敢钻出被子。如此折腾了大半夜，令人恐怖的声响渐渐减弱，我的情绪才稍有平稳，猜想应该是海风大作捣的鬼吧。那年代的房门锁，是叫作"司必令"的弹子门锁，房门是缝隙很大的木门，随着海风一阵紧似一阵的袭扰，房门参与上演了一出现实版的"恐怖的脚步声"。

直到窗外有亮光隔着窗帘透进，我才迷迷糊糊地睡着，却又被一阵敲门声惊险，这次是徐工在门外叫唤我，该起床用早餐了。镜子里的我，双眼是浮肿的。

第二天，到用户厂家忙活了一天，回到招待所，正担心又将提心吊胆地度过恐怖的夜晚，却见我的住处外间入住了三位说着北方话的女士，她们叽叽喳喳地说得好热闹，见到我热忱地打招呼寒暄一番，我悬着的心松弛下来，窃喜：这下好了，可有守护神啦。这一晚，我早早地就睡下了，那三位大嗓门的说话声，犹似对我的催眠曲，我悠悠然地在惬意舒展中入睡。第二天，神清气爽地到用户厂解决了不少产品质量问题，得到用户的好评和赞赏。

应了那句"一朝被蛇咬，十年怕井绳"的老话，从此，到外地出行需要住宿的，我首选的是与同行女士入住双人标房。

（2021年12月5日）

我带大家"嗨"起来

冯人伟今年74岁，我与他认识10多年了。那时，我从事社区工作，他退休不久，上门毛遂自荐，说乐意义务辅导居民健身活动，还现场展示了他的绝活"拍毽子"。他拍毽子不似人家踢毽子只用脚，他是手脚并用的花式拍，从转体360度到720度，从腿下跨越向上抛高毽子再从腿下跨越接住，看得我们赞不绝口。我当即决定让文教人员召集居民跟着学。

第二天，我们还没上班，冯人伟已经在门口等候。他带来一大摞自己制作的拍板，是用废弃的牛奶外包装盒做成的拍板，说是不用花钱还环保。他将拍板送给每个学员，就让大家跟着他的动作学起来。在以后的全民健身日活动中，花式拍毽子成为我们社区市民运动表演的特色。

最近，冯人伟在"社区大舞台，百姓秀风采"美罗家园首届文化艺术节中，以绝活扯铃表演荣获大奖。其实，多年来，他在各类市民体育健身类活动中荣获的奖项非常多，但他更自豪的是自己带出的团队获的奖。他说，让市民跟着自己欢乐"嗨"起来，这才是自己绝技绝活的价值所在。

随着全民健身运动高潮迭起，冯人伟又将自己的绝活"扯铃"传教给大家，这一教就是10多年，可谓桃李满天下。他说，花式拍毽子和扯铃道具简便，易入门且动作漂亮，更能吸引市民参与。从社区到学校，从机关到企业，不少区县的精神文明办邀请他担任市民健身运动教练；一些教育部门将他的健身运动制作成视频，供中小学校作为体育课的辅导资料。他带出的很多学生，在市民文化艺术节亮相。今年"六一"儿童节，霍山路小学第二届艺术节，学生的扯铃表演就出自他的辅导，赢得观众阵阵喝彩；上海市邮政局职工艺术节，他受邀专程到静安区邮政局为职工辅导扯铃表演荣获大奖。

　　长期注重体育锻炼，冯人伟的身体柔韧性很好，能做多种高难度动作，看上去比实际年龄年轻10多岁，他说，最开心的，还是能在退休后，带着身边的人，一起享受丰硕成果。

（2021年11月26日）

做公益增色更添彩

　　人生"奔七"路上再出发，坚持参加社会公益活动的那群人，让我心生佩服。我的朋友王文明与一批志同道合的朋友，基于"授人以渔"的出发点，每年筹集一大批书籍，赠予边远山区农村的孩子。他总说，看见孩子们翻阅散发着油墨香的书籍，满怀好奇与渴望地阅读这些书时，他会感受到老有所爱、老有所为和人生再出发的美好情怀。

　　我们曾有点不理解他的做法，问他，你已经在自己的专业艺术领域取得很大的成就，为什么还要付出这么多时间、精力和财力做公益？其实这样做，缘于初心驱动力。年少时，他曾遭遇家庭变故的苦难，是很多爱心人士的无私资助和授艺，才使得他得以成长成才。

　　"六一"前夕，王文明曾与复旦大学出版社的志愿者一起，为贵阳市的一批小学赠送书籍和玩具，这些课外读物内容涉及科幻小说、历史故事、中华礼仪等，学生爱不释手；他也曾参与由上海市作协主办的赠书活动，带着近万册盈满爱心的书籍，来到永州市汇源瑶族乡中心小学，赠给留守学生；去年底，他参与了由著名作家叶辛领衔的贵州艺术院校"助力乡村振兴行动"，他赠书一万册，每次赠书，他会把运输等环节也想周到，把公益做彻底，真正惠及到想帮助的人。他的那句"做公益，就是为晚年生活增色添彩，也是为自己另一个领域的再出发"让我感动。

（2021年11月26日）

老爸原来是英雄

2021年6月17日，一个值得全国人民欢庆的日子，也是欢庆建党100周年里一个锦上添花的日子，中国航天一幕震撼全球，我们的三名宇航员满载全国人民的期待，要在太空空间站探索苍穹。

这三名航天员是当之无愧的英雄。

我凝视电视屏幕上的神舟十二号载人飞船向着太空翱翔的画面，抑制不住激动中想起了我的老爸，发自肺腑地赞扬："爸爸，在我们子女心中，您也称得上英雄！"

我说老爸是英雄有出典，原来，我的老爸与我国的航天事业也曾有过关联。

这要从沈晓明先生赠送我的《雨洗风磨八十年——萧卡忆述》一书说起。在这本书中，我读到《上海导弹基地在一片原野中起飞》的章节，其中提到20世纪60年代初，国家困难时期，全国人民勒紧裤腰带在上海远郊松江建造制造导弹的总厂——上海新江机器厂。熟悉的厂名，令我怦然心动，这不就是老爸曾经工作过的工厂吗？原来当年是制造导弹的，我们家人可从来没有听老爸说起过。

我清晰地记得，那天晚上，老爸回家对我妈说，他明天要到在松江的新江机器厂上班去了，只能每周五晚回家周六休息一天，周日一大早就要乘坐厂车到松江上班。老爸本来在上海无线电三厂上班，是零部件装配工。我们四个年幼的儿女和我妈都不知道，老爸为何要到新江机器厂去，是做什么工作的。自打到新的工厂上班，老爸回家的日子明显少了，难得回家一次，会带我和妹妹到附近的公园和田野兜风，这个时候，是我和妹妹最开心的时光。

　　阅读这篇文章，我恍然大悟：当年我家居住的甘泉新村，前后左右几幢楼房，集中居住"上无三厂"的职工，为什么只有老爸一人被调往"新江厂"，说明老爸是自身条件好，是值得信赖的工人师傅啊；为什么老爸从来不提及工厂是做什么产品的——这可是保密的需要啊。

　　以后，国家又在贵州开辟"大三线"，加快发展航天事业，从"新江厂"挑选了众多人员"支内"，我的爸爸义无反顾地告别我们家人，奔赴新的工作岗位，直至退休才回沪。

　　我看过很多反映20世纪60年代我国投身"两弹一星"研制的科学家和工人的影视剧，在党的领导下，革命理想高于天的他们，攻坚克难、英勇奋斗，创造了一项又一项人间奇迹，他们都是无愧于我们祖国的英雄。

　　记得毛泽东主席有"喜看稻菽千重浪，遍地英雄下夕烟"的诗句，将夕阳下，在丰收的田野收工归来的农民称作英雄。

　　我想，尽管我的老爸不是专业技术人员；也不是具有精湛技能的"大工匠"，但是，他和千万个普通工人一样，为我们祖国的航天事业，无怨无悔地尽情奉献绵薄之力。直至老爸去世8年后，我才知道，原来我的老爸也是祖国航天事业英雄群体中的一员。

　　老爸，我挺您——平凡英雄！

（2021年9月6日）

"金牌配角"才根大叔

　　每天早晨，我与几位朋友相互问候"早上好"！互联网的便捷，只须手机刷个屏轻击一下，问候就到了对方。"才根大叔"也是我问候的对象。"才根大叔"，其实就是上影厂老演员徐才根老师的网名。他起得早，一般清晨五六点就先于我发来了"早上好！"，而惯于晚起的我，总是问候得较晚。

　　7月22日早晨，我照例向朋友发了一通"早上好！"，就不再关注微信。下午，接到郑仲英老师转发的一段热搜："《安家》里的'宋爷爷'走了……'老绿叶'徐才根因车祸去世。"郑老师写道："太突然了，都说以他的精气神能演到100岁，怎么突然就远行了，我们合唱队员都惊吓得不行。"我大惊失色，急忙打开微信，点击到"才根大叔"，跃入眼帘的是徐老21日发我的文字微信："知音无远近，贵在心连心；友谊本无价，问候在清晨；吉祥又如意，健康永开心。早安吉祥……"还配发了三朵小红花。22日这天，我上午近9点发他的"早上好！"，没有收到他的回复，我与他的交往互动就定格在21日凌晨5时51分。

　　我凝视着"才根大叔"穿海军服剧照的微信头像，思绪奔涌而来。我是通过郑仲英老师，于2018年11月到徐才根老师家采访他的。虽然独居，但他将家打理得窗明几净，物件摆放得整洁有序；墙上的相框里和书橱里是他出演影视剧中角色的剧照。

　　第一次知道徐才根，是通过当时热播的电视剧《我的前半生》，随意看了两集后，我欲罢不能开始追剧，他在剧中饰演归国老华侨崔宝剑，举手投足间的神态令我很欣赏。没想到，我能荣幸地有机会采访他。

　　我到徐才根老师在"上海电影公寓"的家采访，感觉徐老就像我从事社区工作时熟悉的有素养又不失热情的老先生。话题切入他拍摄的影视剧上，徐老道出了当年如何进入上影厂的。1932年，徐才根出生在新闸路的一个平民家庭，父母靠做工维持家庭日常生活。他是靠母亲向亲朋好友借钱读完小学的。家里再也供不起他上学，母亲托人将他送到文宝印刷厂当学徒工，直到上海解放。徐才根看到欢庆队伍中有打腰鼓、打莲湘、扭秧歌的，很是喜欢。1950年，他考上了上海总工会创办的工人业余艺术团舞蹈队。1956年，一些社会主义国家的工会代表团到上海访问，他们代表上海工人去演出获得好评。以后，成立上海工人文工团，徐才根被招收进去成为专业演员。1958年，市委宣传部将工人文工团充实到上海电影制片厂，徐才根从此成为上影厂的一名演员。

演了超过一轮甲子年配角的徐才根老师，调侃自己是"老绿叶"，真情乐意衬托"小红花"。我从他朴实的话语，读懂了他念兹在兹的情怀——尽情演好每一个小角色。所以，他能以小角色荣获国内国际的大奖。围绕徐老的从影人生，我们聊了近三小时。徐老还告诉我，他独居的生活清闲自在。不拍戏的日子，早餐后到社区阅览室阅读书刊；上午步行半小时到大女儿家用午餐，然后捎带回晚餐；女儿时常陪伴他到国内外旅游。豁达开朗的他，叮嘱儿女，自己有小毛小病是接受治疗的，如果患上危重疾病就放弃治疗。告别时，徐老说与我聊得很开心，不像接受有些记者采访会感到拘束。这句真情话，令我高兴感动，也有几分小小的得意：我从事过社区工作，有与老年人交流的经验。

采访稿完成后，我又来到徐才根老师家请他审阅。徐老阅读后很激动："写得太好啦，将我的一生都概括其中了，而且写得真实到位有感情，没有刻意拔高我。"像考试交卷给老师的学生，原本我还有些忐忑，听徐老的这番评说，我深受鼓舞。当然，我知道由于篇幅的限制，见报时会删减一部分的，我与徐老说明缘由，我多写的部分，只为珍藏他人生故事的原版。我用"心中若有桃花源，何处不是水云间"形容徐老的人生观，他亦很赞同。这是一个愉快难忘的下午，我俩来了张自拍的合影。

年届耄耋的徐才根，之所以经常有片约，除得益于他精湛的演技，开朗快乐的个性，还有就是他具备的良好身体素质。他年轻时曾经热衷健美运动，塑造了骄人的体形，直到晚年还锻炼不辍。他的生活习惯是每天早晨5点起床漱洗，然后骑上自行车，到居家不远的滨江大道兜上半个多小时，回到家再来俯卧撑运动，兴致好时还举几下哑铃。他在老朋友中自豪地说："只要导演敢请我，我就敢演。"朋友们都祝福他寿越期颐，谁又料想到，这次他演出的竟是自己生命的终结，而不是饰演别人故事的剧情。骑着自行车的徐老，是被那辆急速撞上的车瞬间人天永隔的，以89岁的高龄走完了他在尘世的历程。

我与徐才根老师只见过两次面，第二次竟然也是最后一次。原本，总想着拜访他，却因新冠疫情拖延了，又因为忙于应付这事那事的拖延了，认为徐老身体健康，总会有时间拜访他的。

如今，我只能默默地说：才根大叔，一路走好！还要默默地说：才根大叔，您不是"老绿叶"，而是"金牌配角"！

（2021年8月8日）

敞亮的情怀

近日，在田子坊艺术中心，我聆听了主题"为党的事业尽责奉献"的党课。主讲人为张载养。他，与共和国同龄，是一位荣获"光荣在党50年"纪念章的"年轻"老党员。他的党课，令听众充满好奇和期待。

可容纳200多听众的会场座无虚席。主讲人讲述的内容高潮迭起，聚精会神的听众不时报以热烈的掌声。不妨摘录几个片段，与读者共飨。

那年，初中毕业的张载养，被分配到大型国企"上钢三厂"当工人，这可是令人羡慕的工厂啊，但是做个炼钢工人可不是件轻松的活。当时的他，想法很简单："别人能做的，我也一定能做到。"但他第一天踏进炼钢车间时，就被深深地震慑了：在温度高达四五十摄氏度的车间里，穿着厚厚帆布工作服的工人师傅，在炉前挥汗如雨地干着，脸庞被烟火熏得黑里透红。休息时，拿起搪瓷碗一饮而尽酸梅汤，且总要喝上四五碗才能防暑降温，不然人体消耗的补给跟不上。

张载养是在跟着工人师傅的实干中，被他们不怕苦、不怕累、要为祖国多炼钢、炼好钢的精神所感动感染的。他每天憋足劲地干，一段时间下来，他也俨然是一位熟练的炉前工。他看到车间有黑板大小的黑铁皮，从小就喜欢写写画画的他，心中怦然一动，何不将这块黑铁皮用作黑板报。车间是工作20分钟休息10分钟，他就利用每个间隙的10分钟编写一段内容，一天工作下来，一块黑板报就完成了，为重负荷运作的车间增添了一抹亮色，深得工人师傅的赞誉。

当年，在有8 500多名的青工中，评选三位青年标兵，还未满师的张载养被评上了。师傅们的评语是：这个小青年，不但肯吃苦"生活"做得好，还为车间出黑板报。在纪念建党50周年时，他被发展成为一名中共党员。

以后，张载养因为表现出色，被调到机关工作。他说，现在有些年轻人，到了新的单位或部门，往往抱怨环境"内卷"，提干、升迁等不青睐自己。他到机关的第一天起，包揽了办公室的泡水、扫地、擦桌子。他很坦然：这里数我最年轻，这点事情应该我做。这样的活计，他毫无怨言日复一日地干了四五年。当机关讨论提干人选时，同事们一致认为他最符合条件，以至于他后来不断成长，当选为卢湾区区长，人们也认为顺理成章，毫不意外。

在区长岗位上，张载养一干就是七年半。他关注民生民情，还在20世纪90年代，就每年拨给每个居委会2万元的助困基金，在那个年代可是大手笔啊，让我这个曾经在其他区任职居民区党支部书记的尤为赞叹。

"不汲汲于一己私利，常拳拳以国家情怀"的张载养区长，多年来，遍访区属的所有居民区，同一居民区甚至走访多次，与不少居委会干部成为好朋友。看他总是穿着那件褪色的外套，居委会干部关切地对他说：张区长，侬这件衣服可以淘汰啦。但大家也深知，张区长一心扑在工作上，为图方便总是穿着这件"工作衣"。

张载养在区长任上的20世纪90年代后期，正是上海连续几个"三年大变样"的关键时期，他组织领导创成的"田子坊""新天地""八号桥""思南公馆"等重要项目，都成为上海当今的重要地标，为海派文化的传承和上海时尚的引领，抹上了绚丽的色彩。张载养并没有先知先觉的超人意识，当初开发这些项目时，有不被看好的、有被嘲笑的、有被认为"不伦不类"的，但这位区长有敞亮的情怀，他专注于了解民情、区情、国情，既不刚愎自用，又不消极气馁，全方位地听取专家、建设者乃至社区民众的意见，进行项目论证，最终得以实施。

他还曾是上海地铁一号线建设的副总指挥，上海洋山深水港建设的副总指挥。当上级就安排他到洋山深水港工作征求他的想法时，他毫不犹豫地同意了，他的想法很简单，共产党员应该率先到艰苦的岗位上工作。

这次听张载养同志上党课，是我第三次见到他。第一次是在黄浦区档案局，我参加华夏文化创意研究中心的捐书活动，他的发言，令人感觉这位老领导对如何传承弘扬海派文化有不凡的见解。第二次是在瑞金二路街道党建中心，参加组织编写《黄浦岁月》系列书籍的讨论，他自有一番妙论，提振与会者的信心。

张载养可能对我只是有些面熟，并不知道我的名字，但我对他早已闻其名。所闻所见中，我感受到他那共产党员敞亮的情怀。早在2015年，我应邀参与编写"虹口记忆"系列丛书的第一部《摩都水乡——徜徉上海音乐谷》，这本反映虹口区嘉兴路地区人文历史的书籍中须配插图，其中不少图片都是他无偿提供的。这位在国内、国际摄影比赛中多次获奖的老领导，有着众乐乐即我乐的情怀。

退休后的张载养，爱上了镜头视角中的境界，成为《海上思南》杂志的总编，每期的"卷首语"出自他的手；担任市人大老干部合唱团副团长，为老干部和机关干部及社区居民上党课，60岁学吹打的他，口琴和萨克斯的吹奏，很能激发听众的共鸣。

"老夫喜作黄昏颂，满目青山夕照明。"我从张载养同志精彩纷呈的退休生活受到启发，只要有积极向上的精神，还是可以很有作为的，还能为减轻上海老龄化城市的压力，发挥共产党员的模范带头作用。热爱工作，热爱生活，就是张载养这位共产党员"敞亮的情怀"体现。

（作于2021年7月初，本文荣获上海市总工会沪东工人文化宫"我身边的共产党员网络征文大赛"二等奖）

江淮大地的情思

一张罗炳辉将军的半身炭笔肖像画呈现在与会者眼前，在这幅《人民的功臣罗炳辉将军》画作中，但见将军魁伟英武，眉宇间坚毅自信，腰间子弹袋环绕，胸前双枪盒带交叉，霎时，会场响起雷鸣般的掌声。

4月，莺飞草长的时节；淮安，暖春融合激情，只为缅怀罗炳辉将军那份不尽的情思。来自滁州的画家徐亚东将倾情绘就的罗炳辉画像赠予将军之子罗新安，此情此景感动现场的每个人，通过视频传遍江淮大地。

红色情缘一线牵。罗新安得以前来"2021年国网江苏省电力有限公司红色文化论坛·淮安供电公司专场"接受访谈，为员工讲述父亲罗炳辉的故事，接受徐亚东的赠画，与一位不可或缺的人物——卞龙有关。卞龙是盱眙县新四军黄花塘纪念馆馆长，他是一位被人们赞誉为"枕着新四军故事睡觉"的馆长，几十年如一日发掘、探寻、研究江淮大地新四军的战斗足迹。黄花塘也是当年罗炳辉将军战斗过的地方，所以，他与罗新安有着多年的往来和情谊。在纪念中国共产党建党100周年的日子里，他为国网淮安供电公司牵线罗新安，也为徐亚东圆了多年的"见到将军后人"的心愿。

我很荣幸地收到罗新安老师的邀请参加这次红色之旅，全程见证这次活动。徐亚东先生精心绘制的罗炳辉画像，是一个从战火硝烟中行进到如今的故事。徐亚东的三伯父徐吉强，曾经是新四军二师罗炳辉将军麾下的战士，深受将军战法超群、身先士卒、关爱百姓的影响，立志以将军为榜样。在一次与日寇的战斗中，冲锋陷阵身负重伤，临终，他对救护他的同乡战友说："让我的弟弟来为我报仇，狠狠地打小鬼子！"徐亚东的父亲徐继刚听到三哥牺牲的消息，强忍悲痛，毅然告别亲人直奔黄花塘投身新四军，也成为罗炳辉将军麾下的一名战士，还曾与"中国的保尔·柯察金"、新四军著名军工专家吴运铎一起战斗过。徐继刚在江淮大地经历了抗日战争、解放战争直至解放上海的战役，数次荣立战功。20世纪50年代初，营级干部的他转业回到家乡，从不以功臣自居，积极投身家乡建设。他珍藏着将军赠予他的照片，每每凝视照片激动之情溢于言表。年幼的徐亚东好奇地问父亲："这人是谁？"父亲饱含深情地回答："这是我们的罗司令，他了不起啊，我想念他！"父亲多次讲给他们几个孩子听罗司令"一枪打倒三个半鬼子"的故事：罗司令是神枪手，一次战斗中对准鬼子一枪打过去，被子弹穿透的三个鬼子都死了，还有一个被打伤，在根据地军民中成为美谈。罗司令打击敌人毫不留情，对老百姓却关怀备至。日军的"三光"政策，使得根据地生存艰难，但罗司令看到战士们在打榆树叶充饥时，立即责令战士到远离村庄的地方打树叶，附近的树叶留给乡亲们。

徐亚东打小就对绘画有兴趣，父亲叮嘱他，你要好好地画，画张罗司令的像。长期受罗炳辉将军故事的熏陶和激励，罗司令的神态形象在他心中逐渐丰满，产生了呼之欲出的创作冲动。他十四五岁时，在临摹将军画像的基础上注入父亲的思念，注视画像的父亲激动地说："对！对！罗司令就是这样的！"并小心翼翼地配上镜框挂在客厅的墙上。徐亚东说自己是伴随着罗炳辉将军的故事成长的，尽管自己没有成为军人，却坚持以新四军的铁军精神激励自己，在他的影响下，儿子成年后，首选的人生道路是参军到部队锻炼，成为上海武警部队的战士。

徐亚东再次创作罗炳辉将军的画像，凝聚的是他们家三代人对神勇将军的情思，更是江淮大地人民对人民英雄的情思。

（2021年5月25日）

美丽的马老师

中州路第一小学一年级4班的学生喜欢马宗瑛，缘起一张照片。

1957年，中州路第一小学一年级4班的学生中，有不少人住在四川北路公益坊，当时弄堂口旁边有一家蝶花照相馆。一天放学回家，大家被照相馆橱窗里的一张样片吸引住了，挤在橱窗前情不自禁地赞叹："哇，她比王晓棠还美丽啊！"

第二天的音乐课上，一位新任的老师走进了教室。但见她一袭合身的月牙色连衣裙，两条乌黑过肩的小辫子，用甜美悦耳的声音介绍自己。大家惊奇地发现，照相馆橱窗里的美丽姑娘竟然成了自己的音乐老师，都兴奋地拍红了小手。这是中州路第一小学一年级4班的同学们与他们的音乐老师的第一次见面。当时，同学们还是八岁的孩童，而她刚满20岁。

她的全名叫马宗瑛，1956年进入中州路第一小学工作，因能歌善舞，一年后被安排担任音乐老师。对一年级4班的同学们来说，马宗瑛的音乐课总是充满乐趣，她教唱的每一首歌都是那么优美动听。《听妈妈讲那过去的事情》《让我们荡起双桨》《我们的田野》……这些歌曲犹如一道道彩虹，为孩子们的童年增添了奇幻的色彩，成为大家难以忘怀的记忆。

在校期间，马宗瑛还创办了学校的舞蹈、手风琴艺术班，在她的精心辅导下，历届艺术班学生在上海市少年宫比赛中屡屡获奖。马宗瑛的倾情付出，也让她连续20多年获得虹口区和学校的先进教师称号。

时光荏苒，转眼几十年过去。曾经的一年级4班的孩子们都成了年近古稀的老人，但大家始终没有忘记马宗瑛老师。大家有个心愿，希望找到美丽的马老师，再聆听她的"甜言蜜语"，欣赏她的曼妙舞姿，更要感谢她对同学的真情付出。

　　这里有一段艰难而有趣的"寻师记"。女同学刘丽薇在深圳有个表舅，表舅与马老师的弟弟是同学。刘丽薇在与表舅聊天时，无意中获知这一信息，由此联系上了马老师。而男同学王乐群其实与马老师更是近在咫尺。他们居然同住一个小区，一个住在5号，一个住在6号。小区召开业主会议时，王乐群和张云立都参加了。张云立何许人？马宗瑛的丈夫啊，在我国影视界以饰演叶剑英元帅而闻名。直到王乐群阅读到《新民晚报》上报道张云立、马宗瑛携手走过"钻石婚"的故事，才如梦初醒，同学们心心念念的马宗瑛老师，竟然近在眼前。

　　如今，83岁的马宗瑛老师与71岁的学生再一次相聚，他们是师生也是朋友。席间，同学们唱起《老师，我想你》，马宗瑛表演歌舞《回娘家》。当年在马老师手风琴班的学生唐哲锋，给她发来了三张照片，是马老师带领他们到市少年宫参加手风琴比赛时拍摄的。他说，自己虽然在音乐艺术领域无所建树，但有音乐熏陶的童年，成为他成长道路上的内在动力。章慧琴曾是马老师的舞蹈班学员，当年她看到身材窈窕的马老师跳孔雀舞，激发她强烈的舞蹈欲望。后来她有了儿子，又把上小学的儿子送到马老师的手风琴培训班。母子两代人的音乐舞蹈才艺，都是马老师调教出来的。

　　美丽的马老师更有美丽的心灵。马嵩甜和他的哥哥都曾经是马老师的学生。当年，马嵩甜上一年级，哥哥上四年级。哥哥因为体质较弱，经常请病假在家。马老师隔三岔五到他们公益坊的家里探望慰问，给幼小的哥哥许多关爱。马嵩甜感慨地说，因为多年受疾病折磨，如今的哥哥几乎记不清往事，但只要提及马老师，总会深情地讲起她上门探望自己的情景，这已成为他终生美好的记忆。其实，那时的马宗瑛生活压力也很大，丈夫张云立长年在外拍戏，三个孩子全靠她照料。下班后，她从幼儿园、学校接出孩子们，给他们一人一个面包作为晚餐，带上他们一起赶工人文化宫参加排演。她总是面带笑容，从不抱怨懈怠，她美丽的身影走到哪里，哪里就充满阳光。

　　马宗瑛堪称桃李满天下。尽管她记不得很多的学生，但她的美丽美好却镌刻在学生的心中。一次，她到区法院办事，接待的法官惊喜地说："马老师，是你啊？我是你的学生啊，那时上音乐课是同学们最快乐的时光。"到家具店买家具，店长盯她半晌，突然欢呼起来，原来也曾是她的学生。马宗瑛与学生的不解情缘，让张云立也"沾光"不少。一次，他与杨在葆、乔臻到上海港体验生活，接待人员周全细致地为他们安排一切，当他们体验生活结束临别时，这位接待人员才说出自己是马宗瑛的学生。当然，为人师表的马宗瑛是洁身自好的，从不会利用学生方方面面的便利来满足自己的需求。

见面会上，对服装设计深有造诣的马嵩甜，专门为马老师设计制作了一件羊绒披肩，中国红的底色加上黑色的翻边，背面配上黑色的团花图案，热烈明快中透出端庄娴雅，与马老师的气质相得益彰。陶醉在师生相聚欢乐氛围中的学生全然没有察觉马宗瑛已经抢先为这次聚会埋单。马老师说："让我加入你们的群里，群友是快乐共享，义务共担的。"马宗瑛甜美悦耳的语音一如当年。

（2021年2月2日）

我的图书馆情缘

2015年初春，我采访宋桂煌的儿子宋亚林。

宋桂煌翻译的《高尔基小说集》被学界认为是高尔基第一本传入中国的小说集，有中国翻译高尔基小说第一人的说法，他是通过英译本翻译成中文版本的。为一睹这本1928年出版的翻译小说真容，我来到乍浦路上的虹口区图书馆，求助于工作人员。他们搜索后说，上海唯一的这本书，在上海图书馆（以下简称"上图"）。我立马打车直奔上图，果然，寻觅到了《高尔基小说集》，只是这本馆藏书不提供读者，只能在电脑上阅读电子版，而且不能拷贝只能打印。我迫不及待地阅读全书，选出其中一篇打印出来。如愿以偿的我，这才知道上海市中心图书馆的架构，可以通过互联网实现馆藏书籍资源共享提高利用率，为读者、作者提供便利。

说到图书馆，相信绝大多数人与之有过交集。小到所在工作单位或居住区域的图书馆，大到市级、国家级高大上的图书馆。当我们怀揣求知欲，携带新奇感踏入图书馆，在书香萦绕中体验浇漓世道外的淡定和沉着，内心的丰富多彩油然而生。我最近一次到上图是2019年11月，作为听众参与第四届"上海国际诗歌节"诗歌朗诵会，有众多国内外诗人的盛会，令听众如痴如醉。

我的图书馆情缘，可回溯至20世纪60年代，在甘泉新村少年之家的图书室，小学三年级的我，阅读到《天体地球和人类的起源》，由此迷上了探知宇宙奥秘的书籍。我将压岁钱买了《海底世界》《潮汐》《日心说》等科普读物；上初中后，省下零花钱，买来康德的《宇宙发展史概论》、海克尔的《宇宙之谜》等书籍硬啃。那些年，书店里很少有文学作品类书籍，而科普书籍，我尽管读得懵懵懂懂，但充分体验到徜徉书中的快乐。

后来，我被分配到在嘉定的工厂住读技校。技校里有图书馆，令我暗自兴奋。业余时间几乎都泡在图书馆，我为能够"博览群书"欣喜不已。改革开放后，我们这批属于"七字头"的初中毕业生，需要补课文化知识。那时，上海市民的住房普遍逼仄狭小，我们晚上或者上夜校，或者到图书馆占座位看书做作业，每晚图书馆都是灯火通明座无虚席。我为了参加华东师范大学中文系的自学考试，夜班下班不是急着回家睡觉，而是先到图书馆自修。在频繁进出图书馆的岁月里，我考出了中文专科和企业管理专科文凭。置身图书馆时，我常憧憬属于自己的书房。

到社区工作后，我与图书馆再结情缘。2007年，我负责筹备社区文化活动中心，包括筹建一所小型图书馆。我所在的社区是老城区，借用一幢老旧厂房改建社区文化活动中心，我们因地制宜，将最上层坡顶的三楼辟为图书馆。添置了一排排的书架，开设了阅览室；利用坡顶的斜坡处，专门设计了一长溜彩色的小方桌和座椅，张贴彩色剪贴画，营造一方小读者的阅读园地。如此设计受到读者喜爱，图书馆开张以来始终读者盈门。我作为筹建者和管理者，工作之余近水楼台浏览查阅资料，着实过了一段美好的"畅读"时光。

企盼多年，我终于有了自己的书房。每每环视书橱里的书籍，翻阅这本、摩挲那本，为能够从容阅读而兴奋，也为写文章查资料的便利而窃喜。孰料，应了"书到用时方恨少"，经常遇到关键问题的关键时刻，书房满足不了我的需求，图书馆成为解决燃眉之急的重要去处。比如那次，我应约为《上海档案》杂志采访老劳模全昭妹，因为年代久远，有些事情她也记不准确，我赶到上图。看到我需要的报纸和刊物，通过智能控制，从庞大的书架系统被选出，远远地通过缆索传送至服务台，送到我的手里，令我赞叹不已。我准确地写出了全昭妹当年技术革新项目和获奖情况，当文章发表后送到她手中时，老人家异常激动连声说好。

我与老公都是爱书之人，有了自己的书房。在书籍分门别类时，整理出不少同类的，由此我与居住地的甘泉路街道图书馆结缘。那次，我看到街道图书馆正在举办"漂流书"活动，就将家里同类的书捐赠出来，总有四五百本。看到自家的书随众多书籍进学校、下社区、到企业、入营房，我颇有自豪感呢。

我在上图办理的借阅卡，在街道图书馆亦通用。我由衷地感叹：上海市中心图书馆犹如功能全覆盖的大网，将浩瀚的图书"一网打尽"，即使在家门口，亦能穿越空间觅得所需的书籍。我的身影融进了图书馆，参加甘泉路街道图书馆举办的"社区读书会"活动，担任"中学生讲故事比赛"评委；还应邀参观与街道图书馆结对共建的"海航基地"，创作了"写给海航场务连战士"的诗歌。诸如此类的活动，让我从普通居民成为街道图书馆的志愿者。在纪念新中国成立70周年活动中，经街道图书馆推荐，我参加普陀区的"苏河十八湾故事大赛"，以"电话铃声里的发展密码"荣获前十位大奖（注：未设置等级奖）。

"问渠那得清如许，为有源头活水来。"现代化的社会，我们的图书馆无论硬件软件都堪称先进，而当图书馆与我们更多民众阅读、思考、创新结下情缘时，我们更将无愧于这个伟大的时代。

（作于2020年12月，荣获"上海市中心图书馆二十周年"主题征文比赛二等奖）

那些年寄月饼

"不知乘月几人归，落月摇情满江树""但愿人长久，千里共婵娟"。唐诗宋词中《春江花月夜》《水调歌头·明月几时有》我很是喜欢。10多岁时，我每年给远在贵州的爸爸和姐姐邮寄月饼，那时对于这两篇作品的理解是囫囵吞枣的，因我家的中秋佳节不能像左邻右舍那样，家人欢聚品尝月饼，有种失落与伤感在心头，于是情感上与诗词中的意境有共鸣。

每逢佳节倍思亲。今年的中秋佳节又来临，爸爸却已离我们而去整三年了，姐姐也已退休回沪，还是触动了我悠远的记忆。20世纪70年代，爸爸是上海支内贵州"大三线"的职工，姐姐是插队贵州的知青，每年的中秋节将至，多病的妈妈总是将邮寄月饼的重任交给我。个子矮小瘦弱的我，比邮局的柜台高不了多少，惦着脚怯生生地询问柜台里的叔叔、阿姨，如何包装月饼盒、如何写上地址。年复一年，我对邮寄月饼程序驾轻就熟。记得有一年，一位邮局的老师傅，见我一人有条不紊地打理两个包裹，妥帖地办好邮寄手续，满是赞许："小姑娘，我认识你的，你每年都来寄月饼，倒是蛮能干的。"回到家，我眉飞色舞地将此话告诉妈妈，只觉得妈妈的目光中满是怜爱和伤感，那时我并不能体会妈妈孤寂牵挂的心境，只是羡慕邻家的孩子能吃到大大的、样子很好看的广式月饼。

记忆中爸爸支内近20年，只有一年没为他邮寄月饼。那年中秋节前夕，恰好爸爸有一位要好同事到上海探亲，我们称呼他于叔叔。妈妈委托于叔叔捎带月饼给爸爸。我穿大街钻小巷寻得气喘吁吁，才在南市区的梅家街那条小弄堂里找到于叔叔家。瞅着一盒月饼还附带着一大茶缸的猪油，于叔叔满脸无奈地苦笑着说："这猪油可是难带啊！火车上人挤人温度高，融化了可就不好办啦。"可我想的只是完成妈妈交办的任务，带给爸爸一个惊喜，根本不知道从上海到达贵州坐火车三天两夜的行路之艰难，也无意用心领会于叔叔的苦衷。直到爸爸来信对我们提及，于叔叔为了捎带猪油，用油纸将茶缸封得里三层外三层；他自己却少带了一大包食品，即便如此，融化的猪油还是涂满油纸，爸爸是用水果刀将凝结在油纸上的猪油刮下，与同事们分享了一阵子的。

中秋节的明月依然，而那些年邮寄月饼中美好的寄意，让我时时想起对眼前的亲情要倍加珍惜。

（2016年9月23日）

小故事大情怀

"周总理的记忆力是非凡的。那时我有机会去西花厅，他关切地询问我家庭情况。有时秘书赶来悄悄地与他说话，他就匆匆走了。过段时间，我又到西花厅，总理还会继续上次的话题。当他得知我姐姐的养父母相继去世，读中学的她凭坚定的信念，靠自己打工挣得学费和伙食费，以优异的成绩考上北京大学，并成为全国大学生学习模范，很是赞赏。特地请她来西花厅，勉励她再接再厉，做新中国建设事业的好青年。我既敬佩又感动，总理日理万机，对于我无意中提及的事竟然记挂在心，这也是总理对我们年轻人特别的关怀和激励啊！"王章丽满怀深情地说。

对于王章丽，我们或许不熟悉，但她是与周恩来总理有相当关联的人，她就是周总理的侄儿——周尔鎏的夫人。在我荣幸地与他们夫妇半天相处中，听她聊家常似的讲述周总理的小故事，也感受到周总理"小故事，大情怀"的境界在他后辈身上的延续。

王章丽动情讲述的几个小故事，让虽无子女却似慈父般的周总理，伟人别样的风范得以生动展现。

有一次，王章丽与周尔鎏到西花厅，邓颖超很高兴，亲自拌炸酱面招待他们，一旁的总理说，给章丽吃米饭吧。其实，王章丽知道，这是总理了解她这个南方人不习惯吃面食。还有一次到总理家，那时正是国家困难时期，总理将仅有的一只橘子给王章丽。她过意不去就不吃，总理亲切地说："你吃吧，我们不吃的。"王章丽也知道，这是总理为了让她吃得安心特地这样说的。

"一罐花生米"的故事更是王章丽、周尔鎏终生难忘的。那是1960年他俩结婚时，总理在家中只找到一罐花生米作为赠送他们的新婚贺礼，还叮嘱"花生米吃完，罐头给废品回收站"。

王章丽给我讲述，周尔鎏与周恩来、邓颖超深厚的感情，可追溯到1931年5月，周恩来携邓颖超到北四川路永安里（今四川北路1953弄44号）堂伯母家避难，牙牙学语的周尔鎏，根据家族排行称呼周恩来、邓颖超为"七爸、七妈"。"七爸、七妈"很是疼爱这个周家的长房长孙。新中国建立后，周尔鎏以西南地区总分第一名，考进天津南开大学。总理很高兴，这也是他当年就读的大学。求学期间，周尔鎏从未公开自己与总理的关系，得知周尔鎏获得天津市三好学生荣誉，总理很高兴地说："美好的金子迟早会发光的。"此话一语双的，"尔鎏"，在汉语辞典中解释为"美好的金子"。

我是在参加京、沪两地革命后代纪念周恩来总理逝世40周年活动中，有幸一睹王章丽、周尔鎏夫妇风采的。那天就餐时机缘巧合，我就坐在他俩旁边。我抑制不住激动，向他俩介绍我曾经采访报道过年逾八旬的王凤青。王凤青怀着对周总理的深厚情感，用了三年多时间，寻访周总理在上海到过的每一处，出版图文集《寻访周恩来在上海的足迹》。他们听说此事很感动，说要见见这位可敬的老人。

周尔鎏和王章丽的和蔼可亲，消除了我的拘谨。起先，我竟误以为他俩是父女，王章丽禁不住笑道："我与他都过了金婚啦，正走向'钻石'路呢。"我既为自己的贸然羞愧，又羡慕地求教"保养秘笈"。"其实我们就是普通人，年纪大了保持平常心，不偏爱保健品；孩子们工作都很忙，我们能做的事尽力自己动手，少给孩子添麻烦。"衣着装扮平常、但言谈举止透着聪慧娴雅的王章丽温婉地说。我油然而生"中学时代贴心班主任"的感觉。"我称呼您王老师可以吗？""可以呀，我就叫你林凤啦。"瞬间，我心中盈满感动。

王章丽拿出一张纸，她和周尔鎏各写了两句话。她逐字逐句读一遍："切盼御风归来，偕众畅踏青。翔宇丹心昭日月，恩来遗爱遍人间。——侄尔鎏"。她将这首周尔鎏为纪念周恩来而作的诗赠予我。这是一张他俩住宾馆的发票，因没其他纸张，就用这张发票的背面写的。看发票的金额只99元，我情不自禁地赞叹他们低调中蕴含的高风亮节。王章丽解释，这其实是很平常的事，是多年的行事习惯。我这才了解到，原来周尔鎏和王章丽曾在中国驻英国大使馆工作，都是参赞级的外交官，无论乘飞机或坐火车，都可享受头等舱待遇。但他们坚持坐普通席，一来可以多接触当地普通民众，更多地了解所在国国情；二来可以多省些钱，上交国家用于更需要的地方。如今颐养天年的他俩外出参加活动亦如此，一般不惊动别人，自费住实惠的连锁酒店。

其间，要求与周尔鎏、王章丽合影和签名的人，一拨又一拨的。我感觉得到他俩很是疲惫，但他们还是极尽所能地满足大家。就连周尔鎏去趟卫生间的途中都被"劫持"啦，谦谦君子的周尔鎏还是面带笑容与人们合影，现场自始至终被温馨热烈的氛围环绕着。

这天，周尔鎏、王章丽夫妇的女儿有事脱不开身来接父母。他俩欲打车回家，我自荐负责送他们到家。适逢凤凰卫视上海首席代表李红梅在边上，邀请我们一起坐她的车。车上，王章丽将自带的保暖杯塞到周尔鎏手中，说让他也做点事。我打趣："周伯伯，王阿姨跟您撒娇啦，您要有所表示呀。"周尔鎏慈祥地笑着，轻轻地拍拍夫人的手。目睹此情景我不禁联想到，周恩来和邓颖超夫妇当年倡导夫妻间的"八互"，此时在他俩之间真实再现。

我送他们到小区门口。看着他俩携手走进小区渐行渐远的身影，我的眼睛湿润了。

（2016年5月29日）

难忘的红烧肉

我丈夫姓陈，年已七旬，我常称呼他为陈爷叔。他自幼便嗜好红烧肉，这一习性至今未改。幸运的是，体检时他并未达"三高"指标，所以依旧能乐呵呵地畅快吃肉。从我与他认识起，他就常给我讲述"一茶缸红烧肉"的故事，我无数次地听下来，至今仍为之感动。

1971年11月，陈爷叔作为"知青"，在上山下乡热潮中，与所在的门合中学众多学生来到安徽省青阳县新河公社插队。其中有与在中学时就很投缘的好同学，日后成为"插兄"的袁安瀛，陈爷叔称他"小袁"。

当年的"知青"正值能吃的年纪，而农村生活条件艰苦，常年粗茶淡饭，几个月吃不上荤腥是常事。那年冬天，新河公社在东山地界兴修水库。小袁是东山水库指挥部的通讯员，陈爷叔则担任民兵营长，带领十多个生产队的基干民兵参与水利工程建设。一天，陈爷叔正在堤坝上指挥民兵挥汗奋战，远远地看到小袁捧着一个茶缸快步走来。见面后，小袁兴奋地对陈爷叔，他的一位当地同事家里做了红烧肉，特地犒劳一茶缸给他。小袁想到"肉食者"的陈爷叔，日夜坚守在水库工地，许久未沾油水，人瘦了一圈，便将红烧肉送来转手犒劳他。

猛然见到红烧肉的陈爷叔，眼睛发光，情绪高涨。他俩相遇在一座小石桥上，正值冰天雪地，河面上结着厚厚的冰，茶缸里的红烧肉冻得上面是一层白花花的油。馋极了的陈爷叔顾不上吃相，在雪地里翻找枯树枝折断，用衣角擦了擦，坐在覆盖着冰雪的桥梁上，一块接着一块地大快朵颐。很快，茶缸里的红烧肉被他吃得精光。他手舞足蹈地对小袁说："这下吃出了横扫饥饿、做回自己的真切感受。"看着满脸洋溢着满足幸福笑容的陈爷叔，小袁比自己吃肉还高兴。

陈爷叔对我说过,这是他下乡以来吃得最酣畅舒心的一顿红烧肉。小袁的这份兄弟情义,深深地镌刻在他记忆里。我也被这一茶缸红烧肉的故事深深地感动。

"朋友一生一起走,那些日子不再有。一句话一辈子,一生情一杯酒……"如今,小袁和陈爷叔都是上海企业退休人员,我们依旧习惯地称呼他为"小袁",两家人也因小袁和陈爷叔的情谊,延续成为两个家庭两代人的好朋友。

（2016年2月10日）

艾丽外婆 "好保险"

提到保险，我这位居民区党支部书记对它的了解和兴趣，源于一位居民老太。

老太名叫艾丽，其实不太老，五十多岁，只因她已做了外婆，我便觉得她年岁已高。孰料，就是这位被我视作"老太"的艾丽，凭借老高中生的文化底子，"老妇聊发少年狂"，以优异成绩取得了保险代理人资格，被保险公司破格录用。这位外婆级的保险代理人，带着她那牙牙学语的小外孙女，走东家串西家，开启了"游说"保险意义的艰难历程。在外滩"AIA"那气势恢宏的大厦里，娇丽、英俊的小姐、先生云集的地方，愣是杂插着她这位外婆抱着小外孙女交投保单的镜头，宛如一道独特的风景线。

成绩并非只青睐年轻人。仅一年半时间，艾丽外婆的业绩便在全公司名列前茅，不仅达成出国学习旅游的目的，还经常为新入职的代理人上示范课。

当容光焕发的艾丽来到居委会讲述国外所见所闻时，我对她刮目相看，钦佩之情油然而生。一个想法倏地闪现，何不请艾丽为社区居民读书会举办一次讲座？既能让居民了解保险知识和意义，又能为一些下岗居民树立再就业信心作一番生动的现身说法，还能为艾丽的保险业务拓展客户来源，可谓一举多得，何乐而不为呢？我的想法与艾丽一拍即合。

居民读书会的保险知识讲座开办后，来的人倒也不少，这下艾丽可是英雄有用武之地了。她引经据典，深入浅出，分析现代社会保险的益处头头是道。这一讲座，消除了不少居民原先将保险代理人等同于江湖郎中的偏见与前嫌，纠正了一些居民买保险就是买福利的急功近利的心态，我这个党支书也不例外。讲座后，艾丽应接不暇，有咨询的，有求设计保单的，还有预约她上门的。而艾丽真是个人精，并不急于接业务，而是语惊四座：免费为投保人的孩子辅导英语和钢琴。

就这样，艾丽的保险业务蒸蒸日上，从其他行业拓展至社区。我很好奇艾丽为何如此多才多艺，抱着试试看的心态，也为支持她的工作，我让艾丽成为女儿和老公的保险代理人。于是，像"真的"一样，女儿每两周到艾丽家学习钢琴，还有四五个孩子一同学习。艾丽的钢琴教学颇具专业韵味。原来，学生时代的艾丽曾是市少年宫钢琴小演奏员，其解放前在洋行做职员的父亲为她奠定了良好的英语基础。如今，艾丽老来学吹打，在做保险代理人的过程中，找到了发挥才能的途径。

因女儿学钢琴，我与艾丽交谈的话题更广泛了。也了解了她做保险业绩好的小秘密。艾丽并非先从亲戚朋友、邻居熟人做起保险，而是先从外围起步，虽然艰辛却天地广阔。她带着个小外孙女上门的形象，在可信度上赢得了客户的认可，再加上真诚待人、善于交际，开始崭露头角。有一事例可印证：一次，她在医院看病，候诊大厅人满为患，加出的病床和躺椅把候诊室挤得满满当当。她见一老妇吊着针没处坐，便把自己的躺椅让给了老妇，老妇和家人非常感激。看完病回家，本以为此事结束。大概是艾丽与老太一家有缘分，岂料数日后，艾丽到医院探望亲戚巧遇老妇人，老妇人一眼认出她。闲聊中得知艾丽做保险，承诺康复出院后动员家人买保险。后来老妇果然守信，其女儿、女婿、小外孙都在艾丽处买了保险，艾丽还与这家人成了好朋友。他们又为艾丽介绍了不少客户。艾丽的朋友圈不断扩大，保险业务越做越红火。

说保险，道保险，我这个居民区党支部书记正是通过艾丽外婆做保险的业绩，从心理上真正接受了保险，并首次成了投保人。由此我以为，现代社会，无论从事何种工作，正确的方法、真诚的情感、勤奋加诚信的工作，皆是成功的要素。我竟也时常有了做保险代理人的跃跃欲试的冲动。

（写于2000年12月，获2000年上海保险宣传周"我与保险"征文一等奖）

一个女人和三代男人

　　女人名叫范秀珍，命运之神对她的安排似乎出了点偏差，让她摊上了双目失明又有老年性癫痫的养父和患肺癌的丈夫。

　　正当她一人在医院照料病危中的丈夫时，瞎眼老父又横遭意外，腹部撞上桌角导致肠穿孔，面对着医院接连开出的两张病危通知书，秀珍是欲哭无泪。

　　80岁的老父亲手术后，处于半昏迷状态，身上插了5根输液管。整整7天，秀珍寸步不离地守护在养父身旁，心中却还牵挂着在另一家医院化疗的丈夫。儿子正上大学，她是绝不让他分心分力的。

　　就这样，秀珍奔波于两医院间。或许是她那两点一线双重真情爱心感动了上帝，两个濒死的病人竟都奇迹般地好转起来。

　　为了保证康复中的养父和丈夫的营养，和正在读书长身体儿子的营养，退休的秀珍调整心态，更新观念。用她的话说："我曾被称作'知识青年'，被分配去'改天换地'，实在是力不从心；如今是退休'老人'，要撑起'家'这个天，对改变家里三代男人的命运，我倒是很有信心。"

　　秀珍先是给两户人家做起了家政。从不烫发的她，意识到从外形上进行"角色转换"的重要性，将长发烫了以后盘起，原本就文静端庄的她看上去比实际年龄轻了十岁。其中一家开饭店的男主人是附近闻名的"爱挑剔"，雇了住家保姆还请了钟点工。可走马灯似的换了一个又一个都不称心。秀珍的到来，让男主人无从挑剔。就拿煮鸡蛋这件小事来说，男主人责怪她鸡蛋煮熟后不用冷水浸，她便给男主人上了一堂科普小常识课：蛋壳上分布着微小的孔，用生水浸，细菌就会侵入蛋内，吃了不卫生。主人家有一条半成新的床单，用之不满意，弃之觉可惜，秀珍揽下这份外活，巧裁成一条美观的小床单给小东家睡。一段时间下来，夫妻俩对秀珍刮目相看，干脆连住家保姆都辞去了，将家中里里外外都放心地交给了秀珍。现在，她每天做6小时家政，月收入千元，对这个三代男人都需要她照料的特殊家庭来说，无疑是一笔可观的生活费来源。

后来，为了消除独自在家丈夫的消极心理，树立豁达的生活态度，秀珍别出心裁，给了些启动资金鼓励他投入股市；还特地购置了一台电脑并与证券公司联网，让丈夫驶入了炒股信息"高速公路"。如今，也有了一些资金积累，儿子也由此圆了用计算机从事广告设计的梦。老父亲则有秀珍买的"喔克曼"陪伴。

就这样，一家人各有所事，各有所乐。尽管偶尔还会出现"险情"，但秀珍的传统美德和现代观念，为这个家筑起了一道坚固的"防洪堤"。秀珍深感欣慰，她觉得自己尽到了应尽的责任。

（1998年12月12日）

有这样一位母亲

这是位不幸的母亲，却又是位幸运的母亲。在她儿子7岁那年，丈夫不幸因患癌症病逝。当刚上小学的儿子在大人起草好的悼词上注上拼音，用稚嫩的声音一字一句地念着父亲的悼词时，在场的人无不为之潸然泪下。

父母兄妹、亲朋好友以及左邻右舍，无不为她日后的生活忧心忡忡。

就是这位母亲，面对噩运，她毅然"擦干心中的血和泪痕"，用母爱和微笑将这个不完整家庭的苦难"收藏"，展现给人们的是普通家庭的生活情景，成功将孩子培养成为品学兼优的现代大学生。这位母亲的成功之道在于坦然地面对不幸，始终不放弃对灿烂阳光的追求。

这位母亲叫杨仁莺，是上海变压器厂的普通员工。

曾经，母子俩仅靠她50多元的工资维持生计。然而，儿子的衣着并不寒碜，凭着她善裁能缝的巧手，将儿子装点得"山清水秀"。多年来，她上班自带饭菜，只为省下钱确保儿子读书的费用。单亲家庭的"辛酸苦辣"，她尝得太多太多，欣慰的是她生活中还有很多很多的"甜蜜"。

母亲是儿子最好的启蒙老师。儿子小小的年纪，每天步行到复兴中学去读书，一直坚持了4年，省下买车票的钱用来购买学习用品和资料，学习成绩始终名列前茅。这，是儿子带给母亲的甜。

"穷人的孩子早当家。"儿子稍懂事时便对妈妈说："我们穷日子要过得让人家看不出，以后即使日子富了，也要让人家看不出。"小小少年很有点"穷富不惊"的哲辩思维能力。这，亦是儿子带给母亲的甜。

这位给母亲带来无尽"甜蜜"的儿子叫徐骏，现于同济大学读"大二"，担任房地产经营管理班班长及学生会干部。他不仅文化知识成绩优秀，还是学校体育全能100分的获得者。他的学费是靠自己做家教挣得的。几位学习成绩不佳的初、高中生，经他悉心"调教"，分数的箭头直往上窜，喜得家长由衷地尊称他"徐老师"。

儿子取得的每一点成绩，都凝聚着母亲的艰辛。1988年"甲肝"肆虐之际，小徐骏却"唱反调"患上了"乙肝"。杨仁莺却没让儿子休学。两年里，狠心没让小徐骏落下一节课。看病都安排在星期日。每天她早早地起床煎好中药，让儿子喝完去上学。

当代生活中，鲜花和阳光总多于苦难。善待生活的人，收获的回报是对等的。在杨仁莺的生活中，走来了他，一位曾经下乡插过队，有着出色的开车与修车技术、忠厚朴实、善解人意的他。他叫潘纪青，在与杨仁莺相爱5年后，他们组成了一个新的三口之家。儿子与继父，既是感情深厚的父子，又是志趣相投的朋友。

如今，母亲、儿子和他，共同拥有了一个完整、温馨、真正意义上的家。

（1998年6月22日）

第三辑

世相评说

结缘文艺家

——读羽菡《大雪在人间》

女作家羽菡，以其多才多艺、优雅知性之姿，结缘众多书画及文学艺术名家。她用勤奋耕耘之笔，善于发现之眼，将名家们有趣的灵魂、跨界的艺术、高洁的品质呈现给读者。《大雪在人间》恰似纽带与桥梁，引领读者结缘名家，收获阅读和知识之乐。

一

初睹书名，脑海中的第一反应是"以雪寓情"。再看封面，隐约如古丝绸般底纹上，一长溜渐行渐远的"梅花"脚印，延伸直至出画面，是雪泥鸿爪的寄意吗？本书应该是与雪有关联而富有诗情画意的书，我思忖。

翻看书中内容，方知是本散文集。为什么书名是《大雪在人间》呢？在目录中找寻得"雪"之文章，第四章节标题为《大雪，落在南方的大地上》，首篇便是《大雪》。我探究似的细读此篇，恍然大悟，"大雪"乃羽菡和千夜领养的白猫之名。

羽菡与千夜这对母女诗人、书法家、画家，联袂展现出珠联璧合的艺术魅力。在《大雪》中，羽菡老师用第二人称，盈满柔情地讲述她与"大雪"结缘的过程。她们给予大雪温暖的家与挚爱，大雪回馈美好时光与创作灵感。然不到一年，大雪去往天国花园。羽菡的文章配上千夜《给大雪》的诗歌，一文一诗的祭奠，令读者心底泛起震撼和感动，感悟从具象的人与大雪充分展现"众生平等""万物皆有灵性"的博爱胸怀。

深入阅读，我以为"大雪"更是意象的主体精神塑造。书中有匠心独具烘托书名的元素，扉页黑底色、白色透光窗户，大雪的逆光背影，空白处扉页上大雪和女性相依的简约线条画面，嵌入车前子先生（"大雪"的插画作者，著名诗人、作家、画家）的红色小印章，封底亦如此。这些细节如诗画艺术自然沁出，紧扣书名，与整本书的内容相得益彰。

二

本书分为四个章节，阅读后最大感受是作者的文风灵动清逸，将诗歌、书法、绘画、美文巧妙融合，给予读者美妙舒畅的感受。四个专辑标题皆具诗情画意，羽菡老师擅长以诗意化语言与内容写实贴合，生动展现诗人、作家、画家、书法家乃至音乐家真实生动而个性的一面。他们徐徐地向读者走来，将本真求实的，超然物外的，孜孜不倦的一面呈现给读者。

赏读《侬这算啥本事》，领略艺坛名流有趣的灵魂。戴敦邦对羽菡说："我要告诉侬，上海有个老前辈我最买账，他讲我：侬这算啥本事！"这位老前辈就是戴敦邦的恩师、知己知交张乐平。一次，两人分别在北京开会，张乐平打电话让戴敦邦到他那里去。原来，张乐平在宴会上藏起一只红烧大明虾，还搞了一瓶二锅头，邀请戴敦邦来共享，还说："我待侬好伐？舍不得吃虾，我们有福同享。"两个有趣的灵魂碰撞，令读者为他俩的真性情哑然失笑。

赏读《楚默与廖昌永》，欣赏名家跨界艺术。羽菡老师牵线，廖昌永赠送楚默大字书法"游于艺"，先生赞道"笔力扛鼎，气象正大"。原来，廖昌永跨界多年师从陈佩秋先生等名家学习书画；著名诗学、美学、美术史论学者楚默先生则跨界于音乐鉴赏，他们各有独到的见解。令读者获得意外的惊喜。

赏读《忆丁锡满先生》，仰望名家高洁品质。丁锡满先生尽管身患癌症，却乐观豁达。从医院跑出陪伴羽菡采访田遨先生。田遨是丁锡满进入解放日报后国际版的编辑老师。丁锡满之所以给予羽菡别样的优待，是他爱才、惜才。丁先生第一次与羽菡在参观中相识，交流中欣赏羽菡的才华，不吝赐教她如何将访谈做得更好。丁先生称赞羽菡："我虽然没有看过你的文章，但看了你的书法，觉得你的文章写得好的。令读者对文艺家真诚待后辈的品质肃然起敬。"

三

阅读《大雪在人间》，另有一处感触颇深。羽菡老师文学创作构思和表现手法，既彰显个性化，又能把握得恰如其分。无论徜徉于艺术领域，游历于山水丛林，还是忙碌于日常烟火，她都能萃取其中诗情画意，准确把握人物写实，升华至人生感悟哲理。如《插花亦修心》，诠释插花涵义通透灵敏，意境奇妙；《东坡的荷叶杯》借苏东坡的荷叶杯展现人生境界。如此羽菡，行文中妙语好句迭出，给予读者感悟与启迪呢。

（2024 年 5 月 23 日 ）

如鲠在喉之别解

我曾数次经历鱼刺卡喉，但都顺利化解。而真正深刻体会"如鲠在喉，不吐不快"这句成语意境的，是丈夫喉咙里上演的真实版一幕。

丈夫喜食白水鱼。那日，我见他搛起多刺的鱼尾，边与我说话边大大咧咧地往嘴里送，急忙提醒："不要说话，慢点吃，慢点吃……"话音未落，他便"哎哟"一声惊叫，被鱼刺卡住了。一番折腾后，鱼刺依旧原位不动，我让他赶紧去医院。

在我的认知里，拔鱼刺非难事，五官科医生对此驾轻就熟，他们戴着额镜，对着病人张大的嘴内照射，让病人"啊、啊、啊……"地发音，然后手持医用钳伸进喉咙，钳住鱼刺往外一拔，鱼刺便顺势被取出。女儿和丈夫都有过类似的经历。我放心地让丈夫独自去医院，毕竟离家10分钟就是一家三甲医院。

一个多小时后，丈夫满面愁容回来了。他抱怨为他诊疗的医生水平不高，让他"啊……"了半天也没找到鱼刺，还开了单子让去付费做喉镜，说如果通过喉镜发现了鱼刺就能取出。他付了费等候多时还未轮到检查，感觉似乎不疼了，就把检查单退掉回家了。我喟然长叹："鱼刺没有取出，你这急性子的病倒又犯了。今天是星期天，只有一个当班医生，怎么就等不及呢？"

晚饭后，丈夫如热锅上的蚂蚁坐立不安，感觉那鱼刺又兴风作浪起来。但听他那一声声缩紧嗓子费力欲咳出鱼刺的声音，比鱼刺还要刺耳，直搅得我起鸡皮疙瘩。我拽着他说："现在是晚上八点多，赶紧去医院吧，不然，你这一晚上折腾，鱼刺会陷得更深。"

我陪丈夫来到医院，还是白天那位医生，依旧让做喉镜。丈夫进入治疗室二十分钟后，一脸轻松地出来了。原来，医生从电脑屏幕上看到了一根近二寸长的鱼刺横跨在丈夫喉咙深处，惊呼："这么长的鱼刺啊！"从口腔进入有难度，便喷了麻药，用手术钳从鼻腔进入，对准屏幕才取出了鱼刺，解除了丈夫的心头大患。就在丈夫治疗过程中，陆续又来了五六位病人，都是鱼刺卡喉。

眼前的一幕，让我对"如鲠在喉，不吐不快"有了更贴切的理解：引发"如鲠在喉"的状况，多是急躁大意所致。丈夫性子急，退休后时间充裕了，理应可以笃悠悠地买汰烧，但他却把上班时力求快速高效的习性运用到家务上。手上的动作还在进行中，思路已经跳跃到下一步动作，随着年龄往上走，手与脑的协调大不如前，以致状况频出。

就说洗鱼虾之类吧，他经常是手指被鱼虾刺伤了，或者被剪刀戳破了，为此还到医院治疗打过"防破伤风"针呢。再说吃饭，总是三下五除二，接着拾掇碗筷清洗，我为此多次发火："吃饭本是享受美食的过程，细嚼慢咽才有益健康。还有，如果你是饭店服务员，食客们吃得酣畅，聊得兴起时，你为了早点完成工作擅自去收拾人家的盆碗，是会被食客打出去的。"

丈夫听后若有所思。家里再买鱼时，他洗鱼时直接把鱼尾段剪掉了。我却思忖，鱼尾是剪去了，减少了鱼刺卡喉的风险，他应该是明白了预防胜于治疗的道理，但他的急躁情绪能否得到相应的改善呢？毕竟，生活中五花八门的伤害很多是由急躁情绪导致的。我拭目以待。

（2024年5月10日）

诡异的响声

　　当人们面对超出自身见识和知识范畴的事物而无法理解时，心魔便容易作祟，使其蒙上神秘色彩，甚至令人人心惶惶。然而，一旦真相被揭示，人们恍然大悟，便会自嘲虚惊一场。我所亲历的诡异的响声便属于此类。

　　曾经有段时间，我常在睡梦中被楼上一阵"蹬、蹬、蹬……""哒、哒、哒……"声响惊醒，这声音似孩子玩耍奔跑之声，时而还伴有硬币落地般的清脆响声，或是窸窸窣窣的扒拉声。我拿起手机查看时间，正值午夜子时，恐惧感瞬间占据全身。

　　我常向老公抱怨，楼上这家人怎么任由孩子半夜三更玩耍，也不哄哄孩子入睡。可老公睡得沉，总说没听见什么声响。无奈之下，我悄悄向邻居打听，得知这家人家并无幼儿。这隔三岔五的声响，让我怀疑自己患上幻听症。老公在家我倒不觉得太惊恐，但那段时间女儿上大学住校，遇到老公出差，我整夜不敢关灯睡觉，紧盯着天花板，生怕有什么灵异事件发生。

　　直到我家豢养了猫咪阿黄，这诡异的响声才得以破解。喵星人本是夜猫子，白天懒洋洋睡觉晚上精神抖擞。阿黄经常在半夜三更满屋子奔跑乱蹿，时常将东西撞翻在地。阿黄的所作所为与我半夜听到楼上发出的声响如出一辙。而阿黄在猫砂盆里拉屎撒尿时扒拉猫砂的声音，正是那窸窸窣窣的声响。我感慨长叹：若我家没有养猫，这个"诡异"声响或许会成为我这辈子不解的心结。

　　说起"诡异的声响"，现实生活中并不少见，只要心中无鬼，便能坦然处之。通过冷静分析和理想思考，往往能获得科学的解释。那年，我家新购买的房子装修后还未入住。一次，我赶写单位的工作情况介绍，因女儿正值高考前夕，为不影响她做题，我来到新装修的房子写文章并准备在此过夜。正当我全神贯注写作时，忽然被这边几声"啵啵啵"、那边几声"哔哔哔"、身旁几声"吱吱吱"的声音惊动。寂静中，这声音分外刺耳，仿佛一双双眼睛在隐蔽处盯着我。我战战兢兢地里外查看了一遍，未发现异常。又将所有衣橱门和抽屉拉开仔细察看，依旧毫无发现。于是，我硬着头皮继续写作，但这诡异的响声却顽固地挥之不去，仿佛有一股神秘力量在悄悄扩散。我浑身起了鸡皮疙瘩，思路被堵，再也待不下去，急忙收拾东西打车回到老房子。我惊恐未消地将所遇情状说与老公听，老公却哈哈大笑："侬真是憨啊，太疑神疑鬼啦。这是新家具和地板的木质热胀冷缩发出的声响啊，没有什么超自然现象发生的。"

然而，我确实经历过真实诡异的声响，至今记忆犹新。那是20世纪80年代的一个夜晚，我们全家都入睡。我被一阵恐怖的撕裂似的诡异声响惊醒，感觉这声音就在自己睡的床上。有生以来第一次听到如此令人毛骨悚然的声响。我战栗着大声问："妈妈！妈妈！这是什么声音啊？"我妈第一个反应过来："不好了，地震啦！快起来！快起来！逃到外面去！"那时住房拥挤，我和妹妹还有外甥女挤睡在阁楼上，我奋力弄醒睡得很沉的外甥女，快速爬下了阁楼。等我们来到户外，已经集聚了不少居民，大家惊魂未定，相互询问怎么回事。不多时，居委干部赶来告知，说是接到街道通知，黄海发生4.5级地震波及上海，让居民们别紧张，同时注意做好地震预防。

我想，地震这种自然灾害引发诡异的声响，其来源是有解的。而在大千世界中，当人们遭遇常规思维意想不到诡异情境时，首先应保持冷静和理性，必须避免先入为主，以免有害的思维定式增加心理压力。我们应该坚守探究诡异声响的本源，不轻易被恐惧情绪左右。正确认识诡异的响声，即使它有可能超出现阶段人们的感知和认知范畴，但我们只要秉持崇尚科学的平常心，不懈地探索研究，就能达到"平常心是道，道法自然"的高尚境界。在当今高科技、智能化普及运用的社会形态下，"桑田碧海须臾改"亦在民众能接受的情理之中，诡异的响声又何足畏惧？

（2024年4月1日）

保姆啊，保姆……

电视新闻报道，94岁的胡老太颤抖着站立在床上放东西时，重重跌倒在地，而全程只顾刷手机的保姆这才察觉。胡老太被送医后，终因伤势过重当天离世。保姆竟直接回了老家，老太的儿子从监控视频中发现其失职行为，心寒不已。又有新闻报道，保姆带了2岁女童乘电梯，一手拿滑板车，一手刷手机。电梯到了一层后，保姆自顾走出，待发现女童还在电梯时，电梯已启动离开，致使女童在8楼独自走出电梯，翻越楼道窗户跌落身亡。

一老一幼，皆因雇主请来给予一对一照护的保姆失职而殒命，令人唏嘘愤怒。保姆虽非家人，但作为一种职业，提供有偿服务，即便做不到如亲人般地照护，也应按质论价履行约定，承担职责。可这两个保姆的漫不经心，让本应颐养天年的老者和欢乐无忧的女童命丧黄泉。

长期以来，人们对保姆失责而造成的伤害多有诟病。如今老龄化社会与家长职场压力现状，使得对保姆的需求激增，家政服务门槛过低。不少雇主请保姆实属无奈，抱有侥幸心理，期望保姆之殇不会落到自家头上。为激发保姆对自家"老与幼"多点爱心和责任心，雇主除约定报酬外，还打赏赠物，却往往事与愿违，鲜有保姆将雇主家人如亲人般照护。电视剧《田教授家的二十八个保姆》便是对保姆现象的归纳和提炼，具有现实意义。

我亦深有同感。爸妈在世时是空巢老人，我们子女为他们请过保姆。姐姐每天上午送小外孙上学后，买水果菜肴去照料；大物件我们拿回自己家洗；保姆每周休一天，我们也送吃送用，希望她善待爸妈。岂料，保姆竟连碗碟都偷，我们请过十多个保姆，无一善终。正如文友心得："寻一个好保姆，比找一个好老婆、好老公还要难。"

　　然而，在抨击不良保姆劣迹的同时，我们也应看到，仍有不少善良真纯、兼具职业技能和操守的保姆，倾心倾力对待雇主家人。我曾经采访报道过，上海凉城新村的钮阿姨，为住家保姆养老送终。钮阿姨反哺保姆，皆因长久以来，保姆将她和弟妹当作自己的孩子悉心照料带大。钮阿姨成家后，将年迈体弱的保姆接到自己家，视作自家长辈，让其安享晚年。

　　时代不同、需求不同，追求多元化、个性化的家政服务模式亦可一试。我家邻居是独居老太，有两室一厅住房，女儿因工作繁忙为母亲请了保姆，并让家在外地的保姆夫妻及两个女儿与母亲同吃同住，不收房租，保姆的服务费照付。保姆一家将老太当作自家老人照料，保姆的小女儿是幼儿园老师，时常推着轮椅车带老太兜风，教她做游戏、唱歌等。犹如有了一个其乐融融"新家"的老太，脸上盈满惬意和笑意。邻居们赞叹，这个养老模式是双方得益啊。

　　在老龄化不可避免，大力发展"夕阳事业"，以及鼓励生育二孩、三孩的"朝阳政策"下，培育有职业操守、专业技能、爱心责任心的保姆队伍刻不容缓。应该通过思想理念、专业技能、经济收入、社会认知等多种激励措施，提升保姆综合素质。

　　希冀在不远的将来，家政服务能实现年轻化、专业化、诚信机制化，让从业者拥有职业荣誉感，杜绝因为保姆失责造成的悲剧。

（2024年3月13日）

瓜瓞绵绵说"瓜众"

一直不明白，众人围观看热闹的网络用词是"吃瓜群众"，简称"瓜众"。既然吃瓜时可以兼顾"望野眼"（沪语：东张西望），那么吃梨、吃桃之类，也都是可以边吃边看热闹的，为何不说"吃梨群众""吃桃群众"呢？直至我看到"瓜瓞绵绵"这个成语，豁然开朗，原来"吃瓜群众"有出处。

初见"瓜瓞绵绵"词语，我在网上查阅如是说："如同一根连绵不断的藤上结了许多大大小小的瓜，引用为祝颂子孙昌盛。"为了解其确切出处，我查阅手中的20世纪70年代版《现代汉语词典》、80年代版《中国成语大辞典》都没有收入此条词语；再查阅1979年版的《辞海》，找到了"瓜瓞"一词，出自《诗·大雅·绵》："绵绵瓜瓞，民之出生……"词义与网上解释大同小异。

我佩服将此成语借喻为"众多看客围观同一件事物"的网民，堪称古为今用的典范。不禁想起童年时就见过类似"吃瓜"的众生相。

20世纪60年代夏天，我家邻居"老宁波"爷叔，下班回到家，总捧着一大块西瓜，炫耀似的在大门口"小巴辣子"们垂涎的眼神中吧唧嘴吃西瓜。那年月的人家孩子多，能隔三岔五吃西瓜是奢望。老宁波家只一个儿子，经济条件好，盛夏时节每天吃西瓜是常态。有调皮鬼想出坏点子：每当老宁波啃一口瓜，大伙就齐刷刷呼叫："哈哈，又是一大口！哈哈，又是一大口！……"在"小巴辣子"们有节律的哄笑声中，不明就里的老宁波终于明白此举是冲着他的，气得将未啃完的瓜扔进门口"泔脚桶"，骂骂咧咧地转身回家，砰地关上门，从此，再没出现在大门口当众吃瓜。只是"瓜众"与被围观者的角色颠倒了，吃瓜的老宁波，被没的瓜吃的"小巴辣子"们围观了。

遥想那些通信不发达的年月，哪里有稀奇事、突发事之类，"吃瓜群众"乌泱泱地赶赴现场围观，其后演化成道听途说，成为人们饭后茶余的谈资。而今，仅凭一部手机，就能"人在家中坐，尽知天下事"，"吸睛"的信息俯拾皆是，一篇小作文、一段小视频，一经发布，立马"瓜众"纷纷跟帖。

"你站在桥上看风景，看风景的人在楼上看你。明月装饰了你的窗子，你装饰了别人的梦。"我觉得这段话似乎能说明"瓜众"与"被瓜众"的关系。比如，"尔滨"的爆红，"宇辉"的出圈，可谓卞之琳这段话的现实版。

从今年元旦到春节期间，哈尔滨的"冰雪大世界"，在热忱豪爽的东北民众暖心待客中，成千上万南方"小土豆""小沙糖橘"奔涌而来，尽情拥抱体验这片黑土地上的奇妙和美好；而参观侵华日军731部队罪行展览馆，更令游客接受了一场刻骨铭心的爱国主义教育，"这清澈的爱，只为中国"是参观者发自肺腑的心声。我这个"瓜众"，在网络上犹如身临其境。

董宇辉，是"瓜众"刷屏的热词。在"央媒"评选的2023年度杰出人物中，年仅30岁的他与任正非、董明珠、曹德旺等名字振聋发聩的企业家同框。董宇辉并非突然爆红，而是其多年勤奋学习，砥砺前行的厚积薄发。文学名家梁晓声、苏童、麦家、余华等对其交口称赞：宇辉对他们作品精髓的归纳和提炼，比他们本人表述得更好；影视大咖刘德华、张艺谋、撒贝宁等对其情有独钟；宇辉在商而不言商，创造了直播带货的新形式；正如京剧台词都一样，但梅兰芳只有一个。

是的，董宇辉激励了孩子努力读书成才的憧憬，引领了青年追寻诗与远方的理想；道出了为人父母"养儿当是董宇辉，嫁女当嫁董宇辉"的心愿……这样的董宇辉成为"国民女婿"自在情理之中，丈母娘们说："哪怕宇辉卖根草，我们也愿意顺便买两捆回家。"

在万众欢腾、阖家欢乐的中国新春日子里，我不能免俗地成为瓜瓞绵绵之"小瓜"，但做几回如此受益的"瓜众"，值得！

（2024年3月1日）

众生相里有精彩

——读《中国好故事VI》有感

今年5月，我受邀参加甘泉路街道图书馆的读书活动，图书馆赠送与会者一本上海市民修身系列读本——《中国好故事VI》。看封面，是上海文艺出版社、上海故事会传媒有限公司出版；在封面下端三分之一处，有"聆听四十年改革故事，书写新时代开放篇章"，并引用习近平总书记的一段话："改革开放40年来，我们以敢闯敢干的勇气和自我革新的担当，闯出了一条新路、好路，实现了从'赶上时代'到'引领时代'的伟大跨越。"

凝视封面，我即可了解这本书中的故事，是讲述改革开放以来我们国力和民生提升和发展的。我随手打开书翻到《人往好处推》这篇，随意浏览了一下，故事的内容一下扣住我的心弦。故事主人翁虞木根50多岁，是个老实本分，逆来顺受的农民。只因村长扩建自家住房，将茅厕造在他家对门，虞木根低声下气乞求村长，甚至愿意赔偿村长拆除另建，村长却百般刁难。虞木根的老伴被臭气熏得吃到饭就恶心呕吐，最终诱发胃癌。愤怒至极的虞木根上访乡长，思忖乡长就是村长的后台，老实人倔脾气犯了，揣上一把斧头找乡长拼命。乡长用真情真意和智慧化解了这场凶险，并严厉惩治了恶霸村长。阅读了这篇故事我意犹未尽，回家后花了几天时间，读完了这本故事。

本书故事计有58篇。我在阅读中最直观的感受是，本书从装帧到语言表达看似朴实无华，甚至语言表述上让人感觉还有点世俗，但丰富多彩的内容，激荡人心的故事，展示的是天南海北，千人千面的喜怒哀乐；故事大力讴歌社会真善美，同时也讽刺批判了假恶丑，本真中蕴含的是日常生活的真谛，用老百姓的话讲述老百姓的故事，铺垫叙事脉络清晰，往往峰回路转中给予读者情理之中意料之外的结局。还有，就是每篇故事开篇前，都有三五句提纲挈领的点评，有画龙点睛的妙处。

小故事里蕴含大人生。本书从三个章节反映波澜壮阔的改革开放大时代。其中《山魂》《军人的风采》《舔血的狼》《泉水叮咚》《草原上的情人节》《最美直播》《三张接骨方》等，从各层次讲出了人世间的真善美；而《和省劳模合影》《资深时代》《漂亮女对手》《水晶手链在哪里》《辣子扶贫》等，则从多角度揭露了社会的假丑恶。无论是正面人物，还是反面人物的形象，读者会有似曾相识的感觉。《舔血的狼》和《草原上的情人节》曾荣获首届中国民间文学最高奖"山花奖"特等奖。

阅读本书，我的感觉是故事讲述者都有厚实的生活积淀。对于故事，电视剧《宰相刘罗锅》的歌词是"……故事里的事说是就是，不是也是；故事里的事说不是就不是，是也不是……"但本书讲述故事的人和故事中的人，我认为都是切合在时代的脉搏上，反映在社会变革中，用第三人称讲故事的口吻，循序渐进地讲述一个个发生在"你、我、他"身边的家长里短、社会变革、奋发有为等方面老少咸宜的故事。令读者看到的是血肉丰满、立体多面的人物，堪称众生相里有精彩。

读万卷书，行万里路。本书给予我的启示如下：在今天网络发达，传播渠道多样的条件下，只要我们热爱，努力发掘各个层面的真善美，将此弘扬光大，我们每个人都有望成为讲故事高手；而我们培养自己家国天下的情怀，脚踏实地地为中华民族的伟大复兴努力奋斗，用自己的人生写成一本鸿篇巨制的故事也是有可能的。

"谁道人生无再少，门前流水尚能西。"尽管我已在"奔七"的人生路上，但我也希冀自己成为犹似《中国好故事》中真善美的一员。所以，作为中共党员的我，会在社区文明建设、基层党建中奉献自己的绵薄之力。

（2023年12月30日）

可爱的形象，永恒的旋律

——读陆林森《聂耳·上海记忆》

陆林森先生的长篇纪实文学《聂耳·上海记忆》，是一本激励人心、催人奋进的好书。书中聂耳短暂而光辉的一生，让我重新认识了他。

从作者的字里行间，我感受到其景仰聂耳、热爱聂耳，为聂耳追求光明，以激情融入音符的精神感奋，为创作《聂耳·上海记忆》，作者多次踏访聂耳在上海留下足迹的居所和工作地。为了进一步获取、考证聂耳更多更具体的人生资料，作者两次去聂耳的故乡云南走访，查阅了大量聂耳与家人、朋友的珍贵书信。书中选用的200多张珍贵历史照片，得来实属不易。通过诸多书信和照片，读者可以直观地了解聂耳，以及他所处时代发生的一系列历史事件。在卷帙浩繁的史料中，作者努力以众多的图文资料追溯往事，还原人物和事件。

读此书自序，我了解到作者写作的日子里疾病缠身，不能久坐，痛苦不堪，但他想到作家海明威单腿直立写作的坚强意志，便以此激励自己。他将电脑放在高高垒起的书籍上，站着敲打键盘，最终以坚韧的毅力完成了《聂耳·上海记忆》的写作。

纵览本书，亦很有史料价值，读后受益匪浅。诸如，20世纪二三十年代，云南陆军讲武堂培养了大批能征善战的滇军军官，也培养了中国革命的领军人物、杰出的军事人才；描写码头工人的劳作，作者对于"两人扛""四人扛""八人扛"等都有细致入微的描述；在中共领导和左翼作家参与下，中国进步电影和抗日歌曲发挥了唤醒人民、激励人民爱国抗日战斗意志的作用。

作者以流畅优美的散文笔法创作人物传记，这也是《聂耳·上海记忆》

的一大特色。书中描述聂耳的心境、情境和意境，既有他的忧思迷惘，又有他在接触进步文化后的精神升华。读者通过文字能感受到作者的良苦用心，能感受到聂耳的心跳和呐喊。"……夕阳西下，江水滚滚。落日余晖，像一张巨大的网，罩住了黄浦江。江面上，跌落的阳光，如碎金般，斑斑驳驳。一张年轻的脸，英俊而自信，眺望江两岸，风景从船舷旁闪过，聂耳的心，一如船尾翻卷的浪花，真是人生匆匆，让人捉摸不透这人生路上发生的诸般事物啊！"初读此书，似乎有苍凉和伤感的情景感觉；再读，却领悟了作者是在为聂耳以后的人生之路以及如何成就"音乐灵魂"做铺垫。

作者以聂耳为主线，前后呼应，联结起20世纪20年代初至30年代中期中国革命一些重要事件和重要人物。其中的《卖报歌》《毕业歌》《大路歌》《义勇军进行曲》等，反映出其对于中华民族必须敢于战斗，求得民族独立解放的思想认识，这些歌曲在艺术上和内容上堪称百年经典。

聂耳的生命虽然如流星一闪而过，但他用热血谱写的充满激情的革命歌曲，犹如吹响的战斗号角，唤醒了广大人民的抗战斗志。《义勇军进行曲》最终成为中华人民共和国国歌，唱响全世界，成为炎黄子孙心中永恒的旋律。

（作于2023年12月29日，被收录于中共中央宣传部"学习强国"）

千年豪情今犹在

——读刘小川《品中国文人·苏东坡三百篇》

阅读作家刘小川《品中国文人·苏东坡三百篇》一书，我被深深吸引。作者以现代人讲述现代人的口吻，将北宋名动京城的大文豪苏轼立体丰满地呈现给读者。没有引经据典的"掉书袋"，佶屈聱牙的用词；而是情感真挚，内容生动，引人入胜。我从随意翻阅，到一页页精读，直至欲罢不能。作者以精彩纷呈的三百篇，给人遐想励志，激发读者共情。

我分明感受到作者功夫在书外的大量知识储备，贯穿苏轼一生独具一格素材的精巧运用。从苏轼的家乡四川眉山说起，到他仕途中的显赫官位，再到不断被贬谪却功绩卓著，最终凸显苏轼超然物外的总结性评价："问汝平生功业，黄州惠州儋州。"阅读本书，我仿佛看见千年前的苏轼披览岁月，裹挟豪情向读者走来。

本书显著的特点如下：篇幅少则三四百字，多则千把字，令读者轻松阅读，意犹未尽。作者的表述很有个性，既有作者清新现代的感想评说，亦有古今中外名人贴切哲理的评说，不似我以往阅读的有些古代名人传记，始终只有传主，且偏重史料，往往有沉闷感和拖沓感。例如作者评说："小伙子苏轼究竟在眉山干过些什么呢？愚事蠢事荒唐事，苏轼干过吗？大约干过几件吧？青春乃是试错。苏轼不可能活得中规中矩，像戏台上的文弱书生。""开豪放词派的人物，绝不可能一天到晚枯坐书斋——他每天都有撒野的时间和空间。"

作者对于苏轼豪放不羁，敢于谏言的性格，开篇就做了厚实的铺垫，从眉山、从其祖父苏序溯源。苏序是颇有范仲淹忧国忧民情怀的乡绅。那年，眉山大旱，粮商乘机抬高粮价。苏序将自家囤积的粮食，来个开仓放赈，接济灾民度过了荒年。少年苏轼的野淘豪放，不畏强权的性格正是来源于祖父的言传身教。

苏轼的父亲苏洵，对苏轼才学养成有深刻的影响。苏洵两度外出游学而大开眼界，尤其在汴京见到范仲淹、欧阳修、司马光等杰出人物，敬仰之情溢于言表。苏序评说儿子带来"三种光"："他（苏洵）银子花光了，可眼睛在放光；他讲外面的精彩世界，讲得子瞻、子由两眼放光，也让我这个老诗人的老眼放出光来。"苏家父子三人荣列"唐宋八大家"，在诸多方面为国家做出传颂千古的贡献，证实苏序的话是有底气的。

本书最能感动读者的是苏轼"俯首甘为孺子牛"的精神。他与民同甘共苦，为官一任，造福一方，深得民众拥戴；并以其智慧加实干深入实地调查研究，做出正确决策和实施方法，也是值得现代管理者借鉴学习的。

饮水不忘挖井人，今天的杭州、密州、徐州、扬州、颍州的人们，还都亲切地说："苏东坡是我们的老市长。"仅举几例足以说明。

如今，人们近悦远来观赏杭州西湖风景，情系千年前的苏轼。苏轼有两次在杭州任官的经历。1071年，任杭州通判的他，全力协助太守疏浚六井，解决了市民喝水问题；春耕时节，他风雨兼程一个多月，马蹄踏遍杭州实地了解情况，官袍成了又脏又破又臭的泥袍，只为让被迫去开凿运盐河的饥民回到土地上耕种。1089年，苏轼又奉命到杭州，在杭州任职可能不足两年的他，却担忧20年后再无西湖。苏轼亲率10万杭州人清除湖中葑田，废物利用将湖泥筑成贯通西湖南北的长堤，大大缩短市民绕湖到对岸要行30里的距离。千年胜景的苏公堤，从此铺在西湖上。

1074年夏，苏轼任密州太守。蝗虫铺天盖地，民众饿得东倒西歪，城门洞里多有弃婴。他以自己的生活经验，做起烧吃蝗虫，挖野菜充饥的示范，官吏百姓纷纷效仿；他带领士卒打猎，被誉为宋代第一首豪放词的《江城子·密州出猎》横空出世，百姓生活得到了改善，感激不尽的父母领回了被官府救生的婴儿。

苏轼在琴棋书画诗词赋方面的卓越才能，千年来为人们争相传颂。他写西湖第一，写豪放词第一，写悼亡词第一，写中秋月第一。每被贬谪到一个地方，他豁达乐观的人格魅力，总能感染周边的官吏和百姓。苏轼的时代，虽没有发达的网络，但每每有诗词佳作，亦被列入驿站急报之类。他在庐山写就《题西林壁》，只短短几天就传遍方圆五百里。

黄州惠州儋州是苏轼仕途遭遇打击挫折、生活陷于贫病交加的艰难时期，但他无论处于何种境地，始终坚持寻觅人生的真谛，秉持为民造福的初心，创作流芳百世的佳作。

苏轼因"乌台诗案"被谪居黄州，一家十几口半饥不饱、居无定所。他带领家人在东坡废弃多年的军营荒地上开垦，以面朝黄土的农民之艰苦劳作，收获了丰衣足食。东坡肉问世，东坡雪堂问世，更有《赤壁赋》《念奴娇·赤壁怀古》等问世。此后千年，百亿人皆知东坡居士。

以后，苏轼又被贬谪惠州儋州，甘以杯水济沧海的他，普及种植中草药为民治病，发明"秧马"提高插秧效率，为惠州造起了坚固的东新桥、西新桥，还为广州百姓解决了喝水难题。

作者说："苏东坡是一颗好种子，撒到哪里都会生根开花结硕果……文学与艺术的巨匠，生活大师，热血智者，庙堂斗士，官员楷模，优雅士大夫。"阅读本书，我仿佛看到，穿越时光而来的苏轼，千年豪情今犹在，将一位德才兼备的优秀领导干部的精神风貌，呈现给现代世界。

（2023 年 12 月 19 日）

上海阿姨,"老年幼稚病"?

今年上海国际电影节,《梅的白天和黑夜》这部纪录片的口碑爆棚,获得第25届"上影节"金爵奖亚洲新人单元最佳导演奖。

影片是一部关于70多岁上海女性玉梅的生活片段记录。玉梅早年是上海知青,经历了两次婚姻失败,如今独居。她晚年在上海的活动路径,基本是去公园、茶室、舞厅、大卖场等。精力充沛的她,抽烟、戴网球帽、拉着小拖车,和小姊妹出游,与不同的爷叔约会……这位上海阿姨既有特立独行的一面,又有上海阿姨共性的标签。

从这部纪录片,引发我所见所闻中感觉与玉梅阿姨共性的一面。

那次,我乘公交车,坐在后车厢的四五位上海阿姨兴奋地聊着外出旅游的见闻。前车厢的我,与一位中年男子相向而坐,男子眉头紧皱,不时回头怒视阿姨们,对着我抱怨:"吵煞了,这帮子阿姨真没有知识。"还不忘再添一句"老年幼稚病",这是他给上海阿姨贴上的标签。

半小时车程,阿姨们一路笑谈,有点像小学生乘包车春游、秋游,叽叽喳喳笑着唱着的场景。我由此想到,如今,很多阿姨爷叔热衷结伴自娱自乐放飞心情,诸如网红地打卡、农家乐快活、K歌厅高唱、广场上舞蹈等,与少年儿童的开心出游有异曲同工之妙,他们就像"老小孩",其举动也就成为中年男子口中的"老年幼稚病"。

说"老年幼稚病",容易让人联想到阿尔茨海默病。文友怜爱无奈地告诉我,外婆患了阿尔茨海默病。她下班后去看望外婆,明明在自己家里的外婆,却吵闹着说"窗外天黑了,我要回自己家去"。她与外公无论怎样哄劝都无用,无奈,只得装模作样带外婆回家,出门兜了一大圈再回来,哄外婆"到自己家啦",外婆这才安定下来。

至于阿姨爷叔老来乐的"幼稚"举动,我倒觉得不必过于苛责。不妨善意地提醒公交车上无所顾忌笑谈的阿姨:自己开心的同时,也应顾及其他乘客的感受,尤其不能影响驾驶员的行车安全。

曾看到一篇自媒体文章:《上海时髦阿姨爷叔,从前滩"转战"张园,我被惊倒了》。转发我此文的朋友是位上海爷叔,他对此有类似"老年幼稚病"持鄙视的评论:"我们虽老了,但看到这帮子阿姨爷叔令人作呕:阿姨披纱巾、穿旗袍、登高跟鞋,忸怩作态拗造型;爷叔戴礼帽、配墨镜、穿风衣,与阿姨的装饰搞成'标配',这种上海大妈的腔调与老爷叔'鲜格格'的贴附,真是坍上海人的台。"上海阿姨,一旦被贴上标签,立马让人眼前浮现这是个粗俗、放肆、泼辣类的群体。

对朋友的看法我不敢苟同。阿姨爷叔热衷结伴唱歌、跳舞、聚餐、游乐,说明日子过得滋润,时常有"老夫(妇)聊发少年狂"的举动,只要不违背公序良俗,不妨碍他人,也是欢度幸福晚年的一种形式。再者,如果阿姨爷叔的举动换成年轻人,人们还会看不顺眼指责吗?我估计多数人会带着欣赏眼光认为年轻人活泼可爱有创意,但发生在阿姨爷叔身上,就会被看作是"老年幼稚病",不能被理解和善待。

以我姐和姐夫为例吧,他们的美好青春都挥洒在祖国"大三线"建设中,退休后回到上海故乡的一批老同事,并不絮絮叨叨地抱怨命运不济,而是以平和快乐的心境营造美好的晚年生活:隔三岔五地欢聚和出游,品尝大酒店小餐馆的美食,领略祖国锦绣河山的美景,还将每次活动拍摄下来,做成"九宫格"发到朋友圈同乐。如此的晚年生活不是于自己、于家庭、于社会都有益吗?

"莫道桑榆晚,为霞尚满天。"对于爱乐活的阿姨爷叔,不应报以"老年幼稚病"讥讽贬损,还是倡导多些引导、理解和包容。

（2023 年 8 月 21 日）

为凌教授"打架"叫好

在6月23日举办的"第28届上海电视节白玉兰奖"上，电视剧《山海情》荣获"国际传播奖"。说明中国电视剧坚持"走出去"，在国际舞台上讲好中国故事的每一部成功作品，都可以成为文化传播和交流的里程碑。

《山海情》播放了有些时日了，我几乎一集不落地看完全剧，每一集都有激发我情感共鸣的内容，尤其看到凌一农教授打架的场面，感受尤深。教授"打架"，有辱斯文吧？但我要为这位打架的教授叫好。

剧情是研究菌草的凌教授，在福建与宁夏结对帮扶中，带领团队来到被人称作"苦瘠甲天下"的戈壁荒滩西海固，给移民实施科技扶贫。凌教授住窝棚，钻菇棚，蹬着自行车穿梭在戈壁滩风沙中，风餐露宿地探索适合黄土地种植的双孢菇，为移民寻找脱贫致富的途径。

双孢菇终于种植成功，实现了本地化。原本不知"双孢菇"为何物，有怀疑不愿出资种植的村民，看到唯一追随凌教授投资种植双孢菇的德宝由此大把赚钱，纷纷种植起双孢菇，因为缺少销路而产能过剩。一些不良商贩乘机将双孢菇的收购价压到成本里。深感谷贱伤农的凌教授心急如焚，不谙营销之道的他，亲自带领团队奔赴各地挖掘市场，还将自家不多的存款贴进去，向农民大幅提高收购价，由此得罪了商贩。面对商贩冷嘲热讽的威胁，怒不可遏的凌教授不畏强暴与商贩干架。结果是凌教授被打折了一根肋骨，同行的得福、德宝兄弟也都挂了花。

对于这位不计个人得失，一心为农民兄弟谋利益的凌教授，我认为不能站在道德制高点上谴责其打架的不文明，应该为他敢于向不良商贩叫板的见义勇为吼上一嗓子"打得好"！

剧中凌教授的饰演者是黄觉，他将凌教授的人物形象饰演得真实感人接地气。被戈壁滩风沙、酷暑、少水恶劣环境烤炙的他；被蘑菇棚里培植菌菇腐土臭气熏烤的他，黑黝黝的肤色，乱蓬蓬的头发，如果不是鼻梁上架副近视眼镜，一眼看上去与黄土高坡上的农民相差无几。然而就是他的执着和努力，在贫瘠的土地上实现了科技扶贫、乡村振兴的宏伟目标。

《山海情》剧中，表演艺术的大咖不少，而且都有出色的表现。整部剧情和整个团队，彰显出震撼人心的艺术效果，观众堪称投入式观剧，随着剧情的跌宕起伏，情感享受也潮涌澎湃。并非主演的黄觉出镜，更令我有耳目一新的感觉。我想，除了为凌教授创作的故事题材感人，与黄觉沉浸式体验生活，扎实的表演艺术功底，准确把握人物特质的出色表演和真情融入是分不开的。

"不汲汲于一己私欲，常拳拳以家国情怀"，我认为用在凌教授身上恰如其分，体现的就是他无私奉献，心系民生的博大胸怀，而如其之类的知识分子是中国的脊梁式人物。如，为将饭碗牢牢端在自己手中，造福中国乃至世界的水稻杂交之父袁隆平；为攻克疟疾毅然自身试毒造福中国乃至世界的青蒿素发明者屠呦呦。他们呈现给人民的是无疆大爱，人民回馈他们的是真情爱戴。剧中，凌教授接到新的任务，即将奔赴新疆投入菌草研究。得知消息的村民不约而同地赶来，他们捧着自家产的红枣、柿饼、鸡蛋等，恳请凌教授至少带上一点儿乡亲们的真情实意。这个场面让我想到了当年共产党领导的军队与老百姓的鱼水情深，告别时，人们依依不舍的送别场面。

《山海情》的故事题材厚重而宏大、真实而具体。剧中凌一农教授的原型是中共二十大代表林占熺。他一辈子在田地、山上、沙漠中摸爬滚打，他的心愿就是："要努力让菌草成为造福世界的幸福草。"伟大的事业始于梦想，成于实干。西海固从昔日的干沙滩，蝶变为今日的金沙滩，就是因为有凌教授、马得福、陈县长、白麦苗之类的大众不懈努力干成的，是我们国家近30年来扶贫攻坚的艰辛历程和巨大成就的真实写照。

（2023年7月28日）

助力"老小孩"安然度夏

　　盛夏"烧烤"模式又将开启，关于老年人如何安然度夏，虽是老生常谈，但我认为很有必要再谈。有些老人对事物的认知往往与年龄不符，言行举止有如"老小孩"，因此，给予他们更多关爱并耐心引导尤为重要。且引用新闻报道过的两件事例佐证。

　　事例一：一对有着高学历且经济条件不错的老夫妻，家里安装有三台空调，但高温天却不愿开启降温，而是执着于服用保健品。儿子再三劝导他们开空调，无奈"老小孩"的任性和执拗令儿子气恼烦心，几天没给父母打电话。后来，老夫妻不幸殒命于夏日高温。有医生分析，老人可能是热射病，老人的体感温度低，反应迟钝，儿子又缺乏从心理上和身体上照护"老小孩"的方法和经验，因此酿成悲剧。

　　事例二：吴爷叔与年迈的父母同住，对父母的照护尽心尽力。其父患脑梗死，他陪伴就医，照料饮食起居，还每天坚持指导协助老父亲锻炼。只是在高温酷热中，健康人锻炼都会体力不支，更何况行动不便的老人。吴爷叔却刻板地要求老父亲，每天必须完成规定动作。可怜"老小孩"表达不出力不能及的真实情况，最终体能耗尽，溘然离世，令吴爷叔追悔莫及。

　　上述两例的小辈，并非不孝，他们都是真心实意希望父母身体健康，安然度夏，日子过得舒心惬意。只是对于"老小孩"的所作所为，他们囿于常规思维，觉得老人举动匪夷所思，而没有多关注老年特殊的身体情况和心理需求。作为儿女，应当是老父母安然度夏的第一责任人，不能以自己的思维方式衡量要求老人，而应该用教育指导自己儿女的热忱和耐心，复制到"老

小孩"的身上和情感中。帮助"老小孩"改变态度与行为,护佑他们安然
度夏。

(2023 年 7 月 7 日)

"挂水"细节有温情

我做了个小手术，须住院一昼夜。

因手术前的紧张疲惫，住进病房后情绪松弛，挂水时我睡着了。等我睡意蒙眬中睁开眼，蓦然发现瓶里的药水已经输完，输液器管子里也没有药水滴下。我瞬间紧张起来，赶紧摁铃。护士应声而来，娴熟地将输液针头插入另一药水瓶中。我担心地问："刚才那瓶药水滴光，会有空气输入我血管里吗？"护士笑着安慰我，说："别担心，现在输液器械已改进，一般不会出现这种情况。"

护士将药水挂到一个小计量秤上，对我说："你放心睡觉吧，这个计量秤连接到护士室，输液完成会自动提示。"我悬着的心终于放了下来。

晚上，我妹来探望我，见我无大碍，寒暄一番后告辞。不久接到她打来的电话，原来她突然想到我在挂水，没有人陪伴，心里有些放不下。她说："这么晚，你一个人挂水，睡着了怎么办？我来陪你吧。"我笑了，说："放心吧，现在医院的输液器有改进，你担心的问题已解决，连老公我都让他回家休息啦。"

说笑间，不禁想起以前老妈老爸住院时我们子女轮番陪伴，其中一项重要任务就是替老人"看管"挂水的瓶（袋），不能让药水全部输光。尽管病床边可以拉电铃呼叫，但老人行动迟缓，有时要患糊涂，总得有人在一旁守候才放心。

可能人性化的"挂水"方式早已推行，因我第一次住院，知晓得有些晚了。不管怎么说，医院在输液这项小小的治疗上，也做到帮患者所需，解患者所难。我凝视着药水有节律地输入血管中，心中盈满温情和感激。

（2023年5月5日）

可否"不耻上问"？

　　我与先生到一家电脑专卖店，选购了一台品牌电脑。先生请营销员安装一款付费的机械设计软件。小伙子营销员操作时进入、退出的搞了几个回合都不成功。联系了软件销售公司的客服，根据客服的线上指导按照步骤操作，然而到了这个环节还是卡壳，倒腾了三个多小时还是不成。春寒料峭的时节，营销员的额头上渗出了汗珠，眼瞅着快到店家下班时间，搞得坐在一旁等待的我焦躁疲惫。

　　其实，门店里有技术员蹲守。几位营销员必须站立服务，技术员则可以笃悠悠坐着看书翻阅资料。之前，我家先生已经咨询过技术员，他肯定地说这款软件可以安装。我早想请技术员来指导营销员了，但营销员不开尊口，我对于职场上的"内卷"略知一二。此时，实在屏不住的我，提请技术员伸出援手。技术员揶揄地说："他不让我搞，就让他自己搞吧。"

　　抱怨归抱怨，技术员还是遵守职业道德，顾及顾客感受和需要的，过来耐心指导营销员如何操作。真可谓难者不会，会者不难，又行进到卡壳之步骤，按技术员的指导三下五除二就解决了。我以玩笑的口吻对营销员说，你今天可是学到一招啦，以后要主动多请教，"不耻上问"噢。

　　之所以说"不耻上问"，是因为我想到，尽管术业有专攻，但人们对于自己所从事的工作，还是应该具备一主多辅、触类旁通的能力。这位营销员对于顾客心理需求的了解，向顾客介绍产品的表述，技术员可能不及他；但技术员宽泛的专业知识，对产品故障的排除维修，营销员可能企及不了。在属于自己的业务内大显身手时，还善于对同一行业产品触及范畴，甚至跨行的能工巧匠、行家专家虚心求教，是否可称作"不耻上问"呢？虚心学习并非仅仅体现在"不耻下问"层面吧？

询问家族中几位年轻人，单位同事间有技术壁垒相互提防吗？几乎众口一词："那是当然的。你水平高，干得出色，工资与奖金就比别人高。尽管同事间的工资、奖金不透明，但总能猜出几分。"不禁联想到旧时有"教会徒弟，饿煞师傅"之说，但看现今的职场，似乎有旧话翻版之嫌啊。以我愚见，置身职场的激烈竞争，对于比自己能干、比自己有成就的同事，你可以羡慕嫉妒，但不应有"恨"。切忌"我不如你，你也甭想做得好"的不良心理，如此只会害人不利己。

套用句励志的话，"我不能改变这个世界，但我能改变自己"，以此理念坚持"不耻上问"，相信终有精诚所至，金石为开的收获。既能营造圆润和谐的人际关系，又能为自己贮备多方面的职业技能，何乐而不为呢？

其实，除了现实中向比自己技能业务水平高的人学习，"不耻上问"还可以是广义的。比如，书本、网络、别人的经验介绍……如今风靡的人工智能ChatGPT，这款功能非常强大的聊天机器人如果在国内上线，电脑营销员如果实在开不了尊口"上问"的话，请教ChatGPT会得到明确的操作指导吗？但运用ChatGPT也必须掌握这款软件的正确操作啊，还得学会对它提供答案正确与否的甄别。看来，还是离不开厚实的知识和技能储备啊……

厚实的知识和技能储备，取决于正确的学习态度，如果每一个借口都能令当事者止步的话，那是储备不了什么的。就说我家先生遇到的一件事吧。退休后，他继续在职时未完成的金属门制造的软件开发，终于获得成功。只要根据测得的门洞尺寸、门锁、铰链之类的数据就能自动完整提供，直接输入数字激光切割机，一扇扇门片就能自动生成，提高了效率，节约了成本。一位民企的老板朋友，请我家先生帮助传教给其公司的年轻技术工人。先生让小年轻每周一次来家，为其提供免费学习辅导，还提供免费午餐。但小伙子学了一阵后，可能觉得有难度，不辞而别了。我为小伙子放弃难得的免费学技术惋惜。

我们的先贤有"君子不器，大道无方""不为良相，即为良医""修身齐家治国平天下"诸多的人生哲理。以我粗浅的理解：对于个人而言，应不囿于某一处，努力掌握较多安身立命的本领；提升到较高的境界，则是我们应有博大的胸怀，具备报国为民的学识和本领，俯仰之间，不耻下问与"不耻上问"同行并进。

（2023 年 4 月 7 日）

和谐孝亲　社区基石

不久前，电视新闻报道了一个关于春阳里独居老人田老伯的故事，勾起了我满满的回忆，想写出来与大家一起分享。

新闻里，70多岁的田老伯有一个儿子，但很多年没有往来，患病中的老人很是思念。后来，民警想方设法联系到田老伯的儿子小田。终于，在民警的陪同下，7岁便跟随母亲离家，如今已37岁的小田瞒着母亲来看望父亲。父子俩都很激动。儿子说，自己会与母亲多沟通，消除她对父亲的积怨，以后也会经常来看望父亲……

我被田子的真诚感动，尽管他童年就离开了父亲，由母亲独自拉扯大，其个中的艰辛委屈自知。但得知父亲的心愿后，不计前嫌上门探望，抚慰田老伯孤寂的心。我给予小田点赞。无论父母之间有怎样的纠葛恩怨，对于儿女来说，父亲与母亲都是血浓于水的亲情，在情感的天平上是平等的，亲情是其他情感都很难替代的。

20多年前，我从国企转到社区，工作的第一个地方，就是春阳里住宅小区所在的虹口区北外滩街道汉阳居民区。老年人是社区重点关注关心对象，特别是为老年人排忧解难的事占据了日常工作中的很大一部分。在实际工作中，我深深感到，相比社区工作者的关爱，子女对于年迈体衰父母的照料与孝心，更能让老人感到暖心与安慰。尤其对于空巢老人而言，子女给予他们的哪怕是一个小小的孝敬举动，老人也能在左邻右舍面前炫耀一番，这是他们最好的心灵抚慰剂和精神充电器。

同是春阳里的居民，新闻中的田老伯在民警的帮助下最终达成了心愿，也有不少老人遇到的难题暂时无法解决。当年，我担任总支书记时，春阳里居民顾老太早年丧夫，她独居且没有养老金，全靠独子给她很少的生活费。这位独子每季度上门一次，撂下生活费就走。有一次竟然半年没有给80多岁的老母亲送生活费，顾老太到居委会哭诉。我了解到，老太的这个儿子还是一家大型国企的科级干部。我与居委会主任事后赶到他的单位好言相劝。未料，他恼羞成怒冲着我们吼道："我会将一年的生活费一起付的，如果老太婆活不过一年，多余的钱我也不会讨回的。"让我们惊骇不已。这位独子依然对老母亲置之不理，老太的生活只能靠众人帮衬……

尽管我已离开社区工作岗位多年，但依然觉得善待父母、关爱家人、友爱邻里是社区和谐的基石。家家户户都应该传承良好的家风，这样，社会才能变得更加美好。

（2023年3月30日）

一字之差，谬以千里

因颈椎不舒服，到医院就诊，医生开出做核磁共振的检查单，付费后在预约窗口拿到做检查的书面注意事项，列举禁止带入机房的物品，只见在手机、磁卡、硬币等物品中，赫然出现"眼睛"二字。

盯着纸张上的"眼睛"，我哑然失笑。此处的"眼睛"显然是笔误，应该指的是"眼镜"，而且因为特指物件，就算是笔误，求诊者也能正确理解。这是微不足道的小事，医院工作人员那么忙，患者似乎不应该吹毛求疵、小题大做。

可是，我又想到"医疗无小事"这句话。医疗的每一个环节都对应具体的人，相关人员对每处细节都应该做到谨小慎微，认真审视，确保无误。否则，差之毫厘，谬以千里，小错误也有可能酿成大祸。

（2023年3月3日）

《狂飙》"双男主"演艺欣赏

　　电视剧《狂飙》中，张译主演的正面人物安欣警官，张颂文主演的黑社会大佬高启强，一正一邪"双男主"的飙戏，将社会现实和艺术表演融合得淋漓尽致，扣动观众心弦，禁不住为他们的演技叫好。

　　全剧以20年前的除夕夜，安欣给被拘留的高启强送饺子发端，直至20年后，安欣给已是死刑犯的高启强再送饺子终结，一正一邪两个人物的心路历程，也是他们时间跨度20年的对决。安欣从刚正不阿的青年渐变为谨小慎微却初心不改的满头白发中年；高启强则从老实本分的卖鱼小贩转身为叱咤风云的黑社会大佬。他俩将剧中人物塑造得血肉丰满，圆润立体接地气。

　　《狂飙》尽管给予安欣的戏份儿略显单薄，但张译却将一个善良正直、不畏强暴、使命必达的人民警察的形象塑造得很成功。他着力将安欣性格上的"轴"，精神上的"韧"，信念上的"刚"，在一个个细节点深耕，掌控自如地造就了安欣人物形象和内心层次的丰满。其对于人物个性的准确把握和炉火纯青的艺术造诣，令观众感叹："在张译的每一部影视剧中，都不再是演员张译，而是其所饰演的角色本身。"

　　《狂飙》中的安欣，很多时候的语调并不掷地有声、慷慨激昂，而是不徐不疾、平和内敛，却总能震慑人心，给人以回味。比如，与黑社会人物蒋天的对话，面对安欣的调查取证，蒋天说："如果你们输了，还怎么活法？"安欣波澜不惊地回答："我这么多年没有赢过，不是也活得蛮好？"绝不言败的意志威严自在。再如，与市公安局刑警队长、公安局老领导孟德海女婿杨健的一段话："孟叔对于我就是家人，你们都是家人，是家人就说点家人的话。高启强完了，你自己想清楚了，听明白了吗？"是安欣用谈心式的语气规劝杨健自首。没有大义灭亲的凛然、没有义正词严的斥责，却令人肃然起敬。

据电视报道，安欣是有人物原型的，来源于现实中的缉毒警察、公安刑警、派出所民警、边境管理警察……张译以自己的真情实感和超然演技，将我们国家警察全体的英雄形象和气概呈现给观众。也揭示了扫黑除恶的常态化，是他们的坚守初心，才有老百姓的祥和安心。

《狂飙》之前，张颂文鲜有人知。但自第一集看见高启强在菜场卖鱼时与顾客的热忱招呼，熟练杀鱼，在鱼缸里洗手等自然连贯的动作，完全就是人们在菜场鱼摊前买鱼时的场景再现，其憨厚实诚的表情，活脱脱一个底层小人物。

张颂文将高启强的亲情、爱情、友情、温情的表演尺度把握得很到位。他对弟妹怜爱、对继子和养女呵护的亲情，很是打动荧屏前的观众；对陈舒婷由内而外"笑出花来"的表情，她遇害时他涕泪俱下的爱情，观众亦为之动容；对唐家兄弟不计前嫌，委以重任的友情，观众亦为之称道；在幼儿园、养老院那种自然流露的温情，观众看不到丝毫的做作。但所有情感的叠加，都不足以冲淡高启强杀伐决断的冷酷无情，无论是谁，决不允许横亘眼前威胁到他的利益。他不动声色、低沉阴冷的语调发出的杀戮指令，观众看到的是其眼中令人不寒而栗的杀气。

《狂飙》成功之处有显著的特点，双雄对决，没有将人物脸谱化、程式化、扁平化，好人安欣和坏人高启强的标签并不明显。尽管张译和张颂文都没有高大健硕的外形，没有浓眉大眼的英气，但不以颜值取胜的"双男主"有共同的特点：准确地把握剧中人物剪不断理还乱的情感恩仇纠葛，踏准正义终将战胜邪恶的主旋律，体现电视剧的创作走向一个新的高度。

（2023年2月16日）

老腔与服老

那天，我与老公一起去菜场，在小区门口遇见同楼的叶老师夫妇。叶老师气定神闲地拉着一个带框的小拖车，里面放置了四箱牛奶。我不禁赞道："叶老师，侬真厉害。"叶老师与她的先生都是耄耋老人，她笑说，用小拖车拉几箱牛奶不觉得吃力。

欣赏着老夫妇笃悠悠的背影，我对老公说："阿拉也买个小拖车吧，购物回来，省力多了。"老公脱口而出："这样就'老腔'了，我不需要。"我始料未及，"奔七"的老公竟然抗拒老腔。于是有了我对他关于"服老"的一番劝说。

当今，老年人的生活多姿多彩，心态年轻的比比皆是，不少老年人在多个领域还能展现不凡的身手。但是，老人终究有体弱智衰之日，不能因为不愿显"老腔"，受不服老情绪驱使，一味逞强，明知不可为而为之。老腔，每个人都抗拒不了，须得调准好心态，坦然接受日趋老去的现实。老人的小辈，也应该多加引导和关注，防患于未然。

现实生活中，由于不服老，有的老年人屡屡做出超出自身承受能力的危险举动，甚至酿成悲剧。

曾经，我一位年轻文友，满怀喜悦地准备婚礼。男方父亲为他们张罗婚房布置，觉得吊灯安装不合意，不管不顾地攀高去调整，未料一个趔趄，从梯子上摔下，当即殒命，喜事变成丧事。小两口的感情由此跌入冰窟，最终离婚。

哥哥家的挂壁式空调不制冷了，他老同事毛遂自荐来修理。维修空调并非其专业，搞了一个下午，总算修好。我得知后，禁不住为哥哥捏了一把冷汗。这位七旬老同事，登高干年轻人的活，万一发生意外，这个责任和愧疚是我，是已届晚年的哥哥承担不起的。

马路上，不少高龄老人自恃身体硬朗，外出办事购物，骑上自行车甚至电动车快速行进。殊不知，有些老人思维尚敏捷，但肢体反应已经慢一拍，事故的发生就在一瞬间，这样的事例不在少数。

由此，我要说，以平常心对待老腔，方可避免因逞强受到伤害，而对晚年贻害无穷；服老，是一种智慧，不是认输；服老，既是对自己负责，也是对家人负责，更是对社会负责。

读者诸君，你认可否？

（2023年1月14日）

"抵掌而谈"之趣谈

　　说来惭愧，第一次读到成语抵掌而谈，我一眼瞄过，读的是"抵（dǐ）掌而谈"，脑海中还浮现画面，对坐的两人，达到某种共识而击掌欢呼。又感觉似乎不对，回望发现，这个"抵"下面可是少一点啊，是读"抵"吗？查阅字典后获知，也有"抵掌而谈"，但此处的"抵"是通假字，应该是抵（zhǐ）掌而谈。犹如"流言蜚语"，很多处写成"流言飞语"，但用"流言蜚语"更准确。

　　适逢老公过来，我狡黠地问他这个成语怎么读，他脱口而出"抵（dǐ）掌而谈"，我打趣，我与你是"抵掌而谈"，你与我是"抵掌而谈"。得意之后，我感慨：汉字的博大精深，绵延悠久，奇妙运用，让人学无止境。

　　不由想起阅读时常有望文生义、误读错读的趣事。

　　20世纪80年代，我所在的工厂，进入不少顶替父辈回沪的知青。工闲时，那位大李知青拿出一包"海鸥"牌香烟散发给同事，还画蛇添足说句"这个'海区鸟'牌子的香烟蛮好抽的，来一根吧？"另一位说，这是"海鸥"牌呀，啥时变成"海区鸟"了？逗得大家哄堂大笑。从此，"海区鸟"成了大李的别名。如今想起，人家一次误读，就被烙上"海区鸟"长久戏笑，有点不厚道哇。

　　知识青年上山下乡的年代，社会上曾流传过写信让父母"买伞"寄来，写成我没有"命"了，给我买"命"寄来，父母差点被惊得晕厥。还有一封家书更绝妙："我在农村广阔天地锻炼得很好，与房东'老大狼'（娘）睡在同一个'坑'（炕）上。"当时，这些错误用词都被当作笑谈。其实，那时的知青下乡，囿于社会氛围和经济条件，少有人随身带上本《新华字典》的，更遑论《现代汉语词典》《中国成语词典》之类工具书。

现实的文字使用，被篡改成"通假字"的比比皆是。诸如：纨绔（wán kù）子弟被读成"执跨"子弟，莘莘（shēn shēn）学子被读成"幸幸学子"。我也有过自创"通假字"的错误。少时学校搞活动，乘坐的公交车经过虬江路时，看到路牌上的虬江路，当第一个同学兴奋地叫起了"虹江路"，我与同学们毫无疑义地附和着"虹江路到了，虹江路到了"！这"虬"与"虹"也长得太像啦，我们这些大字不识几个的小学生自作聪明地读成"虹"。

汉字数千年的传承发展，精妙无比、瑰丽无穷。除专业研究人员能够精准运用，我想，常人学习汉字汉语是长期的积累过程，即使耗费大量时间精力，也难以到达准确无误运用的境界，很有可能挂一漏万的。比较实用的方法，就是日常生活工作中，遇到读不准抑或似是而非的字和词语，不妨有磨刀不误砍柴工的心态，翻阅工具书，减少出错率。

某名牌大学一位被誉为美女教授的，将一门并不吸引学生的课程，讲述得精彩异常，引人入胜，一经网上传播即发酵走红。但令人非常惋惜的是，其后来仅仅因为望文生义地读错一个词语而跌下神坛。那是她在一档电视访谈节目中，将"耄耋（mào dié）"老人，说成"毛至"老人，令人觉得不可思议。将这个词语读作"毛至"的大有人在，但是由一位教授说出，而且是"吸粉"无数的美女教授，网民却是不能接受和包容的。

我认为：我们学习汉字汉语的态度，在精彩纷呈的当下，还须秉持那句并不过时的老话：老老实实、认认真真地学，准确地学以致用。

（2022年9月2日）

魅力男人常汉卿

电视剧《奔腾年代》的男主角常汉卿令我心仪。

扫描电视频道，发现播放过半的《奔腾年代》，被剧中常汉卿的魅力吸引，追剧兴致油然而生，在网上从第一集追起。我从自己"追剧阿姨"视角说说喜爱《奔腾年代》的理由。

常汉卿是文艺作品人物，但我沉浸剧情时，感觉他就是现实生活中的人物，随着他情感和事业的跌宕起伏，我的思绪感受亦同频共振。

常汉卿是才艺超群、求真务实，满怀一腔报国热情，留学归来的理工男博士，背后还有显赫的家世，堪称妙龄女子心目中的男神。男神的"丘比特之箭"射中谁，那可是幸福与荣耀的叠加；即使"灰姑娘"般的小女子，亦会幽幽地生发几许情愫，希冀常汉卿的视线有几缕聚焦到自己。但是，魅力男人常汉卿并未发挥自身优势"招惹"姑娘。因为，他回国时许下两个心愿："宏观上是造出比螺旋桨飞机速度还快的电力机车；微观上是与心爱的人携手共度一生"。

剧中，钟情于常汉卿的出类拔萃的姑娘，有三位代表性的人物，她们对于常汉卿的示爱各有其特色：苏联女专家冬妮娅一往情深，竭尽所能将电力机车核心技术传授给常汉卿；"厂花"白曼宁甘愿默默付出，为掩护常汉卿不惜自毁名节，编造与常汉卿订婚的谎言；微机专家廖一梅热情奔放，无所顾忌地对大叔辈分的常汉卿表白火辣辣的爱意。

当然，任凭外界诱惑力是怎样的多姿多彩，也动摇不了常汉卿和金灿烂之间的生死真情。用剧中内燃机专家姚怀民的话形容："汉卿和灿烂是枪都打不散的。"用白曼宁对廖一梅的警示："你的年轻真好，但不适合于汉卿，否则，你会低估了自己的悲伤。"

我的笔触，最终要落到女主角金灿烂身上。她是常汉卿唯一主动追求的姑娘，是抗美援朝的战斗英雄，她的哥哥壮烈牺牲在朝鲜战场。为了实现哥哥"我们的火车跑得快点就能少牺牲人"的遗愿，她坚决要求转业到江南机车厂，当上一名火车司机。她的理想与常汉卿不谋而合，他俩为造出新中国的电力机车坚持不懈地奋斗；还有就是常汉卿所说的，他们是性格互补型的夫妻。他们相互影响渗透，尤其常汉卿，在金灿烂身上感受到共产党员、中国军人的本真，从中领悟到金灿烂式的精神才是建设祖国、发展祖国的要略，正是他内心所渴望和追求的两个愿景。

我尤其欣赏常汉卿和金灿烂的对手戏。编导将两个性格完全不搭、条件完全不配的人，通过经常性矛盾的剧烈冲突和戏剧性的化解，大事不虚，小事不拘的金灿烂给予常汉卿所需要的信任、理解和支持，确保电力机车的制造在艰难中不断推进。

编导通过贯穿整部剧情男女主角的智慧率真、戏谑打趣中的真情流露，有声有色地呈现给观众一部精彩好剧。从两人在火车上第一次见面，金灿烂便将常汉卿当作特务搜查，到两人在机车厂建造车间见面，工程师的常汉卿与保卫科长的金灿烂，同事加夫妻大开大合的戏份儿，围绕"用好'洋拐棍'，造好国产车"的主旨徐徐展开。常汉卿与金灿烂一路走来，汉卿对灿烂倾诉内心最大感触的人生三大美事："吃老婆的菜，拉老婆的手，含情脉脉地瞅一瞅。"这种戏谑又热烈的口吻令观众忍俊不禁，也正是他俩之间特有的情感表现形式。

《奔腾年代》首次聚焦于新中国火车工业的发展，全景式讲述了中国第一代电力机车人实干兴邦，不驰于空想、不骛于空声的攻坚克难的奋斗故事，展现了中国电力机车事业从"跟跑"到"领跑"的飞跃式发展历程，为大国战略的实现和民族宏图的展开打下坚实的基础。

我认为，这是一部爱国主义和现实主义完美融合的好剧。通过男女主演对人物的出色把握，众多演员倾情配合的鼎力合作，生动真实地诠释了伟大的时代，中国人民不畏艰难，努力奋斗，建设社会主义的主旋律。

中国高铁如今领先世界先进水平，也凸显了中国具有集中力量办大事的制度优势。常汉卿和金灿烂，就是中国高铁事业建设者群体魅力的真实写照。真心期盼此类思想性、艺术性、观赏性兼具，赋予观众美感和激励的影视剧，成为银幕和荧屏的主流。

（2022 年 8 月 12 日）

"妈宝"的婚事

　　有媒体报道，如今的相亲派对女多男少，还出现过四个姑娘同时相中一位男青年的场面。郝阿姨的儿子小韦就属于"四女争一男"的类型：一米八六的个头，玉树临风的身材，外貌俊朗；市中心有住房，市郊有别墅，年收入30多万。

　　小韦的婚事是郝阿姨生活中的重头戏，经过千挑万选，她终于为儿子物色到满意的姑娘肖晓，郝阿姨的小姊妹和老同事都称赞这一对是金童玉女。急于抱孙子的郝阿姨不时地催婚，热衷打卡"网红"的小两口，五年后才在郝阿姨威逼利诱下完婚。

　　婚后生活已少有激情，加上郝阿姨放心不下儿子，如"第三者"一般挤进小两口的空间，连儿媳的私密物件也要翻看。在一起吃饭，更是令肖晓反感。婆婆给儿子剥虾壳、剔鱼刺，老公成了活脱脱的"妈宝"。

　　肖晓宁可与社会上的朋友玩在一起也不想早回家，这样，深更半夜回家成了家常便饭。深爱肖晓的小韦，时而好言哀求、时而恶语相加，都收效甚微。有一天深夜，肖晓还没有回家。小韦发出几十条微信，差点打爆手机，直至零点，肖晓才到家。又是一番唇枪舌剑，还上演了摔锅碗瓢盆的闹剧。向老妈求救是小韦的撒手锏，郝阿姨听到儿子带哭腔的求助，顾不得夜已深，立马打车赶来，一边抚慰儿子，一边斥责儿媳，无疑火上浇油，怒火中烧的儿媳回了娘家。

　　在郝阿姨的竭力敦促下，无力弥合情感裂缝的小韦和肖晓离婚。不久，郝阿姨又为儿子相继物色到两位姑娘，还亲自参与相亲，犹如考官面试应聘者。一旁的儿子只管玩手机，听凭老妈对着姑娘一句叠一句的提问。一套相亲程序走下来，没人入得了郝阿姨法眼。

终于，小韦自己遇到了一位心仪的姑娘，是重庆到上海求职的。姑娘秀美活泼善良，父亲已去世，有一对龙凤胎弟妹初中在读，姑娘要承担弟妹一部分读书费用。小韦认可姑娘的做法，这次，他并不急着告知老妈。交往中两人甚是投缘。

郝阿姨根据蛛丝马迹，打探到儿子现任女友的情况。她认为重庆姑娘配不上自家儿子，更担心今后儿媳家七大姑八大姨来家里叨扰。郝阿姨作天作地，就是不愿接纳重庆姑娘，拗不过老妈的小韦只得忍痛分手。

习惯了顺从的小韦，这次对老妈抛出了狠话："别再对我提烦心的婚事啦！"

（2022年6月11日）

文明"打卡"走在前

　　如今的银发族，很多人有闲、有友、有钱、有兴趣，网红地也成为他们热衷打卡涉足之地。

　　我的老同事兼邮友葛先生，将政府每月给老人的补贴费置换成可以"畅乘"的交通年卡，或独行，或偕老伴，或一行人隔三岔五到网红地打卡，将所见所闻与群友分享，还不忘购买几件网红地有代表性的小物件赠予亲朋好友，既增进感情又令受赠者长知识。这不，他赠送我一本在网红书店购买的袖珍版《毛泽东诗词》，仅10元钱却涵盖原作、注释、赏析，令我爱不释手。

　　论及网红打卡地，不禁想到10多年前，欧阳社区广为居民赞颂的"卜姨下午茶"。热心肠的退休卜阿姨，在家人和居委会支持下，欢迎居民来她家共品下午茶，以此增进邻里的熟识度和信任感。卜阿姨不但打开家门请进邻里，又以自己擅长的编织技巧，带领大家编织衣物，赠送社区困难老人和孩子，连她当校长的女儿也参与其中。如今看来，"卜姨下午茶"当属网红打卡地的雏形吧。

　　然而，也有人不文明地打卡，令网红地大煞风景的。去年五一期间，"武康路阳台蝴蝶结"爆红，居住此的阿婆遭遇网友潮涌般袭扰，其中不乏老年人。网友肆无忌惮的行为，严重妨碍了阿婆和邻居安宁的生活，阿婆无奈移居他处。同样是老年人的我们，到网红地打卡的言行举止应该是理性谦和的，应当做文明打卡的示范。

　　近日，我到网红地"今潮8弄"潮一把，这里原来是公益坊。我的同事暨好友武元英曾任公益坊居民区书记。当年，她策划的石库门阿姨旗袍秀，吸引了众多市民和媒体。我想：如果她再次召集旗袍队阿姨们，将旗袍秀植入今潮8弄，而她这位老居民、老书记，则向前来打卡的观光者讲述今潮8弄前世今生的故事，让经典与"网红"交融，如此，老年人的文明示范也能成为网红地一道亮丽的风景。

（2022年3月11日）

唉！这对母子……

　　春节期间，理发店大多打烊，寻觅到一家街边照常营业的小理发店打理头发，店内顾客挤挤挨挨的。

　　闲聊的人中，一大妈喋喋不休的话语引起我注意，只听她抱怨正在染发的小伙子，大意说：他吃的要求美味佳肴、穿的必须时尚服饰、玩的但求惬意舒畅，就是不愿靠自己的勤奋努力去赚钱获得，却赖在老妈不多的养老金上"啃"去一块。但见小伙子倒是不急不恼地向众人陈述理由：如今的社会工作很难找，即使找到了也是薪资不高且非常辛苦的"九九六"，如此玩命地干还是不能维持日常开销，在求职到合适的工作前，请老妈资助一下不为过吧？

　　我明白了这是一对母子。大妈瞅着与自己年龄相仿，正忙碌的女店主羡慕地说，退休后开个小理发店倒是蛮不错的，既有一份养老金，还有一份额外的收入。女店主调侃，你要来店里做一天试试吗？大妈忙不迭推辞："这样忙碌地做一天，我可是吃不消的。"可能觉得词不达意还补充说明，以前她下岗时，参加再就业培训，学过护理和烹饪。护理病人是个累活、重活、脏活，她仅上了一周班就逃离了；而烹饪不仅是个体力活，还得承受油烟气的熏熬，她也只做了三五天就托词不干了。

　　大妈颇后悔地说，蛮好当年学理发的，如今也可以凭着手艺赚钱。我忍不住插话，你如果当年学烹饪坚持做到现在，可能是大酒家里的大厨啦，赚的钱也不会少的。如今社会，不管你有哪门手艺，只要认真踏实地做，都可以凭借自己的本事安身立命的，"三百六十行，行行出状元"的老话不会过时的，我们这代人都有过下岗再就业的经历。

　　小伙子染发后，再让女店主做造型，搞成当今颇时兴的"鸡冠头"。末了，女店主开价180元。大妈惊呼："你这个小店收费这么贵？"女店主解释，春节期间收费是翻倍的。愤懑的大妈无奈地埋单，又抖搂儿子的糗事。原来，就在昨天晚上，儿子到浴室洗澡加按摩，花费600多元，没钱支付的他，打电话让大妈赶去付费。今天中午要到小姨家做客，大妈要儿子将蓬乱的头发打理一下，却又为儿支付了近200元。这一晚一早的，今年上海市政府发给退休人员的800元春节补贴费用，就被这"妈宝"消费殆尽。我冲动地跟大妈说："他是正常的成年人，吃用开销完全应该自己承担，他伸手要钱你可以拒付啊。"说出此话，我就担心惹恼小伙子，还好，"好脾气"的"妈宝"未冲我翻白眼。

　　这对母子出门后，女店主不屑一顾地数落：这女人经常来店里的，"祥林嫂"似的诉说生活困难，抱怨儿子啃老。儿子都30多岁了老妈还跟着埋单，这样的儿子，哪个女孩肯嫁他？这样的家庭，哪家父母肯结为亲家？

　　我国有句俗话"慈母多败儿"，对于这位大妈似乎适用，她那30出头的儿子"衔住奶嘴不放"，怨不得儿子也怨不得别人，因为今天儿子的好逸恶劳、安于苟且，折射的不就是她当年的影子吗？不正是她下岗再就业时眼高手低、挑三拣四的翻版吗？古人不是还有"养不教，父之过"之说吗？父母是孩子的启蒙老师，也是孩子最好的榜样。诚然，家家有本难念的经，做血缘关系上的父母容易，做培育子女成才的父母却不易。且不说培养子女具备"修身齐家治国平天下"能力；即使子女乐意"躺平"的生活形态，也必须先得积淀躺平的经济基础啊。如果哪天离开了老妈，这儿子将如何自食其力啊？

　　众人喟然长叹：唉！这对母子……

（2022年3月7日）

两好合一好

朋友袁英儿子的婚姻，是她与亲家母一起撮合的。

袁英从事社区工作，以有办法、干实事在居民中享有威信，遇事总能一呼百应，身边集聚了一大批居民志愿者。亲家母是热心人，参与志愿者活动蛮积极。一来二去，两人成为意气相投的好朋友。袁英有儿她有女，且都到了谈婚论嫁的岁数，两位大妈一拍即合，为儿子和女儿牵了红线，好朋友兼儿女亲家。

有句歌词，叫"相爱总是简单，相处太难"，小两口时常为鸡毛蒜皮小事吵嘴怄气。双休日来父母家，也会针尖对麦芒。每次，袁英总是向着儿媳，批评儿子，善于处理家务事的她，总能将儿媳劝导得破涕为笑。儿媳也乐意向婆婆倾诉。闲暇时，儿子一家带上袁英夫妇自驾游；儿媳出国旅游，会给公婆带名牌包包和衣服。亲家母含酸道：我女儿跟婆婆的关系，比我这个当妈的还亲近呢。

前一阵，袁英却遭遇了棘手事。为了培养孙女，儿媳不惜辞去工作，做起全职太太。那可是将近40万的年收入啊。家里的吃用开销、孙女上各类培训班的费用，全部落到儿子肩上。儿子下班回家，家务事一样也不沾手，饭来张口衣来伸手外加打游戏，倒是舒心。面对儿媳的唠叨抱怨，他理直气壮——"我在外努力打拼，赚钱养家，不做家务，理所当然啦！"到后来，甚至发生了摔东西出气的大战。

那天晚上，儿媳带着孙女上门哭诉："我也是上海人家的女儿，在家也被爸妈娇养惯的，凭什么要我承担所有家务？照料女儿还要伺候老公，这日子没法过了。"儿媳哭着闹着要带孙女回娘家。

袁英耐心地好言相劝："我会批评儿子的,你千万不能这时候回娘家。我跟你妈是好朋友,这事如果搞僵,我和你妈就做不成朋友了。"她将儿媳挽留在自己家,连续几天悉心劝慰。还塞给儿媳一万元,让她出去散散心。孙女的古筝是外婆买的,袁英承诺,学古筝的培训费由她承担。后来她才知道,培训费远远超出买把古筝的费用,但她毫无怨言地兑现了承诺。

冷处理一段时日后,袁英敦促儿子接儿媳回家。儿子也认识到自己的言行对妻子的伤害,在双休日来到父母家,主动向儿媳示好。袁英故意气鼓鼓地对着孙女问："宝宝,你爸爸对妈妈乱发脾气,是我来批评他,还是你来批评他?"小精灵似的孙女大声说："爸爸,你再对妈妈发脾气,我会很生气、很生气的。"儿子借此下台阶："姆妈,我晓得啦,侪是我勿不对。"儿媳脸上泛起了笑容,生活回归风平浪静。

两好合一好,这对婆媳是真的要好。

(2022年2月12日)

用合适有趣的方法节约

　　我从事社区党建工作时，曾有一件事令我印象深刻。社区有一支阿姨们组成的舞蹈队经常在各种公益活动中义演，更多的是送戏到敬老院。令我赞叹不已的是，她们表演时穿的色彩绚丽的旗袍。我曾好奇地问蔡队长，你们的旗袍花费不小吧，阿姨们愿意自费买吗？蔡老师笑说，如今棉被都用现成的被套啦，队员们就将家里闲置的绸缎被面做成旗袍，裁剪余下的面料还做成团扇和小丝巾，用作表演的小道具。我被阿姨们心灵手巧的节约法折服。

　　其实"节约"二字最适用于老百姓居家过日子。以前工厂的同事玉芳，那可真是勤俭持家的能手，儿子长大了穿不下的牛仔裤，一番剪裁缝制配上搭扣和带子，华丽变身为时尚的牛仔包包；穿旧的羊毛衫，拆下后重新编织成一块块方形，再拼接成一条环保实用的羊毛地毯。当然，如今人们的生活精彩纷呈，少有人安心投入大把时间做这些活计，但勤俭持家的本质应该传承，形式上可以便捷简练，且只须稍用心，日常生活中可节俭的到处皆是。比如我家，欲购买新的物件，先搞清家里是否有存量，如有，就等用完再买，既不占用空间又不会因放置时间太长而过期；再如，发挥物品的二次利用，旧毛巾再用作擦地板擦家具的抹布，诸如此类，不胜枚举。

　　古人云：一粥一饭，当思来之不易。如今老年人的经济条件有了很大提高，适应当今时代善待自己，愉悦身心的钱舍得花，不做锱铢必较，但勤俭节约的优良传统不能丢。我家兄弟姐妹都是近邻，退休后时间比较宽裕，经常一声招呼就到饭店聚餐热闹一番，但我们有条基本准则：点菜要顾及老年人的消化承受能力，有剩余菜肴则打包带回；还有一条基本准则，拒绝诱惑，谨慎理性地对待保健品和理财产品。我的体会，用合适有趣的方法节约，亦能营造快乐的晚年。

（2022年1月14日）

电话问卷调查，答不答？

　　电话铃声响起，接听，传来普通话语："您好！我是上海市统计局的调查员，占用您几分钟时间，询问一下疫情过后您的消费意向。"我不假思索，就用上海话回绝。对方急切地换成上海话："就两分钟，好伐？"接着连珠炮似的"年龄段""有无购房意向""有无装修意向""有无购车意向"……由于她的上海话，拨动了我的恻隐之心，一一回答了她。很快，对方用上海话说："结束了，谢谢侬！"

　　先得声明一下，因为家里的座机没有开通来电显示，我无法证实这个来电是否是上海统计局的，权当其是市统计局的吧。还须声明一下，我回绝普通话的电话问卷调查，绝没有贬低普通话或歧视外地人的意思，只是近期接到不熟悉的普通话电话，都是五花八门的骚扰电话，令人不胜烦恼，更何况常见关于电话诈骗的新闻报道。所以，生怕接听后被七绕八绕地拽进陷阱。

　　假作真时真亦假。不得不说，由于诈骗电话、骚扰电话太多，让一些正常的问卷调查电话难以进行，也是苦了电话问卷调查员，一天打出几十乃至上百个的电话，任凭扯破了嗓子，想必得到回复的寥寥无几。如果有政府部门、社团或者企业，确须开展问卷调查的，不妨从形式上创新。

　　10多年前，我曾是上海统计局的志愿者，做过市民的问卷调查。那时的做法是质朴的，动用自己的人脉，选数个居民区，每个居民区三五十份卷子，请居委会干部发放到不同年龄层次的居民中，指导督促完成，如此获得的意向和数据相对真实。

　　当然，如今的社会，与10多年前有很大的差别，随着生活质量的不断提升，市民生活精彩纷呈，对于问卷调查不屑一顾或懒得搭理；还因为个人信息保护意识的加强，贸然打电话给别人，首先引起的是别人情绪的对立："我的电话信息你是怎么获得的？"所以，此类电话问卷往往收效甚微。

以我普通市民的想法，对于问卷方而言，应该把准时代脉搏，设计出行之有效的问卷调查形式与方法。比如，在可信度上确保问卷调查能够进行，在问卷形式上生动活泼，内容上简洁明了……经常看到电视新闻中对于社会热点话题调查，采用在公共场所用简单的问句随机采访，因为有话筒、摄像机、挂牌等记者的标签；而且公共场所，可信度较高，被采访者比较乐意接受。否则，如大海捞针般地打电话碰运气，逮住一个是一个，不仅是资源的浪费，也免不了荒腔走板，更有损调查员的健康，至少"胖大海""润喉糖"是必备品吧。

电视采访与被调查者面对面的形式固然好，然而是"小众"的，欲获得原始真实性强的数据，通过最基层居委会的常规操作更有效。发动社团志愿者参与，在社区文化活动中心、在大型超市、在公园绿地等开展，通过多种形式的宣传，说明此次调查的目的意义。对于调查人员，除了挂牌上岗，还应该懂点社会学和心理学，能与不同年龄、不同层次的人说得上话；对于接受问卷的市民，赠送一件与调查内容相关的纪念品应不为过吧？

当然，我们常说，社区工作是上面千条线，下面一根针，原本就繁忙的居委会干部，如此又将增加工作量，尤其在抗击疫情重中之重的形势下，这就需要问卷调查设计者结合社会实情，用好运筹学视轻重缓急实施。同时，充分发挥智能化大数据的作用，双管齐下，让关系国计民生的问卷调查，真正发挥为政府决策提供有益参考的作用。

作为市民，有工作人员向你问卷调查时，还请挤出点宝贵时间回应一下。毕竟，这份问卷调查，可能与你、我、他休戚相关。至于电话调查，以愚之见，不识庐山真面目情况下，拒绝回答为妙。

（2021年11月8日）

"三个一""三个化"

　　我将"适老"生活划分为上下半段，上半段占比3/5，下半段占比2/5，追求智慧养老的效果。

　　上半段的生活形态是"三个一"，即一碗汤、一个圈、一张网。对象是"年轻的老人"。这个群体的常态是思维自控、生活自理、活动自如。不愿"躺平"的老人，用"老牛亦解韶光贵，不待扬鞭自奋蹄"激励自己。

　　"一碗汤"。倡导父母和子女之间，既有独立的居住空间，但相隔距离又是步行几分钟就能到达。有人比喻"端着一碗热汤送到父母家，汤还未冷却"的距离，还方便父母帮助照看孩子。

　　"一个圈"。如今的40、50后老人，大多有兄弟姐妹，理想的居住模式，都在方圆一二千米内居住，方便相互照应和经常相聚；还可以探索"时间储存式为老服务"，由圈内相对年轻的老人关照服务年长的"空巢"老人，更鼓励青年志愿者加入，有为老服务时间积累的志愿者，其以后的老年生活可以获得更多的优惠政策。

　　"一张网"。能熟练使用手机网络功能，购物、就医、旅游、上老年大学等能自主完成。随着年岁的递增，亲朋好友之间的走动逐渐递减，但能够通过手机常来常往，互通信息，交流思想，共享欢乐。

　　下半段是从老年生活向老年照护的转型阶段，重点是解决老年人长期护理问题。要求服务于老人者"三个化"，即年轻化、专业化、人性化，服务对象是"耄耋老人"。这个群体此阶段行动已不便，生活不能自理的失能甚至失智者，是名副其实的"老小孩"。

　　但如今，无论医院还是养老院的护理人员，来源几乎都是农村，文化程度、专业素养不高，年龄倒是偏高。所以，他们的社会认可度不高、薪酬待遇偏低、缺乏职业荣誉感，造成愿意从事养老服务的人力短缺，从而制约护理员队伍的新陈代谢。当现有的这批护理员更老时，将出现青黄不接的局面。所以，亟须社会将夕阳事业与文明养老紧密相连，刻不容缓地培养"三化"护理人员。要通过思想理念上、经济收入上、专业业务上的各种激励措施，赢得全社会对于老年照护行业的认可认同，以使走向人生最后阶段的老人们生活在有亲情、更有尊严的氛围中，也让年轻人的青春年华在夕阳事业中有所作为。

（2021年9月24日）

我说，上海这方风水宝地

看到网上段子："灿都"在"魔都"上空转圈圈，不遗余力地开启"洒水"模式，但就是无法突破上海人的防线……发威的"灿都"俯瞰上海，竟然还有一群人在街边淡定从容地撑着伞排着队。这是9月14号"灿都"扫描到的发生在淮海中路"光明邨"的一幕。这群人为了尝到这里的鲜肉月饼，不惧顶风冒雨来排队购买，未免也太拼了吧？

其实，排队的人都以为，受台风影响，前来购买的人会减少，未料，大家的想法都撞车了，队伍还是排得如往日那般绵长。人们还有另外一层想法，上海是风水宝地，别看台风呼啸而来，与上海市民打个招呼后，它就会知趣地擦肩而去。这不，前阵子声势浩大，一路冲着魔都咆哮狂奔而来的台风烟花，不也是没有闹腾多久就偃旗息鼓啦。

我也不能免俗地认为，上海是受到好风水庇护的宝地。以前有位朋友石子政先生，生前对《易经》研究颇有造诣，根据上海黄浦江、苏州河的流向，自制了一张图形，特地标注水流由外滩向北外滩转弯处，呈现阴阳太极图相环抱的地势，形成上海的风水宝地。

有了这个依据做观点支撑，一直以来，我总为自己是上海人感到庆幸，经常与朋友聊天中，沾沾自喜地赞美上海是风水宝地。是的，经常有天气预报：特大台风暴雨将席卷上海。各方摩拳擦掌、严阵以待，然后雷声大，雨点小，台风在上海盘旋一阵，就擦肩而过啦，市民的脸上绽放舒心的笑容。

日前，阅读到《光明日报》的一篇评论，如醍醐灌顶，感到作者揭示了上海风水宝地的实质，是长期科学有序的精细化管理，各行各业的广泛参与努力作为才获得的。引用时下一句话：我的岁月静好，是因为有人替我负重前行。每当灾难来临，众多勇敢的逆行者，是他们以"功成不必在我"的无私奉献，造就了上海的风水宝地。

不禁想到20世纪80年代，黄海发生5.4级地震，波及上海。睡梦中的我，被一阵恐怖的撕裂声惊醒，听我妈惊恐地呼叫"地震啦，快起来，快起来，到外面去"。惊慌失措的居民纷纷逃出屋子，即刻，就见居委干部来了、社区民警来了，此时，他们就是居民的主心骨。他们安抚居民情绪，并立即联系上级，没多久，就向居民传达事件真相，让大家安心。

后来，我成为社区干部的那些年，新春佳节中心城区还可以燃放鞭炮。每年春节的除夕和年初四晚上，我会根据安全要求，带领几位居民志愿者守候在居民区，直至燃放鞭炮结束，然后连犄角旮旯都全部仔细检查后，确定没有火灾隐患才离开。有些自豪，我也是为居民的岁月静好做过贡献的啊！

如今的上海，更是有常住人口2 400多万，在抗击新冠疫情中承受的压力和难度可想而知。但是，只要努力在路上，一切都会朝着所希望的那个方向前行。

阳光总在风雨后，"灿都"无奈悄然地离去，喜庆祥和的中秋、国庆双节如期而至。在上海这方风水宝地上，千家万户又迎来美好欢乐的时光；由此及彼，在我们祖国的这方风水宝地上，举国同庆时，神州大地尽舜尧。

（2021年9月23日）

"懒人"出游选"三省"

要说旅游，我等"懒人"的思维定式是跟团走。退休后，即使时间充裕了，我出游还是乐意跟团走。多年的懒人旅游，我得出的结论是"三省"——省心、省力、省钱。

先说省心。用不着自助游那般事先做预案，尤其对于玩不转手机订机票订酒店、出游国外仅会"肢体语言"的老年"懒人"来说，跟团走，省去了这些烦忧。近年，我出游过土耳其、意大利、美国和我国的云南、福建、山东等，皆是跟团走。几次出国游，同行的女儿，因为工作忙，少有时间自行设计旅游线路，我们母女俩跟着旅游团队，吃住游全程有人安排，我俩其乐融融地欣赏美景、品尝美食、拍摄美影，取得了出游收获最大化。

再说省力。跟团走是花钱"买服务"，游客只须付钱，整个行程旅行社自会对游客负责。诸如丢失护照、遭遇抢劫、突发疾病之类，危急时刻至少有领队及游友同心协力解决，而联系国内和驻该国大使馆更为便捷。那次，我与女儿在土耳其逛一个小商品市场，被异国风情的饰物吸引，晚几分钟赶到集合点，大巴已开走。我并不觉紧张，正准备与领队联系，大巴折返了。

最后说省钱。不久前，我们兄弟姐妹到江苏泰州旅游，原本打算乘坐私人商务车，3天要价3 000元还不包括吃住；再看跟团走，3天每人380元全包。再说那次，我和女儿跟团出游意大利，但见有的游客，去时拖一个拉杆箱，回国时变成两个。大家酣畅欢快地买名牌包包、手表和服饰之类。开大巴的意大利司机羡慕地赞叹：你们中国人真是有钱啦。我思忖，有钱的中国游客，还是很会算计着花钱的，如果自助游，如此一处处大量购物，有大巴随行载物，不太可能吧。

（2021年6月11日）

知识"万花筒"

我一直认为，老年人有丰富的社会阅历，所以他们的朋友圈更像一个知识"万花筒"。人们常说，活到老，学到老。圈友尽可在其间畅意地秀一把得意之作，不仅愉悦自己，更让我们有了随时学习的机会。

有花与诗的园地。诗人郭先生晨练，借此拍摄花草树木，并做简介配以诗文，即便无名花草，经过诗意的"拂拭"，也能透出柳绿李红、姚黄魏紫的精彩，每天跟着刷屏，感受"花言巧语"的美妙，还纠正了我错将木瓜花当作红梅花的谬误。

也有镜头里的世界。老同事凯蓉，退休后成为社区侨联志愿者，不但用镜头记录侨联活动，还迷恋上了拍摄鸟类，与"摄友"行走祖国大地，拍摄了众多珍禽异鸟。曾是摄影发烧友的我，欣赏她镜头中捕捉飞鸟的千姿百态，放飞了思绪。

还有迷你型的画展。画家"老民工"，隔三岔五地晒出画作，有建筑、风景、人物等专题，每次点开他的画面，犹如进入一个微型画展，随着字里行间的介绍，了解作品表达的主题，与之有所共鸣。

更有上海新貌的速览。邮友兼圈友的老葛每天选择上海的一个点，背上双肩挎包前去游历。比如，值得瞻仰的红色经典打卡地、养在深闺人未识的古镇、社区街头有创意的雕塑，循着他的足迹，让我人在家中坐，犹在上海景中游。

掌上的圈内带给我的是圈外的精彩世界。每天用碎片时间刷屏几下，从这个知识"万花筒"里，总有些许知识和快乐收获。亲爱的圈友，我们无论是一面之交还是常来常往，我会在圈里关注你，有可能醉心欣赏忘了点赞，但你总是我的圈友，感谢您带给我友情和知识。

（2021年4月9日）

胜友如云　充实富足

有人说，老人要富养自己，先得拥有些"奢侈品"，我认为最重要的就是时间和朋友。老了不要只围着家庭转，要有自己的小圈子，有空多走出家门和朋友聚会玩耍，这样就不会掉进孤独的黑洞。

我是个好交友的人，也很幸运地遇到了不少志同道合的老友。我归纳自己的老友类型，有吟诗作文类的"鼠目春光"群；有兴趣爱好类的"申仪邮协"群；还有"食全食美"群；有游山玩水类的群、老同事老同学等群。

这些群算是我晚年生活的基本写照，"群名"也都有出处。比如我们这些投缘的轮流做东的文友，在去年底相聚时，觉得新年将至，应该有个好彩头的群名，想到今年是鼠年生肖，但形容老鼠贬义居多，有人提议将"鼠目寸光"改成"鼠目春光"，一个谐音，老鼠华丽转身为可爱活泼的神态，"鼠目春光"群应运而生。再如"申仪邮协"群，是由原来的仪表局集邮协会延续而来，在这个集邮大咖云集的群里，我增长了很多知识。前几天我还参加了邮协的年会，又是一次开眼界的机会。

我们这一代老年人，因为生活在和平幸福时代，少有"老之将至"的寂寥，尤其与有缘分的老友相遇时，更是舍得为自己营造丰富多彩的晚年花钱。我爱好集邮、集币，还是摄影"发烧友"，我喜欢插花，考出了上海市中级插花师资格证书；网购书籍和物品也是我日常生活的常态。

生活上的满足、精神上的愉悦，朋友越来越多，感觉每天的自己都充实又富足，富养自己，一点儿不难。

（2021年1月29日）

"优剩女""优越男"的时代到来了

"房价不断涨，全怪丈母娘⋯⋯"坐在出租车上，听到收音机里说：这是某房产协会会长对当下房价居高不下原因分析得出的结论。司机笑骂："真的胡扯，'高价姑娘'的年代早已过去了，现在是'剩女'多，'优男'少，倒贴房子寻觅女婿的丈母娘为数不少呢。"

在这个大城市阴盛阳衰的社会现象下，"平庸男"如整列整列的车皮般存在，却入不了"优剩女"的法眼。而优质未婚的精英男子，面对整打整打的"优剩女"，可是趾高气昂神兜兜着呢。他们中有些人声称："如今找女朋友嘛，还不是随手抓一把，任我挑挑拣拣的？选择空间大着呢。"

面对吹毛求疵的"优越男"，可苦了急于当丈母娘的，如祥林嫂般逢人便拜托物色女婿，甚至亲自上阵替女参加相亲会。我那几位家有"剩女"的女同事，三句话离不开的经验之谈，就是让我督促女儿在大学里就找好男朋友，以免工作以后好男被别人捷足先登。她们将家有"剩女"的责任，归咎于自己不领"行情"，对女儿要求过严，致使女儿"两耳不闻窗外事，一心只读圣贤书"，耽误了与男生交往的最佳时机。以致后来成为外资企业高级白领、重点高中优秀教师、电视节目主播、博取到公务员"金饭碗"的女儿们，尽管收入不菲，有房有车，但因错过了与男生交往的最佳时机，老大不小仍待字闺中难觅"金龟婿"。每逢情人节、七夕，只能独自承受寂寞与清冷，时不时伤感哀怨，这次第，怎不让女儿们的姆妈急煞难煞？

有敢于创新的"优剩女"，吹响了征婚集结号，勇敢地在网上闪亮登场，打出"八零后绝版优质剩女"集体征婚的招牌，颇吸引众人眼球，成为热门话题，至于能否成功"推销"自己，尚不得而知。

在"优剩女"辈出的时代，最心花怒放的要数那些已婚却不守"夫道"的"优越男"，动着歪心思诱捕"优剩女"。也有那些甘愿沦为"小三"的，在竞争激烈的职场上妄图走捷径，谋得别人需打拼数年才能获得的位置。人们颇为"优越男"家中的"黄脸婆"鸣不平，她们在男人没地位、没金钱时鼎力支持，待男人事业有成，自己却青春已逝。男人在外握着"红颜知己的手，好像回到了十八九"，她们却只能暗自垂泪空房独守。当男人将人生的精华时段在"小三"身上消耗殆尽，拖着一副疲惫的糟糠之躯，回到"糟糠之妻"身旁，竟还能被接纳，令人对"糟糠之妻"有哀其不幸、怒其不争的愤然。

面对"优剩女、优越男"的时代，"优剩女"不必消极悲哀。其实，这是一个可逆定理，只要自强自爱，心中充满阳光，或许就能如韩剧《我叫金三顺》中的大龄剩女金三顺一般，赢得属于自己的幸福。相信在现实中也是有迹可循的，只要遇见了那个懂得呵护、欣赏、爱慕"优剩女"的"白马王子"，金风玉露一相逢，便胜却人间无数，定能成就一段美好姻缘。

（2010年1月1日）

黑白组合　妙趣无穷

　　金风送爽的秋日，见一个女孩迎面走来，她的黑白组合衣着诱惑了我的视觉。但见她穿的是黑色镂空方格短袖纱衫，配上白底黑点的褶裙，还镶了一条黑色花边，足蹬一双高跟黑色长筒靴，斜挎白色名牌小皮包，一件黑外套随意地搭在手腕上。

　　行走在小区的石径小道上，她的鞋跟敲打着地面发出有节奏的"笃笃"声，披肩的秀发在微风中飘逸，浑身透着清纯脱俗、时尚高雅。我怦然心动：简单的黑白色，竟被女孩匠心独具地组合得美妙脱俗，尤其在秋日夕阳的投射下，女孩周身被裹挟着金黄的轮廓，很有画中仙子的神韵，更胜于鲜衣怒马。

　　"黑白组合女孩"的场景深深地感动了我，这是从心底油然而生的赞叹：只要你运用智慧发挥奇思妙想，哪怕是最本色的物质，也能创造出诗意般的浪漫。黑白组合的简约美，自有别于重彩浓墨热烈美，它是那种透着厚实底蕴，和谐自然的美。想起有位时装设计大师说的话"黑色和白色永远是服装最经典的组合"是不无道理的。

　　"黑白组合女孩"将我的思绪引入遐想：细细回味社会生活现象，个中曼妙的"黑白组合"无处不在，我甚至还认为它是自然界最本原的二元冲动了，自然的强力借着"二元冲动"表现在人身上，衍化了大千世界的多姿多彩。那由黑白阴阳鱼组成的太极图，并不是简单意义上的平面图，而是有机组合的圆球体，反映的是阴阳在对立统一中的交变运动，"一阴一阳之谓道"，体现的即是世界万物运动的规律，强调情感的释放和生命力的表达。我们祖先发明的围棋，只用黑白两色棋子，就能在那个天元阵里演化无数气势恢宏的战役。苏格兰摄影大师约翰·汤姆逊运用着镜头，借助着一缕光，拍摄的黑白相片《流动商贩》，反映的是19世纪英国劳动阶层的日常生活，成为一个不朽的历史见证。

所以，不必抱怨机遇为何总不垂青于你，只要你勤于将双手和头脑融入黑白二元的有机互补中，用信心、用激情、用智慧去创造，就会绘制出黑白效果的奇妙无穷图案。让黑白二元冲动，持之以恒地激发你心中的创造冲动吧。

（2006年12月27日）

心中的女人花

"我有花一朵，长在我心中，含苞待放意幽幽……"秋日的傍晚，我坐的公交车上，车厢里飘荡着梅艳芳原唱的这首《女人花》。

我的脑海中勾勒出落日余晖与无形歌声相交织的画面，情不自禁地就生出几分感动、几缕伤感。梅艳芳人已去歌不息，只留给世人无尽的相思。

"女人如花花似梦"，似乎就是古往今来女人生命历程的写照。三千宠爱在一身、位居群芳之冠的杨贵妃，令众多如花似玉的嫔妃连皇帝的面都未照见，惆怅哀怨中凋零自谢，老死深宫。但被皇帝万般宠爱的杨贵妃，结局还不是被缢死马嵬坡，魂魄归入虚无缥缈的蓬莱仙境吗？皇帝在大难临头时，尽管万般不舍，却最终为了保住皇位而抛弃了她。

琼瑶笔下的女性，往往是"灰姑娘加白马王子"，看琼瑶小说、电视剧，虽要陪出不少眼泪，但"大团圆"的结局，总让读者和观众有满意舒畅的享受。

然而，同是女作家的三毛，却是不甘寂寞地摇曳在风雨中。随丈夫荷西去沙漠，去浪迹天涯，在橄榄树下一遍遍地扪心追问"我从哪里来？要到哪里去？"在镜花水月的幻境中，她挚爱的丈夫荷西溘然离世，如花的三毛憔悴了。现实中的碰撞，她只能携着破碎的"镜花缘"忧伤惆怅地离去。以她自己独特的方式，结束了才华横溢的一生，魂梦追寻她的荷西去了。

大凡男人看美丽娇柔的女人，往往喜欢将她比作花儿一样艳丽妩媚，殊不知她经常是如梦如幻，还来不及展露全部的风姿绰约，就已静悄悄地凋谢，长使英雄泪满襟。倒是那位法国女作家玛格丽特·杜拉斯，以一部描写湄公河畔爱情的经典著作《情人》征服了全世界，也写出了自己苍茫悠远的爱情。

那位美国鼎鼎大名的艺坛女王麦当娜，五十岁的"高龄"却还是热力四射，节奏不慢，动感未减。在她们的认知中，自己就是花丛中碾压群芳的女人。

高贵优雅、美艳极致、才华横溢的女人，自然会演绎感天动地、经久不衰的人间悲喜故事。对于沦落尘世间的众多女人，却在油盐酱醋茶平凡实在的日子中，平淡如水地走过每一天。

平常的女人其实大可不必因平凡平淡，就放弃花一般的梦。平常平凡往往因人而异，因事而异，只要有人念叨着你是"心中的女人花"，或自己拥有着"心中的女人花"情愫，就能展露一个与众不同的自我，在尽情的绽放之后，还有几缕淡淡的芬芳长留，那就是女人可以无怨无悔的生命。

（2006年12月16日）

牙刷代表我的心

　　一段日子以来，读高中的女儿总是隔三岔五地带三五支牙刷回家，我们这三口之家，换牙刷的频率用不着这么快吧？再说"吝啬"的女儿才不会将零花钱为她爸妈所用呢。探究下来，牙刷原来是女儿班里的同学"无私奉献"的。这个叫小雯的小女生，是某知名偶像的铁杆"粉丝"。偶像在她心目中是绝对的天字第一号大帅哥。她的居室里偶像的专辑、画册、海报盈满视线，她的言谈中偶像已经成为"诀不离口"的经典词。因为偶像是一个品牌牙刷的代言人，为了使之销量飙升，显示偶像顶级的人气指数，还有能取得参加偶像与歌迷握手会的机会，小雯不惜省吃俭用，将所有的零花钱都投了进去。但总不能每天将牙刷带回家呀，小雯害怕父母责怪自己，于是每天就到班里来分发牙刷，所以就有了女儿时不时地将牙刷带回家之事。

　　真是为伊消得人憔悴。可怜的小女生，直言不讳："牙刷代表我的心，为了朝思暮盼的青春偶像，我愿'统吃'这个品牌的牙刷。"有一次，她听说偶像要在上海转机，还没有弄清是怎么回事，立马就拦了一辆出租车，直奔浦东国际机场，在机场候机厅整整守候了一下午。用同学们的话说，就是连偶像的一根头发丝都没见着，单程车费就花去了150元，再也没钱打车回家了，只能搭乘机场的班车灰头土脸地回了家。

　　机会也算是青睐有准备的人吧。小雯总算以这个品牌牙刷消费量排列前30多位的微弱优势，取得了参加偶像握手会的资格。小雯陶醉在取得"资格赛"成功的喜悦中不能自拔，以至真的面对偶像，与崇拜的偶像握手的一瞬间，竟心跳过速，呼吸不畅，以致不能言语，美好时光就在晕晕乎乎中流失了。

　　既羡慕如今的小女生，可以潇洒自在、毫无顾忌地追寻心目中的崇拜偶像，又有些为小女生那种不讲章法的随心所欲担忧。毕竟，凡事终不能逾越理性规范的尺度，时尚霓虹、绚丽缤纷不是生活的全部，我以为高中阶段还是安心读书求知，学习如何做人、做事的道理为好。

（2006年3月3日）

我读洪丕谟

　　说来似乎不该有那么浪漫的情怀，还像花季少女似的为自己树起一尊心中的偶像。在我，可确确实实是在心底十分地喜爱一位先生的著作、文章，近乎崇拜，那就是洪丕谟。

　　1994年底的一天，我偶然经过北京西路常德路口的一家门面不大的军事书店，习惯地进去浏览起来。我随手抽出一本《中国佛门的大智慧》，不料，这一翻阅竟令我深深地与洪丕谟先生的书结了缘。由此第一次知道了洪丕谟其人。

　　有了第一次，就有了以后的更多次。凡看到洪丕谟著的书，总是毫不犹豫地"银货两讫"。洪先生的书每本都令我爱不释手。在我所读的书中，就有《人生有味》《禅者的态度》《中国名尼》等。凡在报刊上读到洪先生的文章，总是不忘将其归入自制的洪丕谟专页剪贴中。

　　读这位被誉为"江南才子"的文章，于我是开启心智的精神享受。用不着急功近利、生吞活剥，只管细读慢品，妙趣启迪智慧，文采自蕴其中。读这位大学者的文章，于我是领略世事的良师益友，没有晦涩难解之惑。那娓娓道来的大事、小事，让我恍若与其同行、同处、同喜、同忧；让我体验到其中的平凡与宽大、浅简通俗与博大精深；让我不觉中拂去了心境的纤尘，感觉生活处处皆可到达理想的彼岸。

　　我想，洪丕谟先生舞文弄墨，文学艺术、医卜星相，无所不喜，无所不沾。这——大概就是我之所以喜爱洪丕谟的缘由吧。平日里杂事繁忙，每每出门，总也忘不了在包里揣上一本洪丕谟的书。《禅者的态度》这本书，就是我在参加"90年代紧缺人才培训"时挤时间阅读的。那时，每星期有两天是要从市区赶到漕河泾参加培训的。从火车站坐地铁到漕宝路单程25分钟，一星期共有100分钟，就在这时间段里，我读完了这本书。

　　洪丕谟先生的文学与艺术皆造诣非凡，收获厚实，得益于他在漫漫修远道路上的不懈跋涉，努力汲取。阅读洪丕谟，于我这位"不惑"女士，是一次难忘的心灵之旅，是一次对人生境界认知的莫大激励，从而有了构筑起遇见更好的自己的阶梯。

（1998年11月6日）

第四辑

沪上走读

蕴藻浜的岁月光影

　　站在蕴川路立交桥上，发现其横亘于蕴藻浜S型的弯道处。泛着碎银波光的浩渺河水向远处伸展，不时有飞鸟掠过，有驳船驶过，并将观景的我视线引向两岸：有塔吊林立，有序层叠的集装箱堆场；有特色建筑，错落有致地各臻其妙，我感受到现代化建设的气息漫溢两岸。此是2021年的初春，我第一次领略蕴藻浜的风情有感而发：大江大河孕育了中华文明，绵延了岁月光影。

　　思绪被时光隧道逆行至一个甲子前。但看两岸淡烟疏柳，田野泛青，远处的河堤上，一个戴草帽的中年男人将一张大大的扳网缓缓地浸入河中，扳网上端用一根竹竿支撑在岸边，捕鱼者时常奋力收起网绳，让扳网靠近河堤，再用网兜舀出鱼虾倒进身旁的鱼篓里。

　　这张捕鱼大网，还是捕鱼者在家搁起一根晾衣竹竿，穿上尼龙绳，用梭子一个结连接一个结编织出来的呢。捕鱼者利用每周一天的厂休日，凌晨三四点即扛着渔网，背着鱼篓，从芷江西路的住家步行到蕴藻浜的捕鱼佳处，撒下满网的希望。一个上午过后，两只鱼篓装满了鲫鱼、鲢鱼、鳊鲅鱼等，甚至还有青鱼。

　　捕鱼者正美滋滋地想着回家给孩子们做一顿美味鱼餐，他的儿女给他送饭来了。他们是循着共和新路行走至蕴藻浜，再沿着河堤寻找过来的。他育有四儿一女，送饭的是排行老三的女儿阿英，排行老四的儿子阿明。他慈爱地摸摸儿女的头，狼吞虎咽地吃完饭，精神抖擞地扛起渔网，阿英和阿明各背一个鱼篓，欢快说笑向着家的方向走去。

　　捕鱼者从小在宁波海边长大，练就了一身好水性，在海里捉鱼摸虾是拿手好戏。十三四岁乘上小火轮来到上海，到鲁班路一家红帮裁缝铺学手艺。读过两年私塾天资聪明的他，三年出师后就能到大户人家独当一面做衣服。做衣服的日子吃住在人家，由此还有意外的收获，学会了本帮菜的烹饪。

捕鱼者的妻患病，只能在家干些轻微活，一家人的生计重担全压在他身上。他感念蕰藻浜的善解人意，恩赐他鱼虾不断，让孩子们生长有营养；他用不多的布料巧妙裁剪缝制，让孩子们穿得整洁得体。捕鱼者以敦厚的父爱，将孩子们一个个养育成人和成才。

我与丈夫乘坐地铁一号线在呼兰路站下车，走在蕰川路立交桥上，放眼蜿蜒流去的蕰藻浜，丈夫指着不远处，深情地为我讲述童年与蕰藻浜的交集：蕰藻浜河堤上的捕鱼者就是他的父亲，他就是与阿英姐一起为父亲送饭的阿明，我很贴切地感受了蕰藻浜的大爱与魅力。

我和丈夫是到位于蕰藻浜畔的智慧湾科普园区，为女儿办理购车相关证件的。

捕鱼者已作古多年。其孙女在智慧湾喜滋滋地提取国产电动智能汽车。孙女不知情，当年祖父从住家到蕰藻浜捕鱼，无论寒冬酷暑，独自扛着渔网，步行一个半小时才能到达；而今的她上下班、出游之类，驾车在导航指引下都能轻松快达，还时常载着她的爸妈出游。川流不息的蕰藻浜，与我家三代人有不解之缘啊！

蕰藻浜畔的上海首座科普园区——智慧湾，吸引我几番慕名再来。园区里有利用老工业基地遗存，再行创作的艺术作品；还有引人注目的红黄蓝绿的多彩集装箱，妙搭成风格迥异的办公楼、咖啡馆、书屋、先锋艺术展览馆等，现代风的创意和奇思妙想的造型，吸引人们近悦远来打卡。

一个盛夏的午后，我和丈夫受蕰藻浜滚烫的情怀驱动，由女儿驾车送我俩又一次来到智慧湾。"中国3D打印文化博物馆"内陈列的展品琳琅满目，令我赞叹不已。两位工作人员中的女生戏谑地对我们说："这个博物馆，除了房子和我俩不是3D打印的，其他全都是3D打印作品。"我由此了解到，博物馆的前身是上海第三毛纺织厂仓库，在产业转型升级过程中，旧厂房被巧妙地设计保留了原始的工业元素，如废弃的集装箱和巨大的对称型水泥滑道，与新质生产力的3D打印展品完美交融，既为博物馆增添了质朴的岁月积淀，又凸显了现代科技的时空艺术氛围。我购买了两件3D打印的小工艺品，心满意足地再到世界最大规模的3D打印混凝土步行桥上走一走，更被神奇的3D打印技术所惊艳。

傍晚时分，我和丈夫又走上蕰川路立交桥凭栏远眺。夕阳西下，镜头中落日的光晕越来越炫，衍射的光线连接天空与河流，河面的粼粼波纹泛出"一道残阳铺水中，半江瑟瑟半江红"的诗情画意；河岸的建筑上有光边镶嵌，勾勒成瑰丽的油画，光影中当年在河堤上撑起大网的捕鱼者若隐若现。

蕰藻浜似乎给予人们哲学思辨的意想。我从地图上解读：其全长三十多公里，西连吴淞江（苏州河），东至黄浦江，与长江共同构成了上海市复杂而高效的水运网络。坊间有说法：苏州河早先叫着吴淞江，元代以前的吴淞江河道宽阔，气势磅礴，黄浦江只是吴淞江的一条支流。随着岁月变迁，吴淞江逐渐淤浅，到了明代更严重。于是，官府疏浚了吴淞江南北两岸的支流，使得黄浦江从原吴淞江河道流入长江，有了"黄浦夺淞"的说法。而今人们称黄浦江是上海的母亲河，从"辈份"上说来，吴淞江（苏州河）当属上海的"祖母河"呢；我说，连接着祖母河和母亲河的蕰藻浜，称其为上海神奇水域里的"女儿河"亦贴切吧？

蹚过岁月光影，蕰藻浜这条上海的女儿河，正由"工业锈带"向"科创秀带"华丽转身呢！

（本文获2024年上海市民文化节长三角市民文学创作大赛"百名市民作家"称号）

盘湾，City Walk

上海市民对于苏州河流经普陀区段有说法："苏河十八湾，湾湾不寻常。"说来惭愧，我这个生于斯长于斯的普陀人，以往耳熟能详的是"三湾一弄"。今年春天，我才知晓了苏州河上竟然有精彩非凡的十八湾，盘湾是其中之一。

得从上海市老科技工作者讲师团成员陆幸福老师说起。2023年12月的一天，我应邀参加"普陀区2023年社区党校骨干师资培训班"，邂逅陆老师。我俩聊得投缘，我答应陆老师将我参加编辑出版的几本上海民间说史书籍快递给他，他则热忱邀我到苏河的盘湾走一走。

4月，风和日丽的下午，我和丈夫在陆老师引导下，来了一次沉浸式的盘湾City Walk。

陆老师带领我俩从他居住的苏河盘湾沿岸的康泰公寓进入，他是1996年在这里购买的住房。他说："原来这里的环境很杂乱，那些年，政府对华东政法大学（以下简称华政）的建筑，进行了修旧如旧工程，同时对康泰公寓的房屋进行了外立面修缮，对总体环境进行了改造美化，就有了如今的旧貌换新颜。"

陆老师解说此地为何叫"盘湾"？缘于苏州河曲折多弯，河岸内凹的一侧称为"湾"，河道在此形成了一个300度的急弯，沪方言把"环""环绕"叫作"盘"，于是，急转的西侧称之为"盘湾"，东侧是吴家湾。1957年，这里开挖深水码头，作为上海市内河装卸公司第三作业区，俗称"盘湾里""盘湾里码头"。

我们沿着步道进入华政校园，跨上了华政桥，孤陋寡闻的我第一次听说了这座桥的变迁。华政桥原本是校园的内桥，对外并不开放。1879年，圣约翰书院（圣约翰大学前身）在此隔河相建，此处是个几字形的大转弯，人们称其为"盘湾"，因学校将这一段的苏州河圈进了校内，也由此得名"学堂湾"。早先，学堂湾上没有桥，师生靠校工撑船往来于河两岸的校园。1934年，在河上建造了一座木桥，该校学生荣毅仁的父亲荣德生先生为此捐资五千美元，同时还有1903级的学生纪念毕业30周年为建桥募集的款项。

岁月年轮的侵蚀，这座木桥因年久失修且有碍航运，于1967年被拆除。1979年，华东政法学院（今华东政法大学）复校，师生又如早先靠渡船往来于两岸校园，存在安全隐患。1980年10月，学校在原桥西北侧兴建钢筋混凝土新桥，取名校园桥。后因桥面受损露出钢筋又变成"危桥"而拆除。直至2001年10月，建成新的钢板桥，取名华政桥，是苏州河上唯一用单位名称命名的桥。

陆老师带领我们漫步在苏河华政段，如数家珍地一一介绍思孟园、格致园、倚竹园、桃李园等各领风骚的景观，可谓五步一景、十步一楼。我尤其对中西合璧式的交谊楼留下深刻印象。该建筑不仅具有建筑美学上的意义，楼前竖立的一块碑石，镌刻着中国革命史上重要的一幕——解放上海的第一宿营地。那是中国人民解放军第三野战军在解放上海战役中，司令员陈毅于1949年5月26日凌晨进驻上海的第一宿营地——圣约翰大学交谊楼。当日下午，他转移至三井花园（今瑞金宾馆）领导接管上海。此是华政乃至上海的一块文化标志性碑石。

沿着修葺整齐雅致的步道，我们来到了华政半岛。陆老师点开手机让我们欣赏俯瞰拍摄的华政半岛图片，我深为这壮美妖娆的形态所震慑，不觉浮想联翩，感觉我与华政还有那么一点缘分呢。20世纪90年代，我阅读了华东政法学院洪丕谟教授的《人生有味》及其他几本书籍，感觉受益匪浅，写了篇《我读洪丕谟》，投稿给《上海老年报》。编辑朱亚夫先生不但刊发了，还专程送到洪教授家。洪教授是一位在学术界享有盛誉的杰出人物，惜时如金的他，竟然为这篇小文写信给我，还邮寄签名本和有他文章的剪报给我。我诚惶诚恐，难抑激动，那印有华政校徽的信封和他的两封亲笔信，我珍藏至今。

　　我们从华政桥返回到苏河北岸观赏盘湾地带。适逢一位本地散步的爷叔也在，他与陆老师交相向我俩介绍：这里原来是船码头，也是个避风港。不少进入上海的货运船只在盘湾里停靠装卸货物，使得盘湾的知名度上升。我凝望着静卧盘湾里有节律延伸的船坞，犹似一个个琴键，演奏出时代的变迁，仿佛听到当年货船停泊，码头工人扛货哼唱的号子。

　　爷叔自豪的话语让我穿越回到现实。他说："我们居住的区域里有两所大学，即华东政法大学和华东师范大学；有两座桥，是华政桥和凯旋路桥，还有不亚于苏河南岸长宁的高档住宅区，这些都得益于盘湾的好风水。"

　　是的，盘湾得天独厚的好风水，造就了大华清水湾居民区、康泰公寓，更有"养在深闺"的优秀历史建筑——瑞华公馆。陆老师告诉我们，这是幢建于清末的百年老洋房，前身是"徐园"，也是中国第一个私人创建的昆曲传习所。2009年6月，经历过平移95米、顶升2米、旋转35度及大规模的修缮，焕发了崭新的面貌。如今的瑞华公馆虽然成为餐厅，但一砖一瓦之间依然令人领略到其昔日的辉煌。

　　盘湾一日意犹未尽。今年劳动节期间，我和丈夫携女儿重走盘湾，并到瑞华公馆就餐体验。在距地面2米深的下沉式餐馆里，我们一边欣赏湖面景色，一边品尝美味佳肴，享受着周到细致有品质的服务。我由衷地感谢陆老师，令我们全家体验了盘湾的精彩快乐！

　　盘湾，City Walk，我们会再来！

（2024年8月18日）

我在世界会客厅

北外滩这片神奇的土地，似乎与生俱来"世界会客厅"的潜能，被认为国门开启的原点。在时光年轮飞速驰骋至21世纪20年代，上海的百年风华和改革开放，成就了北外滩壮阔的观景台。

纵览世界会客厅，新中国成立后变身为扬子江海军码头，中国人民海军在此接待了30多个国家的140多艘外国军舰来访，堪称接待外舰最多的军港。21世纪初土耳其海军舰艇到访扬子江码头，我背着单反变焦相机，组织一批居民到土耳其军舰上参观的情景历历在目。我用简单的英语单词配以肢体语言对他们说"Welcome to Shanghai"，请他们与居民合影。参观后，我将胶卷送到照相馆加价快印，当天下午就送到了土耳其军舰上，士兵们兴奋地观赏，翘起大拇指："Very good! Very good!"

扬子江码头在智慧的人民建设智慧的城市中，蝶变为国家级大型公共文化与会议活动的滨江建筑世界会客厅，为北外滩绚丽的滨江岸线锦上添花。

北外滩位于黄浦江和苏州河交汇处，上海城市滨水空间与建筑的格局在此相得益彰，展现了无限的活力与魅力。相关资料是这样介绍世界会客厅的：这个项目按照"中国故事、上海表达、世界客厅、共筑辉煌"的设计目标，在满足国际级重大会议文化中心功能基础上，挖掘和传承项目独有的历史底蕴，以"新老融合共生"作为设计理念，将世界会客厅作为外滩的延伸。

我在北外滩居住过20多年，作为北外滩街道办事处（原提篮桥街道办事处）的社区工作者，对北外滩有深厚的情感和眷恋。世界会客厅在北外滩闪亮登场，萌动着我观瞻它的兴致。天朗气清的那日，我欣然前往北外滩，欣喜地观赏盈满海派风情的世界会客厅。

在世界会客厅的北端，我从西走到东，又往东行到西，发现一个有趣的现象，门牌号竟然标注两条路名：从西往东有北外滩路8号和10号；而从东往西有黄浦路188号和118号。因我是个体行动且没有预约不能入内参观，询问保安得知，建筑滨水的南面是新辟的北外滩路。我禁不住为门牌号的创意叫好：世界会客厅以人民城市人民建的理念，凸显城市新地标的虹口样本，既具备国际高端视野又满足民俗文化心理。在这座具有沧桑历史而今气势恢宏的建筑前，我感觉自己似沧海一粟，可以忽略不计；又似盈千累万，拥有博大情怀。仰望眼前清水青砖、清水红砖两截三段式的外立面建筑，我思如潮涌，北外滩开发建设的往事一幕幕浮现在眼前。

20世纪末至21世纪头十年，我连续三届当选为虹口区人大代表，亲历了北外滩改革开放的激情岁月。2002年，上海启动黄浦江两岸综合开发的"生产之江"向"生活之江"转型的重大战略决策。地处一江一河黄金水道区域的北外滩居民奔走相告。2003年北外滩北侧地块房屋征收启动，正式拉开了北外滩开发建设的大幕。

北外滩的美好前景振奋人心，项目实施起来却困难重重。这片区域以老式旧里居多，彼时房屋征收政策法规还在试行探索中，仅房屋征收一项，就被人们戏谑为"比啃天书还难"。但是，20多年来，经过北外滩一轮又一轮的领导者、建设者、守卫者的不懈努力，在居住者的积极参与配合下，北外滩华丽转身为黄浦江、苏州河畔亮丽的风景线。

回想当年，我在飞虹路虹口区政府底楼大厅里，参观过北外滩开发建设成形后的模型；在北外滩多个建筑工地上，参观过正在夯实地基抑或建到一半的楼宇；当我踏上建成后的白玉兰大厦和国际客运中心参观时，抑制不住的自豪感和美好憧憬油然而生。

又踏层峰辟新天，更扬云帆立潮头。从"东大名路航运一条街"，行进至北外滩航运和金融双重承载区，再有世界会客厅的横空出世，乃至将擢升浦西480米的制高点新地标。我想说："世界会客厅"是世界的，也是北外滩的，更是我的。此处有我的希冀、我的奉献、我的情怀。我在世界会客厅为北外滩骄傲，为所有为打造世界会客厅做出贡献的人们骄傲。

（原载2023年11月17日《虹口报》）

王汝刚视角中的"洋泾浜"

  王汝刚先生是著名表演艺术家、国家级非物质文化遗产独脚戏传承人。他笑说自己是"的的刮刮"（沪语：地地道道）的上海人，祖上早先在浦东下沙，到祖父这代迁徙至杨树浦引翔港，以后又居住在虹口区和黄浦区。王汝刚童年居住在延安东路南侧盛泽路石库门，从小就听到街坊邻居长辈讲述洋泾浜的种种故事，也看到乃至体验到洋泾浜的遗迹遗风。

洋泾浜的前世今生

  上海市民口中的"洋泾浜"，最初只是黄浦江西岸的一条支流小河浜。上海开埠后，浜北成为英租界，浜南变身法租界，上海市民口头禅"大英法兰西，大家勿来去"。英法帝国主义既有利益勾结，又有利益争夺，"勿来去"不可能。为实现利益最大化，英法起先联手在洋泾浜上建造了头洋泾桥、二洋泾桥（"二"沪语读作"ni"）、三洋泾桥、三茅阁桥、带钩桥（亦作"打狗桥"）、郑家木桥、东新桥、西新桥。1915年，英法租界当局填浜筑路，将洋泾浜变成一条宽阔大马路，达成协议取名爱多亚路，人们亦将爱多亚路两侧的租界称作"洋泾浜"。上海解放后，人民政府改其名为延安东路。

  王汝刚先生描述：延安东路从外滩到西藏中路，沿街高楼大厦居多，有较多的优秀历史建筑，这些建筑多为大企业、大商场入驻，其中有四川中路延安东路区块的上海工商联大厦、四川大楼、联谊大厦、高登金融大厦等；还有不对外经营的批发市场，比如，原上海药材公司，就是自购中转药材市场；延安东路1号原是家图书公司，延安东路2号当年被誉为"外滩第一楼"，曾经是上海房地产管理局、上海冶金设计院、上海丝绸公司等单位的办公地；转到中山东一路2号，曾经的东风饭店，也是上海开出的第一家肯德基快餐门店。

在延安东路南北侧约成30度斜线的两个点上，曾各有一座博物馆，不是本地域的居民容易混淆。延安东路143号（河南南路16号）的原上海博物馆；延安东路260号的原上海自然博物馆，两馆隔路遥相呼应，营造出一方浓郁的文化氛围。

中汇大厦1934年9月建成，是杜月笙创办的中汇银行所在地，正门在延安东路143号。1959—1993年大楼变身为上海博物馆，由陈毅同志题写馆名，1994年被上海市人民政府列为优秀历史建筑。上海自然博物馆1958年8月迁入延安东路260号（原为上海华商纱布交易所）。这是幢坐北朝南5层英国古典风格建筑，顶部建有穹顶塔楼。2015年，上海自然博物馆迁址北京西路510号新馆。

在王汝刚的视角中，延安东路以南的金陵东路更能体现上海人的生活情状：1908年5月，法商第一条有轨电车2路在金陵东路开通，因车轮与轨道金属摩擦发出的响声，老上海形象地将金陵东路叫作"叮铃当啷"路。金陵东路民居多、店铺多、烟火气十足。诸如天吉堂国药房、周虎臣笔墨庄、翠文斋回民食品商店、天香斋面馆、怡源百货号……他还记得有一家很有特色的仁余棉布号，营销方式很受市民青睐，店家为顾客着想，卖布用套裁法。因为以前买布需要布票，店员都会计算，一块布料这边裁两条长裤，那边裁三条平角裤，余下的边角布料做鞋面，整块布料得到最大化利用。

洋泾浜里的一张床

1952年，王汝刚出生在虹口区昆明路森昌里16号。1956年居住到盛泽路承志里的石库门，进入卜邻里幼儿园。盛泽路是条只有300米的小路，居住人员密度很高，洋泾浜演绎的故事和见证的苦难，王汝刚一家三代人都经历过和闻听过。

王汝刚的祖父王顺生，本是木器店老板，在引翔港一带承接定制中式木器。以后到淮海路谋求发展，店铺位于现在音乐学院淮海路校区对面，承接洋人的西式木器定制。起初生意兴隆，却因战争爆发，不得已关张店铺。王顺生在盛泽路盘下四层阁的一个床位，好歹有个窝，战事爆发后有落脚点。

1937年，"八一三"淞沪战争爆发。人们纷纷涌入沦为"孤岛"的租界避难。租界房价飞涨，二房东、三房东纷纷冒出，将每一处出租屋塞满了人。盛泽路石库门约15平方米的四层阁（利用三层阁尖顶部分搭建的）竟然塞进三户人家。不是以一扇扇"门"为单位，而是以一张张"床"为住户，此处是张家一张床，那边是王家一张床，对面是李家一张床。

上海和江南地区的富裕人家纷纷逃往寸土寸金的租界，用"条子"（金条）将房子"顶"下求得栖身之处。每幢黑漆大门里俨然都有"大户人家"入住，他们挤入洋泾浜，有个客堂间住已属于奢侈，能住进前厢房称得上大亨啦。上海比较殷实的人家，则在此地占个"角"，王顺生盘下的床位属于此种类型。由此，"孤岛"呈现经济空前繁荣、畸形发展的虚假景象。

王汝刚的父亲王新祥在教会学校上过几年学，聪明勤奋的他，为减轻家里负担，师从祖父从事中式木器制作。租界时兴西式家具，王新祥来到南京路上的茂昌木器行（现为上海帐子公司所在地），学习西式家具打样，学成后回到祖父木器店负责设计西式家具。

茂昌木器行楼下就是老闸捕房。王汝刚听父亲说过，那年他16岁，目睹了英国警察枪杀手无寸铁的游行示威学生，鲜血染红了南京路，后来才知道这是震惊中外的"五卅惨案"。父亲非常愤慨，中国人如此受洋人欺负，激发了他的爱国情怀。旧仇未消，新恨又至，"八一三"淞沪战争爆发，王家新造的房子和积累的家产，全被日本军机炸毁，只得逃难到盛泽路上的四层阁。他对日本侵略者恨之入骨，一生不买东洋货，不吃东洋饭。有人介绍失业的他去日本洋行工作，他坚定地说："宁可饿死，不吃东洋饭。"

抗战胜利后，祖父王顺生在云南路电话局寻到一份做槽板的工作，就是将电线镶嵌在槽板里钉在墙面上部的室内美化装饰。解放上海时，国民党军对上海疯狂大破坏，电话局的线路全部被撬掉，王顺生率领一批工匠昼夜抢修电话线路，确保了解放军入城后电话通信正常。上海解放后，在陈毅市长主持下，上海市工人文化宫举办表彰和展览。王顺生也受到了表彰，他的大幅照片在展览会上，家人以受邀参观展览会为荣。划分家庭成分时，王顺生由手工业者的成分直接划归为工人，成为云南路电话局职工。王汝刚多次听祖父自豪地讲述这个故事。

王新祥凭借自己高超的测绘设计技术赚了些钱，在虹口买下了一栋石库门，改善了家庭住房条件。为了让退休后的父亲安享晚年，王新祥让住在盛泽路的父亲住到虹口区昆明路森昌里的房子，自己则携妻儿住到盛泽路四层阁。王汝刚说，四层阁原有三张床位，他家住进时是两张，有张床位空置。他看那张床长期没人来住，感到很奇怪，大人却关照他不能动用这张床。终于有一天，有人来将这张床搬走了，四层阁成为他家独自住房。少年王汝刚当年因亲历过洋泾浜里的一张床而镌刻于记忆中。

洋泾浜里故事多

曾经的洋泾浜区域的形态是：华洋杂居、人员结构复杂，三教九流、南腔北调并存，弄堂与弄堂之间衍生悲欢离合的故事。王汝刚在舞台上运用的洋泾浜语言，也有受此地遗存影响的。当年四层阁住三户人家的盛泽路弄堂，也是滑稽戏《72家房客》创作的素材来源。可谓机缘巧合，王汝刚以后也主演了《72家房客》。他说："生命中是有密码的，似乎蛮难破译。"

王汝刚有个好友——小学同学姚逸之，是程十发的高足，现旅居比利时，已经是世界著名画家了，联合国大厦里也收藏有他的画作。姚逸之的父亲能说七国语言，不但在上海的大学任教，还在北京一所大学做兼职教授，经常乘火车上海、北京来回跑，月工资500多元，可谓当时的高收入阶层。邻居不明白，问他："你怎么上海也教课？北京也教课？"姚先生笑说："我做兼职教授课时费多，我家人口多，不然家庭不够开销。"

王汝刚与同学们这才知道，原来姚家上海解放前是大户人家，有好几个佣人。解放后，姚家的佣人都被遣散了，其中一位看门人无处可去，街道安排其看管石库门弄堂，也就是承志里弄堂，在过街楼下搭个小亭子，让看管弄堂人安身。他一年四季吃喝拉撒都在这个亭子里，亭子只比一张长方形讲台稍大，像个棺材横过来。王汝刚很好奇，悄悄地去观察看管弄堂人晚上怎么睡觉，原来就是拿来一块木板搁在凳子上，人躺下后腿伸到亭子外。

盛泽路靠近延安东路的第一条弄堂是大同坊，有位衣着整洁、娴静知性的孤老太。她非常喜欢孩子，看到孩子总是笑意盈盈的，询问孩子功课如何，还时常给孩子零食吃。"文革"中有大字报揭发她"罪大恶极"。王汝刚看到大字报非常惊诧，孤老太竟然是宋美龄的结拜姐妹，她们曾经一起搓麻将、下馆子、看电影……她有过如此显赫的身份？他的想法扭转不过来，觉得她与"罪大恶极"无论如何搭不上边。

延安东路福建路的宝裕里石库门，以前也叫郑家木桥，20世纪90年代改建为延福公园。郑家木桥的"小瘪三"曾经闻名洋泾浜，实际是由帮会势力掌控的。英法租界是"大家勿来去"，郑家木桥塊成了流浪儿、小瘪三的集聚之地。王汝刚说，他小时候与小伙伴吵架斗嘴时，就会互骂对方是"郑家木桥的小瘪三"。上小学时，班里有个同学的爸爸，上海解放前就是在郑家木桥讨饭的，学校请同学爸爸来校"忆苦思甜"，旧社会"小瘪三"悲惨的生活，让同学们真切地感受到新社会的幸福生活来之不易。

洋泾浜地界里也有红色活动。如知名度很高的南洋兄弟烟草公司，总发行部在爱多亚路盛泽路（磨坊街）。公司有个会场，中共党组织经常利用这个会场召开秘密会议，因为这里悬挂着"南洋"两个字，巡捕一般不会来"寻齁势"（沪语：找麻烦），成为党组织引领发动工人，开展隐蔽战线斗争的好场所。

王汝刚说："其实，我姆妈也与这个会场有缘的。1958年'大跃进'，政府号召解放妇女劳动力，居委会鼓动我姆妈出来工作。她就协助居委会开办了盛泽托儿所。她是工商业者家属，被称作老板娘。为了办好托儿所，将家里多余的碗和瓶瓶罐罐、小板凳座椅等都拿到托儿所，倾心倾力将托儿所办得很出色。黄浦区工商联认为此事做得很好，就将她树立为响应政府号召的先进典型，请她到南洋烟草公司会场做报告。"

少儿王汝刚兴高采烈地跟着姆妈来到会场，当年姆妈讲的话，他至今还清楚地记得。姆妈有段话是这样讲的："我们这些人，旧社会被称作老板娘，人家讲我们只会享福。现在是新社会了，我们的思想要改变，要听共产党话，不吃闲饭，用自己的双手，为'大跃进'做贡献。"台下的听众多为黄浦区工商界人士的家属，也是"老板娘"身份。会后，大家反映，王汝刚姆妈报告做得很好，激励了大家的信心和干劲。很多人由此走出了自家小楼，办起服务站、托儿所、里弄食堂等适合劳动大姐做的事，为很多双职工家庭解除了后顾之忧。

洋泾浜北面是文化荟萃之地。四马路（今福州路）望平街一带是上海报业集中地区。这片区域餐饮店也特别多，老上海有"吃在四马路"的说法。王汝刚记忆中，有丹阳人开的粥店，苏州人开的阳春面店等，价廉物美足以能吃饱，因为这类餐饮店的食客，多为在报馆里"爬格子"的文人，甚至是落魄文人。福州路上独树一帜的中华老字号餐饮店是引领餐饮文化的主流，诸如老半斋、老正兴、杏花楼、王宝和等，吸引人们近悦远来而长盛不衰。美食的去处还有仁济医院附近的新建二村，工人劳动模范居住的多。餐饮店鳞次栉比，一间间小门面的特色吃食店，王汝刚和同学拿着爸妈给的零花钱，在此地嘴都吃"刁"了，挑剔要吃味道更好的，就到福州路的老正兴菜馆过把瘾。王汝刚怎么会到这一带白相的呢？因为他的中学同学几乎都住这一带，因为同学与美食结缘，是人生一段美好的记忆。

王汝刚的"非遗"情怀

上海滑稽的说、学、做、唱，以方言为基础，"洋泾浜"的语言也为王汝刚的滑稽表演增彩添色。他的方言运用能力很强，能随时"换频道"。别人信手拿张报纸，随意提出表演哪一段，他就能根据要求用多种方言表演。他讲方言坚持"加减法"。到方言使用的地区就做加法，比如，到宁波表演就在宁波话上做加法，宁波阿娘的一句话，不仅要讲宁波话，还要讲成"石刮挺硬"（非常坚硬的意思）的宁波话，并将当地的俗语、俚语、老百姓的口头禅"和总"（全部的意思）加进去；而离开宁波就做减法，因为到了其他地方，还是运用"石刮挺硬"的宁波话，观众听得云里雾里的不会笑，滑稽就没有意义了。

王汝刚在深入生活中努力学习运用方言，准确地掌握九腔十八调，拉近艺术与生活的距离，源源不断地创作出老百姓喜闻乐见的好作品，他是当之无愧的国家级非物质文化遗产独脚戏传承人。

（原载《档案春秋》杂志2023年第9期）

南京路步行街"东拓"段踏访

南京路步行街之东，黄浦江畔之西，500米长度、16 500平方米的空间里，衍生了怎样的精彩？惠风和畅的春日下午，我，带点欣赏，带点探究，置身其间，解读领略个中的文脉、创意和风情。

从河南中路往中山东一路信步浏览，感受炫风东方来的魅力。起始于2019年底，完成于2020年9月的这段南京路步行街的"东拓"路段上，视线首先触及的是：石块铺设的灵动有序的几何图形地面，利用色泽的深浅勾勒出别具一格的文化肌理，令人仿佛行走在一部宽畅的大书页面上，经过"书写者"的智慧拼装，创作出大书的三个章节——"漫步区、休闲区、特色休憩区"。"页面"上，两条灰黑石带间嵌入宽条褐黑石、窄条褐白石的直线条，平行向着外滩伸展而去，吸引我随之前行。

曾听黄浦区建管委的老师介绍，东拓段的铺装石材，匠心独具地选用偏暖色的"新疆卡麦金"石块，与沿线众多历史保护建筑外立面的基本色调相映衬，同时与西段南京路步行街的风格有相似的延续。但见阳光洒射下的路面，铺装石的黄色中微微泛着金点，好似一望无际的麦田。我想，经过时间的沉淀，这种卡麦金石的颜色会更加沉浸耐看，在这部"建筑可阅读"的大书页面上深究，或许有"点石成金"的收获呢。

果然，在南京东路江西路的1882广场，有金字招牌守候：一杆灯柱、一本铜版书和一条石刻带，揭示1882年中国第一盏路灯在此点亮，并镌刻着此处是原上海电力工业旧址，1883年中国第一批架空线立杆，1908年上海第一条有轨电车通车，1928年大光明戏院开幕……

兜兜转转中，发现行道树由梧桐树变身红枫树，正值青绿期的枝叶，兴致盎然地摇曳在春风中。东拓段元素的精雕细琢令我赞叹：石库门元素的导览牌、海派风情的定制箱体、复古式的消防栓，连并不引人注目的窨井盖也悄然有艺术覆盖。这些"小配件"是根据江南特色植物梅花、翠竹以及上海市花白玉兰的纹样进行设计提炼铸成的，时尚清新又洋溢着江南韵味。

在休憩区，年轻妈妈抱着女幼童绽放笑靥，年轻爸爸兴高采烈地为母女拍照，旁边还有一只小号拉杆箱，大概是外地来沪旅游的幸福一家人吧。我视线落到他们的座凳上时，忽然感觉与南京路西段步行街的座凳有区别。东段的景观座凳线条简洁明了，中灰色的座凳配以姜黄色条木铺面，与地面石块和周边建筑相得益彰，现代风做派啊。原来，景观座凳是采用3D打印技术一体成形的，创意来自渔舟和折扇的启迪，造型取自江南水乡的乌篷船，配合木质饰面，营造出舒适的休憩微空间。

遐思中，忽发探求此路段前尘往事的冲动，手机刷屏居然有收获。知否？脚下的路，竟然曾经是铁藜木铺就的。

此话要从1865年说起。当时，南京路是首批被命名的马路中公认的"第一"，俗称"大马路"，也是上海开埠后最早建立的一条商业街。南京路在开路奠基时是一条弹街路，1906年，决定从外滩穿过南京路到静安寺开辟一条有轨电车线路，对南京路路面重新翻建，铺成了铁藜木马路。此种红褐耐磨的木料产于国外，国人将其译作"铁藜木"。铁藜木马路的筑成，犹太人冒险家哈同"功不可没"。哈同豪掷白银60万两，将铁藜木从外滩一直铺设到西藏路口。南京路人气更加高涨，中外商人蜂拥而至，开设成鳞次栉比的时尚店铺，南京路成了远东最漂亮的一条道路，连同附近的地价也扶摇直上。

一个多世纪的时光穿越，我驻足在和平饭店的大门外向内探视，金碧辉煌的大厅展示出海派经典建筑翘楚的气派，骨子里透着不同凡响的内涵。为支持南京路步行街东拓，店方将迎送客人的车辆换位停靠后门的滇池路上。尽管如此，以和平饭店"软硬"兼优的品质，给予入住者的温馨舒适是毫不逊色的。不禁想到10年前我采访过的郑德仁先生，他是国家一级演员，也曾是我国第一代爵士乐队——吉米·金爵士乐队成员。20世纪80年代，他领衔一批年过六旬的乐师，每夜到和平饭店酒吧演奏爵士乐经典名曲，让入住者充分感受中国改革开放的春风荡漾，成为这家涉外饭店的招牌服务项目。

曾经，南京路的炫风，诱惑我经常光顾这片神奇的区域。而我与之交集最密切的是：堪称上海最大的新华书店，令人陶醉其间的朵云轩书画社，流连忘返的上海邮票公司，乐此不疲淘宝其中的中央商场……现今，它们华丽转身演奏起新时代交响曲。

在传承和创新中把握文化价值的平衡点。南京路步行街的东拓，是寄寓上海城市多元化、现代化美好愿景的表达；也是自1999年开街以来最大规模的一次升级改造。整个东拓工程是一个综合型的项目工程，融合了市政、绿化、管线、交通、景观和沿线品牌商业等众多因素，建设者秉承了"城市管理要像绣花一样精细"的理念；实现了上海的两大著名地标——南京东路步行街和外滩的"牵手"，让人们尽可以从人民广场一路畅行观赏至外滩，充分领略国际化大都市东方拂面而来的时代炫风。

（原载2023年3月3日《黄浦报》）

乍浦路上，曾经的第三儿童福利站

乍浦路是20世纪80年代兴起的美食一条街，因流光溢彩的店招，川流不息的食客为人所知。但少有人知的是，这条路上曾经有一所少有人知的儿童福利站。宋庆龄先生高尚的人格，给这里的师生留下了终生难忘的记忆。

乍浦路给老上海人的印象，是20世纪80年代兴起的美食一条街，流光溢彩的店招，川流不息的食客。潮起潮落，30多年后，这条路上餐饮业的风光虽已淡化，但坐落于乍浦路245号的虹口区图书馆乍浦路分馆，倒是有众多市民读者近悦远来。置身图书馆的人们，可能并不了解这座图书馆的前世今生，相关材料也少有记载：这里曾经是第三儿童福利站。

我第一次知道第三儿童福利站，是在2012年7月，由丁言昭老师陪同，在华东医院采访她的父亲丁景唐先生。他们父女的讲述中涉及第三儿童福利站的一些情况。再次听说第三儿童福利站，是采访上影厂老演员张云立时获知的。

20世纪40年代，在中国福利基金会主席宋庆龄先生主导下，于1946年到1947年期间，在沪西、沪东、虹口创办了专为贫困儿童提供救助的三个儿童福利站。它们融教育、保健、救济工作为一体，内设识字班、图书室、保健室和营养站，旨在救助贫困儿童、培育未来新人。

第三儿童福利站的全称是"中国福利基金会第三儿童福利站"，创建于1947年11月7日，位置就在今虹口区乍浦路245号，昆山花园一角。

第三儿童福利站的老师中，有中共地下党员和进步人士。这个福利站也镌刻下我党文化领域的领衔人之一——丁景唐的战斗印迹。

福利站第一任站长为教育家马侣贤，第二任站长为戏剧家于伶的夫人柏李。1948年秋，于伶与柏李撤离上海去香港，隐蔽于沪江大学领导学生运动的丁景唐，受中共党组织派遣，担任第三儿童福利站站长。

第三儿童福利站为上不起学的贫苦儿童开设识字班，从小学三年级到高小程度，由工作人员担任教师，轮流为孩子们上课。丁景唐为五、六年级的学生上常识课，内容是社会发展史。他注重培养孩子的团队精神和独立能力，挑选年龄稍大，能机灵热情地服务其他孩子的学生，成立"小先生""小看护"等小组，让孩子们相互学习帮助，福利站的运行井然有序。

也就是在第三儿童福利站，丁景唐见到了睿智端庄、和蔼可亲的宋庆龄先生，并在她的领导下，开展了一系列有益于孩子们健康成长的活动。

宋庆龄先生多次来到第三儿童福利站看望孩子和教师，对于这里的工作和氛围给予充分肯定。她勉励孩子们努力学习，掌握本领，成为建设祖国的有用之才。

她对于工作人员也是真情关怀，在与丁景唐的交谈中，发现他似乎呼吸不畅，还伴有咳嗽，关切地询问情况。原来丁景唐患有严重的鼻炎，发作时甚至整夜不能入眠。下次再来时，宋庆龄专门请来著名的德籍耳鼻科医生为丁景唐诊治，她热忱地充当翻译。医生同时为其他工作人员和孩子检查身体。

在医生的引荐下，丁景唐来到霞飞路善钟路（今淮海中路常熟路）大楼里的一家设备新式齐全的高级诊所就诊。因为丁景唐是中国福利基金会工作人员，诊所还免除了他的手术费和医药费。经过几次电疗，丁景唐的鼻炎被治愈，就此没有复发过。

当时，有不少同事与丁景唐一样，由于宋庆龄先生的关怀，受到免费医疗的优待，解决了治病的难题。此事在福利站成为美谈，宋庆龄先生高尚的人格给丁景唐留下终生难忘的记忆。

1949年冬，丁景唐离开第三儿童福利站。1950年3月，第三儿童福利站在原址乍浦路245号上，筹建中国福利基金会少年儿童图书馆；1951年6月，图书馆扩大规模，迁至北京西路1647号，乍浦路245号改为该馆的虹口阅览室；1952年12月，为筹划上海示范性的少年宫，虹口阅览室也随少年儿童图书馆并入中国福利会少年宫。此后，第三儿童福利站的铁皮房子被搬到了中国福利会少年宫。那几年，丁言昭参加小伙伴艺术团童声合唱队时，时常看见舞蹈队在铁皮房子里排练。

张云立先生也是与第三儿童福利站有过关联的人。他是上海电影集团的演员，也是扮演叶剑英元帅的特型演员，20多年里在10多部影视剧中饰演了叶帅。

2021年10月，我采访张云立时，他讲述起当年在第三儿童福利站的往事。

张云立记忆中，第三儿童福利站旧址就在如今的乍浦路245号虹口图书馆再北移一点儿。这是一座有着半圆形屋顶，30多平方米面积的简易铁皮活动房子，后面还搭建了一间牙医诊所，周围有涂了黑色油漆的竹篱笆围住。门口有两级台阶，黑色大门旁挂着长长的木牌，上书"中国福利基金会第三儿童福利站"。

福利站的用房，三分之二用作课堂，三分之一用作图书室和教师办公室；还有半间狭长的房子用作保健室、营养站。一共有五六位老师，有给孩子们上识字课、美术课和声乐课的，还有教孩子们扭秧歌、打腰鼓的。由于教室实在狭小，每当孩子们排练节目时，就要将课桌椅叠放。

张云立与第三儿童福利站结缘，是靠邻居一位进步学生介绍的。这里设施虽然简陋，但学习内容丰富多彩。他如饥似渴地快乐学习，可能因为继承了爸爸张翼（20世纪30年代中国著名武打影星）的表演天赋，扭秧歌、打腰鼓、跳舞都学得很快，表演起来很出彩，也成了辅导孩子们歌舞的"小先生"。

上海解放了，第三儿童福利站的孩子们兴高采烈地跟随欢乐的市民游行队伍扭秧歌、打腰鼓，还表演腰鼓的花式打法，并高唱《解放区的天是明朗的天》。

解放军文工团派来一位名叫管继英的女同志到福利站工作。她有齐耳的短发、英气的面容，腰束皮带，显得干练又精神。她对同学们热情关怀，鼓励同学们投身革命；安排能歌善舞的张云立做其他孩子的辅导老师，让他在狭小的空间对未来依然充满美好的希冀。

她还组织孩子们排练节目到部队慰问演出。来自五湖四海的解放军战士阵阵热烈的掌声，给予孩子们很大的激励。一位炊事员是来自山东的战士，热情地请孩子们吃高庄馒头，这是孩子们第一次吃到香糯又有嚼劲的山东高庄馒头，大家赞不绝口地说"好吃、好吃"。

管继英同志选出几个体形和文艺表演都比较出色的同学，预备参加解放军部队的芜湖战地文工团，并随部队南下，张云立也在其中。他情绪高涨，积极参加解放军南下文艺宣传队，只因他是祖母唯一的宝贝孙子，拗不过祖母的百般阻挠，最后没有去成。这期间，第三儿童福利站不少同学都参军了。

1950年2月，上海的三所儿童福利站分别改组为妇幼保健站、少年儿童文化站和少年儿童图书馆，儿童福利站的运行随之结束。

2000年，丁景唐先生受聘于虹口区图书馆"文化名人文献室专家顾问组"，满怀深情地回忆宋庆龄先生与第三儿童福利站的情缘，回忆乍浦路上的"虹图"旧事。耄耋之年的张云立回忆起当年往事时颇有感触地说："那时的我，受管继英同志言行影响，长期坚持参加志愿者活动，诸如参加定粮工作队和文艺宣传队等，以能为人民大众服务而自豪。"

（原载2023年2月24日《解放日报》）

虹口救火会，一部活着的中国消防史

那天，我从吴淞路报刊门市部购买杂志出来，在吴淞路武进路口等候过马路，视线被坐落于马路斜对面的虹口消防救援站聚焦，不禁浮想联翩。家住商丘路的那些年，经常途经这里，这一扇扇的红漆大门，总会令我油然而生神圣庄严的感觉。以后，我在《虹口报》做编辑，每月做一期"虹口消防"专版，虹口消防警钟长鸣的意识令我感佩，亦对这幢建筑的相关故事有所了解。

临水而居，别有用意

一切还需要从最能代表海派文化的虹口说起。虹口之所以为虹口，取名来自境内的虹口港。虹口港是黄浦江与苏州河交汇处的泄洪口，古时称作"洪口"。清顺治年间，因"洪"有影射明太祖朱元璋"洪武"年号之嫌，官方文书乃以谐音改成"虹口"，从此沿用至今。

虹口因水而生，之前一直是渔村。19世纪中叶，随着上海开埠、租界辟设，形成华洋杂居、五方共处的"国际"格局。租界人口日趋增加，房屋建筑逐渐密集，火灾事故时有发生。一些商号顾及自身利益，集资从海外购进西方消防设备，自行建立小型独立的救火队伍。租界当局意识到问题的严重性，一些侨民也提议建立统一的救火组织。

1852年，在租界工部局允许下，一个由外国侨民组建构成的组织——上海救火会，在虹口成立。因地处沈家湾附近，因此俗称沈家湾救火会。1863年，沈家湾救火会归公共租界工部局接管，先后从美国、英国购进新式救火车，这样的装备，在全国，乃至远东地区都屈指可数。

现在的红色救火车一旦出动拉响警报，咆哮着由远而近、由近而远，火急火燎的浩大声势，足以压倒路边一切豪车。早年的沈家湾救火会，使用的救火车只是一种带有轮子的蒸汽机水泵，上设一个很大的锅炉，因此也被叫作"水龙"。在还没有自来水的年代，由于许多河道已被填筑成马路，火政处在街头挖了许多"消防井"。救火时，很长的进水带插入井中，被抽上来的水顺着"水龙带"和"龙头"喷射而出。19世纪80年代，上海出现自来水后，那些消防井就被沿街而立的红色消防龙头所替代。1908年，上海工部局火政处从美国购得一辆以内燃机为动力的"汽油马达转盘救生梯消防车"，成为我国出现的第一批消防车；1919年后，逐步淘汰蒸汽机泵浦，换上了马达泵；1932年，由震旦机器铁工厂（后为震旦消防厂）改装的中国第一辆消防车诞生。中式房屋的火警，通常用轻便伸缩梯、压力小的喷水龙头、抽水接管、救火抽水机、灭泼器和外用灌水器等救火装备。

即便设备不断升级，但早期的沈家湾救火会，仍是一个不支薪水的义务消防组织，直至1867年1月17日，工部局成立火政处，这才正式开创了属于市政的消防事业，沈家湾救火会也因此成为中国近代第一个城市消防队。如今在虹口的版图上已找不到沈家湾，唯有翻开1864年—1866年上海工部局绘制的《英美租界主要城区图》才可以找到。地理意义上的小河道不复存在，但历史意义上，原本籍籍无名的沈家湾，当年只是虹口南部古河道穿洪浜的一段支流，因救火会得以延续。

第一双城市之眼

有了救火会，首要任务自然是救火，而救火第一要紧的则是报警。

当时，沈家湾救火会在虹口三角地菜场、汉口路、山东路各建火警楼，设岗瞭望，发现火警即以鸣钟报警，不同租界鸣出不同节奏：美租界是一声一停；英租界是大马路北段二声一停、南段三声一停；法租界是每隔10秒敲四声四停……救火会先是鸣钟30秒之久，然后分明地段，按不同地段设定警报时长和鸣钟次数。除此之外，还有黄浦江中船鸣笛一刻钟、驻军鸣枪三声等报警方法。

为及时发现火情，1888年，虹口建造了上海历史上第一座真正意义上的消防瞭望塔，也是中国首座消防瞭望塔。

瞭望塔呈六角形，塔高34.2米，有9层，瞭望半径可达5千米，是当时城市的最高点，杨浦的控江路、五角场等地区都在其瞭望可达范围，因此被世人誉为"第一双城市的眼睛"。

电话出现以后，电话报警成为最迅捷的方法。如一则报警通告所示："如遇到火灾，可以打56号德律风（电话，即Telephone的"洋泾浜英语"，即不讲英语语法，按中文语言逻辑转成的英语表达），关照老巡捕房，或拨打121号德律风，关照法捕房。"随着社会与科技的进步，现代报警已发展到电子互联网，秒通火情。瞭望塔也于1997年后不再使用。在电话的发展和普遍使用后，钟声报警退出历史舞台。

1915年，救火会迁至现址——上海市吴淞路560号——由工部局在瞭望塔前侧设计修建的建筑。搬迁后的沈家湾救火会也正式更名为虹口救火会。这是幢那个时代特有的混砖西洋式建筑。主楼呈三层（底部为消防车库，楼上是宿舍），面朝西南，底层及阳台内墙为仿石墙面，其余为清水红砖墙面，屋顶有方形塔楼，是西式的钢铸玻璃窗，厚实的实心砖墙，上部即为六角形的瞭望塔。楼体的一头临哈尔滨路，一头临武进路，两头以一条漂亮的内凹弧线形成主立面，四扇鲜红的大门一脉连在这条弧线上，前场留出一大块宽阔空地，方便日常机车维护和进出，而一字排开的红漆大门，揭示此处非等闲之地，突遇火灾危情时，如利剑般射出红漆大门的救火车，将救民于生死关头。

但这份庄严和神秘，并没有成为横亘在救火会与城市生活间的一面墙，恰恰相反，冬天大片阳光送着温暖，夏天阵阵回旋风吹来凉意，20世纪住房困难时，经常有附近居民搬来椅子在此空地前晒太阳、乘风凉。

若论起救火会与这座城最深层的勾连，绕不开的便是路易·艾黎。在虹口救火会100多年的历史上，曾经扑灭过多少次火灾，已经很难查考，但艾黎发挥的作用不可或缺，甚至被宋庆龄誉为"如白求恩一样的国际主义战士"。时光回溯到1927年4月21日，一艘远洋客轮鸣笛缓缓驶入黄浦江的码头。30

岁的新西兰作家艾黎开启了中国之旅。本来他只想到中国这个遥远而神秘的国度游历一番即回国，不料却终生留于此地。

虹口救火会是艾黎选择的第一站，从1927年到1938年，他在这里工作。上班的第一天，他就当上了救火会的队长。

春风沉醉的夜晚，骤然响起的警报声撕裂了静谧。"不好，有火情！"艾黎迅疾套上油布灭火服，抓起铜头盔，带领10名消防队员冲上救火车，从红色大门疾驰而出，直奔火灾现场。这是艾黎上班的第三天，也是他第一次值夜班。救火队到达现场，火势很快被扑灭。艾黎带领队员回到驻地，正想洗澡休息，报警声又骤然响起，他再次麻利地套上救火服，顺着滑竿滑下，跃上蓄势待发的消防车……这个晚上，他接连不断地出警5次。

艾黎带领的这支救火队由外籍和华籍队员联合组成，出警快、效率高，深得同人和市民赞誉。艾黎还有一项工作是检查工厂消防设施，这使他有机会深入虹口等地的工厂，接触到中国的劳工阶层。他目睹底层民众的苦难，既同情，又钦佩他们敢于与不公抗争的精神，所以努力学习中国话和上海话，想为中国劳工阶层做些事，由此打消了回新西兰的想法，参与到中国革命中。历史上著名的"工合运动"，就是艾黎与一批志同道合者发起的。他们组织失业工人和难民开展生产自救，支援抗日前线，成为中国合作社运动史上最有影响的全国性群众运动。艾黎被誉为"工合之父"，一生为之奋斗，还受到毛泽东、周恩来等国家领导人的高度赞扬。

"火焰蓝"

2016年，坐落在吴淞路560号的虹口消防站迎来150岁的生日，但置身其中的虹口消防中队，依旧被居民习惯性地称为"救火会"。

1945年抗战胜利后，虹口救火会由上海市警察局消防处接管，改名为虹口区消防队；1949年上海解放后，由上海市公安局消防处接管；1983年，中国人民武装警察部队成立后，由武警部队接管。2018年11月9日，我国成立综合性消防救援队伍，消防员脱下橄榄绿，换上火焰蓝的消防制服，涅槃再出发，由此，他们又多了一个亲切地称呼——火焰蓝。

再次来到吴淞路560号，但见原来全色的红漆大门，已变化成上红下蓝，色调鲜亮厚实，比例等同中国消防救援队队旗，不禁令人肃然起敬。

我在《虹口报》编辑消防专版时，到过这里几次，有次正在参观时，警铃突然响起。"是火警？这么巧？"我们一行人赶到车库，看见1号、3号车似两支离弦的箭，带着消防战士先后射出红色大门，呼啸离去。时任中队长的索晨说，警铃就是战铃，无论队员在吃饭或睡觉，都得放下这一切；这意味着，当你或与恋人、家人视频情到深处时，战铃突响，画面秒变为战斗模式。为争取时间，在二楼宿舍走廊边分别竖立着4根下滑杠杆，队员顺杆一溜直接到底楼，不用走楼梯。从警铃响起到换好消防衣裤鞋帽上车，不过45秒间，5分钟就要到达火灾现场。中队管辖区域，北到大连西路，南到北苏州路，西到浙江北路，东到公平路。不出意外，5分钟基本都能到达。

的确，消防事业经过几百年的发展，设备已相当齐全先进，梯子已是入天云梯，水柱射程百米，消防车的设计已专事专用，"生命接力"的速度和效率自然锐不可当。

"中队配有4辆消防车，1、2号车为主力车，3、4号为配合辅助之用，每辆车配备9人左右。"索晨边介绍，边一一示范每辆车上不同的装备。

有意思的是，在底楼车库，除了消防车装备，诸如无齿锯、电动扩张器等，还有救狗救猫的各类工具，消防队也从单纯的救火，扩展到各种社会救援救助，比如小孩掉入窨井里，独居老人突发疾病亟须破门救援等。所以这里不但有"优秀历史建筑"，还有虹口消防救援站的光荣传承，这支被誉为"最美逆行者"的英雄团队，近年来，围绕游泳、岸际救援等水域基础技能，以及活饵救援、定点救援等救生技能，开展广泛的专项训练考核，由此增添了"虹口消防救援站"铭牌，与"国际主义教育基地""第20届全国文明青年号"交相呼应，这座中国最悠久且目前仍在工作的消防站，精彩仍在继续……

（原载《当代工人》杂志2022年05A）

浦江饭店，苏州河口的沧桑老人

不 沉 之 船

上海开埠后建成的浦江饭店，饱经世事变迁，犹似一位仁厚睿智的老人，毫不张扬地记载欣赏北外滩的日新月异。我曾无数次地在黄浦路、北苏州河路、大名路、苏州河和黄浦江两河相交处行走游览，浦江饭店就静处在外白渡桥北堍，毗邻上海大厦。这是一方风水宝地，被誉为"苏州河口的不沉之船"。它打量着匆匆过客，见证周边"别人家"的故事，只有你走近它、欣赏它，才能读懂和感受它特有的华彩和经典。今日的浦江饭店，虽历经百年沧桑，却依然似一首经典永流传的乐曲，在苏州河与黄浦江交汇的优美弧线上，向着波涛滚滚的宽阔水域低吟浅唱、高歌豪放。

浦江饭店位于虹口区黄浦路15号，前身即礼查饭店。1843年上海开埠，临江靠海的独特地理位置，吸引大批外国冒险家从世界各地会集到这里。一时间，上海县城里高鼻梁蓝眼睛的西洋人越来越多，国内的商家巨贾也纷至沓来，他们在尚显荒芜的滩涂上忙碌奔波，实现着淘金梦想。码头变得繁忙了，街道开始拥挤了，而适合他们的住宿地却没有，有的只是传统的客栈小旅店。

英国商人阿斯脱豪夫·礼查（Astor House Richards）也是到上海冒险淘金者中的一员。礼查饭店在上海可谓家喻户晓，但它的创办人却鲜为人知。直到近年美国著名记者、报人鲍威尔先生的回忆录翻译出版，人们才惊奇地发现，这家著名大饭店的老板居然是一位船长，一位在海上漂泊了大半生的船长。而且奇怪的是，在饭店创办初期的七八十年里，经理不知换了多少茬儿，但他们基本上都是船长。

再说慧眼独具的礼查，在上海的"淘金"中很善于发现商机，于1846年在英租界与上海县城之间（今金陵东路外滩附近），兴建了一座以他名字命名的旅馆，名为礼查饭店（Richard's Hotel），这就是上海最早的一家设备先进的专业旅馆。

1856年，苏州河上外白渡桥的前身"威尔斯桥"建成，苏州河南北变通途。礼查看好苏州河北岸的发展前景，翌年，他以极其低廉的价格买下桥北侧河边一块面积为22亩1分的荒地，也就是现今的黄浦路15号，建造了一幢二层楼外廊式西式饭店。3年后，他将礼查饭店从金陵东路外滩迁移到这里。

礼查饭店经营状况良好，外国游客逐年增多，于是在1903年对饭店进行改建。1906年上海制造电气公司获准在上海创办有轨电车，需铺设跨越苏州河轨道，外白渡桥要重建，工部局要求礼查饭店让出部分土地，用于修建外白渡桥引桥。而此时，新造的汇中饭店在一河之隔的南京东路外滩傲然挺立，给礼查饭店经营带来极大的威胁。为争夺游客，礼查饭店经营者忍痛拆除饭店，重新建造一幢更高档的旅馆，于1910年竣工开业。

新的第三代礼查饭店共设有客房200多套，是当时远东设备最现代化的豪华饭店之一。饭店上下可乘电梯、客房有电话、24小时供应热水、各式设施一应俱全；还设有阅览室、弹子房（即台球厅）、酒吧、理发室；并配有汽车、摩托车、马车出租，成为上海最舒适的入住宾馆。大凡重大的社交典礼、娱乐交际都在这里举行，国外的新鲜"玩意儿"和国内的时尚风气都在这里发端。新的礼查饭店客流量日趋递增，又于1920年增建了新楼，礼查饭店逐步形成现今的规模和格局。

礼查饭店除软件应用服务不胜枚举，其建筑风格更是令人耳目一新。它是具有英国新古典主义维多利亚巴洛克式的建筑，坐北朝南，建筑面积有1.57万平方米；部分钢筋混凝土结构、部分砖木结构，总共有6层。底层为券式门窗，二楼以上挑出阳台，三四层之间装饰艾奥尼克式大柱头。建筑西侧转角处为半圆形，顶部有穹顶塔楼，站在马路对岸聚焦半圆形，这幢建筑呈V字架构；凹凸有致的外立面立体感极强，显得典雅大气又威严庄重。

饭店的内部更具魅力。穿过主入口有铁铸框架的大雨篷，即是饭店的大堂；矗立的爱奥尼克式立柱，犹如亭亭玉立的少女在向你致意；柚木的护墙板以深褐色为主，折射出古典庄重的氛围。饭店内共有大小餐厅9个，其中孔雀厅最为高俊华美，拱形穹顶，每根柱子上有美丽的欧洲古典人体雕塑，法国风格的彩色玻璃折射出迷人的光彩，可以容纳500人同时用餐或者跳舞。老楼的中厅有着维多利亚时期哥特复兴式旅馆建筑原貌，步入其中，仿佛进入了中世纪的欧洲古城堡，观赏中令人流连忘返。

数不尽的"第一"

礼查饭店能够名扬四海，并非仅靠颜值这么"肤浅"。我还是先为读者罗列其建成后创下的"上海之最"。

其一："西侨"在上海创办最早的饭店。礼查饭店创建于1846年，是上海饭店行业的"大哥大"，中国豪华西式饭店的"鼻祖"，被誉为"远东第一酒店"。

其二：中国交谊舞的发祥地。1879年，时任上海署理道台的蔡钧，为庆祝慈禧太后寿辰，在礼查饭店的孔雀厅举办盛大交谊舞会。宾客如云，各国驻沪领事、旅沪外国商人，前来观赏的中外名流、佳媛挤满大厅。这次盛况空前的舞会，开创了交谊舞在上海的先河，由此交谊舞在上海盛行。

其三：上海第一批用上电话的饭店。1882年2月21日，丹麦大北电报公司开通上海第一个人工电话交换所，仅有20多家用户，其中大多数是外商银行、洋行、饭店，每部电话机的年租金为150银圆，礼查饭店是第一批用上电话的。及至1901年，上海第一本电话簿上礼查饭店的电话号码是"200"，是上海最早使用现代电话的饭店。

其四：上海首次亮灯地之一。1882年，英商在虹口成立上海电光公司，7月26日准备了15盏弧光灯进行试燃，礼查饭店被分配到7盏，饭店里4盏、花园里3盏，2 000瓦的钨丝灯泡亮起的一刻，众人啧啧称奇为"奇异的自来月"。第二天《申报》头版报道：电灯光灿，观灯者人流如织，无不万分诧异。

此后仅一年，英商上海自来水公司开始向租界供水，礼查饭店自然又是一马当先用上自来水。而早在1867年，礼查饭店已经开始使用由私营英商煤气公司向租界供应的煤气。如此，礼查饭店内的水电煤一应俱全，不但有现代化的通信设备，客房内还24小时供应热水。

其五：首次在中国公映有声电影。1913年12月29日的报纸广告有一则名为《新到有声电影戏》的宣传："美利坚博学士伊地臣（爱迪生）创始电话及头等画片配置衬声机器，举凡滑稽、艳情、战争及世界时事均可传形传声，可谓出神入化，巧夺天工……"借此，礼查饭店的住客又增添一项乐趣，可以日夜观看来自美国的"有声"电影。"阅者爽心悦目，不啻身临其境。"票价有三档：头等2元，二等1元，三等5角。

东方魅力之窗

礼查饭店的豪华、舒适是无可挑剔的。在和平饭店耸起之前，它一直是上海甚至整个东方最有魅力的饭店。19世纪至20世纪中叶，礼查饭店成为了解近代西方文明和中国近现代史的一个窗口，也成为中外政要、社会名流、文化巨子的会聚地，以及世界各地名人来到上海首选的下榻地。英国爱丁堡公爵、美国第十八任总统格兰特将军、英国哲学家伯兰特·罗素、大科学家爱因斯坦、喜剧艺术大师卓别林、《西行漫记》作者埃德加·斯诺夫妇等都在这里留下足迹。

上海城市进程中，大名鼎鼎的"祥生"汽车出租公司创办人周祥生，也与礼查饭店有深厚渊源。周祥生曾做过礼查饭店的侍应生，他聪明伶俐，勤勉好学，利用每次为洋人雇车的机会，学得一口流利的英语，并熟悉了出租汽车业务，从而萌发自己创办汽车出租公司的愿望。机缘巧合，他用意外获得的一笔钱加上借款，买下一辆日制的"黑龙牌"旧汽车，开始经营汽车出租业务，开创了中国人经营出租汽车业的先例。

与上海所有著名建筑一样，礼查饭店也经历了百年沧桑。饭店的经营者、管理者换了一茬又一茬。1941年太平洋战争爆发后，日军占领了上海租界，英美人士闻风而逃，来不及逃走的大都被日本人关进了设在浦东的集中营，或是苏州河边的"大桥监狱"。礼查饭店被日本人占据，直到抗战胜利后才收回。

1954年4月19日，礼查饭店被上海市人民政府接管，先后作为华东纺织管理局、中国茶叶进出口公司的办公地点，以及海军家属、茶叶公司职工、棉纺公司职工的宿舍。1959年5月27日，礼查饭店更名为浦江饭店，重新对外营业，成为上海市政府下属的高级招待所，负责接待外宾和华侨旅客，各类重要会议也在此召开。

新中国第一家证券交易所也是在此挂牌的。1990年，上海证券交易所接手浦江饭店，其中的孔雀厅经过4个月的紧张装修，变身为证券交易大厅。12月19日，上海证券交易所在孔雀厅正式挂牌成立，这是值得见证的一个历史性时刻。这天，浦江饭店门前人群如潮涌，标志着上海证券市场的新生。当年的证券流通就达22亿元，浦江饭店也成为改革开放搞活经济的历史见证。

1999年9月28日，上海市人民政府公布浦江饭店为上海市优秀历史建筑。

如今，当人们再次踏访浦江饭店时，这里已是"中国证券博物馆"，但它依然不吝热情地接待来自各方的参观者。化身为上海一首经典悠扬的时代交响曲。

（原载《当代工人》杂志2022年02A）

在上海纺织博物馆的情感体验

衣食住行是人类从事社会活动的首要条件。于"衣"而言，我们的祖先何时能够织布制衣，从追求人体保暖的初级阶段，演化到追求外在美观高级阶段的？坐落在澳门路150号的上海纺织博物馆可为你答疑解惑。

我看上海纺织博物馆大楼，没有经典建筑的瑰丽雅致，澳门路亦无令人神往的一路风情，但并不妨碍它是有故事的展馆。"博物馆的精髓不在于建筑本身，也不仅在于藏品，而在于它的表述方式，能否更有效地令观众获得情感体验。"我赞同这说法。

上海纺织博物馆的原址是"国棉二十二厂"，是在新中国建立后，于1955年由上海申新纺织第九厂（以下简称"申新九厂"）公私合营而来。申新九厂是中国第一家机械棉纺织厂，前身为1878年中国第一家官督商办的上海机器织布局，1931年被我国纺织巨头荣氏家族收购，更名为申新九厂，也是中国民族资本棉纺织业中规模最大的企业。申新九厂还有一项殊荣，是毛泽东主席视察过的唯一一家公私合营企业。

纺织业被称为上海的"母亲工业"。我少年时看连环画《中国古代科学家》，其中有元朝的松江乌泥泾妇女黄道婆，将在海南岛崖州学到的棉纺织技术带回松江并加以技术革新，由此奠基了上海的棉纺织业，造就了上海"衣被天下"的故事。博物馆通过实物、资料、场景、图文、模型、多媒体等，展示上海地区纺织业发展的历史文脉。气势恢宏的序厅、底蕴厚实的历程馆、时空连贯的撷英馆、互动叠现的科普馆等，演绎了上海6 000多年的纺织历史和文化。

纺织博物馆的叙述，让我在经纬线织就的"时光机"中获得情感体验。

历经人生一个甲子的我，脑海中浮现亲历的与纺织相关的一幕幕。

曾经，上海纺织业发挥着领头羊的作用。尽管上海有很多纺织厂，我妈和小伙伴的妈妈，很多都是纺织女工，但是新中国是建立在一个积贫积弱国度上的，处于百废待兴的年代，号称"半壁江山"的上海纺织业是面向全国的，当时，我们对服装的需求是短缺的。

曾经，翻身做主人的上海纺织工人，涌现很多可歌可泣的先进事迹。2017年，应《上海档案》杂志约稿，我采访了20世纪五六十年代纺织系统的著名劳模全昭妹。她不仅刻苦钻研生产技术，还努力学习文化知识，1954年，她所在的工厂接到苏联一批毛料大订单，这是一项重要的国际任务，她经过废寝忘食的试制，由原来一人掌控一台毛纺织机，提高到一人同时掌控四台，极大地提高了生产效率和产品完好率，苏联专家验收产品后表示非常满意。

曾经，凭布票买布做新衣服的岁月。大人有口头禅："新三年、旧三年、缝缝补补又三年。"每人每年发六尺布票，做一套新衣服，阿大（沪语du）穿后阿二（沪语ni）穿，打上补丁再让阿三穿。巧手当家的妈妈们，到百货商店买来男式大手帕，开出领口，两边缝合，就为孩子做成一件方领衫啦；用做衣服的边角料，做成"假领头"和袖套，能减少衣服关键部位的磨损；实在不能拼凑的碎布料，平摊在一块板上，用糨糊一层层地粘住，晒干后用来纳鞋底。那时的我们，足蹬布底鞋、身穿补丁衣、翻出假领头，度过了欢乐难忘的童年和少年。

随着纺织工业科技生产水平不断提升，我们的穿着除了棉纺、毛纺面料，又有了"的确良""中长纤维""纯涤纶"等，再也不用为买不了新衣服发愁了。我买的第一件纯涤纶两用衫，是拿36元工资时花费28元，在家门口的甘泉服装店购买的。合身挺括的衣服穿在身上，立马提升了精气神。

1984年，布票在我们使用的各类票证中被率先取消，原先遍布大街小巷的布店也在人们生活中渐行渐远。我们随时光车轮来到2021年，以购买成衣为主打，不畏"剁手"的女性，几乎达到"畅购"的境界，只有想不到，没有买不到的。逛商圈，琳琅满目的服装令你目不暇接；家中坐，刷屏手机就能将你钟情的衣服"一网打尽"；还有更让你感觉神奇的，诸如珍珠纤维、牛奶纤维面料的衣服,你想拥有也是可能的;至于竹纤维、大豆纤维面料的衣服,早已飞入寻常百姓家。而博物馆里展出的宇航员翟志刚地面训练时穿着的宇航服、用丝绸织成的报纸,更是中国现代高科技纺织水平的见证,足以令你脑洞大开。

跟随讲解员的介绍,在产品商标陈列品橱窗前,我知道了著名实业家强锡麟,听到一个令人感动的故事。商标陈列品是强锡麟捐赠给博物馆的。那年,馆长到他家,看到毕生从事纺织业的他,窗帘竟然打着补丁,电视机还是黑白的。他87岁加入中国共产党,20世纪80年代就已捐献给国家160余万元,其爱国情怀令人景仰。

澳门路300号还有顾正红烈士展览馆,这是上海国棉二厂的旧址。参观纺织博物馆时,不妨再到顾正红烈士展览馆参观,你会对现代上海纺织业的工运史有更多的了解。

(写于2020年11月,荣获2020年"上海市民文化节·市民游记大赛百篇最美游记")

北外滩有架振翅的"飞机"

我与朋友在白玉兰大厦的一家餐厅聚餐。透过窗户，居高临下看到东长治路对面的上海海员医院。尽管以往多次到过、看过海员医院，但都是在地面局部观赏，而完整地看到海员医院正面全貌于我是第一次，收获意外的惊喜：这幢建筑犹如一架展开双翅欲仰天长啸的飞机。为高端时尚的白玉兰商圈融入文华气质；亦如一颗经典优雅的钻石，为建成北外滩最美城市会客厅增色添彩。

眺望海员医院，我沉淀心底多时的情感油然而发，多年生活工作在北外滩的我，对于海员医院的前世今生也能说上几句。

20世纪80年代末，我家住到了商丘路。在商丘路与东长治路交界处，我发现了海员医院。巴洛克式的建筑风格，激发我探究兴趣。入内观赏，但见绿树蓊郁处，喷水池中的小天使雕塑巧夺天工，建筑入口处，尖券门廊节律伸展，大厅里欧式立柱挺拔峻峭，彩色地砖彰显风情，玻璃窗外还有诸如天平、角尺、齿轮、圆规、烧杯等科学仪器的铁艺制作各臻其妙。这幢建筑肯定有故事！想不到的是，还未等我探寻到故事详情，就与海员医院有了工作上的交集。

20世纪90年代末，我任职提篮桥街道（现今的北外滩街道）宝华居民区党支部书记。宝华居民区占地是块方形，自东向西是新建路至商丘路，从北向南是唐山路到东长治路。地处东长治路505号的海员医院，就在这块区域的西南角。这年，我被选举为虹口区人大代表，在我们提篮桥街道代表组中，我认识了同是人大代表的海员医院院长张达欣。交谈中，我俩一拍即合，宝华居民区与海员医院结对为文明小区共建单位。由此，从张达欣院长到后来的邵陈院长；从党办主任丁如玲到宣传科长董水淼乃至团委书记汤烨，我们双方的文明创建活动日益增多。在数年的交往中，对于海员医院的前身——雷士德工学院，我也越来越清晰地了解到其演化的脉络。

雷士德工学院是遵照英国工程师、地产商、慈善家亨利·雷士德的遗嘱，用他的遗产创办的。雷士德于1840年2月26日出生于英国的南安普敦市，1863年来到上海，1926年病逝，63年间没有离开过上海。在上海，雷士德涉猎的建筑设计与建造项目，土地和地产交易等都获利巨大，因此将上海视作自己的幸运之地，对上海满怀感激之情。1934年竣工的雷士德工学院，由上海最著名的建筑设计事务所之一的德和洋行设计，久泰锦记营造厂承建。钢筋混凝土结构，主体立面呈半弧形，顶部是穹顶塔楼，整体建筑壮观大气，艺术风格装饰华美，平面Y形。资料显示，之所以将主体建筑设计成面向东北方向展翅翱翔的"战斗机"，是"九一八"日军入侵，中国东北沦陷，以此激励学生学好工科，建造飞机打回东北。1994年2月15日，上海市人民政府公布雷士德工学院旧址为上海市优秀历史建筑。

雷士德工学院设置有建筑、土木工程、机械电器工程等课程。雷士德叮嘱学院以华人子弟为主要生源，学生为清一色的男生。学院以教师的讲课笔记为教材，是上海唯一不使用标准教育课本的大学，全程英文授课，学生一面上课一面记笔记，记下来的笔记就是学习材料。每周除课堂上课之外，学生还有两个半天要到车间实习。

1942年，雷士德工学院被侵华日军接管，至1945年停办。抗战胜利后，此处成为吴淞商船专科学校。新中国建立后，为招商局医务室、海运局职工医院。1955年1月，更名为上海海员医院。

雷士德工学院虽然只存在短短10年，却为中国培养出数百名杰出的"雷士德男孩"，他们成长为各领域的优秀专业人才。它是当年沪上除交通大学外，唯一可以与"圣约翰"与"沪江"两所一流大学抗衡的工学院。

我在宝华居民区工作的21世纪初期，与海员医院联袂举办过不少活动。诸如海员医院医生志愿者，每周一次到社区义诊；团委与困难青年结对帮困。我最难忘的是居住在宝华里的高文彬先生，在海员医院大礼堂为医护人员和社区居民讲述亲历东京审判的全过程，大礼堂内两边的走廊和门口都挤满了听众。高老回忆，当年的宝华里居住过不少雷士德工学院的教职员工，他的父亲曾经是学院的会计，用金条"顶下"了宝华里65号石库门。

凝视着窗外不远处的雷士德工学院建筑，我忽然有了再次踏访的冲动。然而，当我来到此处，发现已然人去楼空。门口留守值班的黄先生说，上海海员医院已于2015年1月1日起停业，以后派何用场不得而知，很多有意向的单位前来勘察。

穿越历史长风，回首递嬗前沿。我想说，打卡北外滩胜地的朋友，当你游览国际客运中心、漫步滨江绿地、光顾白玉兰商圈、品尝"点都得"美食后，不妨再来领略雷士德工学院的风采，发挥无尽的想象力：不久它会焕发怎样绚丽迷人的光彩呢？

（原载2021年6月13日《劳动报》）

爱上黄陵路

　　冬日的午后，瞅着窗外融融的暖阳，欣然外出散步。这段日子，黄陵路成了我心仪的散步路段。

　　从延长西路的住家，行不了几步，左拐便是黄陵路了。放眼望去，两旁的住宅区，是用线条勾勒的红砖围墙，上街沿是用浅灰和深灰的方砖相交铺就的地面，围墙和地面由南向北伸展形成开阔的视觉效应，愉悦了我散步的心境。原先依傍围墙的绿化带，被移植到上街沿旁，6棵荷花木兰树被留在原地，尽管不是它的花期，但它伟岸优雅的枝干，层叠浓荫的叶姿，在阳光的投射下似有碎银铺地，成为黄陵路由南向北的第一道景观。

　　行不了几步，新建成的"壁虎智慧充电站"令我眼前一亮。宣传画上有"人车不同屋""电动自行车不进楼"的标语，还有指导使用智能充电柜的操作流程，这可是为居住安全做了一件大好事啊，希望充电站的使用频率越来越高。

　　黄陵路中端与甘泉路有交集，形成这一带的商圈。但看鳞次栉比的小店铺，似乎能够涵盖居民日常生活所需的小商品。如果说，沿街小店铺是满足民生的一个方面，那么，着力居民生活环境的打造"美丽甘泉"行动，则更是满足提升民生的锦上添花。你看，黄陵路甘泉路上各臻其妙的店招，清洁规整的街面显现的勃勃生机，让你购物兼有赏景，畅享生活的美好。

　　甘泉路上，微风中，有梧桐叶恣意地撒落在马路旁和人行道上，诱发你遐思无限，那就西行一段，也领略一下甘泉路的风情。果不其然，在一处"蓝琼湾"的画面前，我怦然心动，第一次见到蓝色图案装饰的外立面和"蓝琼湾"字样，瞬间被惊艳："好有诗意啊！"跨进室内，听工作人员介绍，才知道这里是废旧物品分类的智能回收站。欣然报给工作人员手机号，领取一块投放牌，以后阅读过的报刊、淘汰的衣物，再也不愁如何安置啦。

返回黄陵路北行，一幅匠心独具的街面壁画，如电影院里的影片介绍：山区的小路上，骑自行车的父亲，后座坐着女儿，从一棵大树下经过。奇妙的是，画面上这棵大树的两个枝丫，视觉上与围墙里真实的大树分枝巧妙地长成一棵大树，此处，自然与人为画面完美地融合。而近旁"快乐养老院"外的这幢平房的墙面上，全部被彩色画面覆盖，画面是黄陵路上的众多店铺，真是别出心裁啊，平添了几分浪漫的文化气息。这真是，黄陵路上走一走，养眼怡情又添乐。

如今构筑"最美城市会客厅"成为上海的一大亮点。令我喜出望外的是，在黄陵路上有一幢颇具建筑艺术的二层小楼，旁边的红砖墙上"甘泉·百姓客厅"名牌，将会为甘泉区片的生活形态带来怎样的美好时尚呢？期待"百姓客厅"启用后，成为凝聚民智的好平台，居民休闲交往的好场所，文化创意活动的好园地。

漫步黄陵路，随时欣赏两侧的居民住宅。黄陵路以多层平顶的老式楼房居多，特别是建造于20世纪五六十年代的居民楼，不少陈旧破损。近两年来，一个个的小区逐渐地有脚手架搭起，并被绿色网布笼罩，就在你每天途经的不经意间，一片片的网布仿佛神秘的面纱被撩开，呈现给你的是卧着"老虎窗"的红瓦坡顶，涂上姜黄色的外立面，连小区的门楼也都改头换面了，"美容"后的老式居住区，生发出一派风姿绰约。

上海的街面用房，其商业价值不言而喻，但如今在黄陵路的商圈里，临街一处宽敞明亮的房子，成为安塞居民委员会用房。晚上途经此处，见居委会里灯火通明整洁有序，我抑制不住好奇踏入，一位年轻姑娘接待我，交谈中得知她是居委会文教兼任调解干部小朱，正与物业人员一起调解居民的用水矛盾。秀美开朗的小朱介绍，居委会用房120平方米，居委干部平均年龄31岁，学历都在大专以上。我思忖，环境如此好的居委会，大概在普陀区鲜见吧，但我更想对年轻的居委干部说："青春共志，社区有你，甘泉更美丽！"

漫步黄陵路上抚今思昔，曾几何时上海人将普陀、闸北、杨浦等产业工人集聚区域叫作"下只角"，少不更事的我们，戏谑地将普陀区用上海话谐音，说成"普陀、普陀，又破又大（沪语du）"。黄陵路上的小理发店，我每周光顾，来此理发的每每说起改造后的黄陵路，自豪感油然而生，如今这里的房价也看涨啦。

5年前，我在此有了住房，黄陵路成为我每天的必走之路。其实，对于黄陵路，我更有"半生缘"。打从记事起就生活在甘泉的我，对于黄陵路的熟知远不止5年。那些年最深刻的印象，就是黄陵路甘泉路挤满杂乱无章的路边摊，大量违章搭建、无证经营的小店铺，垃圾遍地污水横流，脏乱差的环境饱受居民诟病。

而今，市民期待的是宜居宜业，这是最大的事业也是最大的发展。多年来，经过一轮又一轮的整治改善，黄陵路的环境逐年向好，今年的改造，甘泉路街道更是将焕然一新的黄陵路呈现给市民，为我们市民的小康生活增添一道美丽的风景。

爱上你——黄陵路。

（原载《东方建设》2021年第5期）

推窗见"明珠"

　　白玉兰大厦的20层，看窗外是清澈的蓝天白云，隔窗眺望，黄浦江对岸的东方明珠清晰地映入眼帘，与高层建筑"三件套"的遥相呼应中，东方明珠神采依然；将视线收回到北外滩岸边，邮轮游艇装饰的岸线时尚高端，正停泊在岸边的橘红色雪龙号锦上添花。上海的地标建筑与国家的极地破冰科考船，组合成壮阔的画幅令人心旷神怡。

　　东方明珠在上海市民心中酿成的是自豪大气的情怀，而生活在北外滩的人，更有独特的感受，隔江相望，似乎无论选择哪个视角看过去，东方明珠总在最佳视线中，它与北外滩是有着怎样的情缘啊？东方明珠是美好的印记，每个记忆都有北外滩的灵性萦绕，高耸入云的塔尖，将时代的烙印衍化成引力波在宇宙中无止境地延伸……

　　2015年底，我在北外滩商丘路处的住房被征收了，与居住了20多年的住房告别，别有一番离愁，最释怀不了的是与黄浦江对岸东方明珠有了被阻隔的距离。因为在旧居，我只要推开窗户，东方明珠总是毫不吝啬地将它亮丽伟岸的身姿展现给我，我是在旧居见证它"出生成长"的。

　　1988年底，我在商丘路安家了。第一次踏进商丘路的家，我正兴奋地构思着房间的布局和装饰，忽然，有"呜……呜……呜……"低沉悠长的汽笛声传来，玻璃窗似乎也有轻微的震颤，我愣了一下，立马推窗向外张望。我家在五楼，但见窗下是一片棚户区，不远处有一艘庞大的货轮，犹如搁浅在棚户区的房顶上。我恍然大悟，从我家走到黄浦江边只10多分钟的路程，这是停泊在黄浦江上的货轮啊。再向右手边的远处眺望，竟然见到风姿绰约"缩小版"的外滩建筑群，我发现新大陆似的兴奋，尽管住房并不宽敞，却在此处有观赏美景的开阔视野。更令我始料未及，1991年7月，浦西对岸的上海东方明珠广播电视塔开建啦，而且就在我的"眼皮子底下"节节拔高的。但看它，底层是三根强壮且嵌有圆珠的圆柱体结构，以三角鼎力相聚形状支撑起美丽的"大珠""小珠"，而"大珠""小珠"们还在三根擎天立柱的三面围护下，被层层托举仰首向苍穹。此情此景激发我美好的遐思：一颗颗耀眼的巨型"明珠"，生发珠圆玉润的熠熠诗意，吟诵浦江两岸的日新月异。

曾经，每天清晨的第一件事，我推开窗户用视线向沐浴在晨曦中的东方明珠道声"早上好"，晚上临睡用眼神向值守于夜幕中的东方明珠道声"晚安"。有"明珠"相伴的每一天都是好日子。我与东方明珠相关的几个特殊时间点，更是记忆中不会褪色的亮点。

1997年7月1日，国人欢庆世界瞩目的日子。我们一家和近邻一家，早早地用完晚餐，兴奋地等候在我家的阳台上，我用三脚架支撑好单反相机，接上快门线，等候拍摄东方明珠的绚丽焰火。香港回归，我们都荣幸地成为见证人啊！

1999年10月1日，新中国建立50周年，我们伟大的祖国在北京举行了世纪大阅兵，全国多地举办盛大的焰火晚会，上海围绕东方明珠的焰火更令人惊艳，每一次焰火升腾都有一片赞叹声迸发，我忙不迭地一次次按下相机快门，不知不觉中就拍完了一卷胶卷。

1999年12月31日，我背着照相机、扛着三脚架，傍晚来到浦东陆家嘴中心绿地公园，我和"摄友"将跨世纪的见证点选择在东方明珠塔下。行至陆家嘴环路和银城中路处，落日余晖中，处在大楼和斑驳树影中端位置的东方明珠，产生壮美的剪影效果，我怦然心动，不失时机地摁下快门。夜幕降临，我在绿地公园这处风水宝地，多角度地拍摄流光溢彩风情万种的东方明珠，直至21世纪的钟声响起。

2000年6月，土耳其海军军舰首次到访上海，停泊在北外滩的扬子江码头，市民可以上船参观。我带领了10多位社区志愿者上船，用英语单词配肢体动作，向土耳其海军士兵表达"上海人民欢迎你们"，并以东方明珠为背景与士兵合影。他们第二天就要启航，我指着照相机说"afternoon"，表示下午就给他们送来照片，他们"yes、yes"地伸出拇指点赞。

那些年，我生活工作在北外滩，经常组织居民外出开展各类活动。其中，带领居民看上海新貌，到外滩、到陆家嘴中心绿地公园，拍摄以东方明珠为背景的照片最受居民欢迎。那次，我为王阿姨和她的丈夫宋爷叔拍摄合影，背景是东方明珠，照片印出后效果很好，我又放大成12英寸并压模后赠送他们，老两口爱不释手。宋爷叔年轻时也爱好摄影，执意将珍藏的民国时期的摄影杂志赠送于我。

今秋，一个傍晚，我为编辑中的《提篮下海——说说上海北外滩》一书配图，再次行走在北外滩捕捉镜头，在杨树浦路88号上海航运交易所，沿路进入右拐后，我被眼前的景色震撼，东方明珠在落日的相拥下，在神奇光纤的创意下，铺就成"金色倒影半江美，星河欲转千帆舞"效果，我情不自禁地赞叹：东方明珠，你总是能带给我发现和惊喜。

东方明珠，上海市民心中璀璨的明珠。2019年上海的十大新景观，它当仁不让地占有一席之地。

（原载《东方建设》2021年第1期）

虹口港上"说"桥忙

　　虹口港,长仅1.5千米,却由南向北依次坐落着7座桥,在波光粼粼的河面上争相展姿;以桥穿起的经典故事,为时尚迷人的北外滩再添一道霓虹。花上一天时间,悠哉乐哉地领略每座桥的风采,再扫个码、刷下屏,就能了解"桥们"的前世今生。

　　我曾居住在距虹口港百多步之处,在此生活了20多年,与虹口港上的桥无数次亲密接触。从虹口港东侧的溧阳路,过桥到西侧的九龙路,环绕虹口港生活、工作的静好岁月,镌刻心底的情愫不泯。

　　虹口港上的桥,令人遐思无限。它们有正名,还有别名或曾用名,亦是"腹有诗书气自华"。大名路桥(外虹桥)、长治路桥(中虹桥)、汉阳路桥(里虹桥)、余杭路桥(电灯厂桥)、海宁路桥(四卡子桥)、哈尔滨路一号桥(头道桥)、嘉兴路桥(沈家桥)。《虹口区志》记载,7座桥中,最早的可追溯到清乾隆年间建成的中虹桥和里虹桥;最年轻的数1912年建成的电灯厂桥。在我心目中,"外虹、中虹、里虹"3座桥,就是承载美好愿望的彩虹桥。我的女儿出生在虹口港边,民间习俗,宝宝满月这天,要由长辈撑伞抱着宝宝走过3座桥,寓意走上了顺当的人生路。女儿满月这天,我妈和我抱着女儿撑着伞,由"里虹"至"中虹"及"外虹",走过3座"虹桥",这是属于女儿的"外婆桥"啊。为纪念这美好的一天,又在中虹桥东堍的康乐照相馆,为女儿拍摄了满月照。

　　近日,我独自观赏3座"虹桥",当站立在大名路桥南侧时,一道铁丝网格拦在眼前,隔着网格我看到跨在桥面的黑色屏幕上,闪烁着"虹口港泵闸"的醒目红字,这项工程被列入2014年上海市重大工程和市水务局一号工程。

不由得想起2015年6月17日，长时间暴雨赶上天文大潮，由于虹口港泵闸虽已通水，但泵站尚未完工，导致虹口港水位居高不下，影响沿线泵站正常排水，沙泾港上的5座桥可能被河水浮起，相关部门连夜调集10多辆大卡车压在桥面上，避免了重大灾害发生。如今，生活在这里的居民再也不用为此担忧了。

其实，虹口港上还有一座与"虹"沾亲带故的桥，那就是"新虹桥"，它的正名是余杭路桥，老居民叫作"电灯厂桥"。我曾在毗邻此桥的春阳里居委会工作过，对它有着别样的眷恋。在溧阳路石库门里的工作处所，开门就见虹口港，出门就上余杭路桥。居委会的任阿姨，每次与我一起走过这座桥，话题常就扯到桥上：这条九龙路以前叫斐伦路，这里有爿电厂，是中国的第一家发电厂。发电嘛，就是用来电灯照明的，当然要叫电灯厂桥喽。

虹口港上的桥，是有故事的桥。海宁路桥的前身是鸭绿江路桥，知道此桥别名"四卡子桥"，缘起2011年采访文化老人丁景唐。爽朗幽默的丁老说起，童年时曾住在鸭绿江路桥东南侧的三陞里，人称"赤膊弄堂"，鸭绿江路桥也叫"四卡子桥"。原来，在19世纪五六十年代，上海的百货糖捐局在此处设立征税关卡，因这个关卡依次为第四，所以被叫成"四卡子桥"。

四卡子桥还与沪语专指倒卖票证的"黄牛"搭上了边。1933年，上海租界工部局在四卡子桥畔建成上海最大的宰牲场（现1933创意产业园），以屠宰黄牛为主，每天有成群的黄牛被驱赶过桥进入宰牲场。沪俚语"四卡子桥的货色"，隐含骂人"黄牛"的意思，成为掮客或不守信用者的代名词。

虹口港是都市里的"桥乡"。从海宁路桥畔的溧阳路景观步道北行不远，哈尔滨路桥就在脚下了，老居民叫作"头道桥"，桥东堍连接哈尔滨路风情街，沿这条弥散欧式风情的弹街路行百米，就踏上沙泾港上的哈尔滨路二号桥，也叫"二（沪语ni）道桥"，一条弹街路恋上两座桥，应是中心城区独特一景。返回溧阳路，继续北行百步更有惊奇，但见红色外墙的半岛湾园区，映衬的倒影有沙泾港环绕，与哈尔滨路桥成90度的溧阳路桥，跨建在沙泾港上，沙泾港就在溧阳路桥下流入虹口港；北端不远处的嘉兴路桥下，又有俞泾浦涌入虹口港，3条河流交汇辉映，形成丰饶的虹口港水系，造就一方风水宝地。

提及嘉兴路桥，桥名曾令我疑惑，它被四平路和吴淞路衔接，为何叫嘉兴路桥？那日，我在桥下的瑞嘉苑小区外，遇见散步的上海爷叔，为我讲述了来龙去脉。原来，现在的四平路（九龙路至吴淞路段），原为嘉兴路，嘉兴路走向以虹口港上的原嘉兴路桥为界（据说，离原嘉兴路桥不远处，还曾有一座虬江路桥，在战争中被炸毁），桥西侧是嘉兴路，1992年，拆除原桥建成现在的桥，嘉兴路拓宽变身四平路的一部分，溧阳路被分成两截；原桥东侧为东嘉兴路，被新建的瑞嘉苑小区占去一段，成为小区里的路段，将剩余的东嘉兴路改成嘉兴路。缘于嘉兴路桥的人文历史吧，新建的桥还是用嘉兴路桥命名。

日影化为虹，桥形跨海通。虹口港上的桥，见证了百年上海滩的变迁，更见证了北外滩的建设发展。如今的北外滩，又融入长三角发展的恢宏大势，成为新时代都市发展的新标杆，虹口港上的桥，吸引更多的人近悦远来。如果意犹未尽，还有沙泾港上的多座桥，亦有热情的怀抱，容你尽情踏访观赏。

（写于2020年11月，荣获2020年"上海市民文化节·市民游记大赛百篇最美游记"）

提篮桥监狱拾忆

　　写提篮桥监狱，不由得想起20多年前，初次参观的情景。那年，我被推选为虹口区人大代表，我所在的选区属于提篮桥街道办事处（今北外滩街道办事处）。提篮桥监狱在提篮桥区域，人大代表视察提篮桥监狱，既是分内事，又是"近水楼台先得月"啦。

　　当我们从管理人员手中接过准入吊牌时，他叮嘱我们千万别弄丢了，出狱是"只看吊牌不看人头的"。领队借机"幽了一默"："谁弄丢了吊牌，就请进牢房啦！"

　　沉重漆黑的监狱大门缓缓地打开，第一次进入神秘的提篮桥监狱，我新奇紧张的心情不言而喻。那时，电脑还未普及，更无法上网找"度娘"，虽提篮桥监狱如雷贯耳，却无从了解更多。管理人员为代表们导览，我们从实地参观和听取介绍中，对提篮桥监狱的历史演绎、运行功能和管理特点，有了较全面的了解。有一幕至今记得，管理人员根据提篮桥监狱一带的地形，设计了一座假山模型，其中有座小桥，桥下有潺潺流水，近旁的这条路就是海门路，后面飞檐翘角的建筑是下海庙。

　　作为"张代表"的我，从而得知，论说提篮桥监狱，得追溯到清朝乾隆年间，渔民驾船入下海浦打鱼，为祈求海神妈祖保佑，在近旁建造了一座下海庙。其后，渔民的妻儿，为便于到下海庙烧香叩拜妈祖，在下海浦出海口和下海庙之间，专门建造了一座小桥，人们提着放有香烛的竹篮，走过小桥到下海庙进香。如此，小桥就被唤作了提篮桥。1840年鸦片战争后，这块区域被划入美租界，由于域内有香火鼎盛的下海庙，有通往浦东的轮渡，逐渐成为苏州河以北的热闹集市。及至1903年，公共租界工部局在提篮桥地区的华德路117号（今长阳路147号），建造了规模宏大的监狱，命名为"上海公共租界工部局警务处监狱"，俗称"提篮桥监狱"。

　　始建于1901年的提篮桥监狱，是由10余幢楼房组成的建筑群，启用于1903年5月，后陆续扩建、改建，直到1935年才形成如今规模，并使用至今。监狱占地60.4亩，建筑面积7万多平方米，近4000间囚室，并有工场、医院、食堂、办公楼等。监狱四周有5米多高的围墙，里面除普通牢房外，还建有防暴监房、禁闭室、绞刑房、室外刑场等特种设施。我们参观时，印象特别深的是，狱警为我们示范，用铜钥匙打开牢门的铜锁，介绍这都是原配的，从监狱建成使用至今，还是灵活好用如初，这些国内罕见的西洋式行刑设备完好地保存至今。提篮桥监狱关押过的人员也是有国内外、多阶层的。上述缘由，使之被公认为"远东第一监狱"。

　　在上海，"提篮桥"也从佛教文化的发端，而成为监狱的代名词。又因为是英国人建造的，附近居民还将其叫成"外国牢监"，以至市民吵架、抑或父母斥责小孩时，往往骂道："侬个闯祸坯，会发配到提篮桥的！"

　　一部提篮桥监狱的历史，其实是见证中国、见证上海百年史的缩影。中国革命的先驱章太炎、邹容曾被关押在此，也有日本战俘在此受审并被处决，铁杆汉奸陈璧君曾在此服刑改造，革命先烈王孝和在此英勇就义……在新中国建立50周年时，上海市监狱管理局拓展提篮桥监狱的警示教育功能，将监狱六层高的"十字监楼"改造为上海监狱陈列馆，成为立体直观的历史教材，于1999年12月29日正式开馆。

　　我作为连任三届的虹口区人大代表，到提篮桥监狱参观总有五六次，对于犯人在监狱服刑的状况看到较多。他们不仅在生活、医疗上享有人性化的待遇，应享有的政治待遇同样得到保障。就说人大代表换届选举吧，对于有选举权的犯人，选举工作人员同样指导他们参与选民登记、发给他们选民证、给予他们投票选举。我曾经专门为此到提篮桥监狱采访报道过。行文至此，情不自禁想起采访过的、曾任虹口区区委书记的卢丽娟同志，对于在押犯人帮助改造的事迹。20世纪八九十年代，社会治安综合治理方面一个棘手的矛盾，是一些刑释解教人员回归社会的安置问题。卢丽娟从理性思考和人性关爱入手，探索针对特殊人群的社会管理有效机制，创立了教育改造与安置帮教为一体的"大墙内外"（即提篮桥监狱内外）联动工程，以提前介入的做法，把补习文化知识、提供职业技能培训送到"大墙内"，使这些"刑教人员"掌握一定的文化知识和谋生技能，并形成了由街道、居委会、家属及用工单位"大墙外"同帮同教的网络，为他们自食其力，走好人生以后的路创造了条件，为虹口的社会稳定发展提供了有力的保障。当年，被誉为优秀电视连续剧的《何须再回首》，不少素材即取之与此。

以后，我从事社区"两新"组织党建工作，我们创新党组织活动形式，举办开放型主题党组织生活。2008年4月，为纪念王孝和烈士英勇就义60周年，在提篮桥监狱当年王孝和烈士就义处，举行"缅怀王孝和烈士，接力新征程重任"开放型主题党组织生活，全体参会党员在王孝和烈士塑像处，面对党旗重温入党誓言，活动取得很好的效果。

2005年，上海市政府批准《提篮桥历史文化风貌区保护规划》，提篮桥监狱内所有建筑都被定为第二批优秀历史建筑。2013年5月，提篮桥监狱早期建筑入选"第七批全国重点文物保护单位"。2018年，为适应北外滩航运和金融双重承载区的发展，上海市政府批准虹口区政府的提案，将提篮桥街道办事处更名为北外滩街道办事处。以前的提篮桥、如今的北外滩，将成为国内最具活力、最有特色的国际航运和金融服务区。这是虹口发展的大手笔、大格局，也是民心所向。曾经是"张代表"的我，提过建议：在和平建设发展时期，弱化提篮桥监狱的关押功能，提升观展游览文化功能。

我期待，提篮桥监狱来一个华丽的转身。

（原载《海派源流》，2020年8月出版）

左联的不朽印迹

1930年1月5日，在赣南的偏僻农村，面对国民党军队对根据地的重重围剿，毛泽东同志写成著名的《星星之火　可以燎原》，以充满自信和乐观的信念指出，中国革命的高潮并非遥远无期，满怀激情地用诗一样的语言写道："它是站在海岸遥望海中已经看得见桅杆尖头了的一只航船，它是立于高山之巅远看东方已见光芒四射喷薄欲出的一轮朝日，它是躁动于母腹中的快要成熟了的一个婴儿。"

时隔两个月的1930年3月2日，在远东第一大都市的上海，"中国左翼作家联盟"（简称左联）成立，刚破土而出的"幼苗"，却是在中国共产党直接领导下的、以鲁迅先生为旗手的第一个革命文学社团。左联的战士，旨在用自己的文学艺术作品，当作匕首、投枪，向黑暗的反动统治抗争呐喊。同样，对于"年幼"的革命阵营，国民党反动统治也是要"围剿"的。

历史长河流经到了今天，星星之火早已在中华大地燎原，中国共产党取得卓著伟业，尽管左联只存在于世6年，却在中国革命史和文学史上镌刻下不朽的印迹。只要到虹口区多伦路201弄2号去踏寻，就能窥见左联近90年的印迹。当年，就是在这里——窦乐安路233号（如今的多伦路201弄2号），中华艺术大学、左联宣告成立。如今，这里的左联纪念馆，就是当年中国左翼作家联盟成立大会会址。

1980年8月26日，上海市人民政府公布中国左翼作家联盟成立大会会址为上海市文物保护单位。2003年1月，上海市人民政府公布为上海市爱国主义教育基地。

春夏相交的一日，我从四川北路转进多伦路，从黛青色"海上旧里"大字石牌坊下穿过，感受被海派文化浸润的建筑和弹街路的气息，来到左联纪念馆。这是一幢具有英国新古典主义风格的花园洋房，1924年建造，占地面积498平方米，建筑面积有674平方米。高大茂盛的树枝伸展出院墙，红瓦坡顶的假三层楼房掩映在浓密的绿荫中，平添几分诗意和神秘感。

馆内，只我一位参观者，尽可从容地观展，只觉得一个个熟悉的名字，一件件曾听说的往事扑面而来。为什么叫"左联"？中共与鲁迅之间的联络人冯雪峰回忆说："左联成立前，我们曾与鲁迅研究探讨过多次，对于名称中用不用左翼两个字，取决鲁迅，结果鲁迅说，名称中'左翼'二字还是用好，旗帜可以鲜明一些。"于是左联应运而生。我还由此得知，国内最早诗社之一的"湖畔诗社"，冯雪峰是成员。他更是红军二万五千里长征中的唯一作家，集诗人、作家、革命者于一身，这是令人崇敬的。

左联的成立，标志着中国现代文学进入新阶段，把"五四"所开创的反帝反封建的新文学运动推向新的高度，形成了波澜壮阔的左翼革命文学运动，在粉碎国民党反革命文化围剿等方面都取得了辉煌成就。在北平、天津、保定、青岛、广州，以及日本东京等地相继成立了左联的组织。左翼刊物《萌芽月刊》《拓荒者》《大众文艺》《北斗》等如雨后春笋，有90多种。丁玲、柔石、冯铿、殷夫、李伟森、胡也频等大批青年用如椽之笔激扬文字，为劳苦民众呐喊，这无疑是对反动统治的挑战。1931年2月7日，上演了左联五位成员柔石、殷夫、冯铿、胡也频、李伟森，以及何孟雄、林育南等24位共产党人血洒龙华的悲壮一幕。难抑悲愤的鲁迅由此写出战斗檄文《为了忘却的记念》，"惯于长夜过春时，挈妇将雏鬓有丝。梦里依稀慈母泪，城头变幻大王旗。忍看朋辈成新鬼，怒向刀丛觅小诗。吟罢低眉无写处，月光如水照缁衣。"更是振聋发聩。

2020年的3月2日，左联成立90周年。我不由想起，2010年3月2日，我亲历了在鲁迅纪念馆举行的"中国左翼作家联盟成立80周年纪念座谈会"。这次纪念座谈会，参加者有来自全国各地的专家学者、文学爱好者和部分盟员后代。与会者缅怀左联的历史功绩，表达了继承先辈遗志，在新时代的高度上重新集结，弘扬社会主义先进文化的意愿。在会议室的长桌上，凝视着嘉宾面前的席卡，通过主持人介绍，我荣幸地第一次与众多左联后人面对面，他们中有郭沫若之女郭平英，夏衍之子沈旦华，冯乃超之女冯真，周扬之子周艾若，胡风之女张晓风，田汉之子田大畏，萧三之子萧立昂，瞿秋白外甥王铁仙、邵荃麟之女邵济安，还有冯雪峰子女冯夏熊、冯雪明，丁玲子女蒋祖林、蒋祖慧等。

蒋祖慧说，从成立到解散的6年中，左联先后发展了400多名盟员，父辈之间并不是每一个人都认识的。80年历程，盟员各奔东西，后人们相聚的机会并不多，此次纪念座谈会，是左联后代参与人数最多的一次纪念活动。冯夏熊则诠释说，左联精神很难用一句话概括。左联提倡的是反映普罗大众的无产阶级文学和人道主义，文学就是人学。左联和二万五千里长征一样，保存的是党和民族最宝贵的东西，继承了五四精神，并加以发扬光大。

会议行将结束，意犹未尽的与会者，铺上宣纸，拿来笔墨颜料，请左联后人写诗作画，他们轮流欣然提笔，留下墨宝，一派"诗人兴会更无前"的热烈景象。受热烈氛围感染，原本坐在后排专心听和记的我，兴致盎然地与坐在旁边的一位女士聊了起来，意外得知，她就是早闻其名未谋其面的丁言昭老师。她告诉我，她与田大畏熟悉。她在写作《安娥传》一书时，专程到田大畏家乡采访他，获得田汉与安娥的第一手素材。我俩聊得投缘，由此有了以后的交往，并成为好朋友，才促成了我采访她的父亲、革命文化学者丁景唐。她的《安娥传》出版后，我专门写书评"她向我们走来——读丁言昭《安娥传》"，刊于《文学报》。

时光荏苒，期待2020年纪念左联成立90周年时，在左联纪念馆再次见到左联的后人，聆听他们与父辈穿越时空的对话，感受他们在海派文化发祥地、进步文化策源地、文化名人聚集地新的真知灼见。

（原载《海派源流》，2020年8月出版）

多伦路，百年经典交响曲

　　这里有英国乡村式别墅、西班牙式洋楼、伊斯兰式公馆、日本式小筑、殖民地外廊式花园住宅、意大利文艺复兴时期建筑、欧洲新古典主义楼宇、中西合璧式教堂、体量庞大的公寓楼，以及成片的石库门里弄民居……堪称浓缩的"露天建筑博物馆"；这里镌刻着鲁迅、茅盾、丁玲、柔石、瞿秋白、郭沫若、冯雪峰等文学巨匠和革命志士的印迹，可谓"中国现代文学的重镇""海派文化发祥地、文化名人集聚地、进步文化策源地"。这里，就是用经典建筑和进步文化凝固成的英文字母L形状的多伦路。

　　"一条多伦路，百年上海滩；纵横风云起，经典交响曲"，这是多伦路历史和现实的写照。

　　双休日，卸下一周的倦意，轻松了身心，我再次漫步在令人神往的多伦路上。繁体字"窦乐安路"路牌，青铜雕塑的报童，我仿佛逆行到了20世纪二三十年代；厚重古朴的牌楼上，是上海市原市长汪道涵"海上旧里"的题词。

　　就从这里追溯多伦路的前世今生吧。

　　多伦路原先是一条小河，1911年，英国传教士窦乐安选择这条无名小河填土筑路，以自己的名字命名为"窦乐安"路。

　　窦乐安路位于虹口区中部偏西，全长550米。1943年，由汪伪政府更名为多伦路。

　　早在窦乐安筑路前，这一带就有原住民生活劳作。窦乐安在此筑路，并在路口建造了一幢占地近2 000平方米的花园洋房，这栋豪宅成为地标性建筑，吸引众多中外投机家前来投资建房，道路两侧的房子如雨后春笋般冒了出来，且开了出租商品房之先河。

跨进门楼，我感觉置身异域。但见，多伦路250号，这幢建于1924年，被市民唤作"孔公馆"的豪宅，以其阿拉伯伊斯兰风格的二层楼建筑，骄傲地向参观者展示外立面缀满细密几何形的浮雕，修长圆柱的门框及窗框，以及马蹄状拱券的上部，拱券内缘裂成锯齿，具有12世纪以来北非及西班牙伊斯兰建筑的特征。一代"财阀"孔祥熙，曾经在这精美绝伦的建筑中，怎样操纵中国经济命脉的？也许，这是个悬念吧，且让历史留住脚步，听听史学家们如何解读。

不远处，斜对面201弄2号，现为"左联"会址纪念馆，这是一幢建造于1924年，具有英国新古典主义风格的经典建筑。砖混结构，假三层，水泥拉毛墙，红瓦木窗木门。屋前有花圃庭院，外有砖砌水泥墙围墙。沿街，里面的山墙呈曲线形，带着欧洲传统住宅特征。这幢建筑曾被中华艺术大学租用。1930年3月2日，中国左翼作家联盟成立大会在此召开。鲁迅在会上做了著名的《对于左翼作家联盟的意见》演讲。

我在编辑"虹口文史"中了解到，我国第一代女油画家关紫兰，毕业于中华艺术大学。关紫兰的毕业证书，由学校主席陈望道签署，珍藏70多年后，她的女儿梁雅雯和外孙叶奇将之捐赠给了上海历史博物馆。

且行且看，我看到路两旁店铺出售的多为字画、玉器、砂器、古董、红木器具等，多国风格的建筑配上中国元素的文玩相得益彰。179号和181号之间的二楼阳台，上方匾额"郭纯亨家庭集报馆"吸引了我。据说，馆主郭纯亨先生创始的是"家庭集报馆"，收藏有2500多种清末民初创办的报刊，后又创办"老生活怀旧品藏馆"。181号灰白的拱形门楣上有"1933"字样，门两旁的长方形立柱上，"走进多伦路，看看大上海"赫然入目。门前那座英式简易路灯，柱体上清晰地标注灯号"14441307"，细节处最能体现多伦路管理的完善有序。

我兴趣盎然地入店。环顾四周，老底子的香烟广告牌、老唱片、连环画、杂志等，仿佛在吟唱"城南旧事"；而蒙尘的咖啡壶、搪瓷杯、花瓶、果盘等用具，展示着"那些年、那些事"。被老物件占据得满满当当的店铺，浸润在泛黄的气息中。一位外国老妇人挤入，饶有兴趣地观看，用中文问价，竟然说得十分流利，乐得店主冲着她说"你的中国话，very good"，并且笑容可掬地说明，"我这里的物品都是明码标价的"。老妇人兴奋地选购了一只挂着铃铛的儿童银手镯。

看多伦路上的弹街路，一块块平整的方石似有序的节律，映衬着永安里窗户上一顶顶外悬式半圆形遮阳布棚，我想象着上海的百年沧桑，尽在这"天圆地方"之中，永安里、景云里，不正是进步的、革命的遗迹吗？进入永安里寻觅44号，凝视外表普通，内里却承载过中国革命重要活动的房子，仿佛看见周恩来总理当年艰苦卓绝的英勇斗争风貌。我采访过出生在这幢房子里的周尔鎏，他是周总理的侄子。他和夫人王章丽为我讲述周总理的故事，震撼了我的心灵。

时空交错中，我来到"L形"交点处，外廊式建筑的老电影咖啡馆，让时光停留在20世纪30年代。虹口似乎与电影有着千丝万缕的关系：中国第一家电影院——"虹口大戏院"，1908年在虹口创建；20世纪20年代，邵氏兄弟创办的"天一"影片公司，在毗邻多伦路的东横浜路383号。那时，市民中流行"过苏州河，到虹口看文明戏"。"老电影咖啡馆"，就是基于虹口的电影元素而创立。

如今，老电影咖啡馆颇具浪漫风情的圆柱形外廊，备受拍摄婚纱的年轻人青睐。眼前就有一幕：新娘白色婚纱拽地、新郎一身白色西装，摄影助理正导演他们或依着廊柱或借助阶梯摆造型，似走向幸福的婚姻殿堂，让路人过足了眼瘾。我看见一位"老外"也来凑热闹了，用相机定格下中国新人幸福的"一瞬间"。

多伦路上还有让人接踵而来的看点，这就是享誉海内外的中西合璧式基督教堂——鸿德堂，也是上海唯一的中国宫殿式外形教堂。建造于1928年的鸿德堂，坐落在多伦路59号，教堂主体建筑为坐南朝北两层楼，外观为三层。突出的群楼第4层为钟楼。楼阁式样覆盖重檐四方攒尖顶。楼阁之下有腰檐，青砖青瓦，并有仿木结构的红色混凝土柱，檐下绘彩画。

处在鸿德堂平和宁静庄重的氛围中，怎能想象，这里曾经发生过骇人听闻的惨案。

1932年"一·二八"淞沪战争爆发,日本侵略军包围了鸿德堂,躲藏在教堂内多为信教的妇女儿童。日军强行闯入教堂,抓走了蒋时叙牧师一家四口和其他工作人员10多人,将他们残忍地杀害了。日军的借口是,教堂中贴有反日标语。我不由联想到,同样是"一·二八"淞沪战争中,日军以"店内发现反日标语"为借口,强行抓走武进路上五洲大药房二分店10多位店员,以及前去营救店员的总经理向松茂,将他们秘密杀害。日寇肆意残害中国平民,由此可见一斑。

在鸿德堂前,我默默地祈愿:悲剧不再,和平永驻。

多伦路上的恒丰茶庄被誉为"名人会所",是32—48号一栋简约的欧洲文艺复兴式花园住宅,屋前有100平方米花园草坪,效仿古罗马建筑中的纵三段,突出纵向线条,饰纹力求古朴典雅,南向里面上下两侧各有一对牛眼窗饰,具有巴洛克建筑风格立意。草坪前鲁迅等人塑像,反映出那个时代,集聚在多伦路的文学领袖和左联成员们是这里的常客,由此赋予恒丰茶庄"名人会所"的美誉,想必,这里泡出的茶水,也都冒着进步文化的味道吧。恒丰茶庄斜对面,多伦路27号,如今是打造得恢宏气派的上海多伦现代美术馆。1999年,多伦路第一轮改造启动时,我是虹口区第十二届人大代表,审议区政府工作报告,对于多伦路改造方案很是赞同。多伦路27号原是室内菜场,如今成为中国第一个为当代艺术服务的专业现代化美术馆。用红黑色彩搭配成外观简明大气的形态,展现浓厚的现代艺术气息,成为多伦路上一道独特亮丽的风景线。

(原载《海派源流》,2020年8月出版)

鲁迅公园，历史文脉与英伦风格交融

途经鲁迅公园，情不自禁地踅入观赏。初冬的斜阳映照，满园的枫叶绰约，湖绿、草绿、翠绿……鹅黄、金黄、橘黄……橙红、玫红、深红……依次递进的色彩，将公园装扮得分外妖娆醉人。

信步园内，但见市民广场上，羽毛球爱好者网前挥拍扣杀正酣，尽管只一件汗衫在身，却还是被汗水贴住了前胸后背。梅园的铁栅栏里，探出的是被绿叶衬托得勃勃向上的野小菊，门口还有10多位市民正购票进入参观。冬季日短，不觉中已暮色四合，然健身步道上不少市民仍疾步行进，贪婪地吮吸着草木光合作用后生发的负氧离子；广场尽头，是个简洁质朴又具现代气息的花坛，花坛的照壁上，一组雕塑向游客叙述着公园的悠久历史；英式的路灯、英式的沙滤水饮水器、英式的指路牌……身临其境，进入眼帘的犹如一幅英伦风格浓郁的油画。

始建于1896年的鲁迅公园，是中国最早的城市公园之一。原名虹口公园，1988年10月19日更名为鲁迅公园，坐落在虹口区四川北路2288号，占地面积28.63万平方米，是上海主要的历史文化纪念性公园、中国第一个体育公园。园内有山有水有瀑布，山水之间堤桥相连，景色优美；设置于1929年英伦古典风格的沙滤水饮水器是上海最早使用的。园内有国家级文物保护单位——鲁迅纪念馆；有为抗击日本侵略者而壮烈献身的韩国义士尹奉吉义举纪念地——梅园。

2013年8月28日，鲁迅公园启动为期一年的闭园修缮工程，2014年8月28日重新开放。传承文化脉络，再现英伦风格是此次鲁迅公园修缮的主旨，"历史厚重感"与"现代意识流"能否完善演绎，成为公园一份必交的答卷。

　　记得在开放之时，从市民到媒体着实为之热闹了一番：市民健身团队的地盘纷争、音响噪声的扰民、游园的不文明行为如何制止？……诸如此类的问题，考量着园方的管理水平和市民的文明素质。两年多过去了，以往的担心似乎有些多余，全方位的有序管理，人性化的布局设施，"动静皆宜、各得其所"的活动形式，市民在这座既凸显英伦风情又传承中华文脉的公园，尽情享受歌舞奔放的激情，悠然欣赏人文景观的雅趣。湖心岛开发是公园改造的一大亮点，岛上新建的"三味书屋""景云亭"和"百草园"，是对鲁迅文化的弘扬和传承，也是与鲁迅纪念馆的呼应和互衬；文豪广场上的莎士比亚、托尔斯泰、但丁等世界十大文坛巨匠的青铜雕像，是对英伦风格的写实，沙滤水饮水器重现"江湖"，则为英伦风格起到了画龙点睛的效果。

　　身为虹口人的我，与鲁迅公园有着别样的情愫和交集。在20世纪90年代中期，我成为居民区党支部书记后，经常组织居民志愿者参观鲁迅纪念馆，观摩多年在此举办的四川自贡灯会。组织开展这些活动，为居民拍照留影是必不可少，我自费购买了海鸥单反相机学起摄影，在鲁迅公园邂逅知名摄影师徐和德先生，传授我摄影技巧。近20年了，我们成为"摄友"兼朋友。在此，我透露一个小秘密：公园每年的菊花展，我曾数次陪同高文彬老先生来此拍摄菊花。高老是中国全程参加"东京审判"唯一的健在者，当年，我与他可是忘年交的摄影发烧友呢。更令我难忘的是，纪念"左联"成立80周年大会是在鲁迅纪念馆召开的。我作为《虹口报》记者，见到不少左联成员的后人，如郭沫若之女郭平英、周扬之子周艾若、田汉与安娥之子田大畏、丁玲的儿女丁祖林和丁祖慧等。而我担纲《虹口报》"虹口文史"编辑后，第一位采访的对象，就是时任鲁迅纪念馆馆长的王锡荣先生。那是2012年初，工作繁忙的王馆长，挤出一小时接受我的采访。他为我介绍，上海鲁迅纪念馆是中华人民共和国成立后第一座人物类博物馆，在鲁迅先生诞辰130周年的2011年，鲁迅纪念馆再次改建。改建后凸显"国之振兴，首在'立人'"的主题思想。我印象尤其深刻的是，他为我介绍展馆的第五专题"精神界战士"的创作手法：以创新的展现方法，将用一万颗铆钉焊接成的钢板墙，制作成倾斜式，充分展现鲁迅作为"精神界战士"不畏反动黑暗制度的内涵，令我受益匪浅。

鲁迅公园枝头闹春，我专程赶往拍摄梅花。但见梅园怒放的梅花争奇斗艳。"想来尹奉杰义士的英灵，有上千株梅树相伴，不会寂寞吧？"这句话忽地在我脑海中冒出。有一棵梅树上竟然爆出三种颜色的花苞，好奇心驱使我驻足细细观赏。热忱的园艺师向我介绍："这两种花苞是红梅和绿萼，另外一朵花苞要待花开时才知道是什么品种。"他说，整个上海这样的梅花树可能只有一棵。

当我从大连西路上的园门与鲁迅公园道别时，已是华灯初上，车水马龙的路面被衍化得流光溢彩。哦，我还会再来感受这里的文化脉络和英伦风情的……

（原载《海派源流》，2020年8月出版）

志丹路上曾经的沪江书亭

一年一度的上海书展如期而至，这是读者、作者和营销者的盛大节日。徜徉在书海里，陶醉在书香中，此种惬意快乐无与伦比。在我的阅读经历中，志丹路上曾经的沪江书亭难以忘怀。这座名不见经传的小书亭，是启蒙我阅读的好地方。记忆中10平方米左右的沪江书亭，出现在20世纪60年代末期，坐落于志丹路近新村路口处，镶嵌在甘泉二村"二万户"公房和"合作社"商店用房的狭小弄口。那些年，地处中心城区边缘的甘泉新村，鲜有孩子们玩耍的好去处，逛"合作社"商店看橱窗，是找乐子的好去处。

沪江书亭的出现，多了一个好去处。我隔着书亭的玻璃橱窗，贪婪地扫视里面陈列的书本；又踮起脚，张望内部书架上的书本。那年月，根本没有如今精致的儿童彩色绘本，只有几分钱一本的诸如《小马过河》《小猫钓鱼》之类单薄的彩色小书。

上小学五年级的我，被一本《天体地球人类和生命的起源》的小册子吸引，这是我的人生购买的第一本书，至今记得花了一角四分钱，是用不舍得花的压岁钱买的。我被书中对大自然的奇妙描述深深吸引，又接二连三买了《海底世界》《从猿到人》《哥白尼和日心说》等科普类的小册子。读着读着，我不满足阅读小册子了，看到书亭里有康德的《宇宙发展史概论》、海克尔的《宇宙之谜》，竟然不知天高地厚地买来阅读。买书的钱，是我妈禁不住我的软缠硬磨才给的。一本《宇宙发展史概论》，几乎是我家一天的菜金啦。

我第一次"公费私用"，购买的是贺敬之的《放歌集》。那次，我妈到贵州遵义我爸支内的工厂探亲一个月。让"小鬼当家"的我，用每天五角钱作为兄妹三人的菜金。当我在沪江书亭发现《放歌集》时，爱不释手，看书的定价是三角八分。我每天省下五分钱，第八天就买下了这本书。我哥和小妹浑然不知他们的利益受到"损害"。

沪江书亭的店员，是位50出头的秃顶爷叔。见我三天两头流连在书亭外，有时怯怯地拿本书贪婪地翻看，往往看到书背面的定价，表情就僵硬了，无奈地将书还与他。善解人意的爷叔，知道我无钱购买，从未有不耐烦的表情和言语，反倒向我推荐月刊《地理知识》杂志，说是很精彩，售价也不高，小姑娘读读蛮好的。从此，每月一期的《地理知识》，我一直在沪江书亭购买，直到20世纪80年代中期书亭关张。后来，我报考文科类的职工业余大学，"地理"科目的考生平均成绩35分，我获得75分，将我的录取总分拉高不少，这是得益于《地理知识》的助力。

我在沪江书亭购买的最后一本书是莫泊桑的长篇小说《一生》。那是当年老公第一次到我家拜访老妈老爸。告辞后，我送他到68路终点站坐车，终点站的对面就是沪江书亭，按惯例我会在此浏览一番。每出一部翻译小说，不由分说地就买下。这次，发现新出版的《一生》，不假思索地也买下了。

不经意间，沪江书亭在我视线中消失了。"二万户"华丽转身为欧式建筑的"西部名邸公寓"，书亭的位置被水果店取代。

书越买越多，逼仄的住房，放置书籍成为难点。只能将书一摞一摞叠起，放在我爸自己用纤维板打造的衣橱上。刚进工厂的我，为此写了一篇《企盼有间书房》的散文，发表在企业报上。在贵州支内的父亲，充分利用人缘好资源，做成一个书橱，从遵义托运到上海。打量着结实高大的书橱，我甭提有多兴奋，我的"书们"终于有了安身立命的地方。考虑周全的老爸，不久又打造成一个书橱托运到上海，他的说法是，这个书橱是做给我妹的，对两姐妹须一视同仁。于是，在我们这个摆设陈旧的家里，两个并列的书橱突兀地亮眼，串门的左邻右舍赞叹，你家是书多子孙贤啊，这一带没有人家像你家有两个书橱的。我妈每每听到这些赞言，眉宇间被笑意盈满，一次竟然冒出"粗缯大布裹生涯，腹有诗书气自华"的诗句，真是惊艳了我。

企盼了半辈子，我终于有了属于自己的书房。10平方米的书房，犹如沪江书亭的再现版。我将书橱从底部一直打造到房间顶端，纵横分列成"格子间"，书籍可以分门别类地放置。每次，我在书房浏览翻阅，愉悦快乐总是油然而生。在买书读书藏书的人生历程中，对志丹路上曾经的沪江书亭的眷恋，于我，是弥足珍贵的岁月印痕。

（原载2020年8月18日《解放日报·海上记忆》）

北外滩有条商丘路

打造"最美城市会客厅"，成为今年上海的热词，而这座"会客厅"是由北外滩新一轮发展主题"新时代、新标杆"的立意托举的。北外滩是上海"黄金三角"之一，也是"黄金三角"中唯一具有成片规划和大规模深度开发可能的区域，随着北外滩建设日臻完美，越来越成为国内国际人们工作、旅游的胜地。我为自己是虹口人，居住过北外滩自豪。北外滩有条南北向的小马路——商丘路，旧时叫元芳路。北起周家嘴路，南至东长治路（原南至东大名路），步行10分钟左右。我在商丘路居住过20多年，对它有种缱绻难舍的情愫。

说来惭愧，孤陋寡闻的我，过去不知上海有条商丘路。1987年，我和一位女同事出差到河南商丘一家仪器仪表厂，检测维修本厂的晶体管放大器。此时，我才知道我国有商丘市，乃不知上海还有条商丘路。可能与"商丘"有缘，一年后，我安家在了商丘路。从此，与北外滩有了千丝万缕的交集，见证了北外滩跨世纪的变化。

第一次踏入商丘路的家，我站到阳台上放眼窗外，获得了意外的惊喜。我家在五楼，我俯瞰楼下是一片棚户区；然而眺望远处，忽然有黄浦江上停泊的货轮映入眼帘，不时传来"呜——呜——呜"的汽笛声；而偏右的远处，外滩的经典建筑跃入眼帘。近与远、简陋与华美的交会，令我失落与兴奋的情绪交织。未及几年，从我家窗外望去，有东方明珠的脚手架搭起，我的视线跟随"大珠""小珠"一级级仰望，成为上海标志的东方明珠，与黄浦江上的货轮以及外滩的建筑，被我用来向亲朋好友炫耀自己住到了风水宝地。

回望住在商丘路的这些年，我有种顿悟之感：我原先以为，从住家的窗口远眺的上海经典美景才是风水宝地，而商丘路对应它们，堪称"丑小鸭"啊。

展开我自己的日常生活场景可为例证。

场景之一。商丘路朝南过了唐山路，沿街的乱设摊造成的"路难行"。那时，我下班回到家，时常来不及做晚餐。乘13路电车到新建路站下车，直奔商丘路南段买熟菜。商丘路两旁是搭起的简陋棚户，摊主接个自来水龙头，拖个压缩煤气罐，搁上一块板放置一盆盆的生菜，就可以现炒现卖了，总还有三五人排队等候呢。在鳞次栉比的小铺子中，我赫然发现还有书铺和服装铺。我在书铺里意外发现一本星格网黄底色的泰戈尔《诗选》，上海译文出版社出版。20世纪80年代，我只要见到这种星格网图案的翻译作品，总是毫不犹豫地买下。我有点感叹："在这样的环境里开书铺，油墨香敌不过烟火气啊。"同样，哪位从这里的服装铺买衣服，穿上身挨近别人，衣服上的烟熏味会让人以为遇到食堂里的厨工呢。

其实，那时人们认知很有局限，"地沟油"这个名词还未听说，后来被视作"白色污染"的一次性泡沫盒正大行其道，对安全隐患的防范意识也淡漠。那时的商丘路，每天是杂乱喧嚣的，沿街东边是菜场和海员医院后门，西边衔接西安路上是一个紧挨一个的地摊，买菜、买点心、买日用品的人群络绎不绝。

场景之二。从周家嘴路到唐山路段的商丘路上，参差不齐的棚户陋屋乱搭建令人大跌眼镜。东边沿街原本是私房，住房困难的居民，就着平房往上搭出二层、三层乃至四层，给人以"危楼"欲倾的感觉，更有甚者，将路边的电线杆也围在违章搭建中。居民借着临街的便利，开出小烟纸店、小五金店、小文具店，还有房屋中介等；就连位于周家嘴路口我家居住的这幢七层楼公房，进口处也有一个属于社区服务的小卖铺，供应油盐酱醋、香烟零食等；不远处还有一家"老虎灶"，我回到家晚了，就拿两根筹子（一角钱一根），拎两个热水瓶去泡两瓶水先用起来。我经常在小烟纸店为女儿买小玩具和零食，面容和善秀丽的女店主，边做生意边打毛线，看她织出花样新颖的毛衣，我禁不住称赞，于是，我俩成为互不知名的"点头"朋友。

当年，这些五花八门的街边小店，倒也为居民日常的"开伙仓"提供了便利，也是上海老城区居民生活的真实写照。

场景之三。商丘路东余杭路西端，曾经有个幼儿园，我很庆幸女儿可以送到家门口的幼儿园。然而好事多磨，女儿只在这个幼儿园一年，情况就有了变化。第二年即将开学，突然接到通知，木结构的幼儿园，发现多处被白蚂蚁噬啮，必须大修，开不了学，让家长自行安排孩子。焦急无奈的家长求助于海南路10号的虹口区人民政府。接待的同志很认真地做了记录，并安抚家长，立即讨论解决此事。果然，第二天下午，家长们就接到通知，幼儿园搬到东汉阳路上的一幢小洋楼里（如今为虹口区城管用房）。可能因为无法修复，商丘路幼儿园不久被拆除了。

毗邻商丘路幼儿园的是上海第一制药厂，就在我家居住楼的斜对面，藏身于制药厂后面的是"先锋里"棚户区，居民的日常用水是"接水站"提供的。严冬，有几次我从制药厂旁的狭窄弄堂穿过，看到居民在接水站淘米、洗菜、洗衣服的，戴着手套都嫌冷的我，触景生情："这里的居民何时能在家里用上自来水啊。"

20世纪90年代后期，我成为提篮桥街道的社区工作者，当选为虹口区人大代表，与居家周边单位和居民区的代表同在一个代表组，我对此处片区有了更多了解。比如，海员医院院长张达欣代表，大声疾呼对商丘路乱设摊现象进行整治，因为，救护车经过这里，每每被堵住无法行驶，危及患者的生命；上海第一制药厂厂长高小莉代表则表态，他们坚决支持北外滩开发建设的规划，将工厂搬迁到浦东；同样，中国铅笔一厂工会主席杨志芳代表，也介绍他们工厂着眼发展前景，将搬迁到郊区的规划。我们这些社区代表则提议，加快改造"先锋里"棚户区。

二十年弹指一挥间。在北外滩的大发展中，"丑小鸭"商丘路，一点儿一点儿蜕变成美丽的白天鹅。商丘路的乱设摊早就没有了踪影，海员医院也根据企业的安排撤了出来，这幢优秀历史建筑前身是雷士德工学院，相信在北外滩的新一轮发展中，将焕发新的神采。上海第一制药厂的原址上，如今矗立起"融创·外滩188"高档住宅楼。商丘路最南面的老式旧里华丽转身为高档商务楼宇"一方"大厦。而"先锋里"棚户区，则被"名江七星城"高档住宅区取代。就在2015年底，我住家的这幢楼及楼下的这片棚户区同时被征收。如今，他们正在旧貌换新颜地行进中。

住家虽不在商丘路了，但情萦北外滩的我，每次到这片区域，总要在商丘路走一走，想到自己曾经在这片热土上生活工作过，自豪感油然而生。不知烟纸店的女店主新家安在何处，大致可以想见，她正在新居其乐融融地编织新毛衣，也编织属于自己的新生活。

（原载2020年7月31日《解放日报》）

沪上水景住宅第一楼

　　沐浴着金秋的凉爽，裹挟着午后的柔光，我踏上四川北路由北往南行，下四川路桥后再折向西，沿着河岸景观步道再向北踏上河南路桥（曾经的天后宫桥），枕在两座桥之间，依傍着苏州河的S形河滨大楼（北苏州路400号），静静地将此处横连成一个大大的回字。我眺望苏州河、景观步道、绿荫花丛，感慨油然而生：如今沪上房价犹如天价的行情下，这个曾经被誉为"沪上水景住宅第一楼"的大楼，成为不少影视剧取景的热门素材，其前世今生有着怎样的跌宕起伏啊！

　　让我们追溯到20世纪初的上海，彼时大多是石库门房子，最高三层。维克多·沙逊成为房地产的弄潮儿。犹太人后裔的沙逊，别看其貌不扬，还瘸条腿瞎只眼的，却是当时上海滩上鼎鼎大名的新沙逊洋行的当家人。1926年，沙逊在上海滩黄金地段建造了第一幢高层建筑——华懋饭店（今和平饭店北楼）。河滨大楼这块地皮原是上海买办出身的民族资本家徐润所有，徐润因投资失败欠债累累，万般无奈只得以九万五千两的白银，低价将苏州河畔的这块黄金地皮转卖给新沙逊洋行。沙逊先是在这一带建造了宝康里石库门住宅，然而，到了20世纪30年代，上海房产猛涨，沿江外滩的高层建筑如雨后春笋般出现，苏州河岸的房价也水涨船高。经营天赋极高的维克多·沙逊为谋求更大的利益，决然决定将保康里全部拆除，兴建高层住宅。他聘请沪上著名的公和洋行设计，并由新申营造厂建造。原来的保康里民宅四面地形不规则，建筑师因地制宜设计成S形，从空中俯瞰整幢大楼造型独特，"S"不仅与沙逊洋行的第一个英文字母相吻合，也解决了大楼地处一块东宽西窄的狭窄地带较难处理的通风采光问题，这种设计在当时上海是绝无仅有的，属于现代派建筑风格。工程于1931年正式破土动工，1935年竣工使用。因大楼依傍苏州河而被称为"河滨公寓"。

河滨公寓规模壮观，当时堪称亚洲第一公寓。占地面积6872平方米，建筑面积5.4万平方米，钢混结构，建筑用料考究，墙体采用大块防火海绵砖，房间里全部硬木细条地板。有八层楼高，底层是商铺，二层作为写字间，三楼以上就是公寓，公寓有二间一套和三间一套两种，内有走廊、会客室、卧室、储藏室、卫生间和阳台，光线充足；并配备九部电梯，屋顶还有一个小型游泳池，中间顶层拐角处有一座八角形塔楼。第二次世界大战期间，大批犹太人涌入上海避难，沙逊无偿将大楼作为犹太难民接待站。以后一段时间，这里还曾设立过联合国善后救济总署。

新中国建立后，河滨公寓成为普通的居民住宅。我曾两次进入这幢大楼采访。当年94岁的陈银秀老太是大楼里"住龄"最长的，其76岁的女儿为了照顾她搬来同住。母女俩虽同住一间10平方米左右的小房间，却收拾得干净整洁。陈老太爽朗康健，思绪清晰，颇为健谈。名字中虽有"银"字，却被左邻右舍尊称为"金婆"。

早年间，金婆在江苏乡下的丈夫去世后，经在上海学生意的阿哥介绍，她来到上海，在江西路上一幢花园洋房的宋姓老板家里帮佣。宋老板是做汽油生意的，公司就在泥城桥（今西藏路桥）附近。东家有车夫，有三个帮佣。她的主要任务是照看东家的四个孩子，后随东家搬入河滨大楼。金婆回忆，"那时的河滨大楼里住了很多外国人，他们住第六层，五六十户人家中只有三家中国住户"。外国人住的两间套房、三间套房，是用两根、三根金条顶下来的。大楼的管理很规范，并有规定，只有外国人、中国人做老板和高级职员之类的可乘电梯；仆役、佣人等是不能乘电梯的。金婆记得，当时6至15室住了一位中年单身的美国妇人，她称呼其为"aunt"（阿姨）。金婆与aunt有些异国情分，有时在楼道里遇见，能说中文的aunt，会"阿妈、阿妈"地招呼她，向她讨教中式菜和点心的做法。交谈中，她得知aunt在一家大公司写字楼里工作，在美国少有亲戚。上海解放后，aunt回国了，宋老板病逝了，老板娘带着子女搬离了大楼，金婆再无他们的音信。

　　悠悠岁月，见证大楼众多居住者变迁的金婆，怡然自得地在大楼里安享晚年。

　　我在大楼里转悠，纵深幽静的走道似乎一尘不染，螺旋式的扶梯尽管油漆有脱落，却擦得非常干净。而当我看到公用浴室里竟然同时安装着八个花洒更是震撼。询问居民："大家会为淋浴产生矛盾吗？"居民笑说："很多年了，都是这样过来的，几乎没有人家为淋浴吵过嘴。"

　　河滨大楼属四川北路街道南天潼居委会辖区。大楼现在是11个楼层，读数上是到10层，底层是零层，有700多户人家，以老年人居多。居委会将工作重心落实在为老服务上。发动居民志愿者，根据老年人的兴趣爱好和健康特点，开设天天活动班，让老年人足不出楼就能享受生活乐趣。如每周一次的义务测量血压，坚持了30年；英语、书法、法律、时事、保健等讲座班；居委会还联系社区卫生服务中心，在小区里设立了卫生服务点，居委干部和志愿者会将社区医院为老人们配好的药送上门；还得到毗邻的邮政总局支持，由他们的职工食堂为大楼里的老人配送午餐。老人们用一句时兴话表达他们的感受：生活在河滨公寓里，我们的幸福指数真高啊！

　　如今，我还能在河滨大楼的大门口找到"E.D.S"（新沙逊洋行Elias David Sassoon）的缩写字样。1994年2月15日，上海市人民政府公布河滨公寓为上海市优秀历史建筑。

（原载《故境纵横》，2018年9月出版）

东吴法学院寻踪

当你行走在上海昆山路，这条闹中取静仅400米的道路上，一定会被135号三个对称排列的山墙构图，尖顶拱形窗，红砖外立面，富有哥特式建筑的景灵堂吸引。其对面的昆山路146号，外墙上挂着"上海财经大学分校"的铜牌，你大概不会感兴趣。殊不知，就在沿街这幢楼房的身后，有一幢四层小白楼，其在中国法学史上举足轻重，这隐匿于市井街巷中的建筑，就是曾经的东吴法学院。

4月，春风和煦的周末，我前来瞻仰曾经的东吴法学院教学楼，这幢主楼栖身于临街大楼的后面。

我向门卫周师傅说明来意。周师傅说，经常有人来此地参观，今天周日不上课。每年的4月是夜大学生自学考试补考的月份，所以上课的人不多。平时，这里的白天和晚上，每个教室座无虚席，学生从20多岁到50多岁的都有。

我看楼体是方方正正的四层，玉白色的外立面，附着于正面墙体上大门两旁的欧式立柱，挑高三层，上饰方柱体拱形跨连，自有威严公正的气势。进到楼内观赏，映入眼帘的是高挑有节律的拱廊，走廊内没开灯，阳光从门外投射进来，映射走道的深邃，似乎溯源"东吴"曾经的辉煌。

我拾阶而上，从底层到四楼，空无一人的教室，只见每对课桌椅整齐排列着，仿佛再现东吴学子的勤奋；四楼的大礼堂沉寂宁静，东吴人才荟萃的画面已难觅……在四楼还有一截楼梯可上到平台，我在平台上眺望，但见四周有石库门里弄，还有浦西公寓和小浦西公寓现代派风格独特的建筑，它们似乎见证了东吴法学院的沧桑变迁。

周师傅又指点我到主楼后面去看看，这是一座两层的小楼，风格与主楼有相似之处，拱形的门和窗户大多被砖砌上了，弄堂也被封上了。我猜想，这幢楼原来可能是教师宿舍楼吧，现在由居民居住，从前面的弄堂开门进出。这里曾经居住过哪位法学大师，则留待专业学者考证了。

我第一次知道东吴法学院，是在1998年的《文学报》上，那篇《京沪学人的世纪悲情》强烈地震撼我。文中讲述以薛波为主的中国政法大学一批青年学生，在东吴法学院消失40多年后，寻觅到一批被遗忘多年的东吴法学院精英，编辑并即将出版英汉《英美法大词典》（正式出版时名为《元照英美法词典》），再一次在中国法学史写下浓墨重彩的一笔，编成有史以来中国最全的英汉英美法词典。

此时，我担任提篮桥社区（现北外滩社区）宝华居民区党支部书记。适逢毕业于东吴法学院、参加过东京审判的高文彬先生居住在这里。从高老的叙述中，我第一次听说"英美法系"和"大陆法系"。得知高老正参与英汉《英美法大词典》的审定，参与审定的这批东吴法学精英，每人都历经坎坷，但他们在有生之年，和薛波这批有志推进依法治国的年轻人一起，历经数载寒暑呕心沥血，矢志完成这部法学巨著。

通过高文彬先生，我了解到，1915年9月3日，"中华比较法学院"（东吴大学法学院）在上海虹口昆山路正式成立。东吴法学院是亚洲第一所比较法学院、中国近代唯一的英美法系的法科学校，是中国一流的法学院。学生学习英美法，课程完全是英文讲授，还有请美国总领馆的法律顾问、德国领馆的法律顾问等给学生上课，学生都能讲流畅的英语。其法学教育在当时饮誉海内外，有"南'东吴'，北'朝阳'"之美称。东吴法学院将出自孙中山先生手书的"养天地正气，法古今完人"引为校训。从这里走出一批批对现代中国法治有重要影响的法学大师；创造了一个个法学教育史上的骄人业绩。从20世纪30年代到90年代，国际法院一共有过六位中国籍法官，都是东吴法学院的教授或毕业生。建院30周年时，代表中国政府参与远东国际军事法庭审判日本战犯的法官、检察官、顾问等，几乎全部来自东吴法学院；建院70周年时，又成为《香港基本法》起草组的骨干；建院80周年时，编纂出版的《元照英美法词典》正式签约。

东吴法学院的教育宗旨是"重质不重量"，在招收新生、学业考核和毕业门槛上都极为严格。抗战前，学制是5年，念完两年大学预科再修3年本科，课堂笔记考核尤其严厉，学院采用的汉英双语教学，只有专业和英语都过关且德才兼备的学生才能毕业。

高文彬回忆自己就读时，最初班级50多人，而最后毕业的30人不到。新中国成立后的第一个国际法官倪正燠也曾回忆，1925年他转学"东吴"时，一年级学生有40多人，毕业时仅剩13人，原因就是课业压力太大。可见其对教学质量要求之严，对学生素质要求之高。

高文彬说："我这一生做了两件很有意义的事，一件是二战后参与东京审判，另一件是参与编纂《英美法大词典》。"

诚如高文彬所言，参与东京审判，是东吴学人最重要的事迹。此处略举几例：审判初期，取证极其困难，是倪正燠与鄂森在风雪弥漫中冒险乘飞机回北平，在监狱里提审汉奸，寻访被日本人毒死的吴佩孚的遗孀，艰难收集土肥原贤二和板垣征四郎的战争罪证，终使法庭将对两犯的严正控诉权从菲律宾移交给中国，让这两个罪恶昭著的战犯伏法。

高文彬从卷帙浩繁的资料和档案中，搜寻出刊登日本少尉军官向井敏明和野田毅杀人比赛的报纸。其时，这两个杀人狂魔已混迹于被遣返的日军回国，摇身一变成为小摊贩，最终被捕押解南京判处死刑。

裘邵恒为了说服末代皇帝溥仪出庭做证，多次来到溥仪住处，接近他启发他，消除他心理上的障碍，赢得溥仪信任，最终八次出庭做证，不但揭露日本军国主义策划成立"伪满洲国"的罪行，而且还提供了不少日本战犯的罪行，为裘邵恒的起诉书增添了许多有力的证据。

《元照英美法词典》荣获"2013年度引进版社科类优秀图书奖"，证明东吴学人对学术的追求和家国情怀始终不渝。

回眸历史，东吴学人的家国情怀并没有离我们远去。国运兴则法律兴，国运衰则法律衰。经历岁月时光剥蚀的东吴法学院，楼体仿佛风华退尽悟透人生的智者，俯瞰世间沧桑宠辱不惊，湮没不了的是天地正气与家国情怀。

（原载《老年文艺》2018年第4期）

甜爱路，你从何得到这浪漫的名

"安静小路上的惊鸿一瞥，也许就是一次钟情的开始。"这段名为"甜爱"的路，已然镌刻下无数情侣的幸福印迹。

红砖红瓦的小洋房，悄然隐掩在树荫丛中；挺拔高耸的水杉树，依次排立在道路两旁。平常时日，当你从喧嚣拥挤的四川北路上拐进这条诗意般的甜爱路，迅即就会在静谧娴雅中舒展身心。途经这条路的人抑或专程来访的情侣，会被沿街镶嵌在那堵"爱情墙"上的中外著名爱情诗文吸引眼球，驻足欣赏回味。只是每隔一时段行驶而过的公交车，似电影在演绎时空变幻中插入的画外音，带出了女诗人张烨1984年5月有感而发的《车过甜爱路》：

"破旧的书页散发出芬芳

"身体在车厢摇晃

"而心却遗失在了甜爱路

"这是甜爱路/落单的人请绕行……"

美丽的传说亦有现实的记忆。甜爱路南起四川北路，北至甜爱路315弄。长526米，宽13米，车行道宽7米。相关文章记载：甜爱路的来历可追溯到近代上海租界时期，公共租界工部局在现今的武进路附近建造了一个靶子场，专供万国商团、外国侨民打靶训练和取乐。随着上海的城市化进程，这里的入驻人员逐年增多，靶子场于1896年远迁到当时还是农田荒地相间的北四川路（今四川北路）底。5年以后，工部局又决定在靶子场西边开阔之地，兴建一个以体育、娱乐活动为主题的大型绿化公园，园内有足球场、网球场、曲棍球场等，并经常举行运动会。公园起初名为"新娱乐场""虹口游乐场"，直到1922年地域扩充后才改名为"虹口公园"。

太平洋战争爆发后，虹口公园一带完全被日伪当局占领，运动场地改作堆栈仓库和杂用。抗战胜利后，公园一度改名为中正公园，但打靶场却完全废弃了。从四川北路斜向靶子场东开辟出一条路，就是现今的甜爱路南段（从四川北路口到甜爱支路），其时路名为"甜安路"。上海解放后的1950年，将靶子场东边的一条南北向小道，与南边的甜安路连接起来。因道路南段东侧有建于1928年的大型新式里弄"千爱里"，于是各取"甜""爱"两字，全路定名为"甜爱路"。

每年，无论是"西式情人节"抑或"中式七夕节"，这里的空间都会被情侣占据。情侣们热衷在这特殊的日子里，来到这条被网友评定"浪漫指数五颗星"的甜蜜小路上"秀"甜蜜的爱情：或摆出"POSE"拍照留念，或跻身"甜爱咖啡馆"呢喃细语；或漫步长不过500米，宽也就10多米的甜爱路回忆美好时光。尽管购买爱情明信片的队伍是那样冗长，但沉浸在柔情蜜意中的情侣们并不觉得前行太慢，兴高采烈地买得明信片后，写下彼此祝福的心语，郑重其事地投入上海独此一家的"爱心邮筒"。

此处的地面上，有两颗心形组成的蝴蝶图案，分别用中英文写着"我爱你""I love you"……此刻，您走近的是一座具有特殊意义的邮筒，从这里寄出的每一封信件，都将镌刻着一枚独特的邮戳，让您的家人和朋友，共同感受这份牵挂与思念，分享这份爱心与浪漫，留作永久的纪念和珍藏。是的，从这座"爱心邮筒"投出的每一封信件，都会被盖上一枚"LOVE"的邮戳，如此意义上的爱，可以由情侣之爱衍生为亲情之爱、友情之爱的大爱，在这座城市里被记忆被传颂。

相爱的人相拥走过这条甜爱路，爱情就会地久天长。因为"爱情墙"记载了甜爱路"一个美丽的传说"：早年间，此地有个田家庄，庄上有户财主，财主有个独生女，芳名田爱。田爱知书达理聪慧过人、才貌双全远近闻名。田家府上有个放牛的小伙子叫祥德，英俊帅气聪明能干、善良正直乡邻称道。祥德陪伴田爱读书作画，两小无猜日久生情，最终成就了一段爱情佳话广为流传。与牛郎、织女铸就的七夕神话一般，田爱与祥德也有着自己的甜蜜与憧憬。人们就将田爱赋予美好的"甜爱"寓意，此地就有了"甜爱"和"祥德"两条相依相偎、幽静雅致的小路。由此，甜爱路被人们誉为"上海最浪漫的马路"。

一条甜爱路、一片千爱里，犹如一对有着不解之缘的孪生姐妹，演绎了无数美丽的爱情故事。尤其近年来，虹口的文化经典更得到保护和提升，甜爱路吸引更多的人们近悦远来。常有情侣相依在"爱情墙"前，从头至尾，用心阅读每一篇经典爱情诗文，让美好时光溢满心间；也常有情侣相携在千爱里的小弄中，领略夕阳西下的恬静，让浪漫风情祝福自己。

仿佛就在眼前：2013年1月4日，人们以谐音冠以"爱你一生一世"的日子。这天下午2时，虹口区首发有专门刻制"201314"纪念章的2 000张甜爱路纪念版明信片，在甜爱路现场仅一个半小时即告售罄；而这年的情人节，中老年人也来欢度"再走甜爱路，重温恋爱情"的浪漫时光。但见10多对精神矍铄的老夫妇：先生西装革履头戴礼帽、女士旗袍披肩头饰珠花；他们手持玫瑰相依漫步在甜爱路，一个个美丽浪漫的瞬间被定格在镜头中。

结婚31年的徐维嘉、李国平夫妇眉飞色舞地说，当年两人相恋常来甜爱路约会，但手都不敢牵一下。如今儿子都30岁了，老夫妇在这里公开秀恩爱，日子真是越过越甜蜜。一对年轻情侣的出现，掀起欢乐的高潮，老人们纷纷将手中的玫瑰赠予他们并祝福他们，年轻人兴奋地大摆姿势，让摄影师抢足了镜头。

心仪浪漫甜爱路的我，去年七夕之夜来"赶潮"领略这里的浪漫气息。但见甜爱路的路牌上、爱心邮筒上乃至街面上和墙面上，被色彩绚丽的灯光和粉色的画面装饰得分外妩媚多姿，情侣们忙不迭地定格下美好时光。四川北路街道的团员青年们，一字阵地摆开长桌，为排队购买明信片的情侣加盖爱心邮戳，并向人们赠送自制的"甜蜜传情"小纸扇，忙得汗流浃背全然不觉。一位小伙子幽默动情地说：他们这是"赠人玫瑰，手留余香"啊。是啊，以牛郎织女鹊桥相会为主题的大幅背景图案，展示了活动主办者"但愿人长久，千里共婵娟"的美好祝愿。

2017年的情人节，浪漫甜爱路又将赠予情侣们怎样美丽难忘的浪漫呢？

（原载2017年2月17日《解放日报》）

寻访杨绛在沪任教的小学

    不久前去世的杨绛先生，晚年自述生平大事中，曾有1932年7月至10月在华德路小学任教的一段经历。华德路（Ward Road）即现今的长阳路，只因长阳路跨虹口和杨浦两区，华德路小学究竟在今天的虹口还是在杨浦，令人费解。为此，笔者寻访、挖掘相关的人员与史料，同时请虹口区档案局的冯谷兰老师协助查阅档案，终于找到杨绛在沪任教的华德路小学。

    据《上海租界志》记载：华德路小学创办于1932年4月，地址位于延平路301号及康脑脱路（今康定路）883号；虹口区委党史办的刘世炎同志获知情况，亦认真查阅20世纪40年代出版的上海市地图，在长阳路上没有发现标明华德路小学的；到区图书馆查阅也没发现相关史料。

    笔者正为华德路小学的确切地址困惑，接到读者褚后杰的来电，他说知道华德路小学的确切地址，就在现在的长阳路上提篮桥监狱的马路对面，他曾于1934年至1935年期间，在那里上学到高小毕业。这不啻是令人兴奋的消息，笔者与冯谷兰及区档案局几位工作人员专程到褚老先生家拜访。

    出生于1921年12月的褚后杰老先生，精神矍铄，思路清晰，讲话流畅。当着我们一行的面写下自己的名字，并展示几张为接受我们采访做的小卡片，但见其字迹遒劲洒脱。

    褚后杰回忆，他之所以对华德路小学印象深刻，那是因为当年他上课教室的窗口就对着提篮桥监狱的大门，每天下午3点多钟，是家属探监和犯人放风的时间，他从教室窗口能看见边门里面穿着红色囚衣的犯人，还有英籍狱警。只是"八一三"淞沪抗战爆发后，他奔赴浙江参加抗日救亡，对学校情况就不得而知了。

　　笔者将现今在监狱处拍摄对面居民住房的一组照片请褚老先生辨认，他一下确定："对，没错，就是这里。"其实在拍摄照片的同时，我对长阳路、舟山路、霍山路、临潼路这块区域踏访，随机询问了好几户居民，但没人知道这里曾经有过华德路小学。

　　褚后杰的回忆映射出这里的沧桑变故：当年这里除了二层楼上课的教室，还有好几幢洋楼，曾做教师宿舍，校长也住在洋楼，教室与洋楼之间是一个大操场，教室是从两边的楼梯上去的。学校的大门对着华德路，但这只是一个有校名的门楼，进去后有一道真正意义上的校门进入校区。曾几何时，褚老先生故地重游，发现这里的洋房拆除了，当年他们上课的二层楼教室变为四层楼的居民住房。

　　为此，笔者又采访学校属地的舟山居委会主任吴鹿娣，她所了解的情况是，褚老先生指认的对着提篮桥监狱的教室，是长阳路138弄4号5号，原来是二层楼的，后来加层成为四层楼的，但哪个年代加层并不知道，而里面的138弄9号10号楼房是1958年建造的，吴主任说的这两点印证了褚老生记忆的准确。

　　褚后杰清楚地记得，他所在的华德路小学，当时的校长是教育家雷震清，教师多半是从南洋聘请来的。他们的班主任兼语文老师章印丹是印尼华侨，校长将他请来任教；还有音乐老师裘梦痕，是在法国小学任教的知名音乐家，每周到华德路小学给他们上音乐课；他还记得，陈鹤琴、陶行知、钱君匋等人到学校做过爱国教育和抗击日本侵略者的励志演讲。学校的设施很好，统一的课桌椅，桌面是木板的，桌子架构是铁的，而且桌面上有可翻起的板用来制图绘画。学校除了上语文、数学，还开设历史、物理、音乐、美术、体育等课程，四年级学生开始学习英文。

　　褚老先生至今仍怀念着在华德路小学读书时四位要好的同学，他们是章士敢、王树梓、顾振生、徐栋梁，都居住在公平路孝本里和原来的电车二场附近。其中，章士敢的父亲章锡琛是开明书店的创始人之一，也是著名编辑；王树梓家是开店铺的，专售各类五金管件。

　　褚后杰还说了一段题外话，令笔者觉得对于犹太人在虹口的历史也颇有印证价值。他还记得在华德路上小学时，这里附近已经有很多犹太人居住了；吴鹿娣主任也反映，曾听说过以前长阳路138弄旁是犹太人医院。这些蛛丝马迹可能给予专家的考证有些许印证作用，也就是说在二次世界大战爆发前的早些年，就已有犹太人在虹口区域生活和经商，二次世界大战爆发后，受到德国法西斯的迫害，有了大批的犹太人到上海避难；战后他们离去也是逐渐的，而非"一夜之间消失"。虹口作为二次世界大战时犹太人的"诺亚方舟"，相信还会有不少"遗落"的故事。

那为什么《上海租界志》会记载华德路小学在延平路301号及康脑脱路883号（今康定路）上，而没有华德路的记载？再仔细看排列表，其标注在延平路的时间是1940年，笔者于是想到会不会是"八一三"淞沪抗战爆发后迁往租界的？想到褚后杰提及我国著名教育家、当年工部局华人教育处处长陈鹤琴创办了八所小学，华德路小学是其中之一。

笔者想到自己的朋友陈庆，她正是陈鹤琴的孙女。联系后，热情爽朗的陈庆为笔者提供了她撰写的《陈鹤琴与上海教育》一书中的相关章节：1928年—1939年在陈鹤琴主持下创办的小学和中学，其中就有华德路小学，创建于1932年，地址在华德路138号。1937年"八一三"淞沪抗战爆发，学校迁至公共租界西部临时校舍，1940年迁址延平路301号，后为延平路小学。书中介绍：陈鹤琴确立工部局小学为春、秋班学制，有利于学习优秀的学生跳级，也便于学习跟不上的学生暂留一级，可较快赶上来。书中还特别举例："华德路小学聪明好学的学生陆陶，报考学校时获准插班，后又两次获得跳级，小学6年的课程仅用了3年半，曾被评为'模范儿童'。"陆陶后来回忆说：自己成长得益于学校管理的激励机制，得益于学校使儿童"乐学"的环境。

笔者又在文友协助下，在静安区档案馆查阅到1994年12月由静安区教育局编撰的《静安区各级各类学校校史简编》，其中对华德路小学是这样记载的："延平路小学创办于1932年，原名华德路小学，校址在今虹口区境内，校长是英国人雷震清。1937年，淞沪抗战爆发，迁校康定路金司徒庙街（今万春街），改名康定路小学；1939年迁至延平路301号，改校名为延平路第三小学；1945年抗战胜利后，学校由国民政府接管，改名为延平路国民小学。

1949年，上海解放后，由军管会接管，改名为市立延平路小学。直至1988年，因简陋危房修缮后改为他用。"

　　至此，华德路小学的前世今生基本有一个大概的脉络。笔者又想起在编辑"虹口文史"时，涉及的资料中有：《中共上海市虹口区历史大事记》编撰的"中共在虹口的早期活动"，其中提及1930年成立中共虹口支部时，也有华德路小学的教师参与，时间上比教育史料上的早了两年，可能是年代久远，产生了记忆上的误差。

　　可以肯定的是，华德路小学最初创办于虹口区长阳路。

　　　　　　　　　　　　　　　　（原载2016年7月5日《解放日报·朝花时文》）

解放上海，鲜血染红过四川路桥

5月，纪念上海解放之月。

一个春雨绵绵的上午，我踏巡苏州河上的第三座桥——四川路桥，这是上海南北交通干道的主要桥梁之一，车水马龙的繁忙中承载着这座城市的现代节奏，竟然有一群年轻人在雨中摆出各种POSE兴致勃勃地拍照，桥面上弥漫了浪漫的气息。但如果时光倒溯至1949年的5月下旬，此时的四川路桥，演绎的是解放军战士正在浴血奋战，为解放上海攻克国民党反动军队桥头北面的最后一个堡垒。

从里摆渡桥到四川路桥

100多年前，苏州河上还没有一座桥，人们全靠摆渡来往于苏州河的南北岸，渡口常常拥挤不堪，车、马、人挤于一堆，混杂着过渡。四川路桥址处原为二坝郎渡口，1875年，当时的公共租界工部局拨银2 000余两，在此地建造了一座宽为12英尺的木桥，名为里摆渡桥。里摆渡桥跨吴淞江（苏州河），北接虹口区四川北路，南连黄浦区四川中路，《上海县自治志》称为"白大桥"。因位于邮政局（旧称）大楼南，俗称"邮政局桥"。1922年上海邮政总局建大楼，该桥拆除，同年重建三孔钢筋混凝土悬臂梁结构，下部设木基础桩重力式桥台和空心桥墩，总长度70.97米，跨径中孔36.6米，南北孔各17.1米，宽度18.2米，车行道12.8米，人行道左右各2.7米。总面积为1 296平方米。载重量为15吨，特重车单独过桥，最大载重量为60吨。桥下三孔，仅中间一孔可以通航，通航净跨为34米。桥中孔梁底标高6.56米，两侧标高为6.54米，桥下净空6.41米。由于梁底较高，驳船除特大潮汐外，可常年通航。

1943年改称"四川路桥"。

血洒四川路桥的"渡江第一船"勇士

1949年5月25日，解放上海的最后激战在苏州河两岸开战。解放军由南向北攻打外白渡桥、四川路桥、河南路桥、西藏路桥等。敌军凭借百老汇大厦（现"上海大厦"）、邮政总局大楼、四行仓库等高层建筑居高临下封锁诸桥面，解放军因不能使用火炮和爆破等，使宽不过40米的苏州河如一道难以逾越的天然屏障。

四川路桥是国民党守军在苏州河北岸防线的重中之重。它直接联结北岸的四川北路，与汤恩伯的京沪杭警备总司令部和淞沪警备司令部直线距离不过3000米，再往下直插虹口、江湾，顺公路就可直达吴淞口。毗邻四川路桥邮政总局大楼，从大楼上发射的火力可以完全覆盖整个桥面，成为国民党守军近千官兵的最佳防御据点，也是最后一个据点。历史记载了这样一个细节：胜券在握的毛泽东同志命令解放军将士，对顽抗的国民党官兵只能开枪、不准开炮，为的是保护桥边的这幢具有充分历史价值的建筑。

奉命攻打四川路桥的是中国人民解放军三野十兵团第二十七军七十九师二三五团（著名的济南第一团）一营的全体将士，这场战斗异常血腥严酷，因不能使用重型武器，在敌人密集的弹雨火力中，突击的勇士一批批倒在四川路桥的桥面上。其中包括最先突破长江天堑的赫赫有名的"渡江第一船"二三五团一营三连二班的12名战士。悲愤至极的一营官兵擅自向邮政局大楼二层发射了两发炮弹，却仅在大楼坚固的外墙上留下两个不起眼的白色"斑点"，这是整个市区之战中解放军唯一动用火炮的地方。

后来，时任二十七军二三五团三连副指导员的宋孔广回忆："我和渡江突击队的12位战友是坐'第一船'第一批登上南岸的，没有一个伤亡，没想到一路打到上海，除我之外，全部牺牲在上海四川路桥。"5月21日，宋孔广突然接到上级通知，调离三连，去一连担任指导员，其他12位战士继续南进抵达上海。当他再次打听到战友的消息时，他们已全部牺牲。每每想到此，戎马一生的老将军禁不住潸然泪下。通过正面佯攻，侧面迂回包抄，解放军偷渡苏州河，攻占了四行仓库，迫降1 000多名敌军以及劝降了国民党五十一军刘昌义部，守卫北岸的国民党军队相继投降。5月27日，上海全境解放。陈毅任第一任市长。这场战斗因此被陈毅形象地比喻为"在瓷器店里打老鼠"。

梁洪涛的"四川路桥上庆解放"画作

在查阅四川路桥资料中，我点击到画家梁洪涛的博客，看到《上海解放，让我叩开艺术大门》一文，讲述他当年看到的解放上海情景——"解放前夕，我10岁，家住四川路650号。大楼电梯是老式铁栅栏暴露式，正门的电梯凸出于四川路上，离四川路桥一箭之遥。解放上海时，我居住的大楼成为国民党军队固守四川路桥的桥头堡，敌人在前门电梯凸出于四川路处架起机枪，向驻扎在北京路上的解放军射击，战火十分激烈。"

"我们缩在屋里，心惊胆战，不敢外出。后来听说解放军攻打四川路桥时，不少战士牺牲了，就是因为我们大楼的敌人利用这有利的地形固守。后来，解放军改为正面佯攻，趁天黑在苏州河上游越过，从敌人侧后包抄成功。邮政大楼的敌人伸出了白旗，我们大楼的国民党残军也丢盔弃甲，把枪支弹药和公文皮包统统丢进垃圾箱，有的蹿到居民家中，翻箱倒柜抢夺衣服，换掉自己身上的黄军装，设法伪装逃窜。解放军立即封锁大楼，命令大楼里所有的人，都到香港路上集中，由各家的长辈将自己家人领走，剩下无人认领的人，则可能是国民党败兵。"

"我生性好奇，四川路桥战火一停，我就跑到苏州河两岸，站在四川路桥上观景，亲历了上海人民欢庆解放的一幕。1956年夏天我初中毕业，投考美术学校，按照构图课程考试要求创作了《上海解放》考卷画。这张画就取材于1949年解放军攻克四川路桥后，上海人民欢呼雀跃的场景。画面有国民党军队狼狈逃窜、桥中央欢迎解放军解放大上海的横幅，画面中心一大队浩浩荡荡的解放军战士，从南向北上桥、桥两侧簇拥着欢呼的人群等，还有一个站在国民党废坦克车上招手的少年，那便是我自己。作画时距上海解放已经过去7年，所以称为'记忆画'，就是这幅木炭画，让我考进了杭州中央美术学院华东分院附中，直至大学毕业，它帮我叩开了进入艺术殿堂的大门。"

从姜彩芝耳边擦过的子弹

家住紧挨邮政总局河滨大楼的姜彩芝，上海解放那年10岁。至今难忘当年目睹解放军攻打四川路桥的情景。

姜彩芝向我介绍说，那时河滨大楼的住户几乎都是外国人，她的母亲是为住在楼里的一户英国人家庭做保姆的，她6岁时就随母亲住进河滨大楼528号的2楼。

上海解放前夕，处于白色恐怖笼罩下，她从住处的阳台上，亲眼看到被反动派残忍绞杀的吊在树上的三具遗体。年少不更事的她，除了害怕，自然不明白个中缘由，只听到大人们暗中充满同情的议论：这三人是共产党。

她看见国民党士兵在四川路桥上堆积沙袋，随着解放军从桥南岸攻势的展开，乒乒乓乓的枪声愈加激烈，被好奇心驱使的她，在二楼阳台上伸出头探望，一颗子弹嗖地从她耳边掠过，差点就击碎了她的脑袋，吓得她一下子跌倒在地，许久缓不过神来。

姜彩芝记得，解放军占领了大楼顶层，原本在河滨大楼后门也就是现在居民停放自行车的地方蜷缩着一些国民党的守军，经不住解放军强大的攻势，纷纷丢下枪支盔甲，抢了老百姓的衣服换上逃命去了，河滨大楼前的北苏州路上随处可见国民党士兵丢弃的装备。

姜彩芝由衷地感叹："说实在的，解放军真的是好，关照楼里的居民，仗还没结束不要外出，一点儿也不惊扰居民。直到战斗完全平息，才挨层关照居民现在可以外出了。"姜彩芝随着大人们涌出大楼，见到马路上敲锣鼓的、扭秧歌的欢庆解放的市民游行队伍，她还得到了一枚红旗形状的徽章。姜彩芝不无遗憾地说，可惜没将徽章收藏好，但解放军攻克四川路桥的激战却永远印刻在她的记忆中了。

（原载2016年5月21日《解放日报·知沪者也》）

塘沽路：近代苏州河北部发展的原点

塘沽路，跨上海虹口区和闸北区。沿苏州河东西走向，东起大名路，西至浙江北路。长 1 840 米，宽 9.3 米到 14.6 米（虹口境内为大名路至河南北路）。塘沽路一带，可谓最早的虹口境域，是条历史悠久的马路。旧名"文监师路""蓬路"。1943 年，汪伪政权接收上海租界，将其以天津市地名改名为塘沽路。

文监师是个外国人

溯源塘沽路，不得不提文惠廉（William Jones Boone），他是美国首任驻沪领事美国圣公会主教。为便于和中国人打交道，他给自己起了一个中国名字。文惠廉语言能力超强，很早学会了广东话，到上海后，更是认真地学沪语和官话。以后不仅能在青浦、常熟农村中传教，还能在清朝官场熟练地运用汉语与官员们讨价还价。

文惠廉以其扩张野心和才能，成为公共租界前身之一美租界的创设者。1848 年，文惠廉向上海道台吴健彰要求将虹口开辟为美租界，得到口头允诺。此后泛指虹口一带为美侨居留区，即是由其交涉所致。对于这样一位租界历史上的重要人物，工部局于 1848 年在市区中心，跨虹口、闸北两地修筑一条路，并以他的英文姓氏命名，称"Boone·Road"即"蓬路"；后改以他的主教身份为路名，因早期上海人称"主教"为"监师"，故而又叫"文监师路"。

1845 年，文惠廉主教来到上海后，除在县城内进行布道外，亦选中位于苏州河注入黄浦江处，英租界以北的虹口作为传教基地。1848 年，文惠廉选中百老汇路（今大名路）、文监师路（今塘沽路）口，在此处租借 52 亩土地，于1853年建成带有一个布道房间的传教士宿舍，建成上海历史上的一座重要教堂——救主堂。救主堂为欧洲乡村教堂式样，带有哥特式塔钟楼，可容500人。旁边还有轮廓新颖的文纪女校和同仁医局。

从此美国、德国、日本、俄罗斯、挪威、丹麦、西班牙、葡萄牙8个国家，纷纷在此周围建立领事馆，许多洋行和教会来这里租地投资建房，整个上海苏州河北部，以塘沽路、大名路一带为原点发展起来。

由东至西踏访，塘沽路一直往长治路，在大名路附近的路口，过去就是著名的同仁医院，是上海成立最早的近代医院之一。始建于1866年（清同治五年），是美国圣公会所办的教会医院。设立以门诊为主的诊疗所，取名"同仁医局"；两年后扩大规模更名为"同仁医馆"；1880年，规模再扩大，定名为"同仁医院"，并成为圣约翰大学医学院的附属医院。同仁医院在虹口地区，一直运转到"八一三"淞沪抗战爆发，才搬迁至长宁区的万航渡路，即现在愚园路近镇宁路的同仁医院。

人人皆知的三角地菜场

20世纪80年代，塘沽路东段、大名路至吴淞路，较多二到三层的旧式洋房，大名路以经营钢材五金店铺为多；长治路以西，则是商业网点集中地段，沿路北侧有老上海人都熟悉的"三角地菜场"和历史悠久的虹口区第一中心小学。

三角地菜场对于上海民众生活的改观是不可或缺的。1843年前，上海没有菜场，除了肉铺、鱼行和鸡鸭行，蔬菜都是农民或小贩挑着担子沿街叫卖。19世纪60年代，上海租界工部局先后在虹口修筑了文监师路、汉璧礼路、密勒路（今塘沽路、汉阳路、峨眉路），这三条路相交处形成一块足有10亩的三角形土地，被叫作"三角地"。几位英国人就在"三角地"建立了一个叫作"飞龙岛"的游艺场，这也是上海出现的第一个建有滑轨的综合性大型游艺场，主要游艺就是"滑车"。成为上海老百姓竞相游玩的"好白相"游乐场所。过了几年，因滑车的设备陈旧破损而得不到维修和改造，还时常发生滑车倾翻伤人的事故，被工部局勒令停业，这块空置的"三角地"就形成了一个露天的菜场。

1890年（清光绪二十六年），工部局为便利外侨买菜，对摊贩进行统一管理，出资2万多银两，在"三角地"搭建了一座颇具规模的木结构室内菜场，这就是上海第一个现代综合类室内菜市场，也是最有名的"三角地"小菜场。其英文名"HONGKEW·MARKET"（"虹口菜场"），但由于它特殊的三角地块形状，所以，人们习惯将其称作"三角地菜场"。

1916年，三角地菜场原来的木结构建筑被拆除，重新建造钢筋混凝土的挂网结构建筑。新建的三角地菜场为三层。底层主要为蔬菜市场；二层销售鱼肉类副食品及罐头包装食品，还有农副产品；三层规定为各种小吃点心店。为使底层的菜市场能有足够的天然采光，菜场的中部还设有天棚。不仅可供选择的菜色品种多，顾客且不受刮风下雨等自然环境的影响，逛逛菜市场，尝尝小点心，亦成为时髦休闲。

租界时代，三角地被称为"虹口菜场"，太平洋战争爆发后，日军占领了公共租界并交汪伪政府管理。在这期间，"虹口菜场"被改名为"麦盖岛"（Market的日文译音）。在大量日本人涌入时期，三角地菜场供应从长崎运来的新鲜鱼和蔬菜，到处都有日式的鱼店、小菜店、点心店、衣料店等，军官太太、大班太太们就坐着小汽车来这里选购整匹的日本印花上等布料。

抗战胜利后，又恢复叫"三角地菜场"。直到20世纪80年代，三角地菜场始终是上海占地面积最大，经营品种最全、服务施设到位的室内菜场。1997年，有百余年历史的三角地菜场被拆除，在原地建造起高层建筑。

外侨学校今昔

与塘沽路发展息息相关的尤来旬学校，成为后来的虹口区第一中心小学，虽然已于2005年搬迁至昆山路，但其对于虹口教育的源起值得一书。学校建于1869年，由中英混合血统的尤来旬（Yurasian）女士创办，原校址在峨眉路上。尤来旬学校不论国籍，专门吸收幼年丧父，生活无依靠的侨民子弟。此善举得到中外人士的赞赏，其中英籍商人汉璧礼爵士捐赠大笔款项，设立"汉璧礼基金会"，全额资助学校。尤来旬学校得以扩大和改善，于1889年改名为"汉璧礼蒙童养学堂"。1891年在塘沽路170号建成新校舍。1943年"汉璧礼蒙童养学堂"被日军占领，校名被改为"蓬路小学"。1945年日本投降后，恢复原校名。1946年学校为"十六区中心国民学校"。1949年新中国建立后，成为虹口区第一中心小学。

以此往西行至吴淞路、塘沽路、闵行路口，就是工部局于1862年1月，在"三角地"对面设立的苏州河北第一家"虹口巡捕房"，1937年建成沿用至今的公安虹口分局大楼，历经时代变迁，其作为国家机器的功能始终没变。

穿过吴淞路，近乍浦路，在塘沽路380号驻足，通过大铁门空隙，所见到的就是原来的"西童女校"了。由工部局于1893年（清光绪十九年）建造，翌年竣工。

西童女校建筑面积864平方米，砖木结构单层，对称排列，坐北朝南，典型外廊式建筑，具有英国安妮女王时期的建筑风格特征。连续券柱式外廊，有圆券及扁圆券两种，柱子下大上小，中部鼓出，门廊上方嵌有1893—1894字样，中部三角形山墙，后有凸出人字形老虎窗，红瓦屋顶，青砖墙体有精美砖雕，木门窗，楣饰红砖砌扁圆券饰。西部有凸出门廊，北面建附属用房。

1927年改为工部局的一个市政机构，太平洋战争爆发后被日军占用作为日本人的小学，抗战胜利后用作国民党虹口宪兵队机关。2003年12月16日，虹口区人民政府公布西童女校旧址为虹口区不可移动文物；2005年10月31日，被上海市人民政府公布为上海市优秀历史建筑。

与西童女校紧邻的还有两幢优秀历史建筑，这就是"小浦西公寓"和"浦西公寓"。

前者于2005年10月31日被上海市人民政府公布为优秀历史建筑。后者坐落于塘沽路411—429号（乍浦路口），原名披亚斯公寓，英文名为"Pearce apts"。钢筋混凝土结构，立面构图规整，纵向三段式构图，中部为清水红砖外墙，底部入口和水平线腰线做古典式装饰。顶部曾加建两层。公寓标准层平面由六个单元组合，每个单元各有楼梯和电梯，共设75套房间。建成后，大多数为外国人居住，其中日本人最多，是上海虹口地区著名的公寓之一。

建造浦西公寓的缘起，是因为19世纪末，乍浦路开设了上海第一家发电厂——电光公司，以后又相继建造了国内第一家电影院、西童女校、儿童乐园和西本愿寺等，街景热闹，人流很多。1931年，房地产商看准这块"风水宝地"，选择在儿童公园北侧建造浦西公寓，地段闹中取静，又可以借景营造优美环境。上海市人民政府于2005年10月31日公布浦西公寓为优秀历史建筑。

（原载2016年5月3日《解放日报·知沪者也》）

这里有侵华日军的罪证

——虹口嘉兴路地区淞沪抗战遗址旧事探寻

　　1932年1月28日，第一次淞沪抗战爆发，日本帝国主义侵华的铁蹄践踏到上海。到如今，上海这座现代化国际大都市，在人们的不经意间，还是能看见当年日寇侵华遗留的一些罪证。今年是中国人民伟大的抗日战争胜利70周年，本刊特约记者历时一个多月，独家寻访了十多位当年战争的亲历者和闻听者，并在上海虹口的嘉兴社区及周边区域，亲眼看见、亲耳闻听"一·二八"和"八一三"两次淞沪抗战的遗址与故事，这些是日军侵华最有说服力的史实证据，其中不少与淞沪抗战紧密相关却鲜为人知。尤其是经过几番探寻，记者不仅发现除人们视线中容易见到的两处残垣断壁，还发现那里还有鲜为人知的当年遗存的碉堡和水牢，是目前上海中心城区罕见的抗日战争遗址。

　　"当年鏖战急，弹洞前村壁"，仅从这些不能忘却也不应忘却的史实，就足以警示我们，和平来之不易，日本帝国主义的侵华罪行不容忘却。这些发现，应该成为当今人们警钟长鸣和爱国主义教育最真实最典型的教材。

遗 址 探 寻

　　在上海虹口的嘉兴地区，一条长不过百米的柘皋路（但居民多说成拓皋路，1947年版的上海市行号路图录亦标注为拓皋路），从183号到189号的门牌号之间，二层楼的石库门建筑，底层有人居住，二层却是当年被日本侵略者轰炸的残垣断壁；从柘皋路行不了多少步，右拐至辽宁路161号到163号，二层是同样的残垣断壁，由两根横梁支撑着三面断墙。只是这两处被烧焦熏黑的痕迹都不见了，近年相关部门在两处战争遗址上涂了涂料，大概是为了让此处的居民少受些日寇暴行遗留的阴霾干扰，多些平和的心理吧。

一个冬日下午，记者来到现场，在柘皋路战争遗址的对面驻足，但见午后的暖阳里，一位老者在打盹儿，其脚边依偎着一只黄白毛色相间的猫咪；一位阿婆在门前的晾衣架上晒衣服，一派市井安逸悠闲的生活场景。记者于是询问晾晒衣服的阿婆，关于对面战争遗址是否知晓。阿婆姓李，她说当年是嫁到这里的，已在此地居住了70年。没有亲眼见到轰炸，只听说这是"八一三"日本人扔炸弹搞的，死了好多人。"贴隔壁"的王姓阿婆嫁到此地60年，与李阿婆知道的情况大体相似。

与嘉兴地区仅相隔一条周家嘴路的虹口老街，即现今东汉阳路219弄，已在世不多的"老土地"说起这条老街，总会唏嘘不已。在清朝中期嘉庆年间《上海县志》就已有记载：百年前这条毗邻虹口港的弄堂，弄内商铺一长溜延伸开去，弄两旁商铺与商铺相对而开，商贾云集，市面繁荣。商船穿梭于虹口港水道，颇具《清明上河图》景象。然而这条繁华熙攘的街市，却在"八一三"日寇军机的狂轰滥炸下，除有三幢结构坚固的房子幸存，其余均化为瓦砾焦土，盛况不再。

笔者在参与撰写《摩都水乡——徜徉上海音乐谷》一书中了解到，嘉兴路地区竟还残存两座碉堡，立马前往探寻。找到梧州路碉堡所在地址，却发现这里就是一排沿街的平房，与别处并无差别。见梧州路396号的门虚掩着，于是敲门询问。听说来意，女主人秦美英很是热情，说碉堡就在她家里，让记者很是诧异。原来，碉堡已被居住此地的居民围造到房子里面，在街道上根本看不到外形。碉堡的占地门牌号从梧州路392号到400号。在秦美英指点下，笔者才看出一堵墙就是碉堡，还有一个被堵着的枪眼，露在地面上的部分约一人高。她家还在碉堡顶上搭建了一间房，约15平方米，而碉堡地下的那部分则属于隔壁朱家。秦美英说，她记得"文化大革命"中红卫兵用大锤砸碉堡，很是坚固的碉堡只冒出点火星。她的母亲姓陈，今年88岁。陈妈妈是1950年嫁到这里的。当问起她可知这座碉堡的来历，她脱口而出"是日本人造的一座桥头堡"。原来，陈妈妈的老伴在日本投降后就搬进碉堡来住了，她也曾听老伴说起，以前从这里到通州路、海伦路都必须有"良民证"才能过，否则要被日本人"吃家什"（沪语：被殴打）的。

我又敲开隔壁392号的门，这家是对80多岁的山东籍老夫妻，女主人毕华书、男主人朱龙。听说来意，毕阿婆很爽快地开灯，让我参观碉堡的地下部分。碉堡有两格阶梯可下，内部分割成两间，堆满杂物一股霉味。我躬身寻到西、北两处已被封住的枪眼，仿佛阻断了人们对当年残酷战事的记忆。

回到地面上，门户上"光荣人家"红贴纸引起我注意。好奇地打听，原来朱龙老伯是位伤残退伍军人，曾经的抗日战士，当年在陈毅领导的新四军部队当过排长。在江苏南通、大丰、盐城、宝应一带抗击日本侵略者。有一次与日军交战，他和战友冒着猛烈的炮火阻击冲上来的鬼子，一次次打退鬼子的进攻，战友却也一批批倒下了。誓与阵地共存亡的朱龙，奋不顾身地向鬼子开枪，记不得干掉了几个鬼子，他受伤倒下昏迷过去，是被尼姑救进庵里掩护起来才得以幸免于难。毕阿婆还找出珍藏的朱龙伤残军人证书让笔者看。字迹非常模糊，但看出了是"中国人民解放军华东军区副司令员张云逸"几个字，当年抗击日寇的新四军老战士，居住在日本人修筑的碉堡上面安享晚年，满有将侵略者踏在脚下永远不让其翻身的豪情。毕阿婆说，其实，相关部门分配过住房给他们老夫妻，他们将房子给大儿子住了。

笔者巡访中发现，还有一处碉堡位于1933创意创业园区后面，碉堡在地面上高约2米，呈六角形，有两个从里面被封住的枪口对着向外的方向，顶部现在安装着两个空调。不留心的话，几乎看不出碉堡的原型。

嘉兴路地区独具特色的三面环水，现在为半岛湾时尚文化创意产业园区，其装置艺术和景观设计，洋溢着时尚现代的风韵，成为嘉兴路上海音乐谷乃至上海市集商业、文化、旅游、科技为一体的多媒体示范基地。在3号楼的3111室底楼地下室，凸显的是邮轮内景式的风格，圆形的舷窗推出就见水，河对岸是傍水而建的一幢幢石库门，一派都市水乡的风情。

可是"老嘉兴"人对此有说法：以前，从这里台阶下去，就可划船在沙泾港中一路行驶出去。居住在瑞嘉苑小区，今年74岁的武淑敏，是位退休工程师，曾听长期居住东嘉兴路的已故丈夫多次说过，"半岛湾"由于其三面环水的特殊地理位置，日军占领期间，曾将这里地下室搞成水牢。专门用来关押抗日志士和共产党人。一旦被关进这里的监牢是很难生还逃出的。抗日战争胜利后，这里成为工厂用房，直至新中国成立后到近年，由于工厂数度变迁，"半岛湾"地下室水牢的原貌和资料都难以寻觅了。

日寇在上海虹口的暴行

家住嘉兴路瑞庆里38号的姚守洪、李曼芳这对老夫妻，今年都是85岁高龄。1937年的"八一三"战事爆发，两老都已记事，他们讲述了当时耳闻目睹的日军暴行。姚守洪出生地是在瑞康里83号。之前，其父在颐中英美烟草公司做职员，家境比较殷实。战事爆发，父母带着他们兄弟姐妹七个，挤在两辆黄包车上，从吴淞路拉到十六铺码头，乘渡船逃难到浦东，住进父亲的"过房娘"家。孰料，住了没几天，日军又攻打浦东，父母只得又拖着一家老小，再带上"过房娘"一家，逃难到沪西的"大世界"，投靠是宁商总会理事的姚守洪的舅舅，但"大世界"又遭遇轰炸，姚守洪还看到那地方的弹壳和被炸房屋及被炸死的人。姚老伯说，那情景真是惨不忍睹啊。在舅舅家也待不下去了，父母只得又拖着一大家子，再次逃难到泥城桥附近。就这样在外辗转颠沛流离了两年，战事基本平息了，才回到瑞康里，但家已被日本人占住。倒是家中原来养的狗狗"来发"，在外流浪两年后，大概嗅到主人的气息赶来了，见到主人竟然流下了泪水，这次人和义犬的相逢，姚守洪至今难以忘怀。

姚守洪一家找到瑞庆里38号的空房子，这里原来是一个中医诊所。中医一家逃走了，房子是空的，大门也没有，窗户都被震碎了，房子后面全是被炸的废墟。父亲请来木匠修缮了房子，一家人得以住下来。日军在嘉兴路地区的暴行，在姚守洪幼小的心灵中刻下难以抹去的记忆。他说，那时哈尔滨路一号桥、二号桥、嘉兴路桥上都有配着带刺刀长枪的日军站岗，还牵着狼狗，桥面上是用木架缠绕着的铁丝网，来往行人都必须出示"良民证"，向日本人鞠90度的躬才放行；日本人如果觉得此人鞠躬"没到位"，就用枪托打人，凶恶的狼狗会狗仗人势，狂吠不已，有的还会被抄身，让过桥的人胆战心惊，敢怒不敢言。

嘉兴路地区的中国居民，和其他在日寇铁蹄统治下的中国老百姓一样，根本没有安生的日子。姚守洪清楚地记得，那时居住在瑞庆里的人多次被日本兵赶到嘉兴路菜场的空地上集中，家里一个人也不能留，说是要捉拿抗日分子和共产党。冬季冰天雪地的夜晚，从被窝里被驱赶出来的居民冻得瑟瑟发抖，孩子们也不敢哭一声。日军在每户翻箱倒柜的，见到好点的东西就抢走。姚守洪家有一个父亲自己做的保险箱，被日军撬动过，但没打开，后门至今残留着一道被日本兵用刺刀捅出的裂缝。

姚守洪还回忆，"八一三"前，瑞康里已住了不少日本高级职员，日本军机轰炸时，因为瑞康里插了日本旗，所以完好无损。他还亲眼见到，居住瑞康里和少量居住瑞庆里的日本人，每天早上在被夷为平地的地方做操却不允许中国百姓观看。未满10岁的姚守洪很是不明白："东洋人为啥吃得好、穿得好，还这么凶狠？"陪同我采访的瑞康居委会干部徐云芬回忆起，20世纪90年代中期，一个夏天的傍晚，住在瑞康里的她，正开着厨房门在家做晚饭，只见一对中年夫妻模样的人东张西望的，他们说的是日语，她和邻居们都听不懂。恰好138号二楼的女儿去过日本会说日语，过了一会儿告诉大家，这是对日本夫妻，小时候在瑞康里住过，但找了半天也不能确定居住的是哪个门号，就在弄堂里拍了些照片作为留念。

李曼芳老人同样经历了"八一三"日军轰炸上海的恐怖日子。李曼芳的家是在宝山县的大场镇上，父亲当时是宝山县政府的秘书。战事爆发后，父亲根据上峰命令，要守护县政府，由母亲和家中的娘姨雇了两辆黄包车，带着他们六个孩子，逃难到热河路开封路的阿姨家。她还记得当时走到离阿姨家只差一条弄堂了，却遇上封锁线，不能走过去了。两幢楼房之间弄堂很窄，阳台对着阳台。大人就想出一个办法，在两个阳台之间，搁上一块木板，他们就是从木板上抖抖豁豁爬到对面阿姨家的。老两口回忆，当时的生活很是艰难，吃的是日本人配给的糙米，穿的是差不多颜色的布料衣服。稍不留神就可能大祸临头。

在《日本帝国主义侵略上海罪行史料汇编》一书中，记载的日军在嘉兴路地区令人发指的暴行，完全可以佐证亲历者姚守洪、李曼芳夫妇当年的所见所闻。据记载："一·二八"战事后不久，在东嘉兴路上，有面带惊恐疲惫疑是逃难的10多个中国人，其中有三名妇女，当这批人匆匆走到宝发里对面时，被迎头遭遇的一小队日军截住，强行抄身检查。有两人系香港贸华公司的职员，当被抄出该公司的两枚徽章时，日军怀疑这两人是间谍，拳打脚踢地威逼他们招供，两职员坚决不承认。堪称杀人狂的日军就用刺刀对着他俩猛戳一通，两职员血肉模糊倒地毙命。面对血淋淋的暴行，其他人惊恐至极，日军却大开杀戒，又强行拖出五人残杀，连三位失声痛哭的妇女也不放过，同样被日军一通乱刺后死去。霎时，东嘉兴路上血流满地、腥味弥漫。日军行凶后，将尸体拖进附近的老虎灶内。其他人趁日军转移尸体时，才得以乘机逃脱。

在《日本帝国主义侵略上海罪行史料汇编》中，也记载着日军在嘉兴路地区强奸妇女的罪行，有如关于南京大屠杀证据的"市民呈文"。这份记录日军在嘉兴路地区犯下强奸罪的"市民呈文"是通过名叫黄萱庭的亲历者提供的事例记录的。作者概括事例如下：那天，她们四人——黄萱庭、张能英、赵氏，以及不知名的26岁的浦东人×××，听到日本兵大皮靴上楼发出的恐怖脚步声，张能英立即钻到床底下，正躺在床上的她们三人躲避不及，被日本兵堵住，在与日本兵的殴打中，张能英还是被他们从床底下拖出来，并和×××一起被强行带到福德里（哈尔滨路171弄76号的后门进入）。日本兵踢打着反抗的她俩，企图迫使她俩进入同弄堂77号的空房子里。搏斗中，张能英母亲赶到拼命阻止日本兵施暴，张能英得以逃跑，然而×××却未能幸免，大喊救命拼命挣扎的她，还是被兽性大发的两个日本兵轮奸了，一直到凌晨1时才拖着满身心的伤痛回到家。黄萱庭说，估计那天是1938年11月15日晚上。黄萱庭还说，×××只能将满腔的仇恨压在心头，不愿将自己的遭遇让其所上班的工厂知道，否则，认为自己无颜面活在这个世上。

抗日民族英雄的壮举

日本侵略者在上海烧杀抢掠强奸妇女的罪恶行径，自然激起不愿做亡国奴任人宰割的抗日志士的同仇敌忾。国民党军统第三行动大队队长蒋安华，就在沦陷区的上海针对日本侵略者和汉奸展开一系列的刺杀行动。他们的宗旨是：以身着军服的日本人为刺杀对象，无论军阶高低，职务大小，无须申报，得手就当场干掉，执行地点以日占区及其势力范围之内为限。他们的英勇壮举，显示国人同仇敌忾抗日的决心和意志。

在35五起刺杀日军和汉奸的行动中，蒋安华一人就干了20起。日寇提起蒋安华就胆战心惊，汉奸党更是既怕又恨。1941年，胡兰成控制的《中华日报》及日伪新拼凑的《新申报》上，发表了一份所谓的《蓝衣社在沪所犯案件统计表》，无可奈何地承认日军及汉奸被镇压的事实。其中，有九起刺杀案发生在虹口，在嘉兴路附近记载的则是1940年11月14日，日军石桥信被刺杀案件。抗日志士蒋安华等人的杀日除奸行动，极大地震慑了上海地区的日本驻军和汉奸。最明显的事实，就是有很长一段时间，穿制服的日本军人除了结伴成伙、互相戒备之外，绝不敢单独一人在路上行走；横行霸道、擅闯民宅掠夺杀人的事少了；那种盛气凌人、不可一世的傲慢气焰也不似先前，却更像惶惶不可终日的丧家之犬。沦陷区老百姓人心大快。蒋安华在1941抑或1942年不幸被捕，在日军的监狱中受尽酷刑而坚贞不屈。1944年被国民党政府营救出狱，在向大后方转移途中惨遭汉奸特务暗害牺牲。

回顾"一·二八"淞沪抗战，爱国实业家项松茂是应该被人们缅怀和悼念的。作者几经辗转，联系到项松茂的孙子项秉仁。他向笔者叙述了从祖母和父母处听到的项松茂的故事。

20世纪二三十年代，项松茂是上海五洲大药房有限公司总经理。其时"五洲"拥有制药厂和制皂厂，生产的固本肥皂、人造自来血药物、牛痘苗、甘油等产品畅销全国。在北四川路老靶子路（今四川北路武进路）有五洲大药房的第二支店。

"九一八"事变后，项松茂积极投入抗日救国运动，任上海抗日救国委员会委员，代表"五洲"和其他五家药房登报声明"不进日货"，并将公司内全体员工组成义勇军第一营，自任营长，聘请军事教官严格训练，规定员工每天下班后军训一小时积极备战。项松茂的抗日行动，激起日军极端仇视，派出便衣特务暗中监视。

"一·二八"淞沪抗战爆发前夕，项松茂毅然接受为中国军队生产药品的任务，亲自督促日夜加班赶制，供应前线急需。当时靠近战区的五洲大药房第二支店，由11位职工留守。1月29日上午，当日军车满载战死的日军尸体，发出凄厉的呼啸驶过四川北路武进路时，"五洲"店内的年轻员工见状拍手称快。早已伺机报复的日军和浪人包围该店，强行闯入搜查，搜出义勇军制服和抗日宣传品，即将留守职工全部逮捕。项松茂闻讯，义愤填膺，不顾自身安危，亲自前往日军处营救，也被日军逮捕。项松茂被押送江湾日军大营，日军官怒吼："你敢私藏军服吗？你敢反抗我们吗？谁反抗大日本帝国就杀死谁。"项松茂大义凛然地回答："杀就杀！中国人不爱中国爱什么？你们派军队占领我国土地，屠杀我国人民。哼，看你们日本人有没有好下场！"

1月31日，惨无人道的日寇，将项松茂和他的11位店员全部秘密杀害，并毁尸灭迹。"五洲"全体员工为纪念这个殉难日，在店徽、厂徽上加刻"131"字样，并把试制出的新产品牙膏也用"131"作为商标。

两次淞沪抗战在虹口

"九一八"事变后，为配合建立伪满洲国，同时制造日军进攻上海的借口，川岛芳子和其情夫田中隆吉在板垣征四郎"我要在上海搞点事"的授意下，收买一批汉奸流氓装扮成工人，于1932年1月18日晚，在上海三友实业社附近殴打几名日本僧人，并致一个叫水上秀雄的僧人身亡。诬陷是"三友"工人所为，借此火烧和血洗"三友"厂，造成中国工人死伤30多人；川岛芳子谎称水上秀雄是其亲戚，煽动由日本暴徒组成的"居留民团"示威游行，在吴淞路、北四川路殴打行人，捣毁中国人商店，高呼口号要求开战。

1月28日晚，日本海军第一遣外舰队司令官盐泽幸一给日本海军特别陆战队下达命令，将军队开进日本警备军域外的闸北，进攻上海火车站，淞沪抗战爆发。当日深夜23时15分，日本海军特别陆战队数十人，由北四川路出

发，占领淞沪铁路天通庵车站。2月29日，日军在白川大将的部署下，再度
发起总攻，在八字桥、天通庵等地与中国军队展开激战。清晨5时许，敌人炮
击八字桥、竹园墩一带中国守军阵地，每分钟发射炮弹二三十发，在炮弹掩
护和数十架飞机助战下，日军先后投入兵力数千人向中国守军阵地猛攻。中
国守军六十师不断派出敢死队跃出战壕，白刃相搏，迫使敌人全部向狄思威
路（今溧阳路）方向退却，八字桥形成拉锯战，中国守军三失三得，毙伤敌
人3 000余人，敌联队长（团长）被击毙，中国守军官兵伤亡亦近千人。淞沪
抗战后，日本人大量涌入，在狄思威路930弄（今海伦路西段）建造多幢日式
房屋，以致此地被称为"东洋街"。

　　1937年8月9日，日本海军陆战队中尉大山勇夫与水兵斋藤要藏强行武
装闯入上海虹桥机场，被中国保安队击毙。"虹桥事件"成为日军蓄谋已久的
"八一三"战事导火索。日本借口此事，于8月11日大队军舰抵沪，撕毁1932
年签订的《淞沪停战协定》。之前，日本就已经屯重兵于虹口。在北四川路
底、天通庵路车站附近，构筑钢筋混凝土的陆战队司令部。一经进入战时便
是一所要塞。虹口的不少房屋虽系日商建筑，然而建造时均按照军事需要形
成堡垒化，一旦开战攻守兼备。被日军强力控制的汇山码头附近地区，则为
日本军队登陆基地。吴淞口至外白渡桥，日本军舰、运输舰畅行无阻。

　　1937年8月13日，日军开始炮击。上午9时30分，日军沿北四川路、江
湾路、军工路一带向中国军队攻击，其陆战队由天通庵路、横浜路跨越淞沪
铁路冲至宝山路口，被中国军队击退；午后战斗延及八字桥、宝山路、北站
全线。日军冲至宝山路口，被我军击退；午后，战斗延及八字桥、宝山路、
北站全线。日军向持志大学（上海外国语大学前身）八八师二九四旅攻击前
进，战车欲强行通过八字桥，与中国军队发生激烈的争夺战。到晚上，八字
桥争夺战呈现白热化；而敌舰巨炮向虬江码头、军工路、沪江大学（上海理
工大学前身）一带炮击，第二次淞沪抗战爆发。中国进入真正意义上的抗击
日本侵略者的战斗。

　　两次淞沪抗战，虹口的嘉兴路区域均成为中国军队与日军殊死交战战场
一部分，民居受到大规模破坏。据《虹口区志》记载："八一三"事变时，天

同路、东交通路、柘皋路和梧州路等地段5个街坊345幢、面积3万平方米的民居遭日军炸毁。上海沦陷期间，香烟桥路统一缫丝厂成为日本骑兵部队营地；工部局宰牲场、海宁洋行和上海冰厂被日军占用，生产军用食品；众多店铺被炸毁，市面萧条。

1941年，太平洋战争爆发，日本海军直接控制虹口地区，设立了七个海军保甲区，今嘉兴路街道南部隶属于第六保甲区。至此直到抗战胜利，这个区域一直处于日本海军的控制下，境内日本人数量猛增，而中国人数量锐减。

（原载2015年1月25日《劳动报》）

后　记

《彩练集·志丹路上》付梓出版。

站在住家阳台上俯瞰，志丹路在梧桐树掩映下静静延伸。午后时分，路面少了清晨与傍晚的喧嚣，车与路似乎都在享受这短暂的静谧。我也惬意地舒展肢体，融化了几个月来整理书稿的疲惫。"喵星人"阿黄在我的腿边蹭过来顶过去，我逗它："阿黄，侬要做啥，是来蹭热度的伐？"它扬起小脑袋盯视着我，温柔地"喵呜"一声，我转身随它走到房门口，便知它是想吃外面橱柜里的猫罐头。不禁感叹：阿黄真是识时务的"小机灵鬼"，知道我此刻空闲，不失时机地提出要求。这小精灵阿黄，也是激发我创作的动力之一。《玩伴喵星人》《"布偶"来作客》等几篇文章，便是它给予我的素材。在上一本散文集《枫杨树下》中，也有它的精彩故事。

《志丹路上》是《彩练集》中的散文汇集，收录了以近四年作品为主体的散文、随笔共137篇。可谓"一念起，万水千山"。这本散文集中的不少文章，源于我在志丹路和甘泉公园散步时见到了动人情境，令我怦然心动、思绪飞扬而写成。我要特别感谢丈夫陈云久，他不仅是家里的"买汰烧爷叔"，吹拉弹唱也有点小天赋。尽管时常沉浸在欢乐中烧煳菜肴，却为我提供了真实精彩的生活素材。我许多见诸报端的文章，都源自他将在"买汰烧"过程中的所见所闻，当做笑话说与我，给我带来了启发。诸如《老三样》《沉浸式甘泉游》《跟着"买汰烧"爷叔办年货》《"抵掌而谈"之趣谈》等，展现的是烟火气中寻觅到的欢乐和感悟。每一篇文章的刊发，都是我生活中的小小的收获，犹如人生的雪泥鸿爪。我有一篇刊登在《新民晚报·夜光杯》上的《上海爷叔的买汰烧》，被收录到2019年的《爱夜光杯·爱上海》一书中，我把它看作是编辑老师对我文章的肯定和激励，由衷地感恩感谢。

近来，丈夫爱上了小视频制作，将我发表过的文章，用AI配图配音，使平面文章有了立体化的意境，获得了不少读者的关注和点赞。我更觉得，在志丹路上我的斗室中，也能领略浩瀚无垠的大世界。

2024年10月